KB111827

제4판 한국문학통사 3

중세에서 근대로의 이행기문학 제1기, 조선후기

조 동 일

계명대학교, 영남대학교, 한국정신문화연구원, 서울대학교 교수,
계명대학교 석좌교수 역임.
현재 서울대학교 명예교수.
　　대한민국 학술원 회원.

《하나이면서 여럿인 동아시아문학》,《세계문학사의 전개》《철학사
와 문학사 둘인가 하나인가》,《대등한 화합》,《국문학의 자각 확대》
등 저서 50여 종.

제4판 한국문학통사 3

제4판　1쇄 발행 2005년 3월　1일
제4판 24쇄 발행 2023년 2월　1일

지은이　조 동 일
펴낸이　김 경 희
펴낸곳　(주)지식산업사
　　　　본사 ● 10881, 경기도 파주시 광인사길53(문발동 520-12)
　　　　　　　전화 (031) 955-4226~7　팩스 (031) 955-4228
　　　　서울사무소 ● 03044, 서울시 종로구 자하문로6길 18-7(통의동 35-18)
　　　　　　　전화 (02) 734-1978　팩스 (02) 720-7900
　　　　영문문패 www.jisik.co.kr
　　　　전자우편 jsp@jisik.co.kr
　　　　등록번호 1-363
　　　　등록날짜 1969. 5. 8.

책값은 뒤표지에 있습니다.

ISBN 89-423-4036-9　94810
ISBN 89-423-0047-2(전6권)

이 책에 대한 문의는
지식산업사 전자우편으로 해 주시길 바랍니다.

차 례

9. 중세에서 근대로의 이행기문학 제1기 조선후기

9. 중세에서 근대로의 이행기문학
제1기 조선후기

9.1. 민족 수난에 대응한 문학

9.1.1. 시대변화의 계기

임진왜란 이후의 조선후기는 중세에서 근대로의 이행기 제1기이다. 중세문학을 지키려고 하는 노력과 근대문학을 이루고자 하는 움직임이 생극의 관계를 가지고 서로 얽혀 있어, 그 시기를 중세문학의 연장이라고 보는 것은 잘못이고 근대문학의 시발이라고 해도 무리가 있다. 중세에서 근대로의 이행기는 단순한 과도기가 아니고 그 나름대로의 뚜렷한 특징을 가진 한 시대이다. 고대와 중세 사이에 고대에서 중세로의 이행기가, 중세와 근대 사이에는 중세에서 근대로의 이행기가 있다.

중세에서 근대로의 이행기를 한 말로 규정하는 독자적인 명칭을 사용하지 못하고 중세문학과 근대문학의 이중적인 성격을 들어 특징을 규정하는 것은 시대구분의 개념이 고대·중세·근대의 삼분법을 출발점으로 삼기 때문에 부득이한 일이다. 그러나 삼분법부터 시정하고 문학사의 전개를 서술할 수는 없다. 명칭보다는 실상이 소중하다는 점을 재확인하면서 삼분법 시정을 작업의 전제가 아닌 결과로 삼는 것이 현명하다.

1592년(선조 25)에 시작되어 7년 동안 계속된 일본의 침략전쟁 임진왜란은 처참한 희생을 강요한 크나큰 수난이었으며, 나라를 온통 흔들어놓았다. 각처에서 의병이 일어나고 명나라에서 원군이 와서 왜란을 평정한 지 한 세대쯤 지나자, 이번에는 북쪽에서 변란이 일어났다. 여진족이 후금(後金)을 거쳐 청(淸)이라고 일컬은 강력한 국가를 창건하고 1627년(인조 5)의 정묘호란에 이어 1636년(인조 14)의 병자호란 때 다시 침공해 패배의 굴욕을 안겨주었다. 열등한 야만족이라고 생각하던 일본과 여진이 문명과 예의 나라를 마구 유린하는 사태에 대처할 능력을 당시까지의 지배층은 가지지 못했다.

우리 땅에서 싸워 힘을 소모한 결과 각국의 정권이 무너져, 일본에서는 덕천막부(德川幕府)가 들어서고, 중국 대륙의 주인은 명나라에서 청나라로 바뀌었다. 그런데 조선왕조는 이미 2백 년이나 계속되어 한계를 드러내고 다시금 결정적인 상처를 입었지만 무너지지 않고 재건되어 그 뒤 3백 년쯤 수명을 연장했다. 동아시아는 물론 세계 전체에서 가장 모범이 되게 만든 중세후기 국가가 조선왕조였으나, 바로 그러한 우수성이 역사 발전을 오히려 저해하는 구실을 했다.

임진왜란과 병자호란의 수난을 극복한 것은 참으로 다행한 일이지만, 그 이유와 의미를 두고 의견이 다를 수 있다. 충성이 절대적이라고 하는 쪽에서는 국왕이 국경을 넘지 않고 왕통이 이어진 것이 하늘의 도움이 아닐 수 없다고 했다. 왕조와 민족을 갈라서 생각하면, 왕조의 지배체제가 안팎으로 한계를 드러냈어도 민족의 역량이 살아 있어 외침을 물리치고 문화공동체를 수호할 수 있었다. 집권층이 무력해지면 그보다 하층에서 비판적이고 창조적인 세력이 대두하는 것이 당연한 순서이다. 전란 당시 의병에게서 단서를 보인 하층의 성장과 항거가 확대되었다.

두 차례 전란을 겪고 중세에서 근대로의 이행기에 들어선 것은 동아시아 세 나라가 함께 겪은 변화였다. 일본과 중국에서는 왕조교체를 겪고 바로 근대로 들어선 것은 아니다. 그러나 덕천막부와 청나라는 중세에서 근대로의 이행기에 적합한 지배체제를 만들어 근대로의 진행을 막는 방법을 효율적으로 선택했지만, 중세후기의 이상을 버리지 않은 조선왕조는 사회통제 능력을 상실하고 모순이 격화되지 않을 수 없게 했다.

세계 어디서나 상공업에 종사해 돈을 버는 시민의 등장이 중세에서 근대로의 이행기의 가장 중요한 사회변화였다. 신분사회에서 계급사회로의 전환을 요구하는 시민의 도전을 막고 신분제를 지켜 신분과 계급이 공존하는 시대가 된 것도 서로 같다. 동아시아 세 나라는 그렇게 하는 구체적인 방법이 서로 달랐다. 청나라는 과거에 급제한 사람만 최고의 신분을 유지하도록 하고 그 이하에서는 신분은 없고 계급만 있는 사회가 되는 변화를 받아들였다. 덕천막부는 시민에게 정인(町人)이라는 신분을 부여해 신분제를 재확립했다.

조선왕조는 신분제를 그대로 유지하려고 하다가, 시민이 양반의 신분을 얻고 능력 있는 농민도 그 뒤를 따라 양반의 수가 전인구의 과반수가 넘게 늘어나 신분제가 무력하게 되었다. 더욱 근본적인 변화가 일어나는 것을 알아차리지 못하는 지배층은 전란의 상처를 회복하고 안으로 체제 비판을 막는 방안으로 일본이나 청나라 오랑캐에 맞서서, 조선왕조야말로 중세의 가치관을 고수하는 최후의 보루라고 힘써 주장했다. 그 때문에 근대 지향의 문화 운동까지도 그런 가치관의 전제를 일단 받아들여야 하는 경우가 적지 않았으며, 철저한 반론은 아주 힘들게 전개되거나 격렬한 양상을 띠어야만 했다.

전란을 겪으면서 이룩된 각계각층의 수많은 기록과 증언, 술회와 상상은 문학사가 새로운 단계로 들어서게 했다. 엄청난 시련이 닥치자 지금까지 존중하던 격식을 버리고, 보고 느끼고 통탄한 바를 생생하게 나타내는 새로운 표현을 다양한 방식으로 찾아야 했다. 누구든지 그렇게 하지 않을 수 없어, 상하층의 간격이 과거 어느 때보다도 좁아졌다. 중세에서 근대로의 이행기문학이 바로 거기서 출발했다.

공식적인 임무를 수행하는 관원이 남긴 실기나 일기류라도 전란의 경과나 그 뒤에 일어난 일을 자세하게 기록하고 참상을 절실하게 묘사하면서 개탄하는 마음을 나타내 감명을 준다. 워낙 새로운 경험을 했으므로 설명을 할 수 없어 있는 그대로 묘사하는, 전에 볼 수 없던 시도를 할 필요가 있었다. 그와 비슷한 것이 국문본으로도 나와 국문 사용의 확대를 입증했다.

감회를 나타내는 데 치중하자면 산문이 아닌 시가를 택할 필요가 있었다. 전통적인 형식을 따르는 한시라도 작품을 다듬어 지을 형편이 아니었으므로 내용을 앞세웠다. 시조와 가사에서는 경험과 감회를 그 자체로서 핍진하게 살리지 못해 고사에 의존하고 명분론적인 설명을 개입시키는 경우도 있었다. 설화와 소설에서는 전승적인 유형을 이용해야만 했다.

낡은 수사법과 새로운 경험이 어긋나는 것을 그 뒤 오랫동안 시간을 두고 해결해야만 했다. 중세이념을 재확인하고자 하는 경우에는 새로운 경험을 축소하거나 탈색시켜 조화를 얻으려 했다. 낡은 수사법에서 과감히 벗어나지 않은 채 삶의 총체적인 의미를 다시 묻고자 할 때에는 형식과 내용의 부조화를 나타내는 것이 오히려 긍정적인 의의를 가졌다. 새로운 경험 자체의 논리를 작품구조로 형상화하는 것은 최하층 문학에서부터 가능할 수 있었다.

소재영, 《임병양란과 문학의식》(한국연구원, 1980) ; 〈임병양란의 충격과 문학적 대응〉, 《한국문학연구입문》(지식산업사, 1982) ; 김태준 외, 《임진왜란과 한국문학》(민음사, 1992) ; 김태준, 〈임진왜란과 한일문학〉, 《한국문학의 동아시아적 시각 2 : 한일문학의 교류 양상》(집문당, 2000) ; 장경남, 《임진왜란의 문학적 형상화》(아세아문화사, 2000)에서 전반적인 논의를 폈다. 중세에서 근대로의 이행기의 동아시아 세 나라 사회구조 비교는 《소설의 사회사 비교론》(지식산업사, 2001)에서 했다.

9.1.2. 임진왜란을 증언한 실기

임진왜란을 겪은 경과, 여러 관원의 활약상과 공과에 관해서 국가에서 작성한 공식적인 기록은 〈선조실록〉(宣祖實錄)이다. 광해군 때 북인정권에서 만든 것을 불만으로 여겨 인조반정 이후 서인정권에서 〈선조수정실록〉(宣祖修正實錄)을 다시 만들었다. 그러나 실록이 반드시 정확한 것도 아니고, 사태의 진상을 제대로 알려준다는 보장도 없다. 공식화된 평가가 최종적인 진실은 아니다. 전란을 겪은 당사자들이 남긴 수많은 개인적인 기록에서 진실을 증언해 실록이 할 수 없는 일을 했다.

당시의 견해로는 국왕의 역사가 국가의 역사였다. 국왕의 안위가 가장 큰 관심사였다. 선조는 의주로 피란하고 세자 광해군은 함경도로 가서, 극도의 위협에 대비하고자 했다. 그 내력을 정탁(鄭琢, 1526~1605)의 〈용사일기〉(龍蛇日記), 김용(金涌, 1557~1620)의 〈호종일기〉(扈從日記), 박동량(朴東亮, 1569~1635)의 〈기재사초〉(寄齋史草) 등에서 기록했다. 모두 사실이 잊혀지지 않도록 하는 데 그치고 무엇이 문제였는지 파헤쳐 밝히려고 하지 않았으며, 사사로운 의견 개진을 피했다.

전란의 전체적인 경과와 교훈을 서술하자는 노력도 당대부터 이미 있어서 조경남(趙慶男, 1570~1641)의 〈난중잡록〉(亂中雜錄)이 이루어졌다. 조경남은 의병으로 참전한 경력이 있기는 하지만 자기 견문에만 의존하지 않고 일기 형식으로 엮은 글에다가 찾아 모을 수 있는 자료를 최대한 끌어들여 역사의 무게를 감당하고자 했다. 전후에 태어난 신경(申炅, 1613~1653)은 각종 문헌과 구전 자료를 수집해 전란의 원인, 경과, 결과 등을 소상하게 알 수 있게 하는 저술을 마련하고 〈재조번방지〉(再造藩邦誌)라고 이름 지었다. 명나라의 도움으로 번방이 재건되었다고 하는 것이 기본관점이다. 단실거사(丹室居士) 민순지(閔順之)는 야사를 널리 모아 〈임진록〉(壬辰錄)이라고 일컬었다.

그러나 그 어느 것도 진실을 말해주지 못한다. 그 이유는 우선 역사 이해가 적절하지 못했기 때문이라고 할 수 있다. 자료 열거에 머물러 전후의 연결을 알지 못하게 했다. 국왕의 안위와 국가의 흥망에만 일관

된 관심을 가지고 대다수 사람들의 고난은 부수적인 것으로 여겼다. 중
세 이념을 넘어서지 않을 수 없는 사태에 이른 것을 알아차리지 못했
다. 오늘날의 역사학은 그런 한계를 많이 극복했지만, 사실의 정확한
고증에 머무르고 전체의 움직임과 그 의미를 드러내주지는 않는다. 역
사의 관점에서 보면 타당성이 의심되는 발언이나 하는 문학이 진실 해
명에서 한 걸음 더 나아갈 수 있다. 임진왜란에 관한 수많은 진술 가운
에 공인된 기록보다 개인의 실기가, 자료 집성보다는 체험담이 더 큰
의의를 가지는 것은 문학이 들어 있기 때문이다.

國事蒼黃日	나랏일이 다급해진 날에
誰能郭李忠	누가 곽·이처럼 충성을 하리?
去邪存大計	서울을 떠나도 큰 계책이 남았으니,
恢復仗諸公	회복이 제공들에게 달렸도다.
痛哭關山月	관산의 달을 보고 통곡하고,
傷心鴨水風	압록강 바람에 상심하노라.
朝臣今日後	조신들이여 오늘 이후에도
寧復更西東	다시금 서인·동인이라고 하려는가?

　전란을 당한 군주 선조(宣祖, 1552~1608)는 멀리 의주까지 피란 가
서 이 시를 지었다. 밀릴 대로 밀려서 국경 관문이 있는 산에서 달을 보
고 통곡하고, 압록강 바람을 쏘이며 상심해 하는 처참한 심정이 잘 나
타나 있다. 일찍이 중국에서 주나라가 서울인 빈(邠)을 버린 다음 중흥
하고, 당나라가 망할 위기를 곽자의(郭子儀)와 이광필(李光弼)이 나서
서 극복했다는 고사에 의거해 생각을 가다듬어, 당쟁을 그만두고 힘을
합쳐 회복에 힘쓰라고 신하들에게 당부했다.
　모든 책임과 권한을 한 몸에 지닌 임금이 가만있을 수 없어 백성들에
게 글을 내렸다. 종묘사직이 폐허가 되고 백성이 도륙을 당한 책임이
자기에게 있으니 부끄럽기 그지없다고 하고, 그렇더라도 지위를 가리

지 않고 누구나 분발해 나라를 구하자고 거듭 일렀다. 나라에서 반포하는 공식적인 글은 모두 한문으로 쓰는 것이 관례이지만, 일반 백성을 직접 설득하기 위해서는 그렇게 할 수 없었다. 누구나 읽을 수 있는 언서방문(諺書榜文)을 많이 만들어 여기저기 붙였다.

그 가운데 하나가 실물로 남아 있다. 전란이 일어난 다음해인 1593년(선조 26) 9월에 왜적을 따르는 부산 근처 백성들을 회유한 방문이다. 〈빅셩의게 니르는 글이라〉(백성에게 이르는 글이라)는 표제를 달고, 왜적을 따르게 된 것은 본 마음이 아니고 죽지 않으려고 한 짓인 줄 알고 있으니, 나라에서 죄를 물어 처벌할까 염려하지 말고 나오라고 했다. 왜적을 잡거나 그 동태를 탐지하거나 잡혀 있는 사람을 많이 데리고 나오는 등의 공이 있으면 벼슬을 주겠다고 했다. 그 뜻을 임금이 모든 장수에게 알렸으니 의심하지 말라고 했다.

임진왜란은 임금과 백성 사이의 관계를 재조정하게 만들었다. 임금이 신하들을 독려하고 백성을 타이를 수 있는 위치를 유지하고 있다고 보이는 것은 사태의 표면에 지나지 않았다. 현직 관원의 실기에서는 충군(忠君)이 바로 애국이라는 전제를 고수했지만, 실제로 벌어진 사태를 그리려고 하면 임금의 무능과 직결된 지배체제의 파탄을 외면할 수 없었다. 그런데 이따금 나타나 있는 백성의 분노는 심각한 수준에 이르렀다.

전란 극복을 총지휘하는 막중한 책임을 맡아 분발하던 유성룡(柳成龍, 1542~1607)은 〈징비록〉(懲毖錄)을 썼다. 잘못을 경계로 삼아 뒷날의 근심을 덜자는 말로 표제를 삼고, 사태의 진상을 파헤쳐나가 통치체제가 무너져 내린 양상이 숨김없이 드러났다. 나라의 운명을 맡은 장수들이 무능해 관군의 주력이 주저앉자, 임금은 적이 어디까지 왔는지 정확하게 알아보지도 않은 채 서울을 버리고 밤중에 황급히 피란길에 올라 비에 젖고 굶주렸다. 인근 지방 수령들이 가까스로 달려와 음식을 장만했으나 임금을 따르던 무리가 임금 몫도 남겨놓지 않고 다투어 먹고는 도망쳤다. 임금이 다시 평양을 버리고 피란길에 오르려고 하자,

백성들이 민란을 일으켜 몽둥이를 휘두르며 항의했다.

피란길에 오른 임금이라도 직접 거느리고 있는 신하들에게는 지나친 권력을 행사해 통탄스러운 상황이 벌어졌다. 서울을 버린 이틀 뒤에 영의정을 하루에 두 번 바꾸었다. 상관은 도망치고 없는 형편에서 적을 무찔러 처음으로 승리를 거둔 부원수 신각(申恪)이 명령을 어겼다는 모함을 곧이듣고, 사람을 보내 진중에서 처형했다. 잘못을 깨닫고 내린 명령을 취소했으나 때가 이미 늦었다. 용맹을 떨쳐 적을 위압하던 의병장 김덕령(金德齡)을 역적으로 몰아 죽였다. 남쪽 바다에서 왜적을 크게 무찔러 나라를 구한 이순신(李舜臣)마저 하옥해 죄를 다스렸다. 왕명은 아무리 불합리해도 그대로 따를 수밖에 없다는 생각 때문에 반발하거나 거역하지 못했다.

이순신(1545~1598)이 남긴 일기는 누구에게 보이기 위해서 지은 것이 아니어서 제목이 없는데, 간행할 때 〈난중일기〉(亂中日記)라고 했다. 전란이 일어날 때부터 시작해서 죽기 이틀 전까지 부득이한 경우가 아니면 거의 매일 적었는데, 신변의 자질구레한 일이나 뚜렷한 근거가 없더라도 생길 수 있는 내심의 번민에 관한 내용이 적지 않다. 전란의 경과는 알고 있던 범위 안에서만 간략하게 서술하고, 사실을 밝히기 위해서 방증을 동원하려고 하지 않았다. 스스로 나서 싸운 전투가 있던 날은 전황을 비교적 상세하게 적으면서 해석과 평가는 배제했다.

영웅이라고 칭송되는 이순신이 사실은 아주 세심한 사람임을 알 수 있게 한다. 나라를 근심하고 자기 자신을 되돌아보면서 잠을 이루지 못하는 밤이 많고, 이상스러운 꿈에 시달리며 병으로 괴로워하는 나날도 있다고 하소연해, 사람은 누구나 마찬가지라는 평범한 사실을 확인하게 한다. 자기를 낮출 수 있는 데까지 낮추고 매사에 성실해서, 주위의 호응을 얻고, 생각 깊은 계책을 세우고, 나아가서 싸울 때에는 정확하게 파악한 적의 허점을 단호하게 공격할 수 있었다.

이노(李魯, 1544~1598)는 〈용사일기〉(龍蛇日記)에서 김성일(金誠一)의 활약상을 대신 기록했다. 난리가 나기 2년 전에 일본에 사신으로 갔던 때부터 왜란 첫 단계 이태 동안 경상도 방면에서 싸움을 독려하다가 진주성에서 병사하기까지 활약하던 모습을 자세하게 그렸다. 김성일은 일본의 동향을 그릇 보고한 일 때문에 지탄을 받았지만 의병을 모아 전세를 바꾸어놓은 공적이 크다는 것을 입증하고자 했다. 거기 수록된 〈초유문〉(招諭文)을 보면, 김성일은 벼슬한 이들의 잘못을 사과하면서 장수와 수령이 도망치고 더구나 근년에 수탈이 심했던 것은 변명을 할 수 없는 일이지만 그렇더라도 이름 없는 선비나 일반 백성이 분발해서 나라를 지켜야 한다고 간절하게 일렀다.

정경운(鄭慶雲, 1556~?)은 김성일의 초모(招募)에 응해 의병으로 나서서 스스로 겪은 전란의 경과와 함께 견문해서 알게 된 전국의 상황을 〈고대일록〉(孤臺日錄)을 써서 기록했다. 윤국형(尹國馨, 1543~1611)은 전란이 일어날 때 충청감사의 직책에 있으면서 왜적과 싸우다가 패배하고 파직당하고, 경상·전라감사와 함께 근왕병을 일으켜 서울로 향하다가 수원에서 패퇴한 경과를 〈문소만록〉(聞韶漫錄)에서 다루면서 그 전후에 겪은 갖가지 사실을 보고했다. 평창군수 권두문(權斗文, 1543~1617)은 패전하고 자결하려다가 뜻을 이루지 못하고 적에게 잡혀 20여 일 동안 포로 노릇을 하다가 탈출한 경위를 〈호구록〉(虎口錄)을 써서 기록했다.

이탁영(李擢英, 1541~1610)은 사대부가 아닌 아전인데 전란 실기를 남겨 이채롭다. 난후에 전란의 사적을 모은다는 국명에 호응해 〈정만록〉(征蠻錄)을 제출했다. 전란의 전 기간에 걸쳐 행정 실무를 맡아 분투하면서 파악한 전투상황을 자세하게 기록하고 관계 공문을 충실하게 수록했다. 어느 당파를 옹호하는 입장을 떠나 관원들의 공과를 사실대로 말하고자 했다. 그러면서 두고 온 가족들에게 대한 염려와 그리움을 자주 나타냈다.

전란이 끝난 다음 오랜 기간에 걸쳐 기록 재정리 작업을 했다. 큰 공적을 세웠으면서도 평가가 미흡하다고 후손이나 관련자들이 주장하는 여러 인물에 관한 자료를 모아 실기를 편찬하는 작업을 민간에서 했다.

곽재우의 〈망우당선생집〉(忘憂堂先生集), 김덕령의 〈김충장공유사〉(金忠壯公遺事), 사명당(泗溟堂) 유정(惟政)의 〈분충서난록〉(奮忠紓難錄) 같은 것들이 그래서 이루어졌다.

이 세 사람은 비범한 능력을 지니고 임진왜란 때 의병으로 나서서 크게 활약하다가 수난을 겪었다. 곽재우는 한때 모함을 당해 곤경에 빠졌다. 김덕령은 이미 말한 바와 같이 역적으로 몰려 처형되었다. 유정은 스승인 휴정(休靜)과 함께 승병을 이끌고 나서서 큰 활약을 하고 적과의 외교적인 담판에서도 공적을 세웠으나 승려이기에 겪는 제약을 감수해야만 했다.

〈망우당선생집〉에는 곽재우가 억울하게 몰린 처지를 스스로 변호한 글, 김성일, 김덕령 등에게 준 편지 같은 것들이 적지 않게 실려 있어 사태의 진상을 알려주는 자료집 노릇을 한다. 난후에 여러 차례 상소문을 올려 당쟁을 타파하고 탐관오리를 징계해야 한다고 한 주장도 볼 수 있다. 곽재우는 술법을 발휘해 적을 무찌른 홍의장군으로 알려져 있는데, 그 책에 부록으로 실린 〈용사별록〉(龍蛇別錄)을 보면, 군사 수십 명을 홍의장군으로 꾸며 사방으로 치달아 놀라고 당황한 적을 무찌르는 작전을 썼다.

김덕령은 미천한 처지에서 태어난 이름 없는 백성이었지만 용맹이 뛰어나 널리 기대를 모으다가 원통하게 죽어, 임진왜란을 다루는 설화와 소설의 주인공이 되었다. 현종 때에 이르러 잘못을 시인하고 〈김충장공유사〉를 편찬했다. 수록한 글은 김덕령이 나라를 위해 힘을 다했다는 것을 입증하기에 모자람이 없으나, 민간전승으로 관심을 돌리지는 않아 민중적 영웅의 면모를 충실하게 부각시키지는 못했다.

유정의 활약상을 정리한 〈분충서난록〉은 후계자인 승려들의 요청을 받아들여 신유한(申維翰)이 지었다. 유정이 적장의 진영에 들어가서 담판을 한 경위를 스스로 적은 자료를 많이 싣고 그 담력과 지략을 평가했다. 신유한은 일본에 다녀온 경험이 있어 유정이 그곳에서 얼마나 숭앙되고 있는지 입증할 수 있었다.

전란을 맞이해서 나가서 싸우지는 못했지만 통분하고 당황한 마음으로 가족과 함께 피란을 가느라고 고난을 겪은 사람들이 남긴 기록도 적지 않다. 이조참의였다가 해직된 이정암(李廷馣, 1541~1600)의 〈서정일록〉(西征日錄)은 황해도 쪽으로 가서 피란한 경험을 그 지방에서 전개된 의병활동과 함께 보고했다. 전라도 선비 오희문(吳希文, 1539~1613)의 피란실기 〈쇄미록〉(瑣尾錄)은 전투의 경과에 관해 들어 안 바를 자세하게 적고 관원들의 횡포와 백성의 참상을 전해, 사회상을 파악하는 자료로 소중한 가치가 있다.

의병으로 출전한 경상도 선비 조정(趙靖, 1555~1636)이 남긴 일기는 〈남행록〉(南行錄), 〈진사록〉(辰巳錄) 등으로 표제를 따로 붙인 것들까지 있어 구성이 복잡하나 총괄해 〈임란일기〉(壬亂日記)라고 일컫는다. 어려운 상황을 견디며 나라를 위해 근심하면서 지낸 6년 11개월 동안의 경과를 간략하면서도 생동하게 전한다. 의병에 참가했다가 만년에야 관직에 나아간 안방준(安邦俊, 1573~1654)은 〈은봉야사별록〉(隱峰野史別錄)에서 민심이 흉흉했던 사정을 곁들여서 임진왜란의 경과를 개관하고 노량과 진주 전투의 승리를 따로 다루었다.

어려서 겪은 전란을 증언하는 실기도 있다. 정영방(鄭榮邦, 1577~1650)의 〈임진조변사적〉(壬辰遭變事蹟)은 16세 때 가족과 함께 피란을 간 내력을 적은 내용이다. 사태의 전모를 이해할 생각이 없고, 조정에서 일어나는 일에 관심을 두지 않고서, 직접 겪은 바가 아주 생생하게 기억되었다. 형수와 누나는 왜적에게 겁탈당하지 않으려고 강에 투신해 죽고, 시신을 찾던 종이 적에게 잡혀 죽은 사건을 비롯해 많은 처참한 수난을 기록했다.

유진(柳袗, 1582~1632)은 유성룡의 아들이며 전란이 일어났을 때 11세였다. 아버지는 임금을 따라야 해서, 가족을 이끌고 피란하는 일은 백부가 맡았다. 함께 가다가 다 죽으면 멸문을 당한다고 해서 다른 사람에게 맡겨졌다가, 매형과 누나를 만나 그 일행이 되었다. 피란길이 경기도·강원도·평안도·황해도로 이어지면서 겪었던 일을 만년에 회고한 〈임진록〉(壬辰錄)을 국문으로 썼다. 아버지 유성룡은 〈징비록〉을 한문으로 지어 나라를 근심했는데, 아들 유진은 피란민의 무리 가운데서 어린 나이로 겪은 바를 국문으로 기록하면서 세태를 있는 그대로 전했다.

통치체제가 무너진 것 못지않게 심각한 사태가 신뢰의 상실이라고 했다. 왜적을 만나면 몸을 숨겨 살아날 수 있으나, 인심이 극도로 야박해져서 속이고 해치고 고통은 모면할 길이 없었다. 가족이 있는 곳을 알고 찾아가려 했는데, 자기 혼자 피란하고자 왜적이 들이닥쳤다고 헛소문을 내는 사람 때문에 뜻을 이루지 못했다. 양반에 대한 반감이 극도에 이르러 신분을 숨겨야 할 형편인데, 피란민을 죽여 왜적을 친 것을 공로로 삼은 양반도 있었다.

김종택, 〈선조대왕 언교(諺敎) 고〉, 《국어교육논지》 3(대구교육대학 국어과, 1975)에서 소중한 자료를 소개하고, 여증동, 《배달문학통사》 2(형설출판사, 1992)에서 다시 다루었다. 실기는 황패강, 〈임진왜란과 실기문학〉, 김태준 외 《임진왜란과 한국문학》 ; 《임진왜란과 실기문학》(일지사, 1992) ; 장경남, 〈임진왜란 실기문학 연구〉(숭실대학교 박사논문, 1997)에서 고찰했다.

9.1.3. 잡혀간 사람들의 시련

전란이 끝났어도 잡혀간 사람들은 고통과 울분에서 벗어날 수 없었다. 왜군은 약탈 근성 때문만이 아니고 자기네 나라의 문명과 기술을 발전시키자는 계산에서 10만이나 될 것으로 보이는 민간인을 납치해 갔다. 도망치다가 피살되고, 배 안에서 굶어죽고, 일본에 이르러서 노비로 팔리고 하는 비극을 겪었으며, 쓸모가 있다고 인정되어 어느 정도 정상적인 삶을 찾은 사람들도 고국을 그리며 울부짖어야만 했다.

몇 차례 교섭 끝에 7천 명쯤은 송환되었으며, 그 가운데 몇 사람이 체험수기를 써서 처참한 사정을 알렸다. 교섭사절로 간 관원들이 남긴 기록에 오른 사연에도 주목할 만한 것이 적지 않다. 그 어느 것도 당대의 기준에서 문학작품으로 인정되지 못했으나, 극한상황에서 겪은 고난을 생동하게 나타내는 새로운 경지를 개척해 문학의 영역을 크게 넓혔다.

싸움터에 나갔다가 말에서 떨어져 포로가 되었던 노인(魯認, 1566~1622)은 1년 반 동안 일본에서 고난을 겪고 중국인의 도움으로 탈출해 중국에 머물다가 2년 뒤에 귀국하는 희한한 체험을 했다. 그 기간 동안 계속 쓴 일기를 〈금계일기〉(錦溪日記)라고 하는데, 일본 것 21일분, 중국 것 101일분만 남아 있다. 어떤 시련에도 굽히지 않는 정신을 일관되게 잘 나타내면서, 죽음의 위협을 받는 동안에도 왜적에 대한 분노를 거침없이 쏟아놓았으며, 고국을 그리워하고 부모를 생각하는 마음을 자기 처지에 대한 푸념보다 앞세웠다.

왜군은 깊고 궁벽한 골짜기까지 샅샅이 뒤져 닥치는 대로 살육을 일삼았으니 고향의 부모가 무사할 수 없겠고 친지나 친척들도 다 죽어 짐승의 밥이 되었을 것을 생각해 피눈물이 흐르고 오장이 찢어지는 것 같다고 했다. 귀국해서 다시 싸울 것을 열망했다. 중국에서는 일단 위기에서 벗어나 지나는 곳마다의 행로나 풍속을 자세하게 묘사하는 여유를 가지면서도, 피로써 경험한 바를 살려 복수하겠다고 다시 다짐했다.

강항(姜沆, 1567~1618)의 〈간양록〉(看羊錄)은 잡혀간 사람의 실기 가운데 가장 풍부한 내용을 지니고 있다. 형조좌랑의 지위에 있었는데 고향에 갔다가 왜적을 만나 해상에서 포로가 된 데서 수난이 시작되었다. 바다에 빠져 자살하려고 했으나 뜻을 이루지 못하고, 결박된 채 자기 가족이 죽어가는 것을 보아야만 했다. 일본으로 끌려가 여러 곳에서 수난을 겪는 동안에 학자로서 상당한 경지에 이르렀다는 것이 알려지자 찾아와 교류하며 배우고자 하는 사람이 있어 성리학을 일본에 전할 수 있었다.

3년 동안 일본에 잡혀 있는 기회에 일본에 관한 정보를 최대한 수집해서 대응책을 세울 수 있게 하고자 했다. 인편이 있는 대로 글을 써 보내고, 못다 적은 내용은 귀국 후에 기록했다. 처음에는 책이름을 〈건차록〉(巾車錄)이라고 했다. 포로가 된 자기는 죄인이라면서 죄인이 탄 수레를 뜻하는 말로 제목을 삼았다. 제자들이 고쳐 〈간양록〉이라고 했는데, 옛적 중국 한나라 신하가 흉노에 감금되었을 때 양을 치는 수모를 겪었던 데서 유래한 말이다.

책 서두에 적국에서 임금에게 올리는 글 〈적중봉소〉(賊中封疏)를 신고, 귀국해서 나라의 치욕을 씻고 백성의 원한을 풀려는 생각에서 일본의 허실을 손아귀에 넣었다고 했다. 그 다음에는 일본에 관한 다각적인 자료를 조사해서 보고하면서, 그 중간에 자기 체험기인 〈섭란사적〉(涉亂事迹)을 수록했다. 마지막으로는 귀국하면서 일본에 남은 포로들에게 전한 격문을 실어놓았다. 그렇게 해서 개인의 수난기가 나라를 위해서 더없이 긴요한 증언일 수 있게 했다.

함께 잡혀간 동포들의 처지를 자세하게 살폈다. 일본에 상륙할 때 보니, 여섯 살 난 딸이 걷지 못해서 어미가 업었는데 내를 건너다가 어미마저 일어나지 못했다. 언덕에서 구경하던 왜인 가운데 "사람을 잡아다가 무엇에 쓸 작정이냐, 천도가 무심하지"라고 하면서 흐느끼는 자가 있었다. 한 곳에 이르니 포로가 천 명이나 있었으며, 새로 잡혀온 사람들은 밤낮으로 울었다고 했다.

탈출을 꾀하는 사건이 계속 일어났다. 전라좌병영 장수였던 이엽(李曄)은 우대받고 있으면서도 몰래 배를 마련해서 동포들과 함께 탈출을 하려다가 실패하자 칼을 빼어 물고 물에 뛰어들었다. 왜적들은 이엽 일행의 시체를 건져서 사지를 찢었다. 이엽이 배 떠나기 전에 읊었다는 다음과 같은 시가 수록되어 있다.

春方東到恨方長　봄이 바야흐로 동쪽에 이르니 한탄이 길어지고,
風自西歸意自忙　바람이 절로 서쪽으로 불어가니 마음이 절로 급하네.
親失夜節呼曉月　아버지는 밤 지팡이 잃은 듯 새벽달에 울부짖겠고,

妻如畫燭哭朝陽	아내는 날 샌 촛불처럼 되어 아침볕에 통곡하리라.
傳承舊院花應落	물려받은 옛 동산에 꽃은 응당 떨어졌겠고
世守先塋草必荒	대대 선영은 풀이 자라 반드시 황폐해졌으리라.
盡是三韓侯閥骨	모두 삼한의 이름난 집안 후손인데
安能異域混牛羊	어찌 이역 땅에서 소나 양과 섞여 지내리.

나는 이 이야기를 들을 때마다 이마에서 진땀이 주르르 흐르는 줄도 모르고 멍하니 서 있었다. 무인에 이런 사람이 있는가! 나는 글을 읽는 사람이 아닌가!

시에 붙여 이런 말을 적었다. 그 시의 운자를 따서 자기도 세 수나 읊었다. 자기 시에서 "장군의 기개는 하늘과 같으니, 누가 바쁜 길을 만류하겠는가"라고 했다. "책을 만 권이나 읽은 서생은 면목도 없이, 두해 동안이나 굶주리며 양치기 노릇을 하고 있구나"라고 한탄했다.

진주 선비 정희득(鄭希得, 1575~1640)은 일가친척과 함께 피란하다가 포로가 되었다. 수난을 겪고 귀국해 〈월봉해상록〉(月峰海上錄)을 지었다. 동행했던 형 정경득(鄭慶得)은 〈호산공만사록〉(湖山公萬死錄)을, 나이가 더 많은 조카 정호인(鄭好仁, 1579~?)은 〈정유피란록〉(丁酉避亂錄)을 지어, 한 가족의 수난사를 삼부작으로 다루었다. 서로 겹치는 내용이 적지 않다.

〈월봉해상록〉에서는, 살아도 함께 살고 죽어도 함께 죽겠다고 모두 같이 행동했지만 위기가 닥치자 운명이 나누어졌다고 했다. 포로가 되었을 때 집안 여자들은 모욕을 당하지 않으려고 다투어 자결하고, 남자들은 목숨을 함부로 버리지 않고 어떻게든지 살아남아 가문을 이으려고 했다. 그러나 일본에서 겪은 일이 다른 사람들의 경우만큼 처참하지는 않았다. 주위의 동포들이 울부짖고 있으나, 그 세 사람은 어느 정도 안정을 얻고, 데리고 간 노비가 일을 해서 봉양하는 덕분에 노역에는 종사하지 않고 시문과 인품으로 일본인들에게 인정을 받았다. 한시가

490수나 실려 있는데, 일본인들과 화답한 것이 적지 않다.

포로생활의 실기를 남긴 사람들은 유학의 학식과 한시문을 지을 능력을 갖추었기에 일본에서 필요로 했다. 잡혀갈 때에는 갖은 수모를 겪고 죽음의 위기를 거듭 넘겨야 했지만, 능력이 발견되고 인정되자 대우받을 수 있었다. 그런데 학식도 기술도 없는 일반 백성은 노동력 착취를 위해서 필요했다. 그래서 시달리다가 힘이 빠져 죽어간 사람들의 소식은 스스로 글을 써서 남기지 않았으니 어디에도 전하지 않는다. 외교사절 통신사(通信使)로 일본에 갔던 사람들의 기록에 어쩌다가 비칠 따름이다.

외교사절은 전란중인 1596년(선조 29)에 이미 파견되기 시작했다. 그때 일본에 간 황신(黃愼, 1560~1617)이 지은 〈동사록〉(東槎錄) 일명 〈일본왕환일기〉(日本往還日記)에 포로가 된 사람들의 참상이 서술되어 있다. 도중에 어느 섬에 들르니, 천여 명이 찾아와 통곡하고, 떠나가는 배를 배웅하기 위해서 바다 속으로까지 따라왔다고 했다. 어느 여인은 거지같은 모습으로 왜인을 위해 물을 긷는 일을 하다가 두 번이나 자살을 하려 했다면서 칼자국을 보여주었다. 자기 집에 보내는 편지를 다투어 전했는데, 그 가운데는 다음과 같은 사연을 갖춘 것도 있었다.

하늘이여, 하늘이여. 제게 무슨 죄가 있다고 이처럼 애통하고, 참혹하고, 악독합니까? 부모가 돌아가셨다면 하는 수 없지만, 살아 계신다면 그리워하며 슬퍼하는 사연이 어느 때인들 끝나겠습니까? 천지간에 어찌 이처럼 애통하고 가엾은 일이 있겠습니까? 남의 나라에 붙들려 있은 지 다섯 해, 구차하게 목숨을 보존하고 스스로 죽지 못한 것은 다만 살아서 고국에 돌아가 우리 부모를 다시 보려는 희망을 가졌기 때문입니다. 부모가 이미 돌아가셨다면 부모가 살던 집이나마 한번 보아도 한이 없겠습니다.

전란이 끝난 지 9년 뒤인 1607년(선조 40)에 일본에 다녀온 경섬(慶

暹, 1562~1620)의 〈해사록〉(海槎錄)에도 같은 사정이 계속 나타나고, 여인네들이 쓴 국문 편지를 받아왔다는 말이 보인다. 그때 힘든 교섭을 거쳐 포로 천여 명이 돌아왔지만, 남은 사람들이 더 많았음은 물론이다. 1617년(광해군 9)에 다시 파견된 사신 오윤겸(吳允謙, 1559~1636)은 〈동사상일록〉(東槎上日錄)을, 이경직(李景稷, 1577~1640)은 〈부상록〉(扶桑錄)을 지어 같은 사정을 다시 말했다. 이미 세월이 흘러 포로가 되어 일본에 억류된 지 20년이나 되었는데도 고국에 국문 편지를 써 보내고자 하는 사람이 여전히 많았다고 했다. 그런 사실은 임진왜란 전에 국문이 상당히 보급되어 있었다는 구체적인 증거이다.

본문에서 다룬 자료를 김태준,《임진란과 조선문화의 동점》(한국연구원, 1977) ; 〈임진왜란과 국외체험의 실기문학〉,《임진왜란과 한국문학》; 소재영, 〈임란 피로(被虜)들의 해외체험〉,《국문학논고》(숭실대학교출판부, 1989) ; 이채연,《임진왜란 포로 실기문학연구》(박이정, 1995)에서 고찰했다.

9.1.4. 병자호란의 경우

병자호란은 오래 계속되지 않고 두 달 만에 끝났으면서도 임진왜란 못지않은 깊은 상처를 남겼다. 임진왜란 때에는 처참한 패배를 승리로 바꾸어놓는 경험을 상하민이 함께 할 수 있었고, 참기 어려운 고통을 겪으면서도 나라를 지켜야 한다는 정신적인 자세는 흐트러지지 않았다. 그런데 병자호란의 경우에는 수난과 항쟁에 참여할 수 있는 기회가 널리 주어지지 않은 채 어처구니없는 패배에 이르렀으며, 인조 임금이 청태종 앞에서 무릎 꿇고 항복을 하는 치욕을 겪어 전에 없던 깊은 고민이 생겼다.

청나라 군사가 국경을 넘어 밀려들어오자 파국이 일시에 닥쳤다. 서북쪽 산성에 진치고 있던 장졸이 힘을 쓰지 못한 채 서울이 함락되기에 이르러, 인조는 안식구와 왕자들을 먼저 보낸 강화도까지 가지 못하고 남한산성에 들어갔다. 두 요새에서 견디며 지방에서 구원병이 이르기를 기다리고자 했으나, 강화도가 먼저 함락되고, 남한산성도 지킬 방도가 없었다.

강화도로 간 사람들이 죽고 사로잡히고 한 비극도 예사로운 것이 아니지만, 외부와 연락이 두절된 외로운 산성만을 거점으로 삼은 국가 수뇌부와 소수의 군사들이 포위공격에 시달리다 못해 임금이 나서서 항복을 하기까지의 경과는 더욱 기막힌 것이었다. 비화로 숨겨두지 못하고 경험자의 실기를 통해 널리 알리고 그 의미를 묻지 않을 수 없었다.

임진왜란이 끝난 다음에는 집권층의 책임을 정면에서 따지고 들지 않는다면 수난사를 마음껏 되새길 수 있었지만, 병자호란 때에는 사정이 달랐다. 임금이 항복을 하고 청나라와 책봉관계를 가지게 되어 호적(胡賊)을 왜적처럼 규탄하기 어려웠다. 청나라에 잡혀갔다 돌아온 효종이 앞장서서 주장한 북벌(北伐)은 허사가 되고, 시대변화를 거역하려고 하는 보수적인 사고방식을 굳히는 결과만 낳았다. 청나라의 힘과 명나라에 대한 의리 그 어느 쪽에도 의존하지 말고 민족의 위기를 타개할 역량을 발휘하자는 여망은 해결하기 어려운 논란의 소용돌이를 피해 설화적인 상상으로나 표현되어야만 했다.

병자호란 때에 있었던 일을 중요한 임무를 맡은 사람들이 기록한 저작이 여럿 있다. 강화파의 최명길(崔鳴吉)은 〈병자봉사〉(丙子封事)에 임금에게 올린 글을 모았다. 척화파의 김상헌(金尙憲)의 〈남한기략〉(南漢紀略)은 경과를 간략하게 정리한 일기이다. 강화도에서 있었던 사건을 정리한 기록에는 어한명(魚漢明)의 〈강도일기〉(江都日記)가 있다.

잡혀간 사람들은 임진왜란의 경우만큼 많지는 않았지만, 인조의 세 아들 소현세자(昭顯世子)·봉림대군(鳳林大君)·인평대군(麟坪大君)이 볼모가 되어 사태가 심각했다. 수행한 관원 가운데 누가 세자의 행적을 기록한 〈심양일기〉(瀋陽日記)를 남겼으나 비통한 사연을 겉으로 드러낼 수 없었다. 청나라가 은혜를 베푼 것처럼 말하면서 분통터질 일을 담담하게 기술해야 했다.

그런 기록에 올리지 못하고 〈인조실록〉에서도 취급하지 못한 수난의 내막과 이면의 진실은 그리 높지 않은 지위에서 국정에 참여해 남한산성에 들어갔던 사람들의 체험 기록에서 증언했다. 나만갑(羅萬甲, 1592~1642)의 〈병자록〉(丙子錄)이 그런 것이다. 파직당해 고향에 머무르고 있다가 남한산성으로 자진해 들어가 정3품직으로 복귀해 군량 공급의 책무를 맡아 분투하면서 나만갑은 사태의 전모를 자기 나름대로 파악했다.

〈병자록〉을 써야 하는 이유를 말미에 붙인 발문 비슷한 글에서 밝혔다. 임진왜란은 실기가 여럿 있어도 미흡한데, 더욱 참혹한 변란을 겪고 자세한 기록을 남기지 않는다면 후세에 어찌 진상을 알릴 수 있겠는가 하고 탄식했다. 다른 사람들도 사건 당사자와의 친소관계에 구애되지 않고 사실을 보완하기를 바란다고 했다.

그대로 덮어둘 수 없는 내막을 샅샅이 드러내면서, 치욕을 받아들이기보다는 차라리 죽음을 바란다고 한 비장한 결단이 깊은 감명을 주지만, 사태는 명분론으로 감당할 수 없을 만큼 심각하다고 했다. 임금과 관원들이 두 달이라도 견딜 수 있었던 것은 군사들이 추위와 굶주림에 굽히지 않고 적병과 대치하며 싸운 덕분임을 밝혔다. 군사들이 지휘부를 불신하자 거듭되던 논란의 결말이 나지 않을 수 없었다.

정6품직의 관원 석지형(石之珩, 1610~?)이 남긴 〈남한해위록〉(南漢解圍錄)에는 하층의 불신이 심각하게 나타나 있다. 군사들이 적을 상대로 해서는 용맹스럽게 싸우다가도 조정 관원들을 보면 주저앉고 싶어 한다고 했다. 난리가 끝나면 10년 동안 부역과 세금을 면제해주겠다고 해도 위급해서 하는 말이니 믿지 못하겠다더라고 했다.

종9품의 말직에 종사하던 남업(南業, 1592~1671)의 〈병자일기〉(丙子日記)에서는 반란을 증언했다. 군사들이 들고 일어나, 고담준론만 일삼는 문사들이 적병을 막도록 하라고 하면서 임금을 만나자고 들이닥쳤다. 승지가 칼을 뽑자, 비웃으며 "이런 인재를 적진에 보내면 모든 일이 잘 되겠다"고 하더라고 했다.

〈산성일기〉라고 통칭되는 〈산성일기 병자〉는 국문본이다. 작자가 밝혀지지 않았으며, 체험의 기록이 아닌가 하지만 후대인의 저작일 가능성도 있다. 남한산성에서 겪은 수난을 긴박하게 서술하고, 독자가 울분을 느끼지 않을 수 없게 하는 설득력을 갖추고 있다. 그것이 국문을 능숙하게 사용한 문장의 힘이다. 나라의 치욕을 국문만 읽을 수 있는 부녀자나 하층민들도 알아야 한다는 생각에서 쓴 책이라고 생각된다.

나만갑의 〈병자록〉을 저본으로 했다고 할 수 있으며, 알려지지 않았던 내용은 없다 하겠으나 몇 가지 특이한 점이 있다. 김상헌이 국서를 찢고서 자결을 하려 한 것은 누구나 비장한 느낌이 들게 이야기하고, 강화파는 속임수나 잔재주를 일삼는다는 인상이 들도록 했다. 인조반정의 공신으로서 당시에 대권을 장악한 김류(金瑬)를 특히 미워해 사소한 거동이라도 패전의 책임과 연결시켰다. 김류가 전사자를 줄여 보고하자 군사들이 싸울 뜻을 잃어 강화를 하지 않을 수 없게 되었다고 했다.

남한산성에 들어갔다가 소현세자가 심양으로 잡혀갈 때 수행한 남이웅(南以雄)의 아내 남평조씨(南平曹氏, 1574~1645)가 국문으로 쓴 〈병자일기〉(丙子日記)는 병자호란에 관한 민간의 체험을 소상하게 알려준다. 난이 일어나던 해인 1636년(인조 14) 12월부터 시작해 3년 10개월 동안 겪은 일을 거의 매일 기록하면서 피란하느라고 충청도 서해안을 헤매고 다니는 동안에 남편의 소식과 나라의 존망을 알지 못해 애를 태우고, 남편이 심양으로 가서 다시 고난을 겪은 사정을 자세하게 적었다.

첫 해 12월 26일에 쓴 것을 보면, 충청도 당진 읍내 호장 집에 가까스로 거처를 정하고 가족과 함께 머물러 한 해가 끝나가는데, 남한산성 소식은 아득하니 창자가 끊어지는 듯하고 정신이 없다고 했다. 다음해 1월에는 이웃 고을 예산에 적군이 들어왔다는 소식을 듣고 바다를 건너 소허섬이라는 무인도로 들어가 대나무로 움막을 짓고 바닷물로 밥을 지어 연명한다고 했다. 남편이 심양으로 간 다음에 꿈에서 만난 사연을 몇 곳에서 간절하게 술회했다.

김광순 역주, 《산성일기》(형설출판사, 1985) ; 전형대·박경신 해, 《병자일기》(예전사, 1991)로 자료가 출간되었다. 소재영, 〈산성일기의 문학적 가치〉, 《임병양란과 문학의식》 ; 김수업, 〈산성일기에 대하여〉, 《연암현평효박사회갑기념논총》(형설출판사, 1980) ; 박경신, 〈병자일기연구〉, 《국어국문학》 104(국어국문학회, 1990) ; 〈병자일기의 수필적 성격〉, 《울산어문학》 7(울산대학교 국어국문학과, 1991) 등의 연구가 있다.

9.1.5. 시가에서 이룬 체험 변용

임진왜란과 병자호란의 체험을 한시로 읊은 작품은 이루 헤아릴 수 없이 많다. 당시의 사대부로서는 충격에 대한 반응을 나타내는 가장 익숙한 방법이 한시 창작이었다. 그러나 이미 알고 있는 창작 방법이 예상하지 못했던 새로운 사태와 맞지 않았다. 어떤 일이 일어났는지 자초지종을 설명하려고 하면 말이 모자랐다. 참혹한 광경, 처참한 시련, 힘든 투쟁을 그대로 나타낼 방법을 찾지 못해 고민이었다.

〈임란일기〉의 저자로 앞에서 이미 소개한 조정(趙靖)의 〈억구서회〉(憶舊書懷)는 180행이나 되는 장시이다. 난리가 일어나기 전의 태평성대를 노래하고, 전란이 일어난 내력과 경과를 말한 다음, 싸움터에서 온갖 고생을 하다가 폐허가 된 고향으로 돌아와서 느낀 참담한 심정을 술회했다. 모든 것을 말하려고 하다가 길어지고 산만해졌다. 전란을 총괄하는 것은 한시가 감당하기 어려운 과제였음을 확인할 수 있게 한다. 소설본 〈임진록〉과 상응하는 서사시는 이루어지지 않았다.

전투를 하면서 지은 시는 그렇게 길 수 없고, 간략한 사연에다 많은 생각을 담아야 했다. 의병장 김면(金沔, 1541~1593)의 〈행군도신창유감〉(行軍到新倉有感)을 보자. 행군을 하다가 경상도 신창이라는 곳에 이르렀을 때의 감회를 읊었다. 적의 공격을 알리는 소식이 급하게 닥쳐는 상황에서 소수의 병력으로 힘든 싸움을 해야 하니 너무 힘들지만 나라를 생각하는 도리를 저버리지 말아야 한다고 다짐했다. 작품을 들면 다음과 같다.

國破家亡虜報忙	나라 쳐부수고 집 망치는 오랑캐 소식 바쁜데,
領軍三度到新倉	군사 거느리고 세 번째 신창에 이르렀네.
莫言賊衆吾兵少	적은 많고 우리 군사 적다고 말하지 말라.
思漢民心不敢忘	나라를 생각하는 백성의 마음 감히 잊지 못한다.

조임(趙任, 1573~1644)의 〈남정〉(南征)은 싸움터에 나가기 위해 먼 길을 가면서 지은 시이다. 경상도 북부지방의 영양을 떠나가 의성을 거치고 대구를 지나 남쪽으로 가면서 보고 생각하고 다짐한 사연을 78행의 장시로 나타냈다. 그때 나이 20세였다. 처참한 상황을 보고도 절망하지 않고 죽기를 각오하고 싸우겠다고 하는 투지를 가다듬었다. 간결하면서 힘찬 말에 믿음직한 기상이 나타나 있다. 한 대목을 들어본다.

曠野入望中	넓은 들 눈 안에 들어와도
赤地少稼穡	마른 땅에 농사지은 것 적다.
胡天降椓割	어찌 하늘이 재앙을 내려
使我靡遺子	우리 백성의 씨 말리려 하는가.
道逢一隊師	길에서 한 무리 군사를 만나니
咸願爭死敵	모두 죽을 각오로 적과 싸우려 하네.
旣云同聲氣	소리와 기백 이미 같다고 말하고,
聊與吐胸臆	가슴에 품을 바를 함께 토로하네.

세상을 바로 알고자 해서 번민하는 문인은 시를 지어 싸우는 작전을 찾았다. 전투에 참여하지 않고 직접 겪은 바가 특별하지 않아도 전란의 아픔을 절실하게 나타내는 명편을 남겼다. 격동의 현장에서 한 걸음 불

러나, 사건의 경과가 아닌 어느 한 단면을, 정면과는 다른 이면을 찾아
그리는 것이 마땅한 방법이었다. 적에 대한 적개심 표출보다 지배체제
의 문제점을 찾는 것을 더욱 긴요한 과제로 삼았다.

권필(權韠, 1569~1612)은 젊은 나이라 벼슬은 하지 않고 의병으로
나서지도 못한 채 피란이나 다니고 있었지만, 시인으로서의 사명감을
지니고 역사의 증인이 되고자 했다. 자기 자신에게 닥친 사태에 즉각
반응을 보이는 대신에 오랫동안 보고 들으며 고민하던 바를 성실하게
작품화했다. 〈적퇴후입경〉(賊退後入京)을 보자. 경물을 그리면서 심회
를 나타내는 오랜 수법을 활용해 고통에서 벗어나고자 하는 희망을 절
실하게 나타냈다. 이 한 편에 임진왜란의 전모가 압축되어 있다고 할
수 있다.

故園荊棘沒黃埃	옛 동산에 가시 자라고 먼지 누렇게 덮여,
歸客空携一影來	돌아온 나그네를 그림자만 하나 따른다.
千里山河流戰血	천리 산하에 전란의 피가 흐르고,
百年城闕有荒臺	백년 성궐은 주춧돌만 황량하게 남았다.
南天畫角何時盡	남쪽 하늘 화각소리 어느 때나 멈추며,
西塞鳴鑾幾日回	서쪽 변새 임금 수레 몇 날 뒤에 돌아오리.
獨向松郊尋舊路	소나무 선 교외로 홀로 나가 옛길을 찾으니,
斷雲喬木有餘哀	조각구름 높은 가지에 슬픔이 서려 있네.

유몽인(柳夢寅, 1559~1623)은 명나라에 사신으로 갔다가 난을 만나
급거 귀국하고 그 뒤에도 명나라에 사신으로 가는 외교 임무를 맡았지
만, 전란을 노래한 시의 명편을 남겼다. 나그네가 되어 격전지를 찾아
지은 시 〈임진〉(臨津) 몇 줄에 한 발 물러서서 비판하는 말이 압축되어
있다. 세상에서 알아주지 않는 하급 무장의 원혼을 위로하면서 무엇이
잘못되었는지 말하고자 했다.

周遭鐵壁矗江潯	주변 철벽이 강가에 곧게 솟은 곳에
征旅凝舟淚滿襟	나그네 배 멈추니 눈물이 옷을 적시네.
福將豈能摧敵壘	복 받은 장수야 적진을 핍박하지 못하고,
聖君猶未化禽心	성군이라도 짐승의 마음 교화할 수 없었다.
人骸呈處春原燒	사람 해골 드러난 봄 언덕 불타는 듯하고,
鬼火飛時夜靄沈	귀신불 날릴 무렵에 밤안개 가라앉는다.
爲酹深盃弔從事	깊은 잔에 제사 술 부어 종사관을 위로하니
一壺其柰欠千金	한 병이 천금보다 모자라지 않구나.

　적을 막아야 할 장수는 달아나 자기 목숨이라도 구했으니 복을 받았다고 할 수 있지만, 짐승 같은 왜적의 마음을 조금도 교화하지 못하는 임금을 성군이라고 칭송해도 되는가? 이렇게 비꼬고 시비한 말에 지배체제에 대한 깊은 회의가 스며 있다. 장수도 임금도 무력하기만 한 판국에, 지위가 종사관에 지나지 않는 홍봉상(洪鳳祥)이 임진강 험한 곳에서 적과 싸우다가 전사했다. 현장을 찾아가서 그날을 되새기고 죽은 이의 넋을 위로하는 제사를 올리면서 깊은 감회에 사로잡혔다.

　허균(許筠, 1569~1618)은 피란을 하다가 아내가 죽는 참상을 겪고 전란이 계속되는 동안에 벼슬길에 나아갔다. 전란을 다루는 시를 거듭 지으면서 점차 변모를 보였다. 국가의 안전을 공식화된 사고방식으로 기원하다가, 전투 소식을 듣고 구국의 용장을 칭송하는 단계를 거쳐, 하층민의 고난으로 관심을 돌렸다. 더욱 절실한 경험을 하게 되면서 자기 혁신을 이루고, 현실비판의 의식을 투철하게 갖추게 되었다. 변모의 최종 단계를 〈노객부원〉(老客婦怨)이라는 장시에서 보여주었다. 한 대목을 들어보자.

頃者倭奴陷洛陽	저번에 왜놈들이 서울을 함락할 때에
提携一子隨姑郞	어린애 데리고 시어머니와 지아비를 따라,
重趼百舍竄窮谷	거듭 비틀거리며 먼 길을 걷다 궁벽한 골짜기에 숨어

夜出求食晝潛伏	밤에 나와 구걸하고 낮에는 엎드려 있었다오.
姑老得病郎負行	시어머니는 병들어 지아비가 업고 걸으며
蹠穿峀山不遑息	높은 산 접어들자 쉴 겨를도 없었다오.
是時天雨夜深黑	그때 하늘에 비가 오고 밤은 깊고 어두웠다오.
坑滑足酸顚不測	웅덩이 미끄럽고 다리 아파 깊은 곳에 굴렀더니,
揮刀二賊從何來	칼 든 도적 두 놈이 어디에선가 나타나
闖暗躡蹤如相猜	서로 시기하는 사이인 양 어둠을 타고 뒤를 밟아와서,
怒刀劈脰脰四裂	노한 칼로 내리쳐 머리 둘을 온통 찢어놓으니,
子母幷命流寃血	모자가 함께 죽으며 원한의 피를 흘렸다오.

　이렇게 해서 시어머니와 남편이 죽은 다음에도 그 여인은 모진 목숨이 겨우 붙어 있었다. 이제는 노파가 된 채 주막에서 허드렛일을 해주고 연명했다. 난리통에 헤어진 아이는 소문을 들으니 세력 있는 집의 종이 되었다지만 만난들 알아볼 수 없으리라고 했다. 노파의 하소연을 들은 대로 충실하게 받아 적고 자기 말은 보태지 않는 것이 새로운 시를 쓰는 수법이다. 군주에서 하층민으로, 명분론에서 사회현실로, 설명에서 묘사로 관심이 바뀌면서 문학이 혁신되는 양상을 아주 선명하게 보여주는 작품이다.

　이안눌(李安訥, 1571～1637)의 〈동래사월십오일〉(東萊四月十五日)도 함께 고찰할 만한 문제작이다. 난후에 동래부사로 부임한 시인이 4월 15일이 되자 집집마다 처량한 울음소리가 들려 무슨 까닭인가 하고 늙은 아전에게 물었다. 늙은 아전이 대답한 말이 그날 왜적이 동래에 쳐들어왔을 때 관민이 함께 막으려다가 장렬하게 전사했기 때문이라고 했다. 그런 내력을 서두로 삼고 그 뒤를 잇는 말이 다음과 같이 이어졌다.

投身積屍底	몸을 날려 시체로 쌓일 적에
千百遺一二	천 명 백 명 중 한둘만 남았더라오.
所以逢是日	그런 까닭에 이날을 맞이하면,

設奠哭其死   제사를 차리고 죽음을 서러워한답니다.
父或哭其子   아비가 아들을 위해 곡하기도 하고
子或哭其父   아들은 아비를 위해 곡하기도 한다오.

임진왜란을 두고 지은 시는 그 뒤에도 계속 나타났다. 신계영(辛啓榮, 1577~1669)은 1624년(인조 2)에 일본으로 사신을 가면서 동래에 이르러 회고의 시를 지었다. 전란의 상처를 안고 황폐해진 모습을 다음과 같이 읊고 〈동래유감〉(東萊有感)이라는 제목을 달았다.

蕭條殘郭是萊城   쓸쓸하게 무너진 성이 동래라고 하니,
憶着當年意未平   그날의 일을 생각하고 마음 편하지 못하다.
廢堞不修衰草合   수리하지 못한 성가퀴 시든 풀에 묻혔고,
荒墟無主夕陽明   황폐한 터전 주인 없는 채 석양만 밝다.
靑山尙帶凄涼色   푸른 산은 아직도 처량한 빛을 띠고,
流水長含嗚咽聲   흐르는 물이 흐느낌을 길게 머금었다.
義魄相應餘憤在   의로운 혼백 얽히고 울분이 남았는데,
却慚今日海東行   부끄럽게도 오늘 바다 동쪽으로 간다.

앞의 네 줄에서는 눈에 보이는 광경을 그리고, 뒤의 네 줄에서는 멀리까지 돌아보면서 생각을 깊이 했다. 동래성이 폐허가 될 때의 원통한 사정을 두고두고 잊을 수 없어, 의로운 혼백들의 풀지 못한 울분을 이어받아야 한다고 했다. 국교를 다시 트는 일을 맡아 일본으로 가는 것이 부끄럽지만 또한 어쩔 수 없는 일이라고 하는 말로 끝을 맺었다.

국문시가는 한시만큼 많지 않고 절실한 표현을 갖추지도 못했다. 시조를 찾아보면 한시에 비해서 작품 수가 많이 모자란다. 몇 편 되지 않는 것마저도 전쟁의 양상을 직접 다루거나 그 참상을 노래하지 않고 위기를 맞이한 내면적인 고민을 토로하는 데 머물렀다. 문면에 나타나지 않은 사연을 한시보다 더 많이 함축한 것이 시조의 특징이다. 한두 작

품이라도 널리 알려지고 오래 구전되면서 깊은 감동을 주었다.

> 한산(閑山)섬 달 밝은 밤에 수루(戍樓)에 혼자 앉아
> 큰 칼 옆에 차고 깊은 시름 하는 적에,
> 어디서 일성호가(一聲胡茄)는 남의 애를 긋나니.

　이것은 이순신의 시조이다. 조용한 정경이 크나큰 움직임을 내포하고 있다. 이순신은 마음씨가 섬세한 사람이라 나라를 근심하는 번민이 겹쳐 잠을 이루지 못하고 있는 심정을 선명하게 나타냈다. 천지를 진동하는 해전이 계속되는 동안에 이처럼 조용하게 침잠하는 겨를이 있었기에 역사를 바꾸어놓을 수 있었다.

> 춘산(春山)에 불이 나니 못 다 핀 꽃 다 붙는다.
> 저 뫼 저 불은 끌 물이나 있거니와
> 이 몸에 내 없는 불이 나니 끌 물 없어 하노라.

　이것은 의병장 김덕령(金德齡, 1567~1596)의 작품으로 알려져 있다. 작자 고증에 다소 문제가 있고, 무엇을 말하려고 했는지 알기 어렵다. 역적으로 몰려 옥에 갇혔을 때 이 시조를 지었다고 한다면, 복받쳐 오르는 울분을 끌 수 없는 불에다 견주어 나타냈다고 할 수 있다. 그 정열과 용맹을 나라를 구하는 데 쓰지 못했으니 원통하다는 느낌을 거듭 자아낸다.

　나가 싸우지는 못하고 피해를 겪기만 하면서 지은 시조는 잘 간직될 수 있어 다행이나 세상에 알려지지 않다가 근래에 발견되었다. 정광천(鄭光天, 1553~1594)의 작품이 그런 것이다. 정광천은 경상도 선비인데, 임진왜란이 일어나자 피란길에 구걸하면서 봉양하던 아버지가 역병을 앓는 참담한 심정을 〈병중술회가〉(病中述懷歌)에다 나타냈다. 또한 〈술회가〉(述懷歌) 6수를 지어 어떻게 해야 하는가 하고 탄식했다. 그 가운데 한 수를 들어본다.

어와 설운지고! 태평은 언제러니?
임금은 어데고, 부친은 어찌 하리?
차라리 자는 듯이 죽어서 아무런 줄 모르리라.

이덕일(李德一, 1561~1622)은 직접 나서서 싸우다가 물러난 다음 〈우국가〉(憂國歌) 28수를 지어 나라를 근심하는 마음을 나타냈다. 글공부를 그만두고 싸움터로 향했으나 이룬 바가 없어 안타깝다고 했다. 헐벗고 굶주린 백성은 돌보지 않고 조정에서 당파싸움만 일삼으니 더욱 분개하지 않을 수 없다고 했다. 그 가운데 한 수를 들면 다음과 같다.

힘써 하는 싸움, 나라 위한 싸움인가.
옷밥에 묻혀 있어 할 일 없어 싸우는가?
아마도 그치지 아니 하니 다시 어이 하리.

가사는 전란을 직접 다룰 수 있었다. 최현(崔晛)과 박인로(朴仁老)가 각기 두 편씩 지은 것이 그 좋은 예인데, 스스로 싸움터에 나가 겪고 생각한 바를 나타내면서 전란의 총체적인 모습까지 집약하고자 해서 한시에서는 볼 수 없는 웅대한 구상을 갖추었다. 그러나 유학만 힘써 공부하던 선비가 새로운 사태에 부딪혀 표현과 인식의 한계를 드러냈다. 관습화된 표현을 버리지 못해 생동하는 구어를 쓰지 못하고, 시련 극복의 방향을 제시하기에는 역사의식이 미흡한 아쉬움을 남겼다.

최현(1563~1640)은 문과에 이미 급제했던 사람인데 임진왜란이 일어나자 향리에서 의병에 가담해 싸움터에 나갔다. 그 체험을 살려 가사를 지었다. 나라를 근심하는 뜻을 〈명월음〉(明月吟)에서 말하고, 〈용사음〉(龍蛇吟)을 지어 전란을 총괄하고자 했다.

〈명월음〉을 보면, 임금을 달에다 빗대어 달빛이 사방을 밝게 비추어야 할 터인데 왜적의 침입으로 어두운 구름이 하늘을 덮었다고 한탄했다. 풍운의 변화로 달빛이 다시 나타날 것을 염원하는 데까지 시상을 전개하느라고 장식적인 표현을 늘어놓았다. 생각이 추상적인 차원에 머무르고 전란 극복의 의지가 분명하지 않다.

〈용사음〉은 1592년의 임진년에서 '용'[진]을, 1593년의 계사년에서 '사'를 따와서 제목으로 삼았다. 두 해 동안 일어난 전란의 경과와 책임을 밝히고, 왜적이 물러났으니 복구를 위해서 노력을 쏟자는 내용을 서사시에 가까운 구상을 갖추어 나타냈다. 말을 다듬는 솜씨가 도도한 흐름을 감당하기에는 부족하다 하겠으나, 전란의 시작을 다음과 같이 다루어 책임추궁을 철저하게 하려고 했다.

> 이 좋은 수령은 넣나니 백성이요,
> 톱 좋은 변장(邊將)들 켜나니 군사로다.
> 재화로 성을 쌓으니 만장(萬丈)을 뉘 넘으며,
> 고혈(膏血)로 해자 파니 천척을 뉘 건너료?
> 기라연(綺羅筵) 금수장(錦繡帳)의 추월춘풍(秋月春風) 수이 간다.
> 해도 길건마는 병촉유(秉燭遊) 그 어떨꼬?
> 주인 잠든 집에 문은 어이 열었나뇨?
> 도적이 엿보거늘 개는 어찌 짖지 않는고?

이빨 좋은 수령들은 백성을 썹고, 변방의 장수들은 군사들을 톱질해서 괴롭히기만 했다고 했다. 재화로 성을 쌓아 만 장이나 되는 것을 누가 넘으며, 고혈로 해자를 파서 천 척이나 되는 것을 누가 건너겠느냐고 한 말은 수탈을 일삼고 방비를 소홀하게 한 데 대한 분노를 나타내는 반어이다. 그렇게 하면서 태평성대의 놀이를 즐기고 있는 동안에 도적이 들어왔다고 했다.

박인로(1561~1642)는 수군으로 종군해서 전란 중에 무과에 급제했지만 유학을 숭상하는 선비의 도리나 의리를 강하게 의식했다. 군사들을 독려하며 하루 빨리 왜적을 물리쳐 평화를 되찾을 것을 염원해 가사를 지으면서 유학을 정신적 지주로 삼았다. 전투가 한창 치열하던 1598년

(선조 31)에 군사들의 사기를 드높인 노래 〈태평사〉(太平詞)에서는 위엄
있는 문장과 긴박감이 도는 수식을 갖추었다. 마지막 대목을 들어본다.

> 천운순환(天運循環)을 아오리다 하느님아.
> 우아방국(佑我邦國) 만세무강(萬歲無疆) 늘이소서.
> 당우천지(唐虞天地)에 삼대일월(三代日月) 비추소서.
> 어사만년(於斯萬年)에 병혁(兵革)을 그치소서.
> 경전착정(耕田鑿井)에 격양가(擊壤歌)를 불리소서.
> 우리도 성주(聖主)를 뫼시고 동락태평(同樂太平)하리라.

평화에 대한 강렬한 희구를 나타냈다. 유가에서 동경해 마지않는 고
대의 이상사회가 재현되어 전란이 없고 근심이 없는 시절의 복락을 누
리기를 바랐다. 공식화된 한자어를 적절하게 배치해 누구나 가지는 소
망을 나타냈다.

전란이 일단 끝난 1605년(선조 38)에 선박에 관한 업무를 부산에 가
서 배 위에서 탄식한다는 〈선상탄〉(船上歎)을 지을 때는 어조가 달라졌
다. 왜적을 증오한 나머지 일본에 사람이 살게 된 것부터 잘못되었다는
말을 길게 했다. 왜적에 대한 근심을 덜고 고향으로 돌아가 놀잇배를
타고 즐기기를 바란다고 했다.

일본군에게 유린되지 않은 평북 안주에 머물러 백성을 돌보는 임무
를 맡았던 이현(李俔, 1540~1618)은 1595년(선조 28)에 전망 좋은 누
각에 오른 감회를 〈백상루별곡〉(百祥樓別曲)에다 나타냈다. 평화스럽
기만 한 것 같은 광경을 아름답게 묘사하고서 "여염이 안도하여 난리를
잊었도다"라고 하고, 고구려 때에 그 근처에서 수나라 침략군을 물리쳤
던 일을 회고했다. 전란을 끝내고 평화를 이룩하기를 희구하는 마음을
그렇게 나타냈다.

백수회(白受繪, 1574~1642)는 일본으로 잡혀가면서 〈도대마도가〉
(到對馬島歌)를 지어 원통한 사정을 하소연하고, 〈재일본장가〉(在日本

長歌)에서는 굽힐 수 없는 의지와 고국을 향한 그리움을 나타냈다. 두 작품은 다소 차이가 있으나 시조보다는 길고 가사보다는 짧아 형식이 문제된다. 위기에 부딪히자 기존의 갈래에 구애되지 않고 민요에서 흔히 있는 저층의 형식을 그대로 노출시켰다고 볼 수 있다. 9년 동안 포로 생활을 하다가 귀환해 남긴 〈송담문집〉(松潭文集)에 그 두 작품이 수록되어 있다.

안인수(安仁壽)라는 사람이 지은 가사도 백수회가 일본에서 가져와 〈송담문집〉에 수록했다. 안인수는 어떤 사람인지 밝혀지지 않았다. 제목이 별도로 없어 〈안인수가〉(安仁壽歌)라고 하는데, 일본에서 느끼는 고립과 절망을 하소연한 내용이다. 낯선 땅에서 혼자 외로이 잠 못 이루는 슬픈 신세를 야단스럽게 부는 바람과 비스듬히 비추어주는 외로운 달을 들어 처연하게 노래했다.

김충선(金忠善, 1571∼1642)은 임진왜란에 종군한 왜장이었는데 귀화해서 공을 세우고 사대부의 신분을 얻었다. 만년에 은퇴해서 생애를 회고하는 가사 〈모하당술회〉(慕夏堂述懷)를 지었다. 문명국인 조선을 동경해 정착하게 된 경위와 그 뒤의 활동을 자랑스럽게 술회하고 유가의 도의를 자손대대로 지키겠다고 했다.

병자호란의 시련은 청나라에 잡혀간 사람들이 가장 잘 나타냈다. 장차 효종이 될 봉림대군(鳳林大君)과 아우 인평대군(麟坪大君)은 떠나가야 하는 한탄을 시조를 지어 나타냈다. 어처구니없는 패망을 겪고 대군의 고위한 신분으로 오랑캐 땅으로 향하는 처절한 심정을 하소연하는 데 시조가 가장 적합했음을 알 수 있다. 봉림대군 효종(孝宗, 1619∼1659)이 지은 것을 들면 이렇다.

청석령(靑石嶺) 지났느냐 초하구(草河溝) 어디메오?
호풍(胡風) 차도찰사 궂은비는 무슨 일고.
뉘라서 내 행색 그려내어 님 계신 데 드릴꼬?

몇 마디 되지 않는 말에 마지못해 몸을 움직이는 거동을 선연하게 그렸다. 찬 바람 궂은비로 모진 수난을 나타내 긴장이 고조되게 했다. 몸은 가고 있으면서 마음은 님이라고 한 아버지 임금을 향하고 있다는 것을 몇 단계에 걸쳐 더욱 생생하게 드러내면서, 굽힐 줄 모르는 의지를 암시했다. 절실한 체험이 전제되지 않고서는 얻을 수 없는 표현이다.

강화에 반대하는 척화파라는 이유에서 청나라에 잡혀간 신하들도 기억할 필요가 있다. 척화파의 중심인물이어서 수난을 겪은 김상헌(金尙憲, 1570~1652)도 떠날 때의 심정을 시조로 나타냈다. 다음과 같은 시조가 위에서 든 효종의 작품과 함께 널리 알려져 있다.

> 가노라 삼각산아 다시 보자 한강수야.
> 고국산천을 떠나고자 하랴마는
> 시절이 하 수상하니 올동 말동 하여라.

잡혀가 있을 동안에 자기 처지와 심정을 술회하는 글을 남겼는데, 산문은 없고 시만 몇 백 수이다. 행로마다 느끼는 처절한 심정을 노래하고, 옥중에서 번민에 사로잡히기도 했으며, 고국에서 간 사람을 만나 주고받은 사연이 또한 심각했다. 〈격중견월〉(隔中見月)이라고 한 것을 하나 들면 다음과 같다.

重壁高墻隔四鄰	몇 겹 벽과 높은 담으로 사방을 막았으니,
暗聞鷄犬認昏晨	계견 소리 어둠 속에서 듣고 밤중과 새벽 분간하네.
中宵試向容光處	한밤중에 시험 삼아 빛 들어오는 곳을 향하자,
月色多情不負人	달빛은 다정해서 이 사람을 저버리지 않는구나.

달빛은 아무도 알아주지 않는 고결한 정신을 상징한다고도 할 수 있다. 그런 정신이 있어 어려움을 견디었다. 그러나 세상이 어떻게 바뀌더라도 융통성을 거부하고 불변의 도리를 세워야 한다는 주장은 고립

을 자초하고, 나라를 위기에서 구하지 못했다. 병자호란을 두고서 계속 생겨난 민간의 설화나 소설에서는 지조 높은 선비가 아닌 용맹이 뛰어난 영웅을 주인공으로 삼았다.

최사립(崔泗岦)은 1637년(인조 15)에 전남 광산 향리에서 집안과 마을 사람들을 모아 의병을 일으켜 북상했다. 인조가 항복했다는 소식을 듣고서도 물러나지 않고 의주까지 가서 귀국중인 청나라 군사와 싸워 80여 인이 몰사했다. 〈기병일기〉(起兵日記)를 남겨 싸우러 나간 내력을 적어놓은 것 가운데 이런 시가 있다.

十載藏磨一鏌鋣   십년 동안 간직하고 갈았다 보검 한 자루

泛灎秋水動龍蛇   출렁이는 가을 물결에 용사가 움직이네.

洗兵漢水歸家日   한강에 병장기 씻고 돌아오는 날이면

棣樹莉花暎錦紗   산앵도와 가시꽃도 비단옷 입고 빛나리.

싸우러 나가면서 결의를 다짐했다. 한강에 병장기를 씻고 돌아와 꽃 구경을 하리라고 한 희망은 이루어지지 않았다. 많은 전설을 남겨, 최사립이 타고 다녔다는 천마의 발자국이 바위에 있다고 한다.

이정환(李廷煥, 1604~1671)은 초야의 선비이면서 세자와 두 대군이 오랑캐 땅 청나라에 잡혀 있는 것은 참을 수 없는 치욕이라고 생각해서 〈비가〉(悲歌) 10수를 지어서 통분해했다. 그 서두에서 만 리 밖 요양(遼陽)으로 달려가 두 대군을 만나는 꿈을 꾸다가 한밤중에 홀로 일어나 앉아 탄식한다고 했다. 여덟째 노래에서는 봄비를 맞고 자라는 풀은 시름이 없어 부럽다고 했다. 나라가 어떻게 될지 몰라 공중에 아득히 올라가 근심하고 헤맨다 하면서, 아홉째 노래에서 다음과 같이 술회했다.

조그만 이 한 몸이 하늘 밖에 떠나니

오색구름 깊은 곳에 어느 것이 서울인고?

바람에 지나는 검줄 같아서 갈 길 몰라 하노라.

이경엄(李景嚴, 1579~1652)은 평안도 가도(椵島)에 주둔하고 있는 명나라 군사 접반(接伴)의 임무를 맡고 출발이 늦었다는 이유로 파직된 상태에서 병자호란을 맞았다. 통분하는 마음으로 시조 2수를 지었다. 〈곡시사〉(哭時事)라고 한 데서는 벌어진 사태를 중국의 고사를 들어 간접적으로 서술하고, 아무리 울어도 한이 풀리지 않는다고 했다. 〈천산재귀와〉(天山齋歸臥)라고 한 다른 작품에서는 "남한산성(南漢山城) 남은 목숨 지금에 살아 있어" 느끼는 치욕을 산천에 묻혀 잊기 바란다고 했다.

병자호란을 다룬 가사 〈병자난리가〉(丙子亂離歌)가, 1711년(숙종 37)에 필사된 것으로 보이는 〈해동유요〉(海東遺謠)에 실려 있다. 작자는 알 수 없으나 작품 내용을 보면 병자호란을 직접 겪었으리라고 생각되고 강화도 사람인 듯하다. 난리가 닥치기까지의 경과, 피란하면서 겪은 참상, 패전의 책임 추궁, 인조 항복과 그 뒤의 사태에 대한 탄식으로 작품을 이으면서, 국정을 담당한 관원들을 줄곧 비판했다.

"묘당(廟堂)에 앉은 분네 의기(義氣)도 높을시고, 후사(後事)란 전혀 잊고 척화(斥和)를 먼저 하니"라고 하면서 난리를 미리 막지 못한 책임부터 따졌다. 적병이 닥치자 "일국군왕(一國君王)도 남대문을 못 나서니, 만성인민(滿城人民)이야 더욱 일러 무엇 하리"라고 한 파국이 벌어졌다고 탄식했다. 피란하느라고 겪은 고생을 절실하게 그려냈다.

어린 자식 품에 품고, 자란 자식 손목 쥐고,
신주(神主) 상자 등에 지고 칠십쌍친(七十雙親) 어이 하리.
잡거니 붙들거니 촌촌(寸寸)이 걸어가서
적막산촌(寂寞山村)에 빈 집을 겨우 얻어,
집 기슭 찬 자리에 헌 거적 한 잎 깔고,
해 다 져 저문 날에 손 불고 앉았으니,
헴 없는 어린 자식 밥 달라 보채거늘.

개인의 고생과 나라의 시련을 함께 인식하고, 임금과 자기가 다르지 않다고 했다. 피란지에서조차 반성을 하지 않고 향락을 일삼는 무책임한 관원들은 "죄상 곧 헤어내면 다 버릴 놈이로다" 하며 분개했다. "어와 가소롭다, 의주부윤(義州府尹) 가소롭다"로 시작되는 대목에서는 임경업마저 일을 그르쳤다고 나무랐다.

임경업의 생애를 칭송하면서 다룬 〈총병가〉(摠兵歌)라는 가사도 있다. 작자는 정우량(鄭羽亮)이라 했는데 신원이 확인되지 않는다. 간략하게 간추린 내용을 상투적인 설명으로 전하는 데 그쳤다. 당대의 작품이 아니며, 소설 〈임경업전〉보다 나중에 이루어진 것 같지 않다.

채득기(蔡得沂, 1605~1646)의 〈봉산곡〉(鳳山曲)도 병자호란과 관련된 가사이지만, 전란을 적극적으로 다루지는 않았다. 청나라에 가서 세자를 모시라는 명령을 따르지 않다가 귀양살이까지 한 다음 마침내 전원으로 떠나가면서 지은 가사이다. 자기 임무에 관한 말은 서두에 한마디 비쳤을 따름이고, 은거하면서 지내는 사람의 풍류만 잔뜩 늘어놓고 자랑했다.

병자호란의 경험은 잊혀지지 않아 두고두고 작품의 소재가 되었다. 강응환(姜膺煥)의 〈무호가〉(武豪歌)나 조우각(趙友慤)의 〈대명복수가〉(大明復讐歌) 같은 것들이 청나라에 대한 적개심을 다시 나타냈다. 그러나 새삼스럽게 말할 내용이 없어 상투적인 표현을 사용했으며, 설득력이 부족하다.

김태준 외《임진왜란과 한국문학》에 조동일, 〈허균 세대의 임진왜란 체험과 한시의 변모〉와 정재호, 〈임진왜란과 국문시가〉가 있어 한시와 국문시가에 관한 논의를 폈다. 한시는 정원표, 〈역사적 사건의 시적 형상화 과정 : 임진왜란과 병자호란에 관련된 한시를 중심으로〉,《한국한문학연구》16(한국한문학회, 1993) ; 신현규, 〈임병양란을 소재로 한 한문서사시 연구〉(중앙대학교 박사논문, 1997) ; 김영숙, 〈임란중 영남의병 관련 한문학 작품 조사・분석〉,《모산학보》12(모산학술연

구소, 2000) ; 김상일, 《동악(東岳) 이안눌 시 연구》(보고사, 2000) 등
에서 연구했다. 정광천의 시조는 임형택, 《한국문학사의 논리와 체
계》(창작과비평사, 2002) ; 이덕일의 시조는 강전섭, 《한국시가문학연
구》(대왕사, 1986) ; 양순필, 〈이덕일의 우국가고〉, 《백록어문》1(제주
대학교 국어교육연구회, 1986) ; 최현의 가사 두 편은 홍재휴, 〈인재(認
齋) 가사고〉, 《청계김사엽박사송수기념논총》(학문사, 1973) ; 박인로
의 가사는 이상보, 《노계가사 연구》(이우출판사, 1977) ; 김충선의 가
사는 권영철, 〈모하당(慕夏堂) 시가 연구〉, 《효성여자대학연구논문
집》(1967) ; 이동영, 《가사문학논고》(형설출판사, 1977) : 이경엄의 시
조는 진동혁, 《고시가연구》(도서출판 하우, 2000) ; 〈병자난리가〉는
이혜화, 〈해동유요 소재 가사고〉, 《국어국문학》 96(국어국문학회,
1986) ; 〈총병가〉는 홍재휴, 〈총병가·탄중원가〉, 《국문학연구》 9(효
성여자대학교 국어국문학과, 1986) ; 이복규, 〈정우량 작 '총병가'와 '탄
중원'〉, 《국제어문》 8(국제어문연구회, 1987)에서 소개하고 고찰했다.
윤덕진, 〈선석(仙石) 신계영 연구〉(국학자료원, 2002) ; 김현명, 〈조선
후기에 있어서 '전통의 창출' : 탐진최씨 천곡파의 '송계유고'·'충분후
등급'의 분석을 중심으로〉, 《조선시대 사상과 문화》 3(집문당, 2003)에
서 새로운 자료를 알렸다.

9.1.6. 허구적 상상에서 제기한 문제

실기로 실상을 기록하고, 시가로 감회를 토로했다 해서 임진왜란과
병자호란을 두고서 할 말을 다한 것은 아니다. 허구적인 상상으로 실제
로 있었던 일을 재구성하고 할 말을 적극적으로 하는 것이 또한 필요했
다. 원통하게 죽은 사람들의 원혼이 나타나 하는 이야기를 들어 적는다
고 하는 몽유록이 그렇게 하는 데 알맞아 여러 사람이 거듭 썼다.

윤계선(尹繼善, 1577~1604)은 문과에 급제하고 벼슬길에 올랐던 사
람인데, 전란을 겪으면서 수많은 장졸이 원통하게 죽어 원혼이 된 것을

안타깝게 여겨 〈달천몽유록〉(達川夢遊錄)을 지었다. 창작연대는 작품에 밝혀놓았듯이 임진왜란이 끝난 지 2년째 되는 1600년(선조 33)이다. 신립(申砬) 장군이 처참하게 패배를 한 충주 달천에 가서 꿈을 꾸었다고 하면서 그 지명을 작품명에 등장시켰다.

전몰한 장졸들의 백골이 널려 있는 것을 보고 비탄의 시를 읊다가 잠이 드니 원귀가 사방에서 몰려들더라고 했다. 이름 없는 군사들이 신립을 원망하고 규탄하면서 비명에 죽은 것을 한탄하는 말을 다 듣고 깨어나, 긴 제문을 지어 제사를 지냈다고 했다. 작품 전편의 성격이 해원(解寃)굿이라고 할 수 있다. 많은 사람에게 공감을 주어 많이 읽히고, 조경남의 〈난중잡록〉에 수록되었다.

황중윤(黃中允, 1577~1648)이 과거를 보고 귀향하는 길에 충주 탄금대 아래에서 비에 막혀 지체하는 동안에 이상한 꿈을 꾸고 지었다고 한 〈달천몽유록〉(撻川夢遊錄)도 있다. 꿈에 수부(水府)에 가서 그곳의 왕, 달천후(撻川侯), 임진백(臨津伯) 등과 수작을 나누었다고 했는데, 달천후가 바로 신립이다. 신립의 잘못은 용서할 수 없지만, 적을 막을 준비가 갖추어지지 않고, 군대의 편성과 제도가 제대로 되지 않으며, 상벌이 바르게 시행되지 않은 것이 또한 패전의 원인이라고 지적했다.

신착(愼懬, 1581~?)이 지은 〈용문몽유록〉(龍門夢遊錄)에서도 패전의 책임을 물었다. 경상도 안의(安義)의 황석산성(黃石山城)이 함락되어 피살된 사람들이 서술자의 꿈에 나타나, 김해부사를 지낸 위인이 가족을 데리고 밤에 몰래 성문을 열고 도망하자 왜적이 성안으로 들어오게 된 내막을 폭로하고 규탄한 내용이다. 그런데 후반부에서는 고려말의 인물과 만나 산천의 경치와 시 창작에 관해 문답해서 긴장이 지속되지 않았다.

작자와 창작연대가 미상인 〈피생명몽록〉(皮生冥夢錄)은 피생이라는 몽유자를 등장시켜 도처에 시체가 뒹굴고, 백골이 흩어져 있는 전후의 참상을 문제 삼았다. 지탄받아야 할 벼슬아치가 타인의 시체를 자기 아버지로 여겨 장사 지내는 패륜을 저지르고도 시정하지 않은 것은 전생의 기묘한 인연 탓이고 스스로 저지른 과오의 대가라고 했다. 그렇지만 아무 죄도 짓지 않은 사람이 그런 실수를 피하지 못하는 책임을 어디서 물어야 할 것인가 하고 통탄했다.

병자호란을 두고서 지은 몽유록에 〈강도몽유록〉(江都夢遊錄)이 있다. 강화도가 청나라 군대에 함락되어 벌어진 참상을 다룬 것이다. 작가와 창작연대는 알 수 없는데, 서투른 한문으로 여성이 하고 싶은 말을 해서, 여성의 작품으로 인정된다.

청나라 군대가 밀어닥치자 정절을 지키느라고 자결한 여자들의 원혼 열넷이 등장해 각기 한마디씩 하는 것으로 작품이 전개된다. 무능한 남편들이 막중한 책임을 제대로 감당하지 못한 탓에 오랑캐를 불러들이고, 자기네를 지켜주지 않아 자결을 할 수밖에 없었으니 원망스럽고 원통하다고들 했다. 청나라와 강화하기를 주장한 남동생을 나무라기도 했다. 정절을 잃고 추문을 남긴 여동생을 둔 것을 부끄럽게 여긴다고 하기도 했다. 자결을 결심한 높은 절의에 감격해 자기는 함께 죽는 것이 영광이라고 했다.

몽유록은 그처럼 사대부 남성 위주의 관점에서 하급 군사, 일반 백성, 그리고 여자들의 원망을 나타냈으나, 그런 독자층이 즐겨 읽을 수는 없었다. 하층민에게는 전란의 체험을 전하면서 주장하고자 하는 바를 나타내는 최상의 매체가 설화였다. 설화가 기록되면서 윤색되기도 하고 소설을 만들어낼 정도까지 변모해, 전란을 다루는 서사문학의 풍부한 유산을 만들어냈다.

임진왜란 설화에는 실제 인물을 영웅으로 숭앙한 것이 풍부하다. 미천한 처지에서 일어나 뛰어난 용맹을 발휘한 영웅 김덕령(金德齡)이 왜적을 무찌르지 못하고 시기하는 무리 때문에 잡혀 죽은 것을 애통하게 여겼다. 사명당(泗冥堂)은 도술을 부려 왜적을 위압하고 바다를 건너가 왜왕의 항복을 받았다고 했다. 명나라 장수 이여송(李如松)은 조선에 인재가 나지 못하도록 전국 명산에 혈을 지르다가 변신을 하고 나타난 산신령에게 혼이 났다고 했다.

그런 전설을 다양하게 수용해 만든 소설 〈임진록〉(壬辰錄)은 이본이 50여 종이나 되는 작품군이며, 모두 작자 미상이다. 사실과 비교적 가까운 거리에 있는 한문본에서부터 가공적인 인물의 활약상을 크게 다룬 국문본에 이르기까지 많은 변이를 나타내면서, 왜적을 물리칠 수 있는 힘이 있었으나 운세가 따르지 않거나 방해자가 있어 뜻을 이루지 못했다고 하는 공통된 주제를 서로 다른 방식으로 구현했다. 명나라와의 관계를 친선과 반감의 양면에서 나타내고, 국왕에게 충성해야 한다고 하는 다른 일면에서 민중영웅에 대한 부당한 억압에 항의했다.

한 개인이나 가문에서 일어난 사건이 설화로 바뀌고 다시 소설화된 것도 있다. 남원성이 함락될 때 헤어진 부부가 각기 중국과 일본으로 갔다가 돌아와 재회하기에 이른 기구한 사건을 유몽인(柳夢寅, 1559~1623)이 〈어우야담〉(於于野談)에 정생(鄭生)과 홍도(紅桃)의 이야기라고 하면서 소개했다. 그것을 확대하고 윤색해서 조위한(趙緯韓, 1567~1649)은 〈최척전〉(崔陟傳)이라는 소설을 지었다.

설화를 수용하는 과정을 거치지 않고 설화적 상상력으로 창작한 작품도 있다. 〈정광주피란록〉(鄭廣州避亂錄)은 주역을 공부해 임진왜란이 일어날 것을 미리 안 선비가 전란에 대처하는 방법을 보여주었다. 청룡산 백학동이라는 곳에 숨어 난을 피하고, 몽진하는 선조 임금을 의주까지 가서 돌보고, 백성을 구하려고 애썼다. 왜적을 무찌를 수 있지만, 천명을 거역할 수 없다고 했다.

〈남윤전〉(南九傳) 또한 임진왜란을 다룬 작자 미상의 국문소설인데, 선비의 처신과는 다른 하층민의 요구를 나타냈다고 할 수 있다. 왜적에게 잡혀간 주인공이 일본 공주와 혼인을 하고, 다시 닥친 시련을 피해 공주의 도움으로 탈출해 다시 5년 동안 무인도에서 시련을 겪은 다음, 중국을 거쳐 귀국했다고 했다. 모든 것이 잘 되는 경우를 마음껏 상상했다.

임진왜란에 참가한 중국인이나 일본인도 그 나름대로의 이야기를 남길 수 있었지만, 양쪽 다 기회를 주지는 않았다. 〈임진록〉에 등장하는 일본인은 괴물 같거나 하고, 중국인은 어느 정도 사람 노릇을 하게 했다. 개별 작품에서는 중국인 병사의 모습을 친근하게 그렸다. 권필(權韠, 1569~1612)의 작품으로 보이는 한문소설 〈주생전〉(周生傳)과 〈위경천전〉(韋敬天傳)은 임진왜란에 종군한 명나라 군사를 주인공으로 삼아 사랑의 시련을 다루었다.

청나라는 처음에 후금이라고 했다. 후금과 관련된 사건을 다룬 소설에 권필의 조카 권칙(權伐, 1599~1667)이 지은 〈강로전〉(姜虜傳)이 있다. 후금을 치러 갔다가 광해군의 밀명에 따라 투항한 인물 강홍립(姜弘立)을 주인공으로 등장시켜 비겁하고 어리석고 불충한 인물로 다루어 존명배호(尊明排胡)의 관점을 나타냈다. 병자호란이 일어나기 전인 1630년(인조 8)에 한문으로 지은 것이 곧 국문으로 번역되어 유통되고 한문으로 재번역되기도 해서 상당한 인기를 끌었다.

병자호란의 체험을 전설로 나타내다가 소설로 옮긴 작품이 〈임경업전〉(林慶業傳) 또는 〈임장군전〉(林將軍傳)이다. 임경업은 나라를 구할 수 있는 능력을 지녔는데 방해자 때문에 뜻을 이루지 못하고 부당한 죄명으로 잡혀 죽기까지 한 것이 통탄스럽다고 하면서 불운한 영웅의 일대기를 상상에 의한 허구를 곁들여 전개했다. 다양한 이본이 있는 가운데 국문본이 더 많고, 한문본은 국문본의 번역으로 생각된다.

전설에서 받드는 영웅은 임경업만이 아니다. 용맹과 지략을 지닌 인재가 얼마든지 있었다는 것으로 형세가 부득이했다는 데 대한 반론을 삼았다. 하룻밤에 몇 천리를 가는 이인 장수가 있어 청태종을 만나 힘겨룸을 했다든가 하는 이야기를 즐겨 하면서 민간전승에 근거를 둔 상상력을 발휘했다. 숨은 인재들의 뛰어난 역량은 알지도 못한 임금이 남한산성에서 견디지 않고 서둘러 항복한 것이 통탄스럽다고 했다.

〈박씨전〉에서는 여성 영웅을 등장시켰다. 주인공 박씨는 금강산 산신의 딸이다. 남편을 얻어 지상에 내려올 때에는 보기 싫은 추녀였다가 허물을 벗고 절세의 미녀가 되고서, 깊이 감추어두었던 도술을 발휘해 침략군과 맞섰다. 그러나 천명을 거역하지는 못해 섬멸하지는 못하고 진격을 막기만 했다. 〈임경업전〉에 수용된 전설보다 한층 깊은 층위에서 원천을 마련해, 민족수호신에 대한 믿음에 근거를 두고 여성 영웅의 국난 극복을 상상해보았다.

홍세태(洪世泰, 1653~1725)가 지은 〈김영철전〉(金英哲傳)이라는 한문소설은 후대의 것이지만, 병자호란 때 있었다는 일을 다루었으므로 여기서 고찰할 필요가 있다. 평안도 출신의 군졸 김영철이 포로가 되어 청나라로 가서 여진족 여인에게 장가들고, 명나라로 탈출해 한족 여인을 아내로 삼았다. 사신이 귀국하는 배에 숨어들어 돌아와 통변 노릇을 하면서 공을 세워 미천한 처지에서 벗어났다. 고국의 아내까지 포함해 여러 아내가 낳은 많은 아들과 함께 만년을 편안하게 보냈다. 수난을 기회로 삼은 행운이 있기를 바라는 하층민의 의식을 〈남윤전〉에서보다 더욱 구체화해서 나타냈다고 할 수 있다.

임진왜란과 병자호란의 충격은 상하관계의 질서를 뒤집어 보게 하고, 현실인식의 새로운 표현방식을 개척하게 하는 변화를 문학에서 일으켰다. 그러나 그 성과는 문학갈래에 따라 격차가 있었다. 전란의 참상을 실기로 남기는 경우에는 현실 자체를 직시할 수 있었어도, 한시나 시조·가사는 이미 굳어진 수사법을 청산하기 어려웠다. 민간전승을 통해 여과된 경험을 새로운 갈래인 소설에다 응축시킬 때에도 기존의 관념이 장애가 되기는 했지만 더 많은 가능성이 보장되었다.

몽유록에 관한 종합적 연구를 차용주,《몽유록계 구조의 분석적 연구》(창학사, 1981) ; 신재홍,《한국몽유소설연구》(계명문화사, 1994) ; 신해진,《조선중기몽유록연구》(박이정, 1998) ; 〈윤계선의 정치적 입장과 '달천몽유록'〉,《한국학연구》8(고려대학교 한국학연구소, 1996)에서 하면서 본문에서 다룬 작품을 고찰했다. 설화는 임철호,《설화와 민중의 역사의식》(집문당, 1989) ; 임재해,《민족설화의 논리와 의식》(지식산업사, 1992) ; 설성경,〈임진왜란 체험의 설화화 양상〉,《임진왜란과 한국문학》및《망우당설화의 의미와 전승 양상》(망우당기념사

업회, 1992)에 수록된 김광순·소재영·임재해·신태수의 논문에서 고찰했다. 소설에 관한 연구는 김장동,《조선조역사소설연구》(이우출판사, 1986) ; 권혁래,《조선후기역사소설의 성격》(박이정, 2000) ; 《조선후기역사소설의 탐구》(월인, 2001) ; 임철호,《'임진록'연구》(정음사, 1986) ;《'임진록' 이본 연구》1~4(전주대학교출판부, 1996) ; 조동일, 《민중영웅이야기》(문예출판사, 1992) ; 韋旭昇,《抗倭演義(壬辰錄)'研究》(아세아문화사, 1990) ; 최문정,《임진록연구》(박이정, 2001) ; 설성경·최문정·권혁래,〈임진왜란 관련 한일 역사서사문학의 성격〉,《비교한국학》10권 1호(비교한국학회, 2002) ; 이채연,〈'정광주피란록'의 임란 수용 양상〉,《수련어문논집》23(수련어문회, 1997) ; 박희병,〈17세기초 존명배호론과 부정적 소설주인공의 등장, '강호전'에 대한 고찰〉,《한국고전소설과 서사문학》(집문당, 1998) ; 이윤석,《'임경업전'연구》(정음사, 1985) ; 이복규,《'임경업전'연구》(집문당, 1993) ; 김미란,〈'박씨전'연구〉,《한국문학론》(일월서각, 1981) ; 정민,《목릉문단과 석주 권필》(태학사, 1999) ; 박희병,〈17세기 동아시아의 전란과 민중의 삶 : '김영철전'의 분석〉,《한국근대문학사의 쟁점》(창작과비평사, 1993) 등이 있다.

9.2. 정통 한문학의 동요와 지속

9.2.1. 비판과 반성의 소리

정통 한문학은 중세의 가치관을 상징하는 고답적이고도 복고적인 표현방식을 유지하면서 사회 변화를 지연시키는 구실을 해왔다. 조정의 대제학과 재야 사림의 영수가 서로 다른 노선을 표방해도 크게 보면 같은 테두리 안에서 생긴 의견 차이일 따름이었다. 이미 설정된 규범을 타파하려는 방외인의 문학은 예외에 지나지 않고, 대세에 영향을 끼치기에는 역부족이었다. 잡기나 잡록 같은 것들이 적지 않게 나왔지만 글 종류에 따른 가치의 등급은 바꾸어놓지 못했다.

선조의 능을 목릉이라고 한 말을 사용해 목릉성세(穆陵盛世)라고 하던 임진왜란 직전 시기에 정통 한문학이 마침내 가장 난숙한 경지에 이르렀다. 그 수준은 전란을 겪었다고 해서 일거에 저하될 수 없고, 중세 지배질서가 지속되는 한 거듭 평가되었지만, 안팎의 충격을 받자 기존 문학의 아성도 뒤흔들리기 시작했다. 젊은 나이에 전란의 참상을 겪고, 하층의 동향에 공감한 일부 지식인들이 한문학의 관습을 근저에서부터 비판하는 움직임을 보였다.

유몽인(柳夢寅, 1559~1623)은 일찍 벼슬길에 올라 임진왜란을 겪는 동안에 명나라 관원을 상대하는 외교적인 임무를 맡고 난 후에는 여러 차례 어사가 되어 민정을 살폈다. 광해군 시절에는 북인정권에 가담했다가 인목대비 유폐에 찬성하지 않아 배척되자 은거하는 길을 택했다. 위에서 내리는 명령에 따라 백성의 물자를 긁어 올리는 것은 선비로서 차마 못할 짓이니 자기는 시골에 가서 문장 공부를 하면서 옛사람을 상대로 하고 후세에 남길 업적을 쌓겠다고 했다.

그러고 있을 때 대제학에 추천되자, 굶주린 아이들이 코푼 덩어리를 떡인 줄 알고 다투는 것과 같은 짓은 하지 않겠다고 했다. 대제학이라면 한문학의 규범을 자랑하는 문장으로 나라를 빛내는 자리이기에 문신이라면 누구나 동경할 만한데 그런 반응을 보인 것은 예사로운 일이 아니다. 문장 수련이 권신들을 위해 들러리 노릇을 하기 위해서가 아니었음을 다짐한 반응이었다.

사림으로 자처하며 강호의 즐거움을 찾지 않는 데 만족하지 않았다. 현실인식 때문에 괴로워하고 글마다 새로운 표현을 하고자 했다. 기발한 상상력을 갖춘 우언(寓言)을 써서 도가적인 기풍을 보여주고 방외인의 취향을 갖추었다. 어사 노릇을 할 때 얻어들은 이야기를 살려 〈어우야담〉(於于野談)을 엮은 데에도 반발이 드러난다.

滿城花柳擁春遊	성 가득한 꽃과 버들 봄 빛 에워 하늘거리고,
玉手停盃唱柏舟	옥수로 잔을 멈추고서 백주 노래를 부르는구나.
壯士忽持長劍走	장사가 홀연히 장검을 잡고서 달려가서는
醉中當斫老奸頭	취한 김에 마땅히 늙은 간신의 목을 찍었으면.

권력을 잡고 부귀를 누리는 자들에 대한 반감을 이런 시를 지어 나타냈다. "화류"는 꽃과 버들 자체이기도 하고 기생이기도 하다. 호화로움의 극치를 자랑하면서 벌이는 놀이는 국권 농락 행위이기도 하다. 자기도 벼슬한 사람이었는데 권신들의 목을 장검으로 찍는 준엄한 심판을 하고자 했으니 시련을 겪지 않을 수 없었다. 어느 당파하고만 불화한 것은 아니다. 인조반정 직후 서인정권이 광해군을 위해 충성을 한다는 이유를 내세워 처형하고 말았다.

이수광(李睟光, 1563~1628)은 그렇게까지 반발하지는 않으면서 문화의식 전반에 걸친 반성의 기틀을 마련했다. 광해군 때에 잠시 벼슬에서 물러났을 따름이고, 임진왜란에서 정묘호란에 이르기까지 그 어려운 시기에 계속 관직을 맡아 뜻을 펴려고 애쓰는 한편, 사회 현실의 병폐를 진단하고 시정하려고 다방면에 걸친 저술을 했다. 몇 차례에 걸쳐 명나라에 사신으로 가서 천주교 서적을 통해서 서양을 알 수 있는 기회를 가지고, 안남(安南) 사신과 만나 시를 주고받은 것이 그 나라에 전해져서 높이 평가되기도 했다.

문학론에 기여한 바는 창작에서보다 더 크다. 〈지봉유설〉(芝峰類說)을 지어 학문의 거의 모든 영역에 걸친 해박한 지식과 비판적인 사고를 보여주었다. 시화에서는 볼 수 없는 체계적인 서술까지 갖추고, 문학을 두고서도 자세한 논의를 전개했다. 문학 일반론을 다각도로 전개한 다음, 중국의 시사(詩史)를 거쳐 동시(東詩)라고 한 우리 시의 내력을 개관했다.

고전의 명구를 모아 시를 짓는 재주를 자랑한 것을 비판하고, 사람이 타고난 재주는 얼굴처럼 모두 같지 않으니 한꺼번에 논할 수 없다는 다원론적 관점을 제시했다. 문학은 천기(天機)를 스스로 얻어 자연스럽게 이루어져야지 기존의 권위에 따라 규범화될 수 없다고 하면서, 방류시(旁流詩), 규수시(閨秀詩), 창첩시(娼妾詩) 등에 대해서도 관심을 가지자고 했다. 〈가사〉(歌詞)라는 항목에서는 국문으로 된 가사 작품을 평가했다.

이민성(李民宬, 1570~1629)은 김성일(金誠一)의 문하에서 공부한 영남 선비인데, 문과에 급제해 관직에 나아가 광해군 때 파직되었다가 다시 등용되었다. 서장관으로 중국에 다녀와 남긴 수창집(酬唱集)이 대단한 인기를 얻었다. 한문학의 새로운 방향을 개척하기 위해 노력한 자취가 위의 몇 사람과 상통한다. 도덕적 교화에서 벗어나 자연스러운 마음을 소중하게 여기는 사고의 전환을 보여주고, 하층민의 삶과 농촌 현실을 다룬 시를 많이 남겼다.

頑命雖存不如死　　모진 목숨 살아도 죽음만 못하다오.
死後更有何思慮　　죽고 나면 다시 무슨 근심 있으리오.
我聞此言心骨悲　　나는 이 말 듣고 뼈저리게 슬프네.
爾言且休聆我言　　그대 말 멈추고 내 말 들어보오,
我家亦有荷殳人　　우리집에도 출전한 사람이 있어,
萬死生還命如縷　　만 번 죽을 고비에 목숨이 실낱같았다오.

農今往來爲此耳   나는 지금 그 때문에 길을 가다가,
聽渠不覺零如雨   그대 말을 듣고 눈물이 비 오듯 한다.

〈숙봉산동촌〉(宿鳳山東村)이라고 한 작품이다. 자식이 명・청의 싸움에 동원되어 전사한 노파의 말을 전했다. 자기 아우도 참전을 하고 수난을 겪었다 하면서, 양쪽 경험을 합쳤다. 상하의 마음을 함께 나타내는 본보기를 보여주었다고 할 수 있다.

〈등조령〉(登鳥嶺)에서는 조세를 가져다 바치기 위해 조령을 넘어가야 하는 영남 백성들의 고난을 노래했다. 관심의 폭이 넓어, 애정을 노래한 시도 많이 짓고, 기녀의 것으로 보이는 시조 열두 수를 한역하기도 했다. 농민시와 악부시 양면에서 한시의 새로운 모습을 보여주었다.

심광세(沈光世, 1577~1624)는 광해군 때 귀양살이를 한 적이 있다가 인조반정 후에 다시 등용되어 순조롭게 진출하고, 이괄(李恬)의 난이 일어나자 인조를 찾아가다가 죽었다는 것도 그리 불행한 일은 아니었다. 그러나 경상도 고성에서 귀양살이를 한 체험이 문학의 체질을 반성하는 데 좋은 계기가 되었다. 〈고성즉사〉(固城卽事)와 같은 시에서 현지의 풍속을 그리면서 절망하고 있는 자기 자신을 되돌아보았다. 상고시대부터의 역사를 길게 노래한 〈해동악부〉(海東樂府)를 지은 것도 그때의 일이다.

'악부'라는 이름의 연작시를 지어 민간의 노래를 옮겨놓거나 역사에 있었던 일을 음미하는 전례는 고려후기의 이제현과 민사평, 조선전기의 김종직에게서 찾아볼 수 있다. 그 흐름을 이어서 심광세는 한시가 민족문학으로서 적극적인 구실을 할 수 있는 길을 찾았다. 자기 자신의 불행까지 겹친 어려운 시대를 맞이해서 우리 역사의 흐름을 통괄하면서 의미와 교훈을 찾는 작업을 처음 본격적으로 시도했다.

三軍苦戰力已竭   삼군이 고전해서 힘조차 다하고,
國事安危在一決   나라의 안위가 한번 결단에 달렸도다.

士爲知己死無辭	선비는 지기를 위한 죽음을 사양하지 않는 법,
不然安用大夫爲	그렇지 않다면 누가 장부라 할 것인가?
丁寧一語付僕夫	정녕 한마디 노복에게 남긴 말은
的奉郎君事老母	주인을 봉양하듯 노모를 섬기라는 뜻이다.

〈지기사〉(知己死)라는 데서 김유신 막하의 비령자(丕寧子)가 단신으로 전쟁터에 뛰어들어 전사한 사건의 한 대목을 이렇게 노래했다. 우리 역사에 대한 재인식을 촉구하면서 자기 시대에도 나라를 바로잡기 위해서는 진정한 용기가 필요하다고 암시하려고 충신과 열사의 고사를 우선적으로 택해서 작품을 이끌어갔다. 공감하는 사람들이 비슷한 작업을 이어서 해서, 〈해동악부〉라는 작품명이 보통명사처럼 되고, 영사악부(詠史樂府)의 성행을 보게 되었다.

유몽인에서 심광세까지 몇 사람은 임진왜란 이후에 전대의 관념과 새로운 현실이 어긋나고 있는 것을 누구보다도 절감하면서 문학의 혁신을 꾀한 점에서 크게 보아 공동보조를 취했다고 할 수 있다. 한문학의 중심적인 영역을 이루고 있던 정통 시문마저 고전적인 규범에서 벗어나 하층의 경험에 접근할 수 있게 문체와 표현을 바꾸어놓고자 했다. 영사악부를 지어 역사에 관심을 가지게 하고, 야담과 소설을 통해 현실의 갈등을 문제 삼아 새로운 문학이 일어나게 했다. 중세문학에서 근대문학으로의 이행기 한문학이 그렇게 해서 시작되었다.

임진왜란과 병자호란의 참상을 실기로 남기고 시로 읊었던 것은 갑작스러운 충격에 대응하기 위해서 한문학 본래의 초연한 자세를 잠시 버려두었던 일이었지만, 그 뒤에 더욱 내실을 다지고 확고한 주장을 갖추어 일어난 비판과 반성의 움직임은 전환이 지속적인 과제임을 설득력 있게 입증했다. 그러나 한문학을 버리는 것은 상상할 수 없었으며, 기존의 수준을 딛고서 새로운 시도를 했을 따름이다. 정통 한문학의 순수성을 되찾으려는 운동이 바로 이어서 일어나는 상황이어서, 이상화된 규범을 따르는 문학에서 현실의 갈등을 드러내는 문학으로의 전환이 일거에 이루어지리라고 기대하는 것은 잘못이었다. 중세문학에서 근대문학으로의 이행기문학은 그런 특징과 한계를 가졌다.

조석래,《유몽인시문학연구》(예지원, 1989) ; 신익철,《유몽인문학연구》(보고사, 1998) ; 박수천,《'지봉유설' 문장부의 비평양상 연구》(태학사, 1994) ; 문명순,〈경정(敬亭) 이민성의 문예론과 시〉(성균관대학교 석사논문, 1990) ; 심경호,〈해동악부체연구〉(서울대학교 석사논문, 1981) 등의 연구가 있다.

9.2.2. 권필과 허균

비판과 반성의 문학을 크게 이루어 결정적인 기여를 한 사람은 권필(權鞸)과 허균(許筠)이다. 둘 다 문제의 인물이고, 뛰어난 시인이다. 자기 시대의 모순과 온몸으로 부딪치면서, 위의 몇 사람이 주저하면서 조금씩 시도한 작업을 과감하게 전개해 놀라운 경지를 보여주었다. 새 시대를 여는 실험이 흔히 지니는 결함을 되풀이하지 않고, 완성도가 모자라지 않고, 표현이 거칠다고 나무랄 수도 없는 경지를 보여주었다. 임진왜란을 다룬 시문을 살필 때 이미 들었던 혁신의 성과가 다양한 시작에서 더욱 풍부하게 나타났다.

권필(1569~1612)은 일찍부터 대단한 재능을 보였으나 과거를 통해 진출하지 못하고 야인으로 일생을 보내는 동안에 험난한 세태와 철저히 부딪치고 시인으로서의 사명을 깊이 자각했다. 우언 짓기를 좋아해,〈주사장인전〉(酒肆丈人傳)에서는 술집 주인 노릇을 하는 인물이 이름난 유학자를 나무라게 하고,〈곽삭전〉(郭索傳)이라는 가전에서는 게를 의인화해서 은거하는 선비의 자세를 그렸다.〈주생전〉(周生傳)을 지어 소설 개척에 기여하기도 했다.

자기 문학의 본령으로 삼은 한시를 혁신해서 자기 뜻을 펴는 데 더욱 힘썼다. 시는 진출을 위한 수단도 아니고 여가로 즐길 수 있는 취미도 아니며, 삶의 진실을 찾는 고난에 찬 탐구여야 한다고 했다. "아름다움만 소중하게 여길 것이 아니라 사물의 원리나 인간의 본성을 궁구한 바탕에서 시를 창작해야 한다"고 했다.

앞 세대의 삼당시인(三唐詩人)이 이룩한 성과를 더욱 발전시켜, 자기 성찰을 통한 울분과 갈등을 토로하고 잘못된 사회상을 비판하고 풍자하는 데 더욱 주목할 만한 성과를 거두었다. 사회를 비판하는 시가 불만의 직접적인 토로에 머물지 않고 다양하고 효과적인 표현을 갖출 수 있게 했다. 서정과 비판이 따로 놀지 않고 하나가 되게 했다. 서정으로 비판을 삼고, 비판이 서정에서 우러나게 했다.

〈술회〉(述懷)라는 데서는 자기 생애를 되돌아보면서 둥근 것과 모난 것이 원래 맞지 않아 세상과는 서로 어긋나게 마련이라고 했다. 여행길에서 느낀 바를 노래한 기행시를 많이 지었다. 새벽에 차령을 넘는다고 한 〈효유차령〉(曉踰車嶺)을 들어보면, 아름다운 경치에서 마음의 위안을 찾지 않고 험난한 산천으로 삶의 고난을 나타냈다. 독자적인 시 세계를 더 잘 보여주는 작품을 든다면 〈충주석〉(忠州石)이 있다. 길지만 전문을 인용한다.

忠州美石如琉璃	충주의 아름다운 돌 유리와 같아
千人劚出萬牛移	천 사람이 캐내고 만 마리 소로 실어 나르네.
爲問移石向何處	묻노니 돌을 어디로 옮겨가는가?
去作勢家神道碑	가서는 세도가의 신도비를 만든다네.
神道之碑誰所銘	신도비에는 누구의 행적을 새기는가?
筆力倔强文法奇	필력도 굳세고 문장의 법식마저 특이하게,
皆言此公在世日	"모두 일컫기를 이분은 세상에 계실 적에
天姿學業超等夷	천품과 학업이 뛰어났다고 하네.
事君忠且直	임금 섬기는 데는 충성과 강직이요,
居家孝且慈	집에서는 효도하고 자애로웠네.
門前絶賄賂	문전에서 뇌물을 끊고,

庫裏無財資	창고에는 재물이 없었네.
言能爲世法	말은 능히 세상의 법도가 되고
行足爲人師	품행은 족히 남의 스승이 되었네.
平生進退間	평생 나아가고 물러난 바가
無一不合宜	하나도 알맞지 않은 것이 없었네.
所以垂顯刻	그런 까닭에 뚜렷이 새겨놓아
永永無磷緇	영원토록 변치 않기 바라네."
此語信不信	이 말을 믿건 믿지 않건,
他人知不知	남들이 알아주건 알아주지 않건,
遂令忠州山上石	드디어 충주 산 위의 돌은
日銷月鑠今無遺	날로 달로 줄어들어 이제 남은 것이 없네.
天生頑物幸無口	하늘이 무딘 것을 낼 때 입이 없게 해서 다행이지,
使石有口應有辭	돌에 입이 있다면 응당 할 말이 있으리라.

제목 끝에 "효백낙천"(効白樂天)이라 했다. 당나라 시인 백낙천의 〈청석〉(淸石)을 본받아 지었다고 밝힌 말인데, 비방을 줄이는 구실을 만들기 위해 그랬다고 할 수 있다. 그 작품보다 구상이나 표현이 월등하다. 세도가의 횡포는 자연을 파손하고 백성들을 수고롭게 할 뿐만 아니라, 신도비에다 새겨놓은 허위에 찬 문구로 후대 사람들까지 속이려고 하는 데 이른다고 야유하며 비판했다.

중간에다 신도비에서 흔히 볼 수 있는 말을 간추려놓아, 칭송하고 꾸미는 문학이 얼마나 허망한지 보여주었다. 정통 한문학이 그런 짓이나 일삼으면서 위세를 자랑하니 그대로 둘 수 없었다. 돌도 입이 있으면 할 것 같은 말을 자기가 맡아 하층민의 반발까지 대변하고자 했다. 풍자시가 빌미가 되어 귀양 가다가 죽은 것이 예상된 결말이라고 할 수 있다. 권필은 시를 위해 순절한 시인이다.

허균(1569~1618)은 권필보다도 더욱 문제의 인물이었다. 명문에서 태어나 뛰어난 재능으로 일찍 과거에 급제해서 순조롭게 진출했으면서

도 지배질서에 대해서 깊은 반감을 품고 이단을 숭상하면서 예교에 어
긋난 짓을 함부로 했다. 광해군 때에 북인정권 권신의 지위를 확보하는
데 수단을 가리지 않아 지탄을 받으면서, 다른 한편으로는 하층민의 반
란에 가담하고 마침내 그 주동자가 되었다가 처형되기에 이르렀다. 불
교와 도교는 물론이고, 서학이라고 일컬어지던 천주교에도 호감을 가
졌다. 성리학으로 합리화된 통치이념에 대해 모든 가능한 방법으로 거
역을 하는 것으로 일생을 보냈다고 할 수 있다.

> 禮教寧拘放   예교가 어찌 자유로움을 구속하리오.
> 浮沈只任情   뜨고 잠기는 것을 정에 맡기겠노라.
> 君須用君法   그대들은 모름지기 그대들의 법을 따르고,
> 吾自達吾生   나는 내가 살고 싶은 대로 살겠노라.

벼슬에서 밀려났을 때 지은 〈문파관작〉(聞罷官作)의 한 대목을 들면
이와 같다. 예교니 법도니 하는 것들로 행동을 규제하는 데 얽매이지 않
고 자기대로의 정(情)에 따라서 살아가겠다는 말이 단순하지 않은 뜻을
지녔다. 성리학에 근거를 둔 문학관에서 악할 수도 있는 정에 휩쓸리지
말고 선하기만 한 성(性)을 발현해야 한다고 한 가르침에 반발하고, 허
위에 찬 구속에서 벗어나 자기 나름대로 살아가겠다고 선언했다.

〈문설〉(文說)에서 전개한 문학론을 보자. 옛적에는 문학이 "통상하지
정"(通上下之情)했다는 말을 내세워 문학의 이상을 다시 설정한 것이
획기적인 의의를 가진다. 상층의 위세를 나타내는 문학, 상층이 하층을
교화하려고 하는 문학이 아닌, 하층이 공감을 나누는 문학을 해야 한다
고 했다. 상하의 공감이 정에서 이루어진다고 해서, 윤리적인 규범과는
반대가 되는 현실적 경험의 의의를 평가했다.

그렇게 하려면 오래 사용해 잘 다듬어진 말을 버리고 당대의 상어(常語)
를 사용하는 것이 마땅하다고 했다. 상스러운 말은 거칠다고 하지만 진정
한 경험을 나타낸다고 했다. 남들이 이미 한 말을 따르느라고 자기 시대의

말을 하지 못하면서, "다른 사람의 집 아래에다 집을 짓고, 답습하고 훔치고 낡으려고 하는 것으로 스스로 부끄럽게 여겨야 한다"고 했다.

실제비평에서도 많은 작업을 했다. 〈학산초담〉(鶴山樵談)과 〈성수시화〉(惺叟詩話) 같은 시화를 저술하고, 〈국조시산〉(國朝詩刪)이라는 시선집을 엮어, 자기 시대까지 한시가 이룩한 성과를 공식화된 평가가 아닌 작품의 실상에서 정리했다. 이수광의 경우처럼 하층 천류의 한시에 대해서도 깊은 관심을 보였다.

논설 형식의 산문에서 더욱 적극적인 주장을 나타냈다. 〈유재론〉(遺才論)을 써서, 능력이 아닌 신분에 따라 사람을 평가하는 것이 잘못이라고 했다. 하늘이 사람에게 재능을 균등하게 부여했는데 지체를 가려 재능을 한정하는 것은 하늘을 거역하는 짓이라고 했다. 전에는 아무도 터놓고 발설하지 못하던 말로 하층으로부터 일어나는 반감을 대변했다.

〈호민론〉(豪民論)에서는 더욱 놀라운 주장을 폈다. "천하에 참으로 두려운 것은 오직 백성이다"고 하고, "백성은 물이나 불 또는 사나운 짐승보다도 두려운데, 위에 있는 자들은 바야흐로 백성을 길들여서 가혹하게 부려먹으려 하니 어쩌자는 말인가?" 하고 따졌다. 복종만 하던 항민(恒民)이 원망을 하는 원민(怨民)이 되고, 다시 항거하는 호민이 되는 과정을 선명하게 밝히고, 그런 사태가 벌어지지 않게 해야 한다고 했다.

시나 논설로 다하지 못한 말을 하고 새로운 표현영역을 개척하는 작업을 소설에서 했다. 〈장생전〉(蔣生傳), 〈장산인전〉(張山人傳), 〈엄처사전〉(嚴處士傳) 등의 한문소설에서, 대단한 인재가 사회적인 제약 때문에 멍들고 선도(仙道)를 익혀 깊은 반발을 나타낸다고 했다. 〈홍길동전〉(洪吉童傳)은 국문으로 써서, 도적의 무리를 이끄는 주인공이 관군과 맞서서 싸우는 과정을 그려 민중적 영웅에 관한 오랜 동경을 구체화했다. 정통 한문학과는 가장 거리가 먼 영역에서 새로운 창작을 적극 개척했다.

　　권필과 허균에 관한 많은 연구 가운데 문범두, 《석주(石洲) 권필 문학의 연구》(국학자료원, 1996) ; 정민, 《목릉문단과 석주 권필》(태학사, 1999) ; 이이화, 《허균의 생각》(뿌리깊은나무, 1980) ; 허경진, 《허균시연구》(평민사, 1984) ; 이문규, 《허균산문연구》(삼지원, 1986)가 특히 소중하다.

9.2.3. 한문사대가

　　인조반정을 거쳐 들어선 서인정권은 광해군 시절의 북인들이 성리학의 명분에 어긋나는 횡포를 자행해서 심각한 반발을 불러일으킨 전례를 되풀이하지 않으려고 지배체제 정비에 필요한 이념 수립에 깊이 유의했다. 병자호란이 일어나 경직된 사고의 한계를 여지없이 노출하고 말았지만 문제가 많을수록 안으로부터 또는 밑으로부터의 공격을 방어하는 방책은 철저하게 세우고자 했다. 중세에서 근대로의 이행기가 시작된 것을 인정하면서 급격한 변화는 막고 안정을 얻으려고 했다.

　　서인정권의 담당자들은 인맥이나 학통과 깊이 연관된 이이(李珥)의 사상을 이어받아 실천에 옮기겠다고 했다. 그것은 우연의 일치가 아니다. 기(氣)를 넘어서서 이(理)가 있다는 이상론을 지키면서 현실에서 벌어지는 기의 대립을 그것대로 이해하고 해결하고자 하는 이이의 철학이 중세에서 근대로의 이행기 이념으로서 큰 설득력을 가져, 중세에 머무르려는 이황의 철학보다 앞서 나갔다. 이이의 후계자들이 집권세력이 되는 것이 당연한 일이었다.

　　이념 완화가 새로운 이념이었다. 사림파의 노선을 충실하게 지키려는 재야 남인은 시대에 뒤떨어졌다고 나무라고, 중세문명의 규범을 융통성 있게 구현하면서 새로운 시대상황에 대처하는 것이 마땅한 자세라고 여겼다. 사림파문학의 오랜 주장을 스스로 버리고, 관인문학의 보수적이고 형식주의적인 전통을 받아들여 명분과 실제가 달라졌다. 도학과 문학을 되도록 근접시켜 문학하는 자세나 나타내는 내용에 대한 규제를 완화하고, 문장표현의 격식을 잘 갖추어 국가사업을 빛내고 창작의 수준을 높이는 데 개인적인 능력을 발휘하고자 했다.

사장파 관인문학의 시대가 재현되는 것 같았다. 임진왜란 전에 이미 높은 수준에 이른 최립(崔笠, 1536~1612)과 차천로(車天輅, 1556~1615)가 광해군 초엽까지 활동하고, 이정구(李廷龜)가 그 뒤를 따라, 문장가의 능력이 격동의 시기를 거치면서도 큰 어려움 없이 이어질 수 있게 된 것을 다행으로 여겼다. 다만 난전에는 태평성대를 구가하던 문학이 난중에는 외교적인 교섭을 위한 실용적인 목적에서 중요시되고, 난후에는 반발에 대한 대응책으로 새삼스러운 의의를 갖게 된 것이 서로 달랐다.

이정구(1564~1635)는 난중에서 난후까지의 시기에 걸쳐 활동하면서 집권층의 문학이 얼마나 대단한지 입증하는 임무를 맡았다. 그릇된 변질을 배제하고 격조 높은, 이른바 순정(醇正)한 문장의 모범 사례를 제시하는 데 앞서서, 같은 길을 간 한문사대가(漢文四大家) 가운데 가장 선배로서 숭앙되었다. 대제학을 거쳐서 정승의 자리에까지 오르면서 문학과 사업을 일치시키는 관인문학의 오랜 이상을 재현했다.

글에 능한 사람은 세상일을 소홀하게 하기 쉽고 나서서 경륜을 펴다가 보면 문학이 뒤떨어질 수 있다고 〈상촌집서〉(象村集序)에서 말하고, 자기는 그 둘을 온전하게 아우르는 본보기를 보인다고 했다. 그래서 이른 경지가 대단히 높다고 스스로 자부하는 마음을 감추지 않았다. 〈만기초좌시〉(晩起悄坐詩) 같은 데서는 세상 사람들과 가락을 달리한다고 하고, 물결처럼 흘러가는 저속한 무리는 눈에 차지 않는다고 했다.

임진왜란을 겪는 동안에 명나라에서 조선이 왜적을 끌어들였다고 한 오해를 해명하는 〈변무주〉(辨誣奏)를 짓고 사신으로 가서 국내외에 명성을 드높인 계기를 만들었다. 명나라에서 사신 온 문인들과 사귀어 자기 문집의 서문을 쓰게 하고서는 크게 만족했다. 명문이라고 널리 일컬어지는 것들의 내용을 보면 명나라 천자를 상대로 해서 조선왕이 구구한 해명을 했다. 명나라에서도 수식이 도도하고 막힘이 없다고 평가하고 외기조차 했다고 하지만, 얼마나 자랑스럽다고 해야 할지 의문이다. 누군가 그 일을 감당해서 문장력으로 감명을 주어야 외교의 어려움을 풀 수 있었던 것은 엄연한 사실이나, 문학의 가치는 진실성을 나타내는 데 있다고 한다면 반론의 여지가 있다.

한문학을 이루는 시와 문 가운데 문은 실제적인 내용과 공식적인 효용이 더 두드러지기에 난세를 만나 혼탁해지지 않도록 애써 다듬어야 한다는 생각을 절실하게 했다. 한문사대가는 모두 시인을 겸하고 있으면서 문을 더욱 소중하게 여겼다. 그런데 이정구는 문의 효용성과 설득력을 널리 입증한 공적이 대단하지만, 타고난 재질을 바탕으로 즉석에서 쉽게 쓰며 고고하고 간결한 맛은 부족하고 체제가 엄정하지 못하다는 평을 들었다.

신흠(申欽, 1566~1628)은 이정구가 지닌 그런 결함을 시정했다고 평가되었다. 신흠 또한 임진왜란 동안에 외교의 임무를 담당하다가 광해군 때에는 오랜 귀양살이를 해야만 했고, 인조반정이 일어나자 대제학이 되고 영의정의 지위에까지 올랐다. 격식과 짜임새를 갖춘 순정한 고문으로 훌륭한 본보기를 보인 공적이 그렇게까지 평가된 것은 예사로운 일이 아니다.

문학의 근본문제에 대해서 차분히 생각을 가다듬고자 했다. 문학과 도학의 관계에 관한 오랜 논란을 재론해, 문학은 작은 재주이므로 도학에 미치지 못하지만 지극한 도가 있어도 글이 아니면 전해질 수 없다는 논리로 문학을 옹호했다. 도학과 문학 가운데 그 어느 쪽에도 치우치지 않으려고 하면서, 〈구정록〉(求正錄)을 지어 심성의 바른 도리를 찾고, 〈청창연담〉(晴窓軟談)에서는 문학에 대한 논의를 다양하게 폈다.

"전할 수 있는 것은 말이고 기록할 수 있는 것은 글이지만, 전할 수 없는 것이 정신이고 기록할 수 없는 것이 마음의 도리이므로, 말이나 글은 거짓된 짓을 하더라도 정신이나 마음가짐은 거짓되게 꾸밀 수 없다"고 했다. 도학 때문에 문학을 배격하려 한 것은 아니다. 거짓되게 꾸밀 가능성을 인정하면서도 문학의 독자성을 옹호했다.

시와 문의 관계에 대해서도 주목할 만한 발언을 했다. "시는 형이상의 것이고 문은 형이하의 것이니, 형이상의 것은 하늘에 속하고 형이하의 것은 땅에 속한다"고 했다. 도덕적이며 정치적인 과제와 깊이 연결되지 않을 수 없어 형이하의 것이고 땅에 속한다고 한 문을 바르게 다듬는 사명을 깊이 의식하면서, 시가 세속의 구속을 벗어날 수 있는 가능성을 말했다.

중심을 바르게 하니 문학의 주변영역을 부담 없이 넓힐 수 있었다. 〈시경〉을 본뜨고, 악부시를 다수 창작해 근체시의 한계를 벗어나려는 움직임을 보여주었다. 시조에 깊은 관심을 가져, 한시로 읊지 못하는 느낌은 시조로 노래한다 하고, 자기 스스로 30여 수 지었다.

이정구나 신흠은 고문의 본보기를 보여주어 높이 평가되면서, 격식을 더러 어긴다는 말을 들었다. 성리학의 저술에서 볼 수 있는 주소(注疏), 어록(語錄)에 쓰는 문체 같은 것들이 섞여 있다고 했다. 그런 상태에서 한 걸음 더 나아가 절심(切深)하고 아려(雅麗)하고 간정(簡整)한 기풍을 제대로 갖춘 문장은 한문사대가의 마지막 두 사람 이식(李植)과 장유(張維)가 마련했다.

이식과 장유는 외교활동이나 이념 수립의 과업의 과제에는 관여하지 않고 문학 그 자체를 한층 더 존중하며 산문도 시에 못지않은 예술품일 수 있게 하려고 했다. 그래서 이룩된 작품은 현실의 문제의식을 되도록 배제하고 고답적인 취향을 구축하는 폐단을 지니면서도, 문학이 도학의 규제에서 벗어날 수 있게 한 공적이 있다.

고문을 힘써 이룩해야 한다는 주장은 전에도 몇 차례 있었다. 김부식은 공허한 수식을 일삼는 변려문을 대단하게 여기는 풍조에서 벗어나 질박하면서도 전아한 고문의 문체를 중국과 대등한 수준으로 갖추어야 한다고 했다. 이제현은 마음을 가다듬는 바른 도리를 갖춘 글이 고문이라고 하면서 문학과 도학을 근접시키고자 했다. 그런데 이식과 장유가 규범을 다시 마련한 고문은 도학의 규제에서 벗어나고 내용은 최소한 줄이면서 표현의 아름다움을 한껏 갖추려 한 글이다.

이식(1584~1647)은 광해군 때 문과에 급제했으나 벼슬을 버리고 은거하고 있다가 인조반정이 일어나자 다시 진출해 대제학이 된 점은 한문사대가의 다른 세 사람과 같지만, 정승의 반열에는 오르지 않고 판서로 관직생활을 마쳤다. 사회활동의 폭을 좁혀서 문학을 하는 데만 오로지 관심을 쏟았다. 문학의 효용성보다 그 자체의 아름다움을 더욱 중요시했다. 짜임새를 공교하게 다듬어 고문의 표본이라고 할 만한 명품을 남겼다.

〈택풍당지〉(澤風堂志)를 본보기로 들어보자. 경기도 여주에서 하던 은거 생활을 다룬 내용이다. 〈주역〉 대과괘(大過卦)를 풀이한 말 가운데 "홀로 서서도 두려워하지 않고 세상에 숨어살아도 근심하지 않는다"고 한 것으로 글 전체가 일관된 구성과 의미를 갖게 한 솜씨가 비상하다. 안전을 염려하는 마음에서 오히려 용기를 얻고, 조심을 하면서도 흥취를 찾는 거동이 번역을 하면 생기를 잃는 문장으로 선연하게 나타나 있다.

"아름다운 꽃이나 기이한 돌은 없어도 골 안에는 솟아나오는 샘물이 많아 그 소리를 들을 만하다"고 했다. "동남 양쪽 언덕에는 선영이 있어 아침저녁으로 우러르고 사모하느라고, 집안에서 비록 노래하고 술 마실 일이 있다 해도 감히 잔치를 떠벌여 즐기지 않았다"고 한 대목을 보자. 구속과 해방의 이중 의미를 시에 못지않을 만큼 정밀하게 아로새겨 놓았다.

오랜 권위를 가지고 있는 문장을 본뜬다고 해서 고문이 될 수 있는 것은 아니므로 자기대로의 창의력을 중요시한다면서 그런 글을 지었다. 〈작문모범〉(作文模範)에서 "고인이 금세에 나면 반드시 금세의 글을 쓸 것이다"라고 했다. 고문은 의고적인 문장이 아니고 예술적인 문장이다. 한문이 지닌 표현능력을 최대한 살려, 간결하면서도 품격이 높고 꾸미지 않은 것 같은 데서 우아한 흥취가 살아 있어야 고문다운 고문이라고 했다. 쉽게 달성할 수 없는 그런 이상을 내세워 현실에 대한 관심을 배제한 것이 문제이다.

장유(1587~1638)는 문학에 전념할 수 있는 사람이 아니었으면서도 문학의 독자성과 순수성을 더욱 옹호했다. 인조반정의 공신으로서 대제학을 거쳐 정승의 지위에까지 올라 서인정권을 굳건하게 다질 책임을 맡았다. 자기에게까지 이어지는 한문사대가의 문장이 널리 모범이 되어야 한다는 사명감을 가졌다.

〈월사집서〉(月沙集序)에서 사람이 궁하게 되어야 말이 다듬어진다는 견해를 두고 한 말을 보자. 불우한 처지를 글이나 지어 달래는 조충한 고지도(雕蟲寒苦之徒)가 바람에 신음하고 비에 읊조리며 잠꼬대 같은 소리를 할 때에는 그럴지 모르나, 나라의 중책을 맡아 재능을 마음껏 발휘하는 뛰어난 인재라면 영달이 장애요인일 수 없다고 했다. 재야 사림이나 이단적 방외인의 문학을 격하하자는 지론을 전에 볼 수 없는 강경한 어조를 갖추고 전개했다.

한문사대가가 모두 그렇지만 특히 장유는 김부식이나 서거정이 맡았던 구실을 이은 것으로 자부했다. 그러나 문장으로 국가사업을 이룩하는 대신에 자기 스스로 글을 다듬는 데 더욱 힘써, 상황이 달라진 것을 알 수 있다. 어려서부터 문학수업을 하는 것을 가장 큰 보람으로 삼다가 벌써 백발이 되었다 하고, 자기가 이룬 바는 어디에 내놓아도 부끄럽지 않다고 했다.

평생 동안 스스로 다짐해온 글 쓰는 데 관한 다섯 가지 경계 사항 오계(五戒)를 말했다. 날카로운 기교, 막히고 깐깐한 말, 몰래 표절하기, 모범으로 삼아 본뜨기, 의심스러운 내용이나 궁벽한 말 쓰기 등을 하지 않는다고 한 것이다. 소극적인 태도로 지나치게 미세한 것들을 말했다고 할 수 있으나, 다시 검토해보면 작문 일반론으로 평가할 만한 내용을 갖추고 있다.

"문장의 미오(美惡)는 스스로 정해진 바탕이 있다"고 하면서 문장을 평가하는 기준은 도(道)가 아니라 미(美)라고 했다. 성리학의 명분론을 다시 굳혀야 할 위치에 있었으면서 성리학에 대해서 회의를 품고 양명학(陽明學)에 접근했다. 〈계곡만필〉(谿谷漫筆)에 산견되는 사상이 외계의 사물과 관련되지 않는 마음의 순수성을 따로 설정하고 문학의 미는 거기에 근거를 둔다는 쪽으로 기울어져 있다.

"시는 천기(天機)이다"라고 해서 천기론의 선구자가 되는 발언을 했다. 이 말은 재도론(載道論) 또는 성정론(性情論)에 대한 반론이라 할 수 있는 의의를 가진다. 집권층의 문학을 대변하면서도 그동안 설정한 이념의 내부적인 허점을 드러내 보이고 문학관의 반성을 요구하는 쪽과 연결된 것이 주목할 만한 일이다.

荊玉隱璞中	형옥이 돌 속에 묻혀 있을 때에는
長與頑石隣	오랫동안 막돌과 이웃해 지내더니,
一朝遭卞和	하루아침에 옥돌장이를 만나서는
琢磨爲國珍	잘 다듬어져 나라의 보배가 되었구나.
雖增連城價	비록 값이야 올랐다고 하지만,
無乃毀天眞	천진함을 훼손시키지나 않았는지.
繁文減素質	번거로운 글이 소박한 바탕을 줄이고,
美名戕其身	아름다운 이름은 자기 몸을 망치나니.
至人貴沈冥	지인은 숨어 지내는 것을 귀하게 여겨,
處世混光塵	빛과 먼지를 섞는 처세를 한다.

〈감흥〉(感興)이라고 한 시 열네 수 가운데 이런 대목이 있다. 자기 자신에게 다짐하는 말인 것 같다. 나라의 보배로 발탁되어 아름다운 이름을 얻었어도, 숨어 지내는 사람의 순수함을 잃지 않아야 한다는 것을 처세의 방법으로 삼았다. 그것이 문학하는 자세이기도 했다.

김도련, 〈고문의 원류와 성격〉, 《한국학논총》 2(국민대학교 한국학 연구소, 1979) ; 박영호, 〈조선중기 고문론의 성격 연구〉, 《한국고문의 이론과 전개》(태학사, 1998) ; 우응순, 〈조선중기 사대가의 문학론 연

구〉(고려대학교 박사논문, 1990) ; 이종찬, 〈월사(月沙)의 문학관과 변
무록(辨誣錄)〉, 《한국한문학연구》(한국한문학연구회, 1977) ; 최웅, 〈신
흠 문학관에 대하여〉, 《장덕순선생화갑기념 고전산문연구》(동화문화
사, 1981) ; 최석기, 〈계곡(谿谷) 장유의 학문정신과 문론(文論)〉, 《한
국한문학연구》 9·10(한국한문학연구회, 1987) ; 정연봉, 〈장유 시문
학 연구〉(고려대학교 박사논문, 1989) 등의 연구를 참고할 수 있다.
〈장유〉, 《한국문학사상사시론》(지식산업사, 1996)도 있다.

9.2.4. 복고 노선의 확대

한문사대가는 모두 시인을 겸하고 있었으나, 시에서는 새삼스럽게
엄정한 기풍을 세우지 않았다. 이념 수립의 과제가 시에 걸려 있지는
않기에, 전대 관인문학의 시풍을 잇는 것으로 만족했다고 할 수 있다.
한문사대가와 관련된 인물들 가운데 발랄한 개성과 풍류스러운 감각을
자랑하는 시인이 여럿 있어, 정통 한문학이 다시 융성할 수 있게 하는
데 적극 기여했다.

이안눌(李安訥, 1571~1637)은 임진왜란 직후에 벼슬길에 나아갔다가
광해군 때에는 물러났다. 인조반정이 일어나자 다시 등용되어 외직에 나
다니다가 예조판서에까지 이르고 대제학은 하지 못했으니, 한문사대가
와 거의 같은 경력이면서 다소 격이 낮은 셈이다. 문에는 힘쓰지 않고
시에 전념하면서 자기 호를 딴 동악시단(東岳詩壇)을 주도했다.

이미 살핀 바와 같이 동래부사로 가서는 왜적에게 동래성이 함락될
때 죽은 부모형제를 제사지내느라고 온 성안이 울부짖는 광경을 시로
읊은 것이 있어 널리 알려졌다. 전란을 직접 다루지 않은 시에서도 국
토 여러 곳을 돌아보면서 나라를 근심하는 마음을 나타냈다. 그 사연이
절실하고 어조가 강건해 울림이 크다. 의주에 가서 지은 〈등통군정〉(登
統軍亭)을 보자.

六月龍灣積雨晴	유월 용만에 오랜 비 그치는데,
平明獨上統軍亭	이른 새벽 홀로 통군정에 오른다.
茫茫大野浮天氣	망망한 큰 들판에 하늘 기운 뜨고,
曲曲長江裂地形	굽이굽이 긴 강이 땅을 찢고 있다.
宇宙百年人似蟻	우주 안의 백년 인생 개미인 듯하고,
山河萬里國如萍	산하에서는 만 리 나라도 부평 같구나.
忽看白鶴西飛去	문득 서쪽으로 날아가는 백학이 보이니,
疑是遼東舊姓丁	옛적 요동의 정령위가 아닌지 의심한다.

1·2행은 평범하게 시작했다. 북쪽 국경의 의주에 가서 군사를 지휘하는 정자 통군정에 올랐다고 했다. 3·4행에서 바라보는 경치가 크고 웅장한 느낌을 준다고 했다. 5·6행에서 아득한 시공에 견주면 사람의 삶이 대단할 수 없다고 했다. 7·8행에서는 한나라 때 요동 사람 정령위(丁令威)가 도를 닦아 학이 되어서 떠나간 지 천년 만에 고향으로 날아왔다고 하는 고사를 들어 변신을 통해 시공을 초월하는 상상을 펼쳤다. 나라를 근심하고 국토를 사랑하는 마음을 나타내는 데서 시작해 점차 시야를 넓혀 무한한 것을 품어 안는 웅대한 기개를 보여주기에 이르렀다.

임숙영(任叔英, 1576~1628)은 광해군의 실정이 부당하다고 간언하다가 귀양 가고, 인조반정 뒤에 등용되었다. 대책문(對策文)을 잘 써서 이름을 얻었으며, 시를 쓰면서 웅대한 구상을 보여주었다. 〈조행〉(早行)이라고 한 것을 보자. 어려운 시기에 시련을 견디면서 지닌 강개한 심정을 토로했다.

客子就行路	나그네 길 떠나면서
早乘西北風	일찍 서북풍을 맞는다.
鷄聲月落後	닭은 달 진 뒤에 울고,
水氣曉寒中	물 기운이 새벽 추위에 인다.

孤店鳴雙杵	외딴 객점에서 쌍 절구질을 하고,
空林語百蟲	빈숲에서 백 가지 벌레 울어댄다.
自憐千里外	가련하구나, 천 리 밖으로 떠나와
長作一飛蓬	오래 떠돌아다니고 있는 신세.

처음 두 줄과 마지막 두 줄에서 말한 자기 처지가 중간의 네 줄에서 그린 풍경과 밀접하게 연결되어 있다. 외딴 객점과 빈숲을 말해 쓸쓸한 느낌을 주면서 떠돌이 신세를 한탄했다. 그러나 객점에서 쌍 절구질을 하고 숲에서 백 가지 벌레가 운다고 해서 새벽에 일찍 길을 떠나면서 느끼는 감회를 절실하게 나타냈다.

장시에 특기할 만한 작품이 있다. 이안눌에게 지어 준 〈술회기정강화이동악안눌사군칠백십육운〉(述懷寄呈江華李東岳安訥使君七百十六韻)은 오언 1,432행이나 되어, 외국에도 비슷한 예가 없는 최장편이다. 앞 대목은 단군 이래 조선전기까지의 역사를 다루어 해동악부의 하나라고 할 수 있고, 뒤에서는 선조 대부터 자기 자신에 이르기까지의 집안 내력을 노래했다.

이명한(李明漢, 1595~1645)은 이정구의 아들이다. 병자호란 때에는 척화파여서 청나라에 잡혀갔다 오고, 나중에 대제학이 되었다. 조정에서 임금의 명령에 따라 시를 지을 때 다른 누구보다도 빨라 이름을 얻었다. 시조를 몇 수 지을 때에는 하층민까지 공감할 수 있는 사랑과 이별의 노래를 불렀으나, 한시는 격조 높은 아름다움을 구현하면서 기교적인 재능을 발휘하는 영역으로 삼았다. 대표작으로 알려진 〈수종사〉(水鍾寺)를 보자.

暮依高樓第一層	저물녘에 높은 누각 제일층에 기대니,
石壇秋葉露華凝	석단의 가을 잎에 이슬 꽃 엉켜 있네.
群山兗兗蟠三縣	뭇 산은 이어져 뻗어 삼현에 서리었고,
大水滔滔謁二陵	큰물은 도도히 흐르면서 이릉을 알현하네.

烟際喚船沽酒客	안개 저편에는 술 사려는 나그네 배를 부르고,
月邊飛錫渡江僧	달빛 아래 강 건너는 중 지팡이 날리네.
醉來暫借蒲團睡	취해서 잠시 동안 이불에서 잠들었는데,
古壁蓮花照佛燈	낡은 벽의 연꽃에 불등이 비치었네.

수종사가 절이어서 불교와 관련된 주제를 나타낸 것은 아니다. 수종사에서 바라보는 경치가 여러 요소를 갖추고 복잡하게 얽혀 있는 것을 능란한 솜씨로 묘사했다. 기교가 뛰어나 감탄을 자아낸다.

정두경(鄭斗卿, 1597~1673)은 인조 때 관직에 진출해서 벼슬이 참판에 이르고, 나중에 대제학에 추증되었다. 북한산 성벽에 올라가 지은 〈등릉한산성〉(登凌漢山城)에서 전란의 피해를 극복하고 왕조의 위엄을 다시 이룩하며, 태평성대의 풍류를 자랑하자는 의지를 굳센 필력으로 나타냈다. 그 전반부를 들어본다.

山勢峻嶒地勢孤	산세는 삐죽삐죽하고 지세는 외로우나,
眼前空濶九州無	눈앞이 넓게 트여 구주를 업신여기리로다.
樓看赤日東臨海	다락은 붉은 해를 보며 동쪽으로 바다를 임하고,
城到青天北備胡	성은 하늘까지 닿아 북으로 오랑캐를 막는다.

"구주"는 인간세상 여러 나라를 두루 일컫는 말이다. 동쪽으로 해를 바라본다는 데서는 일본을 의식했다. 북쪽 오랑캐는 청나라를 지칭했지 다른 뜻일 수 없다. 조선초에 수도 서울을 찬양하던 노래를 재현하면서 나라의 위엄을 드높였다.

집권층의 위세를 자랑하는 관인문학을 재흥하려면 문학론을 정비하고, 작품 선집을 편찬할 필요가 있었다. 효종 때의 대제학인 남용익(南龍翼, 1628~1692)이 그 일을 맡아 조선전기에 서거정이 한 일을 다시 했다. 〈호곡시화〉(壺谷詩話)에서 시론을 펴고, 〈기아〉(箕雅)라는 이름의 시선집을 마련하는 두 가지 작업을 했다.

〈호곡시화〉에서 역대의 시를 다루면서 고려시대 25인, 조선시대 54인의 시인을 들어 시의 품격을 정리하는 것을 가장 긴요한 작업으로 삼았다. 그 가운데서도 박은·권필·정두경이 각기 조격(調格)이 뛰어나며, 정경(情境)이 조화롭고 체제(體制)가 기발한 점에서 으뜸이라고 했다. 권필은 그렇게까지 인정했으나, 허균은 골라낸 데 포함시키지 않았다.

〈기아〉란 기자(箕子)의 나라 조선에서 산출한 〈시경〉의 '아'(雅)와 같은 시라는 뜻이다. 기존 시선집 〈동문선〉·〈청구풍아〉·〈국조시산〉의 단점을 보완하기 위해 새로운 시 선집을 엮는다고 서문에서 밝혔다. 선정 기준이 엄격해 근체의 율시에 중심을 두었으며, 잡체시는 전연 고려하지 않았다. 14권 분량에다 자기 당대까지 497인의 시를 수록했다. 승려, 천인, 여류 등의 시도 인정을 하는 관례를 버리지 않았다. 역적이기에 성은 기록할 수 없는 사람 셋을 부록에다 넣은 데 허균이 있다.

그 뒤를 이어 김석주(金錫冑, 1634~1684)는 숙종 때 서인정권의 강경파로서 남인을 제거하는 데 앞장섰으며 깐깐하게 다듬은 글을 써서, 이식·장유 이래 고문의 제일인자라는 평가를 얻었다. 역대 시인 40명의 품격을 넉 자씩 두 구절로 평했다. 예컨대 이식은 "百尺峭岩 十圍枯松"(백 길 뾰족하게 솟은 바위요, 열 아름이나 되는 마른 소나무이다)이라고 하고, 정두경은 "長風扇海 洪濤接天"(긴 바람이 바다로 불고, 넓은 파도가 하늘과 맞닿았다)이라고 했다. 점차 생기를 잃고 있는 사부(辭賦)를 재인식하자고 하면서 〈해동사부〉(海東辭賦)라는 선집을 편찬하고, 서인 계통 문인의 작품을 중점적으로 수록했다.

김창협(金昌協, 1651~1708)은 도학을 재흥하면서 문학도 아울러 온전하게 하겠다는 포부를 지니고 정통 한문학의 위기를 사상적 근거와 표현방법 양면에서 해결하고자 했다. 보수적인 도학을 기본 입장으로 택했으면서도 그동안 제기된 비판적인 성향의 문학을 가능한 대로 포괄하려는 절충적인 태도를 보였다. 그만큼 불철저한 대신에 폭이 넓었다고 할 수 있다.

〈농암잡지〉(農巖雜識)에서 많은 논의를 폈다. "시는 성정(性情)의 나타낭이고 천기(天機)의 움직임이다"라고 하면서 성정론과 천기론을 아우르려고 했다. 이어서 "시는 성정을 그리고, 사물을 묘사하며, 마음에 촉발된 바를 따라야 하니, 일의 정조(精粗)와 말의 아속(雅俗)도 가리지 말아야 하거늘 하물며 고금을 분별하겠는가?" 하고 반문했다.

명문으로 꼽히는 〈호조참의사소〉(戶曹參議辭疏)에서는 "스스로 평생 농부가 되어 생애를 마칠 것이며, 결코 사대부 축에 끼어들지 않겠다고 맹세한 지 오래되었다"고 했다. "전원에서 노닐면서도 임금님의 은택을 입어, 날마다 초부와 목동들과 손장단을 치고 노래하면서 태평만세를 송축하겠다"고도 했다. 그렇다고 해서 벌열의 위치를 포기한 것은 아니다. 그 뒤에 마음껏 진출할 기회를 얻고, 자만하지 않겠다고 다짐했다.

四顧絶無隣	사방에 이웃이라고는 없고
鷄犬依層巒	닭과 개만 높은 산에 의지해 산다.
中林多猛虎	숲 속에는 사나운 호랑이가 많고,
采藿不盈盤	나물을 뜯어도 얼마 되지 않네.
哀此獨何好	슬프다, 외진 살림 무엇이 좋아서
崎嶇山谷間	가파른 이 산중에 있는고?
樂哉彼平土	저쪽의 평지가 좋기야 하지만,
欲往畏縣官	원님이 무서워 갈 수가 없구나.

널리 알려진 시 〈산민〉(山民)의 후반부이다. 백성의 어려운 처지에 관심을 보인 사연이면서, 권력 쟁패의 와중에서 자기대로 느끼는 고립감이나 무력감의 간접적인 표현이기도 하다. 도학과 문학을 둘 다 온전하게 한다 했지만, 세상을 휘어잡아 뜻대로 바로잡을 수 있는 것은 아니었다. 그럴 만한 근거도 방안도 없었기에 도학은 이상에 치우치고 문학은 자기 위안을 위한 독백이기도 했다는 것을 부인하기 어렵다.

김창흡(金昌翕, 1653~1722)은 김창협의 아우이다. 명문거족 출신이면서 벼슬길에 나아가지 않고 은거해 청사(淸士)로 칭송되는 길을 택

했다. 엄정한 자세로 시작에 힘써 널리 숭앙되는 명편을 남겼다. 〈갈역
잡영〉(葛驛雜詠) 392수 연작에 시를 두고 고심한 바가 잘 나타났다. 주
변 경물에서 얻은 차분한 감회를 차분한 어조로 나타내면서 현실에 대
한 관심을 버리지 않았다.

風鞭電履略靑丘   바람 채찍 번개 나막신으로 청구를 주름잡아,
北走南翔鵬路周   남으로 뛰고 북으로 날아다녔도다 붕새처럼.
收得衰軀歸掩戶   쇠약한 몸 수습하고 돌아와 지게문 닫으니,
不知何物在心頭   알 수 없구나, 무엇이 마음에 남아 있는가.

그 가운데 제155수이다. 국토 곳곳을 황급하게 돌아다닌 것은 신명이
뻗쳤기 때문만은 아닐 것이다. 찾고 깨달아야 할 것이 있어 구도하는
순례자가 되어야 했다. 그런데 쇠약한 몸으로 돌아왔을 따름이고 얻은
것이 없어 허망하다고 했다. 시인이 할 수 있는 일을 너무 크게 잡아 공
연히 바쁘고 쓸데없이 절망한 것이 아닌가 한다.

이병연(李秉淵, 1671~1751)은 김창흡에게서 시를 배웠다. 집안의 위
세 덕분에 음직(蔭職)으로 진출해 지방수령을 역임한 다음에는 백악
(白嶽)이라고 일컬어진 서울 북한산 아래 사는 것을 자랑으로 삼았다.
정선(鄭敾), 심사정(沈師正) 등의 화가와 교류하면서 시인의 삶을 즐겼
다. 가까이 있는 소재를 무엇이든지 가져와 진솔하게 표현해 다작한 것
으로 이름이 났다.

조영석(趙榮祏, 1686~1761) 또한 김창흡에 수학하고, 시를 쓰면서 그
림도 그려 화가로 더 많이 알려졌다. 인왕산 기슭에 관아재(觀我齋)라는
정자를 짓고 칩거하면서 사소한 사물을 유심히 살피면서 잔잔한 감동을
발견하는 데 몰두했다. 한시가 일상생활의 일부가 되면서 아주 풍성한
수확을 이룩했지만 심각한 의의는 상실한 것을 다시 보여주었다.

김상일, 《동악(東岳) 이안눌 시연구》(보고사, 2000) ; 이종묵, 〈이안

눌의 현실주의적 시정신과 기실(紀實)의 시 세계〉,《한국 한시의 전통과 문예미》(태학사, 2002) ; 김상홍, 〈세계 최장 한시 조선조 임숙영의 술회 연구〉,《동양학》18(단국대학교 동양학연구소, 1988) ; 김영진, 〈김창협의 문학이론〉,《동악한문학논집》4(동악한문학회, 1988) ; 이승수, 〈김창흡의 생애와 시세계의 변모〉,《한양어문학》8(한양대학교 한양어문연구회, 1990) ; 안대회,《18세기 한국한시사 연구》(소명출판, 1999) ; 김수진, 〈관아재 조영우의 문예론과 작품세계〉(서울대학교 석사논문, 2002) 등 많은 연구가 있다.

9.2.5. 사상의 근거에 관한 논란

서인정권의 문인들이 고문과 시 양면에서 정통 한문학을 재확립하고자 해서 문학을 둘러싼 시비가 일단락 난 것은 아니다. 권력에서 밀려난 다른 당파 특히 남인은 반격을 시도하면서 서인정권이 겉으로 대의명분을 내세우면서도 유학의 근본에 충실하지 못하다고 나무랐다. 다른 한편으로는 더욱 강경한 비판을 하는 이단사상이 다각도로 나타났다.

서인이 다시 분열되어 노론이 집권세력으로 등장했을 때에는 사태가 더욱 심각해졌다. 어려운 상황에 대처하기 위해서 문학에서처럼 사상에서도 주도권을 잡아 반대파나 비판층을 누르고 지배체제를 옹호하는 논리를 마련할 필요가 있었다. 모처럼 인정되기 시작한 문학의 독자성은 뒷전으로 밀려나고 문학의 사상적 근거에 관한 논란이 한동안 전면에 부상했다.

국왕은 산림에 묻혀 있는 명망 있는 선비를 직접 초빙하는 방식으로 노론의 독주를 견제하고자 했다. 남인의 영수 허목(許穆, 1595~1682)은 그 절차를 거쳐 만년에 조정에 등장해, 상례 문제를 두고 노론과 격렬한 논쟁을 벌였다. 노론은 국왕이라도 차자이면 차자에 맞는 상례를 치러야 한다고 했는데, 허목이 앞장서서 남인 쪽에서는 국왕이면 차자라도 장자의 예를 택해야 한다고 했다. 노론은 왕권을 성리학적 명분

아래에다 두려고 하고, 남인은 왕권을 강화해 벌열의 횡포를 제어하려고 했다.

후대의 번거로운 논설을 피하고 상고시대 유학의 근본정신을 재확인하자고 〈기언〉(記言)이라고 한 문집의 여러 글에서 주장했다. 주자학에서 경전을 풀이하느라고 주소를 달면서 근본정신에 어긋난 문체를 만들었으니 원래의 고문으로 돌아가야 한다고 했다. 글씨도 전자(篆字)를 다시 써야 한다고 하면서 자기 스스로 본보기를 보였다. 그것은 주자의 권위를 공자를 내세워 거부하는 논법이다. 주자학의 권위에 의거해 사상과 문학을 규제하려는 데 맞서는 효과적인 방법을 극단적인 복고주의처럼 보이는 노선에서 마련했다.

참다운 선비의 모습을 찾는 것을 긴요한 과제로 삼아 〈청사열전〉(淸士列傳)을 지었다. 기이한 재주를 지녔으면 자취를 숨기는 것이 마땅하다는 것을, 김시습, 정렴 등 몇 사람의 생애와 처신을 재평가하면서 말했다. 〈세변〉(世變)이라는 대목에서는 세상에 나왔다가 문득 자취를 감추거나 원통하게 희생된 사람들을 다루면서, 부당한 권력에 대한 깊은 반감을 나타냈다. 민란에 연루되었다는 이유에서 처형된 사람들이 그런 경우이다. 서인정권에서 한 짓을 자세하게 서술하고 특별하게 문제 삼았다.

노론의 영수 송시열(宋時烈, 1607∼1689)은 허목처럼 산림에서 천거를 받아 진출했으면서, 효종에게 북벌론의 이론을 제공하고, 숙종 때에는 지배체제를 강화하는 임무를 맡아 한 시대를 지배하는 영향력을 행사했다. 주자학을 엄격하게 해석해 일체의 반론을 격파하는 엄정한 논리를 세운 문장을 〈송자대전〉(宋子大全)이라는 대단한 이름이 붙은 문집에다 분량도 압도적일 만큼 남겼다.

선악의 대립적인 관계를 줄곧 강조했다. 인욕(人慾)에 함부로 휩싸여 세상을 그릇되게 하는 잘못을 그대로 두면 인류가 금수의 지경으로 떨어진다고 했다. 문학은 음란하거나 번잡한 소리를 배제하고 천리지정(天理之正)의 올바른 자세를 갖추어야 한다 하고, 그런 기준에 배치

되는 경향은 발붙일 곳이 없게 준엄한 비판을 했다. 명나라가 망하고 국내에서도 혼란이 일어나 중세지배체제가 위기에 이르렀다고 경고하고 이념 규제를 더욱 강화해야 한다고 주장하는 데 앞장섰다.

송시열도 자기주장을 이해하기 쉽게 구체화하는 전을 이용했는데, 등장인물이 허목의 경우와 아주 다르다. 〈삼학사전〉(三學士傳), 〈임경업장군전〉(林慶業將軍傳), 〈포수이사룡전〉(砲手李士龍傳) 등에서 청나라를 배척하고 명나라를 위해 의리를 지킨 인물들을 칭송했다. 이사룡이라는 포수는 청나라의 요청에 따라 명나라를 치는 싸움에 동원되었으나, 탄환을 넣지 않고 포를 쏘다가 청나라 군사들에게 발각되어 죽었다. 신분이 미천하면서도 의리를 알고 실행하는 데는 평소에 이사룡의 무리를 벌레나 짐승처럼 여기는 선비들보다 월등하다고 했다.

그런데 송시열이 규탄해 마지않는 이단적인 사상은 이미 서인에서 노론으로 이어지는 자기 당파 안에도 깊숙이 들어와 있었다. 그런데 문제로 삼지 않고 오히려 옹호했다. 양명학에 경도된 것은 거론하지 않고 장유야말로 의리와 문장 양면에서 아주 훌륭한 모범을 보였다고 칭송했다. 후배 김만중이 막중한 위치에 있으면서 불교에 호감을 가지고 주자학에 대해서 깊은 회의를 나타냈어도 시비를 가리지 않았다. 홍만종이 도가열전인 해동이적(海東異蹟)을 편찬한 것을 보고서 발문을 써주었다.

남인 윤휴(尹鑴, 1617~1680)와 소론 박세당(朴世堂, 1629~1703)에 대해서는 송시열이 완강한 비판을 했다. 윤휴는 〈독서기〉(讀書記)에서, 박세당이 〈사변록〉(思辨錄)에서 주자와는 다르게 경전을 풀이했다는 이유를 들어, 근본을 어지럽힌 사문난적(斯文亂賊)이라고 규탄했다. 이단은 용납하지 않는 원칙을 엄격하게 적용하는 본보기를 보여주었다.

윤휴는 경전의 구절 해독을 세밀하게 재검토하면서 기일원론에 근접하는 생각을 조금씩 폈다. 박세당은 〈시경〉에다 근거를 두었다고 하면서, 윤리적 규제에서 벗어난 정(情)의 진솔한 표현을 긍정하는 입론을 조심스럽게 전개했다. 그런 발상은 새로운 가능성을 보여주는 데 그치고 아직 구체화되지는 못했다.

정제두(鄭齊斗, 1649~1736)는 진출을 단념하고 은거하면서 새로운 이념을 찾는 노력을 양명학 연구에다 쏟았다. 양명학은 정통 유학을 쇄신해 주자학의 단점을 보완한다고 인정될 수 있을 만한데, 거듭된 시도에도 불구하고 받아들여지지 않았다. 주자학이 아니고서는 위기에 대처할 수 없다고 믿고, 부분적인 양보라도 큰 변란에 동조하는 결과에 이른다고 생각하는 기득권자들의 강한 반발에 직면했다. 정제두의 작업은 많은 어려움을 겪어야 했다.

마음이 근본이라 하고, 사물을 다스리는 작은 일이나 천하를 구하는 큰일이나 모두 다 마음에서 시작된다고 한 것이 양명학 발상의 핵심이라고 했다. 〈잡저〉(雜著)에서는 나무에다 견주어, 천 길이나 되는 거목도 한 치의 싹에서 시작되었다고 했다. 〈산계〉(山溪)라는 시에서는 물을 두고, 커다란 파도가 치는 대해도 졸졸 흐르는 시냇물에 마련되어 있다고 했다. 그렇다고 하면, 선악이분론이 설 자리를 잃는다.

문구를 수식하고, 남의 글을 외고, 많이 알아 훈고하기를 일삼는 것은 자기 상실에 이르는 길이라 했다. 마음가짐을 맑고 깨끗하며 담담하면서도 초탈하게 하는 것이 가장 아름답다고 했다. 그 경지에서는 양반도 없고 노비도 없고 누구나 함께 일하는 사회를 쉽사리 공상할 수 있다. 번거로운 이치나 야단스러운 예의를 벗어나는 것이 어렵지 않게 되어 문학하는 자세도 아주 달라질 수 있다. 그러나 사상전환의 가능성을 탐색했을 따름이고 널리 영향을 끼칠 수 있는 활동을 하지는 못했다.

정옥자, 《조선후기문학사상사》(서울대학교출판부, 1990) ; 김연호, 〈허목의 문학사상〉, 《어문논집》 26(고려대학교 국어국문학연구회, 1986) ; 이창식, 〈허목의 시문학과 풍속관〉, 《한국문학연구》 9(동국대학교 한국문학연구소, 1986) ; 권진호, 〈미수(眉叟) 허목의 상고정신과 산문세계〉(성균관대학교 박사논문, 2001) ; 오의남, 〈우암(尤庵) 송시열의 시문학고〉, 《동악한문학논집》 15(동악한문학회, 1990) ; 김

홍규, 《조선후기 시경론과 시의식》(고려대학교 민족문화연구소, 1982) 등의 연구가 있다.

9.2.6. 인습과 혁신

18세기 이후에는 정통 한문학의 권위를 입증해주는 논리가 한층 궁벽해졌으면서도, 한시문을 익혀 과거를 보아 입신하고 문집을 내놓아 행세를 하려는 풍조는 오히려 심해졌다. 여러모로 사회변동이 있으면서 양반이 계속 늘어나 지체 유지를 위한 경쟁이 치열했다. 노론 벌열층이 정권을 장악하고 이어서 세도정치가 시작되어 대대로 명문으로 행세하던 양반이라도 밀려나게 마련이었다는 사실을 인식하려고 들지 않았다.

과거를 보아 글재주를 평가받고, 공사에 필요한 시문을 명문이 되게 써서 규범과 질서를 구현하면서 점차 지위가 높아지는 것이 진출의 이상적인 모형이었다. 그러나 그것은 점차 현실과 멀어졌다. 대등한 자격을 가지고 공정하게 겨루어 능력이 뛰어나면 발탁된다는 이상이 퇴색되었다. 기득권을 가진 벌열에 속하지 않은 처지라면 급제의 기회를 얻기 어려웠다. 천년 가까운 기간 동안 지속되면서 문화 수준을 높이고 문학의 발전에 크게 기여해온 과거제가 말폐를 드러내는 단계에 들어섰다.

과거장에 몰려드는 사람들이 계속 늘어나 경쟁이 치열해졌다. 세력 없고 빈곤한 선비라면 과거장 앞자리 다툼에서 벌써 밀려났다. 급제자를 사실상 미리 정해놓고 과거를 보였다고 해도 지나치지 않은 판국이라, 대부분의 응시자는 들러리를 서느라고 엄청난 고생을 했다. 이옥(李鈺)은 〈유광억전〉(柳光億傳)을 써서, 답안을 파는 것을 업으로 삼는 사람이 자기는 끝내 급제하지 못한 사정을 비통하게 그렸다. 우하영(禹夏永)은 〈천일록〉(千一錄)에서 초시에 열두 번 급제하고 회시에서는 번번이 떨어진 경험을 근거로 과거의 폐단을 샅샅이 파헤쳐 비판했다.

그런 상황에서도 정통한문학의 위세는 줄어들지 않았다. 경향 각처의 수많은 문인이 시문 창작에 열을 올려 문집을 남겼다. 문집 총수는 대체로 보아 3천여 종쯤 되고, 그 가운데 대부분인 2천6백여 종이 조선 후기에 이루어졌다. 비교 가능한 수치를 아직 얻지 못했으나, 동시대의 일본은 물론 중국에서보다도 더 많은 문집이 이루어진 것 같다. 인구 비례까지 고려하면 이룬 성과가 더욱 압도적이다.

가세가 한미해지고 벼슬을 하지 못하면 무리를 해서라도 문집을 내서 지체를 유지하고자 했다. 양반의 신분을 새로 획득한 사람들에게도 문집이 필요했다. 식자층이 확대되고 문학 창작이 일반화한 것은 소중한 의의가 있다. 양의 확대가 질의 향상과 무관하지 않았다. 과거 급제와는 상관없이, 지체가 낮다는 이유로 반발하지도 않고, 오랜 규범을 충실하게 지키면서도 창조의 역량을 발휘하는 문인들이 계속 나타났다. 연구가 아직 제대로 이루어지지 않아 그 가운데 몇몇 두드러진 사람들을 들어 논할 수 있을 따름이다.

신유한(申維翰, 1681~1752)을 먼저 들어보자. 서얼의 신분에서 태어나 가난하게 자랐으며, 다행히 문과에 급제하고서도 평생토록 말단에서 전전해야 했던 사람이지만 시인으로 높이 평가되었다. 1719년(숙종 45)에 제술관으로 뽑혀 일본에 갔을 때에 시를 받기 위해서 그곳 문사들이 다투어 모여들었으며, 대단한 칭송을 모았다. 그 일을 기록한 〈해사동유록〉(海槎東遊錄) 또는 〈해유록〉(海遊錄)은 비슷한 책 가운데 으뜸이라는 평을 들었다. 그래도 진출의 기회는 오지 않았다. 깨어진 기왓장 같다고 자탄하는 처지를 놀라운 시를 짓는 동력으로 삼았다.

晉陽城外水東流	진양성 밖 강이 동쪽으로 흐르는 곳,
叢竹芳蘭綠映洲	대숲과 함께 향기로운 난초 물에 비쳐 푸르구나.
天地報君三壯士	천지는 임금에게 보답하라고 삼장사를 내고,
江山留客一高樓	강산은 나그네 머물라고 한 채 높은 다락 세웠다.

〈제축석루〉(題矗石樓)의 전반부이다. 임진왜란 때 세 장사가 전사한 현장인 진주 축석루를 찾아가 애국의 정열과 기개를 나타냈다. 눈앞에서 벌어지는 정경을 뛰어난 공간 구성을 갖추어 그렸다. 제3행과 제4행이 절묘하게 맞물려 감탄을 자아낸다.

최성대(崔成大, 1691~1761)는 신유한보다 10년 연소하고 지체가 더 높았으나 아주 가깝게 지냈다. 벼슬이 대사간에 이른 지체 높은 사대부 시인이 어디에도 매이지 않으려는 기질을 지녀 규범과 질서를 어기고, 여성적인 감상주의와 어린아이 같은 상상력을 특징으로 하는 별난 시 세계를 보여주었다. 목멱산 기슭에 올라갔다가 그곳이 전생에 놀던 자리라는 엉뚱한 생각을 하고 비탄에 잠겨 꽈리풀 노래 〈산장가〉(酸蔣歌)를 지었다.

〈이화암노승행〉(梨花菴老僧行)이라는 장편서사시는 충청도 어느 암자에서 기이한 모습을 한 95세의 노승을 우연히 만나, 일생을 회고하는 말을 듣고 적었다는 내용이다. 병자호란 때 포로가 되어가서 여진족과 몽고족 사이에서 용맹을 떨치다가 귀국해 승려가 되었다고 했다. 그 이야기를 다 듣고 탄식한 대목을 들어보자.

萬化紛綸天地間	천지 사이에서 만 가지 조화를 얽으니,
造物於師偏戱劇	조물주가 스님에게는 장난이 지나치구나.
紅兜纔脫着白衲	붉은 투구 벗자 흰색 승복 걸쳤으니,
一軀變態誰能測	한 몸에서 그런 변화 일어난 줄 누가 헤아리리.

전란을 회고하면서 관심을 넓히는 데 그치지 않고, 〈산장가〉에서와 공통된 주제인 변신을 다루었다. 전후생을 넘나들지 않고 한 번 살아 있는 동안에도 엄청난 변신을 겪으니 놀랍다고 했다. 두 작품에서 보여준 예상을 뛰어넘는 변신은 유교사회의 질서관과 합리적 사고방식에 충격을 주었다.

이광정(李光庭, 1674~1756)은 벼슬하지 않고 산림에 묻혀 지낸 영남의 남인인데, 전에 볼 수 없던 새로운 문학을 했다. 〈망양록〉(忘羊錄)이라는 작품집에다 우언과 풍자로 세상일을 시비한 이야기 21편을 수록했다. 그 가운데 〈노파지오락〉(老婆之五樂)을 특히 주목할 만하다. 고을에 행차하는 관원이 움집에 살면서 마마를 앓고 있는 노파에게 무슨 낙이 있느냐고 장난삼아 물으니 불운이 모두 즐거움이라고 했다. 그 이유를 설명하면서 관원의 횡포 때문에 빚어진 그릇된 세태를 통렬하게 나무랐다.

이광사(李匡師, 1705~1777)는 글씨와 함께 시문으로도 이름이 났으나, 영조가 즉위해 소론이 밀려날 때 귀양을 가서는 풀려나지 못하고 죽었다. 순조로운 진출이 보장될 수 있는 위치에 있다가 수난을 당하고서 사상과 문학의 방향을 바꾸어놓고자 했다. 외딴 섬에 감금되어 있으면서 지은 〈기속〉(記俗)에서 여자들은 조개를 따고 남정네들은 고기를 잡는 광경을 정겹게 다루었다. 〈동국악부〉(東國樂府) 30수에서 단군 이래의 역사를 읊은 것이 영사악부에서 중요한 자리를 차지한다.

신광수(申光洙, 1712~1775)는 대단치 않은 남인 가문에서 태어나 진출이 쉽사리 용납되지 않는 처지였다. 평생토록 과거와 씨름하면서 지내야 했던 문인의 고난과 각성을 누구보다도 잘 보여주었다. 32세 때 한성시(漢城試) 2등에 뽑힌 〈등악양루탄관산융마〉(登岳陽樓歎關山戎馬), 줄여서 〈관산융마〉라고 하는 과시는 기생들의 노래에 올라 인기를 모을 정도가 되었지만, 진사가 되는 데는 4년이 더 걸리고 문과에는 끝내 오르지 못했다.

과거 때문에 맺힌 한을 누를 수 없어 46세 때 다섯 아들을 과거장에 보내놓고 방이 나붙기를 기다리는 심정을 〈알성일감음〉(謁聖日感吟)으로 읊어, 대가심을 간절하게 바랐다. 50이 되었을 때 영릉참봉으로 발탁되고 다시 금부도사가 되어 벼슬살이의 소원을 풀었고, 60세가 되자 노인에게 보이는 과거인 기로과(耆老科)에서 장원해 당상관으로 올랐다가 곧 세상을 떠났다.

과거에 소용되는 글이나 다듬고 있었던 것은 아니다. 자기 문학세계를 장편세태시를 써서 구현했다. 〈채신행〉(採薪行)을 써서 가난한 집 계집종이 땔나무를 하느라고 고생하는 모습을 그렸다. 〈권국진가〉(權國珍歌)에서는 사대부의 후손이며 자기와 시를 주고받던 사이인 인물이 몰락해, 장사를 하느라고 떠돌아다니는 처지를 다루었다. 〈최북설강도가〉(崔北雪江圖歌)를 보면, 가난하고 미천한 화가 최북이 긍지 높은 그림을 그리면서 살아가는 이야기를 했다.

〈관서악부〉(關西樂府)나 〈탐라록〉(耽羅錄) 같은 기행시도 즐겨 지으면서, 나그네 길의 감회에 실어 세태에 대한 관심을 확장시켰다. 영릉참봉으로 부임했을 때 지은 〈납월구일행〉(臘月九日行)은 기행시 가운데 특별한 것이다. 공사에 동원된 백성들이 굶어죽고 얼어 죽는 참상을 보고 받은 충격을 옮기면서, 그동안 다루어온 여러 가닥의 주제를 집약시켰다.

主媼怪我行	주인 할멈은 내 행색 괴이히 여기네.
千金胡不恤	"어찌 천금으로 구휼하지 않으시오?
今朝李夫峠	오늘 아침에도 이부고개에서,
凍殺幾六七	예닐곱 사람이나 얼어 죽었다오.
生世七十年	세상에서 산 지 일흔 해 동안,
最見今冬凜	이번 겨울이 가장 춥다오."
我聞主媼言	나는 주인할멈의 말을 듣고,
中心多愧惬	마음속으로 아주 부끄러웠네.
衣食不遑處	입고 먹을 것을 마련하지 못하고
婚嫁苦未畢	자식 혼사도 치르지 못하고 있으면서,
垂老犯寒暑	늘그막에도 춥고 더운 데 시달리며
傷生事難述	생계를 걱정할 처지라고 말하기 어려웠네.

능참봉은 능을 꾸미는 일에 백성을 동원해야 하는데, 공사판으로 가는 길에 먹을 것 없어 떠돌아다니다 얼어 죽은 사람들의 참상을 목격

했다. 날이 저물어 주막에 들어가 쉬노라니, 주막집 할멈이 자기가 대단한 벼슬이라도 한 줄 알고 구해주기를 청하는 데 대답할 말이 없었다. 그동안의 생애를 되돌아보면서 참담한 생각에 잠겼다.

강세황(姜世晃, 1713~1791) 또한 불우한 처지에서 가난하게 지내다가 영조의 배려로 61세가 되어서야 관직에 나아간 사람이다. 시를 짓고, 글씨를 쓰고, 그림을 그리는 데 몰두하면서 셋 다 뛰어나 시서화(詩書畵) 삼절(三絶)이라고 일컬어졌다. 그림과 관련된 시를 지어 그 둘을 근접시키려고 한 것을 특히 주목할 만하다.

그림으로 그려야 할 것을 시로 나타내 시중화(詩中畵)의 경지를 보여주었다. 자기 그림에다 자작의 제화시(題畵詩)를 적어 넣어 서로 조응하는 효과를 높였다. 부채에다 그린 대나무에 곁들인 〈죽도〉(竹圖)를 보면, 그림에서 소리가 들리고 바람이 일어나는 것 같다.

疑帶蕭蕭雨	소소한 빗소리 띤 듯하더니
仍生颯颯風	삽삽한 바람이 일어나는구나.
渭川千畝翠	위천의 푸름 천여 고랑이
幻入小扇中	놀랍게도 작은 부채 속에 들어왔네.

신위(申緯, 1769~1847) 또한 시서화 삼절이라는 평을 듣고, 당대까지 이룩된 예술의 여러 형태에 대해서 광범위한 관심을 가지기까지 했다. 〈관극절구〉(觀劇絶句) 12수에서는 판소리를 노래해 하층에서 이루어지고 있는 새로운 창조활동에 적극 관심을 보였다. 시조를 한시로 옮긴 〈소악부〉(小樂府) 40수는 그와 비슷한 것들 가운데 특히 우뚝하다. 역대 한시에 대한 비평을 절구 35수로 나타낸 〈동인론시절구〉(東人論詩絶句) 또한 주목할 만하다. 그런 연작시는 그때까지 이룩된 문학의 폭을 두루 받아들인 토대 위에서 자기 작품세계를 구축했음을 입증해준다. 예술사가의 넓은 경험과 높은 안목을 가지고 자기 작품을 이룩했다.

관심을 그렇게 넓히면서 소재 확대를 능사로 삼지는 않았다. 모아들인 광석을 제련해 순도 높은 귀금속을 추출해 최상의 공예품을 만드는 것과 같은 과정을 거쳤다. 감각과 표현에서 세련의 극치를 보여주는 시로 자기 작품세계의 핵심을 삼았다. 격조 높은 그림과 같은 정경을 갖추는 것을 장기로 삼고, 눈으로 보고 마음으로 느끼는 색채감각의 미묘한 대조와 조화를 갖추었다. 현실적인 갈등과 관련된 짙은 경험은 되도록이면 배제하고, 맑고 깨끗한 경지를 추구하는 예술의 극치를 보여주고자 했다. 한 예로 〈조대망월〉(釣臺望月)을 들 수 있다.

溶溶波上月	출렁이는 물결 위의 달이요,
塗塗葉間霜	잎새 사이에 서리 짙게 내렸다.
霜光與月色	서리와 달빛 함께 어울리는데
併墮烟渺茫	떨어져 내리는 안개 아득하구나.
釣臺一片石	낚시터에서는 조각돌 하나
據此水中央	물 가운데 버티고 서 있도다.
不知夜深淺	밤이 깊고 얕은 줄 모르지만
漸見人影長	사람 그림자 차츰 길어 보인다.

노론 쪽에서 문학을 그만둔 것은 아니었다. 시대변화를 인식하면 긴장할 필요가 있었다. 지배체제에 대한 비판의 소리가 거셀수록 정통한 문학의 규범을 다지는 것이 한층 긴요하게 되었다. 경화거족이라고 일컬어지던 명문가 가운데서 최상위를 차지하는 노론 벌열층이 세도를 부려 부귀를 독점하며 나라를 망친다는 비난을 문학으로 막아야 했다. 자기네들이야말로 최고 수준의 문학활동으로 중세문명을 수호해 그릇된 변화를 막는다고 자부하면서 경쟁이나 비판의 논리를 무색하게 하고자 했다.

고문의 최고 경지에 이르렀다고 평가된 문장가 홍석주(洪奭周)와 김매순(金邁淳)이 있어 노론의 위세를 다시 입증했다. 홍석주는 21세, 김매순은 19세에 문과에 급제해서 순조롭게 진출했다. 홍석주는 대제학을 거쳐 정승이 되었는데, 김매순은 참판 정도에 머무른 점은 다소 차이가 있었다. 문학이 뛰어나다고 함께 이름이 나서, 두 사람을 호로 일컬어 연대문장(淵臺文章)이라고 병칭했다. 높은 수준의 정통 한문학을 끝까지 수호하겠다는 사명을 서로 호응하면서 수행했다.

홍석주(1774~1842)는 〈학강산필〉(鶴岡散筆)에서 "시는 성정에 근본을 두고 천기(天機)에서 발현된다"고 했다. 타고난 그대로의 마음을 긍정하며 재래의 구속에서 벗어나려는 문학운동에 대해서 얼마쯤 동조하는 자세를 보이면서 우리말 노래에 대해서도 이해를 하고자 했다. 〈답사제헌중서〉(答舍弟憲中書)에서는 "사필기출(辭必己出), 문필징실(文必徵實)"이라고 해서, 말은 반드시 자기에게서 나오고, 글은 반드시 실질적인 것으로 징험을 삼아야 한다고 했다. 그런 논법은 시대 변화에 적응하면서 한문학의 오랜 권위를 유지하자는 절충안이라 보아 마땅하고 의식 혁신에서 나온 것은 아니다.

실제 창작에서는 시대 역행의 자세를 보였다. 〈무명변〉(無命辯)을 써서 명이 정해져 있지 않다는 주장에 반론을 제기한 것을 눈여겨보자. 죽고 사는 것이 명에 달렸듯이, 귀천 또한 명으로 예정되어 있으므로 무리하게 영위할 수 없다고 했다. 사회 변화를 막고자 하는 사고방식을 불변의 가치를 가진 명문을 써서 나타내고자 했다.

김매순(1776~1840)은 창작방법을 더욱 깊이 따져, 글은 간결하고 진실되고 바르면 그만이지만, 마음의 미묘한 양상을 드러내서 남에게 알리려고 하니 번거로워지고 비유를 하게 되고 뜻을 돌려서 나타내지 않을 수 없다는 지론을 몇 차례 폈다. 불우하게 된 문인이 소설이나 희곡 같은 것들을 어느 정도 이해하는 융통성을 보였다. 그러면서 정약용에게 준 편지에서 주자의 학설을 의심하는 오만한 태도를 경계하면서 정통을 수호해야 한다고 했다.

〈응객〉(應客)에서 세상의 시비곡절이 생기는 까닭을 깊이 깨달은 듯한 자세로, 말을 함부로 하지 않겠다고 하고, 지금까지 받들어온 도리를 버리는 것은 잘못이라고 했다. 〈차군헌기〉(此君軒記)에서는 대나무를 들어 군자의 덕을 말하고, 〈풍서기〉(風棲記)를 지어 세태야 바람에 지나지 않는다고 했다. 불변의 가치를 수호하고자 하는 사고형태를 최상의 글쓰기에서 격조 높게 구현해 지속적인 설득력을 가지게 했다.

그 뒤에도 고문을 시대의 추세에 맞게 융통성 있게 해석해 문학의 정통이 흔들리지 않게 하려는 노력이 계속되었다. 유신환(兪莘煥, 1801~1859)은 인문입도(因文入道)를 주장하면서 문을 통하지 않고서는 도에 들어갈 수 없다고 하고, 문은 현실문제에 관심을 가져야 마땅하다고 했다. 서응순(徐應淳, 1824~1880)은 생경한 표현을 배격하고, 성리학의 논의 같은 것을 앞세우지 않고, 누구나 알기 쉬운 전아한 글을 통해서 지극한 이치를 나타내는 작문의 방법을 재확립해 불신을 막고자 했다.

신위의 시, 홍석주와 김매순의 문은 중세 지배체제가 위기에 몰리고 이념의 파탄이 심각해진 19세기의 정통 한문학이 그동안 자랑해온 수준을 유지하며 새로운 기풍과 어느 정도 타협해 비판과 불신을 완화했다. 어느 정도의 혁신을 받아들여 융통성을 보인 보수노선이어서 상당한 설득력이 있었다. 고려말의 권문세족과는 달리 조선왕조의 지배층은 끝까지 문화의 우위를 지키면서 갖가지 비난에 응답하고 도전을 완화할 수 있게 했다.

***

김영, 《조선후기 한문학의 사회적 의미》(집문당, 1993) ; 안대회, 《18세기 한국한시사 연구》 ; 정민, 《조선후기 고문론연구》(아세아문화사, 1989) ; 김철범, 〈19세기 고문가의 문학론에 대한 연구〉(성균관대학교 박사논문, 1992) ; 신승운, 〈유교사회의 출판문화 : 특히 조선시대의 문집 편찬과 간행을 중심으로〉, 《대동문화연구》39(성균관대학교 대동문화연구원, 2001) 등에서 전반적인 논의를 했다. 강명관, 《조선의 뒷골목 풍경》(푸른역사, 2003)에서 과거제의 타락상을 고찰했다. 김영숙, 〈신유한 한시연구〉(영남대학교 석사논문, 1981) ; 김경숙, 〈18세기 서얼문사 신유한의 의식세계〉, 《우리 한문학사의 새로운 조명》(집문당, 1999) ; 황수연, 〈두기(杜機) 최성대의 민요풍 한시 연구〉

(연세대학교 박사논문, 2000) ; 김영, 《망양록 연구》(집문당, 2003) ;
윤경수, 《석북(石北)시연구》(정법문화사, 1983) ; 이기현, 《석북 신광
수문학연구》(보고사, 1996) ; 문영오, 《표암(豹菴) 강세황 시서(詩書)
연구》(태학사, 1997) ; 손팔주, 《자하(紫霞)시문학연구》(이우출판사,
1984) ; 정원표, 〈자하 신위의 한시 연구〉(서울대학교 박사논문, 1987) ;
최신호, 〈연천(淵泉) 홍석주의 문학관〉, 《동양학》13(단국대학교 동양
학연구소, 1983) 등의 개별적 연구도 풍부하게 이루어졌다.

9.3. 소설시대로 들어서는 전환

9.3.1. 소설의 전반적 양상

소설은 중세에서 근대로의 이행기문학으로 자리 잡았다. 소설이라고 할 것이 그전에도 더러 있었던 것은 시대를 앞질러가는 예외자의 선구적인 작업에 지나지 않았다. 소설이 새로운 문학갈래로서 뚜렷한 모습을 갖추고 본격적으로 성장한 것은 중세에서 근대로의 이행기인 조선후기 17세기 이후이다. 같은 시기에 동아시아 다른 나라나 유럽에서도 소설시대가 시작되었다.

소설시대의 시작을 이해하기 위해서 철학의 사고구조와 문학갈래가 서로 맞물려 시대가 변천한 내력을 점검해볼 필요가 있다. 철학이 달라지는 데 상응하는 변화가 문학에서도 일어나, 철학의 개념과 논리로 그 실상을 정리해서 말할 수 있다. 철학사와 문학사가 둘이면서 하나임은 세계 전체에서 확인되는 사실이지만, 우리 경우에 특히 선명하게 파악된다.

'심'(心)·'도'(道)·'이'(理)라는 것과 '물'(物)·'기'(器)·'기'(氣)라는 것을 이원적으로 이해하던 시기가 중세였다. 중세전기에는 그 가운데 '심'과 '물'을 기본 용어로 사용하면서 '심'이 참되고 '물'은 헛되다고 하면서, '심'을 나타내는 서정시를 문학갈래의 으뜸으로 삼았다. 중세후기에는 '도'와 '기'(器)를 거쳐 '이'와 '기'(氣)를 기본 용어로 사용하면서 그 둘이 다 소중하다고 여겨 서정시와 교술시를 양립시키는 사고구조를 마련했다.

중세에서 근대로의 이행기에는 '기'에서 벌어지는 음양의 대결을 긴요한 관심사로 삼으면서 자아와 세계의 대결을 전개하는 소설을 만들어냈다. 그러면서 '이'와 '기'의 관계에 관한 견해는 대립되었다. '이'와 '기'는 하나이면서 둘이어서, 본질에서는 '이'가, 현상에서는 '기'가 더욱 소중하다고 하는 이기이원론이 지배적인 위치를 차지하고, '이'는 '기'의 원리일 따름이어서 둘일 수 없다고 하는 기일원론이 반론을 제기했다. 소설에서도 이기이원론 소설이라고 할 것과 기일원론 소설이라고 할 것이 함께 나타나, 중세로의 역행과 근대로의 순행을 주장하면서 서로 다투었다.

소설은 설화의 부정적 계승이다. 자아와 세계의 대결을 전개하는 서사문학의 기본 특징을 이은 것은 계승이다. 자아와 세계의 대결이 세계의 우위에서 전개되는 전설, 자아의 우위에서 전개되는 민담이 각기 지닌 편향성을 극복하고 상호우위를 특징으로 하는 심각한 대결구조를 마련한 것은 극복이다. 전설이나 민담은 구비문학이다가 이따금 기록에 올랐으나, 소설은 기록문학으로 창작되었다. 글을 쓰는 격식은 설화에서 가져올 수 없어 별도의 모형이 필요했는데, 그것은 바로 전(傳)이다. 소설은 명칭이나 형식에서 전이라고 행세하면서 교술을 서사로, 사실을 허구로, 교훈을 흥미로, 지배이념에 대한 옹호를 비판으로 바꾸어 놓았다.

전은 원래 역사서의 열전(列傳)에 오르는 인물의 선악을 판정해 후대까지 교훈으로 삼도록 하는 것을 사명으로 삼았다. 사전(史傳)이 아닌 사전(私傳)을 누구나 쓸 수 있는 변화가 일어나고, 내용이나 표현이 자유로워져 소설과 가까워진 작품이 나타났다. 전과 소설은 겹치고 중간물이라고 할 것도 있다. 그렇다고 해서 소설을 전의 후대적 변형이라고 할 수는 없다. 전이라고 위장해 출생신고를 하고 사람의 일생을 서술하는 방법을 표절해 사용하면서 전이 누리던 권위를 하나씩 뒤집어엎은 반역아가 소설이다. 한국뿐만 아니라 동아시아 다른 나라에서도 소설은 그런 의미의 '가짜 전'으로 시작되었으며, 그것은 유럽소설이 '가짜 고백록'으로 탄생을 고한 것과 상통한다.

전과 소설의 관계는 문학사 시대구분의 기준이 된다. 전만 있고 소설은 없었던 시기가 중세전기까지 지속되다가, 소설이 출현하면서 상황이 달라졌다. 지위가 열등한 탓에 배격되는 소설이 전이라고 행세하던 시기가 중세에서 근대로의 이행기 제1기이다. 지위 역전이 일어나 전이 영향력을 잃자 소설이라고 위장하려고 한 것이 중세에서 근대로의 이행기 제2기에 나타난 변화이다. 전이 문학의 권역 밖으로 밀려나고 소설이 주인 행세를 크게 하는 갈래체계가 근대에 이루어졌다.

소설은 취급 범위에서 셋으로 나누어졌다. 특정 사건, 한 인물의 일생, 여러 인물들의 상호관계를 다룬 것들이 서로 달랐으며, 명칭에서도 어느 정도 구분이 있었다. 한 인물의 일생을 다룬 것이 소설의 기본형이고 대부분 '전'이라고 일컬어졌다. 특정 사건을 다룬 축소형은 '기'(記), 여러 인물들의 상호관계를 다룬 확대형은 '녹'(錄)이라고 하면서 서로 구분하는 명칭이 이따금 사용되었다. 그러나 축소형은 얼마 되지 않고, 확대형은 차차 늘어가 기본형과 병칭되게 되었다. 대개 단권으로 이루어지고 읽기 쉬운 '전책'과, 여러 권으로 늘어나고 유식한 문체를 사용해 상층의 독자와 만나는 '녹책'이 서로 구분되었다.

소설에는 한문소설도 있고 국문소설도 있었다. 두 가지 언어를 사용한 작품이 단일 갈래 안에 공존하면서 밀접한 관련을 가진 것은 전에 없던 일이다. 그것은 소설이 상층과 하층, 남성과 여성의 경쟁적 합작품이라는 증거이다. 상층남성은 한문소설, 상층여성과 하층남성은 국문소설의 독자 노릇을 하면서 작가로도 참여했다. 그런 활동이 명확하게 구분되지 않고 서로 얽혀 한문소설과 국문소설이 중첩되는 경우가 많았다.

〈금오신화〉는 한문소설이어서 한문소설이 먼저 나타난 증거를 제공한다. 그 뒤를 이은 〈설공찬전〉도 한문소설인데 국문소설로 번역되어 읽히다가 오늘날까지 남아 있다. 〈홍길동전〉은 국문소설로 창작된 것으로 보이고, 지금 발견된 한문본은 국문본의 번역이다. 〈구운몽〉은 한문본이 먼저인지 국문본이 먼저인지 분명하지 않아 논란이 계속되고 있으며, 양쪽의 이본이 비슷한 숫자이다.

한문소설은 특정 사건을 다루는 단편이고, 국문소설은 한 인물의 일생을 다루는 전책인 점이 서로 달랐다. 그런데 전책이 녹책으로 확대될 때 한문본과 국문본이 공존하며 선후를 알기 어려운 일군의 소설이 나타

났다. 그런 작품은 한문본을 선호하는 상층남성과 국문본의 독자인 상층
여성의 관심사를 모아들여 소설에서 이루어지는 남녀간 경쟁적 합작의
진면목을 보여주었다. 지체 높은 작가가 사람의 행실을 가르쳤다는 이유
에서 소설 긍정론의 논거를 제공했다. 수십 책의 장편으로 늘어난 녹책
은 국문본만이다. 국문소설만이기만 한 작품은 단권짜리이든 수십 권이
나 되는 장편이든 작가가 알려지지 않았으며 밝혀내기 어렵다.

남성소설인 한문소설은 전에서 유래한 특성이 많이 남아 어느 한 인
물에 관한 특기할 만한 사실을 다루는 데 치중했다. 그러면서 당대의
현실을 바로 다루어 지배이념을 비판하고 상하남녀의 질서를 뒤집어놓
을 수 있었다. 여성소설인 국문소설은 열녀전 관습을 이어 여성이 지켜
야 할 행실을 가르치는 의무를 지니고 중국의 과거를 무대로 한 것이
많지만, 여러 인물들 사이에서 벌어지는 복잡한 사건을 유기적으로 전
개했다. 양쪽의 장점을 아우르는 과업이 중간 영역에서 진행되기는 했
으나 전체의 판도를 바꾸어놓을 수는 없었다.

소설은 대부분 필사본으로 유통되면서, 필사 과정에서 개작되었다.
단권짜리는 전기수(傳奇叟)가 낭독하고, 장편은 세책가(貰冊家)에서
빌려주어 상품화되기도 했으나, 비영리적인 유통의 영역이 더 넓었다.
소설을 빌려보는 사람은 베낄 수 있고, 베끼면서 자기 나름대로 개작할
수 있어, 광범위한 독자가 개작에 참여했다. 그래서 수많은 이본이 생
겼다. 방각본(坊刻本)이라는 이름의 목판본 출판이 19세기 중엽 이후
발달해, 인기가 있고 분량이 많지 않은 소설 작품 일부를 처리했다. 서
양 전래의 기술을 사용한 활자본 출판은 20세기초에 나타났다.

지금까지 밝혀진 바로는 소설의 총수는 858종쯤 된다. 그런데 한 종
에 많은 이본이 있어 작품 총수는 그 몇 갑절이다. 〈춘향전〉에는 349종,
〈조웅전〉에는 295종, 〈구운몽〉에는 292종, 〈유충렬전〉 268종, 〈심청전〉
에는 248종, 〈창선감의록〉 235종, 〈사씨남정기〉에는 214종의 이본이 있
는 것으로 집계되었다. 필사본이 많은 것들은 〈창선감의록〉 211종, 〈사
씨남정기〉 188종, 〈유충렬전〉 176종, 〈춘향전〉 150종, 〈조웅전〉 150종,

〈구운몽〉 140종이다. 목판본이 많은 것들은 〈구운몽〉 127종, 〈조웅전〉 119종, 〈춘향전〉 75종, 〈심청전〉 70종, 〈소대성전〉 55종, 〈유충렬전〉 54종이다. 활자본이 많은 것들은 〈춘향전〉 110종, 〈유충렬전〉 37종, 〈적벽가〉 34종, 〈심청전〉 31종, 〈옥루몽〉 30종이다. 시대가 바뀌면서 인기 순위가 달라진 것을 알 수 있다.

소설은 동시대에 동아시아 각국에서 일제히 생겨나고 성장해 비교고찰이 필요하다. 비교고찰을 통해 한국소설에 관한 여러 의문을 풀 수 있다. 한국소설은 중국소설의 영향을 많이 받고 번역 또는 번안본도 적지 않지만, 기본 성향이 다르다. 그것은 작품론보다 사회사와의 관련을 통해 고찰해야 할 차이점이다.

작자 미상의 소설을 필사하면서 독자가 임의로 개작할 수 있었던 것은 한국에서만 있었던 일이다. 중국의 경우에는 소설을 출판하면서 작가가 본명은 숨기고 필명을 내세우는 것이 관례였다. 일본에서는 출판인이 작가에게 요청해서 받아낸 원고를 출판하면서 작가 이름을 명시해 인기가 지속될 수 있게 했다. 중국소설은 작가소설이고, 일본소설은 출판인소설이라면, 한국소설은 독자소설이라고 할 수 있다.

중국소설은 구어체인 백화(白話)를 사용한 것이라도 식자층 남성이라야 읽고 즐길 수 있었다. 가명(假名, 가나)으로 표기된 일본소설은 표기문자가 아닌 내용상의 특징 때문에 남성소설이었다. 그런데 한국의 국문소설은 독자가 대부분 여성이고, 여성의 관심사를 적극 받아들였으며, 여성이 창작한 작품도 상당수 있었으리라고 추정된다.

조희웅, 《고전소설이본목록》(집문당, 1999) ; 《고전소설작품연구총람》(집문당, 2000) ; 《고전소설문헌정보》(집문당, 2000) ; 《고전소설줄거리 집성》 1~2(집문당, 2002)에 자료에 관한 정보가 집성되어 있다. 소설 목록은 W. E. Skillend, 古代小說 Kodae Sosŏl, A Survey of Korean Traditional Style Popular Novels(London : School of Oriental and African Studies, University of London, 1968) ; 《한

국고소설목록》(한국정신문화연구원, 1983)이 있다. 작품 해제의 선행업 적에는 김기동, 《한국고전소설연구》(교학사, 1981) ; 조선문학창작사 고전문학실, 《고전소설해제》(평양 : 문예출판사, 1991) ; 임치균 외, 《장서각고전소설해제》(한국정신문화연구원, 1999)가 있다. 유탁일, 《한국고소설비평자료집성》(아세아문화사, 1994)에서 관계 자료를 모았 다. 소설 총괄론은 김태준, 《증보판 조선소설사》(학예사, 1939) ; 大谷森 繁, 《조선후기 소설독자 연구》(고려대학교 민족문화연구소, 1982) ; 소 재영, 《고소설통론》(이우출판사, 1983) ; 김춘택, 《조선고전소설사연 구》(김일성종합대학출판사, 1986) ; 한국고소설연구회, 《한국고소설 론》(아세아문화사, 1991) ; 김일렬, 《고전소설신론》(새문사, 1991) ; 한 국고소설연구회, 《한국고소설론》(아세아문화사, 1995) ; 최운식, 《한국 고소설연구》(보고사, 1995) ; 이헌홍, 《고소설의 작자와 전파》(세종출 판사, 1999) ; 이강엽, 《토의문화의 전통과 우리소설》(태학사, 1997) ; 金寬雄, 《韓國古小說史稿》(延吉 : 延邊大學出版社, 1998) ; 정출헌, 《고 전소설사의 구도와 시각》(소명출판, 1999) ; 김광순, 《한국고소설사》 (국학자료원, 2001) ; 한국고소설학회 편, 《한국고소설의 자료와 해석》 (아세아문화사, 2001) ; 최운식, 《고소설연구》(보고사, 2001) ; 김근태, 《한국고소설의 서술방식 연구》(집문당, 2001) ; 장효현, 《한국고전소설 사연구》(고려대학교출판부, 2002) ; 우쾌제 외, 《고소설 연구사》(월인, 2002) ; 이상택, 《한국고전소설의 이론》 1~2(새문사, 2003) ; 송진한, 《조선조 연의소설의 세계》(전남대학교출판부, 2003)에서 했다. 《한국소 설의 이론》(지식산업사, 1977)에서 시작한 작업이 《소설의 사회사 비교 론》 1~3(지식산업사, 2001)으로 이어졌다.

9.3.2. '전'이라고 한 한문소설

'가짜 전'인 소설이 많이 나와 소설시대가 시작될 수 있게 하는 데 주 동적인 구실을 한 사람은 허균(許筠, 1569~1618)이다. 문집에 수록되어 있는 전 다섯 편, 〈손곡산인전〉(蓀谷山人傳)·〈엄처사전〉(嚴處士傳)·〈장산인전〉(張山人傳)·〈남궁선생전〉(南宮先生傳)·〈장생전〉(蔣生傳)은 전이면서 전이 아니다. 전의 성격 변화에서 소설이 나타난 과정을 잘 보여준다.

〈손곡산인전〉은 자기가 시를 배운 스승인 이달(李達)의 불우한 생애를 다룬 내용이다. 〈엄처사전〉·〈장산인전〉·〈남궁선생전〉·〈장생전〉에서도 불우한 인물의 생애를 다루었다. 그 네 사람도 다른 자료를 통해서도 행적이 어느 정도까지는 확인되니 실존인물이다. 주인공의 생애를 서술하면서 특히 의미가 깊은 사건을 이것저것 열거하고 끝에다 논평을 첨부한 점이 전의 형식을 그대로 따르고 있다. 그러면서 다섯 편 모두 불행한 처지에서 태어난 주인공이 겉으로는 평범하지만 사실은 비범했으며 놀라운 행적이 있으나, 세상에 쓰이지 못하다가 결국 불행하게 죽거나 행방을 감추었다고 하는 공통점을 갖추었다.

이달은 서자여서 세상에 쓰이지 못한 데 대해 반발해 활달한 성격으로 예교를 거부하고 뛰어난 시인이 되었다. 엄처사는 몹시 가난해서 자기 스스로 나무하고 물 길어야 하는 처지였지만 학식이 뛰어난 선비였다. 장산인은 삼대째 의원으로 종사하는 신분이었는데 선도를 익혀 귀신을 부릴 줄 알았다.

남궁선생이라고 한 남궁두(南宮斗)는 아전의 처지이면서 과거를 보아 문명을 떨치다가 미움을 사서 부당한 옥사 때문에 죽을 지경에 이르렀다 도망쳤으며, 아내와 딸은 옥중에서 죽었다. 그 뒤에 선도를 얻었으나 신선이 되어 떠나가지 않고 평범하게 지내는 것 같은 이면에 깊은 반발을 숨겼다. 장생은 어려서부터 걸식을 일삼으면서 바보스러운 익살꾼 노릇이나 한 것 같지만 다른 곳도 아닌 경복궁 경회루 들보 위 구멍에다 본거지를 정한 도적의 무리를 이끌고 때가 오기를 기다린다고 했다.

다섯 편 모두 세상에 알려지지 않은 뛰어난 인물의 행적을 전하는 일사전(逸士傳)의 유산을 이었다. 고려말의 이색이 좋은 본보기를 보인 뒤를 이어 전을 짓는 사람들이 일사의 행적을 즐겨 찾았다. 허균도 그렇게 하면서 개개의 인물에 대해 각기 관심을 가지는 데 그치지 않고, 자아가 세계와 겉으로는 화합하는 이면에서 심각한 불화를 겪고 있다고 하는 반어 구조를 통해 둘 사이의 대결을 심각하게 문제 삼았다. 일사전이 일사소설(逸士小說)이 되게 했다.

〈엄처사전〉 이하 네 작품은 도가 신선전(神仙傳)이라고 할 수 있는 면모를 지녀 허균이 좋아한 신선사상의 표현물로 이해할 수 있다. 장산인과 장생은 언젠가 신선술을 익혔다고 하고, 남궁두가 신선술을 익히는 과정을 자세하게 소개했다. 그러나 신선이 되어 이 세상을 떠나가 고민을 해결한 것은 아니다. 지상선(地上仙)으로 머물어 미천하고 모멸당하는 생활을 계속하면서 쉽사리 드러내 보이지 않는 도술을, 처지가 부당하다는 것을 입증하는 데 사용했다. 왕궁의 위엄을 이미 범한 도적의 두목 장생은 나라를 뒤집어엎는 변란을 쉽게 일으킬 것 같았다. 민란의 위기를 경고한 논설 〈호민론〉(豪民論)에서 몸을 숨기고 때를 기다리고 있다고 한 호민의 모습을 보여주었다.

작품의 성격에 단계적인 차이가 있다. 〈손곡산인전〉은 사실 전달에 치우치고 세계의 억압에 지상선의 능력으로 맞선다고는 하지 않아, 전의 특징을 많이 지니고 있다. 〈장생전〉은 있을 수 있을까 의심되는 사건을 전개하면서 신선술을 국가에 대한 변란을 일으킬 수 있는 힘으로 삼고 있어, 전이라고 위장한 소설이다. 다른 세 편은 둘 사이의 중간물이어서, 전이면서 소설이고 소설이면서 전이라고 할 수 있다.

그 다섯 편은 제목에서는 사람의 일생을 말한다고 하고 특정 사건을 집중해서 다룬 단편이다. 그런 특징을 가진 작품을 허균만 쓴 것은 아니다. 비슷한 시기에 다른 작가들도 비슷한 작업을 해서 이용할 수 있는 자료를 여럿 남겼다. 전으로 쓴 작품이 소설이기도 한 것도 있고, 전이라고 위장해서 출생을 고한 아주 가짜인 전도 있다. 뒤의 것 가운데 일부는 국문 번역으로 유통되어 국문소설의 성장을 촉진했다.

전으로 쓴 작품이 소설이기도 한 좋은 예로 이항복(李恒福, 1556~

1618)이 1607년(선조 40)에 지은 〈유연전〉(柳淵傳)을 들어보자. 내용은 사실을 기록했으니 전이다. 아주 억울한 일을 당한 사람이 갖은 고난 끝에 오랫동안 잘못된 옥사를 바로잡은 일이 임금에게까지 알려지자, 글 잘하는 문인으로 하여금 전말을 기록하라 해서 이항복이 그 일을 맡았다. 통치질서의 이면에서 이해관계의 다툼이 처절하게 벌어지고, 사람이 어찌 그럴 수 있을까 싶을 정도의 싸움이 관가의 재판을 통해서 전개되고 있어 큰 충격을 준다. 그 점을 생동하게 그려 소설이 되게 했다.

그런 일이 벌어진 것은 임진왜란과 병자호란을 겪으면서 벌어진 대혼란과 밀접한 관련이 있었다. 기존 관념에 따라 예정되어 있던 과정이 뒤집히고 전에는 생각하기 어려웠던 진통이 닥쳐와 인생이 무엇인가 다시 생각하게 했다. 품위나 위신을 잃고 살기 위해 투쟁해야 하는 처절한 수난사도 적지 않았다. 기막힌 사연을 지닌 소재가 얼마든지 있어, 누가 나서서 글로 적기만 하면 문제작이 탄생할 수 있었다.

조위한(趙緯韓, 1567~1649)의 〈최척전〉(崔陟傳)은 그런 현실에서 일어난 기구한 사건을 정리하려고 하다가 소설을 만드는 데 이른 작품이다. 왜적에게 남원성이 함락될 때 각기 중국과 일본으로 잡혀간 부부가 갖은 고난을 겪고 마침내 귀국해서 재회한 것이 사건의 개요이다. 〈어우야담〉에 실릴 때에는 기이한 설화에 지나지 않았는데, 조위한이 윤색과 창작을 보태, 심각하게 벌어지는 사건을 통해 납득할 수 있는 의미를 전하는 작품으로 만들었다. 여러 이본이 전하고, 표제를 〈기우록〉(奇遇錄)이라고도 한 것도 있다.

작품 말미에서 부자, 부부, 구고(舅姑), 형제가 네 나라로 흩어져 죽을 고비에 이르렀다가 모두 무사하게 된 것은 하늘이 돌본 덕분이라고 했다. 청나라까지 갔으므로 네 나라이다. 작품 속에서 만복사의 부처가 현몽해서 위기에서 벗어나게 했다. 임진에서 호란까지 격동기의 삶을 그리면서 다시 안정되기를 바라는 마음을 나타냈다. 그 때문에 전란을 함께 겪은 사람들 사이에서 널리 호응을 얻었다고 할 수 있다.

〈주생전〉(周生傳)은 필사본으로만 전하는 작자 미상의 작품이다. 그러나 삽입된 시와 사(詞)가 문집에 실린 권필(權韠, 1569~1612)의 작품과 비슷해서 작자에 관한 의문을 풀어준다. 국문본으로도 유통되어 광범위한 독자와 만났다. 작가로부터 이탈되고 국문소설의 영역으로 들어가기까지 해서 허균의 한문소설보다 많이 앞서 나갔다.

임진왜란이 일어나자 조선에 나온 명나라 군사가 하는 말을 듣고 기록했다고 했다. 그 말은 사실일 수도 있고 구실일 수도 있다. 작품의 주인공 주생은 사랑하던 처녀가 기생이 되자 다른 여자와 사귀어 혼인을 하려다가 군대에 뽑혀서 이별을 했으니 원통하다는 것이었는데, 어쩔 수 없는 사정 때문에 기생이 되어야 했던 처녀가 주생을 원망하는 마음을 함께 다루어 주제가 단순하지 않게 했다.

〈위경천전〉(韋敬天傳)이라는 것도 그 비슷한 내용을 갖추어 임진왜란 때문에 벌어지는 삶의 파탄을 문제 삼았다. 중국 청년이 사랑하는 사람과 이별하고 명나라 군대의 장군인 아버지를 따라 와서 출전했다가 병으로 죽었다고 하면서 전쟁보다는 사랑과 이별을 그리는 데 중점을 두었다. 필사본으로만 전하는 이 작품 또한 권필이 지은 것이 아닌가 하고 추정된다.

17세기 전반기에 한문소설 단편이 많이 이루어졌다는 증거가 여럿 나타났다. 〈화몽집〉(花夢集, 1626), 〈삼방록〉(三芳錄, 1641)이라는 문헌, 〈신독재수택본전기집〉(愼獨齋手澤本傳奇集)이라고 일컫는 책에, 위에서 이미 고찰한 〈주생전〉과 함께 〈최문헌전〉(崔文獻傳), 〈왕경룡전〉(王景龍傳), 〈영영전〉(英英傳), 〈운영전〉(雲英傳) 등의 작품이 수록되어 있다. 모두 한문소설 단편이면서 성격이 각기 다르다. 신독재는 김집(金集, 1574~1656)의 호가 아닌가 한다.

〈최문헌전〉은 최치원을 주인공으로 삼아 설화를 소설화한 작품이다. 어머니가 납치되어갔던 탓에 돼지의 아들이라는 누명을 쓰고 태어나서 버림받았으나 살아나고, 거울을 고친다고 다니다가 정승집에 머슴살이를 자청해서 정승의 딸과 사랑을 이루더니, 중국에 가서는 천자가 고약한 시련에 빠뜨려도 능히 이겨내 자기를 업신여기지 못하도록 했다고 했다. 미천하고 왜소한 위인이 커다란 능력을 지녔다고 하면서 이미 굳어진 규범과 권위에 대한 반발을 나타냈다.

〈왕경룡전〉(王景龍傳)에서는 관원의 아들 왕경룡의 인생 역전을 다루었다. 아버지의 명을 받고 상인에게 빌려준 돈을 받으러 가서 자기는 돈을 가지고 행방을 감추고, 하인만 되돌아가라고 해서 가다가 자결하게 만들었다. 방탕한 방랑자가 되어 기생집에 가서 놀다가 옥단이라는 기생에게 매혹되어 일생을 함께 하게 된 것이 행운의 시작이었다. 옥단의 권유로 마음을 돌려 과거에 급제했다. 정실부인을 얻고서는 돌아보지 않다가, 옥단의 권유로 부인을 가까이 했다. 처첩의 자식이 모두 급제하고 현달했다고 했다.

〈영영전〉은 〈상사동기〉(想思洞記)라고도 하며, 애정의 번민을 그렸다. 성균관 진사인 주인공이 길에서 만난 미인에게 매혹돼 상사병이 깊었다. 그 미인이 성종의 다섯째 아들 회산군(檜山君)의 궁녀인 줄 알고 갖은 모험 끝에 서로 사랑하는 사이가 되었으나 터놓고 만날 수 없었다. 과거에 장원급제를 해도 소용이 없었다. 회산군 궁 앞에서 취한 척하고 쓰러져 안으로 초대되어 들어가는 기회를 만들어보았으며, 영영의 편지를 받고 미칠 지경이 되었다. 회산군이 세상을 떠나자 회산군 부인의 호의에 힘입어 영영을 아내로 맞이하게 되었다. 사랑으로 애태우는 심정을 절실하게 그렸다.

〈운영전〉에서는 그런 사랑이 비극으로 끝났다. 김진사가 안평대군(安平大君)의 궁녀인 운영을 사랑해서 애를 태우고 궁의 담을 넘어가 몰래 만나는 모험을 감행하다가, 안평대군이 알고 문책하자 운영은 자살하고, 김진사도 며칠을 울며 지새다가 운영의 뒤를 따랐다. 그 두 사람의 혼령이 안평대군 궁인 수성궁(壽聖宮)의 폐허에 나타나, 유영(柳泳)이라는 선비에게 원통했던 일을 털어놓은 것으로 작품이 전개되었다. 안평대군의 위세는 사라졌어도 사랑의 사연은 언제까지나 남아 있다고, 실존인물 유영을 서술자로 한 액자소설을 써서 말했다.

후대의 필사본으로만 전하는 한문소설 단편 가운데 위에서 든 것들과 유사한 작품이 이따금 보여 함께 고찰할 필요가 있다. 〈유록전〉(柳綠傳)은 선비와 기생의 사랑을 다루면서 전란을 배경으로 삼았다. 예조좌랑을 하다가 물러난 선비가 술자리에서 유록이라는 기생을 만나 사랑하게 되었다. 유록은 양가 처녀인데 집안이 몰락해서 기생이 되었으며, 주인공을 만나자 처음으로 몸을 허락했다. 병자호란이 일어나서 끌려가다가 혹심한 수난을 겪고 겁탈하려는 자에게 쫓겨 자살하려다가, 주인공에게 구출되어 만년을 행복하게 보냈다.

〈동선기〉(洞仙記)는 주인공이 중국 송나라 때의 인물이라고 했다. 십년공부가 헛되이 과거에 낙방하기만 한 선비가 유람길에 올랐다가 동선이라는 기생과 깊이 사랑하게 되었다. 여진족이 송나라를 유린할 때헤어졌다가 다시 만났다. 동선 덕분에 벼슬을 얻은 주인공이 동선을 차지하려는 자의 모해 때문에 여진에 잡혀가 옥살이를 하면서 중병이 들었다. 동선이 구출해 백방으로 치료하자 살아나, 해중 선경에 들어가서함께 살았다고 했다.

위에서 든 작품 가운데 〈주생전〉·〈운영전〉·〈동선기〉는 국문본도있어, 한문소설에서 이룩한 성과를 국문소설에다 전해주었다. 〈최문헌전〉은 국문본이 거듭 이루어지면서 이름이 〈최고운전〉, 〈최치원전〉, 〈최충전〉 등으로 바뀌었다. 설화를 이용해 영웅의 일생을 이야기하는방식이 국문소설에서 크게 환영할 만했다.

허균의 소설은 《한국소설의 이론》 ; 최삼룡, 《한국초기소설의 도선(道仙)사상》(형설출판사, 1982) ; 최창록, 《한국신선소설연구》(형설출판사, 1984) ; 박영호, 《허균문학과 도교사상》(태학사, 1999)에서 고찰했다. 이복규, 《새로 발굴한 초기 국문·국문본소설》(박이정, 1998)에서 초기소설의 양상을 검토했다. 《화몽집》은 김일성종합대학도서관에 소장되어 있고, 김춘택, 《조선고전소설사연구》(김일성종합대학, 1986 : 한국문학사, 1999 영인) ; 소재영, 〈필사본 한문소설 '화몽집'에대하여〉, 《한국학연구》 2(태학사, 2002)에서 고찰했다. 《삼방집》은 국

립중앙도서관에 소장되어 있다. 정학성, 《역주 17세기 한문소설집. '신독재수택본전기집'의 원전, 번역, 교감》(삼경문화사, 2000)이 있다. 이상구 역주, 《17세기애정전기소설》(월인, 1999)에 〈주생전〉, 〈위경천전〉, 〈운영전〉, 〈최척전〉이 수록되었다. 〈유연전〉은 이수봉, 〈'유연전'연구〉, 《호서문화》3(호서문화사, 1983) ; 노꽃분이, 〈'유연전'의 구성적 특징과 서술의식〉, 《한국고전연구》1(한국고전연구회, 1995) ; 이종건, 《백사(白沙) 이항복 문학 연구》(국학자료원, 2002)에서 ; 〈최척전〉은 소재영, 《임병양란과 문학의식》(한국연구원, 1980)에서 다루었다. 임형택, 〈전기소설의 연애 주제와 '위경천전'〉, 《동양학》22(단국대학교 동양학연구소, 1992)에서 자료를 찾아냈다. 배원룡, 〈'운영전'과 '영영전'의 비교고찰〉, 《국제어문》2(국제어문학회, 1981) ; 윤해옥, 〈'운영전'의 구조적 고찰〉, 《국어국문학》78(국어국문학회, 1978) 외 많은 논문에서 작품론을 전개했다. 박태상, 《조선소 애정소설연구》(태학사, 1996) ; 김대현, 《조선시대소설사연구 : 17세기소설의 이행과정을 중심으로》(국학자료원, 1996)에서 〈주생전〉, 〈최척전〉, 〈운영전〉 및 관련 작품에 관해 고찰했다. 정민, 《목릉문단과 석주 권필》(태학사, 1999)에서 〈주생전〉과 〈위경천전〉을 논했다.

9.3.3. 영웅소설 유형의 국문소설

허균의 〈홍길동전〉(洪吉童傳)은 위에서 든 다섯 편의 전과 많이 다르다. 국문으로 써서 국문으로 창작한 최초의 소설이라고 할 수 있다. 생애의 특징을 보여주는 사건을 서술하는 데 그치지 않고, 탄생에서 죽음까지를 모두 다루어 일대기소설의 모형을 마련했다. 주인공이 지닌 탁월한 능력을 감추어두지 않고 실제로 사용해 세계와의 대결을 전개하는 양상에서 건국신화에서 유래하고 서사무가를 통해 전승해온 '영웅의 일생'을 보여준 영웅소설이다. 한문으로 써온 '전'보다 다루는 폭을 한층 넓혀 관습과 이념을 뒤집어놓는 반역을 철저하게 진행한 더욱 발전된 형태의 '가짜 전'이다.

〈홍길동전〉을 허균이 지었다는 말은 15년 연하의 동시대인 이식(李植, 1584~1647)이 남겼다. 허균이 반역을 꾀하는 무리와 함께 〈수호전〉(水滸傳)을 애독하고 거기 나오는 두령 이름으로 서로 별명을 삼으면서 〈홍길동전〉을 지어 〈수호전〉과 견주었다고 했다. 이 기록은 〈홍길동전〉이 〈수호전〉을 모방했다는 증거로 이용되기 일쑤이지만, 두 작품의 공통점은 도적을 높인 데 있을 따름이다.

허균이 〈홍길동전〉의 작자라는 사실에 관해서 황윤석(黃胤錫, 1729~1791)도 기록을 남겼다. 세종조의 얼자 홍길동(洪吉童)의 행적을 작품화하면서 연산군 때의 도적 홍길동(洪吉同)을 끌어들여 도적의 이야기로 만든 것이 마땅하지 않다고 했다. 두 가지 원천에서 서얼 차별 문제와 도적의 항거라는 주제가 각기 유래했다고 할 수 있다.

허균이 논설을 써서 편 사상과 〈홍길동전〉은 깊은 관련을 가진다. 지체에 구애되지 않고 인재를 등용해야 한다고 〈유재론〉(遺才論)을 써서 주장했다. 〈호민론〉(豪民論)에서, 민란의 원인과 경과를 백성의 성격 변화와 관련시켜 다룬 것은 더욱 주목할 만하다. 백성에는 수탈당해도 불평이 없는 항민(恒民)만 있지 않고, 원망을 일삼기나 하는 원민(怨民)도 있으며, 기회를 노리다가 반역의 기치를 드는 호민(豪民)도 생겨난다고 했다. 호민이 한번 거사하면 원민은 물론 항민까지도 가담해 일이 커진다고 했다. 처음에는 원민 수준에 있던 홍길동이 호민의 항쟁을 주도하게 된 것이 작품 전개이다.

허균 자신은 이름난 가문에서 태어나 순조롭게 벼슬길에 올랐으나 반발적인 기질 때문에 지배체제에 불만을 품었다. 서얼의 차별대우를 철폐하려고 거사를 하는 무리와 깊은 관련을 가지고 불만세력을 규합해 국권을 장악하려다가 발각되어 처형당했다. 〈홍길동전〉은 허균이 아닌 다른 누가 지었다고 하기 어려운 작품이다.

〈홍길동전〉이 허균이 창작한 형태로 남아 있는 것은 아니다. 지금 이용할 수 있는 경판본 몇 가지, 안성판본, 완판본은 후대에 판각되었을

뿐만 아니라 서로 상당히 다르니, 적지 않은 개작이 있었다고 보아 마
땅하다. 이른 시기의 모습은 필사본에서도 찾을 수 없다. 〈율도왕전〉
(聿島王傳)이라는 이름의 한문본이 발견되었으나, 한문본이 국문본보
다 앞선다고 할 수 있는 것은 아니다. 한문본 서두에 주인공 아버지의
이름은 한문으로 번역하지 않는다고 한 대목이 있다. 한문 문장이 서투
르고, 근래의 표현이 섞여 있다.

　문집에 실린 허균의 한문소설은 그의 작품이 틀림없고 원본 시비가
필요하지 않은 확실한 자료이지만, 문집을 떠나서 따로 전해지지는 않
아 그만큼 폐쇄되어 있었다. 작자나 원본에 대한 의문이 해소되지 않는
〈홍길동전〉은 전국에서 널리 읽혀 광범위한 영향을 끼쳤다. 〈홍길동
전〉에서 시작된 영웅소설이 한동안 소설사의 주류를 차지하고, 작품이
아주 풍성하게 이루어졌다 그런 사실은 〈홍길동전〉이 국문소설이었다
는 간접적인 증거이다. 허균이 〈홍길동전〉을 국문으로 지어 자기를 따
르는 무리에게 은밀하게 퍼뜨렸다고 생각된다. 허균이 처형되고 누군
지 잊혀진 뒤에도 작품은 살아남아, 흥미와 공감 때문에 대단한 인기를
얻고 개작되었다고 보아 마땅하다. 작자가 잊혀지고 개작되는 것은 국
문소설 공통의 특질이다.

　작품을 구성하는 기본 원리는 탁월한 능력을 지니고 비정상적으로
태어난 영웅이 어려서의 죽을 고비를 넘기고 자라나 엄청난 도전을 물
리치고 마침내 승리를 거두는 '영웅의 일생'에서 가져왔다. 주몽이나 탈
해를 주인공으로 한 고대신화에 나타나고 서사무가로 이어져 널리 공
감을 얻을 수 있는 토대를 갖춘 유형을 받아들여, 한국소설 특유의 일
대기 형식의 모형을 마련했다. 수많은 영웅소설이 그 뒤를 이어 오랜
전승을 새롭게 활용하는 폭을 넓혔다.

　전승과 함께 변이를 또한 주목해야 한다. 홍길동이 도술을 발휘하는
것은 신화적인 능력의 연장이라 할 수 있지만, 적대적인 세계와의 대결
이 도술로 일거에 해결할 수 없는 복잡한 양상을 띠고 있어서 위대한
주인공이 또한 왜소한 주인공이기도 하다. 홍길동은 〈장생전〉에서 도

적의 무리가 왕궁의 들보 위에 본거지를 정하고 있다고 한 것과 같은 긴장은 조성하지 않았다. 반역을 하고 투쟁을 하면서도 아버지나 임금 에 대한 의리를 저버리지 못했다.

힘으로 승패를 나눌 상황이 아니다. 홍길동이 하는 짓이 과연 윤리적 으로 정당한가 하는 문제를 계속 논의했다. 신화적 질서와는 다른 소설 적 진실성을 추구하는 과정이 힘들게 전개된다. 홍길동의 신나는 장난 에 매혹되는 흥미를 느끼는 독자가 심각한 문제에 부딪히도록 한다. 그 것이 대단한 인기를 차지한 문제작일 수 있게 한 비결이다.

홍길동은 서자로 태어나서 자기 집안에서 천대를 받았다. 미천하면서 도 비범한 아이를 그대로 둘 수 없다는 이유에서 가족들이 보낸 자객에 게 암살될 뻔했다. 자객을 죽이고 집을 나가 첫 번째의 위기를 해결했지 만, 도적의 무리를 만나 두목이 되고 스스로 활빈당이라고 일컬으며 의 롭지 못한 재물을 탈취하다가 나라에서 잡아 죽이려고 하는 두 번째의 위기에 부딪혔다. 그러자 자기 도술은 아무도 꺾을 수 없다는 것을 입증 해 아버지가 자식으로 인정하고 임금이 병조판서의 지위를 부여하도록 한 다음, 다시 나라 밖으로 나가 새로운 가능성을 찾았다.

요괴와 싸워 이기고, 도국이라는 섬나라를 차지해 왕이 되는 것으로 공상적인 차원에서 승리를 마음껏 이룩하는 행복스러운 결말에 이르렀 다. 그러나 그 때문에 앞의 두 단계에서 제기된 문제가 모두 해결된 것 은 아니다. 맞서서 싸우는 상대는 홍길동을 당해내지 못하지만 그 배후 에 있는 사회적인 장벽은 쉽사리 무너뜨릴 수 없었기 때문이다. 뛰어난 영웅이 가련한 고아 의식을 가지고, 도술소설이 사회소설이게 했다.

〈전우치전〉(田禹治傳)은 도술을 부리는 영웅을 내세워 그릇된 사회 와 대결하도록 한 점에서 〈홍길동전〉과 가까운 관계를 가진 소설이라 고 할 수 있다. 나라에 반역한다 해서 중종 때인 1530년경에 잡혀 죽은 실제 인물 전우치가 도가의 이단사상을 가진 사람들 사이에 자주 일컬 어지고 전설의 주인공으로 부각되었던 사실을 여러 문헌에서 확인할 수 있다. 그런 전승을 보아 소설을 만들면서 상상을 보탰다.

전우치가 천상의 선관으로 가장해 임금으로 하여금 황금 대들보를 바치게 하고 외국에 나가 팔아다가 굶주린 백성을 구제하면서, 방을 붙여 재물은 원래 백성의 것이니 고마워할 필요가 없다고 한 대목을 부각시켜 반역의 주제를 뚜렷하게 했다. 그 뒤에 전우치는 나라에 자수를 해서 벼슬을 하고 도적을 토벌하는 공을 세우는 등으로 체제를 긍정하는 방향으로 선회했으나, 역적이라는 누명을 쓰고 잡혔다가 어렵지 않게 탈출했다.

다시 자유롭게 되어서는 장난삼아 도술을 부리다가 제지당했다. 마침내 세상에 나다니기를 그만두고, 서경덕(徐敬德)을 만나 그 문하에서 공부를 하며 몸을 숨겼다. 그런 결말은 서경덕의 사상을 이단적인 도가의 관점에서 잇고자 하는 사람이 작품을 창작했으리라는 추측을 자아낸다. 도술을 부려 변혁을 이룰 수 있는 가능성을 두고 심각한 고민을 한 자취가 작품에 나타나 있다.

전우치는 신분 상승을 꾀하는 관노의 자식이었는데 범람한 의사를 두었다고 아버지가 죽이려 하자 집을 나가 중국에 가서 도적의 두목이 되었다는 것도 있다. 중국 천자로 하여금 황금 들보를 바치게 했다고 했다. 중국이 조선을 업신여기지 못하게 한다면서 중국 천자를 괴롭혔다. 주체적 도가사상의 발상이라고 할 수 있다.

〈전우치전〉이라고 한 작품은 내용이 다양하다. 전우치가 도술을 터득하게 된 내력을 구태여 설명하느라고 괴이한 상상을 보태 사회 비판의 의식을 약화시킨 이본들도 있다. 흥미 본위의 국문소설을 원하는 독자의 취향에 따라서 작품을 개작하다가 그렇게 되었다.

〈임진록〉·〈임경업전〉·〈박씨전〉은 임진왜란과 병자호란을 다룬 문학을 다룰 때 이미 고찰한 바 있지만, 소설 형태를 살피기 위해 재론할 필요가 있다. 그 셋은 모두 영웅소설이라는 공통점이 있으면서 〈홍길동전〉과도 다르고 서로 차이가 있다. 현실의 모순에 대처하고 민족 수난을 극복하는 영웅의 모습을 다양하게 그리면서 국문소설이 한문소설과 다르게 자라난 과정을 확인할 수 있게 한다.

〈임진록〉은 여러 영웅의 활약상을 한데 모아 보여준 '녹'이다. 녹책이라고 할 만큼 많은 분량으로 늘어나지는 않았으나 여러 인물의 상관관계를 다루는 방식으로 '전'을 중첩시켜 '녹'을 마련했다. 그 가운데 영웅의 일생을 다양하게 포괄하고 있다. 단일작품이 아니고, 제목도 다를 수 있는 50여 종 이상을 포괄하는 작품군이다.

어느 것이든지 전란의 경과를 연대기 형식으로 서술하면서 여러 영웅의 활약상을 다채롭게 포괄했다. 관운장(關雲長)이 현몽해 전란을 알리고, 이여송(李如松)이 계속 여러 전투를 지휘했다고 하는 것을 고리로 삼아, 여러 인물이 보여준 수많은 삽화를 연결시켰다. 탁월한 능력을 지닌 영웅들이 활약해도 전세를 역전시킬 수 없었던 이유를 계속 다루어 긴장을 지속시킨 것이 더욱 주목할 만한 내용이다.

임진왜란은 불운이고 액운이기에 쉽게 끝날 수 없었다고 하는 데 그치지 않았다. 나라에서 인정하고 평가하지 않은 민중의 역량이 안에서 시련을 겪어 지속적인 과업을 성취하지 못한 사정을 납득할 수 있게 부각시켰다. 왜적을 일찍 물리치지 못했던 이유가 무엇이었던가 하는 의문에 대답하면서 우리 사회 내부의 모순을 심각하게 문제 삼았다.

가장 큰 비중을 차지한 영웅은 김덕령(金德齡)이다. 무명의 시골 사람이 놀라운 용맹을 지녀 적을 물리칠 수 있었으나, 나라에서 역적이라고 잡아 죽였다. 죽일 때에 칼로 쳐도 목이 떨어지지 않았는데 죽일 수 있는 방법을 자기가 일러주었다. 민중적 영웅의 전형적인 모습을 생동하게 그려 심각한 의미를 지니게 했다.

이순신(李舜臣)의 투쟁과 시련도 많이 보여주려고 했지만 설화적 상상이 풍부하게 개재되지 않아 흥미롭지는 못하다. 곽재우(郭再祐)가 도술을 부리는 방외인의 처지에서 전란에 참여한 모습은 인상 깊게 그렸다. 사명당(泗冥堂) 유정(惟政)은 일본에 가서 도술로 항복을 받았다고 이야기를 꾸몄다. 김응서(金應瑞)를 일본을 정벌하는 장수로 삼기도 했다.

〈임경업전〉과 〈박씨전〉은 '녹'이 아니고 '전'이다. 〈임진록〉처럼 연대기소설이 아니고, 〈홍길동전〉과 같은 일대기소설이다. 병자호란은 여러 인물이 나서서 활동할 수 있는 시간 여유를 주지 않고 고립된 상태에서 겪어야 한 시련이어서 그렇게 되었다고 할 수도 있지만, 소설을 발달시키는 데 일대기가 더욱 유리한 것이 그 이유라고 할 수 있다. 연대기소설은 그 뒤에 더 나타나지 않았다. '녹책'이라고 하는 후대의 장편은 일대기를 중첩시켜 다면적인 인간관계를 그렸다.

〈임경업전〉의 주인공은 〈임진록〉의 김덕령과 함께 비극적 영웅의 일생을 보여주었다. 비범한 능력을 타고났으나 적대자와의 대결에서 패배해 불행하게 죽은 점이 서로 일치한다. 명나라 편에 서서 의리를 실현하고자 호국이라고 한 청나라와 완강하게 맞서서 대의명분을 구현하면서 민중의 기대를 모으는 영웅이기도 했다. 안팎의 적들과 끊임없이 싸워 긴장을 조성했다. 흔쾌한 승리를 거두지는 못하고 도리어 실패하는 데 이르러 그 어느 쪽의 기대도 실현하지 못하는 아쉬움을 남겼다.

이시백(李時白)을 따라 명나라에 갔다가 가달의 침입이라는 가상적인 전쟁에서는 커다란 공로를 세웠으나, 청나라를 치고자 할 때에는 배신을 당해 사로잡히고 말았다. 협박과 회유를 물리치고 청나라로부터 무사히 귀국하자, 간신의 음모에 말려들어 원통하게 처형되었다. 충의와 용맹이 대단했으면서도 국내외의 복잡한 상황을 타개하지 못하고 비극의 주인공이 되었다. 임금이 모함자의 죄를 다스리고 임경업의 자손에게 벼슬을 주었어도, 자손은 농업에만 힘쓰고 세상일을 잊었다 했다. 임경업이 세상에 나섰던 것이 잘못이었음을 확인한 결말이다.

비극적인 죽음을 애통하게 여기는 사람들이 많아 임경업은 민간신앙에서도 숭상한다. 연평도에서 조기잡이를 하는 사람들이 신으로 모신다. 소설이 그런 정서를 충분히 반영했다고 하기는 어렵지만 대단한 인기가 있었다. 글을 모르는 사람이 장터에서 외워 읽으며 인기를 모으더라고 박지원(朴趾源)이 〈열하일기〉(熱河日記) 한 대목에 기록해놓았다.

임경업을 발탁했다는 이시백의 아내 박씨를 주인공으로 삼아 〈임경업전〉과 연결되는 〈박씨전〉(朴氏傳)은 사실과는 거리가 먼 거의 신화적인 설정을 통해서 상층의 명분론에 대해 한층 적극적인 반론을 폈다. 금강산에 숨어 지내는 박처사가 세상에 모습을 드러내 자기 딸을 이시백에게 시집보냈다고 한 서두의 사건은 민족을 수호하는 산신령이 역사에 개입한 것을 의미한다. 박씨는 못나서 소박을 당한 여자이지만, 이름난 관원인 이시백보다 월등한 능력을 가지고 조선 국왕의 항복까지 받아낸 청나라 군사가 두려워서 물러나게 할 수 있다는 것을 보여주었다. 미천하고 홀대받는 사람들의 저력을 암시하고 나라를 구할 수 있는 힘이 거기에 있다고 했다.

박씨는 자기를 온통 드러내 박해를 자초하지 않았으므로 김덕령이나 임경업처럼 패망하지 않았다. 그 점에서 영웅이라기보다 이인이다. 허균이 한문으로 지은 전의 주인공들과 상통하되 세상과의 부딪침을 좀더 설득력 있게 나타내고, 설화로 전승되는 미천한 이인 이야기와 서로 호응하면서 깊은 의미를 보탰다.

〈홍길동전〉 연구서는 정주동, 《‘홍길동전’ 연구》(문호사, 1961) ; 이윤석, 《‘홍길동전’ 연구》(계명대학교출판부, 1997) ; 설성경, 《홍길동의 삶과 ‘홍길동전’》(연세대학교출판부, 2002)가 있다. 윤주필, 〈중세 지식인의 존재 방식과 ‘홍길동전’〉, 《고소설연구》 7(한국고소설학회, 1999)에서 황윤석의 기록을 고찰했다. 한문본은 이종주, 〈한문본 ‘홍길동전’ 연구〉, 《국어국문학》 99(국어국문학회, 1988)에서 고찰하고, 작품은 《서강어문》 6(서강어문학회, 1988)에 수록했다. 정규복, 《한국고전문학의 원전비평적 연구》(고려대학교 민족문화연구소, 1992)에서 〈홍길동전〉 이본을 고찰했다. 〈전우치전〉은 윤재근, 〈전우치전설과 ‘전우치전’〉(고려대학교 석사논문, 1982) ; 변우복, 《전우치전 연구》(보고사, 1998)에서 고찰했다. 《전우치전》(시인사, 1983)에도 주석과 논의가 있다. 임진왜란과 병자호란을 다룬 소설에 관한 연구는 김장동, 《조선조역사소설연구》(이우출판사, 1986) ; 임철호, 《임진록’

연구》(정음사, 1986) ;《'임진록' 이본 연구》1～4(전주대학교출판부, 1996) ; 신태수,《하층영웅소설의 역사적 성격 연구》(아세아문화사, 1995) ; 韋旭昇,《'抗倭演義'(壬辰錄) 硏究》(아세아문화사, 1990) ; 최문정,《'임진록'연구》(박이정, 2001) ; 이윤석,《'임경업전'연구》(정음사, 1985) ; 이복규,《'임경업전'연구》(집문당, 1993)가 있다. 백순남,〈'임진록'의 이본 고찰〉, 박현균 편,《조선고전문학연구》1(문학예술종합출판사, 1993)에서는 북쪽의 이본 19종에 관한 고찰을 했다. 이민희,〈한국・일본・폴란드・영국의 역사영웅문학 비교연구〉(서울대학교 박사논문, 2003)에서《임경업전》을 외국의 유사작품과 견주어 살폈다.《전우치전》(시인사, 1983)에서 작품 주해와 논의를 하고,《민중영웅이야기》(문예출판사, 1992)에서〈임경업전〉을 고찰했다.

9.3.4. 불교적 상상의 경이

소설의 원천의 하나가 불교설화이다. 불교는 원래부터 교리를 윤색하고 풀이하기 위해서 설화를 적극 이용했다. 신라 이래의 고승을 주인공으로 한 독자적인 불교설화가 형성되어 서사문학의 유산을 풍부하게 했다. 경전에 근거를 둔 본래의 전승을 일반 신도들이 흥미를 가지게 우리 나름대로 다시 만든 증거를〈석보상절〉(釋譜詳節)에서 찾을 수 있다.

〈석보상절〉에 본문과 직접적인 관련이 없으며 어느 정도 독립될 수 있는 이야기를 작은 글씨로 적은 대목이 이따금씩 있다. 거기 수록된 설화는, 인도에서 유래했다지만 중국에서 개작된 것을 국문으로 옮기면서 다시 변형해, 한국판 변문이라고 해도 좋다. 그 결정판이라고 할 수 있는〈석가여래십지수행기〉(釋迦如來十地修行記)는 석가의 출가와 고행에 관해서 불경에 전하는 10편을 선택해, 사건을 축약하면서 흥미를 가중시키고 율문을 삽입하는 방식으로 개작한 내용이다. 거기서 얻은 소재에다 자세하고 흥미로운 사건을 보태고 일상생활의 관심사와 연결시켜 불교소설이라고 할 수 있는 것들이 나타났다.

〈석보상절〉에 들어 있는 개별 작품의 예로 우선 〈안락국전〉을 들 수 있다. 그 원천은 〈석보상절〉에 〈안락국태자전〉(安樂國太子傳)으로 수록되고, 〈안락국태자경〉(安樂國太子經)이라는 이름으로 전하는 것도 있어서 원래부터 있던 불경인 듯하지만, 사실은 한국판 변문으로 생겨났다. 제주도의 〈이공본풀이〉로 전해지는 서사무가를 근거로 해서 지어냈을 가능성이 있다. 사건을 더 보태 소설을 만들기 알맞은 내용이다.

어딘지 모를 낯선 나라에서 왕비와 왕자가 납득할 수 없는 시련에 부딪혔다는 이야기를 독자가 각자의 현실적인 경험에 비추어 이해한다면 절실하게 생각될 수 있게 소설화했다. 왕과 함께 출가하던 왕비가 뜻하지 않게 장자(長者)의 종으로 팔려가는 신세가 되어 주인공 안락국을 낳았고, 안락국이 아버지를 찾는 동안 어머니는 장자의 칼에 맞아죽었으니 처참한 일이 아닐 수 없다. 어머니의 시신을 놓고 극락왕생을 기원해서 소원을 성취했다는 것이 포교를 위해서 내세운 주제이지만, 소설의 독자는 현실에서의 차별과 횡포 때문에 괴로워하는 심정을 달래면서 읽을 수 있다.

또 하나 널리 알려진 작품 〈적성의전〉은 〈석보상절〉의 〈선우태자전〉(善友太子傳)에서 유래했다. 거기서는 선우태자가 용왕의 보주(寶珠)를 얻어오는 길에 동생에게 눈을 찔려 고난을 겪다가, 공주와 혼인을 하고 시력을 회복하고서 돌아와 부모를 액운에서 구출했다는 사건을 석가의 전생담으로 설정했다. 〈적성의전〉에서는 적성의라는 주인공이 형의 시기와 박해를 무릅쓰고 선계로 가서 선약을 구해다가 어머니의 병을 낫게 하는 과정을 흥미롭게 꾸며냈다. 시력을 회복한 다음 과거를 보아 장원급제를 하고 부마가 되는 다음 사건이 예사 소설에서 흔히 볼 수 있는 바와 같이 전개되었다. 불교적인 인연을 나타내는 측면은 약화되고, 주인공의 성공과 효성이 서로 맞물려 관심을 가지게 했다.

〈금우태자전〉(金牛太子傳)은 〈금송아지전〉이라고도 하는 것이다. 멀리 있는 어느 나라에서 왕비들 사이의 질투 때문에 셋째 왕비가 낳은 아이를 버리자 암소가 먹고 금송아지를 낳았다. 금송아지가 박해를 피해 다니다가 사람의 모습을 되찾고, 어머니의 눈을 뜨게 하고, 악행을 한 두 왕비를 용서했다. 그렇게 전개되는 사건을 소설에서는 경험할 수 있는 세계와 근접시켜 구체화했다. 금송아지가 사람의 모습을 되찾은 곳이 고려국이라 했다. 석가의 전생에 있었던 일이라고 하지는 않았으며, 주인공은 모든 고난을 겪은 다음에 복락을 누리다가 부처에게 기원해서 극락으로 갔다는 것으로 결말을 삼았다.

작품의 원천이 되는 변문의 성립시기로 들어 말하면 이런 불교소설이 최초의 소설이라고 할 수 있다. 그러나 소설 작품이라고 할 수 있는 것은 17세기 이후에 기존 소설에 따라 형성된 독자의 관심과 기대에 맞추어 만들어냈다고 보는 편이 타당하다. 불교전설의 유산이 깊이 남아 있어 소설로서 미흡한 점이 으레 따르니 발전된 단계의 소설은 아니다.

아주 선량하기만 한 인물이 아무 잘못도 저지르지 않았는데도 지독한 악인을 만나 처참한 시련을 겪는 것을 보여주어 불교의 인연이나 업보를 깨닫도록 하는 점을 소설의 논리로서는 납득하기 어렵다. 초경험적인 차원에서 전개되는 사건을 현실적인 경험과 연결시켜 이해하도록 하려고 앞뒤가 맞지 않는 진술을 하는 것도 문제이다. 자아와 세계의 대결을 그 자체로서만 밀고나갈 만큼 성숙되지 않아, 자아가 도술을 지녔다고 전제하거나 이해하지 못할 세계의 횡포가 거듭된다고 할 수밖에 없는 것이 형성 단계 소설의 특징이다. 앞의 예인 〈홍길동전〉 계열의 영웅소설과 뒤의 예인 불교소설은 서로 대조적인 성향을 지녔다.

〈홍길동전〉 계열의 영웅소설이 지배체제에 반감을 가진 하층의 요구를 나타냈다면, 불교소설은 생활의 고난을 초경험적인 전제에 따라 이해하는 상층 주인공의 무력함을 그렸다. 한쪽은 도술을 개입시켰으면서도 일원론적 소설로 자리를 잡았는데, 또 한쪽은 현세의 좌절과 시련이 이승과 저승을 넘나드는 삶의 한 과정에 지나지 않는다고 하는 이원론적 구조를 극단화했다. 그 두 방향이 교차되고 복합되면서 후대 국문소설의 다양한 모습을 갖추게 되었다.

이원론적 소설의 극단적인 예는 차차 줄어들고 불교적인 주제를 가

진 소설이라도 일원론적인 설정에 접근한 것이 소설사 전개의 대체적
인 방향이라고 할 수 있다. 위에서 든 작품들이 개작되는 과정에서도
그 점이 확인된다. 경이로운 상상보다는 공감할 수 있는 흥미가 더욱
중요시되는 변화가 나타났다.

그러나 불교의 원천을 직접 이용하지 않고 비교적 후대에 이루어졌
으리라고 생각되는 작품에는 대세를 역행해 상상을 넘어선 경이를 보
여주어 독자를 끌려고 한 것들이 이따금 보인다. 〈당태종전〉(唐太宗傳)
은 저승과 이승을 넘나드는 내용이다. 〈삼생록〉(三生錄)은 천상의 선
남·선녀가 기이한 인연에 따라 세 번이나 이 세상에 태어나 벌이는 아
주 복잡한 사건을 갖추었다.

사재동,《불교계 국문소설의 형성과정 연구》(아세아문화사, 1977) ;
《불교계 국문소설의 연구》(중앙문화사, 1994) ; 이현수, 〈불교설화의 소
설적 수용〉,《한국문학연구》6·7(동국대학교 한국문학연구소, 1984) ;
이강옥, 〈불경계 설화의 소설화 과정에 대한 고찰〉,《고전문학연구》
4(한국고전문학연구회, 1988) ; 박병동,《불경전래설화의 소설적 변모
양상》(역락, 2003) 등이 주요 업적이다.

9.3.5. 우화소설의 기여

동물을 의인화한 이야기인 우화는 구전설화로서 오랜 내력을 가지고
있으며 유형이 다양하다. 관습화된 동물의 성격을 겉으로 내세우면서
사람들 사이의 문제를 다루는 것으로 속뜻을 삼아, 말썽을 일으키지 않
으면서 허위를 풍자하고 진실을 깨우치는 방식으로 긴요한 구실을 해
왔다. 자아와 세계의 불화를 문제 삼고자 해서 소설이 시작될 때 그런
특징을 지닌 우화가 적극 활용된 것이 자연스러운 일이었다. 형성 단계
의 소설은 문학의 기존 형태 가운데서 적절한 것을 받아들여 개조할 수
밖에 없었는데, 우화야말로 특히 유리한 조건을 갖추었다.

우화의 내용을 특정 시기의 사회적 상황과 결부되는 의미를 가졌다고 이해되게 구체화하면 우화소설이 될 수 있었다. 기본 줄거리는 그대로 두고 곁가지를 여럿 보태 현실적인 경험의 절실한 양상과 연결될 수 있는 통로를 여는 것이 그렇게 하는 손쉬운 방법이었다. 우화라고 생각되는 사건을 온통 지어내 다른 데서는 하기 어려운 발언을 하는 적극적인 시도도 있었다.

소설이 문학의 선행 형태에 진 빚은 중세문학에서 근대문학으로의 이행기 동안 소설의 정착을 가능하게 하는 한편 발전을 저해하는 요인으로도 작용하다가, 근대소설에서 청산되었다. 전(傳), 영웅의 일생, 불교적 상상의 경이, 그리고 우화가 모두 그런 의미의 빚이어서, 소설에서 하는 구실이 흡사했다. 그런데 우화는 사람들 사이의 문제를 직접 다룰 수 없게 한다는 점에서 저해작용이 특히 두드러졌다. 근대소설이 자리를 굳히면서 우화소설을 배제한 데는 그만한 이유가 있다.

우화소설 가운데 가장 널리 알려진 작품은 〈토끼전〉이다. 〈삼국사기〉에 〈구토지설〉(龜兎之說)이 인용되어 있으니 그 이야기는 유래가 오래되었다. 여러 나라에 같은 유형이 전승되니 국제적인 전파와 변이에 관심을 가질 만하다. 별주부를 중간에 두고 용왕과 토끼가 속이고 속는 관계를 설정해서 지혜겨룸을 보여주는 사건을 가지고 소설을 만들었다. 용왕은 자기 병을 고치겠다고 무고한 백성을 속여서 희생시키는 통치자이고, 별주부는 충성만 보람으로 여기면서 온갖 수모를 감수하는 우직한 신하이고, 토끼는 지혜로 위기를 모면하는 백성으로 이해될 수 있게 했다. 판소리로 불리는 동안에 그렇게까지 성장했기 때문에 판소리계 소설을 다룰 때 재론할 필요가 있다.

〈두껍전〉 또한 널리 흥미를 끈 인기작이다. 노루가 베푸는 잔치에 초대된 여러 짐승이 나이 자랑을 하는데 나중에 입을 연 두꺼비가 좌중을 압도했다는 설정이 세태를 풍자하는 의미를 지녔다. 어느 모로 보거나 미천하고 못난 두꺼비가 터무니없는 거짓말을 해서 다른 짐승들을 눌러놓았다는 것은 설화에서 흔히 볼 수 있는 역전에다 사회적인 위치의 전도를 보탠 설정이다.

설화에는 있을 수 없는 유식한 말을 잔뜩 늘어놓으면서 더 많은 것을 말했다. 나이 자랑이 장유유서(長幼有序)의 질서에 대한 빈정거림이고, 중국의 고사를 끌어와서 나이를 올린 것은 사대부가 지체를 높이는 방식을 두고 한 말이라고 생각하면 묘미가 있다. 그렇게만 해서는 사건이 단순하고 재미가 없다고 여겼음인지, 두꺼비가 원래 천상의 선관인데 죄를 짓고 하강했다고 한 것도 있다.

짐승들의 잔치는 우화소설에 흔히 등장한다. 한 자리에서 벌어지는 다각적인 인간관계를 다루기 위해, 짐승들은 하지 않는 잔치가 필요했다. 잔치하는 자리에서 시비가 벌어졌다고 하는 것만은 아니다. 참여한 잔치에 초대받지 못한 쪽이 말썽을 일으켰다고 하는 것이 또 한 가지 유형이며, 차별과 음모로 얼룩진 세태를 다루는 데 쓰였다.

〈녹처사연회〉에서는 초대받지 못한 두꺼비가 산군(山君)이라고 한 호랑이에게 뇌물을 주고, 녹처사(鹿處士)라고 한 노루를 무고해서 사건이 벌어졌다. 〈까치전〉에서는 까치집의 잔치에 초대받지 못한 비둘기가 암까치를 죽였다. 그런데 뇌물 탓에 재판이 공정하게 진행되지 못하다가 어사가 와서 진상을 밝혔다.

뇌물이 재판을 좌우하는 세태를 개탄한 작품에 〈황새결송〉도 있다. 우화소설이 아니고서는 다루기 어려운 내용을 취급했다. 〈와사옥안〉(蛙蛇獄案)은 올챙이가 뱀에게 물려 죽은 사건 때문에 벌어진 재판을 다룬 한문소설이다. 실제 재판에서 사용하는 이두를 많이 썼다.

쥐를 의인화한 작품에 국문본 〈서동지전〉(鼠同知傳), 한문본 〈서대주전〉(鼠大州傳)과 〈서옥기〉(鼠獄記)가 있다. 셋 다 구전설화를 받아들여서 덧붙인 작품이 아니고, 우화의 형식을 사용해 창작을 한 것들이다. 분개하고 개탄할 만한 사연이 있어서 마땅한 표현을 찾다가 우화소설을 썼다고 할 수 있다. 쥐가 잘못해서 재판을 받게 된 사건이 제대로 처리되지 않은 것을 들어 사회풍자를 하는 것이 공통된 내용이면서, 풍자의 대상과 강도가 작품에 따라 다르다.

〈서동지전〉은 다람쥐가 서동지의 도움을 받다가 계속 도와주지 않는데 앙심을 품고 산군에게 서동지를 무고해서 벌어진 사건을 다루었다. 다람쥐의 아내는 남편이 자기 말을 듣지 않는다고 가출을 해서 상황이 복잡해졌다. 은혜를 모르는 자를 나무라고, 여자가 하는 말을 무시하지 말아야 한다는 주장을 폈다.

〈서대주전〉에서는 다람쥐와 서대주의 관계가 달라졌다. 다람쥐가 애써 비축한 곡식을 훔쳐 먹은 쥐는 고발을 당하고서도 형리를 매수하고 교묘한 말로 원님을 속였다. 원님은 서대주를 대접해 돌려보내고 다람쥐를 무고죄로 다스렸다. 토호가 하층민을 괴롭히는 것을 막지 못하고 도리어 옹호하기만 하는 부패한 권력, 그릇된 재판을 통렬하게 나무랐다.

〈서옥기〉는 창고의 곡식을 먹어 없애다가 쥐가 고소당한 사건을 설정하고, 탐관오리가 환곡제도를 악용하면서 수탈을 일삼아 농촌이 피폐되고 있는 사정을 그렸다. 쥐는 갖은 술책으로 책임을 전가하면서 교활하게 구는데 재판을 맡은 창고의 신이 결단을 내리지 못하고 그 술법에 말려드니 통탄스럽다 하면서 국법이 헛되다고 개탄했다.

우화소설은 국가 권력뿐만 아니라 다른 여러 형태의 권위를 비판하고 허세를 나무랐다. 〈메기장군〉에서는 북해의 메기가 큰 꿈을 꾸었다. 모두들 용이 될 징조라고 했는데, 가자미만 어부에게 잡혀 똥이 될 것 같다고 했다. 그 때문에 메기가 가자미 뺨을 때려 눈이 한쪽으로 몰리게 했다. 턱없이 거들먹거리는 위인 때문에 정직한 사람이 피해를 입는 사정을 나타냈다.

〈장끼전〉도 같은 계열의 작품이다. 자만에 빠져 잘난 체하는 장끼는 아내 까투리의 말을 듣지 않고 난데없는 콩 하나에 정신을 잃어 죽고 말았다. 까투리는 정절 같은 것은 생각도 하지 않고 개가해서 새로운 삶을 찾았다. 부부관계를 역전시킨 것이 큰 인기를 얻어, 〈자치가〉(雌雄歌)라는 가사가 되기도 하고, 판소리로 불리기도 했다.

우화소설은 권력을 함부로 휘두르는 지배자의 횡포, 신분이 낮으면서 재산을 모은 세력의 등장, 하층민 생활에서 가중되는 곤경 같은 것들을 적극적으로 다루었다. 그러나 문제의 상황을 자세하게 그려내기 어려운 것이 또한 우화의 특징이다. 주제가 확대되자 협소한 형식과의 마찰이 더욱 커지고, 소설 형태 발전을 선도할 수 없는 한계가 한층 명확해졌다. 우화소설이 중세에서 근대로의 이행기소설에 머물고 근대소설로 나아가지 못한 이유가 바로 그런 데 있다.

　　유영대・신해진 선주, 《조선후기 우화소설선》(태학사, 1998)이라는 자료집과 ; 김재환, 《한국 동물우화소설 연구》(집문당, 1994) ; 《우화소설의 세계》(박이정, 1999) ; 민찬, 《조선후기우화소설연구》(태학사, 1995) ; 윤해옥, 《조선시대 우언・우화소설 연구》(박이정, 1997) ; 윤승준, 〈조선시대 동물우언의 전통과 우화소설〉(단국대학교 박사논문, 1997) ; 정출헌, 《조선후기 우화소설연구》(고려대학교 민족문화연구원, 1999) ; 윤승준, 《동물우언의 전통과 우화소설》(월인, 1999) ; 인권환, 《'토끼전'・'수궁가' 연구》(고려대학교 민족문화연구원, 2001) 등의 연구가 나왔다.

9.3.6. 중국소설과의 관계

　중국이 소설 발전을 선도해 이룬 많은 작품이 전해져 자국 소설을 만드는 데 자극을 주고 원천이 된 것은 한국, 일본, 월남뿐만 아니라, 한문문명권의 범위를 넘어선 타이, 말레이시아, 인도네시아까지에서 확인되는 현상이다. 그것은 중국의 자랑이라고 할 것만은 아니다. 영향을 주기만 한 중국소설은 17세기 이전에 절정에 이르렀다가 18세기부터는 하강기에 들어섰으나, 영향을 받아 자산을 계속 늘려나간 다른 나라의 소설은 18세기 이후 계속 상승하는 추세를 보였다.

　우리는 중국소설의 영향을 일찍 받아들여 적극 활용한 쪽에 속한다. 명・청대의 소설 작품을 출현하자마자 바로 가져와 애독한 사실이 여러 기록에서 입증된다. 소설에 대한 찬반론도 중국소설을 일차적인 대상으로 해서 일어났다. 반대론이 우세해 수입금지 조처가 내려지기도 했으나, 중국소설이 대량으로 들어왔으며 번역과 번안이 계속 나타났다.

한문에 능통하면 백화(白話)가 어느 정도 섞였더라도 원문을 즐길 수 있었으나, 그렇지 못한 독자층을 위해서는 중국소설을 우리말로 옮길 필요가 있었다. 고종 때에는 역관을 시켜 중국소설을 대량 번역해 궁중의 여인들이 읽을 수 있게 한 일까지 있었다. 번역된 작품을 찾아보면 오늘날에 와서는 번역본이 다시 나오지 않은 것들까지 적지 않게 포함되어 있다. 창작이라고 알려진 작품 가운데 번역이 있을 수 있어 확인작업을 철저하게 하고, 번역의 방법에 대한 연구를 면밀하게 할 필요가 있다.

그런데 중국소설 번역은 언해(諺解)와는 다른 방식으로 전개되었다. 언해는 원문을 충실하게 옮기는 것을 방침으로 삼았으며 내용을 바꾸어놓을 수 없었는데, 흥미 본위인 소설은 원문을 중요시해야 할 까닭이 없고 독자를 즐겁게 하기만 하면 되어 의역을 하는 것이 상례였다. 줄이고 보태고 고치는 작업을 마음대로 해서 번안이 된 것이 많다. 독자는 무엇을 어떻게 옮겼는지 알 필요가 없고 작품을 읽어서 즐거우면 그만이었다.

번역과 번안은 경계가 모호하고, 개작의 정도가 달라 상대적으로 구분될 수 있을 따름이었다. 외국 작품의 배경, 인물, 사건 등을 자국의 것으로 바꾸어놓는 작업이 번안의 요건은 아니다. 당시로서는 그렇게 해야 할 이유가 없었다. 중국을 배경으로 하고 중국인을 등장시켜야 작품의 품격이 높아지고 사건 설정이 자유로울 수 있었다. 중국소설을 옮기면서 그런 작품의 하나로 보이게 만드는 것이 번안의 방법이었다.

중국소설을 대거 번역하고 번안해 자국소설로 삼은 것은 한국뿐만 아니라 일본이나 월남, 더 나아가 동남아시아 여러 나라에서도 함께 한 일이다. 중국소설이 일찍 성장해 많은 이야깃거리를 제공했기 때문이다. 한문, 한문과 밀접한 관련을 가진 중국어는 널리 이해하고 있어 소설 수입이 가능했다. 중국인은 외국어를 모르고, 중국 이외 여러 나라 사람들은 서로 상대방의 말을 알지 못해 자국의 소설을 주고받지 못했다.

그 두 가지 이유 때문에 소설 거래가 불공평하게 이루어져 중국은 수출만, 다른 여러 나라는 수입만 한 것이 중국의 행운이고 다른 여러 나라의 불행이라고 할 것은 아니다. 문학은 수출해서 이익을 얻는 상품이 아니고 수입을 하면 더욱 풍부해지는 창조물이다. 중국소설이 앞서나갈 때 많이 뒤떨어져 있던 다른 여러 나라 소설이 수입을 많이 해 살림이 넉넉해진 데 비례해 중국소설은 그 전보다 빈약해지는 변화를 확인할 수 있다.

중국소설을 받아들이는 방식은 나라마다 달랐다. 일본에는 자국 존중의 풍조를 소설에서 구현하고자 하는 움직임이 있어 중국소설의 사건을 자국의 것으로 개작한 〈남총이견팔견전〉(南總里見八犬傳) 같은 작품을 크게 자랑했다. 월남에서는 중국소설을 한자 표기의 월남어로 옮기고 율문체로 바꾸어놓기만 한 〈금운교〉(金雲翹)가 월남의 현실을 말해준다고 이해하면서 애독했다.

일본이나 월남의 소설은 국문소설만이지만, 한국에는 한문소설과 국문소설이 양립되어 있었다. 한문소설은 지체를 높이기 위해 애쓸 필요가 없고, 작자와 독자가 비판적인 지식인이어서 우리 현실을 바로 다룰 수 있었다. 자기 정체를 감춘 작가가 누구나 읽을 수 있게 쓴 국문소설은 그럴 수 없었다. 중국의 위세를 이용해 지체를 높이면서 중세의 지속을 바라는 보수적인 사고방식을 나타내는 이면에 자국의 현실을 비판하고 가치관의 혁신을 추진하는 움직임을 다양한 형태로 복잡하게 얽어놓았다.

중국과의 관련을 살필 때 먼저 주목해야 할 것은 〈태평광기〉(太平廣記)이다. 북송 때에 이루어진 방대한 분량의 설화집 〈태평광기〉가 고려 후기에 들어와 계속 애독되었으며 발췌 번역본이 나오기까지 했다. 거기 수록된 자료를 흔히 소설이라고 하는 것은 소설이라는 용어를 어원적인 뜻으로 사용하기 때문이다. 중국에서든 우리 경우에든 〈태평광기〉는 소설 소재를 제공하는 구실을 했다. 꿈속의 일, 신선술 등 기이한 체험을 말하는 화소가 널리 이용되었다.

중국소설 가운데 가장 인기가 있었던 것은 〈삼국지연의〉(三國志演義)이다. 중국의 이른바 사대기서(四大奇書) 가운데 〈삼국지연의〉를 가장 좋아해 거듭 개작한 것이 한국 특유의 취향이다. 일본은 〈수호전〉, 월남은 〈서유기〉를 선호한 것과 대조가 된다. 일본에서는 무사들의 활약상을, 월남에서는 환상적인 모험담에 특히 관심을 가진 것과 달리, 한국에서는 국가의 흥망사에 관심이 많고, 충성을 소중하게 여긴 것이 그 이유라고 할 수 있다.

〈삼국지연의〉의 번역 또는 번안본이 아주 많다. 30책짜리가 있고, 한 책으로 축약된 것도 적지 않다. 다 번역하기 번거롭다고 생각했던 탓만도 아니다. 복잡한 사건의 연대기적 서술이 우리 소설 독자의 취향에 맞지 않다고 판단해 특히 흥미로운 대목만 독립시켜 단권짜리를 즐겨 만들었다. 적벽대전(赤壁大戰)을 다룬 대목을 잘라내 〈화용도〉(華容道)라고 이름을 붙인 것이 특히 널리 읽혔으며, 판소리로 개작되어 〈적벽가〉(赤壁歌)가 되었다. 그러는 동안에 원작과는 거리가 멀어지고 표현방식이나 주제가 아주 달라졌다. 〈조자룡실기〉(趙子龍實記), 〈강유실기〉(姜維實記) 등으로 등장인물 가운데 어느 하나를 내세워 간추린 것도 여러 가지 있는데 신활자본만 보이니 〈삼국지연의〉의 개작이 오래 계속되었던 증거이다.

〈삼국지연의〉와 관련된 내용을 두고 창작에 가까운 작품을 지어낸 것들도 있다. 〈제마무전〉(諸馬武傳) 또는 〈몽결초한송〉(夢決楚漢訟)이란 것은 〈삼국지연의〉가 이루어지기 전 단계의 작품을 원천으로 해서 사건설정을 다시 해본 것이다. 〈황부인전〉(黃夫人傳)은 원작에 간략하게 언급되어 있기만 한 제갈량(諸葛亮)의 부인을 주인공으로 등장시켜, 못생긴 여자가 미인으로 변신을 하고 생각하지 못하던 도술을 부렸다고 한 것이다. 〈박씨전〉을 개작했다고 하는 편이 더욱 타당하다. 〈삼설기〉(三說記)에 들어 있는 〈오호대장기〉(五虎大將記)는 이름을 보면 번안일 것 같지만, 자기를 오호대장에다 비하는 어떤 장수의 허세를 문제 삼은 창작이다. 〈삼국지연의〉에서 볼 수 있는 전투방식 또는 표현이나 문구가 이용된 예는 열거할 수 없을 정도로 많다.

중국소설 〈설인귀동정〉(薛仁貴東征)은 고구려 침략 길에 나섰던 당나라 장수를 주인공으로 삼아 전개한 도술적인 군담이고, 아들·손자 대까지 다룬 속편은 전혀 허구적인 작품이다. 〈설인귀전〉이라는 그 번역본이 나와 인기를 끌었고, 속편까지 번역되었다. 번역과정에서 원작과는 상당한 거리가 생겼으며 이본에 따라서 내용이 달라졌다. 도술로 전투를 하는 방식이라든가 여장군이 남장을 하고 활약을 한다는 설정 같은 것들이 흥미를 끌어 상당한 인기를 누렸다.

〈삼언이박〉(三言二拍)이라고 통칭되는 다섯 가지 소설집에 수록된 여러 단편 또한 재창작을 위한 소재로 널리 이용되었다. 〈삼언〉의 하나인 〈경세통언〉(警世通言)의 〈소지현나삼재합〉(蘇知縣羅衫再合)은 특히 인기가 있어 여러 차례 번안되었다. 도적에게 잡혔다가 탈출한 부인이 낳은 아이가 버림받았으나 살아나 도적에게 양육된 다음 장원급제하고 어사가 되어 부모를 찾고 원수를 갚았다는 내용을 받아들인 〈월봉산기〉(月峰山記)에서는 무리한 점을 납득할 수 있게 보완하고 출생의 비밀 추적과 부모와의 상봉을 더욱 큰 흥미를 자아낼 수 있게 고쳤다.

다른 번안작 〈소학사전〉(蘇學士傳)은 도술을 사용하는 군담 위주의 영웅소설에 맞게 개작한 작품이다. 〈강릉추월〉(江陵秋月)에서는 신라 때 강릉에서 있었던 일로 바꾸고 주인공이 중국에까지 출정해 용맹을 떨쳤다고 했다. 번안한 것을 다시 개작하다가 원작과는 아주 다른 작품이 되었다.

〈삼언이박〉 작품 40편을 뽑아 책을 따로 엮은 〈금고기관〉(今古奇觀) 국문본이 거듭 나와 있는데, 전문 번역은 아니다. 몇 가지씩 선택해 우리 쪽의 관심과 합치되도록 바꾸어놓은 번안이어서 원작과 많이 달라졌다. 운명을 받아들이지 않는 성실한 노력과 지혜를 소중하게 여기고, 윤리의식을 강화했다.

중국에서는 대단한 위치를 차지하지 못하는 소설이라도 흥미로운 번안이 이루어지면 널리 읽힐 수 있었다. 〈금향정〉(錦香亭)을 〈금향정기〉라고 고쳐놓은 것이 그런 예이다. 도교적인 요소를 약화시켜 합리적인 전개를 갖추고, 여장군의 활약을 보여주면서 남녀의 자유로운 사랑을 말한 점이 크게 달라졌다. 그래서 원작이 무엇인지 망각되었으며, 필사본·방각본·활자본으로 거듭 나오는 동안에 변이의 폭이 더욱 확대되었다.

〈재생연전〉(再生緣傳)은 중국의 탄사(彈詞)를 원천으로 한 작품이다. 여성이 율문으로 창작하는 특수한 서사문학이며 중국 여성문학이 빈곤을 면하는 데 한 몫을 한 탄사 작품을 가지고 와 한국소설의 여성 취향을 더욱 풍부하게 하는 데 기여했다. 여성 영웅의 활약을 보여주고 남녀갈등을 다루면서 여성이 남성 못지않은 능력을 가졌다고 한 주장이 한국소설에서는 흔히 있어 번안이라는 느낌을 주지 않는다.

중국희곡 〈오륜전비〉(五倫全備)를 한문소설로 개작하고 국문소설로 옮긴 것은 이미 고찰한 바 있다. 다른 희곡 〈형차기〉(荊釵記)를 말로 설명하는 것을 듣고 국문으로 적기도 하고 한문으로 옮기기도 해서 서로 다른 두 작품이 이루어진 것도 흥미로운 일이다. 국문소설은 〈왕시봉전〉이고, 한문소설은 〈왕십붕기우기〉(王十朋奇偶記)이다. 이 둘을 서로 알지 못하면서 각기 써서 사건 전개가 많이 다르다. 어떤 소재라도 있으면 소설을 쓰고자 하는 사람들이 있어 그런 일이 생겼다.

서대석, 〈이조번안소설고, '설인귀전'을 중심으로〉, 《국어국문학》 52(국어국문학회, 1971) ; 〈'소지현나삼재합'계 번안소설연구〉, 《동서문화》 5(계명대학 동서문화연구소, 1973) ; 조희웅, 〈낙선재본(樂善齋本) 번역소설연구〉, 《국어국문학》 62·63(1973) ; 김현룡, 《한중소설 설화비교연구》(일지사, 1976) ; 이경선, 《삼국지연의의 비교문학적 연구》(일지사, 1976) ; 이혜순, 〈한국고대번역소설연구서설〉, 《장덕순 선생화갑기념 고전산문연구》(동화문화사, 1981) ; 이상익, 《한중소설의 비교문학적 연구》(삼영사, 1983) ; 신동일, 〈한국고전소설에 미

친 명대 단편소설의 영향〉(서울대학교 박사논문, 1985) ; 정규복,《한
중비교문학연구》(고려대학교출판부, 1987) ; 박재연,〈조선시대 중국
통속소설 번역본의 연구〉(한국외국어대학교 박사논문, 1993) ;《'왕시
봉뎐'·'형차기'(荊釵記)》(선문대학교 중한번역문헌연구소, 1999) ;
정규복,《한국문학과 중국문학》(국학자료원, 2001) ; 정병설,〈조선후
기 동아시아 어문 교류의 한 단면 : 동경대 소장 한글 번역본 '옥교리'를
중심으로〉,《한국문화》27(서울대학교 한국문화연구소, 2001) ; 송성
욱,〈17세기 중국소설의 번역과 우리소설과의 관계 : '옥교리'를 중심으
로〉,《한국고전연구》7(한국고전연구학회, 2001) ; 장효현,〈한국고전
소설에 미친 중국소설의 영향사〉,《한국고전소설사연구》(고려대학교출
판부, 2002) ; 박광수,《'강릉추월전' 연구》(충남대학교출판부, 2002) ;
김재웅,〈'강릉추월전'의 이본 형성과 변모에 관한 연구〉(계명대학교
박사논문, 2002) ; 이복규,《'형차기'·'왕시봉전'·'왕십붕기우기' 비교
연구》(박이정, 2003) ; 육재용,〈'월봉기'류의 자국화 양상 연구〉,《어
문학》81(한국어문학회, 2003) 등의 연구가 있다.《하나이면서 여럿
인 동아시아문학》(지식산업사, 1999)에서 중국소설이 동아시아 각국
에 수용된 양상을 비교해 논했다.

9.3.7. 〈구운몽〉·〈사씨남정기〉·〈창선감의록〉

〈홍길동전〉과 〈구운몽〉(九雲夢)·〈사씨남정기〉(謝氏南征記) 사이에
국문소설로는 어떤 작품이 나타났는지 구체적으로 지적하는 것은 어려
운 일이다. 위에서 든 소설 몇 가지 부류는 비교적 이른 단계의 특징을
지니고 있거나 소설의 정착을 설명하는 데 필요해 우선적으로 다루었
을 따름이고, 김만중(金萬重)이 그 두 작품을 짓기 전에 이미 나온 증
거는 없다. 국문소설사의 편년은 17세기가 시작될 때의 〈홍길동전〉에
서 17세기말의 〈구운몽〉·〈사씨남정기〉로 바로 건너뛸 수밖에 없는 것
처럼 보였다.

그런데 이만부(李萬敷)가 1632년(인조 10)에서 1634년(인조 12) 사이의 일이라고 기록한 자료에서는, 사대부 부녀자가 '언문소설'을 소리 내서 읽다가 나무람을 당한 일이 있었다고 했다. 1678년(숙종 4)에 이루어진 것으로 보이는 〈요로원야화기〉(要路院夜話記)에서, 한문은 몰라도 국문에 능해 고담을 박람한 시골 사람이 있다고 했다. 고담이라고 일컬어지던 국문소설이 이미 많이 나오고 널리 보급되었기에 그럴 수 있었을 것이다.

김만중(1637~1692)은 어머니의 근심을 위로하기 위해서 〈구운몽〉을 지었다 한다. 1687년(숙종 13)에 평안도 선천에서 귀양살이를 하고 있을 때 지어 어머니에게 보낸 것으로 밝혀져 전언이 사실임을 입증한다. 〈창선감의록〉(彰善感義錄)의 작자로 알려진 조성기(趙聖期)도 어머니가 만년에 누워서 소설 듣는 것을 좋아했으므로 소설을 몇 편 지어드렸다고 한다. 그런 기록은 국문소설이 이미 적지 않게 나와 있어 사대부 부녀자들이 즐겨 읽었음을 알 수 있게 한다. 김만중이나 조성기가 어머니를 위해 새로 창작하는 수고를 한 것은 기존의 작품이 만족스럽지 못했기 때문이다. 품위가 모자라거나 짜임새를 제대로 갖추지 않은 것이 결함이었을 듯하다.

국문소설에는 전책(傳冊)과 녹책(錄冊)이 있다. 제목에 '전'이라는 말이 붙은 단권짜리 소설은 저속한 편이고, 길이가 더 길고 품격이 높은 작품은 흔히 '녹'을 대표로 한 다른 명칭으로 일컫는 것이 관례여서 그런 구분이 생겼다. 사대부 부녀자들은 전책은 가까이 하지 말고, 소설을 읽으려면 녹책을 택해야 한다고 했다. 사대부 부녀자들이 전책이나 읽고 있는 것이 마땅하지 않다고 여겨 김만중과 조성기는 격상된 소설을 만들어냈다고 할 수 있다. 〈구운몽〉과 〈사씨남정기〉는 전책이 녹책으로 나아가는 길을 열고, 〈창선감의록〉은 녹책의 본보기를 보여준 작품이다.

〈구운몽〉의 경우에는 제1회의 장회 이름이 "노존사"(老尊師)라는 말로 시작되어 노존본(老尊本)이라고 일컬어지는 한문본이 어떤 국문본보다도 선행한다는 주장이 강하게 대두했으나, 고유명사 한자표기에서 현저한 차이가 있고 분량이 적은 다른 노존본이 발견되어, 그 둘 다 지금은 전하지 않는 선행 국문본을 각기 별도로 한역했으리라고 하는 추정이 타당하다. 그러나 현존 국문본 가운데 가장 고형을 보여주고 내용이 잘 갖추어져 있다고 인정되는 서울대학교본은 한문본 노존본 가운데 분량이 적은 쪽의 번역일 가능성이 크다.

〈사씨남정기〉는 김만중의 종손인 김춘택(金春澤)이 한역했으니 국문본이 원작이라고 해야 하겠다. 〈창선감의록〉은 작자의 어머니가 들으며 즐기도록 하는 소설로 지었다면 원래 국문본이었다고 보아 마땅하다. 국문본으로 먼저 내놓은 작품을 작자 자신이나 다른 사람이 한문본으로도 옮겨 사대부 남성층도 함께 애독할 수 있도록 하지 않았던가 싶다. 국문본과 한문본이 같은 비중을 가지고 공존하는 것이 독자층의 성격을 가늠하는 척도가 된다.

소설은 한문본만인 것, 국문본만인 것, 그리고 그 둘이 공존하는 것으로 나눌 수 있다. 그 둘이 공존하는 것은 비중을 가려서 다시 나눌 수 있다. 이렇게 나누어진 소설의 부류는 각기 그것대로 일정한 독자층과 연결되었다. 국문본과 한문본이 같은 비중을 가지고 있는 이 세 작품은 한문을 익혔는가 아니면 국문만 사용하는가에 따라 상하·남녀로 나누어져 있던 독자층을 합치는 구실을 했다. 소설이 작자와 독자로 참여하는 남녀의 경쟁적 합작품으로 생겨나고 발전했다는 일반론 정립에 좋은 논거를 제공한다. 내용이나 표현이 널리 인정되는 품격을 갖추어 소설 긍정론의 논거가 되면서, 독자에 따라서 서로 다른 흥미를 제공하는 다층적인 내용을 갖추었다.

〈구운몽〉은 주제를 둘러싸고 많은 논란이 있는 작품이다. 유·불·도 삼교에서 온 요소가 두루 들어 있지만, 육관대사의 제자 성진이 남악 연화봉에서 세속의 삶을 동경하면서 잠이 들었다가 욕망 추구가 허망한 줄 깨달았다는 몽유소설(夢遊小說)의 기본 설정이 불교적인 의미를 가졌다고 할 수 있다. 육관대사가 〈금강경〉(金剛經)을 가르쳤다는 점까지 보태서 작품의 주제가 〈금강경〉의 공(空)사상이라는 견해도 있다.

성진이 꿈속에서 양소유로 태어나 부귀를 누리다가 꿈을 깨고 다시 성진으로 되돌아갔다고 한 것은 사대부문학의 오랜 주제인 진퇴의 고민을 새롭게 다루기 위해 필요한 설정이었다고 이해된다. 물러나 모든 것을 버리는 성진, 나아가서 무엇이든지 다 이루는 양소유, 이 둘 가운데 어느 쪽이 바람직한가 하는 질문을 던지면서, 성리학의 명분론을 양쪽에서 다 버린 것이 김만중다운 일이라고 할 수 있다.

성진이 양소유로 태어나 남악 연화봉에서 만났던 팔선녀를 모두 배필로 맞이해 두 아내, 여섯 첩과 사랑을 나누는 과정은 아주 생생하게 그려져 있고 작품을 흥미롭게 하는 핵심 내용이다. 세속의 삶이 허망하다는 증거이나 나아가서 무엇이든지 다 이루는 것들의 예증 이상의 의미를 지닌다. 양소유는 미천하게 태어나 크게 성공하는 영웅의 일생을 이어받았으면서, 국내외의 도전자를 물리치는 투쟁은 벌이지 않고 애정 성취를 일생의 과업으로 삼았다.

여덟 여성 가운데 처음 만난 사람이 진채봉이다. 과거 보러 가다가 진채봉을 처음 만나 연정을 품게 되는 광경을 다음과 같이 그렸다. 양소유가 시를 읊는 소리를 듣고 잠을 깬 진채봉이 다락 위에서 내려다보아 두 사람의 눈이 마주치게 되는 과정을 여러 말을 하면서 자세하게 나타냈다.

　　시를 읊는 소리 맑고 호상하여 금석에서 나는 듯한지라. 봄바람이 거두쳐 누상(樓上)으로 올라가니, 누 가운데 옥 같은 사람이 바야흐로 봄잠을 들었다가, 글소리에 깨어 창을 열고 난간을 의지하여 두루 바라보더니, 정히 양생으로 더불어 두 눈이 맞추이니, 구름 같은 머리털이 귀밑에 드리웠고, 옥체 반만 기울이는데, 봄잠이 족치 못하여 하는 양이 천연히 수려하여 말로 형용하기 어렵고, 그림을 그려도 방불치 못할러라. 양인이 서로 보기만 하고 아무 말도 못하고 있더니.

두 사람이 서로 바라보면서 사랑하는 마음이 생겨 그대로 헤어질 수 없게 되었다. 먼저 행동을 취한 쪽은 진채봉이었다. 지체 높은 집안 규중의 딸이 지나가는 총각을 우연히 보고 사랑하는 마음이 생겼다고 시를 지어 말한 편지를 유모를 시켜 전하고, 양소유가 답시를 보냈다. 두 사람의 사랑이 언약한 대로 이루어져 혼인을 하기까지 많은 시간이 경과하고 시련이 있어 사건이 복잡해졌다.

양소유는 진채봉만 기다리지 않고, 다른 여인 일곱 여자도 아내로 삼았으니, 남성 위주의 일부다처제 소설이라는 비난을 면하기 어렵다. 그러나 〈구운몽〉에서만 그렇게 한 것은 아니다. 한 남성과 여러 여성의 관계를 다루는 것은 동아시아소설의 공통된 전개방식이어서, 한 여성과 여러 남성의 관계를 다루는 유럽소설과 대조를 이루었다. 남녀가 각기 하나씩이면 너무 단조로워 어느 한쪽은 다수로 해서 문제를 복잡하게 한 것이 소설 발전의 공통된 방향이다.

한 남성과 여러 여성의 관계를 다루는 방식이 작품에 따라 많이 달랐다. 중국의 〈금병매〉(金甁梅)나 일본의 〈호색일대남〉(好色一代男)과 견주어보면, 〈구운몽〉에서는 진채봉뿐만 아니라 다른 여성들도 각기 자기 처지에 맞는 방식으로 양소유와의 결연을 주도한 점이 크게 다르다. 남녀의 정신적 이끌림이 가장 큰 관심사로 나타나며, 남녀가 헤어졌다 다시 만나기까지 복잡한 과정을 거치는 것도 다른 두 작품에서 찾아볼 수 없는 특징이다.

다른 두 작품은 남성 주도로 진행되는 성행위를 흥밋거리로 삼은 남성소설이지만, 〈구운몽〉은 남녀 양쪽의 관심사를 한데 모았다. 남성 독자는 양소유와 자기를 동일시하면서 서로 다른 여덟 여성과의 결연 과정 체험을 상상하려 한다면, 여성 독자는 여덟 여성과 자기를 동일시해서 여러 생을 겪는다고 가정한다. 어느 쪽이 더 큰 즐거움을 누리는가는 남녀 양성을 구비한 논자가 없어 영원히 판가름할 수 없다.

〈사씨남정기〉는 〈구운몽〉과 많이 다른 작품이다. 남성을 주인공으로 한 〈구운몽〉에서는 두 아내 여섯 첩이 화목하게 지내기만 한다고 했는데, 여성을 주인공으로 한 〈사씨남정기〉에서는 처첩 사이의 불화가 심각해 선악과 생사를 건 싸움이 벌어졌다. 유한림이라는 인물의 처 사씨는 현숙한 덕을 온전하게 갖춘 부인이지만 출산하지 못해 후사가 없는 것을 근심하고 교씨를 첩으로 삼으라고 천거한 데서 사건의 발단이 생겼다.

교씨는 지독한 악인이어서 온갖 수단을 동원해서 유한림의 환심을 사고 사씨를 모함해 축출했다는 방향으로 작품이 전개되었다. 사씨가 남쪽의 낯선 지방으로 가서 고초를 겪은 이야기라고 해서 제목을 〈사씨남정기〉 또는 〈남정기〉(南征記)라고 했다. 유한림 또한 교씨가 간부와 짜고 모해하는 데 걸려들어 귀양 가는 처지가 되었기에 마침내 사태의 진상을 알고 자기 지위를 회복하자 교씨를 잡아서 처단했다고 하는 데 이르렀다.

그러나 문면을 자세하게 읽으면서 앞뒤를 생각하면 사태가 그렇게 단순하지 않다. 사씨가 바른 행동을 하도록 훈계하면서 품위가 없는 음악은 가까이 하지 말라고 한 것을 교씨는 받아들일 수 없었다. 사씨는 교씨가 아들을 낳는 기능만 수행하라고 했지만, 남편 유한림은 도덕의 화신인 사씨에게 얻지 못하는 위안을 교씨에게 기대했다. 유한림이 원하는 음악을 연주하지 않으면 교씨의 존재 이유가 없어졌다.

교씨는 부당한 요구를 하는 사씨에게 맞서 싸우기 전략을 너무 짜서 얻은 승리를 지나치게 구가하다가 자멸하게 되었다. 교씨를 부추기고 이용한 동청이라는 자 때문에 더욱 처참한 파국에 이르렀다. 그 배후에 국권을 농락하는 엄승상의 존재를 알려 문제를 확대해서 이해하게 한다. 악이 무엇이며 왜 생기는가 하는 문제를 심각하게 다룬 점에 소중한 의의가 있다. 악을 징치하고 선이 이겼다는 결말 때문에 문제의 심각성이 줄어들지는 않는다.

유한림을 임금으로 바꾸어놓고 생각하면, 충신과 간신 사이의 싸움을 말했다고 할 수 있다. 그렇다면, 엄승상을 등장시켜 정치 현실을 직접 나무란 것에 더욱 주목할 필요가 있다. 숙종이 인현왕후(仁顯王后)

를 내치고 장희빈(張禧嬪)을 왕비로 삼은 잘못을 은근히 나무라고, 숙
종의 마음을 돌리려 했다고 하는 것도 가능한 해석이다. 〈사씨남정기〉
를 〈인현왕후전〉과 견주어 읽은 독자가 적지 않았을 것이다.

그러나 이 작품이 목적소설이라는 것은 너무 협소한 이해이다. 누구
나 할 수 있는 경험을 정리해 현실을 새롭게 인식할 수 있는 안목을 열
면서 자아와 세계가 서로 용납할 수 없는 관계를 가진 것을 심각하게
나타냈다. 초자연적인 설정을 최대한 줄이고, 인륜과 세태의 얽힘, 심
리와 행동의 관계를 그 자체로 심각하게 파악하고 치밀하게 다룬 점을
높이 평가해야 한다.

〈구운몽〉과 〈사씨남정기〉는 둘 다 구성이 치밀하고 성격묘사나 심리
묘사의 방법을 적절하게 갖춘 것이 큰 장점이다. 우아한 문체로 흥미로
운 사건을 만들어낼 수 있다는 것을 보여주어 소설의 격조를 높이면서
독자층 확대에 커다란 기여를 했다. 후대의 소설이 두 작품에서 마련한
전례를 이용하고자 한 것은 당연한 일이다. 〈구운몽〉 계열, 〈사씨남정
기〉 계열, 그리고 그 둘을 합친 후속 작품이 계속 나와 녹책의 주류를
이루었다.

〈창선감의록〉은 〈사씨남정기〉에서 볼 수 있는 설정을 더욱 복잡하게
만든 작품의 첫 예라고 할 수 있다. 조성기(1638~1689)가 지었다면 창
작 시기가 그리 뒤떨어지지 않는다. 선행을 표창하고 의로움에 감동되
도록 한다는 제목을 내세워 소설 긍정론을 유도하고, 얽히고설켜 벌어
지는 사건을 만드는 솜씨를 자랑해 독자를 끌어들였다.

사대부 가문에서의 갈등과 모함을 다루면서 첩이 정실이 되어 처와
동서를 모해하는 사건이 주축을 이루게 했다. 모해당하는 여자의 남동
생까지 등장시켜 다면적인 관계를 형성했다. 결국 사태의 진상이 밝혀
져 가문과 나라의 풍파를 일으킨 악인은 개과천선하는 데에 이른 것은
예상될 수 있는 결말이지만, 거기까지 이르는 과정에 흥미를 가중시키
는 요소가 풍부하게 갖추어져 있다.

다른 여러 소설과 공통된 설정이 풍부하게 발견된다. 패륜아인 형이

선량한 이복동생을 모해한 것은 〈적성의전〉과 상통한다. 후반에서 주
인공이 외적을 물리치고 큰 공을 세우는 대목은 군담을 위주로 한 영웅
소설에서 흔히 볼 수 있는 바와 같다. 남동생이 누나를 대신해서 여복
을 하고 잡혀갔다가 횡포를 자행하는 자의 누이와 동침을 하게 되었다
는 역전 또한 흔히 볼 수 있는 것이다. 그런 설정들이 유기적인 관계를
맺고 작품의 통일성과 다양성을 보장해주는 것은 대단한 발전이다. 소
설이 길고 복잡해지는 계기를 만들었다.

언문소설에 관한 이만부의 기록은 권태을, 《식산(息山) 이만부 연구》
(오성문화사, 1990)에 있다. 정규복, 《구운몽' 연구》(고려대학교출판부,
1974) ; 《구운몽' 원전의 연구》(일지사, 1977) ; 김무조, 《서포소설의 연
구》(형설출판사, 1974) ; Daniel Bouchez, *Tradition traduction et
interprétation d'un roman coréen, le Namjongki* (Paris : Centres
d'études corénnes, Collège de France, 1984) ; "Les propos de Kim
Ch'un-T'aek sur *le Namjongki*", 《동방학지》 43(연세대학교 국학연
구원, 1984) ; 이금희, 《사씨남정기'연구》(반도출판사, 1991) ; 정규복
외, 《김만중문학연구》(국학자료원, 1993) ; 김병국, 《한국고전문학의
비평적 연구》(서울대학교출판부, 1995) ; 《김만중의 생애와 문학》(서
울대학교출판부, 2001) ; 김귀석, 《조선시대 가정소설론》(국학자료원,
1997) ; 설성경, 《구운몽'연구》(국학자료원, 1999) ; 최기숙, 《17세기
장편소설 연구》(월인, 1999) ; 사재동 편, 《서포(西浦)문학의 새로운
탐색》(중앙인문사, 2000) ; 이지영, 〈창선감의록'의 이본 변이 양상과
독자층의 상관관계〉(서울대학교 박사논문, 2003) 등의 연구가 있다.
《소설의 사회사 비교론》 3에서 《구운몽》을 중국·일본소설과 비교해
고찰했다.

9.4. 문학의 근본문제에 관한 재검토

9.4.1. 논의 방식의 다양화

문학이 무엇이며 어떤 구실을 하는지 살피는 작업은 조선후기에 이르러서 과거 어느 때보다 활기를 띠고 진행되었다. 그동안의 경과를 정리해보면, 고려후기에 문학에 관한 논의가 일어나고 문학비평이 나타나 중세후기문학의 방향을 설정하고, 조선전기에는 그 뒤를 이어 문학이 성리학과 밀접한 관련을 가져야 한다는 점을 강조했다. 그 두 단계를 거치는 동안에 사대부의 한문학이 독점적인 권위를 가지고 설정한 복고적이고 이상주의적인 문학관이 확고한 기반을 다졌다.

문학은 유학의 경전을 모범으로 삼고 중국 전래의 규범을 존중하면서 심성의 바른 도리를 나타내는 재도지기(載道之器)여야 한다는 기본 명제는 공통적으로 인정하면서, 부수적인 문제점을 두고서 논란을 벌였다. 그 범위 밖의 이단적인 문학관은 드러내놓고 주장할 수 없었다. 그런데 조선후기에 이르러서는 문학담당층이 확대되고 문학의 실상이 크게 달라지면서 문학사상 또는 문학론에서도 중세적인 규범에 대한 찬반론이 치열하게 전개되었다.

변화를 거부하는 보수적인 견해가 완강했던 점을 먼저 들어야 시대상황을 제대로 파악할 수 있다. 송시열(宋時烈, 1607~1689)이 앞장서서 가치관의 위기를 절감하고 문학을 성리학의 규제 아래 두어야 한다는 노선을 거듭 천명했다. 정조(재위 1777~1800)는 문학의 동태에 관해서 깊은 관심을 가지고 문체반정(文體反正)을 일으켜 시대변화에 호응하는 문체를 정책적으로 규제하고자 했다.

그런 일이 없더라도 문학을 하는 기풍이 쉽사리 바뀌지 않았다. 대다수의 사대부는 과거를 보아 진출하는 것을 목표로 삼으면서 정통 한문학을 받드는 데 일생을 바치다시피 했다. 순조 이후에 정권을 독점한 벌열층은 명문장가를 계속 배출해 자기네의 우월한 위치가 실력의 뒷받침을 얻고 있다는 것을 입증하고자 했다. 중세 문학관의 아성이 계속해서 굳건하게 버티는 상황에서 다각적인 반론이 힘들게 제기되었다.

허목(許穆, 1595~1682)에서 정약용(丁若鏞, 1762~1836)까지의 남인들은 성리학의 절대적인 권위를 비판하는 방법을 원시유학 재흥에서 찾으려 했다. 문학론에서도 복고가 혁신의 의의를 가졌다. 주자의 주해를 그대로 받아들이지 않고, 〈시경〉(詩經)에 대한 재해석을 다각도로 시도해 문학론 혁신의 논거를 마련하려는 노력을 정약용뿐만 아니라 다른 사람도 함께 했다. 중세에서 벗어나는 길을 고대의 재흥에서 찾고자 하는 것이 다른 여러 곳의 중세에서 근대로의 이행기에서 함께 나타난 시도였다.

허균(許筠, 1569~1618)에서 김만중(金萬重, 1635~1720)을 거쳐, 다시 박지원(朴趾源, 1737~1805)으로 계보가 이어진 혁신론자들은 오랜 권위를 버리고, 당대에 새롭게 이루어지는 문학을 옹호하는 논리를 찾았다. 문학은 시대마다 달라지게 마련이라 하고, 현실의 생동하는 모습을 바로 표현하는 작품의 가치를 입증하려고 했다. 그런데 문학론 쇄신은 창작보다 더 어려웠다. 기존의 용어와 개념에 의거하는 한문을 써서 전개해야 하므로, 낡은 글로 새로운 발언을 해야 하는 고충이 있었다.

어떤 글을 쓰는가에 따라서 새로운 논의를 펴는 전술이 달라졌다. 논(論)·설(說)·책(策)·의(義) 같은 전통적인 논설문은 공인된 규범을 일단 존중해야만 했으므로 반론을 제기하는 데 쓰기 무척 불편했다. 유학의 경전을 끌어오고 이기심성(理氣心性)에 관한 논의를 바탕으로 해서 당대의 문학에 관한 논의를 펴면 근본문제부터 재검토해야 하는 부담이 컸다. 허균이 〈문설〉(文說)에서 했듯이, 성리학에서 확립한 규범을 넘어서서 새로운 주장을 펼 만한 용기를 가지는 것은 아주 어려운 일이었다.

좀더 자유로운 방식을 택하는 것이 유리했다. 우선 이용할 수 있는 것이 책의 앞뒤에 붙이는 서(序)와 발(跋)이었다. 책을 소개하고 칭찬하는 것을 과제로 삼는 그 두 가지 글에서는 일반적인 원리에 비추어볼 때 다소 예외적인 발언을 할 수 있었다. 권필(權韠)이 전에 볼 수 없는 독특한 시 세계를 이룩했다고 허균과 장유(張維)가 서문을 써서 평가하면서 시의 본질 재검토에까지 나아간 것이 좋은 예이다.

박지원은 자기를 따르는 후배 이덕무(李德懋), 유득공(柳得恭), 박제가(朴齊家) 등의 문집에 붙인 서문에서, 이룬 성과를 변호하고 앞으로의 방향을 제시하자는 것을 구실로 삼아, 오랜 규범에서 벗어나 새로운 창조에 힘써야 한다는 주장을 다채롭고 대담하게 전개했다. 홍대용(洪大容)은 우리말 노래를 모은 책에 부치는 〈대동풍요서〉(大東風謠序)를 써서, 다른 데서는 개진하지 못한 파격적인 견해를 거침없이 내놓으면서 문학관을 온통 바꾸어놓았다.

〈소대풍요〉(昭代風謠) 이하 위항인(委巷人)들의 시집에서도 서문과 발문이 중요한 구실을 했다. 지체 낮은 사람들이 한시집을 내는 데 대한 반감을 의식해, 당시 사대부 문단에서 커다란 비중을 가지고 있던 대가들의 서문을 받아서 싣고, 자기네가 쓴 서문 또는 발문도 여럿 넣어, 자기네 시작 옹호가 새로운 문학론이게 했다. 벼슬할 수 없는 처지에서 하는 한시 창작은 천기(天機)의 온전한 모습을 보여주는 순수한 가치를 가진다는 주장을 폈다.

김천택(金天澤)은 〈청구영언〉(靑丘永言)을 엮을 때, 위항시인들의 서문을 앞세우고 자기 자신의 서문과 발문을 보태서 많은 말을 했다. 시조를 모아서 정리하는 이유를 밝히고, 수록한 작품에 대한 해설을 했다. 편자가 서문을 쓰는 관례가 그 뒤의 시조집으로 이어져 문학론의 영역을 확대하고 내용을 다양하게 했다.

문학에 관한 논의를 자유롭게 펴는 방식으로 더욱 애용된 것은 시화(詩話)였다. 시화는 논설과 달라 일반론을 전개하는 부담을 갖지 않고, 서문이나 발문처럼 특정 작품집에 대한 해설로 국한되지 않는 이점이 있었다. 한시 창작에 따르는 사례나 일화를 광범위하게 들고 저자 나름대로의 소견을 생각나는 대로 보탤 수 있는 융통성이 이미 보장되어 있어 즐겨 택할 만했다.

허균은 〈성수시화〉(惺叟詩話)를 지어 역대 한시를 자기 관점에서 거론하고, 〈학산초담〉(鶴山樵談)에서는 동시대의 작품을 시비의 대상으로 삼았으며, 작품 선집 〈국조시산〉(國朝詩刪)도 마련했다. 김득신(金得臣)은 〈종남총지〉(終南叢志)에서 허균의 뒤를 이어 시가 관념적으로 경색되는 것을 비판하고자 했다. 남용익(南龍翼)은 〈호곡시화〉(壺谷詩話)와 시 선집 〈기아〉(箕雅)에서 작품 평가의 기준을 다시 확립하고자 했다. 신경준(申景濬)의 〈시칙〉(詩則)에서는 시의 원리와 창작방법에 대한 체계적인 정리를 시도했다.

역대의 시화를 집성하려는 노력도 있었다. 홍만종(洪萬宗, 1643~1725)은 〈소화시평〉(小華詩評)을 마련해 우리 한시의 내력과 변천을 거론하고, 고려 이래의 시화를 널리 모아 〈시화총림〉(詩話叢林)을 엮으면서 그 서문에서 문학비평의 의의에 대한 자각을 나타냈다. 임염(林廉)이 〈양파담원〉(暘葩談苑)이라는 이름으로 또 한 차례 시화를 집성해, 〈시화총림〉 이후의 것까지 모으고 자기 자신의 시화도 포함시켰다. 그 결과 우리 한시가 그동안 이룩했던 수준과 성과가 무엇이었는지 풍부한 자료를 통해서 검증할 수 있게 되었다.

문화의 전반적인 양상을 다루는 종합적인 저술에서도 문학론을 전개했다. 이수광(李晬光)은 〈지봉유설〉(芝峰類說)에다 시화라고 할 수 있는 것을 많이 포함시켜 문학의 의미를 새롭게 검토했다. 이익(李瀷)의 〈성호사설〉(星湖僿說)에서는 문화현상에 대해서 많은 논의를 전개하면서 문학의 문제도 이따금 거론했다. 희학(戲謔)을 거듭 거론하면서 광대놀음에 대한 이해를 나타낸 것이 특이한 내용이다. 이규경(李圭景)은 중국과 한국의 수많은 작품에 관한 일화를 집성해 〈시가점등〉(詩家點燈)이라고 했다. 백과사전이라고 할 수 있는 〈오주연문장전산고〉(五洲衍文長箋散稿)에서도 문학에 관한 논의를 더욱 넓혔다. 소설을 논한 항목을 두었으며, 하층의 민속문화에까지 관심을 가졌다.

아주 파격적인 주장을 거리낌 없이 내놓기 위해서는 만필(漫筆)을 쓰는 것이 유리했다. 만필이란 대단치 않은 소리를 가볍게 늘어놓는 글

이어서 평가할 만한 의의가 없다고 하는 점을 이용해 격식을 차린 글에
서라면 허용될 수 없는 이단적인 발언을 하는 데 이용했다. 그런 전통
이 만담으로, 다시 만화로 이어졌다. 명칭에 '만'자가 들어가 있는 세 가
지 표현형태가 시대에 따라 교체되면서 이면의 문화활동을 자유롭게
하는 구실을 해왔다.

장유는 한 시대 문학의 규범을 마련했으면서, 〈계곡만필〉(谿谷漫筆)
이라는 것을 따로 저술했다. 성리학의 횡포를 나무라면서 양명학을 내
세우는 용기를 가지고, 문학이 그것대로의 자율성을 가져야 한다고 주
장해, 만필을 거점으로 삼는 반역의 본보기를 보여주었다. 김만중의 경
우에도 〈서포집〉(西浦集)과 〈서포만필〉(西浦漫筆)이 서로 달랐다. 〈서포
만필〉에서는 만필에 허용되는 자유를 적극 활용해, 관념의 허위를 넘어
서는 새로운 사고의 방향을 제시하고, 국문문학을 옹호하는 주장을 펴
기도 했다. 홍만종의 〈순오지〉(旬五志) 또한 만필이어서, 도가사상 취향
을 짙게 나타내고, 국문문학에 대한 이해를 구체화할 수 있었다.

《한국문학사상사시론》(지식산업사, 1978) ; 전형대 외, 《한국고전
시학사》(홍성사, 1979) ; 김흥규, 《조선후기 시경론과 시의식》(고려대
학교 민족문화연구소, 1982) ; 조종업, 《中韓日詩話比較研究》(臺北 :
學海出版社, 1984) ; 《한국시화연구》(태학사, 1991) ; 홍인표, 《홍만
종시론연구》(서울대학교출판부, 1986) ; 정옥자, 《조선후기문학사상
사》(서울대학교출판부, 1993) ; 안대회, 《조선후기 시화사 연구》(국학
자료원, 1995) ; 박수천, 《지봉유설 문장부의 비평양상 연구》(태학사,
1995) ; 김풍기, 《조선후기문학론연구》(태학사, 1996) ; 안말숙, 《남
용익의 시문학 연구》(국학자료원, 1996) ; 심경호, 《조선시대 한문학
과 시경론》(일지사, 1999) ; 정대림, 《한국고전비평사 조선후기편》(태
학사, 2001) ; 박영희, 《18세기문학비평론》(경인문화사, 2002) ; 금동
현, 《조선후기 문학이론 연구》(보고사, 2002) 등의 연구서가 있다.

9.4.2. 문학의 본질에 대한 새로운 이해

문학이 도학의 지배에서 벗어나려면 도학의 평가를 적용시키는 대상이 아니고 그 자체로 소중하다는 점부터 분명하게 해야 했다. 문학이란 무엇이며, 어떻게 이해하고 평가해야 할 것인가? 이 문제에 대한 대답을 새로 마련하기 위한 논의가 다각도로 전개되었다.

"시는 특별한 취향이 있어서 이(理)와 관련된 것이 아니고, 특별한 소재가 있어서 서(書)와 관련된 것이 아니다", "시는 천기(天機)를 희롱하고 현조(玄造)를 빼앗을 때 으뜸가는 경지에 이른다." 이것은 중국 송나라 사람 엄우(嚴羽)가 〈창랑시화〉(滄浪詩話)에서 한 말인데, 허균이 받아들여 〈석주소고서〉(石洲少稿序)에서 쓰자 한때 유행이 되다시피 하고 의미가 확대되었다.

엄우는 시를 선(禪)과 다름없다고 보고 그렇게 말했는데, 허균은 도가적인 관점에서 시가 성리학이 내세우는 이치나 윤리보다 격이 높다는 것을 입증하고자 했다. 천기는 유가의 천리(天理)를 낮추어보면서 도가에서 천지의 형성과 운행을 지칭하던 말이기에 현조와 다를 바 없는데, 윤리적으로 규제되지 않은 자연스러운 마음을 뜻하는 용어로 널리 쓰이게 되었다.

장유(張維, 1587~1638)는 〈시사서〉(詩史序)에서 시를 사(史)와 구별하면서 문학의 독자성을 옹호했다. 사가 세상의 변화를 기재하고 그 득실을 밝히는 글이라면, 시는 마음을 길러 율동으로 나타내는 것이라고 해서, 실용적인 산문과는 바로 연결되지 않는 문학 본래의 영역이 따로 있다고 했다. 그러면서 뛰어난 시인은 사가(史家)의 임무까지 훌륭하게 수행해 시와 사가 하나가 되게 한다고 하는 주장을 펴면서, 문학의 임무를 확대하고 가치를 높였다.

〈석주집서〉(石洲集序)에서 시가 무엇인가 더 따졌다. "시는 천기이다"고 하고, "성(聲)에서 울리고 색(色)에서 빛나며, 청탁(淸濁)과 아속(雅俗)이 자연에서 나오는 것이 시이다"고 했다. 성과 색은 단순한 기교가 아니고 시의 본질적인 속성이라고 보았다. 성색을 잘 갖추어 맑고 우아한가 아니면 그렇지 못해 탁하고 비속한가 하는 것이 자연에서 저절로 이루어진다고 했다. 인위적인 분별이나 도덕적 평가의 부자연스러움을 넘어서는 것이 시의 가치라고 했다.

〈계곡만필〉에서는 "문장의 미오(美惡)는 스스로 정해진 바탕이 있다"고 했다. 그 경지에 이르지 못한 사람이야 이해하지 못하지만, 아는 사람이야 저울로 달고 자로 재는 것 같이 아름다움을 분별한다고 했다. 아름답고 추한 것을 분별하는 미오는 도덕적 가치를 말하는 선악과 다른 범주이므로 도학자가 가려낼 수 있는 것은 아니라고 했다. 문학은 선과는 다른 미를 추구한다는 것을 처음 분명하게 말했다.

김득신(金得臣, 1604~1684)이 〈종남총지〉에서 편 견해도 이와 관련된다. "무릇 시는 천기에서 얻어 조화의 공(功)을 스스로 운행하는 것을 높은 경지로 삼는다"고 했다. 시를 시답게 하는 기본 속성을 갖추지 않고 다른 무엇으로 행세거리를 삼으려고 한다면 가치를 인정할 수 없다고 했다. 근본에 힘쓰지 않고 남들이 하는 바를 따르기를 일삼아 당시나 송시와 가깝다느니 멀다느니 시비하는 것은 부질없다고 했다.

그렇다면 어떤 시가 훌륭한가 하는 문제가 심각하게 제기되지 않을 수 없었다. 천기니 자연이니 하는 추상적인 용어는 실제 작업에서 효력을 가지지 않았다. 장유가 말한 것처럼 식견이 있는 사람이면 저절로 안다고 하고 말 수는 없었다. 도학적인 척도나 당시 또는 송시에서 유래한 규범을 배격하고 나니 새로운 관점을 작품 자체와 연결시켜 구체화하고 객관화해야 하는 과제를 감당해야 했다.

문학적 표현을 이미 수립되어 있는 규범이 아닌, 그것이 나타내고 있는 대상과의 관계에서 평가해야 한다는 것이 새로운 대응책으로 등장했다. 그 점에 관해서도 김득신은 많은 기여를 했다. 평가가 어긋나는 작품을 하나 예로 들고, 앞뒤 표현이 어떻게 호응되는지 살피는 것보다 체험의 진실성을 따지는 것이 더욱 소중한 작업이라고 했다.

시는 천기에서 나온다고 하는 주장은 천기론이라고 할 수 있다. 허균, 장유, 김득신 등이 말한 천기론은 뚜렷한 이론을 갖추지 않은 채 널리 유행했다. 김창협(金昌協, 1651~1708)은 송시열의 노선을 이어야 하는 위치에 있었으면서도 새로운 주장을 외면하지 않고 "시는 성정의 발현이며 천기의 움직임이다"고 해서 성정론과 천기론을 함께 인정했다. 사대부의 정통 한문학을 대표할 수 있는 위치에 있는 홍양호(洪良浩) 같은 사람들이 위항시집의 서문을 쓰면서 천기론을 인정했던 것도 시대 변화를 인정했기 때문이다.

중인 신분의 위항시인들은 천기론을 적극적으로 표방할 필요가 있었다. 홍세태(洪世泰, 1653~1725)는 〈해동유주서〉(海東遺珠序)에서 "사람은 천지의 중(中)을 얻어 태어났으므로 그 정에서 느끼는 바를 말로 나타내 시를 이루는 데 신분의 귀천이 없이 누구나 마찬가지이다"고 했다. 그런 논거를 내세워 사대부와 위항인이 대등하다고 하는 데 그치지 않고, 사대부는 명리와 부귀를 탐내느라고 욕심을 부리지만 위항인은 그럴 수 없는 처지여서 천기를 온전하게 간직하고 있다고 했다.

정내교(鄭來僑, 1681~1757)는 한 걸음 더 나아갔다. 벼슬하는 사대부야말로 "오로지 지위가 오르는 것만 구하고 탐욕스럽게 얻고자 애쓰다가 급기야 원망이 쌓여 화가 자기에게 미친다"고 했다. 그런 상태에서 어떻게 올바른 문학이 이루어질 수 있겠는가 하고 반문했다. 그런데 자기 스승인 홍세태는 "오로지 시에만 뜻을 두어, 신정(神情)이 이르는 바에 따라 묘오(妙悟)에 깊이 잠기고, 경치를 만나 시를 지을 때마다 천기가 흘러나오게 했다"고 칭송했다. 마음의 순수하고 자연스러운 상태를 간직해 시에서 나타냈다고 하고, 벼슬을 바라지 않으면 순수한 마음을 간직한다고 했다.

천기론의 타당성을 입증하기 위해서는 순수한 마음이 천기라고 하는 것만으로는 부족했다. 성리학에서 말하는 순수한 마음과 천기는 무엇이 어떻게 다른가 말해야 했다. 재도론(載道論)이나 성정론(性情論)과 맞서서 사람의 마음에 관한 철학을 다시 정립해야 새로운 문학론이 타당하다고 주장할 수 있었다.

그렇게 하는 데도 허균이 앞장섰다. 옛날의 문우 "통상하지정"(通上

下之情)이라고 〈문설〉(文說)에서 말한 것을 주목할 필요가 있다. 옛날의 문을 들어 바람직한 문학이 어떤 것인가 말했다. 상층과 하층이 통하게 하는 문학을 해야 한다 하고, 정이 통해야 그렇게 될 수 있다고 했다. 성을 들지 않고 정을 들었다. 고요하고 선한 마음의 바탕이 상하 누구에나 동일하다고 하지 않고, 마음의 작용인 정에서 같은 경험을 하는 것이 바람직하다고 했다.

하늘이 부여한 남녀의 정욕은 성인이 내놓았다는 윤리의 분별보다 앞선다고 해서 성과 정의 관계를 역전시키는 주장을 더욱 적극적으로 폈다. 하늘이란 인위적인 규제 이전의 진실을 온전히 간직하고 있는 본래의 상태이다. 하늘이 누구나 타고난 능력을 발휘하도록 했는데 신분의 차별을 두어서 그럴 수 없게 하는 짓은 역천(逆天)이라고 할 때에 그 점을 분명하게 했다.

정을 온전하게 하는 문학은 부당하게 부과된 제약, 규범, 권위 따위를 거부하고, 자기 시대의 상스러운 말을 그대로 받아들여야 한다고 했다. 험난한 경험이 문학을 진실하게 하고 천대받고 가난한 사람들 가운데 뛰어난 시인이 있다고 했다. 세상과 적극적으로 부딪치고 스스로 주장하는 바를 내세우는 문학이 소중하다는 것이 그렇게 주장하는 근거였다.

그러나 허균은 자기 생각의 철학적 근거를 밝히지 않았다. 서경덕의 제자인 아버지 허엽(許曄)을 통해 서경덕의 기일원론을 물려받았을 수 있으나, 구체적인 증거는 없다. 허균의 주장을 이기론의 관점에서 재정리하면, 천리(天理)가 사람의 마음에 갖추어져 있는 것이 성이라고 하는 이기이원론에 맞서서, 정이 자연스럽고 자유스럽게 발현하는 천기(天機)가 사람이 타고난 본래의 상태라고 하는 기일원론이 정립될 수 있다. 그렇게 하는 과업은 많은 진통을 겪은 뒤에 다른 사람들이 맡아서 해야 했다.

허균은 반역의 소리를 함부로 하다가 처형되었다. 그 뒤 몇 백 년 동안 정권을 장악한 서인, 거기서 분화된 노론은 송시열이 재정립한 주자학의 이기이원론을 불변의 진리로 삼아 사상 탄압을 했다. 필요한 논의를 철저하게 다져 의문을 없애려고 하다가 송시열의 후계자들 사이에서 인물성(人物性) 동이(同異) 논쟁이 일어나 내부의 전환이 불가피하게 되었다. 성(性)을 단일한 원리라고 하는 낙론(洛論)에서는 사람과 동물의 성이 다를 수 없다고 하고, 성이라도 개별화해서 이해해야 한다고 하는 호론(湖論)에서는 다른 견해를 펴서, 불변의 원리와 실제적인 현상을 일치시키고자 한 절충론이 마침내 파탄에 이르렀다.

낙론의 학통을 이은 임성주(任聖周, 1711~1788)는 인물성이 같다는 것을 받아들이면서 인리동론(因理同論)을 인기동론(因氣同論)으로 바꾸어놓아, 같은 이유는 이가 아니고 기라고 했다. 〈녹려잡지〉(鹿廬雜識)에서 전개한 많은 논의에서 이기이원론의 근거를 다각도로 부정하고 심성의 문제를 기일원론에 입각해 해결했다. 성을 본연지성(本然之性)과 기질지성(氣質之性)으로 나누어 본연지성만이 선의 근거라고 하는 것은 잘못이라고 하고, 사람이 선한 것은 기질이 선하기 때문이고 기질을 떠나서 선의 근거를 따로 인정할 수 없다고 했다.

살고자 하는 의지 또는 의욕을 뜻하는 생의(生意)가 천지만물이 운행하는 근본 이치이고 사람이 하는 창조적인 활동의 원동력이라고 했다. 스스로 밝혀 논하지는 않았지만, 생의는 정의 발현이고, 천기이다. 이기이원론의 성정론을 부정하고 기일원론의 천기론을 제시하는 이유를 철저하게 밝혀 논했다고 할 수 있다.

홍대용(1731~1783)은 임성주의 철학을 발전시키고 확대해서 문학의 문제와 밀접하게 연관시켜 논했다. "천지에 가득한 것은 다만 '기'일 따름이고, '이'는 그 가운데 있다"는 명제를 논의의 출발점으로 삼고, 호기(浩氣)와 혈기(血氣), 본연지성과 기질지성이 둘이 아니라고 했다. 호기 또는 본연지성을 별도로 세워놓고 따라야 하는 규범으로 삼는 것은 '이'와 '기'가 둘이라는 논리에 근거를 두었기에 인정할 수 없다 하고, 혈기를 따르고 기질을 살려 생각하고 행동하는 것이 잘못되지 않았다고 했다. 〈대동풍요서〉에서 다음과 같이 선언한 것은 철학의 근거를 갖춘 천기론이다.

　　노래는 정을 말로 한 것이다. 정이 말에서 움직이고 말이 글을 이
루면 노래라고 한다. 교졸(巧拙)을 버리고 선악을 잊으며, 자연에
의거하고 천기에서 나오는 것이 잘된 노래이다.

　교묘한가 졸렬한가 하는 분별을 버리고 선악마저 잊어야 잘된 노래
라는 이런 주장은 당시에 새롭게 창조되던 비정통의 문학을 널리 받아
들여 긍정하는 논거가 되었다. 민요 또는 민요를 본받은 국문시가가 특
히 소중한 의의가 있다고 보고 직접 거론했다. 한시가 으뜸이라는 생각
을 타파해, 〈시경〉의 국풍마저도 교화와 관련되어 민요의 순수성이 손
상되었는데, 〈시경〉을 본뜬다면서 천기를 깎아 없앤 후대의 한시는 볼
것이 없다고 했다. 그런 것들을 본떠 행세거리로 삼는 우리나라 사대부
들이 자기 시대의 민요가 〈시경〉의 국풍 이상으로 진실성을 가졌다는
것은 조금도 알아차리지 못한다고 나무랐다.
　그러나 기질지성 또는 혈기를 긍정하면서 문학관을 온통 바꾸어놓고
자 하는 노력은 제대로 정착되지 못했다. 거듭된 반론에도 불구하고 성
정론이 지속적인 영향력을 행사했으며, 임성주는 물론이고 홍대용의
기일원론도 널리 알려질 기회가 없었고 문학운동과 직접 연결되지 못
했다. 이기이원론을 논박하는 기일원론의 주장도 난해하기는 마찬가지
라는 이유에서 함께 불신되고 있는 것이 오늘날의 상황이다.
　김정희(金正喜, 1786~1856)는 청나라에서 성령론(性靈論)을 가져와
성정론의 대안으로 삼고자 했다. 이미 축적된 성과를 발전시키려고 하
지 않고, 이론이 미비한 두 가지 결함이 있다. 그러나 누구나 자유롭게
가지는 개성적인 마음을 성령이라고 지칭하면서 그 이상 따지려고 들
지 않은 점이 위항시인들에게 호감을 주었다.
　거기서 끝난 것은 아니다. 최한기(崔漢綺, 1803~1877)가 기일원론을
더욱 발전시켰다. 먼저 성과 정에 관한 견해부터 들어보자. "사람이나 동
물이나 '천'(天)의 '기'(氣)와 '지'(地)의 '질'(質)을 받아 '성'과 '정'이 없을
수 없다"고 하고, "이치를 성이라 하고, 성이 발동되어 쓰이는 것을 정이

라 한다"고 했다. "대체로 타고난 이치는 보기 어려우나 발동되어 쓰이는 것은 쉽게 알 수 있으므로, 정을 미루어서 성을 헤아린다"고 했다.

'성'과 '정'이 구별된다는 오랜 견해는 받아들였으나, '성'마저도 기질에 근거를 두는 마음의 바탕이라고 했다. '성'은 바로 알 수 없으므로 밖으로 드러나 활동하고 활용되는 '정'을 미루어 헤아릴 수 있을 따름이라고 했다. '성'은 선하기만 하고 '정'은 악할 수 있다는 구분은 부정하고, '정'에서 희로애락(喜怒哀樂)이 마땅함을 얻었으면 그것으로 미루어 '성'의 인의예지(仁義禮智)가 바른 줄 알아야 한다고 말했다.

최한기는 "문장은 신기(神氣)에서 나온다"고 했다. 신기는 지각하고 경험하는 활동의 주체이다. 현실에 대한 경험이 축적되어 현실 자체의 생동하는 모습을 표현방법으로 삼는 것이 마땅한 문학이라고 하려고 그런 명제를 마련했다. 문학이 무엇인가 알기 위해서 성현의 말이나 옛적의 규범을 들먹일 필요가 없고, 실제로 있는 현상에 대한 타당한 인식을 축적해야 한다는 방법론도 아울러 제시했다.

《한국의 문학사와 철학사》(지식산업사, 1997)에서 성정론 혁신과 문학의 관계를 고찰했다. 장원철, 〈조선후기 문학사상의 전개와 천기론〉(한국정신문화연구원 석사논문, 1982) ; 조병오, 〈조선조 천기론적 시의식의 전개양상〉, 《부산한문학연구》4(부산한문학회, 1989) ; 정우봉, 〈19세기 시론연구〉(고려대학교 박사논문, 1992) ; 정환국, 〈19세기 문론사(文論史)에서의 최한기의 문장론〉, 《대동문화연구》43(성균관대학교 대동문화연구원, 2003) 등의 연구가 있다.

9.4.3. 창작방법 재정비

성정의 도리를 존중하고 고문의 격식을 따르고 높은 품격을 갖추라고 강조해온 것은 이론을 위한 이론이 아니고 실제 창작방법이었다. 사대부는 물론 지체가 낮은 사람들까지 한시문을 짓는 능력을 갖추기를 바라는 오랜 기간 동안 창작방법의 지침이 무엇보다 요긴해서 논설 형태의 문학론에서 시화까지 다양한 교재가 필요했다. 문학의 원리를 밝혀 논하면서 실제 창작에서 유의해야 할 점을 자세하게 지적해주는 지침서를 각 시기마다 과거를 관장하는 위치에 있는 대가가 내놓아 광범위한 호응을 받았다.

그러면서 또 한편에서는 공인된 규범을 거부하고 문학관을 혁신하는 데 따라서 창작방법을 새롭게 마련하고자 하는 노력이 계속되었다. 성정론의 비판과 혁신이 그 자체로서 끝나지 않고 실제 창작과 깊이 연결되었기 때문에 관점을 다시 설정해서 재론할 필요가 있다.

그 일에도 허균이 앞장섰다. 이미 거론한 〈문설〉이 창작방법을 다룬 글이다. 누가 자기에게 고문의 대가로 일컬어지면서도 상스러운 말을 쓰고 쉽게 이해할 수 있는 표현을 하니 그럴 수 있겠는가 물어 〈문설〉을 써서 응답했다. 이론이 필요했던 것은 창작방법을 새롭게 마련하는 이유를 밝힐 필요가 있었기 때문이다.

고문의 전례라고 평가되는 명문이 사실은 모두 당대의 상스러운 말을 받아들여 다듬었을 따름이고 스스로 자기 길을 택한 독창적인 표현이기만 한데, 모방을 일삼으며 뒤를 잇고자 하니 한심스럽다고 했다. "다른 사람의 집 아래에다 집을 짓고서, 답습하고 훔치고 낡아내고 하다가 비난을 받는 것을 스스로 부끄럽게 여겨야 한다"고 했다. 자기는 자기 시대의 고문을 써서 과거의 명문과 대등한 경지에 이르겠다고 했다. 인용하고 수식하는 데 힘쓰지 않고 삶의 긴장과 진실을 그대로 드러내는 글을 고문이라고 해서 지배적인 문학관을 뒤집어놓았다.

시에 관해 말한 데서는 과거의 모범이 갖는 그 자체로서의 의의마저 인정하지 않았다. 〈시경〉이 시가 나아갈 길을 갖추고 있다 하지만, 이치를 내세워 정에서 멀어졌다 했다. 그 뒤에는 시가 나날이 타락하다가 송시(宋詩)에 이르러서 아주 망했다고 했다. 송시를 본뜬 작품은 천 편만 편이 모두 다 썩어서 냄새나는 것뿐이라고 극언했다.

삼당시인(三唐詩人)이 나와서 당시(唐詩)의 기풍을 되찾고자 한 것은 그런대로 평가할 만하지만, 자기 시는 당시와 비슷하다느니 송시와 비슷하다느니 하는 평을 들을까 두렵다 하고, "오직 사람들이 허균의 시라고 말하게 하고 싶다"고 했다. 삼당시인의 한 사람인 스승 이달(李達)에게 보낸 편지에서 한 말이다. 이달이 당시를 재현하고자 했다는 이유에서 평가하지 않고, 천대받고 곤궁한 처지에 반발하는 자세를 시로 나타냈기에 대단한 경지에 이를 수 있었던 것을 거듭 칭송했다.

규범을 흔들어놓으면 새로운 시를 쓸 수 있는 것은 아니었다. 엄격하게 체계화되어 있는 한시 작법의 근본을 재정리해야 방향 전환이 가능했다. 신경준(1712~1781)이 그 일을 맡아 나섰다. 시를 어떻게 지어야 하는지 묻는 사람이 있어 대답한다면서, 고서에서 얻은 지식과 스승이나 벗들에게서 얻은 견문을 종합해 시의 이론이자 창작방법론으로서 필요한 항목을 두루 갖추어 〈시칙〉을 저술한다고 했다.

시를 논하는 데 필요한 항목과 개념을 몇 차례 도표를 그려 총괄적으로 제시하고, 문제가 되는 조항을 차례로 설명하는 방식을 택했다. 체(體)·의(意)·성(聲)을 세 기본 강령으로 들고, 시의 재료, 시격(詩格), 시례(詩例), 작시법총(作詩法總), 기품(氣稟) 등을 열거하면서 조목을 나누어 설명하고 나중에 다시 종합을 하느라고 너무나 번다하다 할 정도로 많은 용어를 설정했지만, 주목할 만한 시도가 이따금씩 보인다.

시의 갈래에 해당하는 체를 나눌 때 가(歌)·요(謠)·곡(曲) 같은 것들을 앞세우고 율시와 절구는 맨 뒤로 돌렸다. 주제라고 할 수 있는 의에는 주의(主意)와 운의(運意)가 있다고 했다. 주의는 작품 전체에 총괄하고, 운의는 작품의 전개와 더불어 나타난다고 했다. 시의 음악적인 효과인 성을 음악과 관련 지위 체계화하고자 한 것도 의욕에 찬 시도이다.

시 창작법으로 가장 요긴한 대목은 작시법총이라고 한 것이다. 영역을 넓게 잡아야 한다는 지계필활(地界必闊)에서 짜임새를 갖추면서 흔적이 없어야 한다는 구결무흔(構結無痕)에 이르기까지 여섯 가지 준칙을 제시했는데, 네 번째로 든 것이 특히 주목된다. 굴리고 꺾는 데 귀신같아야 한다는 전람유신(轉摺有神)을 표제로 내걸고, "변화의 묘미가 있으면서도 힘들이지 않은 것 같은 모습이어야 하고, 북치고 춤추는 즐거움이 있으면서도 시끄럽지 않아야 한다"고 했다. 시는 천기에서 나와서 자연스러운 가운데 오묘한 조화를 갖추어야 한다고 해온 비결을 어느 정도 구체화해본 셈이다.

신경준은 필요한 항목을 다 갖춘 개론서 같은 것을 마련하고자 해서 새로운 주장을 뚜렷하게 내세우지 못했다. 한시문을 창작할 수 있는 기초는 이미 닦은 다음 어떻게 하면 인습을 타파하고 현실인식이 달라지는 데 적극 호응하는 작품세계를 이룩할 것인가 하는 문제는 그 정도의 수준에서 해결될 수 있는 것이 아니었다. 더 높은 수준의 창작방법은 다시 마련해야 했다.

박지원이 그 일을 맡아, 스스로 개척한 방법에서 일반적인 원리를 도출했다. 인습을 거부하면서 혁신의 길로 나아가는 문학이 어떤 작전을 마련해야 할 것인가 하는 문제를 다루는 데 노력을 집중했다. 〈종북소선〉(鍾北小選)에다 붙인 자서(自序)에서 문학은 색성정경(色聲情景)의 형상을 갖추어야 한다는 이론을 전개했다. 〈답임형오론원도서〉(答任亨五論原道書)에다 붙인 단상에서는 언어로 "지사(指事)하고 입명(立名)하는 데 그치지 않고 비물(比物)하고 유의(喩義)하는" 방법을 개발해야 한다고 했다.

자기가 하고자 하는 말을 하지 않고, 명문을 본떠서 행세거리로 삼는 것이 허망하다고 한 말을 보자. 〈영처고서〉(嬰處稿序)에서는, 관왕묘(關王廟)에 모셔놓은 관우(關羽)의 소상을 보고 어른이야 두려워하지만 순진한 아이들은 콧구멍을 쑤시는 장난이나 한다고 했다. 〈녹천관집서〉(綠天館集序)에서는 거울에 비친 상이나 그림자는 실물과 비슷하게 보이지만 좌우가 반대이고 길이가 수시로 변할 수도 있으니 헛것이라고 했다. 비유를 들어 이렇게 말해, 통하지 않는 사람들은 이해할 수 없게, 뜻을 함께 하는 동지는 깊이 깨달을 수 있게 했다.

새로운 표현방법을 개척해야 하는 이유는 낡은 이념의 지배를 거부하고 삶의 진실을 나타내야 한다는 데 있었다. 삶의 진실이 새로운 형상화를 요구할 뿐만 아니라, 낡은 이념과의 싸움에서 예상되는 피해는 줄이고 승리의 효과는 확대하기 위한 방법을 구상하는 것이 피할 수 없는 과제였다. 글 쓰는 것이 군사 작전과 같다고 다음과 같이 말했다.

> 글을 잘 쓰는 사람이면 전쟁하는 법을 알 것이다. 글자는 비유하자면 사졸이고, 뜻은 비유하자면 장수이다. 제목이라는 것은 적국이고, 고사(故事)라고 하는 것은 전쟁터이며 성루이다. 글자를 묶어서 구절을 만들고, 구절을 모아 장을 이루는 것은 대오의 행진과 같다. 운(韻)으로써 소리를 내고, 수식으로 빛을 내는 것은 악기를 울리고 깃발을 날리는 거동과 같다. 조응(照應)하는 것은 봉화대이고, 비유라는 것은 유기(遊騎)이다.

〈소단적치인〉(騷壇赤幟引)이라 해서 문단의 붉은 기치라는 말로 표제를 삼은 글에서 이렇게 서두를 꺼낸 다음, 글 쓰는 것이 전쟁과 같다는 논의를 한참 더 전개했다. 용납될 수 있는 범위를 넘어서까지 지배질서를 비판하는 문학을 하고자 했으므로 가장 효과적인 작전이 무엇인가 힘써 구상하지 않을 수 없었다. 내용과 형식 가운데 어느 것이 소중한가 하는 논쟁은 무의미하다. 형식은 내용을 관철시키기 위한 작전이다. 작전은 싸워서 이길 수 있게 해야 하고 그 자체로 가치를 가지는 것은 아니다.

여러 가지 표현법을 열거한 것은 장식을 화려하게 하려고 했기 때문이 아니다. 그것들을 필요에 따라 적절하게 골라 쓰는 유격전 전술 같은 창작방법을 활용해 피해를 줄이고 승리를 확대해야 했다. 낙척하고 불우하게 되어 자기 자신을 소중하게 여기지 않아, 글을 써서 장난거리로 삼는 이문위희(以文爲戱)를 한다고 작전상 후퇴를 했다. 가르침을 베풀겠다고 나서는 정통문학, 곧 이문위교(以文爲敎)라고 할 것을 우습게 만들어버리는 기발한 비유와 예기치 않던 풍자를 마음껏 희롱했다.

실제로 글을 쓰면서 정공(正攻)은 피하고, 측공(側攻)이나 역공(逆

攻)의 작전을 구상하고 실천했다. 그 성과를 전이라고 한 여러 작품과 〈열하일기〉(熱河日記)의 구석구석에서 풍부하게 확인할 수 있으며, 〈호질〉(虎叱)이 그 정점에 해당한다. "수박을 겉만 핥고, 후추를 통째로 먹는" 무리는 무엇을 어떻게 말했는지 알기 어렵도록 해서 비난을 막고, 가치관의 근본을 뒤집어놓는 반역을 성취했다.

정약용(丁若鏞, 1762~1836)은 시를 어떻게 써야 하는가 하는 문제를 놓고 자기 경험을 깊이 되새겼다. 두 아들에게 보낸 편지에서, 오랜 고난과 모색 끝에 깨달은 바를 털어놓은 말을 주목할 만하다. 상자에 쌓아둔 시 원고를 다시 뒤져보니 벼슬할 때의 시는 슬픈 기색을 띠고 기운이 막혀 있었고, 귀양살이를 시작할 때의 시는 비통하게 흐느꼈는데, 수난이 오래 계속된 다음에는 마음이 툭 터지게 넓어진 표현이나 뜻을 얻게 되었다고 했다. 슬픔이 없는 경지에 가까워졌다고 했다.

시인의 의식이 각성되는 세 단계를 그렇게 지적했다고 할 수 있다. 첫 단계의 슬픈 기색은 정신적인 사치라고 할 수 있다. 시인이 되려면 그런 단계를 거치게 마련이다. 수난이 닥쳐와 참담한 경험을 하게 되면, 안이한 환상을 스스로 깨고 비통한 심정을 토로하는 것이 상례이다. 그것이 최종 단계일 수는 없으며, 한 번 더 변모를 겪어 세 번째 단계에 이르러야 시인이 할 일을 제대로 할 수 있다.

전라도 강진에서 오랫동안 귀양살이를 하면서 그곳 농민의 고난과 하소연을 민요에 접근하는 한시로 나타낸 것이 세 번째 단계에서 이룬 성과이다. 민요에 다가간 한시로 그 둘이 하나가 되게 하고서, 세상을 넓게 보고 깊이 이해해 울림이 큰 노래를 들려주었다. 처참한 사정을 노래했지만 개인적인 감상에 치우치지 않았다.

정약용이 시를 어떻게 써야 하는지 요약해서 말할 때에는 다소 진부한 느낌을 준다. "임금을 사랑하고 나라를 근심하지 않는 것은 시가 아니다"라 하고, "시대에 대해서 상심하고 풍속에 대해서 분개하지 않는 것은 시가 아니다"라고 했다. 자기 시에서 전개한 시론은 그 범위를 넘어서서 사회비판의 문학이 나아가야 할 방향에 대한 깊은 자각을 보여주었다.

이옥(李鈺, 1760~1812)은 남녀관계에 관한 민요를 한시로 옮긴 작품 집 〈이언집〉(俚諺集)을 마련했다. 그 서두에 〈삼난〉(三難)이라는 제목 의 서문을 두어 세 가지 논란거리가 있어서 해명을 한다고 하면서 창작 의도를 밝혔다. 어떤 명분을 내세우더라도 합리화될 수 없을 만큼 관습 을 어기고, 서문에다 벌인 논란으로 당시까지의 지배적인 문학관에 대 한 총괄적인 반역을 시도했다.

첫 번째 논란거리는 국풍(國風), 악부(樂府), 사곡(詞曲) 등을 짓지 않고 이언을 지은 이유가 무엇인가 하는 것이었다. 전통적인 한시를 벗 어나고자 하는 경우에도 중국에서 마련된 전례를 따를 수 있는데 왜 하 필 엉뚱한 짓을 했는가 하고 나무라는 말에 대해 대답했다. 천지만물은 하나로 고정되어 있을 수 없고 문학은 시대에 따라서 달라지게 마련이 라고 하고, 자기는 조선 한양성에서 태어난 사람이라 주위의 민요를 가 지고 작품을 쓰는 것이 당연하다고 했다.

두 번째는 어째서 여자들의 사랑타령을 택해, "예가 아니면 듣지도 말고 보지도 말라"는 가르침을 어겼는가 하는 비난에 대답했다. 천지만 물을 살피는 데 사람보다 나은 대상이 없고, 사람은 정에서, 정은 남녀 의 정으로 다루어야 핵심을 얻는다고 했다. 남녀관계를 다루는 것이 문 학의 새로운 과제임을 밝혔다.

세 번째는 사물을 여럿 열거하면서 중국 전래의 명칭을 버리고 향명 (鄕名)을 택한 까닭이 무엇인가 하는 데 대해 말했다. 과거의 역사서를 보더라도 주요 용어를 향명으로 기록한 예가 있고 중국에는 없는 한자 도 만들어 썼던 점을 들어 응답했다. 한시가 우리말 노래에 더욱 근접 하는 변화를 보이고 그 이유를 밝혔다.

위의 두 항목에서 든 논저 외에 안병학, 〈허균의 문학론 연구〉,《민족문 화연구》15(고려대학교 민족문화연구소, 1980) ; 이동환, 〈박지원의 문 학사상〉,《진단학보》44(진단학회, 1977) ; 최신호, 〈정다산(丁茶山)의 문학관〉,《한국한문학연구》1(한국한문학연구회, 1976) ; 김상홍,《다

산 정약용 문학연구》(단국대학교출판부, 1985) ; 김균태,《이옥의 문학
이론과 작품세계의 연구》(창학사, 1986) 같은 연구를 참고할 수 있다.

9.4.4. 민족문학론의 등장

중국에서 마련된 문학의 규범이 가치의 척도라는 사고방식은 화이론
(華夷論)에 근거를 두었다. 화이론은 한문을 공동문어로 삼고 유학을
함께 숭상하는 동아시아가 하나이게 하는 문명의 이상을 '화'(華)라고
하는 중세보편주의이다. 그것이 '이'(夷)라고 지칭된 민족문화의 발전
을 촉진하는 구실을 했다.

양자강 남쪽으로 밀려난 남송사람의 패배의식을 만회하려고, 주자가
중국 한족문화의 우월성을 강조하는 의미를 보태 사정이 달라지기 시
작했다. 그 시기에 중세보편주의를 독자적으로 실현하는 것을 목표로
하는 중세후기가 시작되어, 민족문화를 '화'의 수준으로 발전시키고자
하는 경쟁이 나타났다. 조선전기 사람들이 우리도 '이'가 아니고 '화'라
고 자부하면서 소화(小華)라고 한 것은 시대사조로 보아 당연하고 그
만한 내실을 갖추었으므로 잘못되지 않았다.

조선후기에 이르러서는 두 가지 변화가 일어났다. '화'의 척도로 평가
되던 명나라가 망하고 중국 대륙에 청나라가 등장하자, 화이의 구분을
어떻게 해야 하는가 하는 문제를 두고 견해가 대립되었다. 중세에서 근
대로의 이행기에 들어서서 중세보편주의를 비판하는 민족주의가 등장
해 문제가 더욱 복잡해졌다.

국권을 장악한 쪽에서는 '이'에 지나지 않는 청나라를 배격하고 중국
에서는 사라진 '화'를 우리가 지켜야 한다는 북벌(北伐)의 논리를 내세
워 지배체제 옹호의 명분으로 삼았다. 중세에서 근대로의 이행기를 중
세로 역행시키고자 하는 주장이 민족의 기개를 드높이는 것처럼 보였
다. 청나라를 '화'로 인정하고 배움의 대상으로 삼자는 북학(北學) 노선
을 주장한 비판세력은 주체성을 몰각한 것 같지만, 화이론을 완화시키

고 청산하는 방향으로 나아가면서 중세에서 근대로의 이행기를 근대로 순행시키는 길을 찾았다. 민족문화에 대한 자각을 심화시키고 민족문학의 가치를 드높였다.

민족문학 인식에서도 허균이 선구자 노릇을 했다. 우리나라 역사를 공부하지 않으면 근본이 되는 도리를 소홀하게 한다는 아버지의 가르침을 받고 〈동국통감〉(東國通鑑)을 읽었다고 했다. 근본이 되는 도리를 그렇게 이해한 점이 주목할 만하다. 〈성수시화〉에서 정철(鄭澈)의 가사를 들어 국문문학에 대한 관심을 보였다.

속구(俗謳)라고 일컬은 정철의 가사 가운데 〈사미인곡〉(思美人曲)과 〈장진주〉(將進酒)는 맑고 장엄한 기풍을 갖추어서 들을 만하다고 했다. 그런 것이 "'사'(邪)라고 해서 배격하는 사람들이 있지만, 문채(文采)와 풍류의 가치를 정할 수 없다"고 했다. 속구는 속된 노래 또는 속어로 된 노래여서 당시의 관념을 잘 나타내주는 용어이다. 그러나 정철의 가사는 국문을 사용한 점에서는 '아'(雅)가 아닌 '속'(俗)에 속하지만, 가치의 등급을 따지면 한시와 대등한 품격을 지녀 '사'가 아니고 '정'(正)이라고 했다.

민족문화의 독자적인 가치를 인식하면서 문학관의 전환에 기여한 유명무명의 선각자들이 여기저기 있어 새롭게 주목된다. 이만부(李萬敷, 1664~1732)는 중국을 따르려고 하지 말고 자가의사정신(自家意思精神)을 가져야 한다고 했다. 민족의식에 해당하는 말을 처음 사용해 소중한 의의가 있다.

조귀명(趙龜命, 1693~1737)은 "우리나라가 소중화라고 하면서 중국과 비슷한 점은 알면서 다른 점은 알지 못한다"고 개탄했다. 중국이 처음에는 앞서나갔으나, "일찍 번성하면 먼저 쇠퇴하고, 늦게 꽃이 피면 나중에 시드는 것이 사물의 정한 이치"이므로, 이제 조선에 신흥하는 기운이 있다고 했다. 중국의 옛것을 답습해서 비슷하게 되려고 하는 어리석은 풍조에서 벗어나, 말과 글의 불일치에서 빚어지는 문제를 해결하고 우리 문학의 독자적인 방향을 찾아야 한다고 했다.

김만중은 비교문화론의 관점을 마련해 그런 주장을 더욱 발전시켰다. 불교문화의 광대한 영역이 한문과 유학 문명권에 들어앉은 사람의 편견을 시정해주는 데 유용하다고 보아, 양쪽의 비교론을 자주 폈다. 주자를 위시한 중국인들은 외국어에 전혀 무지해 다른 나라 사람들이 독자적인 언어와 문학을 가지고 있는 줄 모른다는 것을 적절한 예를 들어 밝혀 논했다.

불경이 중국에 전해지자 〈장자〉(莊子)나 〈열자〉(列子)에 있는 용어로 번역하고서 불교는 〈장자〉나 〈열자〉에서 나왔다고 할 정도로 중국인의 의식은 폐쇄되어 있다고 했다. 불교의 게송의 운율은 원래는 없었는데 한시로 번역할 때 생긴 것으로 착각하는 것도 무지에서 연유한 헛된 우월감의 예로 들었다. 그렇게 인식된 문화적인 상대주의를 중국문화와 우리 문화, 한문학과 국어문학의 관계를 살피는 데 적용해, 중국문화 추종과 한문학 모방을 나무랐다.

〈서포만필〉에서 "사람의 마음이 입에서 나오면 말이 되고, 말이 절주(節奏)를 가지면 가시문부(歌詩文賦)가 된다"고 하고, "중국에서만 그러는 것이 아니고 말을 할 줄 아는 사람이라면 누구나 자기네 말로 절주를 삼는다"고 했다. 문학작품을 글이라고 하지 않고 말이라고 했기에 그릇된 전제를 일거에 타파할 수 있었다. '절주'란 형식의 특징이다. '가시문부'는 문학의 갈래이다. 형식의 특징에 따라 문학의 갈래가 나누어진다고 하면서, 우리말 노래인 '가'를 맨 먼저 들었다. 거기서 더 나아가 다음과 같은 주장을 펴는 데까지 이르렀다.

> 우리나라 시문은 우리말을 버리고 다른 나라의 말을 배우므로 설사 십분 비슷하다 해도 그것은 앵무새가 사람 말을 하는 짓이다. 일반 백성이 사는 거리에서 나무하는 아이나 물 긷는 아낙네가 "이아" 하면서 서로 화답하는 노래는 비록 천박하다고 하지만, 만약 진실과 거짓을 따진다면 참으로 학사·대부의 이른바 시(詩)니 부(賦)니 하는 것들과 함께 논할 바가 아니다.

여기서는 한문을 다른 나라 말인 "타국지언"(他國之言)이라고 했다. 하나로 통용되는 글이 대단하고 둘로 갈라져 있는 말이야 대수로울 것이 없다고 보던 단계를 넘어서서 말이 실상이고 글은 허상이라고 하는 점을 깨닫자, 그동안 통용되던 문학관을 근저에서부터 불신하게 되었다. 중세에서 근대로의 이행기를 넘어서서 근대 민족주의에 이른 의식을 보여주었다.

그 뒤를 이어 홍만종은 국문시가에 관한 논의를 좀더 구체화하는 작업을 〈순오지〉에서 했다. 임진왜란과 병자호란을 겪고 위축된 민족의 기상을 되살려야 한다고 적극 주장하며 주체적 도가사상이라고 할 수 있는 것을 펴는 한편, 속담을 수집해놓기도 하고, 우리말과 문학의 관계에 대해서 다양한 관심을 보였다. 한문으로 글을 쓰더라도 우리말을 버릴 수 없다고 했다. 중국의 악부나 가사는 중국말 노래이기에 아무리 노력해도 본뜰 도리가 없으나, 그 대신에 우리 민요에 근거를 두고 독자적인 시가를 창작하는 데 힘쓰는 것이 마땅하다고 했다.

"우리 동방인이 지은 가곡은 방언을 전적으로 사용하고 이따금씩 한문의 문자를 삽입하는데 모두 언서(諺書)로 씌어져 세상에 전한다"는 말로 개황을 설명했다. 그렇게 하는 것이 나라의 풍속이므로 당연하다고 했다. 친근하게 생각되는 정경(情境)을 담고 우리 음악에 맞기에 듣는 사람으로 하여금 영탄하면서 마음이 움직이게 하고 손발을 맞추어 춤추게 하는 국문시가를, 중국의 것과 다르다는 이유에서 낮추어보는 것은 잘못이라고 했다.

〈역대가〉(歷代歌)에서 〈맹상군가〉(孟嘗君歌)에 이르기까지 국문가사 열네 편을 들어 작자를 밝히고, 주제를 지적하고, 가치를 평가했다. 허균이나 김만중이 정철의 가사만 들었던 것보다 관심의 폭이 자못 넓어지고 다루는 방식도 작품의 실상에 맞게 다양하게 선택했다. 오늘날 이루어지는 국문학연구를 준비하는 작업을 했다.

평가에 해당하는 대목만 몇 가지 들어보자. 〈면앙정가〉(俛仰亭歌)는 "마음속의 호연한 취향이 저절로 갖추어져 있다"고 했다. 〈관동별곡〉은

"사물을 형용해낸 솜씨나 말을 만드는 기발한 재주가 악곡 가운데 가장 절묘하다"고 했다. 〈원부사〉(怨婦辭)에 대해서는 "고금의 애정시에 이보다 더한 것이 있겠는가"라고 했다. 〈시화총림〉을 엮고 〈소화시평〉을 지어서 한시의 시평(詩評)을 시학(詩學)으로 정립하고자 한 작업을 국문시가에서도 전개해, 오늘날의 국문학 연구와 바로 연결될 수 있는 성과를 남겼다.

김천택이 〈청구영언〉에다 자기가 쓴 것을 포함한 몇 가지 서문을 싣고 국문시가의 의의를 주장한 논거는 홍만종의 전례와 바로 이어진다. 자기 서문에다 위에서 든 홍만종의 말을 길게 인용해 총론으로 삼았다. 이어서 말하기를, 한시문은 수집되고 간행되어 있어서 천 년이나 지나도록 민멸하지 않는데 영언(永言)이라고 한 시조는 그렇지 않으니 한탄스럽다 하며, 입으로만 전해지는 자료를 모으고 다듬어서 널리 전파하겠다고 했다.

'영언'이란 "시언지 가영언"(詩言志 歌永言)에서 유래한 말이다. '시'는 뜻을 나타내기만 하지만, '가'는 노래를 하는 점이 다르다고 한 것이다. '시'와 '가'는 성격이 다르지만 대등한 의의를 가져야 마땅한데, 우리 경우에는 '시'인 한시만 존중하고 '가'인 우리말 노래는 돌보지 않는 것이 잘못이라고 하기 위해 〈시경〉 서문에 있는 말을 인용했다.

정내교의 서문에서도 우리말로 이루어진 '가'가 '시'인 한시 못지않은 의의가 있다고 했다. 마악노초(磨嶽老樵)라는 호를 사용해 발문을 쓴 이정섭(李廷燮)은 "위항시정의 음란한 말과 외설스러운 사설을 실어도 좋은가?"라는 김천택의 질문에 답한다면서, "정을 따라서 발해서 이언을 사용하고 음풍(吟諷)하는 가운데 저절로 사람을 감동시키는 노래는 어떤 내용이든지 진실되다"고 했다. 그 뒤의 시조집 편자들은 그런 주장을 부연하고 확장했다.

홍대용의 〈대동풍요서〉는 〈대동풍요〉(大東風謠)라는 시조집의 서문이 아닌가 하는데, 시조집은 전하지 않고 서문만 남아 있다. 안팎의 구분은 상대적이어서 누구든지 자기는 안이고 다른 쪽은 밖이라고 할 수

있듯이. 자기 나라는 '화'이고 다른 나라는 '이'라고 할 수 있다는 것이
홍대용의 지론이다. 화이론을 넘어서는 이론을 그렇게 마련하고, 우리
역사와 문화를 우리의 관점에서 이해하는 것이 당연하다고 했다. 그 이
론을 〈대동풍요서〉에서는 노래에 적용해 민족문학 총론이라고 할 수
있는 것을 전개했다.

>   오직 입으로 부르는 대로 노래를 만들었다 해도 말이 마음에서 나
> 온다. 곡조가 알맞지 못하다 해도 천진함이 드러난다. 그러므로 나
> 무하면서 부르는 노래나 농사지으면서 부르는 노래는 또한 자연에
> 서 나왔다. 이것저것 주워 모아 애써 지어 말이 옛것이라고 하면서
> 천기를 깎아 없앤 사대부의 시보다는 오히려 낫다 하겠다.

김만중이 했던 말과 비슷하고 주장의 강도는 약화된 느낌이 있지만,
자세하게 살피면 논거가 다각도로 보완되었다. 자기 말로 노래를 지어
야 한다고 하는 데 그치지 않고, 마음에서 우러나는 말이라야 정을 온
전하게 하고 천진이나 천기를 간직한다고 해서 성정론을 배격해야 하
는 이유를 분명하게 했다. 사대부의 한시를 낮추어보는 이유는 남의 흉
내를 낸 데 있다고만 하지 않았으며 흉내의 대상이 된 중국의 시가 이
미 진실성을 잃고 관념과 허식에 빠진 것을 더 큰 이유로 들었다. 말은
조심스럽게 하면서 오랫동안 존중되어오던 규범과 가치를 반론의 여지
가 없이 뒤집었다.
한문학의 가치를 부정하고 국문문학만 내세우자는 주장만 민족문학
론으로 평가할 의의가 있었던 것은 아니다. 한문학에 계속 힘쓰면서 민
족의 현실을 발견하고 독자적인 표현의 가능성을 탐색하는 것이 또한
긴요한 과제였다. 박지원과 정약용은 국문문학에는 관심을 보이지 않
으면서 한문학을 민족문학으로 재정립하는 방향을 찾는 데 특히 두드
러진 성과를 보여주었으므로 여기서 재론할 필요가 있다.

방언을 문자로 옮기고 민요를 운율에 맞추기만 하면 자연히 문장이 이루어지고 진기(眞機)가 발현된다. 답습을 일삼지 않고 남의 말을 빌려오지 않으면서 지금 있는 그대로의 상태에서 온갖 것들을 표현해낼 수 있다.

박지원은 〈영처고서〉에서 말했다. 한시를 지으면서 국문시가와 다름없는 문체와 표현을 택하자고 한 것이다. 벼슬이나 땅이름 같은 것들을 중국에서 가져와 나뭇짐을 지고 소금을 사라고 외치는 것과 같은 짓은 그만두고, "글자는 같아도 글은 다르다"고 할 수 있어야 한다고 했다. 이 경우에 아주 어려운 문제가 따르는 것이 사실이다. 글자는 그대로 쓰고 문법도 바꾸어놓지 못하면서 한문을 우리글일 수 있게 하는 것은 아주 어려운 일이다. 용어·표현·문체를 우리말에 가깝도록 고쳐놓다가 한문의 기본 요건을 희생시킬 수는 없었다.

정약용은 한시가 우리 노래이게 하려고 애썼다. 민요를 받아들인 한시를 열의를 갖고 짓는 데 그치지 않고 다음과 같이 선언하기까지 했다. 새로운 한시에 '조선시'라는 명칭을 부여했다.

興到卽運意   흥이 나면 뜻을 움직이고,
意到卽寫之   뜻이 나타나자 바로 쓴다.
我是朝鮮人   나는 조선 사람이어서
甘作朝鮮詩   조선시를 즐겨 짓는다.

'조선시'라고 일컬은 한시는 두 가지 특징이 있다. 하나는 한시의 격식을 따르지 않고 흥이 나고 뜻이 나타나면 바로 짓는 시이다. 또 하나는 조선 사람의 시이다. 한시가 조선 사람의 시이기 위해서는 내용이 달라져야 한다. 정약용이 실제로 지은 조선시는 〈시경〉에서 볼 수 있는 형식을 즐겨 사용하면서 민요를 옮긴 것이다. 한시의 개조에 기대를 걸고, 우리말로 시를 지으려고 하지는 않았다.

민족문학이란 민족어의 가치를 발현하는 문학이면서 민족이 당면한 현실에 참여하는 문학이라고 할 수 있다. 17세기부터 19세기까지의 중세에서 근대로의 이행기문학에서는 그 두 가지 과업을 국문문학과 한문학에서 각기 수행하는 것이 예사였다. 민족어문학은 현실인식이 모자라, 비판의식이 뛰어난 작품은 한문학에서 이루어졌다. 그것이 중세에서 근대로의 이행기문학의 특징이다.

권태을,《식산(息山) 이만부 문학연구》(오성출판사, 1980) ; 이종호, 〈18세기초 사대부층의 새로운 문예의식 : 동계(東谿) 조귀명의 문예의식과 문장론〉,《벽사이우성교수정년퇴임기념논총》(창작과비평사, 1990)에서 새로운 연구를 개척했다. 홍인표,《홍만종시론연구》(서울대학교출판부, 1986) ; 조규익,《조선조 시문집 서·발의 연구》(숭실대학교출판부, 1988) ; 송재소,《다산 시 연구》(창작과비평사, 1986)에서 종합적인 연구를 했다. 박미영,〈본문분석에 의한 역대시가론의 시조관 연구〉(한국정신문화연구원 박사논문, 1994)에서 〈대동풍요서〉에 대한 면밀한 검토를 했다.

9.4.5. 소설에 관한 논란

전통적인 문학관은 한시문 가운데 시를 특히 중요시해 창작과 비평을 위한 자세한 이론을 마련하고 문은 그만한 비중을 두지 않았다. 국문문학에 관심을 가지기 시작할 때에는 차별을 더 두어 시가는 의의를 인정해도 산문은 함께 거론하는 일이 없었다. 산문 가운데서도 소설이야 어느 모로 보거나 공식적인 평가를 받을 수 없는 것이었다.

한문소설조차도 원래 족보에 없던 것이어서 문학론의 대상이 아니었으니 국문소설은 더 말할 나위가 없었다. 문학관의 변혁을 꾀하는 사람들도 소설은 배격하거나 탄압해야 한다고 하는 것이 예사였다. 소설이 산문에서 커다란 비중을 차지하며 시가 못지않은 가치를 가졌다고 인정한 것은 중세문학에서 근대문학으로의 이행기가 끝났을 때 가능했으며, 거기까지 가는 과정은 결코 순탄하지 않았다.

소설에 관한 논의는 소설을 배격해야 한다는 주장에서 시작되었다. 중국소설을 가져다가 탐독하는 것을 우선 문제로 삼았다. 중국의 전례를 보더라도 소설은 가치관을 혼란시킨다고 하고, 중국소설의 수입을 금지해야 한다고 했다. 국내에서 창작되는 소설은 실상을 파악하지 못했으면서 폐해를 걱정하는 소리부터 했다. 소설체의 문체가 정통한문학을 망칠 염려가 있다고 했다. 부녀자들이 할 일을 버려두고 타락을 부추기는 소설을 탐독한다고 나무랐다.

소설이 가치관을 혼란시키고 마음을 타락시킨다고 한 주장은 소설의 실상에 대한 정확한 인식에 근거를 두었으며, 소설에 관한 모든 논란의 출발점이 되었다. 그 점을 밝혀 논하는 과정에서 소설에 대한 인식이 성장했다. 가치를 인정할 만한 작품도 있어 모든 소설을 함께 배격할 것은 아니라는 수정안에서 작품론의 진전을 확인할 수 있다. 소설은 그 나름대로 의의가 있다는 반론이 등장하는 데까지 이르러, 소중하게 평가하고 이어받아야 할 소설론이 나타났다.

임진왜란 직후 지배이념이 다시 고착되기 전에는 중국소설에 대해서 어느 정도 호의적인 발언을 할 수 있었다. 이수광은 〈지봉유설〉 서두에서 중국 역대 왕조의 역사를 다룬 연의(演義)는 견문을 넓히는 데 도움이 되고 사실을 증명하기도 하니 무시할 수는 없다고 했다. 허균은 좀더 적극적인 관심을 가지고 〈서유록발〉(西遊錄跋)을 썼다. 중국에 갔을 때 희가설(戲家說)이라고 일컫는 것들을 여러 편 가져다가 읽어보니, 작품이 졸렬해서 본받기 어려운 것들이 적지 않지만 〈서유기〉(西遊記)만은 평가할 수 있다면서 내용을 자못 자세하게 살폈다. 그런 생각을 가지고 자기 스스로 소설을 썼다.

그 다음 시기에 이르러서는 소설배격론이 완강하게 대두했다. 한문 사대가의 한 사람이며 문풍을 바로잡는 책임을 절감한 이식(李植)은 소설의 폐단을 강경하게 지적했다. 중국 역대왕조의 내력을 다룬 연의는 존중해야 할 사실에다 허황된 수작을 보탰으니 국가에서 엄중하게 금하고 태워 없애야 한다고 했다. 허균이 〈홍길동전〉을 지은 것을 한층 맹렬하게 공격했다.

〈수호전〉(水滸傳)은 변란을 일으키는 무리가 본받을 수 있게 도적의 마음을 품고 지은 작품이어서 작자가 삼대에 걸쳐 벙어리가 되는 재앙을 받았다는 말부터 했다. 허균이 자기 도당과 함께 탐독하고 거기 나오는 도적의 별명을 서로 일컬으며 희롱하더니, 〈홍길동전〉을 지어 〈수호전〉에다 견주었을 뿐만 아니라 반란을 실천에 옮기려다가 처형되었다고 했다. 그것은 벙어리가 되는 것보다 더 끔찍한 결과라고 했다.

〈수호전〉을 본받아 변란을 일으켰다는 무리의 우두머리는 이자성(李自成)이다. 이자성이 유적(流賊)을 이끌고 명나라를 멸망시켰기에 청나라는 힘들이지 않고 중국 대륙을 차지할 수 있었다. 이식은 그 일을 상기하면서 국내에서의 변란을 경계하는 위기의식에 사로잡혀 〈홍길동전〉 같은 소설을 극력 배격했다.

홍만종은 당시로서는 이단적인 사상을 지니고 새로운 문학관을 모색하는 데 중요한 구실을 했으면서도, 소설이 성행하면 나라가 위태롭게 된다고 했다. 〈순오지〉의 한 대목에서 〈수호전〉의 작자를 고증하는 등으로 중국소설에 대해서 구체적인 관심을 보이면서, 명나라 말엽에 문사들이 화려한 문장으로 허황한 이야기를 꾸며 소설을 지은 것이 아주 많아져 벼슬하는 사람들까지 탐독하다가 마침내 나라가 망하는 데 이르렀다고 했다. 명나라가 망한 원인을 소설과 관련시킨 점은 이식의 경우와 같다 하겠으나, 소설 때문에 명나라가 내부적으로 약화되었다고 하는 관점을 택했다. 특정 소설이 아닌 소설 일반의 폐해를 문제 삼았다.

중국소설의 수입을 금지하고 소설에 감염된 문체를 바로잡아야 한다는 방침을 강력하게 천명한 임금이 정조였다. 소설에 관심이 쏠려 정통 한문학이 와해되고 국가의 기강이 흔들릴 것 같은 위기를 느끼고, 문체반정(文體反正)을 일으켜 불변의 규범을 재확립하고자 했다. 직접 문제가 된 것은 박지원의 작품 같은 한문소설이지만, 그 이면에는 국문소설에 대한 고려도 있었다.

정조와 가까운 관계를 가졌던 젊은 시절의 정약용은 그 방침을 지지하는 〈문체책〉(文體策)을 지어, 패관잡서(稗官雜書)라고 일컬은 소설은 살별이나 흙비, 가뭄이나 산사태에 비할 수 있는 재앙이라 했다. 소설이 음란한 말과 추한 이야기로 마음을 방탕하게 하고 간사한 감정과 도깨비 같은 내용으로 지식을 미혹하게 하고 허황되고 괴상한 말로 풍속을 교만하게 한다는 것을 그 이유로 들었다. 그런 소설을 탐독하느라고 재상이 나랏일을 잊고 부녀자는 길쌈을 폐하니 그대로 둘 수 없다고 했다.

정조의 문화정책을 받드는 말단의 업무에 종사한 이덕무(李德懋, 1741～1793)는 소설에 대해서 상반된 견해를 나타냈다. 문제의 작품인 〈수호전〉을 들어, 인정과 세태를 교묘하게 그렸다 하고, 작자는 대단한 재능을 지녔으면서도 한 덩어리 원분을 지니고 실없는 말로 세상을 꾸짖었으니 마음이 슬프고 괴로웠을 것이라고 했다. 자기 처지가 미천한 탓에 지닌 불만 때문에도 그렇게 생각했을 수 있다.

자기 주변에서 볼 수 있는 소설은 나무랐다. 어려서부터 소설 수십 종을 보았는데 모두 남녀의 사랑을 다룬 것이거나 세상에 떠돌아다니는 잡다한 이야기를 모은 것이어서 잠시 동안은 눈을 즐겁게 할 따름이라고 했다. 그 속에 올바른 일이 없다는 것을 안 다음에는 증오하고 싶은 마음이 점점 커지고 재미라고는 없어졌다고 했다.

사대부의 행실을 가르친 〈사소절〉(士小節)에서는 소설이야말로 간사한 것을 만들고 음란한 짓을 가르치니 자제들이 보지 않게 금해야 한다고 했다. 부녀자들이 소설을 빌려다 탐독하느라고 길쌈을 폐하니 그대로 둘 수 없다고 했다. 상승을 해서 인정받기 위해서는 태도를 바꾸어야만 했다고 할 수 있다.

그런 논의를 펴면서 소설이 무엇인가 뚜렷하게 인식한 공적이 있다. '소설'이라는 말이 어원과 다르게 쓰이고 있다는 것을 명확하게 하기 위해서 '연의'라는 말을 앞에다 붙여 '연의소설'(演義小說)이라는 용어를 사용했다. 다른 데서는 패관(稗官)·야담(野談)·전기(傳奇)·지괴(志

怪) 따위는 어느 정도 볼 만한 점이 있지만, 소설은 그렇지 못해 헛것을 지어내고, 천박한 생각을 전하고, 시간을 허비하게 하는 세 가지 커다란 잘못을 저지른다고 했다. 대단치 않은 잡담이라는 본래의 의미에서 벗어나 '소설'이라는 말의 뜻이 그 실체에 맞게 변한 것을 명확하게 밝혔다.

소설은 배격해야 하겠지만 그 가운데 인정할 만한 작품이 있다고 하는 데서 새로운 논의가 시작되었다. 국문시가를 평가할 때에는 정철의 가사를 먼저 들었듯이, 소설의 경우에는 김만중의 작품을 인식 전환을 위한 예증으로 들었다. 김만중이 소설을 써서 소설 긍정론을 가능하게 했으며, 작품의 내용이 그럴 만한 요건을 갖추었다.

김만중의 종손인 김춘택(金春澤, 1670~1717)은 "패관소설 가운데 허황하고 경박하지 않으면서 백성의 도리를 돈독하게 하고 세상을 교화하는 데 보탬이 되는 것은 남정기 뿐이다"라고 하고, 그 작품을 한문으로 번역했다. 이재(李縡, 1680~1746)는 〈구운몽〉을 두고서 "줄거리는 공명과 부귀가 일장춘몽에 귀착한다는 것인데, 대부인의 근심을 위로하려고 지었다"고 했다. 다룬 내용은 적극적인 가치를 가진다고 하기 어렵지만, 창작 동기가 훌륭하다고 한 것이다. 어머니를 위해 소설을 지은 효자의 행위는 널리 본받을 만하다.

이양오(李養吾, 1737~1811)는 멀리 경상도 울산 선비이며 과거에 거듭 낙방한 사람인데, 김만중의 두 작품을 면밀하게 살펴 작품론을 전개했다. 칠언시로 쓴 〈제구운몽후〉(題九雲夢後)는 "종횡으로 붓을 달려 변화를 일으키고, 풍류로운 말재간으로 기롱을 마음대로 했도다" 하고, 꿈을 깨는 대목의 극적인 전환을 특히 높이 평가했다. 〈사씨남정기후〉(謝氏南征記後)는 산문으로 써서, 갖가지 시련과 변화를 설정해서 사람의 행동이 어떻게 달라지는지 살핀 점을 평가하고, 시련을 겪지 않고서는 지혜를 기를 수 없다는 것을 알려준다고 했다.

이이순(李頤淳, 1754~1832)이 만와옹(晩窩翁)이라는 필명을 사용해 지은 한문소설 〈일락정기〉(一樂亭記) 서문에서 한 말도 소설론으로 주목할 만하다. "세상에서 소설이라고 하는 것들은 모두 비속하지 않으면 허황하지만, 〈남정기〉와 〈감의록〉(感義錄) 등 몇 편은 사람의 마음이 감동해 분발하게 하는 뜻이 있다"고 했다. 자기 작품은 "가공구허지설 (架空構虛之說)로 이루어져 있으나 복선화음(福善禍淫)의 이치가 있다" 고 했다. 소설은 허구를 사용해 윤리적인 가치를 지닌 주제를 제시한다 고 한 말이다.

유만주(俞晩柱, 1755~1788)는 방대한 분량의 일기체 저술 〈흠영〉(欽英)의 한 대목에서 "동국내문소설"(東國內文小說) 또는 "동문소설"(東文小說)이라고 일컬은 국문소설에 관한 견해를 말했다. 국문소설이 다섯 수레가 넘고, 수만 권이 되는데, 부녀자들이 열 줄을 내리읽는 능력을 가지고 탐독한다고 했다. 잡스러운 것들은 모두 불태워, 여자들이 길쌈을 소홀하게 하지 않도록 해야 한다고 하고서는, "무궁무한하게 기기묘묘하며 그 가운데 특이한 재주와 인정을 나타낸 것이 많고, 수미결구에 능숙한 솜씨를 갖춘 것이 많아 쉽게 말할 수 없다"고 했다. 인정과 세태는 유불선 삼교의 성인들이 말한 것보다 더욱 상세하게 나타냈으므로 소설을 보지 않을 수 없다고 했다.

김소행(金紹行, 1765~1859)은 〈삼한습유〉(三韓拾遺)라는 한문소설 말미에 있는 자작을 해설하는 〈지작기〉(誌作記)를 첨부해 소설을 옹호했다. 소설은 세상 사람들이 황당하다고 나무라는 말을 사용해 만고의 기관 (奇觀)을 이루고 역사를 제대로 이해하도록 하는 양사(良史) 노릇을 할 수 있다고 했다. 〈삼한습유〉를 당대의 여러 명사가 적극적인 관심을 가지고 읽고, 여주인공의 훌륭한 행실을 그렸다고 칭송하는 글을 남겨 소설 비평이 활성화되는 계기를 만들고 긍정론의 논거를 제공했다.

김매순(金邁淳, 1776~1840)이 쓴 〈삼한의열녀전후〉(三韓義烈女傳後) 도 그 가운데 하나인데, 등장인물을 평가하는 데서 많이 더 나아가 소설 일반론을 전개했다. 말을 할 만한 인물인 능언지사(能言之士)가, 불우하게 되어 느끼는 분노를 허탄한 말을 통해 나타내는 것을 막을 수 없어 소설을 배격하지 못한다고 했다. 정통 고문을 이었다고 자부하는 최고의 문장가가 소설에 대해 그 정도의 이해를 가지게 된 것은 커다란 진전이다.

홍희복(洪羲福, 1794~1859)이라는 사람은 국내의 소설을 거의 다 읽었다 하고 중국을 드나들면서 중국소설도 다수 구해 보았다고 자부했다. 중국소설 〈경화연〉(鏡花緣)을 번역해 〈제일기언〉(第一奇諺)이라고 이름 지었다. 그 서문에서 자기의 독서 경력을 그렇게 소개하고, 당시에 유행하던 국내 및 중국의 소설 명단을 제시했으며, 소설에 대한 일가견을 폈다.

소설이란 원래는 야사라고 했는데, "문장하고 일 없는 선비가 필묵을 희롱하고 문자를 허비해 헛말을 늘여내고 거짓 일을 사실같이 해서, 보는 사람으로 하여금 천연히 믿으며 진정으로 맛들여 보기를 요구하니, 일로조차 소설이 성행"하게 되었다고 했다. 소설은 거짓일이 실제로 일어난 듯이 꾸며 재미있게 해서 인기를 모은다고 했다. 그런 견해를 국문으로 쓴 글에서 나타낸 것이 또한 커다란 진전이다.

이우준(李遇駿, 1801~1867)이라는 서울 선비가 과거에 거듭 낙방하고 〈몽유야담〉(夢遊野談)을 지어 위안거리로 삼는다면서, 〈소설〉이라는 제목을 걸고 소설에 대해 자세한 논의를 편 글도 써넣었다. 경사(經史)를 닦고 과업(科業)에만 힘쓰는 사람들은 소설이 터무니없는 거짓이고 종잡을 수 없는 글이라고 배척하지만 그렇지는 않다고 했다. 소설은 빈 데 시렁을 매고, 허공을 꿰뚫어 생각을 쌓고, 뜻을 포개어 기이한 말을 지어내는데, 본뜻을 캐면 깊고 또한 이치에 맞다고 했다.

소설 작품에서 편 소설 옹호론은 작자가 누구인지 확인되지 않는 작품에서도 이따금 볼 수 있다. 탕옹(宕翁) 또는 탕암(宕菴)이 지었다고 하는 〈옥선몽〉(玉仙夢)을 보면, 주인공이 과거를 볼 때 주어진 제목에 따라 지었다는 〈패설론〉(稗說論)에서 진미간진(珍味間眞)이라는 말을 써서 소설은 품격 높은 글이 무미하기 때문에 필요한 맛난 간식의 구실을 한다고 했다. 작자는 수산(水山)선생, 편집자는 운림객초(雲林樵客), 평비자는 소엄주인(小广主人)이라고 한 〈광한루기〉(廣寒樓記)는 〈춘향전〉 한역본인데, 서문, 인물과 사건에 대한 평가, 협주 등에서 소

설 옹호론을 폈다. 소설의 문장은 저급하다는 이유로 배격하는 것이 부
당하다고 하고, 쇠가 금으로 변하게 한 것이 많다고 했다.

　소설 긍정론을 펴는 여러 논자는 중국 김성탄(金聖嘆)의 영향을 받았
다. 김성탄이 〈수호전〉(水滸傳)을 높이 평가한 글을 보고 찬반론을 벌이
면서 우리 소설을 생각하는 계기를 만들었다. 김성탄의 소설비평이 비
평의 대상이 되었다. 최만성(崔晩成)이라는 사람은 19세기 후반에 지은
것으로 보이는 한문소설 〈남가록〉(南柯錄)의 서문에서, 김성탄의 소설
론이 "문장의 규범을 타파하고 소설의 국면을 별도로 세웠다"고 했다.

　유탁일, 《한국고소설자료집성》(아세아문화사, 1994)에서 자료를 모
았다. 이수봉, 〈반계(磻溪) 이양오의 문학 연구〉, 《상산이재수박사환력
기념논문집》(형설출판사, 1972) ; 성현경, 〈19세기 조선인의 소설관〉, 《백
사전광용박사화갑기념논총》(서울대학교출판부, 1979) ; 장효현, 〈조선
후기의 소설론〉, 《어문논집》 23(고려대학교 국어국문학연구회, 1982) ;
박일용, 〈조선후기 소설론의 전개〉, 《국어국문학》 94(국어국문학회,
1985) ; 정규복, 〈제일기언에 대하여〉, 《한중문학비교의 연구》(고려대학
교출판부, 1987) ; 최자경, 〈유만주의 소설관 연구〉(연세대학교 석사논
문, 2000)에서 연구의 진전을 이룩하고 ; 간호윤, 《한국고소설비평연
구》(경인문화사, 2001) ; 이문규, 《고전소설비평사론》(새문사, 2002)에
서 총괄론을 했다. 韓梅, 〈조선후기 김성탄 문학비평의 수용양상 연구〉
(성균관대학교 박사논문, 2003)에서 비교연구를 했다.

9.5. 문학담당층의 확대

9.5.1. 여성문학의 세계

사대부 남성의 한문학만 제대로 된 문학이라고 하는 중세의 문학관은 수정되기 어려웠다. 여성은 지체가 높더라도 문학을 할 수 있다고 인정되지 않았다. 다른 사람들이 널리 불러주는 이름마저 없는 여성에게 개성적인 활동이 허용되지 않은 것은 당연한 일이다. 이덕무(李德懋)가 〈사소절〉(士小節)에서 부녀자들이야 한문의 기본 독해력을 갖추고 족보, 역대 국호, 성현의 이름 정도나 알면 그만이고 함부로 시를 지어서 밖에 내놓는 것은 불가하다고 한 데 당시의 통념이 잘 나타나 있다.

여성의 문학활동이 없었던 것은 아니지만 평가되지 않았다. 민요나 설화에서 여성이기에 특별하게 간직한 사연을 나타내온 내력은 대단하지만 관심의 대상이 될 수 없었다. 남성이 한문을 독점하는 데 맞서서 국문을 여성이 이용하는 안글로 삼아 널리 활용했다. 발신자나 수신자가 여성이면 언간(諺簡)이라고 일컬어지던 국문 편지를 쓰는 것이 관례였다. 기록해 두어야 할 사연이 있어 실기를 남길 때에도 국문을 사용했다. 규방가사가 널리 창작되고 필수적인 교양물로 읽히자 국문문학의 저변이 크게 확대되었다. 국문소설은 여성을 독자로 해서 발전하면서 여성의 요구를 흥밋거리로 삼았으며, 여성 작가의 작품도 상당수 있었던 것으로 추정된다.

여성이 한문학을 하는 것은 예사로운 일이 아니며 선례가 드물다. 신라의 여성 설요(薛瑤)가 당나라에서 지었다는 한시는 오늘날까지 전하지만, 그 뒤를 이은 고려의 여성문인이 있었다고 하는 자료는 없다. 그러다가 조선전기에 이르면 사정이 다소 호전되었다. 황진이(黃眞伊)를 비롯한 몇몇 기녀가 시조뿐만 아니라 한시도 익혀 창작 솜씨를 발휘했다. 신사임당(申師任堂), 송덕봉(宋德奉), 허초희(許楚姬)처럼 명문 사대부 출신의 여성 문인도 있어서 시작이 알려졌다. 그런 예외가 조선후

기에는 좀더 확대되어 한문학이 사대부 남성의 독점물일 수 없게 하는
데에 한몫을 했다.

여자는 한문을 어깨너머로 배웠다고 하지만 수준이 반드시 낮은 것
은 아니다. 학문이나 문학이 도저한 가문에서 아버지·남편·아들에
못지않은 열의를 가지고 공부를 한 여성도 있어 의젓한 작품을 내놓을
수 있었다. 영남 사림의 체통을 지킨 세 주역, 장흥효(張興孝)의 딸이
고, 이시명(李時明)의 부인이며, 이현일(李玄逸)의 어머니인 정부인장
씨(貞夫人張氏, 1598~1680)가 좋은 본보기를 보여주었다.

아버지에게 글을 배워 쉽게 능통하고 시를 지을 줄도 알게 되었는데,
혼인할 무렵부터 시 짓는 것은 여자가 할 일이 아니라고 하면서 그만두
었다고 아들 이현일이 쓴 〈선비증정부인장씨행실기〉(先妣贈貞夫人張氏
行實記)에서 말하고, 시 7편과 문 1편을 수록했다. 지은 시가 많았으리
라고 생각되지만, 모범이 되는 행실을 보여준 것들만 남겼다. 내심을
토로한 시를 남들에게 보여주는 것은 마땅하지 않다고 여겼으나, 다음
에 드는 〈소소음〉(蕭蕭吟)은 없애기 너무 아까워 예외로 한 것 같다.

窓外雨蕭蕭　　창 밖의 빗소리 소슬하구나.
蕭蕭聲自然　　소슬한 그 소리 자연스럽네.
我聞自然聲　　자연의 소리를 내가 듣노라니
我心亦自然　　내 마음 또한 자연스러워지네.

오언절구의 짧은 형식을 사용해 몇 마디 되지 않는 말에다 많은 것을
나타냈다. 빗소리와 내 마음, 소슬한 느낌과 자연스러움, 두 짝을 이루
는 네 개념을 이리저리 맞추어 천지만물의 이치를 생각하게 했다. 빗소
리가 소슬하다고 한 것은 내 마음이 소슬하다는 고백이다. 빗소리가 자
연스럽다는 것을 알고 마음이 달라졌다. 마침내 내 마음이 자연스럽다
고 하게 되어 물아일체를 이루었다.

여성의 한문 작품이 외간 남자에게 전해져 평가를 받는 것은 마땅한

일이 아니라고 여겼다. 그보다는 여성 독자와 만나는 것이 더욱 바람직
했다. 여성은 대부분 한문을 모르니 여성의 글인 국문으로 번역해야 그
럴 수 있었다. 남성 작품이라도 여성이 읽도록 하려면 번역을 해야 했
다. 효명세자(孝明世子, 1809~1830)의 〈학석집〉(鶴石集) 국역본이 전
하는 것이 그 때문이다. 그것보다 먼저 이루어진 여성 문집 국역본이
몇 가지 발견되어 아주 흥미롭다.

김호연당(金浩然堂, 1681~1723)은 이정구(李廷龜)의 후손이고, 송
준길(宋浚吉)의 후손에게 출가했다. 평소에 즐겨 지은 한시문이 〈호연
재유고〉(浩然齋遺稿)에 수록되어 있고, 동일 제목을 국문으로 적은 국
역본이 따로 전한다. 국역본에는 한자는 하나도 없다. 한시를 독음으로
적고 번역했다. 남의유당(南宜幽堂, 1727~1823) 또한 명문 출신의 여
성이다. 〈의유당관북유람일기〉의 작자로 널리 알려져 있는데, 한시도
즐겨 지었다. 국문본 〈의유당유고〉에 한시가 번역되어 있으며, 표기법
은 위에서 든 것과 같다. 두 책 모두 한시를 주위에 있는 여성들도 읽을
수 있게 하기 위해서 여성의 글인 국문으로 번역했다.

임윤지당(任允摯堂, 1721~1793)은 임성주(任聖周)의 누이이다. 일
찍 과부가 된 다음에 학문에 힘써서 문집을 남긴 점이 특이하다. 문집
에 실린 글은 산문이다. 죽은 아들을 위한 제문 같은 것은 여성다운 감
회를 나타내지만, 대부분은 이기심성(理氣心性)을 논한 내용이다. 여성
이라고 해서 그런 문제를 거론할 만큼 학문이 깊지 말아야 한다는 법이
없다는 것을 입증하고자 했다.

온 세계를 둘러보아도 흔하지 않은 여성 철학자가 있었다는 것은 주
목할 일이다. 그러나 이룬 바를 높이 평가하기는 어렵다. 사람이 선한
것은 본연이 선하기 때문이라고 해서, 임성주의 기일원론을 이기이원
론으로 되돌리는 논의를 폈다. 〈경명〉(鏡銘)에서 맑은 거울을 찬양하면
서 물욕 때문에 더럽혀진 사람이 거울만 못하다고 했다.

서영수각(徐令壽閣, 1753~1823)은 승지를 지낸 홍인모(洪仁謨)의
부인이고 대문장가 홍석주(洪奭周)의 어머니이다. 홍석주가 쓴 〈정경

부인행장〉(貞敬夫人行狀)에서 생애와 문학활동에 관해 알 수 있다. 여자가 글을 잘 하면 팔자가 좋지 못하다고 하면서 외할머니가 금해 제대로 배우지 못하고도 남자 형제들 못지않게 시를 잘 지었으나 여성의 도리를 지켜 기록해 두지는 않았다. 혼인한 다음 남편의 권유로 시를 지었으며, 기록은 아들들이 맡았다.

남편 홍인모의 문집에 부록으로 첨부된 〈영수합고〉(令壽閤稿)에 수록된 시가 192편이나 된다. 남편의 호의와 아들들의 정성에 힘입어 작품을 남기는 행운을 누린 여성 작가의 좋은 본보기이다. 홍인모는 관심의 대상이 되지 않고, 서영수각의 작품은 크게 평가된다. 아들 홍석주와 두 동생이 문명을 떨치고, 딸 홍유한당(洪幽閑堂)도 시를 지었다. 자질과 능력을 어머니가 더 많이 물려주었다고 할 수 있다.

두보의 시를 차운한 작품이 여럿인 것을 보면 시작을 위해 노력했음을 알 수 있다. 아들들과도 시를 주고받았다. 상당한 정도의 장시도 있고, 형식이나 소재도 다양하다. 어느 모로 보아도 여성의 한계를 인정하지 않은 당당한 시인이다. 그렇지만 남성과 대등하게 된 것이 작품의 가치라고 하기는 어렵다. 자연의 미묘한 움직임을 묘사한 작품이 특히 뛰어나다.

凉颷撲螢起	서늘한 회오리바람에 부대낀 반딧불
巧入書窓飛	교묘하게 들어와 서창 가에서 난다.
帶雨形沾小	비를 맞아 몸뚱이는 움츠러들고,
飜風影度稀	바람에 나부껴 그림자마저 흐릿하구나.
疎星先借色	성긴 별이 먼저 빛을 빌려 주고,
殘燭晚生輝	쇠잔한 촛불이 늦도록 광채를 내네.
憐客多幽趣	가련한 나그네 그윽한 흥취 많기에,
盤旋未卽歸	주위를 머뭇거리며 돌아가지 않는구나.

반딧불을 읊은 〈형화〉(螢火)이다. 반딧불이 여러 마리 날아다니는 모

습을 인상 깊게 묘사하면서 여린 마음으로 느껴온 수심을 나타냈다. 남성의 무딘 시에서는 찾아볼 수 없는 미묘한 심상을 갖추었다. 한시가 이런 경지에 이르는 것은 쉬운 일이 아니다.

김삼의당(金三宜堂, 1769~?)은 자기 문집의 서문에서 "호남의 한 어리석은 여자로 심규(深閨)에서 자라나 견문이 부족하면서도 읽고 듣고 보고 한 것을 흥이 나는 대로 시로 나타냈다"고 했다. 같은 마을에서 생년월일이 일치하는 하(河)씨 총각을 남편으로 맞이해 첫날밤에 시를 주고받았으며, 넉넉하지 않은 살림살이를 함께 이룩하며 금슬이 아주 좋았다 한다. 남편의 시에 화답하고 차운한 작품이 여럿 있고, 남편과 함께 농사를 짓는 기쁨을 노래하기도 했다.

재능과 열의가 앞선 아내를 남편이 이해하고 도와주어 시작을 계속할 수 있게 했다. 일을 열심히 해 사는 보람을 찾고 시를 짓는 데까지 억척스럽다고나 할 열의를 보였다. 무슨 사연이든지 느낀 바 있으면 민요로 능란하게 읊어댈 것 같은 여성이 민요 대신에 한시를 택해서 거리낌 없는 표현을 해서 놀랍다. 〈삼의당집〉(三宜堂集)이라는 문집이 필사본으로 전하다가 1930년에 간행되었는데, 시 99편과 문 19편이 수록되어 있다.

〈촌거즉사〉(村居卽事) 같은 작품에서 농촌의 정경과 흥취를 실감나게 나타냈다. 〈십이월사〉(十二月詞)에서 열두 달 동안의 명절마다 있는 일을 노래한 데서도 현장감이 생동한다. 〈청야급수〉(清夜汲水)라고 한 것을 보자.

清夜汲清水	맑은 밤에 맑은 물을 긷노라니
明月湧金井	밝은 달이 우물에서 솟는구나.
無語立欄干	말없이 난간에 기대 서 있으니
風動梧桐影	바람이 오동나무 그림자를 흔드네.

할 말이 많아 장시를 즐겨 짓다가, 이처럼 집약된 표현을 산뜻하게

하기도 했다. 밤이 맑고 물도 맑다는 서두에서부터 아주 신선한 느낌을 나타냈다. 우물에서 솟는 밝은 달, 오동나무 가지를 흔드는 바람을 말하면서, 어둠과 밝음, 낮은 곳과 높은 곳, 고요함과 움직임의 오묘한 조화를 느끼는 황홀감을 전했다.

강정일당(姜靜一堂, 1772~1832)은 명문에서 자라나 가난한 집안에 시집갔다. 바느질로 생계를 이어가면서, 때를 놓친 남편 윤광연(尹光演)에게 글공부를 권하고 자기가 직접 가르쳤다. 사후에 남편이 〈정일당유고〉(靜一堂遺稿)를 간행해 아내에 대한 고마움을 나타냈다. 시 28편과 2백 편이 넘는 문이 수록되어 있다. 남편을 격려하거나 남편을 대신해서 지은 글이 적지 않다. 그런 것들을 사유를 밝히고 문집에 수록했으니 남편이 또한 대단한 사람이다. 남편에게 보낸 편지 하나를 든다.

스승이란 도가 있는 곳이고 임금과 어버이와 한 몸입니다. 스승을 찾아가는 것은 어버이께 인사를 드리려 가는 것과 다름이 없는데, 어찌해 내가 아프다고 수레를 멈추십니까? 지금 비록 병이 심하지만 아직 죽지 않을 것입니다. 만약 당신이 도를 깨달았으면 비록 죽어도 영광입니다. 수레를 빨리 몰아 길을 떠나세요.

남정일헌(南貞一軒, 1840~1922)은 남구만(南九萬)의 후손이니 명문 출신이고, 일찍부터 뛰어난 재능을 보였다. 남편이 일찍 죽어 가사를 도맡아 애쓰는 겨를에 남 몰래 시를 썼다. 대부분 없어지고 남은 시 57편과 문 1편을 아들이 수습해 〈정일헌집〉(貞一軒集)을 냈다. 양자를 얻어야 하기 때문에 근심하고, 가족관계가 복잡해 생긴 사연을 많이 다루었다. 산천경개를 돌아보고 지은 기행시도 더러 있어 가사의 얽매임에서 벗어나는 기쁨을 나타내기도 했다.

지금까지 다룬 작가와 작품은 전형적이라기보다 오히려 예외에 해당한다. 재능과 노력의 증거인 작품을 주변 남성의 각별한 관심에 힘입어 후대에 전하는 행운을 드물게 누렸다. 사대부 부녀자들은 대부분 넘기 어려운 제약 때문에 남성과 대등하게 한문학을 해야 한다고 생각하지 못했으며, 문학담당층의 확대에 소극적인 기여를 하는 것으로 만족했다. 소설을 읽고 가사를 짓는 데는 상당한 열의를 보였지만, 그래서 남성의 문학활동과 경쟁한다고 여기지 않았다.

서녀로 태어났거나 기생 노릇까지 해야 하는 처지의 여성은 불리한 처지 때문에 더욱 분발할 수 있었다. 황진이, 이계랑(李桂娘), 이옥봉(李玉峰) 등이 보여준 전례를 잇는 인재가 계속 나타났다. 생몰연대 미상인 김부용당(金芙蓉堂)은 기생이었다가 김이양(金履陽, 1755~1845)의 첩이 되어 시를 읊고 노래를 부르는 것으로 여생을 마쳤다. 그런데 시에 대한 자부심이 대단해서 자기는 천상에서 내려온 선녀라고 했다.

〈자조〉(自嘲)라는 시에서는 바느질 그릇으로 붓통을 겸해 쓰며 누에 치는 대신에 시문을 일로 삼아도, 시가 꽃처럼 아름다울 수 없고, 문장이 경치처럼 자세할 수 없다고 한탄했다. 발랄하고 다채로운 작품을 지어 남자를 무색하게 한다는 평을 듣기까지 했다. 기발한 형식을 갖춘 〈층시〉(層詩)라는 것도 지어, 한 자에서 열여덟 자까지 글자 수를 늘려가면서 각 자수마다 두 줄씩 늘어놓았다. 중간 대목을 들어본다.

巾櫛有淚	수건과 빗은 눈물 젖었고,
扇環無期	부채며 팔찌는 기약 없구나.
香閣鍾鳴夜	향각에서 종이 울리는 밤,
練亭月上時	연정으로 달이 떠오를 때인데,
倚孤枕驚殘夢	외로운 베개에 기대 남은 꿈을 꾸다 놀라고,
望歸雲恨遠離	돌아가는 구름을 바라보니 먼 이별 서럽구나.
日待佳期愁屈指	날마다 손을 꼽아 좋은 기약 기다리며 시름겹고
晨開情札泣支頤	새벽에는 정겨운 편지 뜯으며 턱을 괴고 우노라.

강담운(姜澹雲)은 강지재당(姜只在堂)이라는 당호로 더 잘 알려져 있다. 김해의 기생인데 배문전(裵文典)의 소실이 되어 여생을 보냈다.

남편이 엮은 〈지재당집〉(只在堂集) 상·하권 가운데 지금은 상권만 전하는데 시 45편이 수록되어 있다. 자기 생애를 되돌아보며 한탄한 사연을 늘어놓은 장시 〈억석〉(憶昔)은 예사로 볼 수 있는 작품이 아니다. 처음 두 대목을 든다.

憶昔復憶昔	옛날을 생각하고 또 생각하노라.
生長柳營春	유영의 봄날에 자라나고 있다가,
八歲隨慈母	여덟 살이 되자 어머니를 따라서
乘潮渡南津	조수를 타고서 남쪽 나루를 건넜네.
誤落盆城館	분성관에 잘못 떨어지고 말아
句欄委此身	기생노릇에다 이 몸을 맡겼네.
何曾拂菱花	어쩌다가 먼저는 능화꽃 흔들더니
今朝着綺羅	오늘 아침에는 비단옷 입게 되었나?

어머니도 기생이어서 병영에서 생활한 것 같다. 어머니를 따라 그곳을 떠나와 이번에는 자기가 기생 노릇을 하게 되었다. 온갖 치장을 하고 춤추고 노래 부르다가, 낭군을 만나 몸을 의탁하게 되었지만 신세 가련하기만 하고 외기러기 짝을 찾듯이 그리움에 사무쳐 지낸다고 했다. 시를 길게 짓고도 성이 차지 않아 "此情憑誰說 想思更萬重"(이 정을 누구에게 말할 수 있나, 그리운 생각 다시 만 겹이나 된다)이라고 했다.

미천한 처지에서 문학을 한 여성 가운데 그 밖에 몇몇도 이름을 남겼다. 박죽서(朴竹西)는 사대부 서녀로 태어나 첩 노릇을 하며 일생을 병마와 싸우는 겨를에 감상적인 시를 지었다. 금원(錦園)의 시에서는 기녀 노릇을 하다가 첩이 된 신세를 말하고, 남자로 태어나지 못한 것을 한탄했다. 송이(松伊)라든가 매화(梅花)라든가 하는 기녀들은 시조를 남겼다.

황재군, 《한국고전여류시연구》(집문당, 1985) ; 허미자, 《한국여류
문학론 고전편》(성신여자대학교출판부, 1991) ; 김미란, 〈조선후기 여
류문인 연구〉, 《국어국문학》 117(국어국문학회, 1996) ; 이혜순・정하
영 편역, 《한국고전여성문학의 세계 : 한시편》 및 그 책 《산문편》(이화
여자대학교출판부, 1998) ; 이혜순 외, 《한국고전여성작가연구》(태학
사, 1999) 등에서 총괄적 연구를 했다. 정부인안동장씨기념사업회 편,
《정부인안동장씨의 삶과 학예》(정부인안동장씨기념사업회, 1999) ;
박무영, 〈김호연재의 생애와 호연재유고〉, 《고전여성문학연구》 3(고
전여성문학회, 2001) ; 민찬, 《호연재 김씨의 시와 삶》(충남대덕연구
원, 2001) ; 이종묵, 〈조선시대 한시번역의 전통과 양상〉, 《장서각》 7
(한국정신문화연구원, 2002) ; 허경진, 《사대부 소대헌 호연재 부부의
한평생》(푸른역사, 2003) ; 이영춘, 《임윤지당》(혜안, 1998) ; 〈조선후
기 여성지식인의 자아의식 : 임윤지당과 강정일당을 중심으로〉, 《조선
시대 사상과 문화》 3(집문당, 2003) ; 김미란, 〈김삼의당문학집 소고〉,
《연세어문학》 12(연세대학교 국어국문학과, 1979) ; 이신복, 〈김삼의
당 한시고〉, 《한문학논집》 2(단국대학교 한문학회, 1984) ; 박요순,
〈삼의당과 그의 시 연구〉, 《한남어문학》 11(한남대학교 국어국문학회,
1985) 등 많은 개별적 연구가 이루어졌다.

9.5.2. 위항문학의 위상

의(醫), 역(譯), 율(律), 산(算), 역(曆) 등의 분야에 종사하는 기술
관을 중인(中人)이라고 통칭했다. 기술관보다 지위가 낮은 하급 관원,
지방 향리도 위치가 그리 다르지 않다고 여겨 중인에 포함시켰다. 중인
이라는 말을 중간 신분을 지닌 사람들을 뜻하는 말로 사용했다.

중국이나 일본에는 중인에 해당하는 사람들이 없었다. 우리의 경우
에도 중인은 조선후기에 나타났다. 조선전기에도 그런 기술관은 있었

지만 사대부라도 맡을 수 있어 중인이라는 신분이 따로 없었다. 하급
관원을 통칭하는 신분 개념도 없었다. 지방 향리는 사대부와 구별되었
으나 중인이라고 일컫지 않았다. 조선후기의 사회를 변화시킨 두 가지
원리가 맞물려 중인이라는 신분을 탄생시켰다.

하나는 지배신분에서 경쟁자를 배제하는 원리이다. 사대부는 몰락의
위험에 대처하기 위해 신분의 장벽을 다시 만들어, 자기네는 기술관을
맡지 않고, 기술관이 사대부로 복귀하지 못하게 했다. 다른 하나는 피
해자가 실력을 길러 상승하는 원리이다. 기술관으로 종사하고 있던 사
람들은 상호간의 유대를 강화해 지위를 세습하면서 사대부에 대항할
수 있는 실력을 기르고자 했다. 기술관 이하 직위의 하급관원이나 지방
향리도 그 추세에 동조했다.

그 결과 사대부와 상민으로 양분되던 양인의 신분이 사대부·중인·
상민으로 삼분화했다. 사대부와 상민 사이에 있어 중인이라고 일컬어
진 사람들은 자기네 위치가 사대부보다 열등한 데 대해서 불만을 품고
열등의식도 가졌지만, 관직도 재산도 없는 대다수의 사대부를 능가하
는 경제력과 영향력을 가져, 형식과 내용의 불일치가 계속 문제가 되었
다. 시장경제에서 새로운 형태의 부를 축적하는 시민의 활동이 중인 주
도로 시작되었다.

하위 지배신분이 상위 지배신분과 경쟁한다는 점에서 조선후기의 중
인은 신라말의 육두품이나 고려말의 사대부와 상통한다. 그러나 진골
귀족보다 육두품이, 권문세족보다 사대부가 뛰어난 능력을 가져 당대
의 문화활동을 주도하고 마침내 새로운 왕조를 이룩했던 것과 같은 역
사 발전을 이룩하지는 못했다. 중인의 역량이나 의식에 많은 약점이 있
었을 뿐만 아니라, 중세에서 근대로의 이행기는 중세와 달랐다. 중인
가운데 시민이 성장해 중인의 한계를 시민의 능력으로 극복하는 과정
에서 다음 시대를 창조하는 역사적인 움직임이 구체화되었다.

중인을 위항인(委巷人) 또는 여항인(閭巷人)이라고도 했다. 비슷한
뜻을 가진 이 두 말은 원래 관가의 직책을 맡지는 않고 자기 나름대로

생업을 가지고 살아가는 일반 백성을 일컬었다. 중인의 실상과는 맞지 않고, 중인을 낮추어보자는 뜻이 들어 있는데, 중인들이 마다하지 않고 스스로 즐겨 사용했다. 자기네가 하위 지배신분이라고 하지 않고 일반 백성을 대표하는 위치에 있다고 자처하고자 했기 때문이었다. 실제로는 사대부의 작품을 본뜬 경우에도 자기네가 짓는 한시는 풍요(風謠)라고 하면서 사회 저변에서 하는 말을 집결시킨다고 자부했다.

위항인 또는 여항인은 신분보다 더 넓은 개념이어서 사대부가 아닌 사람들은 다 포함하지만 도시 거주민을 일차적인 대상으로 삼는다. 시정인(市井人) 또는 시민(市民)과 서로 대치될 수 있다. 중인이 벌인 다양한 활동을 말하고자 할 때 신분개념인 중인 대신 그 여러 말 가운데 어느 하나를 쓸 필요가 있다. 위항인을 대표용어로 사용하고, 경제활동을 특별히 지칭할 때에는 시민이란 말을 이어받아 사용하기로 한다.

위항인은 관가에서 업무를 맡으려면 한문을 어느 정도 알아야 했지만, 시문을 잘 지을 필요가 없었다. 과거를 보아도 문과에는 응시할 수 없고, 기술관 시험에는 별도의 전문지식이 요구되었다. 그런데도 한시를 힘써 창작하는 별난 일을 여럿이 함께 했다. 작품을 모아 시집을 내면서 당대 명사인 사대부 문인의 후원을 얻고 서문을 받아 실었다.

사대부에 못지않은 실력을 가졌다는 것을 한시 창작에서도 입증하고, 문학 창작의 욕구를 한시에서 실현하고자 했기 때문이다. 최상위의 문학인 한시를 버려두고 자기네 나름대로 독자적인 갈래를 마련하는 것은 생각하기 어렵고 가능하지 않았다. 한시를 수준 높게 쓰면서 작풍이나 주제를 바꾸는 것을 보람으로 삼았다.

위항문학의 선구자는 최기남(崔奇男, 1586~1665)이다. 지위가 궁노(宮奴)로까지 떨어졌으나, 시 짓는 재주가 사대부들 사이에서 널리 알려졌으며 사신을 따라 일본에 가서 실력을 발휘했다. 자기 자신의 시와 가까이 지내던 다른 다섯 사람의 작품을 〈육가잡영〉(六家雜詠)이라는 이름으로 1668년(현종 9)에 간행한 것이 위항시집의 첫 예이다.

홍세태(洪世泰, 1653~1725) 또한 대단해 일본에 다녀오고, 청나라 사신이 시인을 만나고 싶다고 할 때에도 천거되었으며 승문원 제술관으로 뽑혔다. 다른 위항시인들과 함께 낙사(洛社)라는 시사(詩社)를 조직해 시를 짓고 풍류를 즐기는 것으로 큰 보람을 삼았다. 김창협(金昌協)의 후원을 얻어 편찬한 〈해동유주〉(海東遺珠)를 1712년(숙종 38)에 내면서, 48인의 작품을 수록했다.

〈해동유주〉 서문에서 "사람이 천지의 중(中)을 얻어 태어나 정(情)에서 느낀 바를 시로 나타내는 데는 신분의 귀천이 없다"고 한 말이 위항문학 선언문과 같은 의의를 가진다. 달구지꾼이 소달구지에 구리를 실어 나르는 광경을 그린 〈철거우행〉(鐵車牛行) 같은 시에서 새롭게 돌아가는 세태와 함께 하층민의 생활에서 일어난 변화를 실감나게 보여주었다.

고시언(高時彦, 1671~1734)과 채팽윤(蔡彭胤, 1669~1731)이 주동이되어 편찬하고, 사대부 시인 오광운(吳光運, 1686~1745)이 다른 몇 사람의 서문까지 얻어서 1737년(영조 13)에 간행한 〈소대풍요〉(昭代風謠)에는 162인의 작품이 수록되었다. 오광운은 서문에서, 사대부는 이름을 좇고 위항인은 이익을 좇는다고들 하지만, 세상이 달라져서 위항인이 시에힘쓰면서 이익을 벗어나 이름을 소중하게 여기게 되었다고 했다.

고시언은 서두에 수록한 〈서소대풍요권수〉(書昭代風謠卷首)에서 책편찬 취지를 말했다. 지체 낮은 사람들의 시는 민중의 가요와 상통하니풍요라고 해야 마땅하다고 했다. 풍요의 자료를 버려두지 말고 집성해서 보존해야 하는 이유를 다음과 같이 말했다.

與東文選相表裏	동문선과 더불어 표리를 이루면서,
一代風雅彬可賞	일대의 풍아가 빛나니 가상하다.
貴賤分岐是人爲	귀천의 나뉨을 사람이 지어냈으나,
天仮善鳴同一向	하늘이 준 선명은 한가지로 울린다.

사대부의 한문학을 국가사업으로 집성한 거대한 업적 〈동문선〉이 표

면에 나타나 있는 것만 보지 말고, 그 이면에 자기네가 사사로이 엮는 위항인 시집 〈소대풍요〉가 있는 것도 알아야 한다고 했다. 풍요는 하층의 노래인 '풍'이면서 상층이 숭상하는 '아'의 격조도 지니고 있다고 자부했다. 사람이 신분의 귀천을 나누어도, 선명이라고 일컬은 문학을 하는 능력은 침해하지 않아 누구에게서든 한가지로 울린다고 했다.

정내교(鄭來僑, 1681~1757)는 원래 사대부였다고 하는데, 생업을 찾다가 역관이 되어 통신사 일행과 함께 일본에 간 경력이 있다. 다방면에 걸친 활동을 하면서 여러 사람과 폭넓은 관계를 가지고 위항문학 운동의 주동자 노릇을 했다. 시조에도 관여한 것이 특기할 사실이다. 위항문학의 가치를 입증하는 이론을 명석하게 전개하면서, 따뜻한 마음씨를 가지고 처지를 한탄하고 사회를 비판하는 작품세계를 보여주었다.

스승 홍세태, 동지 고시언이 하던 과업을 맡아, 여항문학 옹호론을 더욱 진전시켰다. 위항문학에는 사대부문학은 지닐 수 없는 가치가 있다고 했다. 지위에 대한 욕망을 버리고 고결하게 살아가는 위항인은 천기(天機)가 발현되는 격조가 높고 맑고 아름다운 소리를 낸다고 했다. 사대부는 마음속의 진실을 외면하고 상승이나 염원하면서, 탐욕스럽게 굴다가 원망을 쌓고 화가 미치는 줄도 모르니 한심하다고 했다.

거문고와 노래로 이름을 얻었다는 것을 보면 가객 노릇을 하기도 한 것 같다. 김천택이 〈청구영언〉을 편찬할 때 써준 서문에서는 시조의 이론을 제공했다. 시(詩)라고 한 한시와 가(歌)라고 한 민간의 노래는 원래 하나였는데 분리되었다고 하고, 김천택이 모은 노래는 "말이 아름다워 참으로 즐길 만하다"고 했다. "뜻이 화평해서 유쾌한 것도 있고, 애원하며 슬퍼하는 것도 있으며, 은밀하고 부드러운 가운데 놀라움을 지니기도 하고, 사람을 격앙시켜 마음이 움직이게 하기도 한다"는 말로 작품의 개별적인 양상을 설명하기까지 했다.

시조 작품은 남아 있지 않고 한시는 많아, 불리한 처지에서 생업은 돌보지 않고 문학을 하느라고 온갖 고통을 당하고 있는 빈민을 나타냈다. 〈시양제〉(示兩弟)에서 형의 못난 짓을 배우지 말고 농사를 짓지 못하거든 장인 노릇이나 장사를 하라고 했다. 다른 사람들이 살아가는 형편을 널리 살펴 세태를 근심한 작품은 더욱 핍진하다. 가게 보는 노인의 처지를 그린 〈성환점〉(成歡店)의 한 대목을 보자.

嗟爾店舍翁	아아, 가겟집 노인이여.
爲生良獨拙	살아가는 형편 외롭고 옹졸하구나.
茆茨不見日	오막살이에 햇볕이 들지 않고
藍縷足蟣蝨	남루한 옷에 이만 버글거린다.
蓬頭與垢顔	흐트러진 머리와 때 낀 얼굴로
出沒煬灶間	부엌에서 불 쪼이는 겨를에도
勞勞迎且送	손님 맞고 보내는 수고하느라고,
未得一息閒	한순간도 쉴 틈이 없구나.

세태가 변해 살아가는 모습이 달라졌다. 노인 혼자 가게를 꾸려나가는 것이 돈이 없으면 죽어야 한다는 데 맞서서 생계를 유지하는 마지막 수단이다. 그 처지가 가련하다 하고 말지 않고, 어떤 차림으로 무엇을 하는지 자세하게 그렸다. 고독의 주체가 자기 주변의 것들, 이어지는 손님과 복잡하게 얽혀 바쁘게 움직인다. 동시대의 풍속화보다 장면 포착의 안목이 더욱 예리하고 묘사가 한층 자세하다.

〈농가탄〉(農家歎)에서는 농민의 참상을 자세하게 파헤쳐 핍진하게 그렸다. 애써 농사를 지어도 세미(稅米)를 바치고 나면 독에는 쌀 한 톨도 없고, 온종일 덜거덕거려도 베를 몇 자밖에 못 짜는데 세포(稅布)로 다 내고 몸에 걸칠 것이 없다고 했다. 백골징포(白骨徵布)에까지 이른 가혹한 수탈 때문에 앞마을 사람이 도망치면 뒷마을 사람이 통곡한다고 했다.

홍신유(洪愼猷, 1724~1784 이후)는 역관 집안에서 태어나 문과에 급제한 경력이 특이하다. 미관말직을 전전했을 따름이고 신분상승을 이룩하지는 못했으며, 시인으로 자처하고 시를 쓰는 것을 가장 큰 보람으

로 삼았다. 〈우거행〉(牛車行), 〈달문가〉(達文歌) 등 하층인물의 삶을 그
린 서사시를 짓는 데 특히 힘썼다.

〈우거행〉에서는 소달구지꾼의 생활을 다루었다. 소 두 마리가 끄는
달구지를 몰고 이른 새벽에 강가로 가서 배로 실어온 곡식을 실어 나르
느라고 크고 작은 길을 가리지 않고 다닌다고 하면서, 서울 장안의 모
습을 그렸다. 부잣집의 화려한 저택과 진창에 빠진 소를 끌어내리려고 애
쓰는 달구지꾼의 거동을 대조해서 그려 상하층의 삶이 서로 얼마나 다
른지 잘 나타냈다. 〈달문가〉는 같은 인물을 두고 지은 박지원의 〈광문
자전〉(廣文者傳)보다 더욱 다채롭고 흥미로운 내용을 갖추었다.

이언진(李彦瑱, 1740~1766)은 뛰어난 시인이다. 젊은 나이에 죽을
병이 들었을 때, 자기 원고를 모두 불태우며 알아줄 사람이 없는 것을
한탄했다고 한 데서 지위와 재능이 어긋난 고민이 잘 나타난다. 박지원
이 〈우상전〉(虞裳傳)이라는 전기를 지어, 생애와 작품을 세상에 알리
고, 역관이 되어 일본에 갔을 때 사신들보다 더욱 뛰어난 시를 지은 사
실을 말했다. 그때 일본에 동행한 사대부 문인 김인겸(金仁謙)은 국문
가사 〈일동장유가〉(日東壯遊歌)에서 견문을 착실하게 기록하고, 역관
인 이언진은 풍속을 빈정댄 한시를 능란한 솜씨로 썼다. 〈해람편〉(海覽
篇)이라고 한 것 한 대목을 들어본다.

其民裸而冠	발가숭이에 갓만 얹은 무리,
外螫中則蝎	밖으로는 독충이고 안은 전갈이라.
遇事則糜沸	일 생기면 들끓다가,
謀人則鼠黠	남 해칠 때는 교활하구나.
苟利則蜮射	이문 위해 음해하는 물여우,
小拂則豕突	자그마한 일로 충돌하네.
婦女事戲謔	여인들이 희롱을 일삼고,
童子設機括	아이놈은 덫을 놓는다.
背先而淫鬼	조상 잊고 귀신 믿기,

嗜殺而佞佛　　살생 즐기면서 부처는 섬기고.
書未離鳥鳦　　써 놓은 글씨는 제비 꼴이고,
詩未離鴂舌　　시 읊으면 때까치 지저귀는 소리.

〈소대풍요〉가 나온 지 60년이 되는 해인 1797년(정조 21)에 천수경(千壽慶)이 중심이 되어 〈풍요속선〉(風謠續選)을 간행했다. 대제학 홍양호의 서문을 앞에다 내놓았으며, 수록한 시인이 333인이나 되어, 그 사이에 위항문학이 크게 성장한 자취를 유감없이 자랑했다. 위항인 시집을 60년마다 다시 만드는 관습이 그때 마련되었다.

천수경(1757~1818)은 빈한하게 자랐다고만 하고 지체가 분명하지 않다. 인왕산 기슭에다 송석원이라는 이름의 거처를 마련하고 차좌일(車佐一), 장혼(張混) 등의 동류들과 함께 시를 지으며 풍류를 즐겼다. 송석원시사(松石園詩社)라고 일컫는 그 모임에 참가하지 않으면 시인으로 인정될 수 없을 정도였다. 생업은 교사 노릇을 하는 것이었다. 잘 가르친다고 알려져 위항의 부호들이 자식을 맡기려고 다투어 초치했다고 한다. 죽은 뒤에 묘비에다 "시인천수경지묘"라고 새기라고 할 만큼 시인으로서의 자부심이 컸으나 남긴 작품은 얼마 되지 않는다.

김낙서(金洛瑞)는 생몰연대를 알 수 없는데, 그 모임에 참여해 활동하면서 독특한 작품을 남겼다. 〈영풍동광〉(永豊銅鑛)이라는 장시에서 광산에서 노동하는 광경을 그렸다. 영풍에 구리를 캐는 광산이 있어 수많은 사람이 모여들어 일하고, 굴을 이미 깊이 파서 드나들기 아주 어렵게 되었다고 했다. 잘못해서 굴이 무너져 희생자가 생겨도 광산 주인은 자기가 죽지 않아 상관없다고 하니, 사고가 다른 산에서까지 계속 일어난다고 했다. 한 대목 들어본다.

畚鍬役萬夫　　가래를 들고 만 명이나 일을 하면서,
千尋開坎穽　　구덩이를 천 길이나 되게 판다.
曲折架危棧　　위험한 사닥다리 굽고 꺾이게 놓이고,

縮縮行不併	움츠리며 가야 하니 둘이 동행하지 못하네.
負出一畚土	한 삼태기 흙을 져서 밖으로 내려면
辛苦九食頃	아홉 끼 먹을 동안 애써야 하네.
窈篠燭松肪	깊은 구덩이를 관솔불로 밝히고
蹭蹬重麻緶	삼으로 엮은 두레박 줄 타고 비틀거린다.

굴을 파고 깊은 곳까지 내려가 구리를 캐는 과정을 하나하나 짚으면서 자세하게 그렸다. 직접 겪어보지 않고서는 알 수 없는 일이다. 노동자 가운데서 가장 힘든 일을 맡고 대우가 박한 광산노동자의 처지를 다룬 시가 나타난 것은 획기적인 일이다. 중세에서 근대로의 이행기문학이 근대문학에 바짝 다가간 모습이 발견되는 것 이상이다. 광산노동의 어려움을 직접 그린 작품은 근대시에서도 없다.

엄계흥(嚴啓興) 또한 생몰연대를 알 수 없다. 서리 출신으로 알려져 있으며, 천수경, 김낙서 등과 가까이 지냈다. 〈풍요속선〉을 낼 때 참여했다. 거기 실은 〈방가행〉(放歌行)에서 집권층의 무기력과 타락을 질타했다.

鴨江以東白山南	압록강 동쪽 백두산 남쪽에,
眼中不見一奇男	기이한 사내 하나도 보이지 않네.
長安大路虛無人	장안대로 텅 비어 사람은 없고,
來牛去馬空紛綸	마소만 오가면서 분주하게 군다.

서두에서 이렇게 말하고, 세상이 그릇되고 있다고 했다. 국정을 맡은 자들이 사치나 일삼고 서로 다투거나 한다고 개탄했다. 뜻있는 선비는 어디 묻혀 있는가 하면서, 어찌 하면 좋을까 탄식하는 노래를 부른다고 했다.

차좌일(1753~1809)은 차천로의 후손이라 하며, 시문으로 사대부들 사이에서도 널리 평가를 받았는데도 늦게야 무과에 급제한 것을 보면 몰락해서 신분이 바뀌었음을 알 수 있다. 송석원에서 벌인 놀이를 읊은

〈차군선운〉(次君善韻)에서는 "己喜坐中無俗客 誰知境外有詞林"(좌중에 속객이 없음을 기뻐하지만, 경외에 사림이 있는 줄 누가 알까?)이라고 했다. 자기들은 속객과 구별된다고 하면서도 세상에서 소외된 서운한 느낌을 감출 수 없었다.

農夫最可憐	농부는 가장 가련하다.
秋獲又春耕	가을걷이하자 봄갈이하네.
一歲汗幾斗	한 해에 땀을 몇 말이나 흘리나.
孶孶少不寧	허덕허덕 잠시도 쉬지 못하네.
白手子誰子	손이 하얀 녀석 누구 자손인가.
臨風又錦扇	바람 맞으면서도 비단 부채일세.
寒露天逈際	이슬은 차고 하늘이 멀어질 때면,
奪盡滿疇功	밭에서 공들인 것 다 앗아가네.

〈풍요삼선〉에 수록한 〈농부〉(農夫)이다. 농사짓는 사람의 어려움을 절실하게 나타냈다. 그러나 자기는 어디 머물러 살지 못했다. 명승지를 두루 찾아 유람을 하며 술·시·노래를 즐기다가 그만 울음을 터뜨리고 "세세생생(世世生生)에 다시는 이 땅에 태어나지 않겠다"고 했다는 전설을 남겼다.

장혼(1759~1828)은 한쪽 다리를 절었으며, 몹시 가난했다고 한다. 땔나무를 해오고 물을 길으면서 공부를 해, 나중에 감인소(監印所) 사준(司準)이라는 인쇄소 교정원 자리를 얻었다. 시를 쓰는 것을 가장 큰 기쁨으로 삼아, 송석원시사에 드나들고, 제자들과 함께 칠송정시사(七松亭詩社)를 만들었다. 자기가 사는 거처를 묻는 데 답한다는 〈답빈이수〉(答賓二首)를 다음과 같이 지었다.

白茅十餘屋	띠를 이은 집 여남은 채가
上帶靑山色	위로 청산의 빛을 띠고 있다오.

| 稍轉衙南頭 | 관아를 돌아 남쪽 끝으로 가면, |
| 門內雙杏碧 | 문 안에 한 쌍 은행이 푸른 집이요. |

籬角妻舂粟	울타리 모퉁이에서 아내가 서숙을 찧고,
樹根兒讀書	나무 그루터기에서 아이놈이 책을 읽지요.
不愁迷處所	거처하는 곳 찾아 헤맬 걱정 없는
卽此是吾廬	바로 이곳이 내가 사는 오막살이라오.

앞에서는 자기 집의 외모를 주변의 풍성을 넣어 그렸다. 멀리는 청산
이, 가까이는 관아가 있는 곳에 은행 한 쌍이 푸르게 서 있는 집이니 자랑
할 만하다. 뒤에서는 가족과 함께 이룩하는 살림살이를 말했다. 청산에
는 없는 가난을, 관아와는 대조가 되는 오막살이에서 겪으면서 여유만만
하게 산다고 했다. 아내는 방아를 찧고, 아이는 책을 읽는 의욕을 버리지
않고, 거처할 곳이 정해져 있어 찾느라고 헤맬 걱정이 없다고 했다.

조수삼(趙秀三, 1762~1849)은 천수경 세대의 위항시인 가운데 작품
을 가장 많이 남겼다. 역과 계통의 중인이어서 청나라에 여섯 번 다녀
오고 과거에 응시했으나 만년에 겨우 진사가 되었을 뿐이다. 시를 짓는
데 힘쓰면서 세태를 살피고 현실을 비판하는 작업을 광범위하게 했다.
〈차경직도운〉(次耕織圖韻)에서는 농민생활의 모습을 다양하게 그렸다.
함경도지방을 여행하고 〈북행백절〉(北行百絶)이라는 제목으로 묶은 연
작시를 지어서 변방이기에 더욱 심한 민중생활의 고난을 심각하게 파
헤쳤다.

〈추재기이〉(秋齋紀異)에서는 어려서부터 자기가 보고 들은 도시 하
층민들, 거지, 기생, 노비, 상인, 도둑, 이야기꾼 등에 관한 일화를 들
고, 시를 지었다. 도적 일지매(一枝梅)를 다룬 대목을 보자. 일지매는
탐관오리의 부정한 재물을 훔쳐다가 어려운 사람들에게 나누어주는 것
을 일삼는 의적이었다. 매화 한 가지를 붉게 점찍어놓고 자취를 감추어
혐의를 남에게 옮기지 않게 했다고 했다. 거기다 시를 붙여 "不遇英雄

傳古事"(불우한 영웅은 예로부터 있었다고 전한다)라고 했다.

〈서구도올〉(西寇檮杌)은 홍경래란(洪景來亂)을 다룬 장시이다. 홍경래의 거사에 찬성한다고 할 수는 없었지만, 그 전후에 일반 백성이 겪은 고난을 통렬하게 그리면서 깊은 동정을 나타냈다. 자연의 재앙이 겹치고 수탈이 가중되어 죽을 지경에 이르렀으므로 그대로 있을 수 없었다. 관군이 초토화 작전을 써서 난을 진압한 탓에 처참한 희생을 겪게 되었다고 하면서 다음과 같이 노래했다.

匪賊死以賊	적이 아니면서 적으로 죽은 이들
難數某甲乙	갑인지 을인지 헤아리기도 힘들구나.
幽寃干天和	원혼이 떠돌아 하늘의 평화를 깨고,
疫癘蒸汚嶁	더러운 시신에서 역질이 들끓는다.
生者未耕田	살아남은 사람들도 밭갈 수 없고,
時後鳴鶗鳩	두견새와 때까치만 때때로 울고 있다.
病死十之五.	병들어 죽은 자 열에 다섯이고
飢死十之八	주려 죽은 자 열에 여덟이다.
飢病苦費日	주리고 병들면 여러 날 괴로우니,
兵死快俄忽	병장기에 죽는 것이 시원하다.

역사서에는 오르지 못한 진실을 시인이 증언했다. 말은 짧아도 길고 복잡한 사연을 함축하고 있다. 두 줄씩 대구를 이루면서, 비참한 사태의 여러 측면을 하나하나 들었다. 울분을 안에다 감추고 독자를 현장으로 이끌어 직접 판단하게 했다.

박윤묵(朴允默, 1771~1849)은 서원시사(西園詩社)를 만들어 후진과 어울렸다. 위항인의 직업관을 잘 보여주는 일련의 작품을 써서 주목된다. 〈두포관타어〉(豆浦觀打魚)에서는 어부들이 고기 잡는 과정을 그리고, 〈기서린초부〉(寄西隣樵夫)를 써서 열심히 살아가는 나무꾼을 칭송했다.

〈사민시〉(四民詩)에서는 사농공상의 사민이 모두 세상에 유익한 일을 하면서 그 나름대로 모순이 있다고 했다. 선비는 마음을 가다듬는다면서 탐욕을 지니고, 농부는 평생토록 곡식을 가꾸면서 자기 땅이 없다 했다. 장인은 절묘한 솜씨로 물건값을 올리고, 상인이 이윤을 좇는 발에 바람이 일어 자기와 같은 사람은 더 가난해진다고 했다.

이상적(李尙迪, 1804~1865)은 역관이어서 청나라에 열두 번이나 다녀왔으며, 청나라 문인들과 교류하면서 명성을 얻고 그곳에서 시집을 간행했다. 섬세하고 화려한 시풍을 갖춘 작품을 여러 사대부 문인들이 널리 평가했으며, 헌종도 애독했다고 한다. 그런 평가에 힘입어 나중에 온양군수를 거쳐 지중추부사가 되었다.

坐擁貂裘少睡溫	돈피 갖옷에 앉아 잠시 따스하게 잠들었는데
依依歸夢到家園	안타까이 돌아간 꿈속에서 내 집 뜰에 이르렀다.
雪晴溪館無人掃	눈 걷힌 개울 전각 길 쓰는 사람이라고는 없어
一樹梅花鶴守門	한 그루 매화나무만 학처럼 문을 지키고 섰구나.

〈거중기몽〉(車中記夢)이라고 한 것을 들어보면 이와 같다. 외국을 드나드는 여로에서 집으로 돌아가는 꿈을 꾸었다는 것은 누구나 지을 수 있는 시인데, 비범한 솜씨로 빚어낸 오묘한 심상에 이중의 의미가 있다. 나라에서 시키는 일을 맡아 편안하고 따뜻하게 지내고 있으면서 집으로 돌아가 차갑고 쓸쓸하게 살기를 바라는 심정을 나타내는 것이 이면의 의미이다.

거기까지는 사대부의 시와 상통한다. 그러나 처지가 다른 위항인에게는 집이 은거할 곳은 아니었다. 정지윤(鄭芝潤)이 중이 되었다는 소식을 듣고 지었다는 시에는 "出家歡喜在家愁 痛飮狂歌四十秋"(집 나서면 즐거우리라 집에서는 수심이니, 통음하며 미친 듯 노래 부르기 사십년이라)라는 구절이 있다. 자기의 울분도 함께 토로한 것 같다.

권력에 대한 반감과 비판을 거듭 노래했다. 〈영지연〉(詠紙鳶)을 보면, 권력을 잡은 사람을 연에다 비해 높이 올랐다고 거들먹거리지만 연줄이 끊어지면 어떻게 하겠느냐고 말했다. 〈제로방거은비〉(題路傍去恩碑)에서는 원님이 갈려 갈 때마다 비를 세우는 것을 풍자했다.

장지완(張之琬, 1806~1858)은 대대로 율과(律科)에 종사하는 집안 출신인데, 위항시 운동에 정열을 쏟고, 그 이론을 정립하고자 했다. 비연시사(斐然詩社)를 조직하고, 정지윤의 시집을 편찬했다. 김정희(金正喜)가 시의 바탕이 되는 마음은 어느 한 가지로 정해질 수 없다는 성령론(性靈論)을 주장한 것을 받아들여, 사람은 누구나 얼굴이 서로 다르듯이 시도 각기 독특한 개성이 있어야 한다는 주장을 폈다.

최성환(崔瑆煥)은 음양과(陰陽科) 계통의 중인이다. 생몰연대는 알려지지 않았으나, 다방면에 걸친 많은 저술을 남겼다. 중인의 실학을 대표할 수 있는 저작 〈고문비략〉(顧問備略)에서 당시의 사회를 다각도로 검토하고, 유학을 불신하고 도교에 깊이 기울어서 이념의 전환을 꾀하기도 했다. 성령론의 입장에서 중국 역대의 시를 방대하게 모은 〈성령집〉(性靈集)을 편찬하고 그 서문에서 자아의식이 소중하다고 역설했다.

정지윤(1808~1858)은 정수동(鄭壽銅)이라는 호로 더 잘 알려져 있으며 이야기의 주인공으로 화제에 오르지만, 시인으로도 상당한 위치를 차지했다. 역관의 가업을 이어받지 않고 기이한 행동을 하면서 떠돌아다니기를 좋아했다. 후원자들이 생겨 돌보아주려고 해도, 울타리 안에서 더부살이를 하지는 않겠다고 했다. 시를 짓는 것을 구속에서 벗어나는 길로 삼았다. 정지윤의 시라고 전해지는 다음과 같은 작품이 기이한 행적과 잘 어울린다.

踈狂見矣謹嚴休	미치광이로 지내느라고 근엄한 짓은 그만두고,
只合藏名死酒樓	다만 이름을 감추고 술집에서 죽겠노라.
兒生便哭君知否	아이가 태어나면 우는 까닭을 그대는 아는가?
一落人間萬種愁	한번 인간에 떨어지면 만 가지 시름이 있다오.

정지윤을 두고 하는 이야기는 어디까지가 사실인지 알기 어려우니 이 시도 근거가 있는지 의심할 수 있다. 기이한 행적을 일삼으면서 통쾌한 풍자를 거침없이 쏟아놓은 정지윤의 행적이 여러 문헌에 파다하게 전한다. 구전설화에서는 정지윤이 평양의 김선달이나 경주의 정만서와 다름없이, 기발한 술책을 써서 거만하게 구는 위인들을 골탕 먹이기를 일삼는 건달이라고 했다.

지방의 향리들도 한문학을 하면서 자기네 처지를 되돌아보고 사대부 못지않은 생각을 편다고 자부하는 움직임을 보였다. 경북 상주의 경우가 그 좋은 본보기가 된다. 1798년(정조 23) 무렵에 향리 시인들이 이정(梨亭)이라는 곳에 모여 회포를 풀었다고 한다. 그 가운데 특히 두드러진 활동을 한 김악주(金岳柱)는 〈곤지집〉(困知集)이라는 문집을 남겼는데, 우언을 써서 불평한 심기를 나타낸 글이 여럿 있다. 〈준마평〉(駿馬評)에서는 알아주는 이가 없는 탓에 처량한 신세가 된 준마가 두 귀를 축 늘어뜨리고 땀을 뻘뻘 흘리면서 소금수레를 끄는 모습을 그렸다.

위항인문학은 19세기 후반까지 이어졌다. 유재건(劉在建, 1793∼1880)이 〈풍요속선〉 이래 60년 동안의 위항시를 정리해 1857년(철종 8)에 〈풍요삼선〉(風謠三選)을 내놓아 그 점을 입증했다. 이번에는 당시의 정승인 정원용(鄭元容)과 조두순(趙斗淳)의 서문을 얻어 위세를 높였다. 모두 295인의 시를 수록한 가운데는 실명씨 4인, 석자(釋子)라고 한 승려 13인, 여성 4인도 포함되어 있어, 수록한 시인의 수를 확대해서 세력을 과시했음을 알 수 있게 한다.

유재건은 또한 역대 근체시 가운데 해와 달, 새와 꽃 등의 소재를 택해 지은 명편을 뽑아 모아 〈고금영물근체〉(古今詠物近體)라는 방대한 작품집을 엮었다. 수록 시인이 2천 인이 넘고, 작품 수는 7천 수 이상으로 해서, 한시를 총괄하고자 하는 의욕을 보였다. 조선시대 시인 613인 가운데 370인을 위항시인으로 선정한 것은 더욱 주목할 일이다. 조희룡(趙熙龍)이 쓴 서문에서, 동국의 문학이 위항인들 사이에서 아주 성한 것을 천하가 알고 후세에도 알게 하려고 했다고 했으니 대단한 자부심이다. 유재건, 조희룡, 최경흠(崔景欽) 등이 주동이 된 직하시사(稷下詩社)에 사대부 문인들도 가담했다.

그 시기 중인은 지위 향상을 현저하게 이루면서 상층과 가까워지고 하층민의 대변자로 자처하지는 않게 되었다. 위항인 전체에서 중인만 따로 나서서 사대부이면서 차별받는 서얼과 연합했다. 자기네도 과거를 보아 높은 지위에까지 제한 없이 올라갈 수 있게 해달라는 이른바 중서통청(中庶通淸) 운동을 적극 일으켰다. 그것은 이루어질 수 없는 희망이었다.

중인의 상승 의욕이 더 강하게 된 것은 시민의 성장이 중인의 범위 밖에서 대폭 진행되어 밑으로부터의 변혁을 선도하는 구실은 그쪽에 넘겨주어야 했기 때문이라고 할 수 있다. 위항인문학은 선도적인 의의를 잃고 구시대의 유물이 되어갔다. 한문학의 혁신에 뒤지고, 국문문학의 발전에 가담하지 못한 것이 두드러진 약점이 되었다.

중인들의 전기를 모아서 낸 것이 그런 상황과 관련된다. 조희룡이 1844년(헌종 10)에 〈호산외기〉(壺山外記)를, 유재건이 1862년(철종 13)에 〈이향견문록〉(里鄕見聞錄)을 내놓아 중인의 전기를 거듭 집성했다. 중인 주도의 위항문학을 새롭게 하려고 시도가 그렇게 나타났다고 할 수 있지만 성과가 그리 크지 않았다. 중인의 지위 상승에 대한 소망의 표현으로 더욱 중요한 의의를 가졌다.

1860년 이후에도 같은 양상이 보였다. 1866년(고종 3)에 이경민(李慶民)이 〈희조일사〉(熙朝軼事)를 저술해서 중인의 활동을 정리하는 작업을 계속했다. 1870년대에 강위(姜瑋)를 중심으로 한 육교시사(六橋詩社)가 있어 지난날의 기풍을 이었다. 의원(醫員)인 유대치(劉大致)와 역관인 오경석(吳慶錫)이 그동안 중인이 축적한 역량을 바탕으로 해서 개화를 주창했다. 최남선(崔南善) 또한 중인의 식견을 신문화운동 전개에 활용했다.

1894년의 갑오경장에서 신분제를 철폐하자 중인이 없어졌다. 1917년은 〈풍요삼선〉이 나온 지 60년이 되는 해여서 사선을 편찬해야 한다는 논의가 있었으나 최남선이 이제 그럴 필요가 없다고 해서 중단했다. 서울 중인이 아닌 영남 사대부 장지연이 후속작업을 맡아 1917년에 〈대동시선〉(大東詩選)을, 1918년에는 〈일사유사〉(逸士遺事)를 마련해서 〈풍요삼선〉과 〈이향견문록〉의 후속작업을 대신했다.

한영우,《조선시대 신분사 연구》(집문당, 1997)에서 중인의 성립을 논했다. 구자균,《조선평민문학사》(문호사, 1948) ; 정후수,《조선후기 중인문학연구》(깊은샘, 1990) ; 천병식,《조선후기 위항 시사(詩社) 연구》(국학자료원, 1991) ; 허경진,《조선위항문학사》(국학자료원, 1995) ; 이혜순,《조선통신사의 문학》(이화여자대학교출판부, 1996) ; 강명관,《조선후기여항문학연구》(창작과비평사, 1997) ; 윤재민, 《조선후기 중인층 한문학의 연구》(고려대학교 민족문화연구원, 1999) ; 정병호,〈조선후기 중인층의 전 연구〉(경북대학교 박사논문, 2001) ; 차용주,《한국 위항문학 작가연구》(경인문화사, 2003) 등의 연구가 있다.

9.5.3. 전문가객의 기여

가객(歌客) 또는 가자(歌者)라는 사람들은 시조를 가곡(歌曲)의 곡조에 얹어서 부르면서 창작도 했다. 신분을 표시하는 말을 넣어 평민가객(平民歌客)이라고 일컫기도 하는데, 평민이란 요즈음 붙인 이름이고, 그 당시에는 위항인 또는 위항천류(委巷賤流)라고 했다. 가객은 모두 위항인이므로 위항가객이라는 말은 필요하지 않다. 시조를 전문적인 활동영역으로 삼았다는 점을 명시하기 위해 전문가객이라고 하는 용어를 사용하기로 한다.

전문가객은 천민인 악공, 재인, 광대, 기녀 등보다는 지체가 훨씬 높은 자유인이었다. 신분상의 제약 때문에 부과된 임무를 수행하지 않고, 자기가 좋아서 택한 활동을 했다. 국가에서 필요로 하거나 상층이 요구하는 공연을 천민예능인이 제공할 때에는 볼 수 없던 중간 위치의 공연물을 마련해 정악(正樂)이라고 불렀다.

위항시인과 전문가객은 위항인 안에서 상하의 지체 차이가 있었다. 위항시인은 중인인 기술관 집안에서 태어나 사대부 못지않게 한시를 지을 수 있는 능력을 갖추려고 노력했지만, 전문가객은 서리(胥吏)나 포교(捕校) 이하의 처지였으며 한문을 배우는 데 열의를 가지지 않았다. 그 대신에 가곡을 부르는 음악활동으로 보람을 삼고 생계의 보탬도 얻다가 전문가객으로 나서게 되었다.

〈소대풍요〉에서 〈풍요삼선〉에 이르기까지 위항시인이 8백인 가까이 등장했는데, 그 가운데 가객과 겹친다고 할 수 있는 사람은 정내교, 주의식(朱義植), 김유기(金裕器) 정도여서 그 수가 의외로 적다. 정내교는 가객을 이해하고 후원한 위항시인이었다고 할 수 있다. 주의식은 〈소대풍요〉에, 김유기는 〈풍요속선〉에 한시를 실었지만, 시인이라고 하기는 어렵고 가객으로 이름을 남겼다.

위항시인들은 전문가객에 대해 관심이 없었다. 〈호산외기〉, 〈이향견 문록〉 등의 위항인 전기집에 등장시킨 가객은 김성기(金聖器)뿐이다. 전문가객의 대표자라고 할 수 있는 김천택(金天澤)이나 김수장(金壽長)의 전기는 어디에도 남아 있지 않다. 가객은 거의 다 생몰연대와 생애를 알 수 없다. 시조집의 서문과 발문 같은 데 몇 마디씩 소개해놓은 말이 가객들에 관해 알 수 있는 거의 유일한 자료이다.

위항시인들이 시사(詩社)라는 모임을 결성했듯이, 전문가객들은 가단(歌壇)을 만들어 활동했던 것으로 보인다. 시사는 이름이 뚜렷하고 활동이 잘 알려졌지만, 가단은 스스로 어떻게 일컬었는지 분명하지 않고 구성원을 가까스로 짐작할 수 있을 따름이다. 기록이 많고 적은 차이만 있는 것은 아니다. 시사는 자랑스럽게 여겼지만, 가단은 그렇지 못했다.

김천택을 중심으로 해서 주의식, 김유기, 김성기, 김삼현(金三賢) 등이 함께 어울린 첫 단계의 가단 활동이 18세기 전반기에 있어, 1728년(영조 4)에 김천택이 〈청구영언〉(青丘永言)을 편찬할 수 있었다. 그 가단의

이름을 오늘날의 연구자들이 경정산가단(敬亭山歌壇)이라고 하기 일쑤
인데, 경정산은 당나라 시인 이백의 시에서 상대해도 싫증이 나지 않는
다고 한 산의 이름일 따름이다. 그 말을 김천택 주위의 가객들이 상투어
로 애용하기는 했어도 가단을 지칭하는 데 쓴 것 같지는 않다.

주의식은 무과에 급제해서 벼슬이 현감에 이르고, 주의식의 사위인
김삼현 또한 절충장군을 했다고 한다. 그런데 두 사람 다 〈청구영언〉에
서 여항육인(閭巷六人)이라 한 데 포함되어 있다. 가객 노릇을 하는 여
항인들과 거리를 두지 않고 어울려 동류가 되었다.

김성기는 원래 상의원(尙衣院)에 소속되어 활을 만드는 장인 상방궁
인(尙方弓人)이었는데, 그 일은 열심히 하지 않고 거문고를 배워 높은
경지에 이르렀다. 김천택이 칭송한 바와 같이 자연에서 노니는 고결한
자취를 자랑하는 한편, 잔치를 하며 노는 데 초청되어 가서 보수를 받
고 재주를 보이는 이중생활을 하면서 갈등을 느꼈다. 옳지 못한 일로
갑자기 권력을 잡은 자가 부르자 단호하게 거절했다는 일화가 전해, 돈
을 받고 활동하더라도 예술가다운 자부심을 잃지 않으려고 한 자세를
알 수 있게 한다.

김천택은 숙종 때 포교였다고 한다. 포교 노릇을 그만두고 가객으로
나서서 온 나라에 이름났다. 〈청구영언〉에 다른 사람들이 쓴 서문에서
성격이 결백하고 순수하며 학식이 있어서 가객으로만 볼 것은 아니라
고 했지만, 김성기가 거문고를 타고 김천택이 가곡을 부르며 함께 어울
려 인기를 모았던 것이 활동의 실상이다.

만대엽(慢大葉)·중대엽(中大葉)·삭대엽(數大葉)이라는 가곡의 세
곡조 가운데 가장 느린 만대엽은 버리고 빠른 것을 선호하면서, 품위
있는 것보다는 흥미로운 것을 찾는 것이 시대 분위기였다. 이세춘(李世
春)이라는 사람이 가곡창과는 다른 시조창을 내놓았다. 여러 가지 이유
가 겹쳐 시조가 인기 있는 공연물이 될 때 김천택은 역대 시조를 집성
해서 〈청구영언〉을 편찬했다.

그 서문에서 시조론을 전개했다. 시조는 말로만 전하다가 없어지고

말 것이 아니라고 하고, 명공석사(名公碩士), 여정규수(閭井閨秀), 무
명씨 등의 작품을 모두 모아놓아야 한다고 했다. 위항시정의 음란한 말
과 외설스러운 사설을 나타내는 만횡청류(蔓橫淸類)라고 한 사설시조
도 버리지 말고 함께 돌보아야 한다고 했다.

그런 말을 아주 조심스럽게 하면서, 신흠(申欽)이나 홍만종(洪萬宗)
같은 사람들의 글에서 필요한 대목을 빌려오고, 다른 사람의 서문을 받
아 보탰다. 그래도 분명하게 전하지는 못한 뜻은 독자가 알아차려야 한
다. 시조는 작자층이 한시보다 넓고, 지체가 다른 사람들이 대등할 수
있게 한다. 하층의 창조를 낮추어보지 말고 평가해야 한다. 말이 아름
다운지 가리지 말고 생활의 실상을 제대로 나타내는 작품을 소중하게
여겨야 한다. 이런 주장을 펴려고 했다.

그러나 김천택이 창작한 작품은 주장하고자 한 바에 미치지 못한다.
시인의 역량은 모자랐다고도 할 수 있다. 자기 생애를 되돌아보면서 읊
은 사연을 들면 다음과 같다.

> 서검(書劍)을 못 이루고 쓸데없는 몸이 되어,
> 오십 춘광(春光)을 헤엄 없이 지냈구나.
> 두어라. 어느 곳 청산이야 날 꺼릴 줄이 있으랴.

글을 배우거나 칼을 익혀도 진출할 수 있는 처지가 아니어서 쓸데없는
몸이 되었다고 했다. 그래도 근심하지는 않고 지냈다고 하면 그만인데,
청산은 자기를 싫어하지 않으니 찾아가겠다는 말을 덧붙였다. 관직에서
물러난 사대부처럼 처신해서 위신을 높이려고 했다는 혐의를 벗기 어렵
다. 그 점을 다음 세대의 김수장(金壽長)은 못마땅하게 여겼다.

김수장(1690~?)은 원래 병조의 서리(書吏)였는데 전문가객으로 나
서서 인기를 얻었다. 함께 활동하던 김천택이 이 세상을 떠난 다음, 전
문가객들을 지도하는 위치에 올라서서 만년까지 대단한 활동을 했다.
〈청구영언〉이 나온 지 35년 되는 1763년(영조 39)에 후속 시조집 〈해동

가요〉(海東歌謠)를 편찬했다. 김천택의 시조에는 좋지 못한 것도 있다 하고, 그런 작품은 수록하지 않아 시대가 달라지고 취향이 바뀐 것을 명시했다.

김수장은 노가재가단(老歌齋歌壇)을 이끌었다. 자기 집 노가재를 집회 장소로 삼았으므로 그 말을 가단 이름에 붙였다. 거기 모여든 김우규(金友奎), 박문욱(朴文郁), 김중열(金重說), 김묵수(金默壽) 등과 함께 앞 세대와는 다른 기풍을 보여주었다. 사대부의 산수 취향을 열등의식을 가지고 동경하는 풍조를 버리고, 시정의 삶을 즐겨 다루는 호탕한 놀이를 벌였다. 인기 가객들을 진세간호걸(塵世間豪傑)이라고 하면서 환영하는 청중을 위해 즐거움을 나누어주었다.

그 사이에 상업이 발달한 결과 경제적 여유를 가진 시민이 늘어나, 사대부를 대신해 가장 중요한 고객으로 등장했다. 시민의 애호 덕분에 가곡은 인기가 상승하고 곡조가 더욱 세분되었으며, 가객의 수가 대폭 늘어났다. 〈고금창가제씨〉(古今唱歌諸氏)라고 한 데서 김수장이 든 것을 보면 모두 56인이나 되었다.

새 시대의 주역 김수장은 창작한 작품에서 자기네의 활동을 야단스럽게 묘사했다. 노래같이 좋은 것을 아는가 하고 묻고, 일년 사철 좋은 때마다 술자리를 벌이고 명창들을 불러 여러 곡조의 가곡을 관현 소리에 맞추어 부르게 하는 호기를 사양하지 말고 부리라고 선전했다. 말이 길어져 사설시조에다 담아냈다. 음란한 내용의 사설시조를 그럴 때 불러 인기를 얻었던 것 같다. 박문욱이 지은 〈승니교각지가〉(僧尼交脚之歌)를 김수장은 천고일담(千古一談)이라고 하면서 높이 평가했다. 전문이 전해서 알 수 있는 바와 같이 음란한 정도가 특히 심한 노래이다.

그러다가 19세기로 들어오자 상황이 다시 달라졌다. 가곡은 가장 빠른 곡조 삭대엽만 남고 그것이 다시 세분화되었으나 직감적인 흥밋거리를 찾는 추세를 따르지 못해 밀려났다. 가곡에 비해서 격이 낮은 시조창이 더 행세하게 되어, 1863년(철종 14)의 〈남훈태평가〉(南薰太平歌)를 비롯해 시조창을 위한 시조집이 따로 여럿 필요하게 되었다. 가창가사(歌唱歌詞), 잡가, 판소리 등의 공연물이 등장해 관중을 모은 것이 더 큰 변화였다.

박효관(朴孝寬)과 안민영(安玟英)은 그런 추세를 그대로 둘 수 없다고 하면서 삼대 시조집 가운데서 세 번째인 〈가곡원류〉(歌曲源流)를 1876년(고종 13)에 편찬해 원류가 분명한 올바른 가곡을 정리하고자 했다. 박효관은 발문에서 녹록모리지배(碌碌謀利之輩)라고 한 돈벌이만 바라는 미천한 소리패가 근거 없는 소리와 맹랑하게 웃기는 괴이한 짓을 일삼는데 귀천을 가리지 않고 놀이채를 내니 개탄할 일이라고 했다. 그 때문에 정악으로 자부해온 가곡이 쇠퇴하는 것을 그대로 두고 볼 수 없어, 고저와 장단을 표시한 가곡집을 펴내 표준으로 삼도록 한다고 했다.

그러나 그것은 이루어지기 어려운 이상이었다. 박효관과 안민영이 잡가를 부르는 소리패나 판소리광대와도 평소에 가까운 교분을 유지했을 뿐만 아니라 함께 어울려 합동공연을 하기도 했다. 공연자의 신분이나 공연 종목의 지체 구분이 무너지고 있는 판이어서, 가곡의 위신을 제대로 유지하겠다는 희망은 실제로 이루어질 수 없었다.

최동원, 《고시조론》(삼영사, 1980) ; 권두환, 〈조선후기 시조가단 연구〉(서울대학교 박사논문, 1985) ; 신경숙, 〈정가(正歌) 가객 연구의 자료와 연구사 검토〉, 《한국학연구》 8(고려대학교 한국학연구소, 1996) ; 조태흠, 〈조선후기 가객의 유형과 그 문학사적 의의〉, 《한국문학논총》 23(한국문학회, 1998) ; 강명관, 《조선시대 문학예술의 생성 공간》(소명출판, 1999) ; 권오경, 《고악보 소재 시가문학연구》(민속원, 2003) 등의 연구가 있다.

9.5.4. 판소리광대의 활약

창우·재인·광대의 무리는 중세 연희문화의 담당자로서 오랜 내력을 가졌다. 공식적인 행사에 동원되느라고 국가의 통제를 받는 한편 민간에 떠돌아다니면서 재주를 팔아 생계를 이어야 했으며, 언제나 멸시받으면서 사는 처지였다. 판소리광대도 그 가운데 하나라고 할 수 있는데, 뒤늦게 나타나 크게 활약했다. 어느 나라에든지 다 있는 하층연예인 가운데 우리의 판소리광대처럼 높은 평가를 누린 다른 예를 찾기 어렵다.

판소리는 조선후기에 새롭게 등장한 구비문학 공연물이었다. 광대(廣大)는 이미 고려 때부터 있던 말이고 가면을 쓰고 노는 사람을 일컫는다고 했었는데, 뜻이 확대되어 놀이패를 지칭하는 창우(倡優), 재인 등과 함께 통용되다가 나중에는 판소리광대를 특히 광대라 하는 관례가 생겼다. 판소리광대는 판소리의 인기가 커지면서 사회적 평가가 급격하게 상승되었다.

판소리광대는 전라도지방의 남자 무당인 화랭이 집단에서 생겨났다. 서사무가를 흥미 본위의 세속적인 서사시로 개조하면서 장단을 세분화하는 등의 방법을 써서 음악을 가다듬고, 널리 관심을 모을 만한 이야기에다 현실인식의 경험을 덧보태 노래하자 판소리가 형성되었다. 무당과 무관한 집안에서, 전라도 아닌 곳에서 판소리광대가 출현한 것은 판소리가 어느 정도 자리를 잡고난 뒤의 일이다.

판소리광대는 무속에서 벗어나 바로 자립할 수는 없어 상당한 기간 동안 기존의 창우・재인・광대의 무리에 들어가 활동했다. 그 때문에 나라에서 하는 행사에 동원되기도 했다. 그 경우에 판소리가 어떤 구실을 했는지는 확인되지 않는다. 송만재(宋晩載)의 시 〈관우희〉(觀優戱)에서는 판소리가 가곡, 가사, 잡가, 줄타기, 땅재주 등과 함께 공연되면서, 그 가운데 압도적인 인기를 끌었던 사정을 묘사했다.

그러다가 판소리는 다른 무엇과도 구별되는 독자적인 형태를 갖추고 발전했으며, 따로 공연되는 기회가 차츰 늘어났다. 광대는 서고 고수(鼓手)는 앉아, 광대는 소리를 하고 고수는 반주를 맡으면서 추임새를 하면 되니, 어디서나 놀이판을 벌일 수 있었다. 가곡은 정악의 노래라 하고, 판소리는 미천한 소리라고 해서 등급을 나누었지만, 청중의 흥미는 판소리에 쏠렸다. 판소리와 함께 공연하던 다른 종목 가운데 판소리의 인기를 따를 만한 것이 없었다.

판소리광대는 지난날의 명창들을 열거하며 숭앙하는 것으로 관례를 삼는데, 하한담(河漢譚)과 최선달(崔先達)이 최초의 광대라고 하지만 시대와 행적이 뚜렷하지 않고, 권삼득(權三得)부터 구체적으로 일컬을 만한 내력이 있으니, 이른 시기의 사정은 구전에서도 사라졌다. 권삼득은 광대들이 하는 말로 '비갑이'라고 하는 양반 출신의 광대이다. 향반(鄉班) 정도의 지체였다고 생각되는데, 어울리지 않게 판소리를 익히자 집안에서 죽이려 하다가 족보에서 이름을 삭제하고 축출했다는 일화가 있다. 판소리를 부르는 것은 천인의 짓인데 그 매력이 대단하다고 여겨져 비갑이가 생겨났으니 상당한 변화가 있었음을 짐작할 수 있다.

판소리의 전성기인 19세기 전반기 여러 명창의 행적은 비교적 소상하게 전해지고 있다. 1816년(순조 16)에 신위(申緯)가 〈관극절구〉(觀劇絶句)를 지으면서 "고송염모일대재"(高宋廉牟一代才)라고 열거한 고수관(高壽寬)·송흥록(宋興祿)·염계달(廉季達)·모흥갑(牟興甲)이 뛰어난 명창이었다. 출신 지역을 보면 송흥록만 전라도 운봉, 고수관은 충청도, 염계달은 경기도, 모흥갑은 경기도인가 싶지만 확실하지 않다. 전라도에서 생겨난 판소리가 중부지방으로까지 널리 알려지자 광대의 출신지가 다양해졌던 변화가 확인된다.

판소리광대는 농촌을 찾아다니기도 하고 장터에서 청중을 모으기도 했다. 그런 형편에서 고생을 하면서 이름을 얻으면, 부잣집에 초청되어 갔다. 지체 높은 사람들도 부를 만큼 인정받고, 관가에서 공연하는 기회를 얻었다. 송흥록은 대구 감영(監營) 공연을 잘 해 가왕(歌王)이라고 일컬어졌다. 마침내 임금 앞에 서기도 했다. 염계달은 헌종 임금 앞에서 소리를 하고 동지(同知)라는 벼슬의 호칭을 얻었다. 천인 공연자 가운데 판소리광대만 그런 영광을 누렸다.

광대와 고수는 원래 같은 처지였다. 그런데 광대는 이미 인기에 상응하는 위세를 부려 가마를 타고 가고 잘 차린 음식상을 받고 기생들이 사랑을 이루고자 애쓰는 인기인이 되고, 고수는 그렇지 못해서 북을 짊어지고 다니는 초라한 행색이었다고 한다. 그 때문에 고수 가운데 분발을 해서 피나는 수련을 한 끝에 광대로 성공한 사람이 있었다는 이야기가 광대의 지위 상승을 잘 나타내준다.

광대 노릇은 적당히 배워서 그냥 하면 되는 것이 아니었다. 그래서야 먹고살 수 없고, 인기인이 되는 것은 불가능했다. 폭포 앞에서 소리를 지르는 수련을 쌓다가 목이 완전히 잠기더니 피를 쏟고 마침내 목청이 터졌다는 일화가 광대로 나서기까지의 어려움을 요약하고 있다. 판소리를 놀라운 공연물로 만들기 위해 더욱 애썼다. 가장 느린 진양조에서 가장 빠른 휘몰이에 이르기까지 여러 장단을 갖추고, 몇 가지 변두형을 곁들었다. 소리하는 방식에서 호걸스럽게 기세를 올리는 설렁제, 명랑하게 넘어가는 석화제, 소리의 중간을 높이는 중고제, 사설을 길게 뻗기도 하고 짧게 몰아붙이기도 하는 반두름제 같은 것들을 마련했다.

소리를 하는 기풍의 차이가 서로 달라, 서편제(西便制), 동편제(東便制), 강산제(岡山制) 등의 유파가 나누어졌다. 전라도 서쪽 지방에서 주로 활동한 서편제의 이날치(李捺致)는 무속에서 유래한 요소를 많이 지니면서 하층의 인기를 끄는 소리를 하고, 동쪽 고을의 동편제를 이끈 송흥록은 판소리를 격조 높은 예술로 가다듬기 위해 애썼다. 한편 박유전(朴裕全)은 양쪽의 기풍을 합쳐 또 하나의 유파를 만들었다. 소리를 전수한 마을의 이름을 따서 그 유파는 강산제라고 했다.

판소리 어느 대목을 독특하게 부르는 자기 장기인 더늠이라는 것을 마련해야 명창이라고 평가될 수 있었다. 열두 마당으로 늘어난 판소리 사설이 광대에 따라서 다르게 불리어지고 개작이 첨가되면서 문학적으로 더욱 풍부한 내용을 지니게 되었다. 개작을 할 때에는 유식한 문인의 도움을 받기도 했다. 방만춘(方萬春)은 황해도 봉산에서 음률에 정통한 문인과 함께 〈적벽가〉(赤壁歌)와 〈심청가〉(沈淸歌)를 다듬는 작업을 거듭 해서 책이 너덜너덜하게 되었다고 전한다.

공식적인 가치 서열에 따라 정해진 등급을 기준으로 삼는다면 판소리광대는 위항시인이나 전문가객에 비해서 저급한 위치에 있었다. 위항시인이 가장 높고, 전문가객이 그 다음이며, 판소리광대를 최하위로 하는 지체 구분이 분명했다.

중인·서리·천인의 위계가 확실할 뿐만 아니라, 한시·시조·판소리에도 존귀하고 미천한 등급이 있었다. 상층에서 유래한 것은 존귀하고, 하층에서 만든 것은 미천했다. 그 자체로 즐기기만 하는 것은 존귀하고, 돈을 받고 제공하는 것은 미천했다. 한시는 위항인이 지어도 존귀함이 둘이고, 전문가객의 시조는 존귀함과 미천함이 각기 하나씩이고, 판소리는 미천함만 둘이다.

그러나 수용층의 확대로 생기는 인기의 순위는 그것과는 반대였다. 위항시인의 한시 독자층은 작자층과 거의 일치하는 정도에 그쳤다. 전문가객은 공연, 창작, 자료 집성 등으로 시조에 관한 활동을 다양하게 벌여 수용자를 넓혀나갔다. 판소리광대는 천민에서 국왕에까지 이르는 넓은 범위의 수용층과 관련을 가지고 다양한 관심사와 주장을 한 자리에 놓고 논란을 벌였다.

존귀하고 미천한 것의 구분은 중세의 가치관이었다. 수용층이 늘어나 인기가 확대되는 것은 근대로 나아가는 변화였다. 중세에서 근대로의 이행기의 특징인 그 둘의 공존과 대립이 근대가 승리하는 방향으로 귀결되게 마련이었다.

정노식, 《조선창극사》(조선일보사, 1940) ; 박황, 《판소리소사》(신구문화사, 1974) ; 정병욱, 《한국의 판소리》(집문당, 1981) ; 김종철, 《판소리사연구》(역사비평사, 1996) ; 손태도, 《광대의 가창문화》(집문당, 2003) 등에서 판소리광대를 연구했다.

9.5.5. 소설과 관련된 생업

소설을 창작한 작가를 찾으면 문학담당층 확대의 또 다른 국면을 확인할 수 있다. 그런데 한문소설 작가는 한문학을 하는 사대부이다. 국문소설 작가 가운데 이름이 확인되는 사람은 허균(許筠), 김만중(金萬重), 이정작(李廷綽), 심능숙(沈能淑), 남영로(南永魯) 등 몇 사람에 지나지 않는다. 모두 지위나 학식에서 상당한 위치에 있는 사대부이다. 작자를 알 수 있는 작품은 대부분 국문본과 한문본이 둘 다 있다.

그 두 가지 사실을 일반화할 수는 없다. 국문본만 있는 소설은 작자를 알 수 없다. 위에서 든 몇 사람 같이 지위나 학식에서 상당한 위치에 있는 사대부가 지었는데, 중간에 잘못 전해져 작가 이름이 없어졌다고 할 것은 아니다. 작가 이름이 없는 것은 한국 고전소설의 특징이다. 다른 나라 소설도 그런 것은 아니다. 일본의 경우에는 소설을 출판할 때 작가 이름을 표지에다 내놓아 판매 부수를 늘리려고 했다. 중국에서 소설을 쓴 사람들은 기이한 가명을 써서 관심을 끌면서 실제의 행적은 감추었다. 일본소설은 출판인소설이고 중국소설은 작가소설이라면 한국소설은 독자소설이었다. 소설의 독자가 일본에서는 남성이고, 중국에서는 남성이 더 큰 비중을 차지하고, 한국에서는 여성이었다. 한국소설은 여성을 위한 독자소설인 것이 중국이나 일본의 경우와 달랐다.

작자가 알려지지 않은 이유가 바로 그 점에 있다. 여성 독자는 작가에는 관심을 가지지 않았다. 사대부 신분일 때에는 물론이고 그렇지 않을 때에도 여성 독자에게 환영받을 소설을 보수를 받고 쓰는 것은 체면이 많이 손상되는 일이어서 작자가 자기 이름을 내놓을 수 없었다.

이름을 밝히지 않은 작가가 취미 삼아 소설을 쓴 결과, 작품수가 8백종 이상 되고 100책을 넘는 것들까지 있었다고 볼 수는 없다. 원고료에 해당하는 돈을 받고 써서 준 소설이 영리적인 유통경로를 거쳐 많은 독자에게 전달되어, 소설이 문학의 여러 갈래 가운데 가장 큰 인기를 누리는 시대가 시작되었다. 유통경로를 밝히면 수용자에 관한 이해가 함께 이루어지고, 작자를 추정하는 데 도움이 된다.

작자가 쓴 원고본을 빌려다 읽고 베끼는 것이 오래 전부터 있던 기본 전달방식이다. 그 혜택을 누릴 수 있는 사람은 아주 제한되어 있어, 많은 독자를 상대로 대량 보급을 하는 새로운 방식이 필요했다. 새로운 방식은 낭독, 세책(貰冊), 출판, 이 셋이었다. 그 셋 모두 소설 유통을 생업으로 삼는 사람들이 지어낸 영리적인 유통이다. 시민의 생업이 다양해지다가 소설유통업도 생겨났다.

낭독 장소는 사람이 많이 모이는 길거리였다. 박지원의 〈열하일기〉(熱河日記)에서는 장터에서 〈임장군전〉(林將軍傳)을 낭독하는 사람이 있다고 했다. 이덕무는 "옛날에 종로 담배 가게에서 소설 읽는 것을 듣다가 영웅이 가장 실의한 대목에 이르자, 어떤 남자가 갑자기 눈을 부릅뜨고 입에 거품을 품고 낭독자를 칼로 찔러 죽인 일이 있었다"고 했다. 조수삼이 소개한 전기수(傳奇叟)라는 낭독인은 매일 서울 중심가 요지에서 자리를 옮겨 앉으며 〈숙향전〉(淑香傳), 〈소대성전〉(蘇大成傳), 〈심청전〉(沈淸傳), 〈설인귀전〉(薛仁貴傳) 따위를 읽는 솜씨가 뛰어나 사람들이 많이 모여들어 돈을 던져 주었다고 했다.

소설을 낭독하는 사람이 가정을 방문해 영업하기도 했다. 어느 상민이 여장을 하고 양반 부녀자들을 찾아다니며 방물장수 노릇을 한다면서 소설도 읽어주다가 간음하기까지 한 사건이 있었다고 했다. 이업복(李業福)이라는 청지기가 소설을 잘 읽어 호부지류(豪富之流)가 다투어 청해다 듣곤 했으며, 어떤 서리 부부는 그 재주에 반해 먹여 살리기까지 했다고 했다.

세책을 하는 방식에 관한 여러 사람의 기록 가운데 채제공(蔡濟恭)이 18세기 후반의 사정을 전한 것을 들어보자. 쾌가(儈家)라는 곳에서 소설을 필사해 빌려주면서 값을 거두어 이익을 취하는데, 다투어 빌려 보느라고 비녀나 팔찌를 팔고 빚을 내니 그럴 수 있느냐고 분개했다. 책을 빌려주는 곳을 '세책가'(貰冊家)라고 하는 것이 일반화된 명칭이다. 근래 세책가의 대출장부 일부가 발견되어 흥미를 끈다.

소설을 목판에 새겨 출판한 것은 민간출판물이라는 뜻에서 방각본(坊刻本)이라고 했다. 1654년(효종 5)에 나온 〈동몽선습〉(童蒙先習)이 지금까지 알려진 최초의 방각본이다. 처음에는 그런 서당용 교과서를 주로 내다가, 1725년(영조 1)의 한문본 〈구운몽〉(九雲夢)에서 소설 출판을 시작했다. 방각본 출판은 원가가 많이 들어 아무나 할 수 없었다. 상업중심지 서울·전주·안성에서 낸 방각본이 전국에 팔려나갔으며, 19세기 후반에 출판 종수가 가장 많이 늘어났다.

유통경로마다 수용자가 다르고, 애용하는 작품에서도 차이가 있었다. 길거리에서 낭독하는 소설은 짧은 것들이고, 모여드는 사람들을 고려해 남성이 좋아할 작품이 많았다. 집안 낭독은 여성이 더 바랐으며, 여성 취향의 긴 소설을 택해서 할 수 있었다. 이미 있는 작품을 낭독하는 경우가 많았지만, 새로운 작품을 구하려면 작가에게 보수를 지불해야 했을 것이다.

세책가는 여성을 고객으로 해서 영업하고, 긴 소설을 확보해야 이익을 많이 올릴 수 있었다. 작가에게 보수를 주고 부탁해야 새로운 작품을 계속 구할 수 있었을 것이다. 세책을 할 수 있는 돈이 있고, 가사노동을 해야 할 시간에 독서를 하는 여유도 누리는 부유한 사대부 또는 시민 부녀자들이 고정고객이어서 세책가에서 제공하는 소설은 장편인 것과 함께 품격이 높아야 하는 것도 기본요건이다.

방각본소설은 종수가 적고 판매부수는 많아야 이윤이 더 커졌다. 새로운 작품을 개발하기보다는 있는 것 가운데 특히 인기가 있을 만한 작품을 택해 다소 축약을 하면서 개작을 하는 편이 유리했다. 소설을 선정하고 개작하는 사람에게 보수를 지불했을 것이다.

세 가지 유통방식에서 애용한 소설이 정해져 있고, 유사한 작품이 많았던 것은 유통을 전제로 생산이 이루어진 증거이다. 소설을 좋아한 것이 집필을 하게 된 기본 동기였음은 물론이지만, 보수를 받았기 때문에 유통에 필요하고 수용자들이 원하는 작품을 계속 생산했다. 소설 유통업 종사자들이 소설을 써서 수입을 더 늘리고자 했을 수도 있다.

소설의 작가에는 사대부도 있고, 위항인 또는 시민도 있었을 것이다. 상민이나 천민이 소설을 썼다고 생각되지는 않는다. 관직을 얻지 못하고 가난하게 된 사대부가 자기 학식을 소설 창작에 활용해 생계의 보탬을 삼으려고 한 것은 흔히 있던 일로 생각된다. 위항인이나 시민은 자기네 관심사를 새롭게 나타내면서 영리행위를 확장하기 위해 소설을 썼을 것이다.

사대부소설과 시민소설은 취향이 서로 달랐지만, 양립되는 것은 아니었다. 사대부가 시민화해야 생활의 실상을 다루는 흥미로운 이야기를 전개할 수 있고, 시민이 사대부화해야 품격 높은 문장력을 갖출 수 있었다. 어디서나 인정되는 그런 일반적인 사실이 우리 경우에는 작품의 실상을 검토해보면 아주 복잡하게 나타나 있다.

소설의 작가에 여성이 얼마나 포함되어 있었던가 하는 것은 커다란 시빗거리이다. 비교논의에서 문제를 정리해보자. 일본소설의 작가에 여성은 거의 없고, 중국소설의 경우에는 일부 특수한 작품군만 여성이 창작한 것은 남성소설이 주류를 이루기 때문이다. 여성독자소설이 기본 특징인 한국소설을 별난 역량을 가진 남성 작가들이 다 지었다고 보는 것은 무리이다. 여성 작가가 상당한 비중을 차지하고, 여성작품을 남성 작가가 본뜨는 일이 흔히 있었다고 하는 편이 타당하다.

홍희복(洪羲福)이 〈제일기언〉(第一奇諺) 서문에서 "일없는 선비와 재주 있는 여자"가 소설을 지어 작품이 아주 많아졌다고 한 것이 일반적인 사실을 말한 것으로 생각된다. "일없는 선비"는 벼슬을 얻지 못해 실의에 빠진 사대부 남성이다. "재주 있는 여자"는 남성 못지않은 능력과 학식을 가진 사대부 여성이다. 지체가 더 낮은 쪽은 아직 재주가 있다고 인정될 단계에까지 이르지 못한 것으로 생각된다. 재주 있는 사대부 여성이 한문학 창작에 참여해 능력을 발휘하는 것보다 소설을 쓰는 쪽이 여러모로 더 유리했다. 남성의 한문학보다 여성의 것으로 발전해온 소설을 택하면 남성과 경쟁해 앞설 수 있었다.

이영순(李永淳)의 처 온양정씨(溫陽鄭氏)가 1786년(정조 10)부터 5년에 걸쳐 필사한 〈옥원재합기연〉(玉鴛再合奇緣)에다 뒤의 사람이 써넣은 말에서 그 작품을 지은 사람의 재주를 기리고, "문식과 총명이 규중에 침몰"한 것이 한탄스럽다고 하고, 같은 사람이 〈명행록〉, 〈비시명감〉, 〈신옥기린〉 등의 다른 소설도 지었다고 했다. 누군지 모를 여성 작가가

많은 작품을 남긴 것은 보수를 받고 창작하는 전문인이었기 때문이라고
할 수 있다.

180책이나 되는 최대의 장편 〈완월회맹연〉(玩月會盟宴)을 안겸제(安
兼濟)의 어머니가 지어 명성을 더 높이려고 했다는 말이 조재삼(趙在
三)의 〈송남잡지〉(松南雜志)에 있다. 안겸제는 대사헌과 감사를 지낸
인물이다. 어머니는 1694년(숙종 20)에 태어나 1743년(영조 19)에 세상
을 떠났다. 소설을 써서 수입을 얻어야 할 이유는 없었던 것 같지만, 많
은 노력을 기울여 거대한 세계를 이룩한 보답을 어떤 형태로든지 받았
으리라고 본다.

여성의 소설 창작은 드러내놓고 할 수 있는 일이 아니어서, 이런 기
록이 많지 않지만 소중한 의의가 있다. 학식 많고 재주 있는 사대부 부
녀자들 가운데 소설 작가가 있었다. 어쩌다가 소설에 손을 대는 데 그
치지 않고 창작을 계속해서 수준을 높이고 명성을 얻었다. 최대의 장편
이 여성 작가의 작품이라는 것은 특기할 사실이다. 그러나 그런 내막은
가까이 지내는 사람만 알 수 있었다. 멀리 있는 독자는 작가가 누군지
알 수 없었고 알려고도 하지 않았다. 여성뿐만 아니라 남성도 소설을
쓸 때에는 이름을 내놓지 않는 시대여서, 애써 찾는다고 해도 여성 작
가를 만나지는 못한다. 여성 작가가 하는 말을 작품에서 들어 보완책을
삼을 수 있을 따름이다.

임형택, 〈18・19세기 이야기꾼과 소설의 발달〉, 《고전문학을 찾아서》
(문학과지성사, 1976) ; 〈17세기 규방소설의 성립과 창선감의록〉, 《동방
학지》 57(연세대학교 국학연구원, 1988) ; 유탁일, 《방각소설의 문헌학
적 연구》(학문사, 1981) ; 《한국문헌학연구》(아세아문화사, 1989) ; 大谷
森繁, 《조선후기소설독자연구》(고려대학교 민족문화연구소, 1985) ;
정규복, 《한중비교문학의 연구》(고려대학교출판부, 1987) ; 이창헌,
《경판방각소설판본연구》(태학사, 2000) ; 심경호, 《국문학연구와 문헌
학》(태학사, 2002) ; 이윤석・大谷森繁・정명기 편저, 《세책 고소설 연

구》(혜안, 2003) 등에서 관련된 연구를 했다.《한국소설의 이론》(지식산업사, 1977)에서 한 소설의 사회사에 관한 연구를,《소설의 사회사 비교론》(지식산업사, 2000)에서 다른 나라와의 비교를 보태 다시 했다.

9.6. 실학파문학이 개척한 방향

9.6.1. 이익과 그 후계자들

유학을 공부하고 시문을 익힌 사대부라면 실패를 거듭하면서도 과거에 급제해 가문을 빛내려고 온갖 노력을 기울이는 것이 마땅하다고 하는 데 누구나 동조한 것은 아니었다. 선비가 할 일이 잘못된 세상을 비판하고 바로잡는 방향을 찾는 데 있다고 하면서 그런 내용을 갖춘 저술에 힘쓴 예외자들도 있어 실학자라고 일컬어진다. 유형원(柳馨遠)과 이만부(李萬敷)가 그 선구자였으며, 이익(李瀷)이 그 뒤를 이어 새로운 학풍을 이룩했다.

유형원(1622~1673)이 대단한 학문을 이룩하고서도 암혈지간(巖穴之間)에서 생애를 마친 것은 안타깝지만 〈반계수록〉(磻溪隨錄)을 남겨 다행이라고 이익은 말하고, 그 본보기를 이어 현실 문제를 다각도로 다루고 누적된 병폐를 바로잡는 방안을 다시 제시했다. 이익은 또한 이만부(1664~1732)가 "처사의 이름을 온전하게 한, 우리 학문의 종장(宗匠)이었다"라고 칭송하고, '자가의식정신'(自家意識精神)을 온전하게 해서 현실 비판의 원리로 삼고 관원의 횡포를 나무라며 하층민의 삶을 근심하는 시문을 남긴 것을 계승해야 할 전례로 삼았다.

이익(1681~1763)은 진출의 길이 막히고 몰락하는 처지에서 겪는 참담한 고난을 스승으로 삼아 의식의 각성을 이룩하는 데 한 걸음 더 나아갔다. 1680년(숙종 6)에 남인이 몰려날 때 대사간의 지위에 있던 아버지가 귀양 가서 죽고, 그 뒤에 형마저 역적으로 몰려 옥사했으니 벼슬길에 미련을 두지 않을 만했다. 과거에 응시한 적이 있지만 실패했음은 물론이고, 말단 직위를 준다고 부를 때에는 거절했다.

무엇을 해야 할 것인가 깊이 생각하고 확고한 방향을 잡았다. "송곳 꽂을 땅도 없는 처지가 되었으면서도 실오라기 낱알 하나 생산해내지 못하니 사회의 좀이 아닌가" 하고 스스로 질책하면서, 세상을 근심하는 저술에 몰두하는 것을 평생의 사명으로 여겼다. 그 성과가 〈성호사설〉(星湖僿說)에 집성되어 있다.

〈성호사설〉의 〈육두〉(六蠹)에서 세상을 망치는 것들을 나무랄 때, 노비를 따로 두어 차별하고 벌열(閥閱)이 국권을 독점하는 불평등을 강도 높게 비판했다. 과거제도의 폐단이 그 둘 못지않다고 한 것을 더욱 주목할 만하다. 과거 준비를 하는 선비는 생업을 돌보지 않고 종일 붓이나 빨고 종이나 소비하니 개탄스럽다고 하고, 어쩌다가 급제하면 우쭐대면서 사치와 방탕을 일삼고 백성을 수탈해서 욕망을 채우기만 한다고 나무랐다. 다른 글에서는 과거에 소용되는 시부(詩賦)나 표전(表箋)은 "문장의 마귀"라 하고, 허망하게 들떴거나 비루하게 아부하는 자라야 잘 지을 따름이라고 극언했다.

과거가 천년 가까이 지속되어오는 동안에 긍정적인 의의는 소멸되고 폐단이 커져 비판의 대상이 되었다. 그렇다고 해서 한문학을 온통 불신한 것은 아니다. 과거에 미혹되지 않는 올바른 선비라면 기존의 규범을 따라 평가를 얻으려고 하지 말고, 삶의 실상을 그대로 드러내며 세상을 구하는 데 도움이 되려고 애써야 한다고 했다. 자기 작품에서는 내심의 번민을 읊다가 당쟁만 일삼고 나라를 구하는 방책은 세우지 못하는 집권층을 규탄하는 데 이르렀다.

〈해동악부〉(海東樂府) 119수에서는 세상사를 다시 검토하는 범위를 역사의 전폭으로 확대했다. 같은 이름의 선행작품보다 자주의식과 비판정신을 한층 뚜렷하게 한 것이 특징이다. 강감찬이 승리해 돌아오는 대목에서 "班師振旅大旗還 萬姓歡呼爭鼓舞"(군사를 정돈하고 큰 깃발을 날리며 돌아오니, 만백성이 환호하고 다투어서 북치고 춤추네)라고 한 것을 보자. 주체성을 드높인 과업에 대한 백성의 호응을 인상 깊게 그렸다. 정희량이 물에 빠져 죽었다고 하자 연산군이 광노(狂奴)의 시신을 찾을 필요도 없다고 했다는 사건을 두고서 이렇게 노래했다.

狂行雖可恥   미친 짓은 부끄럽지만

古聖時或藏心迹	옛 성인도 때로는 마음과 자취를 감추었네.
奴稱非不賤	종이라 일컬어졌으니 천하다 아니할 수 없지만.
古聖故自爲人役	옛 성인도 스스로 남의 부림을 받았네.
臣狂信有爲	신하의 미친 짓은 까닭이 있지만,
主狂胡乃爾	임금의 미친 짓은 어인 일인가.

한쪽에는 미친 짓을 하면서 횡포를 자행하는 군주가 있다. 다른 쪽에는 미천한 처지에서 모멸을 견디면서 사는 하층민, 박해를 피하려고 마음을 숨기고 자취를 감추는 선비, 올바르게 살려면 어떻게 해야 하는지 보여주는 성인이 있다. 하층민 · 선비 · 성인이 밀접한 관계를 가진다고 하면서 항거의 연합전선을 마련하고자 했다.

이익은 농업을 장려하고 농민을 보호하는 것으로 안정책을 삼고자 해서 무당이나 광대의 무리가 풍속을 해친다고 나무랐다. 그러면서도 광대놀이에 상당한 관심을 보이고 〈성호사설〉에서 〈희학〉(戲謔)을 거듭 논했다. "희학을 좋아하지만 사납지는 않다"는 것이 마땅하다면서, 의의는 인정하지만 지나치지 않을까 우려했다. 이익이 살았던 시대에는 아직 민속극이 큰 충격을 줄 만큼 성장하지는 않았다.

이용휴(李用休, 1708~1782)는 이익의 조카이다. 진사가 된 후에 다시 과거를 보지 않고, 문학을 하는 바른 자세를 가다듬기 위해 힘썼다. 노론 벌열층이 정통 한문학을 수호한다고 하는 데 대한 남인의 대안을 마련하는 중심인물 노릇을 했다. "당나라 문학이 높다 하지 말고, 한나라 문학이 깊다 하지 말고, 자기 마음을 자기가 읊어야 한다"고 하면서, 독자적인 방향에서 개성 있는 문학을 이룩해야 한다고 주장했다. 초야에 머무는 선비이면서도 문학을 주도한 지 30년이나 되었다고, 남인계 문인들이 대거 따르면서 칭송했다.

산문이 뛰어나 크게 평가되고 '소품문'(小品文)에서 특히 뛰어난 솜씨를 보여주었다. 기발한 구상과 표현을 절묘하게 갖춘 글을 놀라울 정도로 짧게 써서 세상 돌아가는 형편을 문제 삼고 사람다움을 찾았다.

어떤 사람의 거처를 두고 지은 〈차거기〉(此居記)라는 것을 보자. 원문을 인용해야 뛰어난 점을 알아볼 수 있다.

> 此居 此人居 此所也 此所卽此國此州此里 此人年少識高嗜古文奇士也 如欲求之 當於此記 不然 雖穿盡鐵鞋 踏遍大地 終亦不得也

> 이 거처는 이 사람이 사는 곳이다. 이 곳은 이 나라, 이 고을, 이 마을이다. 이 사람은 나이가 젊으나 식견이 높고 고문을 좋아하는 기이한 선비이다. 이 사람을 맞이하려면, 이 글에서 찾아라. 그렇지 않으면, 쇠 신발이 다 닳아 없어지도록 대지를 편답해도 얻는 바가 없을 것이다.

전문이 53자인데 "此"가 9자여서 한문 작문의 규칙에 어긋난다. 신분, 지위, 재산, 외모 등을 내세우는 "彼"와는 다른 이쪽의 가치를 말하는 별난 수법이다. "如欲求之 當於此記"가 핵심이다. "求"라는 것은 기이한 선비를 등용하기 위해서 나라에서 찾아 쓰겠다는 말이기도 하고, 글의 독자가 찾아보고 가르침을 청한다는 말이기도 하다. 찾을 곳은 "當於此記"라고 했다. 자기가 쓴 글에 모든 이치가 다 있는데, 공연히 수고롭게 나다닐 필요가 없다고 했다.

선비는 세상에 나가지 않고 자기 자세를 지켜야 한다고 한 것만은 아니다. 벼슬할 수 있으면 오래 두고 찾아서 닦은 올바른 도리를 실행해야 한다고 했다. 같은 남인이어서 가까이 지내던 시인 신광수(申光洙)가 만년에 연천 고을 원님 자리를 얻어 부임할 때 지어준 〈송신사군광수지임연천〉(送申使君光洙之任漣川)을 보자.

世俗有恒言	세속에서 언제나 하는 말이 있어,
文人無所用	문인이란 소용이 없다고 하지만,
公爲一洗之	공이 이런 생각을 한 번 씻어,

使知文人重	문인이 중한 줄 알게 해주오.
漣川僻且小	연천은 외지고 작은 고장이지만,
其顯乃以人	사람 있어 널리 알려지게 해주오.
請借日月石	청컨대 해와 달, 돌까지 빌려서라도
照察民嚬呻	백성의 고달픈 소리 밝게 살피소서.
字不著風月	글자로 풍월이나 짓고 있지 말고,
語不及杯觴	말이 술잔에 이르지 않도록 하면서,
惟說職所管	오로지 맡은 일만 이야기하면
是爲眞文章	이것이 바로 참다운 문장이라오.

문인이 하는 공부는 그 자체가 목적이 아니라고 했다. 자기만족을 위한 음풍농월을 마땅하지 않아도 했다. 백성의 찡그림과 신음을 살피고 해결하는 데 필요한 지혜를 문장에서 길렀으니 제대로 써야 한다고 했다. 그럴 수 있는 기회가 남인에게는 흔하지 않아 생각만 하고 있던 바를 기회를 얻은 사람에게 말하고 실행을 부탁했다.

안정복(安鼎福, 1712~1791)은 주자학을 돈독하게 따르고자 하다가 이익을 만나 영향을 받고 새로운 생각을 가지기 시작했다. 동방의 역사는 탐구하는 사람이 없어 계통이 서지 않는다고 개탄하고, 자기가 그 일을 맡아 〈동사강목〉(東史綱目)을 저술하면서 주자학의 이념과 주체적 관점을 함께 나타냈다. 이익의 영사시를 보완한다고 한 〈관동사유감효악부체오장〉(觀東史有感效樂府體五章)에서는 널리 알려지지 않은 사건을 소재로 삼아, 전란의 중요한 고비에서 주체적인 의지로 역사를 바꾸어놓은 사람들의 투쟁을 부각시켰다.

권철신(權哲身, 1736~1801)은 이익의 학문을 안정복과 다른 방향으로 계승했다. 주자에 대해서 비판적인 자세를 가지고 경전을 자기 생각대로 해석하면서 양명학에도 상당한 관심을 가졌다. 과연 천주교를 믿는 데까지 이르렀던가는 의문인데 천주교 배척에 희생되어 저술을 전하지도 못하고 말았다. 함께 체포되어 조사를 받다가 귀양살이에서 돌아온 정약용이 지은 묘지명에서 사상의 일단을 짐작할 수 있을 따름이다.

이가환(李家煥, 1742~1801)은 이용휴의 아들이다. 문과에 급제하고 판서의 지위까지 진출해 몇 대에 걸친 불운을 씻을 듯했다. 서학에 물들고 경전을 무시한다는 노론 쪽의 비난이 있자 정조가 옹호했다. 그런데 순조가 즉위하자 사태가 일변해 서학 탄압에 연루되어 정약용과 함께 투옥되었다가 옥사했다. 실학자다운 식견을 가지고 경륜을 펴고 재능을 발휘하려다 중도에 꺾이고 말았다.

仁聖遺祠歲月多	어진 성인이 남긴 사당에 많은 세월 흘렀고
朝天舊石足悲歌	조천의 옛 돌에 슬픈 노래 퍼지네.
大同門外長江水	대동문 밖으로 길게 흐르는 강물에
不見廻波見逝波	돌아오는 물결 보이지 않고 가는 물결뿐이네.

문장 수련을 철저하게 하고 시 창작의 높은 경지를 보여주었다. 정지상의 〈송인〉(送人)에 차운(次韻)한 작품을 들면 이렇다. 말은 비슷해도 생각은 많이 다르다. 대동강 가에서 펼쳐진 자랑스러운 역사를 회고하는 사연이 선명하게 나타나 있다.

김남형, 〈조선후기 근기실학파의 예술론 연구〉(고려대학교 박사논문, 1988) ; 진재교, 《이조후기 한시의 사회사》(소명출판, 2001) ; 임형택, 〈실학사상과 현실주의 문학〉, 《한국문학사의 논리와 체계》(창작과비평사, 2002)에서 전반적인 고찰을 했다. 권태을, 《식산(息山) 이만부 연구》(오성문화사, 1990) ; 한우근, 《성호(星湖) 이익 연구》(서울대학교출판부, 1980) ; 김남형, 〈이익의 문학사상〉, 《한국문학사상사》(계명문화사, 1991) ; 이우성, 〈녹암(鹿菴) 권철신의 사상과 경전 비판〉, 《한국의 역사상》(창작과비평사, 1982) ; 박준호, 〈혜환(惠寰) 이용휴 문학 연구〉(성균관대학교 박사논문, 1999) ; 박용만, 〈이용휴 시문학 연구〉(한국정신문화연구원 박사논문, 2000) 등의 개별연구

가 있다. 김성진, 〈조선후기 소품체 산문 연구〉(부산대학교 박사논문, 1991) ; 안대회, 〈이용휴 소품문의 미학〉, 안대회 편, 《조선후기 소품문의 실체》(태학사, 2003)에서 소품문에 관해 고찰했다.

9.6.2. 홍대용과 박지원

이익에 의해 시작된 남인 실학이 직접적인 계승자들의 각성 부족과 노론정권의 탄압으로 생기를 잃게 되었을 때, 홍대용(洪大容)과 박지원(朴趾源)이 주도한 노론 실학이 대두했다. 노론 실학이 남인 실학보다 뒤떨어져야 할 이유는 없었다. 노론이라 해서 누구나 벌열로서의 특권을 누리면서 보수적인 성향을 굳혔던 것은 아니었으며, 불우한 처지에서 이념과 체제의 모순을 절감하고 현실을 바로 인식하자는 비판적인 지식인도 있었다.

홍대용과 박지원은 유력한 가문에서 태어났으면서 과거를 보는 데 소용되는 공부는 하지 않았고 나중에 천거를 받아 말단 직위에 나아가 지방수령을 했을 따름이다. 그렇지만 청나라에 가서 중국이 변하는 모습을 보고, 서양으로부터 전래된 과학기술을 살필 기회를 가졌다. 그래서 얻은 자극이 새로운 사상 창조에 도움이 되었지만, 더욱 중요한 전환은 스스로 마련했다.

홍대용은 35세 때에 숙부를 따라, 박지원은 43세 때에 삼종형을 따라 사신 수행원의 자격으로 청나라에 가서 견문을 넓혔다. 그곳 학자들과 문답하면서 스스로 생각한 바가 사실로 입증될 수 있다는 것을 확인했다. 그 경과를 기록한 홍대용의 〈담헌연기〉(湛軒燕記)와 박지원의 〈열하일기〉(熱河日記)는 사상에서나 문학에서나 획기적인 변화를 가져왔다. 그 점은 서양 전래의 새로운 문물과 제대로 접촉하지도 못하고서 천주교를 받아들였다는 죄목으로 박해를 받기 일쑤였던 남인계 학자들의 불운과 좋은 대조를 이루었다.

자기 주위의 노론들은 서울의 도시적인 분위기에서 생활하고 있어,

홍대용과 박지원은 국내에서도 새로운 경험을 할 수 있었다. 전통적인 한시문을 가다듬어 지배체제의 위신을 높이는 데 가담할 생각을 하지 않고, 오랜 규범을 힘써 따르면서 반론 제기의 가능성을 막는 복고주의를 거부하고, 도시 상공업의 융성과 함께 문학이나 예술의 취향도 달라지고 있는 것을 바로 인식했다. 홍대용이 우리말 노래의 가치를 입증하고, 박지원이 소설을 창작한 것이 그래서 가능할 수 있었다. 박지원의 문체가 규범을 어지럽힌다고 정조가 간섭하고 바로잡으려 한 파동이 정치적인 박해를 몰고 오지는 않은 것도 노론이 누리고 있던 기득권 덕분이다.

노론에 속하는 조건은 탄압을 피하고 어느 정도의 언론자유를 누리면서 새로운 노선을 개척하는 데 유리하게 작용했다. 사상의 근본까지 재검토하는 작업은 노론 쪽에서만 할 수 있었다. 남인은 말을 조금 바꾸는 것도 두렵게 여길 때 노론 선각자들은 이기철학에 관한 논란이 새삼스럽게 심각해져서 혁신이 불가피하게 된 상황을 내부에서 경험하고 새로운 대안을 내놓는 작업을 과감하게 했다.

그 경과를 살피려면 철학사의 전개를 되돌아보아야 한다. 이이(李珥)에서 송시열(宋時烈)로 이어진 노론 집권층의 이념인 주기론적 이기이원론은 현실의 갈등까지도 조화로운 질서에다 포괄시키자는 주장으로, 중세에서 근대로의 이행기의 사회변화를 어느 정도 인정하면서 중세를 수호하는 최상의 방안을 마련했다. 그러나 시대가 변해 사회적 갈등이 확대되자 무리한 절충이 자체 파탄을 일으켜, 인물성(人物性)의 동이(同異)를 둘러싼 논쟁이 심각하게 일어났다.

이황(李滉)이 그랬듯이 이와 기는 둘임을 강조하고 이가 궁극적인 의의를 가진다고 하는 논리로 되돌아간 쪽도 있었다. 다른 한편으로는 이와 기는 하나이며 이는 기의 원리일 따름이라고 한 서경덕(徐敬德) 노선의 기일원론을 재현해 더욱 발전시키는 임성주(任聖周)의 작업이 이루어졌다. 임성주의 사상을 홍대용은 광범위한 영역에 적용해 생동하는 의의를 확대하고, 박지원은 문학을 새롭게 하는 데 적극 활용했다.

남인 실학은 실학이기만 했지만, 노론 실학은 실학이면서 철학이었다. 철학 혁신에서 근본원리를 찾아 자연관, 사회제도, 문화창조 등에 관한 새로운 견해를 일관성 있게 전개한 점을 높이 평가해야 한다. 실학이 등장해 이기철학을 극복했다고 하는 속설은 철학의 의의를 모르고, 철학의 혁신을 이해하지 못한 데서 나온 단견이다.

홍대용(1731~1783)은 주자학을 넘어서기 위해서 상고시대 유학 본래의 면모를 회복해야 한다는 논법을 크게 넘어섰다. 번거로운 말로 구차한 변명을 찾지 않고서도 주자학의 논리로 지탱되던 중세 이념을 근저에서부터 비판했다. 자기 자신은 문인으로 자처하지 않고 문학의 문제에 대해서 길게 논하지 않았지만, 중세문학의 기본 전제를 흔들어놓아 근대문학이 일어날 수 있는 길을 열었다. 그 가능성을 실현하면서 후퇴와 전진을 거듭해온 과정으로 오늘날까지의 문학사를 이해할 수 있다.

하나인 기가 둘로 나누어진 음양이 상하의 관계를 가지지 않고 내외(內外)의 관계를 가진다는 것이 홍대용이 제시한 기본원리이다. 가치의 등급에 따라 상하의 서열이 정해져 있다는 것들이 입각점을 바꾸면 안팎이 반대가 된다고 했다. 천지(天地)라고 한 하늘과 땅, 인물(人物)이라고 한 사람과 사람 이외의 것들, 성정(性情)이라고 하는 마음의 바탕과 작용, 화이(華夷)라고 하는 문명권의 중심과 주변, 시가(詩歌)라고 한 한시와 우리말 노래, 귀천(貴賤)이라고 하는 신분이 모두 내외의 관계를 가진다고 했다. 뒤에 쓴 말도 안일 수 있어 앞에 쓴 말을 밖으로 삼는다고 했다.

지구가 스스로 움직인다고 하는 지전설(地轉說)을 이룩해 천지에 위계질서가 있다고 하는 관념을 타파하고, 천도니 천리니 하는 것이 설자리가 없게 했다. 물(物)에서 사람을 보면 사람 또한 물의 하나이고, 물이 귀하고 사람은 천하다고 해서 인물 구분이 상대적이라고 했다. 마음의 바탕인 성(性)을 지켜 동요하지 말라고 하는 교훈을 거부하고 마음의 작용인 정(情)을 긍정하고 신뢰해 도덕관의 근본을 바꾸었다.

중국뿐만 아니라 다른 어느 나라 사람들도 자기네는 안이어서 화(華)이고, 다른 쪽은 밖이어서 이(夷)라고 할 수 있다고 해서 중세보편주의에서 근대민족주의로 나아가는 길을 열었다. 한시와 우리말 노래 사이에 가치의 서열이 있을 수 없다고 해서 민족문학론을 마련했다. 신분 귀천이 아닌 능력 유무에 따라 중요한 직책을 맡아야 한다고 하면서 평등사회를 이룩하자는 방향으로 나아갔다.

워낙 파격적인 주장이어서 직설법을 쓰면서 전후의 논리를 제대로 갖추어 말할 수는 없었다. 논설의 형태를 빌릴 때에도 단상을 열거하고 반문을 하는 방법을 택했다. 성현의 도리를 깊이 공부했다고 자부하는 허자(虛子)가 중국에 가서 찾아도 제대로 된 선비가 없다고 한탄하면서 돌아오던 길에 산중에서 우연히 만난 실옹(實翁)이라는 기이한 인물과 문답한 말을 적었다는 〈의산문답〉(毉山問答)에서 하고 싶은 말을 했다.

〈담헌연기〉는 사실 보고에 치중하고 문학 작품이 되게 하는 장치를 사용하지 않은 점이 박지원의 〈열하일기〉와 좋은 대조를 이룬다. 국문본인 〈을병연행록〉(乙丙燕行錄)을 따로 마련하고서, 개인적인 감회를 짙게 나타냈다. 박지원이 한문에 능통한 사람이라도 깊이 이해하기는 어려운 방식으로 전해준 새로운 견문과 발상을, 홍대용은 쉽게 풀어 적어 국문 독자에게 널리 개방했다.

서두에서 다른 사람의 한시를 몇 수 들어 국문으로 옮기면서 서론을 편 대목은 갑갑하게 느껴질 수 있다. 그러다가 국경을 넘는 날, 말 위에서 흥분해 "한 곡조 미친 노래"를 지어 불렀다고 할 때부터 활기가 넘쳤다. 국문가사를 지은 것이 특기할 일이어서 더욱 관심을 가질 만하다.

> 하늘이 사람 내매 쓸 곳이 다 있도다.
> 날 같은 궁생(窮生)은 무슨 일을 이루었던고?
> 등하(燈下)의 글을 읽어, 장문부(長門賦)를 못 나오고,
> 말 위의 활을 익혀, 오랑캐를 못 쏘도다.

반생을 녹녹하여 전사(田舍)에 잠겼더니,
비수를 옆에 끼고 역수(易水)를 못 건넌들,
금등(金燈)이 앞에 서니 이것이 무슨 일고?
간밤에 꿈을 꾸니 요야(遼野)를 날아 건너,
산해관(山海關) 잠긴 문을 한 손으로 밀치도다.

글공부를 하고도 명문 하나 남기지 못하고, 활을 익혀 오랑캐를 쏠
만한 위인도 아니어서 쓸데없는 몸이 되어 시골에 묻혀 지냈다고 한 것
은 많은 사람의 공통된 처지이다. 이제 길을 떠나 해방감을 누리니 마
음이 앞에서 달려 요동벌을 단숨에 지나 산해관의 문을 밀친다고 했다.
미지의 세계에 들어가는 비밀의 문을 혼자 몰래 여는 상상을 하면 누구
든지 가슴이 뛴다.

관념은 제거하고 실상을 바로 보여주는 글이 이런 것이다. 산문으로
길게 쓴 본론에서 갖가지 흥미로운 장면을 정감 어린 문체로 정밀하게
묘사해, 읽고 있으면 현장에 함께 가는 것 같다. 주고받은 대화를 실상
그대로 옮겼다. 보고 생각하고 말한 바를 한문으로 번역하지 않고 직접
나타내니 생동하는 모습이 그대로 있다.

박지원(1737~1805)은 명문에서 태어났으나 글공부를 제대로 하지
않고 있다가 열다섯에 장가든 뒤에 장인과 처삼촌에게서 대강 배운 다
음 바로 자기 나름대로 글을 지었다. 문장으로 이름이 났으나 과거 급
제를 원하지 않았다. 마지못해 과거장에 가서는 답안을 다 작성하지 않
고 내기도 하고, 이상한 그림을 그리면서 딴전을 부리기도 했다. 아들
박종채(朴宗采)가 자기 아버지 생애를 기록한 〈과정록〉(過庭錄)에 있는
말이다.

정해진 순서에 따라 격식에 맞는 글을 배우고 익혀 과거에 급제하는
과정을 거부하고 자기 세계를 개척해 문학과 사상 양면에서 놀라운 혁
신을 했다. 낙척(落拓)해서 불우하게 된 형편에 세상의 잘못을 따지고
진실을 추구하자면 문학 창작에 힘쓰는 것이 가장 보람 있는 일이라고

여기면서, 영달을 위한 문학과는 다른 비판의 문학을 마련했다. 홍대용이 사상 혁신에서 이룬 바를 문학론과 작품창작에서 더욱 생동하는 형태로 구현했다.

기존의 권위를 넘어서서 새로운 창작방법을 개척하느라고 고심에 찬 노력을 했기에 문학론이 작품이고 작품이 문학론이다. 국문문학에는 관심을 보이지 않고 한문학에만 힘쓰면서, 글자는 전에 쓰던 것과 같을 수밖에 없지만 글은 독특해야 한다는 주장을 관철하기 위해서 그 방법을 철저하게 추구했다. 예사롭지 않은 착상과 표현으로 창작방법을 따진 글을 문집의 요긴한 대목마다 넣어놓고, 자기를 따르는 후진들의 문집 서문을 여럿 써서 새로운 문학운동의 선언문으로 삼았다.

언어표현의 가능성을 깊이 따진 것이 문학론의 출발점이다. "천하의 연고와 만물의 정에 두루 통달한 것이 언어"라고 하는 말을 기본으로 삼고, "언어는 분별이므로 분별하고자 하면 형용하지 않을 수 없다"는 방법을 제시했다. 언어가 진실과 합치될 수 있는 가능성을 인정한 점에서는 유가의 언어관을 이었다고 하겠으나, 진실은 표현 이전에 이미 주어져 있지 않고 분별하고 형용해야 비로소 구체화된다고 한 것은 새로운 발언이다. 분별과 형용이 장식의 수단이 아니고 탐구의 방법이라 해서 문학관의 획기적인 전환을 이룩했다. "천지는 아무리 오래되었어도 끊임없이 새롭게 생성된다"는 관점에서 전에 없던 탐구를 하는 참신한 문체를 마련했다.

옛사람의 글을 흉내 내거나 이미 있는 규범에 구애되면 생명을 잃는다고 하고, 당대의 진실을 문제 삼으려면 상스러운 말도 버릴 수 없다고 했다. 〈영처고서〉(嬰處稿序)에서 "방언을 문자로 옮기고, 민요를 운율에 맞추기만 하면 자연히 문장이 이루어진다"고 하고, 답습을 일삼지 말고 있는 그대로의 상태에서 무엇이든지 표현하려면 복고적 사고방식과 결별해야 한다는 주장을 명확하게 했다. 글 쓰는 것은 재판과 같고 전투와 같다 하고, 싸워서 이길 수 있는 측공이나 역공의 방법을 다각도로 찾았다.

법고창신(法古創新)을 표방하고 고문(古文)을 쓴다 하면서, 옛것을 야유의 대상으로 삼아 뒤집어엎었다. 잘 알려진 고전이나 명문의 한 대목을 가져와 풀이하는 것처럼 보이도록 해서 반발을 가질 필요가 없게 하고, 기발한 착상으로 논의를 바꾸어 독자를 당황하게 하다가, 비근한 사물이나 일상의 경험을 증거로 대서, 원래의 주장을 반대의 것으로 대치하는 데 이르렀다. 오랜 권위를 누리던 고정관념을 깨고 사물을 새롭게 인식하고, 이념의 구속에서 벗어나 자유로운 탐구자가 되도록 하는 데 필요한 감각 훈련을 했다.

말썽이 일어난 것은 당연한 일이다. 당시에 이미 연암체(燕巖體)라고 일컬어진 박지원의 문장은 정통에서 벗어난 패관잡서(稗官雜書) 수준에 머무른다고 폄하되는가 하면, 문풍(文風)을 어지럽히고 질서를 혼란시킨다는 점을 우려한 정조가 이른바 문체반정(文體反正)을 일으켜 금지하고자 했다. 그러자 불우해진 탓에 자포자기에 빠져 이문위희(以文爲戱)하고, 문장을 빌려 불평지기(不平之氣)를 나타내기나 했으니 반성해 마땅하다고 했다.

그런 변명을 한 이면에 주목할 만한 주장이 숨겨져 있다. 이문위희는 이문위교(以文爲敎)를 내세워 글로 교화를 베풀겠다는 데 대한 반발이다. 풍자와 익살로 위엄을 무너뜨리고 격식을 파괴하는 것을 일삼고, 하층 예술의 새로운 동향과 연합전선을 폈다. 그것은 작전 기밀이어서 널리 공개할 수 없었다.

내용뿐만 아니라 문장 때문에 거듭 논의의 대상이 되어온 〈열하일기〉는 여느 연행록과는 구별되는 구조와 표현을 갖추었다. 사실과 허구를 적절하게 배합하면서 서술시점을 다양화해서 기존의 관념을 타파하고 현실을 재인식할 수 있게 한 수법이 놀라워 기문(奇文)이라고 일컬어져왔다. 한 예를 들어보자. 백이와 숙제의 사당을 지날 때 그 두 사람이 은나라를 위해 충절을 지키느라고 산에 들어가 고사리만 먹었다는 것을 기념하기 위해서 사신 일행도 고사리를 먹던 일을 아주 기발하게 서술한 데 다각적인 풍자가 들어 있다.

자기는 고사리를 먹고 배탈이 났다고 하면서 빈정대기 시작하더니, 그전에 고사리를 준비하지 않아 담당 관원이 매를 맞고 "백이 · 숙제야, 나하고 무슨 원수냐!" 하고 외친 일이 있었다고 했다. 오래된 옛 기억을 다시 더듬어, 초라한 행색을 한 어느 시골 훈장이 학동들을 거느리고 명나라 마지막 황제가 죽은 날 송시열을 모신 곳을 찾아 참배하고 서쪽을 향해 "되놈!" 하고 외치면서 삿대질을 하더라고 했다.

생각이 아주 막힌 독자가 아니라면 백이 · 숙제에서부터 연원을 찾는 춘추대의(春秋大義)라는 것이 얼마나 허망하고 사람 죽일 노릇인가 알아차릴 수 있다. 송시열이 주장한 북벌론이 공허하고 시대착오적인 이념임을 적절한 방법을 택해 설득력 있게 보여주었다. 그렇지만 전후의 수작이 모두 대수롭지 않은 잡담처럼 열거되어 있어 말썽이나 일으킬 위인은 자기도 모르는 사이에 풍자 대상에 포함되기 알맞았다.

여행에서 겪은 일과 관련이 된다 해서 삽입해놓은 수많은 일화는 과거 어느 때에 작자가 실제로 목격했던 일일 수도 있고, 누구에게서 전해들은 말이기도 하고, 필요에 따라서 지어냈다고 보아야 할 것도 발견된다. 그 어느 쪽이든지 〈열하일기〉가 단순한 견문기가 아니고 복합적인 구성과 심각한 주제를 가진 다면적인 작품이게 하는 데 긴요한 구실을 한다. 그래서 그 당시까지 글 종류를 나누어놓았던 기준을 무너뜨렸으며, 오늘날의 시각에서 마련한 분석방법이 겉돌게 한다.

삽입한 일화 가운데 독립된 작품이라고 할 것들도 있다. 〈허생전〉(許生傳)과 〈호질〉(虎叱)이 그 좋은 예이다. 〈허생전〉은 전해들은 이야기라면서 가난한 선비가 작정하고 나서서 나라의 경제를 뒤흔드는 능력을 시험한 내용이다. 여행 도중에 본 글을 베꼈다고 한 〈호질〉에서는 유학자로 존경받은 인물의 위선적인 내막을 폭로했다. 〈열하일기〉 전편에서 하고자 하는 말을 그런 방식으로 집약해 나타냈다고 해도 좋다.

문집의 〈방경각외전〉(放璚閣外傳)이라는 대목에다 특이한 인물의 전 아홉 편을 실은 것이 있어서, 〈허생전〉 · 〈호질〉과 함께 소설로 평가된다. 아홉 편 가운데 제목만 전하는 두 편은 비판의 정도가 너무 심해 내놓을 수 없었던 것 같고, 나머지도 기발한 설정에다 허위에 반발하는 주제를 숨겨놓은 품이 상상의 범위를 넘어선다. 그 가운데 하나인 〈민옹전〉(閔翁傳)에서는 자기가 젊어서 병이 들었을 때 우습고 기이하고 놀라운 이야기를 들려주는 늙은이가 있었다고 말해, 사회 병폐에 대한 대응책으로 소설이 필요하다는 생각을 아주 흥미롭게 구체화했다.

뜻한 바를 문에서 이루고 시는 시험의 대상으로 삼지 않았으나, 그 나름대로 특색이 있다. 〈전가〉(田家)라고 한 것을 들어보자. 농촌의 모습을 눈으로 보는 듯이 묘사해 당시에 성행하던 풍속화를 연상하게 한다.

翁老守雀坐南陂	늙은 첨지는 새 쫓느라 남녘 두덩에 앉았고,
粟拖狗尾黃雀垂	개꼬리 조 이삭에 노란 참새 매달렸네.
長男中男皆出田	큰 머슴, 중간 머슴 모두 밭일 나가고,
田家盡日晝掩扉	농사짓는 집 온종일 낮에도 문이 닫혔네.
鳶蹴鷄兒攫不得	솔개가 병아리 채려다가 잡지 못하자
群鷄亂啼匏花籬	뭇 닭이 호박꽃 핀 울타리에서 꼬꼬댁거린다.
小婦戴棬疑渡溪	젊은 아낙 바구니 이고 시내를 건너려 머뭇거리는데,
赤子黃犬相追隨	어린 아이와 누렁이가 서로 좇으며 뒤따르고 있네.

박지원은 한문학에서 요구하는 명문의 요건을 최대한 갖추면서 뒤집었다. 중세문인으로서 갖추어야 할 수련을 철저하게 하고 자기 혁신을 이룩해 근대문학에 다가왔다. 철학에 근거를 두고 다진 이론을 창작과 밀접하게 연관시킨 수준은 그 뒤의 어느 누구도 따르지 못했다.

김하명, 《연암(燕巖) 박지원연구》(국립출판사, 1958) ; 이가원, 《연암소설연구》(을유문화사, 1965) ; 김병민, 《조선중기북학파문학연구》(목원대학교출판부, 1992) ; 이암, 《연암 미학사상 연구》(국학자료원, 1995) ; 이상돈, 〈홍대용의 학문경향과 문학세계〉(경원대학교 박사논문, 1998) ; 강혜선, 《박지원 산문의 고문 변용 양상》(태학사, 1999) ;

정민,《비슷한 것은 가짜다 : 연암 박지원의 예술론과 산문미학》(태학사, 2000) ; 이종주,《북학파의 인식과 문학》(태학사, 2001) ; 김명호,《박지원 문학 연구》(성균관대학교 대동문화연구원, 2001) ; 박수밀,〈연암 박지원의 문예미학 연구〉(한양대학교 박사논문, 2001) ; 김혈조,《박지원의 산문문학》(성균관대학교 대동문화연구원, 2002) ; 이현석,《박지원 산문의 논리와 미학》(이회문화사, 2002) 등의 연구가 이루어졌다.《한국문학사상사시론》(지식산업사, 제2판 1998) ;《한국의 문학사와 철학사》(지식산업사, 1996) ;《철학사와 문학사 둘인가 하나인가》(지식산업사, 2000)에서 지속되고 발전되는 작업을 했다.

9.6.3. 이덕무 · 유득공 · 박제가 · 이서구

이덕무(李德懋), 유득공(柳得恭), 박제가(朴齊家), 이서구(李書九), 이 네 사람은 박지원을 따르며 배웠다. 문학을 이어 사상의 새로운 방향을 구체화하고자 하면서 특히 시에 힘썼다. 네 사람이 함께 이름이 나고 나란히 일컬어져 사가(四家)라는 호칭을 얻었다.

네 사람은 젊은 시절에 백탑시사(白塔詩社)를 결성해 함께 활동하면서 동인지 성격의 시선집을 냈다. 유득공의 숙부인 유련(柳璉)이 청나라에 갔을 때 네 사람의 작품을 모아〈한객건연집〉(韓客巾衍集)을 편찬하고 청나라 문인들이 대단한 찬사를 늘어놓은 서문을 얹어 그곳에서 간행했다. 서문에 있는 말에 근거를 두고 네 사람을 사가(四家)라고 하는 관례가 생겼다. 그 책은〈사가시〉(四家詩)라고도 일컬어지면서 널리 읽혔고, 주석이 달린〈전주사가시〉(箋注四家詩)로 간행되기도 했다.

전대의 이정구 · 신흠 · 장유 · 이식을 사가라고 일컬은 것과 구별해, 이 네 사람은 후사가(後四家)라고 하기도 한다. 전사가와 후사가는 시기가 전후인 것 이상의 커다란 차이가 있다. 전사가는 중세문학의 규범을 시뿐만 아니라 산문에서도 확립하는 과업을 최상층의 위치에서 수행해, 가치관의 혼란을 막고 사회질서를 안정시키고자 했다. 후사가는 중세문학의 중심 영역인 시에서도 시대 변화가 나타나도록 하는 중세에서 근대로의 이행기의 변혁을 이룩했다.

이덕무·유득공·박제가는 서얼 출신이어서 억눌려 지내야만 하는 처지였지만 규장각(奎章閣)의 검서관(檢書官)으로 발탁되어 재능을 발휘할 기회를 얻었다. 정조가 그렇게 한 것은 반발하는 기질을 받아들여 순화시키려 했기 때문이라고 할 수 있다. 이서구는 나중에 정승의 지위에까지 올랐는데, 자기와 처지가 다른 사람들과 함께 활동했다.

이덕무(1741~1793)는 불리한 조건을 무릅쓰고 열심히 노력해 많은 저술을 남겼다. 식견이 있어도 정치에 반영할 수 없었고 산림에 은거하면서 선비로서의 도리를 차릴 수 있는 처지도 아니었다. 지식과 문학의 전문 기능인으로 발탁되어 일정한 임무를 맡은 것이 다행이었다. 청나라에 다녀올 기회를 얻고, 규장각에 있는 서적을 마음껏 이용해서 저술에 활용했다.

선비의 행실을 가르친다는 〈사소절〉(士小節)을 지어 소설 따위는 배격해야 한다고 한 것은 불리한 위치를 극복하려는 대응책일 수 있었다. 〈청비록〉(淸脾錄) 같은 비평서에서는 시는 도덕적 효용에 따라서 평가할 수 없으며 개성적인 가치를 작품 자체에서 찾아야 한다고 했다. 청나라 문학의 새로운 동향에 대해서 깊은 관심을 가졌으며, 일본의 시도 무시할 것이 아니라고 깨우치는 데까지 나아갔다.

박지원은 이덕무의 시야말로 나라의 풍토와 생활에 밀착되어 있고, 우리 남녀의 마음씨를 볼 수 있게 하니 과연 "조선의 풍요(風謠)"라고 했다. 그 말은 실제로 이룩한 성과를 평가한 결론이라기보다는 그런 방향으로 나아가야 한다는 조언으로서 이해하는 편이 적합하다. 시 작품을 보면, 회화적인 표현을 잘 갖추면서 당대의 풍속도에 접근한 특징이 오히려 두드러진다. 〈제전사〉(題田舍)라고 한 것을 들어보자.

荳殼堆邊細逕分　　콩깍지더미 가에서 오솔길이 갈리고
紅暾稍遍散牛群　　붉은 해 돋아 차츰 퍼지니 소 떼가 흩어진다.

娟青欲染秋來岫	하도 푸르러 물들 듯하구나, 가을이 온 산.
秀潔堪餐霽後雲	너무 깨끗해 마시고 싶구나, 비 갠 뒤의 구름.
葦影幡幡奴雁駭	갈대 그림자 한들거리니 어리석은 기러기 놀라고,
禾聲瑟瑟婢魚紛	벼가 살랑거리는 소리를 내자 쏘가리 수선스럽다.
山南欲遂誅茅計	산 남쪽에 초가 짓고 살았으면 싶구나.
願向田翁許半分	농사짓는 늙은이가 반이라도 나누어주면.

여기저기서 갖가지 색채와 움직임이 겹쳐 흥겹다. 농촌을 찾아가 실제
로 보고 느낀 바를 있는 그대로 그려 전에 볼 수 없던 새로운 시가 되었다.
콩깍지니 쏘가리니 하는 것들까지 등장시켜 시어의 영역을 넓혔다.

유득공(1748~1807)은 관심의 폭을 넓히고 시의 소재를 확대했다. 잃
어버린 역사를 되찾는 것이 무엇보다도 긴요한 과제라고 생각해서 〈발
해고〉(渤海考)를 집필했다. 그 서문에서, 삼국시대에 이어서 남북국(南
北國) 시대가 전개되었는데, 양쪽을 다 계승한 고려가 발해를 버린 것
은 잘못이고, 거란족과 여진족의 침략을 나무랄 근거를 잃은 처사라고
했다. 그것은 자기 시대에 대한 비판이기도 했다. 명나라에 대한 의리
따위나 찾고 있지 말고 주체적인 기상을 드높이며 민족적 자각을 분명
하게 해야 한다는 주장을 둘러서 했다.

〈이십일도회고시〉(二十一都懷古詩)에서 역사의식 전환 작업을 더욱
진척시켰다. 단군조선에서 고려까지 역대 왕조의 도읍 스물 한 곳을 찾
아 43수의 시를 지으면서, 감문(甘文)·우산(于山)·탐라(耽羅)까지
들었다. 역사를 승리자 위주로 서술해온 잘못을 시정하고, 잊혀져 있는
곁가지까지 두루 찾아내 평가해야 한다고 했다. 우리 역사를 단일체가
아닌 다원체로 이해하는 것이 새로운 과제로 등장한 지금의 시기에 적
극 평가해야 할 전례를 남겼다.

유교문화를 수준 높게 이룩해온 내력이 자랑스럽다고 하는 관점을
넘어서서 그 이전의 전통을 되찾고자 한 것도 주목할 만한 전환이다.
고구려 건국의 신이한 내력을 다룬 대목을 보자. 주몽이 지상의 삶을

끝내고 하늘로 올라갔다고, 다음과 같이 노래했다.

弧矢橫行十九年	활을 잡고 횡행한 지 열아홉 해 만에
麒麟寶馬去朝天	기린 말을 타고 조천석에서 떠나갔다.
千秋覇氣凉于水	천추의 패기는 물보다 싸늘하고,
墓裡消沈白玉鞭	무덤 속에서는 백옥편만 사그러졌다.

이규보의 〈동명왕편〉(東明王篇) 같은 장시를 쓰지 않고, 칠언절구 속에 모든 사연을 요약했지만 사실과의 대응이 단순하지 않고 상징적인 뜻이 확대되어 있다. 주몽이 하늘로 올라가고 돌아오지 않자 남기고 간 백옥 채찍만 무덤에 묻었다는 것은 출처가 있는 말인데, 거기 덧붙여서 채찍은 삭아 없어져도 주몽의 패기는 천 년이 지나도록 물보다 싸늘해 서릿발 같다고 했다. 주몽이 전해준 기상과 남긴 뜻은 영원히 없어지지 않는다고 한 말이다.

〈송경잡절〉(松京雜絶)이라고 한 연작시에서는 고려의 옛 도읍을 따로 다루었다. 지난날의 자취를 찾아 감회에 사로잡히지 않고, 시정의 움직임에 관심을 가졌다. 주막집에서 말방울이 절렁거리고 장사꾼들이 외쳐 댄다고 하면서, 송도가 상업 발전에 앞서고 있는 모습을 그렸다.

역사와 함께 풍속에도 깊은 관심을 가져 다방면에 걸친 저술을 한 것 가운데 〈경도잡지〉(京都雜志)도 있다. 서울 시정의 삶에 대해서 많은 것을 알려주는 소중한 서울의 풍속지이다. 해금을 켜는 음악인을 주인 공으로 한 〈유우춘전〉(柳遇春傳)을 지어, 보수를 받고 재주를 팔아야 하는 직업인의 고민을 보여주고, 상업이 발달한 시대에 제기되는 문제를 다루었다.

박제가(1750~1805)는 서자로 태어나서 아버지를 일찍 여의고 어머니가 품팔이를 해서 살아가는 처지였는데 일찍부터 재능이 뛰어났다고 한다. 규장각 검서관으로 뽑히고, 네 차례나 청나라에 다녀올 기회가 있었다. 〈북학의〉(北學議)라고 한 연행록에서 청나라를 오랑캐로 여기는 고루한 관습을 버려야 한다 하고, 상공업의 발달이 백성을 살리며 나라를 부강하게 하는 데 가장 긴요한 방안임을 역설해 실학 발전에 크게 기여했다.

과거제도의 폐단을 비판하고, 공허한 수식이나 일삼는 시문을 배격했다. 아름다움이 맛이라는 관점에서 예술의 실용적 의의를 논하면서, 문인의 재능과 실학자의 각성을 함께 구현하는 문학을 하고자 했다. 성리학에서 벌이는 논란을 개탄하고, 사회의 병폐를 그대로 두고 경제를 발전시키지 않는 폐단을 나무라는 시를 지었다. 함경도에 귀양 갔을 때의 작품인 〈수주객사〉(愁州客詞) 79수에서는 관가에서 백성을 수탈하는 모습을 선명하게 그렸다.

청나라에 갔을 때에는 그곳의 문명을 지나치다 할 정도로 예찬했다. 넓은 천지에서 기술이 혁신되고 물자가 풍성하게 생산되는 것을 보고 자기에게 가해지는 사회적 구속에서 해방되는 느낌을 가지기도 했다고, 〈연경잡절〉(燕京雜絶) 140수에서 말했다. 고국에 돌아와 사회개혁을 주장하고 당장 시행해야 할 방안을 계속 내놓았지만 어느 것 하나 받아들여지지 않았다.

그러나 절망하지 않았다. 서울 시가지를 시로 다룬 〈성시전도〉(城市全圖)를 보자. 왕조의 위엄을 찬양하는 말을 앞세우고서, 상업이 발달하고 시정인의 활동이 활발해진 시대변화를 환영하고 평가했다. 두부·닭·돼지·땔감 같은 것들을 파는 저자와, 아전·마부·계집종·내시·기생 등 갖가지 신분의 사람들이 부지런히 오고가는 거리의 모습을 이렇게 그렸다.

三三五五各有求	삼삼오오를 이루어 각기 구하는 것들이 있어
來來去去紛無已	오고가는 이들 시끌벅적 끝나지 않네.
吏胥之拜拜以腰	아전서리 절하고 절하기를 허리로 하고,
市井之唾唾以齒	시정사람 침 뱉기 침 뱉기 이빨로 한다.
不鞍而騎何處圉	안장 없이 말 타는 녀석 어느 곳 마부이고,

挾藍而拱誰家婢	광주리 끼고 절하는 것은 누구 집 여종인가?
徒而寬襪是黃門	넓은 보선 신은 사람 내시가 분명하고,
眄而蹇裳卽紅妓	곁눈질하면 치마 드는 것이 바로 기생이다.

사람이 많이 모여들고, 같은 짓을 거듭해서 하는 것을 인상 깊게 보여주려고 한시 작법의 금기를 어겼다. 같은 글자를 거듭하고, 허사 연결어를 자주 썼다. 장난을 하는 것 같은 방법으로 흥미로운 대구를 만들었다. 차림새나 거동을 보면 누가 누군지 바로 알 수 있다는 것을 익살스럽게 말했다.

이서구(1754~1825)는 다른 세 사람과 처지가 달랐다. 서얼이 아니며, 당당한 가문에서 영의정의 아들로 태어났다. 20세에 문과에 급제했으니 누구나 부러워할 일이다. 한때 천주교를 옹호한다는 죄목으로 귀양살이를 한 적이 있기는 하지만, 순조롭게 진출해서 여러 판서를 역임하고 정승의 지위에 올랐다. 정조에서 순조로 넘어가면서 정권에 커다란 변화가 있었어도 타격을 입지 않고 승진했다.

그런 인물이 어떻게 박지원을 따르고 후사가의 다른 세 사람과 어울렸던가 하는 의문은 공적 지위와 사적 취향의 차이를 들어 해결할 수 있다. 박지원이 이서구의 문집 서문으로 써준 〈녹천관집서〉(綠天館集序)에 의하면, 이서구는 16세 때 박지원을 만나서 배우기 시작했다고 한다. 문장수련에 도움이 되는 스승을 찾았던 것 같은데, 문장에서 사람으로 관심을 옮겨 깊은 공감을 나누게 되었다. 박지원의 감화를 후사가 다른 어느 사람보다 더 많이 받았다.

박지원은 그 글에서 이서구의 시문이 옛사람을 본뜨지 않은 점을 기리고, 그 때문에 비난받으면 미처 익히지 못한 탓이라고 둘러대라고 했다. 이서구는 〈하야방우기〉(夏夜訪友記)에서 어느 날 찾아가보니 밥을 먹지 못한 지 사흘이나 된 박지원이 맨발과 맨머리로 행랑아범들과 말을 주고받고 있더라고 했다. 이서구는 그런 인간관계를 본받고 시정의 삶에 깊은 관심을 가졌다. 그렇다고 해서 나라 일을 맡은 기회에 박지원에게서 물려받은 포부를 펴려고 한 것은 아니다.

이서구의 문학에서는 투철한 의식을 찾기 어렵다. 박지원이 추켜올린 말은 사실이라기보다 희망사항이었다. 귀양 갔을 때의 시는 벼슬살이의 어려움을 말하고, "羞作市門客 强學邯鄲步"(시정인 노릇을 하며 남의 흉내를 내려고 한 것이 부끄러워라)라고 술회했다. 솜씨가 상당하다고 해서 알려진 시는 번민과는 거리가 멀고, 관조하는 자세로 주위의 사물을 관찰하며 고요함을 얻고자 한 것들이다.

정양완, 《조선후기한시연구》(성심여자대학출판부, 1983) ; 송준호, 《유득공 시문학연구》(태학사, 1985) ; 이경수, 《한시 사가의 청대시 수용 연구》(태학사, 1995) ; 안대회, 《18세기 한국한시 연구》(소명출판, 1999) ; 이화형, 《이덕무의 문학 연구》(집문당, 1994) ; 유재일, 《이덕무 시문학 연구》(태학사, 1998)에서 자세한 연구를 했다.

9.6.4. 이옥 · 정약용 · 이학규

세상이 잘못된 것을 깊이 깨닫고 체제를 비판하고 문화를 혁신하는 문학을 하는 사람들이 더 많이 있었다. 그런 사람으로 먼저 들 만한 이옥(李鈺, 1760~1812)은 생애를 알 수 없다가, 당색이 소북인 무반 가문의 서족 출신임이 가까스로 밝혀졌다. 그런데도 성균관 유생의 신분으로 과거에 응시했다가 소설 문체를 사용한다는 이유로 정조의 문체반정에 걸려들어 귀양살이를 해야 했다. 주범 격인 박지원은 무사했는데 말단 추종자가 가혹한 처분을 받은 것은 지체가 낮았기 때문이라고 할 수 있다.

그런 처지에서 이치의 근본을 다시 따지는 임무를 감당하고자 했다. "천지 사이에 지극히 정(貞)하고 열(烈)한 기(氣)가 있어서 물(物)에 모이기도 하고 인(人)에 모이기도 한다"고 하는 기일원론을 정립했다. 가치의 원천을 이(理)가 아닌 기에서 찾아, 성현의 도리나 고문의 규범을 벗어나 현실을 직접 경험하고 인식해야 진실에 이른다고 했다.

"같은 동네에 명창이 없고, 동접(同接)에 문장이 없다고 하듯이, 우리나라 사람들은 본디 자기를 가벼이 여기"는 것이 잘못이라고 했다. 일상생활에서 겪은 바를 그대로 나타내면 고전적인 명문과 필적할 만한 새로운 문학이 이룩될 수 있다고 했다. 민족적이면서 현실적인 문학을 옹호하는 논리를 그렇게 해서 마련하고, 작품 창작방법 혁신에서 더욱 주목할 만한 진전을 보여주었다.

"만물이라는 것은 만물이고, 진실로 하나가 아니다"라는 말을 들어 구체적인 경험의 개별성을 존중하자는 주장의 근거로 삼았다. 다시 "하늘은 하루라도 같은 하늘이 아니고, 땅은 한 곳도 비슷한 땅이 없으며, 천만 사람이 각기 천만 생명을 갖추고 있다"고 했다. 하나로 귀일되는 규범은 무의미하게 되고, 자기 주위의 사람들이 각기 하는 이야기가 모두 새삼스러운 의미를 가진다고 평가했다.

그런 원리를 구체화해서 보여주는 문학 작품을 다양하게 마련한 가운데 세 부류를 주목할 만하다. '전'(傳)이라고 하면서 특이한 인물의 행적을 이야기한 한문단편을 많이 창작했다. 소품문(小品文)이라고 부를 수 있는 짧은 분량의 묘사문을 즐겨 쓰면서, 세태의 여러 면모를 예리하게 관찰하고 인상 깊게 보여주었다. 민요를 한시로 옮기기도 하고 한시를 민요풍으로 창작하기도 한 민요시를 짓는 데도 열의를 가졌다. 그 세 영역에 걸쳐 당시 문학의 새로운 경향을 두루 갖추면서 비교될 수 있는 다른 작가들보다 한층 과감한 시도를 했다.

23편이나 되는 한문단편은 박지원의 작품과 견줄 만하다. 문장의 기교는 덜 부린 대신에 세태에 관해 말한 내용이 한층 다채롭다. 예사롭지 않은 인물의 기이한 행동을 갖가지로 이야기하면서 이면의 진실을 말해주는 충격을 주었다. 〈이홍전〉(李泓傳)에서 모든 권위를 우롱하는 사기꾼의 행적을, 〈유광억전〉(柳光億傳)에서 과거 답안을 만들어 파는 인물의 기막힌 사연을 말한 것이 그 좋은 예이다.

그런 것들은 당시에 '패사소품'(稗史小品)이라고 하던 것이다. 작문의 법도를 지키지 않고 장난처럼 써서 세상 돌아가는 형편을 묘사했다. 이용휴의 경우를 들어 고찰한 성과를 확대하고 발전시켜 두 가지 특징을 한층 분명하게 했다. 서사문인 한문단편과는 달리 시간의 흐름을 정지시켜놓고 대상의 모습을 하나하나 자세하게 그렸다. 그렇게 해서 세상 모든 것은 각기 다르다는 것을 구체적으로 보여주어 현실인식의 원리로 삼고, 관념을 전제로 한 획일적인 선입견을 불식했다.

귀양 갔을 때 쓴 〈봉성여문〉(鳳城餘文)에 그런 것들이 많다. 〈시기〉(市記)에서는 창에 난 구멍을 통해 살펴본 시장의 모습을 있는 그대로 그렸다. 〈시투〉(市偸)는 도둑을 잡은 내력을, 〈시간기〉(市奸記)는 협잡꾼이 하는 짓을 다룬 내용이다. 전후의 설명을 생략하고 나타난 사실을 있는 그대로 보여주었다. 〈남정십편〉(南程十篇)에 모아놓은 글에서는 미세하게 관찰한 대상이 각기 다른 것을 소중하게 여겨, 인식 방법의 혁신을 꾀했다. 〈사관〉(寺觀)을 보면, 절간에 모셔놓은 오백이나 되는 나한상의 모습이 각기 지닌 특징을 그리는 말을 늘어놓았다.

〈방언〉(方言)에서는 나라나 지방에 따라 말이 다른 것이 당연하다고 했다. "알 수 없구나, 호남 사람이 영남 사람의 말을 듣고 웃는 것이 옳은지, 영남 사람이 호남 사람의 말을 듣고 웃는 것이 옳은지"라고 했다. 모든 것은 각기 그 나름대로의 존재의의나 특성을 가졌으므로, 한쪽을 기준으로 다른 것을 판단할 수 없다고 하는 상대주의의 관점을 나타냈다.

민요를 한시로 옮겨 재창작한 〈이언집〉(俚諺集)에서는, 동시대 많은 사람이 함께 한 작업을 이론적인 근거를 분명하게 다지고 더욱 과감하게 전개했다. 〈삼난〉(三難)이라는 제목을 붙인 서문에서, 민간에서 부르는 노래에서 남녀의 정을 드러내는 것이야말로 가장 진실된 문학이어서, 이언(俚諺)이라고 일컫는 사랑노래를 66수 짓는다고 했다. 아조(雅調)·염조(艶調)·탕조(宕調)·비조(悱調)로 나누어, 아조는 예사롭고, 염조는 아름답고, 탕조는 질탕하고, 비조는 원망스럽다고 했다. 그 가운데 탕조 1번과 비조 4번을 든다.

歡莫當儂䯻	내 머리에 대지 말아요.
衣沾冬栢油	동백기름이 옷에 묻어요.
歡莫近儂脣	내 입술 가까이 오지 말아요.
紅脂軟欲流	입술의 연지 흘러들어요.

寧爲譯官婦	역관의 아내가 될망정
莫作商賈妻	장사꾼의 아내는 되지 마오.
半載湖南歸	반년을 호남 땅에 있다 오더니,
今朝又關西	오늘 아침에는 또 관서로 간다네.

민요를 그대로 옮겨놓은 것 같은 노래이다. 부녀자의 심정을 나타내는 부요를 본떠서 부부애의 소망, 시집살이의 고난, 독수공방의 외로움, 남성에 대한 원망 등을 아주 선명하게 표현했다. 한시의 품격은 돌보지 않고 삶의 실상을 충실하게 나타내는 것이 소중하다고 했다.

정약용(丁若鏞, 1762~1836)은 남인의 불리한 위치를 극복하고 일찍 벼슬길에 올라 정조의 총애를 받았다. 문체반정에 동조해 패관잡서 소설류를 배격했던 견해를 그 뒤에도 변함없이 간직했다. 그러나 순조가 즉위하자 바로 몰려나 18년이나 귀양살이를 하는 동안 현실을 다시 인식하고, 당시 학문의 거의 모든 영역에 걸쳐서 비판적인 논리를 구체화하는 과업의 하나로서 문학하는 자세도 철저하게 가다듬었다.

경학(經學)에 힘써 상고시대 유학 본래의 정신으로 되돌아가자고 하면서 주자학 비판의 거점을 마련했다. 〈목민심서〉(牧民心書)를 써서 현실의 병폐와 시정 방안을 자세하게 다루었다. 〈감사론〉(監司論)에서는 감사야말로 큰 도적이라고 하고, 〈전론〉(田論)을 지어 토지는 공동으로 소유하고 공동으로 경작해야 농민이 살 수 있다고 했다.

〈오학론〉(五學論)에서 당대 학문의 풍조를 비판하면서 문학하는 자세도 바로잡고자 했다. 헛된 이치를 캐거나 말을 가다듬는 데나 힘쓰는 풍조를 극력 배격하고, "문장은 천지의 정리(正理)에 통하고, 만물의 중정(衆

情)을 두루 갖춘다"고 하고, 그대로 덮어둘 수 없을 만큼 절실한 경험을 했을 때 밖에서 오는 자극에 따라 "바닷물처럼 출렁이고 번개 치듯이 찬란하게 뻗어난다"고 했다. 다른 글에서는 "물(物)과 서로 만나고, 사(事)와 서로 닿고, 시비와 서로 접촉하고, 이해와 서로 형태를 이룬다"고 했다. 문학을 자아와 세계의 대결로 이해하는 견해의 원천을 제공했다.

특히 시의 사명을 깊이 따져, "시대에 대해서 상심하거나 풍속에 대해서 분개하지 않는 것은 시가 아니다"라고 했다. 까다로운 규범을 버리고 느낌이 떠오르면 바로 나타내야만 진실을 얻을 수 있다고 했다. 중국을 따르려고 하는 풍조를 비판하고, "나는 조선 사람이어서 조선시를 즐겨 짓는다"고 선언했다. 창작하는 정신, 다루는 내용, 표현 방법에서 우리 시의 독자적인 특성을 가진 한시를 조선시라고 했다.

조선시를 이룩하려면 현실을 바로 다루어야 했다. 농민이 비참한 지경에서 고난을 겪고 있는 것을 부귀를 차지하고 있는 무리는 외면하고, 자기는 사태의 진상을 알면서도 어찌할 도리가 없어서 한탄한다고 했다. 농민이 겪고 있는 수난에 대해 깊이 동정하고 관청의 수탈을 나무라는 〈용산리〉(龍山吏) 계열의 시를 여러 편 썼다. 〈전간기사〉(田間紀事)에서는 극도에 이른 농민의 참상을 보고 통곡하듯이 노래했다.

농민시를 쓰려고 민요에 다가갔다. 귀양살이하고 있던 고장의 민요를 받아들여 〈탐진촌요〉(耽津村謠), 〈탐진농가〉(耽津農歌), 〈탐진어가〉(耽津漁歌) 등으로 이름을 붙인 연작 민요시를 창작했다. 민요에 가까운 시를 쓰려고 〈시경〉에서 볼 수 있었던 사언시를 택하기도 했다. 〈채고〉(采蒿)는 먹을 것이 없어서 다북쑥을 뜯는다는 사연이다. 모두 세 대목으로 이루어져 있는데, 중간 대목을 들어본다.

采蒿采蒿	다북쑥 캐네, 다북쑥 캐네.
匪蒿伊䔧	다북쑥 아니라, 제비쑥이네.
藜莧其萎	명아주 비름나물 다 시들었고,
慈姑不孕	소귀나물 떡잎은 그대로 말랐네.

芻煬其焦	풀이며 나무는 타들어가고,
水泉其盡	샘물까지 말라버렸구나.
田無田青	논에는 우렁이마저 없어지고,
海無鱺蜃	바다엔 조개며 소라 사라졌네.
君子不察	높은 분네 실제로 살피지 않고,
曰饑曰饉	흉년이다 기근이다 말만 앞세워,
秋之旣殞	이번 가을 넘기기 어려운 판인데,
春將賑兮	내년 봄에 가서야 구휼한다네.
夫壻旣流	유랑걸식 떠난 우리 남편
誰其殣兮	그 누가 있어 묻어주리?

서술자는 관찰하고 묘사하는 시인이 아니고 다북쑥을 뜯는 아낙네이다. 양식거리로 삼을 만한 식물 이름을 구체적으로 열거해서 실감을 가중시켰다. 유랑걸식 떠난 남편을 생각하는 대목으로 넘어가는 것도 자연스럽다. 그런데 한시로 민요를 받아들이느라고 〈시경〉의 전례를 찾아 예사 한시와 멀어진 탓에 난해하다.

정약용은 우화시도 적극 개척해서 또 다른 면모를 보여주었다. 〈고시이십칠수〉(古詩二十七首)라고 한 데 제비노래가 있다. 느릅나무 구멍은 황새가 쪼고, 홰나무 구멍은 뱀이 와서 뒤지니, 제비가 어디로도 들어갈 수 없는 서러움을 하소연한다고 했다. 황새와 뱀은 농민을 괴롭히는 무리이다. 〈이노행〉(貍奴行)에서는 남산골 샌님이 쥐를 잡으라고 고양이를 길렀더니, 갖은 못된 짓을 일삼으면서 쥐와 한통속이 되어 샌님을 괴롭힌다고 했다. 고양이는 아전이고, 쥐는 도적이다.

정약용이 멀리 전라도 강진에서 귀양살이를 하면서 지은 시는 독자를 얻지 못하고 혼자만의 푸념으로 끝난 것 같지만 그렇지는 않았다. 서울까지 전해져서 비방하는 사람들은 "과연 별난 재주로구나", "별난 재주는 상서롭지 못하다"고 하는 평을 했다 한다. 그런가 하면 별난 시에 크게 감명을 받아 뒤따르고자 하는 사람도 있었다.

이학규(李學逵, 1770~1835)가 그런 사람이다. 이학규는 외할아버지인 이용휴의 지도로 글공부를 하면서 자라나 벼슬길에 나아가기 전인데도 정조의 인정을 받았다가, 순조가 즉위하자 큰 타격을 받았다. 정약용, 외삼촌 이가환과 함께 옥에 갇히고 24년 동안이나 경상도 김해에서 귀양살이를 했다. 그동안 정약용과 계속 연락을 가지며 영향을 받았다.

이학규의 시에서 근간을 이루는 것은 정약용의 경우에 볼 수 있는 바와 같이 농민의 참상을 다룬 작품이다. 정약용의 〈전간기사〉를 보고, 〈기경기사〉(己庚紀事)를 지어 화답했다. 백성들이 굶주림에 지쳐 거리에 인적을 찾지 못하겠고, 온 고을에 밥 짓는 연기라고는 없으며, 어두운 방안에서 숨넘어갈 듯한 기침소리만 들린다고 하는 처절한 사연을 갖춘 작품도 있다.

그러나 이학규는 줄곧 고심하고 있는 성격은 아니었다. 자기 주위에서 보고 겪은 바에 따라 시의 소재를 다양하게 하는 데 커다란 흥미를 가지고, 대수롭지 않은 일을 보고 순간적으로 떠오르는 감회를 나타내는 것을 주저하지 않았다. 문학의 사명이 무엇이며 시는 어떻게 지어야 하는가를 깊이 따지지 않으면서 한시로 무엇이든지 나타내려고 갖가지 시험을 했다.

〈영남악부〉(嶺南樂府)라는 영사악부를 지으면서 흥미로운 소재를 갖추고 자기 시대를 풍자했다. 영남지방에 부임해온 관원에 별의별 인물이 다 있었다고 했다. 까치 소리를 싫어해 들리기만 하면 은병(銀瓶)을 바치게 한 자도 있고, 쇠붙이는 다 거두어들인 녀석은 철문어(鐵文魚)라는 별명을 얻었다. 그처럼 우스꽝스러운 거동을 아주 흥미롭게 그려내는 데 남다른 솜씨를 발휘했다.

시에서 그린 풍속도에 기존의 개념으로는 도저히 설명할 수 없을 만큼 미묘한 것이 적지 않다. 〈금관죽지사〉(金官竹枝詞)에서는 자기가 귀양살이하고 있는 고장의 풍속을 그린다면서 아주 자질구레한 일까지 살피고, 사투리를 한문으로 옮겼다. 〈삼부염〉(三婦艶)이라고 한 세 며느리 노래를 들어보자.

大婦良家女	큰 며느리는 양가집 딸
織作無冬春	베를 짜느라고 겨울도 봄도 없어요.
中婦雖再嫁	가운데 며느리는 재가를 했지만
飮食頗時新	음식은 제법 때맞추어 새롭게 해요.
小婦新退妓	작은 며느리는 갓 물러난 퇴기라,
眼色招行人	눈빛으로 지나가는 사람을 끌지요.
丈人且安坐	시아버지는 편안하게 앉았고,
囷粟方陳陳	곳간의 곡식은 쌓이고 쌓이네요.
大婦自優好	큰 며느리는 제멋에 우쭐대지만,
當年閱苦辛	당년에 고생이라고는 다 겪지요.
中婦稍細點	가운데 며느리는 조금 약아서,
承順巧持身	고분고분 제 몸을 잘 가누지요.
小婦無所畏	작은 며느리는 겁나는 데가 없어,
能笑復能嗔	웃기도 잘 하고 성도 잘 내지요.
丈人且安坐	시아버지는 편안하게 앉았고,
足以誇鄕隣	이웃에게 자랑할 만하네요.

인륜도덕으로 지체를 따지는 견지에서 살핀다면 개가한 여자나 퇴기를 며느리로 데리고 있는 집이라면 더 볼 것이 없다 하겠지만 그런 데는 전혀 관심을 가지지 않았다. 며느리 셋을 잘 두어 자랑으로 삼고 가만히 앉았으면서도 곳간에 곡식이 쌓이니 잘 되어간다고 능청스러운 어조로 말했다. 몇 마디 되지 않는 말로 세 며느리의 개성을 아주 선명하게 부각시켰다. 사람이 살아가는 방식은 제각기 다르지만 전체적으로 보아서 조화를 이룰 수 있다는 것도 알 수 있게 했다. 한시가 생활의 실상을 이 정도까지 살핀 다른 예는 찾기 어렵다.

이학규가 귀양살이하는 고장에도 빚 놓고 이자 받는 일이 성행하고, 저자에서는 상거래가 활발하게 이루어졌다. 시장 구경을 한다고 한 〈관시〉(觀市)라는 시에서 그 광경을 흥미롭게 그렸다. 물건이 많기도 해서

놀랍고, 여기저기서 흥정을 하면서 사고파는 소리가 야단스럽다고 했
다. 이문을 남기고 속이고 하느라고 아귀다툼이 심하지만 거슬리지는
않는다고 여겼다. 나무라는 것 같은 어조를 택하고서 새로운 시대의 움
직임을 아주 생동하게 나타냈다.

김균태, 《이옥의 문학이론과 작품세계의 연구》(창학사, 1986) ; 송재
소, 《다산시연구》(창작과비평사, 1986) ; 김상홍, 《다산 정약용 문학 연
구》(단국대출판부, 1985) ; 김상홍, 《다산문학의 재조명》(단국대출판
부, 2003) ; 백원철, 〈낙하생(洛下生) 이학규의 생애와 문학〉, 《한국한
문학연구》 6(한국한문학연구회, 1982) ; 김영숙, 〈영남악부연구〉, 《영
남어문학》 10(영남어문학회, 1983) ; 〈이학규〉, 《한국문학작가론》 3(집
문당, 2000) ; 김영진, 〈이옥 연구(1)〉, 《한문교육연구》 18(한국한문교
육연구회, 2002) ; 박무영, 《정약용 시의 사유방식》(태학사, 2002) ; 박
현숙, 〈이옥 소품문의 작품세계〉(서울대학교 석사논문, 2004) 등의 연구
가 있다. 《한국문학사상사시론》(지식산업사, 제2판 1998)에서도 정약
용의 문학사상을 논했다.

9.6.5. 김정희 이후의 동향

정약용 다음 세대의 실학은 김정희(金正喜, 1786~1856)를 중심으로
전개되었다. 김정희는 왕실과 혼인관계가 있는 노론 명문 출신이다. 일
찍이 청나라에 다녀올 기회가 있었고, 30세에 문과에 급제해서는 대사
성·이조참판까지 순조롭게 승진했으니 남인과는 처지가 아주 달랐다.
51세에 제주도로 귀양 가 8년 동안 머문 다음에는 다시 관직에 나아가
지 않았다. 그래서 몰락을 겪은 것은 아니며, 학문과 예술의 세계에 마
음껏 몰두할 수 있는 겨를을 얻었다.

박제가에게 배우고, 다시 청나라 고증학의 영향을 받아 실사구시(實
事求是)의 학문을 한다고 했다. 이익 이래의 실학을 경세치용(經世致

用), 홍대용이 주도한 학풍은 이용후생(利用厚生)이라고 하는 데 견주어 김정희의 실사구시를 이해하면 특징이 드러난다. 실사구시는 서적과 문자를 이용한 고증으로 사실을 밝히는 데 힘쓰는 학문이어서, 사회문제에 대한 관심은 앞의 둘보다 현저하게 축소되었다. 문자를 중요시해서 금석학(金石學)을 개척하고, 서체(書體)에 대해서 각별한 관심을 가지고 추사체(秋史體)라고 알려진 것을 만들어냈다.

김정희는 전통적인 문인의 예술 감각을 두루 구비하고 신위(申緯)처럼 시서화(詩書畵) 삼절(三絶)이라고 일컬어졌다. 정신적인 여유를 가지고 오래 공력을 들인 탐구가 그럴 수 있는 조건이 되었다. 이론과 창작 양면에서 전인미답의 경지를 개척했다고 칭송되고 한 시대를 풍미할 정도로 영향력을 가져, 지체 낮고 수준 미달인 사람들이 자기 경험에 입각해 현실 문제를 거칠게 다루는 것을 막는 구실을 했다.

시를 논하면서 성령론(性靈論)을 주장했다. 시가 심성의 도리를 구현하고 정해진 격조(格調)를 따라야 한다는 데 대해 반론을 펴고, 시의 바탕이 되는 마음이 어느 한 가지로 정해질 수 없다고 하기 위해 마음을 성령이라고 일컫는 용어를 사용했다. "무릇 시도(詩道)는 광대해서 여러 가지가 구비되어 있다"고 하고, "시인은 각자 자기의 성령과 가까운 것을 따를 일이지 어느 한 가지에 집착해서는 안 된다"고 했으며, 시를 평하는 사람도 자기 나름대로의 기준을 내세워 남의 개성을 무시하지 말아야 한다고 했다.

그것을 자유를 얻는 길로 이해하고, 장지완(張之琬), 최성환(崔瑆煥), 정지윤(鄭芝潤) 등의 위항시인들이 적극적으로 받아들여 개성의 가치를 인정하는 논거로 삼았다. 그러나 김정희는 자의적인 해석을 경계하고, 지나친 개방은 경계하는 태도를 보였다. 성령을 따른다고 해서 격조를 무시하지 말아야 한다고 했다. 높은 수준에서 폭넓은 교양을 갖추어야 자유를 누릴 수 있다는 주장이었다.

자기는 불교에까지 탐구의 영역을 넓혀 유학의 본령을 지키는 선비 예술이 결코 고루하지 않고 온갖 흥취를 지니고 있다는 것을 입증하려고 했다. 시를 창작할 때에는 주변에서 흔히 볼 수 있는 평범한 소재를 소중하게 여기고 일상생활을 새롭게 인식하는 데 힘썼다. 그렇게 해서 실제로 체험 가능한 영역에서 고매한 예술을 기대 이상으로 이룩하고자 했다.

〈촌사〉(村舍)에서는 시골집 장독대에 피어 있는 맨드라미 두어 송이를 정겹게 묘사해 시가 곧 그림임을 보여주었다. 보리타작을 하는 광경을 노래한 〈타맥〉(打麥)에서는, 공중에서 도리깨 소리 끊어지지 않고 줄곧 들리니, 천상에도 인간에도 보리밥이 향기롭다고 해서, 일상적인 소재를 비범하게 다루는 솜씨가 더 잘 나타나 있다. 흔히 들을 수 있는 보리타작 노래에서는 상상하기 어려운 경지에 이르렀다고 자부할 만하다.

다른 면모를 인식할 수 있게 하는 자료는 국문 편지이다. 귀양살이를 하는 동안에 아내에게 보낸 편지는 안부를 묻고 사연을 전하는 정도를 넘어서서 부부 사이의 애틋한 사랑을 은근하면서도 절실하게 담아서 근엄한 선비가 어찌 그럴 수 있었던가 하는 의문을 갖게 할 정도이다. 마지막으로 쓴 국문 편지는 부인이 세상을 떠난 지 닷새나 되는 줄 모르고 써 보낸 것이다.

那將月姥訟冥司	장차 어떻게 하든 월로께 저승에서 하소연해
來世夫妻易地爲	내세에는 부부 사이의 위치를 바꾸어서,
我死君生千里外	나는 죽고 그대는 천 리 밖에 살아서
使君知我此心悲	그대로 하여금 나의 이 슬픔 알게 했으면.

부인의 부음을 받자 〈배소만처상〉(配所輓妻喪)이라는 한시를 지었다. 월로는 남녀의 발을 끈으로 묶어 부부가 되게 해준다는 노인이다. 내세에는 처지가 바뀐 부부가 되자는 것은 남편을 원망하는 아내의 노래에 등장하는 사연인데 역전시켜 이용했다.

김정희가 활동하던 시대인 19세기 전반기에는 세도정권의 반동적인 책동 때문에 사상과 문학의 비판적인 노선이 움츠러들지 않을 수 없었다. 그러나 하층에서의 항거는 상업의 발달, 신분제의 동요 등으로 요약되는 사회변화와 연결되어 한층 치열해졌다. 지배체제와 이념에 대한 비판을 대중의 인기가 날로 커지는 탈춤이나 판소리에서 적극적으로 나타내, 상하층의 중간에 자리를 잡고 유학과 한문학을 혁신하려는 실학파의 노력이 뒤로 밀렸다. 그런 상황에서도 의식을 개조하고 문화구조를 바꾸어놓고자 하는 지식인의 분투가 계속되어 몇 가지 주목할 만한 저작이 이루어졌다.

유희(柳僖, 1773~1837)는 평생 학문에 몰두하면서, 지식의 거의 모든 영역에 걸친 탐구를 〈문통〉(文通)이라는 이름의 방대한 저술에다 집대성했다. 그 일부인 〈언문지〉(諺文志)에서 언문이라고 부른 국문을 부녀자의 글로 여기는 것은 잘못이라 하고, 천대하는 이유가 한문보다 배우기 쉽기 때문이니 가소롭다고 했다. 국문문학의 발전이 크게 이루어진 시대의 새로운 인식을 반영하고, 다음에 올 국문운동을 예고했다고 할 수 있다.

이덕무의 손자인 이규경(李圭景, 1788~?) 또한 오직 학문을 본분으로 삼으며 박학다식을 존중하는 실학의 학풍을 발전시켜 방대한 규모의 백과사전 〈오주연문장전산고〉(五洲衍文長箋散藁)를 이룩했다. 1,400개나 되는 항목을 설정해 사실을 고증하고 시비를 가리는 변증설(辨證說)을 집필했다. 언문, 소설, 속악, 무격(巫覡) 등을 위시한 하층문화 또는 민속예술의 여러 영역이 거기 포함되어 있다. 유학과 여러 이단사상, 조상 전래의 문물과 서양에서 전래된 지식이 서로 보완할 수 있게 하자고 한 것이 더욱 놀랍다.

조사 가능한 모든 자료를 모아 집대성하는 작업을 특정 분야에서도 했다. 역대의 시화를 집성해 1,392조항이나 되는 〈시가점등〉(詩家點燈)을 편찬하고, 다시 속집을 만들었다. 상대적이고 다원적인 관점에서 문화의 폭을 넓히는 것이 이규경의 지속적인 관심사였다.

최한기(崔漢綺, 1803~1877) 또한 위에서 든 두 사람처럼 학문이 아니고서는 종사할 일을 찾지 못하는 처지였는데, 지식을 확대하는 데 만족하지 않고 지식의 근거를 찾는 데 몰두해 사상 혁신의 새로운 경지를 개척했다. 임성주(任聖周)가 재정립한 기일원론을 더욱 발전시켜 인식 방법을 개발하고, 실학에서 이룩한 사회사상의 정수도 이어 조선후기에 개척된 비판적인 사상을 발전시키면 곧 근대사상이 될 수 있다는 것을 입증했다.

형체가 있고 객관적인 근거가 분명한 기(氣)에서 출발해 모호하고 견해가 엇갈릴 수 있는 이(理)를 헤아려야 하고, 그 반대가 되어서는 혼란에 빠지기만 한다는 원리를 〈추측록〉(推測錄)에서 정립해, 성현의 가르침이니 사람의 도리니 하는 말로 절대적인 권위를 부여한 가치규범을 근본적으로 부정할 수 있는 근거를 마련했다. 그런 논리에 따라서 현실적인 문제를 하나씩 다루는 작업을 〈인정〉(人政)에서 했다. 문학의 본질과 기능을 재검토한 글도 거기 들어 있다.

> 무릇 이른바 문장이 운화(運化)하는 기(氣)에서 유래하지 않고 운화하는 기와 어긋나면, 다만 무력(無力)하고 무신(無神)해서 아름다운 표현을 갖출 수 없을 뿐만 아니라 마음을 어지럽게 하고 뜻을 혼란하게 해서 도움이 되는 바가 없다.

〈문장〉(文章)이라는 제목을 걸고 이렇게 말한 데 문학관의 핵심이 요약되어 있다. 부정문을 긍정문으로 바꾸면, 문장은 움직이고 활동하는 기, 또는 객관적인 현실에 근거를 두고 이루어져야만 힘이 있고 생기를 띠며, 아름다울 수 있다고 했다. 다른 글에서는 그렇게 되면 문학이 "용이 꿈틀거리는 형체를 갖추고, 만화(萬化)를 녹여서 지닌다"고 하는 경지에 이른다고 했다. 받아들이는 사람 쪽에서 말하면 문학작품은 신기(神氣)가 놀란 듯이 움직여 쉽사리 감통(感通)하게 하는 것을 본분으로 삼는데, 수식하고 꾸민다고 해서 그렇게 될 수 있는 것은 아니라고 했다.

신기는 정신작용의 기이고, 사고와 행동의 주체이다. 신기가 놀란 듯이 움직이게 하는 감동력을 문학이 지닐 수 있는 이유와 조건을 밝혀

논해 기일원론에 입각한 문학론을 구체화했다. 그런 견해는 당시에 이루어지던 문학 창작과 구체적으로 호응되지 않아 아직 원칙론에 머물렀다고 할 수 있지만, 중세 규범주의의 문학을 청산하고 근대 사실주의의 문학으로 나아가는 길을 열었다고 할 만하다. 그런데 널리 알려져 영향을 끼치기 전에 개화바람이 밖으로부터 닥쳐왔다.

이우성, 〈김추사 및 중인층의 성령론〉, 《한국한문학연구》 5(한국한문학연구회, 1981) ; 김기현, 〈추사 산문에 나타난 부부애〉, 《고전문학연구》 4(한국고전문학연구회, 1988) ; 김혜숙, 〈추사 김정희의 시문학 연구〉(서울대학교 박사논문, 1989) ; 박태권, 〈유희의 어학사적 위치〉, 《문리대학보》 2(부산대학교 문리과대학, 1959) ; 윤사순, 〈이규경 실학에 있어서의 전통사상〉, 《실학사상의 탐구》(현암사, 1974) ; 정환국, 〈19세기 문론사(文論史)에서의 최한기의 문장론〉, 《대동문화연구》 43(성균관대학교 대동문화연구원, 2003) 등의 연구가 있다. 《한국문학사상사시론》에서 최한기를 고찰했다.

9.7. 민요·민요시·악부시

9.7.1. 민요 이해의 내력

민요는 구비문학의 여러 영역 가운데 오랫동안 홀로 우대를 받았다. 중세의 지배체제를 다지는 예악(禮樂)을 제정하면서 민요를 받아들여 향악(鄕樂) 또는 속악(俗樂)을 이룩하는 것이 오랜 관례였다. 고려후기에는 민요에서 상승한 속악이 새삼스럽게 커다란 구실을 했다. 조선왕조는 아악(雅樂) 정비를 우선적인 과제로 삼으면서, 민속가요(民俗歌謠)라고 일컬은 민요를 조사해서 속악을 확충하는 자료로 삼고 정치의 득실을 가늠하는 데에도 이용했다.

1433년(세종 15)에 민요의 사설을 채록하는 제도를 마련해 지방수령들로 하여금 해마다 권장할 만한 내용인 정풍(正風)은 물론이고 탄식과 원망을 나타내는 변풍(變風)까지 조사해 보고하라고 했다. 세조는 여러 차례 농가(農歌)를 직접 듣고 잘 부르는 사람들을 격려했다. 1529년(중종 24)에도 민속가요의 사설을 채록해 참고하면 정치의 득실과 풍속의 변화를 알 수 있다는 논의가 있었다.

〈시경〉(詩經)의 전례가 그런 생각에 깊은 영향을 끼쳤다. 〈시경〉의 국풍(國風)에 수록된 민요가 성현이 존중해 마지않는 진실을 간직하고 있었다는 것을 상기하고 당대의 민요를 평가하는 근거로 삼았다. 민요를 채록해 국문으로 적자는 것은 아니었으며, 〈시경〉에서 볼 수 있는 바와 같은 방식을 택해 한문으로 옮겨야 가치가 더욱 분명해진다고 여겼다. 조사해서 보고한 결과는 남아 있다 해도 민요의 실상을 바로 전하지는 못한다.

민요를 채록해 보고하라는 지시가 1764년(영조 40)에 다시 있었다. 국왕이 지방 수령들에게 명령을 내려, 〈시경〉의 〈빈풍칠월장〉(豳風七月章)을 본보기로 삼으라고 하고, 민간의 노래를 감추어진 것들까지 찾아내 시경체의 시로 적어서 바치라고 지시했다. 그 뒤에 정조는 경연에서

〈시경〉 강의를 계속 열게 하고, 〈시경〉을 문학을 이해하고 백성을 다스리는 전범으로 삼았다.

〈시경〉의 전례는 민요 이해에 유리한 작용을 한 것만은 아니다. 〈시경〉을 유학의 경전으로 삼고, 성현의 반열에 오른 군주가 백성을 교화하는 자세를 가르친 교본이라고 여겨 심각한 역기능을 빚어내기도 했다. 그렇게 굳어지는 공식노선에 대한 반발이 계속 나타나 민요에 대한 진정한 이해를 촉구한 것을 기억할 필요가 있다.

허균은 〈시경〉에서 평가해야 할 것이 이(理)가 아니고 정(情)이라고 해서 공식화된 해석을 비판할 수 있는 단서를 마련했다. 김만중은 사람의 마음이 입에서 나오면 말이 되고 말이 가락을 가지면 노래도 되고 시도 된다고 해서, 〈시경〉을 끌어들이지 않아도 되는 논거를 마련했다. 나무 하는 아이나 물 긷는 아낙네들이 소리를 길게 빼서 서로 화답하는 노래는 사대부가 남의 말을 흉내 내서 지은 시에 비할 바 없이 진실하다고 주장했다.

홍대용은 말에서 정(情)이 움직이는 노래가 선악을 넘어선 천진함을 간직한 것이 무엇보다도 소중하다고 했다. 〈시경〉의 국풍조차도 순수한 민요에서 이탈했는데, 거기다가 교화의 의도와 까다로운 격식을 보탠 후대의 시를 본뜨느라고 이것저것 주워 모은 자기 주위의 한시는 더 볼 것이 없다고 비판했다. 나무 하거나 농사지으면서 부르는 초가농구(樵歌農謳)는 입에 익은 대로 내놓고 짜임새조차 없다 해도 순수하고 천진한 것을 최대의 가치로 삼는다고 했다.

위항시인들이 작품집을 엮고 〈소대풍요〉(昭代風謠) · 〈풍요속선〉(風謠續選) · 〈풍요삼선〉(風謠三選)이라는 제목을 붙이는 데 쓴 '풍요'는 바로 민요를 뜻하는 말이다. '국풍'에서 가져온 말 '풍'을 '민요'에다 얹어 '풍요'라고 했다. 거기 수록한 작품은 모두 한시이고 성률과 기교를 제대로 갖추었다는 점에서 사대부의 한시와 다를 바 없는데도 풍요라고 표방하는 이유를 거듭 밝혔다.

고시언은 자기네의 시는 사람이 만든 귀천의 구분에 구애되지 않고 하늘이 준 소리인 선명(善鳴)을 울린다고 했다. 정내교는 위항인들은 출세를 탐내지 않기에 천기(天機)를 온전히 간직해서 시로 나타낸다고 했다. 하층민이 간직한 진실된 마음을 나타내면 시라도 풍요라고 하면서, 그런 단서가 붙지 않은 풍요 자체를 창작의 전범으로 삼았다.

한시를 지으면서 중국 전래의 격식에서 벗어나 민요를 본뜨는 것이 마땅하다는 주장을 실학파 문인들도 거듭 폈다. 박지원은 "방언을 문자로 옮기고, 민요를 운율에 맞추기만 하면 자연히 문장이 이루어지고 진기(眞機)가 발현된다"고 했다. 박제가는 "무당의 가사, 창우의 우스개, 시정 여항의 상스러운 소리가 모두 사람의 마음을 움직인다"고 하고, 그런 것들을 한시로 옮기려고 애썼다. 정약용이 나는 "조선 사람이므로 조선시를 즐겨 짓는다"고 선언하고, 민요를 한시로 옮기고 농가(農歌), 어가(漁歌), 촌요(村謠) 등으로 불렀다.

중세의 가치체계는 문학활동의 서열도 분명하게 했다. 문학의 정수는 시가라고 하고, 한시·시조·민요로 구분되고, 사대부·위항인·하층민의 지체에 따라서도 나누어지는 등급을 엄격하게 했다. 그런데 하층민의 민요가 가장 가치 있다고 하면서 서열을 역전시키려는 움직임이 나타나 문학사의 전환을 예고했다. 민요에 대한 새로운 인식은 근대적인 의미의 민중문학 또는 민족문학으로 나아갈 수 있는 발판을 마련한 의의가 있다. 거기까지 이르는 길을 바로 찾지 못해 한동안 민요의 가치를 한시에서 발현하려고 하는 진통을 겪었다. 민요를 본뜬 한시에서 중세에서 근대로의 이행기문학의 전형적인 모습을 찾을 수 있다.

조선왕조의 민요 수집은 조윤제,《조선시가사강》(박문출판사, 1937)에서 고찰했다. 이동환,〈조선후기 한시에 있어서의 민요 취향의 대두〉,《한국한문학연구》3·4(한국한문학연구회, 1979) ; 윤기홍,〈조선후기 민요의식과 장르 변천에 관한 연구〉,《윤기홍전집》1(글밭, 1991)에서 새로운 관심을 일으켰다.《한국문학사상사시론》(지식산업사, 제2판 1998)에서 허균·김만중·홍대용의 민요 이해를 고찰했다.

9.7.2. 민요의 실상과 변모

민요의 실상은 어디에도 정리되어 있지 않다. 민요를 한시로 옮겨놓은 작품은 적지 않게 전하지만 원래의 모습으로 되돌려놓고 살피기 어렵다. 시조나 가사에 들어와 있는 민요는 개작의 과정을 거쳐 쉽사리 판별되지 않는다. 조선후기 민요의 실상을 알고자 하면 오늘날 조사한 자료를 이용하지 않을 수 없다. 그전에 이미 마련된 바탕에다가 조선후기의 사설을 보탠 민요가 많이 달라지지 않고 전승되다가 채록되는 기회를 만났다고 보아 마땅하다.

농가 또는 농업노동요는 민요에서 가장 큰 비중을 차지한다. 모내기·김매기·보리타작을 하면서 부르는 것들이 그 대표적인 형태이다. 모내기노래 또는 모노래는 시조의 처음 두 줄과 같은 형식으로 한 편씩 완결되면서, 일하면서 느끼는 심정을 대구나 문답을 이루게끔 다듬어서 표출하는 밀도 짙은 서정시이다. 모노래는 한 줄씩 주고받는 교환창(交換唱)으로 부르고, 논매기노래나 보리타작노래는 한 사람이 앞소리를 하고 다른 사람 여럿이서 뒷소리를 하는 선후창(先後唱)의 방식을 사용한다. 앞소리꾼이 재량권을 가지고 선택하는 사설이 일정하지 않는 것이 같으면서, 논매기노래는 느린 동작에, 보리타작노래는 빠른 동작에 맞도록 장단과 사설을 짠다.

논매기노래를 위백규(魏伯珪)의 시조 〈농가구장〉(農歌九章)에서 받아들였다. 첫 수를 "매는 대로 매오리라"로 끝내 논매기노래를 본뜬 것임을 알려주고, 비슷한 말을 다른 여덟 수에서도 되풀이했다. 셋째 수에서 "둘너내자 둘너내자 긴 차골 둘너내자"라고 하고, "둘너내자"는 말을 되풀이하는 것도 논매기노래의 사설이다. 논을 한 골씩 매어나가는 것을 둘러낸다고 한다. 넷째 수에서 "땀은 듣는 대로 듣고, 볕은 쬘 대로 쬔다"고 한 것도 논매기노래에서 흔히 들을 수 있는 사설이다.

가사에 〈기음노래〉라는 것이 있다. 논매기와 밭매기 가운데 어느 쪽을 하면서 부른 것인지 확실하지 않으나, 민요를 그대로 적었다고 인정된다. 논매기노래라면 여럿이 함께 부르는 반복구는 생략했다. 밭에서 김을 매는 노래는 반복구가 없으니 적어놓은 그대로일 수 있다. 글로 쓰느라고 약간 다듬어지기는 했지만, 민요의 실상을 확인할 수 있는 드문 자료이다. 서두를 들어보자.

어유와 계장님네,
이 기음 매자스라, 기음노래 내 부름세.
천지 삼기실 제 사람이 같이 나니,
너르나 너른 천하, 많으나 많은 사람,
현우가 다르거니 귀천이 같을손가.

계장님은 계를 모아서 함께 일하는 사람들의 지도자이다. 기음노래를 부르겠다는 말부터 하고 사설을 늘어놓아 민요의 현장을 그대로 옮겼다. 사람에게는 귀천의 차별이 있어 농부는 힘들여 일만 한다는 탄식하는 말은 흔히 들을 수 있는 것이다. 인용한 다음 대목에서는 김을 매면서 겪는 어려움을 한참 하소연하다가, 벼를 잘 가꾸어 풍성한 가을걷이를 하리라고 다짐한 것이 헛되어, 마지막에 가서 토색질 때문에 잔치마당의 흥이 깨어지리라고 했다. 노동요에서 나타내는 항변의 좋은 본보기를 보여주었다.

나무꾼노래 초가(樵歌)라는 것도 흔히 있는 민요이다. 지방에 따라서 메나리라고도 하고, 어사용이라고도 한다. 메나리가 논매기노래를 일컫는 말로 쓰이기도 하는 것은 가락이나 사설이 비슷하기 때문이다. 경상도 산골에서 어사용이라고 하는 노래는 장가가지 못한 머슴이 산에 올라 나무를 하면서 신세타령을 늘어놓은 구슬픈 사설로 이루어져 있으며, 사설시조와 상통하는 형태로 길게 이어진다.

사설시조에 수용된 나무꾼노래가 있다. "논밭 갈아 기음매고 베잠방이 대님 쳐 신들 메고, 낫 갈아 허리에 차고, 도끼 벼러 둘러메고, 무림산중(茂林山中) 들어가서"로 시작되어 많은 말을 하다가, "긴 소리 짧은 소리 어이 갈꼬 하더라"라는 마지막 대목은 구슬프게 넘어간다. "…하더라"가

붙어서 남의 말을 전한다고 했으니 민요의 사설을 그대로 적은 것은 아
니다. 중간 대목까지는 익살스럽게 들리는 것이 그 때문인가 한다.

고기잡이를 하면서 부르는 노래 어가(漁歌)는 지역에 따라서, 일의
과정에 따라서 많은 차이가 있다. 고기잡이노래는 농사노래보다도 더
욱 저층에 자리 잡고 있어 기록에 오르지 못했다. 어부가(漁父歌)라는
이름으로 시조에 드나든 노래는 노를 저으면서 부르는 것 비슷하게 여
음까지 갖추었지만 고기잡이를 생업으로 하는 어부의 뱃노래와는 상당
한 거리가 있었다. 잡가의 뱃노래 또한 뱃놀이의 분위기를 나타내는 유
흥적인 사설로 이어졌다.

제주도의 경우에는 농업노동요가 특이하고, 고기잡이노래 또한 독자
적인 모습을 갖추어 발달했다. 바다 속에 들어가 해산물을 채취하는 여
성들이 부르는 해녀노래는 그 고장에만 있다. 네 토막 넉 줄 형식이어
서 민요의 기본형을 보여준다고 생각된다. 제주도말 원문과 표준어역
을 함께 적는다.

> 너른 바당 앞을 재연 혼 질 두 질 들어가난
> 홍합 대합 삐죽삐죽 미역귀가 너흘너흘
> 미역에만 정신 들면 미역만 ᄒᆞ단보난
> 숨 막히는 중 몰람고나
>
> 넓은 바다 앞을 재어 한 길 두 길 들어가니,
> 홍합 대합 삐죽삐죽 미역귀가 너울너울.
> 미역에만 정신 들어 미역만 하다보니,
> 숨 막히는 줄 몰랐구나.

넓은 바다 앞을 재어 한 길 두 길 들어가니 딸 것이 많아 숨 막히는
줄 모른다고 했다. 바다 속에 들어갔을 때 부를 수 있는 노래는 아니고,
배를 타고 노를 저어가면서 숨 막히던 순간을 되새기는 사설이다. 해녀

의 바다는 뱃놀이하는 유람객은 전혀 경험할 수 없는 경이와 긴장으로 가득 차 있다.

제주도 여성은 맷돌방아노래도 많이 부르면서 집안일을 온통 감당하는 생활의 애환을 다정다감하게 나타냈다. 본토의 여성민요에서 가장 큰 비중을 차지하는 길쌈노래에서도 삶의 고난을 하소연하고 꿈을 키우는 사설을 다채롭고 풍부하게 마련했다. 내용을 보면 시집살이노래인 것이, 갈래의 성격에서는 서사민요라고 할 수 있는 것이 그 가운데 흔히 있다.

시집살이노래는 성격이 단순하지 않다. 고립무원의 상태에서 시달리는 괴로움을 노래하는 서술자가 "시금시금 시어마님, 흥글흥글 맏동서, 콩꼬타리 시아재비" 같은 말을 늘어놓는 여유를 가지고 익살로 비애를 차단할 줄 안다. "시어마님 며느리 나빠 벽바닥을 구르지 마오, 빚에 받은 며느린가 값에 쳐온 며느린가"로 시작되는 사설시조는 그런 데 이미 있는 시어머니 험담을 크게 확대했다고 할 수 있다.

친정과의 관계를 말할 때에는 어조가 달라진다. 친정어머니가 보고 싶어 견딜 수 없다고 하는 노래는 농을 섞을 여지가 없다. 사대부 부녀자들의 규방가사는 시집살이 민요와는 지체와 품격이 다르지만 사친가(思親歌)라고 하는 것들이 있어, 거의 같은 심정을 나타냈다. 시집살이를 견디지 못해 머리 깎고 중이 되어 친정에 가서 동냥을 하니 아무도 알아보지 못하더라고 하는 서사민요도 비탄으로 일관한다.

유희요나 의식요도 다채롭게 마련되어 있으며, 그 나름대로 소중한 구실을 한다. 강강술래나 놋다리를 하면서 부르는 노래는 여성들이 평소의 구속에서 벗어나는 즐거움을 나타내고, 장례 절차에 따라서 부르는 남자들의 노래인 상여소리와 달구소리는 삶이 덧없다는 침통한 느낌을 자아내 좋은 대조를 이룬다. 그렇지만 즐거움에도 서러움이 있고, 침통함이 지나치면 생기를 북돋운다.

동요는 아이들의 노래이며, 놀이를 하면서 부른다. 아이들의 의식세계를 스스로 표현하는 유일한 문학 형태여서 무척 소중하다. 메뚜기나 잠자리를 놀리고 잡고 하면서 부르는 동요는 흥미로운 묘사를 갖추고 있다. 까치 · 거미 · 뱀 같은 것들에다 견주어 다른 아이들을 조롱할 때에는 표현이 더욱 기발하다. 비가 오고, 바람이 불고, 햇빛이 나라고 부르는 동요는 노래가 자연현상까지 바꾸어놓는 힘을 지닌다는 오랜 믿음과 연관되어 있다.

아이들이 무심코 내뱉은 단순한 노랫말에 깊이 생각해야 할 의미가 숨어 있다고 하면서 정치적인 변동을 예견하거나 촉진하는 참요(讖謠)로 이해하는 일이 이따금 있었다. 인정할 수 없는 사실에 그럴 만한 이유가 있었다. 아이들은 마음이 순수해 하늘의 조짐을 미리 알 수 있다는 이유를 들어 참요의 신빙성을 설명했다. 순수성에 대한 동경이 아이들은 하늘과 통한다는 신화를 만들어냈다.

민요의 기능이나 곡조뿐만 아니라 사설도 오래 두고 전승되며, 시대에 따라서 바뀔 수 있는 영역이 그리 크지 않다. 그러나 사회모순이 심각해지면 풍자의 노래나 항거의 노래가 생겨나고, 그런 것을 창작해 퍼뜨리는 사람도 있었다. 조선후기에 치열하게 전개된 민중항쟁이 민요에도 나타나고 민요를 필요로 한 것이 당연한 일이다.

두껍아 두껍아, 네 등더리가 왜 그렇노?
전라감사 살 적에 기생첩을 많이 해서,
창이 올라 그렇다.

두꺼비의 모습을 형용하면서 두꺼비 같은 사람을 놀리는 동요가 통치자를 풍자하는 데 쓰였다. 그 정도에 그치지 않고 민란을 선동하는 민요도 있었을 것으로 생각되지만, 적절한 자료를 들기 어렵다. 기록되어 가사로 전하는 것은 몇 가지 있는데 민요에서 많이 멀어진 창작물이다.

민요는 누구든지 부를 수 있는 노래이고, 일차적인 전승자는 농민이었다. 직업적인 소리패가 맡아서 발전시킨 공연물은 민요가 아니라고 하는 것이 상례이다. 여러 곳의 장을 찾아다니는 장돌뱅이의 장타령,

구걸을 하러 다니면서 걸인들이 부르는 각설이타령은 그 자체가 공연물은 아니고 흉내 내면 흥미로워 민요의 특별한 갈래로 인정된다.

문학의 다른 영역과 민요 사이의 교섭은 어느 때든지 있었지만 조선후기에 이르러서 한층 활기를 띠었다. 민요의 자산을 시가의 여러 갈래뿐만 아니라 산문문학에서도 받아들이고 넘겨주었다. 〈중타령〉이라는 것은 탈춤의 파계승 과장과 유사하다. 서사민요 〈이사원네 맏딸애기〉는 소설 〈양산백전〉(梁山伯傳)에서 보이는 설화 유형에 따라 전개된다.

옥단춘이 보고 싶어 가던 길을 멈추고 되돌아오니 옥단춘은 죽었다고 하는 서사민요 〈옥단춘요〉는 주인공 이름에서는 〈옥단춘전〉(玉丹春傳)과, 내용에서는 〈숙영낭자전〉(淑英娘子傳)과 상통한다. 〈조웅전〉(趙雄傳)의 한 대목도 민요로 불리어지고 있다. 인기소설을 낭독하며 즐기다가 민요로 개작할 만한 소재를 찾는 것은 어려운 일이 아니었다.

고정옥, 《조선민요연구》(수선사, 1949) ; 임동권, 《한국민요사》(동국문화사, 1961) ; 《한국민요연구》(이우출판사, 1976) ; 《한국부요연구》(집문당, 1982) ; 강등학, 《정선 아라리의 연구》(집문당, 1988) ; 《한국민요의 현장과 장르론적 관심》(집문당, 1996) ; 김무헌, 《한국노동민요론》(집문당, 1986) ; 서영숙, 《시집살이노래 연구》(박이정, 1996) ; 《우리 민요의 세계》(역락, 2002) ; 김헌선, 《한국 구전민요의 세계》(지식산업사, 1996) ; 유종목, 《한국민요의 현상과 본질》(민속원, 1998) ; 박경수, 《한국민요의 유형과 성격》(국학자료원, 1998) 등에서 민요에 대한 광범위한 고찰을 했다. 《서사민요연구》(계명대학출판부, 1970) ; 《한국민요의 전통과 시가 율격》(지식산업사, 1996)에서 나의 연구를 진행했다.

9.7.3. 한시의 민요 수용

한시에서 민요를 받아들이고자 하는 시도는 고려후기 이래의 애민시 또는 농민시에서 거듭되었다. 강희맹의 〈선농구〉(選農謳) 연작이나 임제의 〈전가원〉(田家怨) 같은 것들은 특정 민요를 거의 그대로 옮겨다놓기까지 했다. 조선후기에 이르러서는 민요 인식이 새로워지고 밑으로부터 올라오는 역사적 동력이 인식되면서 그런 전례가 더욱 확대되고, 질적인 변화를 보였다. 백성을 이해하고 사랑하려는 너그러운 마음에서 민요를 받아들이는 데 그치지 않고, 이미 창의력이 고갈되는 단계에 들어선 한시의 쇄신 방안을 민요와의 관계를 새롭게 정립하는 데서 찾고자 했다.

한시의 민요 수용은 한문소설의 설화 수용과 상통하는 의의를 가지면서 상당한 차이가 있었다. 한문소설은 족보에 오르지 못할 사생아이지만, 한시는 한문학 집안의 종손이어서 지체가 달랐다. 종손이 혈통을 바꾸고 체질을 개선해야 한다는 것은 심각한 사태였다. 문학의 다른 어느 갈래도 따를 수 없을 만큼 잘 조직화된 형식과 수사를 갖추어 위신이 한껏 높은 한시를 개조하는 것은 커다란 모험이었다.

어려워도 결단을 내려야 했다. 중세에서 근대로의 이행기에는 민족적 자각을 가지고 민중의식을 받아들여야 한다는 요구를 한시에서 외면하지 않고 오히려 앞장서서 실현하기로 작정한 시인들이 있었다. 시조나 가사보다 더욱 적극적으로 민요를 받아들이는 것이 한시의 우위를 지키는 길이었다.

愁心化爲絲	수심이 실이 되어,
曲曲還成結	굽이굽이 맺혀 있어,
欲解復欲解	아무리 풀려 하되,
不知端在處	끝 간 데를 몰라라.

민요를 한시로 옮겨놓는 것이 쉬운 일이 아님을 이런 예에서부터 확

인할 수 있다. 왼쪽에 적은 한시는 유몽인이 〈어우야담〉(於于野談)에 서울 근교에서 들은 기음노래를 하나 옮겨놓은 것이다. 같은 노래가 오른쪽에 적은 것과 같은 모습으로 시조에 수용되어 있다. "옛적에 이러하면 형용이 남았을까"라고 한 것이 시조의 첫 줄을 이루었는데 한역에는 없다.

홍만종은 〈순오지〉(旬五志)에서 〈어우야담〉의 이 대목을 인용하고, 한문으로 읽어서는 가락이 느껴지지 않으니 유몽인의 번역이 온전하지 못하다고 했다. 민요를 한시의 운율에 맞추기만 하면 민요시를 얻을 수 있다고 한 박지원은 너무 안이한 낙관론을 폈다. "번역하면 말이 비슷해지지 않는 것은 아니나 그 정황을 그려낼 수 없다"고 박제가 말했듯이, 독자가 한시를 읽으면서 마음속으로 민요의 흥취를 느끼도록 하는 것은 아주 어렵다.

한시가 민요시일 수 있기 위해서는 민요와 상통하는 느낌을 주어야 한다. 그럴 수 있는 방법을 최성대(崔成大, 1691~1762)는 자기 나름대로 모색했다. 번거로운 구속이나 고민을 떨쳐버리고 아름답고 환상적인 경지를 찾아 시를 동요에 접근시켰다. 아이들이 밤하늘을 쳐다보며 별을 헤는 광경을 그린 〈고잡곡〉(古雜曲)을 다음과 같은 말로 이어, 동요의 분위기가 느껴지고 생략되어 있는 사설까지 보충해 넣을 수 있게 했다. "별 일곱, 나 일곱"으로 바로 넘어간 데 묘미가 있다.

初月上中閨   초승달이 규중에 뜨자
女兒連袂出   여자아이들 어울려 나와,
擧頭數天星   고개 쳐들고 별을 헨다.
星七儂亦七   "별 일곱, 나 일곱."

처음 세 줄에서 시간적인 배경, 아이들의 움직임을 묘사한 것은 한시이기에 갖추지 않을 수 없는 절차이면서 마지막 한 줄로 집약되어 있는 동요를 기억해낼 수 있도록 유도하는 구실을 한다. 유도 장치와 민요 자체에서 온 사설을 이음새가 보이지 않게 결합시켜 민요시를 만드는 비결로 삼았다.

동요에 계속 머무른 것은 아니다. 민요 탐구의 범위를 넓혀, 〈고염곡〉(古艷曲)에서는 부요를 본떴다. 이번에는 샛서방에게 하는 말이라는 상황 설명을 작품 속에다 용해해서 나타냈으므로 서두의 묘사가 필요하지 않다.

昨日餞君去	어저께는 당신을 떠나보내고
冒闇歸暫遲	밤길에 돌아가느라 조금 늦었더니,
上堂執華燈	마루에 올라 등불을 켜는데,
郞遽已生疑	남편이 벌써 의심을 두더군요.

이쯤 되면 이미 민요의 범위에서 벗어났다. 되풀이해서 노래해온 사설이 없어지고, 들으면 바로 이해할 수 있는 말이 아니다. 민요에서는 감당하기 어려운 미묘한 상황을 차분한 어조로 나타내 한시의 장기를 살렸다.

〈산유화녀가〉(山有花女歌)는 향랑(香娘)에 관한 전승을 옮긴 작품이다. 향랑은 계모의 구박을 받고 자라나 남편에게 버림받고서도 개가하기를 거부하고 죽음을 택했다고 하는 경상도 선산의 여인이다. 그런 내력을 말하는 전설이 향랑이 스스로 자기 신세를 한탄했다고 하는 메나리 곡조의 노래와 함께 전한다고 한다. 여러 시인이 그 때문에 감명을 받아 '메나리'의 한문 표기인 〈산유화가〉(山有花歌)를 표제로 내건 시를 다투어 지었는데, 그 가운데 하나인 최성대의 작품은 버림받은 여인의 비극을 자세하게 다룬 특징이 있다.

메나리는 향랑이 불렀다고 하기 전에도 있던 곡조 이름이다. 이름만 공통되고 곡조나 사설은 지방에 따라 다르다. 이사질(李思質, 1705~?)은 〈어난난곡〉(於難難曲)에서 충남 부여지방에서 전승되고 있는 메나리를 들은 그대로 기록하면서, 필요한 설명을 갖추었다.

山有花兮皐有蘭   메나리여, 고란초여,
皐蘭長翠山花丹   고란초는 길고 푸른데 메나리는 붉구나.
千年萬歲君無老   천년만세 동안 님은 늙지 마시라.
暮暮朝朝看復看   저녁마다 아침마다 다시 보고파라.
於難難   얼럴럴

"얼럴럴"이라는 여음을 되풀이하는 노래를 원래 논매기에서 쓰는 기음노래로 불렀다. 첫 줄의 메나리는 꽃 이름이다. 산에서 피는 나리꽃이다. 그 꽃을 노래하는 곡조를 메나리라고 하기 전부터 있던 원래의 말을 가져와 시어로 삼았다. 고란초와 같지 않고 메나리와 같아, 길고 푸르지 않고 붉은 님을 기렸다. 인용한 것이 첫 절이고, 그 뒤에 여덟 절이 더 있어 모두 아홉 절이다. 소개하는 노래에 정조(正調)·변조(變調)·시조(詩調)라는 것이 있다고 하면서 각기 셋씩 내놓았다.

다른 여러 시인이 기능이나 종류가 다양한 메나리를 한시로 옮겼다. 권사윤(權思潤, 1732~1803)은 나물 캐는 아낙네들이 부르는 노래를 듣고 〈문산유화유감〉(聞山有花有感)을 지었다. 아버지께서 오래 사시기를 간절하게 바란다는 사설에서 큰 감명을 받았다고 했다. 강준흠(姜浚欽, 1768~1833)의 〈조산농요〉(造山農謠)에서는 메나리가 김매기노래이다. '초창'(初唱)과 '답창'(答唱)으로 이루어져 있어 민요의 실상을 잘 보여준다. 이제영(李濟永, 1799~1871)의 〈산유화육곡〉(山有花六曲)은 민요와 더욱 밀착되어 있다.

智異山中飢啄鴉   지리산 속 배고파 쪼고 있는 갈가마귀야.
去含蟹足遺阿那   게 다리 물고 가서 버리기나 하느냐.

我生亦一他生日   나 날 적에 남도 나고 남 날 적에 나 났건만,
曠野胡爲虎兒隨   어째서 빈 들에서 범이나 소를 따르기나 하나.

산에 가서 나무 하면서 부르는 신세타령노래 어사용을 옮겨놓았다. "갈가마귀야" 하고 부르고, "나 날 적에 남도 나고" 하는 것이 어사용에서 되풀이되는 사설이다. 그런데 민요는 모르고 한시만 보면 말이 어색해 무슨 뜻인지 이해하기 어렵고, 원래의 흥취를 느낄 수 없다. 위의 인용에서는 한시를 번역하지 않고 민요의 사설을 그대로 가져다놓았다.

민요를 한시로 옮기는 데 그치지 않고, 민요시라고 할 수 있는 한시를 짓는 데 힘쓰는 사람도 적지 않았다. 홍양호(洪良浩, 1724~1802)는 〈유민원〉(流民怨)에서 충청도 해변의 유민들이 겪는 참상을 노래하면서 그렇게 하고자 했다. 함경도 경흥부사로 재임하는 동안에 그곳 농민들 삶의 보람과 괴로움을 민요에서처럼 나타내는 연작시를 지어 〈북새잡요〉(北塞雜謠)에 수록했다. 그 가운데 하나인 〈질우〉(叱牛)를 보자.

叱牛上山去	소를 몰고 산으로 올라가자.
山高遲仄牛喘息	높은 산 비탈길이라 소가 헐떡이는구나.
把犁將墢土	보습을 잡고 땅을 갈려 드니,
土硬人汗犁不入	땅이 굳어 땀만 흐르고 보습은 들어가지 않네.
牛兮努力莫退㤼	"소야 힘을 내라. 겁내 물러서지 말아라.
爾喘我汗亦奈何	너는 헐떡이고 나는 땀을 흘려도 어찌 하랴.
今也不畊時不及	지금 갈지 않으면 철이 늦으리라."

앞에서는 소를 몰고 높은 데로 올라가 밭을 가는 사람의 거동을 그렸다. 한시다운 묘사이다. 뒤의 석 줄에서는 소 모는 사람이 소에게 하는 말이다. 북쪽 지방 밭갈이노래가 소에게 하는 말로 이어지는 것을 그대로 옮겼다.

이옥(李鈺, 1760~1812)도 민요시를 이룩하는 데 크게 기여했다. 〈이언집〉(俚諺集)이라는 표제를 내건 민요시집의 긴 서문에서, 자기는 조선 사람이므로 중국풍의 국풍(國風)·악부(樂府)·사곡(詞曲)이 아닌 이언을 짓는다고 했다. 우리 민요를 이언이라고 했다. 남녀의 정을 다루는

것이 가장 진실한 문학이라고 하고, 하층의 남녀관계를 여성적인 감각
으로 노래했다. 우리말의 어휘와 어법을 대담하게 살려서 한문으로 새
기면 말이 되지 않는 문구를 쓰기까지 하면서 민요에 다가갔다.

謂君似羅海	당신이 사나이라고
女子是托身	여자가 몸을 맡겼는데,
縱不可憐我	나를 어여삐 보지 못할망정
如何虐我頻	어쩌자고 구박이란 말이오.

"似羅海"는 한문에 없는 말이다. 한문만 알아서는 이 시를 이해하기
어렵다. 번역한 것처럼 우리말로 옮겨 받아들일 줄 알아야 묘미를 알아
차릴 수 있다. 그러면 왜 한시를 썼는가 하는 의문이 새삼스럽게 생겨
난다.

정약용(丁若鏞, 1762~1836)은 그릇된 세상을 비판하고 개조하는 큰
포부를 가지고 문학이 해야 할 일에 대해서도 심각하게 생각했다. 생활
의 어려움을 하소연하는 노동요의 사설을 가져와 한시가 현실을 외면
하고 있는 풍조를 혁신하려고 했다. 시가 잘못된 사회를 규탄해야 마땅
하다고 하면서 그 방식을 여러모로 시험하다가 마침내 민요시라야 조
선시라는 것을 깨달았다.

처음 귀양살이를 하던 경상도 장기에서 그곳 농가를 본뜬 〈장기농
가〉(長鬐農歌)를 지었다. 전라도 강진, 일명 탐진으로 귀양처가 옮겨진
다음에는 그 작업을 더욱 확대해서 〈탐진농가〉(耽津農歌)·〈탐진어가〉
(耽津漁歌)·〈탐진촌요〉(耽津村謠) 연작을 마련했다. 민요의 원천이 상
이해 이름을 다르게 붙였다. 어렵게 사는 하층민들의 심각한 하소연을
토로하면서, 시골 인심을 나타내는 말을 그대로 써서 실감을 돋우었다.
민요의 정취가 느껴지도록 하려고 익살맞은 말을 곁들이기도 했다.

秧雇家家婦女狂   모내기철 품팔이에 집집마다 아낙네들 바빠

不曾刈麥助盤床　　보리 베는 반상 일을 돕지 못하네.

輕違李約趨張召　　이서방네 약속 어기고 장서방네로 가나니,

自是錢秧勝飯秧　　밥모보다 돈모가 낫다는 것이로구나.

〈탐진농가〉에 이런 것이 있다. 모노래를 그대로 옮겼다고 하기는 어렵겠으나, 모내기철에 농촌에서 벌어지고 있는 일을 아주 인상 깊게 그려 세태의 변화를 가늠할 수 있게 한다. 알기 어려운 말에는 작자 자신이 주를 붙였다. '반상'은 귀양살이를 하고 있던 고장에서 남편을 일컫는 말이라고 했다. '밥모'는 밥이나 얻어먹고 심는 모이고, '돈모'는 돈을 받고 심는 모라고 했다. 집집마다 아낙네들이 모를 심으면서 돈을 벌어야 할 형편이라 남편이 하는 일을 도울 수 없고, 밥모를 심겠다고 한 약속은 쉽게 어길 수밖에 없는 세태를 그렸다.

棉布新治雪樣鮮　　새로 짠 무명이 눈같이 고왔는데

黃頭來搏吏房錢　　이방 줄 돈이라고 황두가 앗아갔네.

漏田督稅如星火　　누전에도 세금 독촉 성화같이 급하구나.

三月中旬道發船　　삼월 중순이면 배를 보낸다네.

〈탐진촌요〉에 들어 있는 노래이다. 새로 짠 무명이 눈같이 고운 것을 보고 애쓴 보람을 느꼈다. 그런데 이방의 하수인이 빼앗아갔다. 삼월 중순에 조정으로 세미(稅米) 실은 배를 보낸다면서, 장부에 누락되어 있는 누전의 세금도 독촉을 성화같이 하니 견딜 수 없는 지경이라고 했다.

이학규(李學逵, 1770~1835)가 남긴 민요시는 더욱 다채롭다. 먼저 〈앙가오장〉(秧歌五章)이라고 한 것을 보자. 여기저기서 들은 민요를 모노래를 뜻하는 '앙가'로 통칭한 것 같다. 다섯 가지 사설 가운데 "바람도 쉬어 넘는 고개 구름이라도 쉬어 넘는 고개" 너머에 님이 왔다면 한 번도 쉬어 넘지 않고 가겠다는 사설시조와 비슷한 것도 있다.

서사민요 〈쌍가락지노래〉를 옮긴 것도 있다. 잘 닦아 반짝이는 쌍가

락지같이 아름다운 처녀가 오빠의 모함에 항변하는 내용이며, 지금도 널리 구전되고 있다. 누이의 방에서 두 사람의 숨소리가 들린다고 하는 것은 문풍지 소리를 잘못 들었기 때문이라고 해도 통하지 않자, 죽어서 결백을 밝히겠다고 했다.

纖纖雙鐶環	쌍금쌍금 쌍가락지
摩挲五指於	호작질로 닦아내서
在遠人是月	먼 데 보니 달일러라.
至近云是渠	곁에 보니 처잘러라.
家兄好口輔	오랍 오랍 울 오라배,
言語太輕疎	거짓 말씀 말아주소.
謂言儂寢所	그 처자야 자는 방에,
鼾息雙吹如	숨소리도 둘일레라.
儂實黃花子	나는 본래 황화자라,
生小愼興居	몸가짐을 삼갔니더.
昨夜南風惡	동지 섣달 설한풍에,
牕紙鳴噓噓	풍지 떠는 소릴시더.

미묘하게 전개되는 여성 심리에 관심을 가지고 한시로 옮겼으니 별난 일이다. 구전민요는 모르고 한시만 읽으면 어떤 감회가 떠올랐을까 의문이다. 오른쪽에 적은 것은 한시 번역이 아니고 지금 들을 수 있는 사설이다.

이양연(李亮淵, 1771~1853)은 문벌 덕분에 과거를 거치지 않고도 진출해서 참판의 지위까지 오를 수 있었으면서, 고생스럽게 사는 민중의 처지를 민요시를 지어 나타내고자 했다. 시집살이를 하느라고 친정에 가지 못한 아낙네들 둘이서 서로 속사정을 털어놓는 것도 있고, 밭이 없는 농사꾼의 처지를 절통하게 그린 것도 있다.

太守賦一蟹	태수가 게 한 마리를 세금으로 거두어서는
未足爲民瘠	백성들을 여위게 할 정도는 아니었는데,
一蟹爲一鷄	게 한 마리가 닭 한 마리로 바뀌더니,
萬鷄凋八域	닭 만 마리가 사방을 온통 시들게 하네.
苟然充王廚	참으로 임금님 부엌을 채우기만 한다면야,
耕牛吾不惜	밭가는 소를 끌어가도 나는 아깝지 않으리.

〈해계고〉(蟹鷄苦)라고 하는 좀 엉뚱한 제목을 붙인 시는 이런 말로 이어진다. 제목의 뜻을 풀이하면 "게와 닭 때문에 빚어지는 괴로움"이다. 지방 관장의 수탈 때문에 살기 어렵게 된 사정을 구체적인 내용을 갖추어 아주 흥미롭게 그렸다. 특정 민요와 직접적인 관련을 가지지 않은 창작시이면서, 반어와 풍자의 수법을 잘 살려 민요 이상의 민요가 되었다.

이동환, 〈조선후기 한시에 있어서 민요 취향의 대두〉, 《한국한문학연구》3·4 ; 최재남, 〈조선후기 민요의 실상과 한시의 민풍 수용〉, 김병국 외, 《장르 교섭과 고전시가》(월인, 1999) ; 진재교, 《이조후기 한시의 사회사》(소명출판, 2001)에서 전반적인 상황을 총괄했다. 개별적인 연구 가운데 긴요한 것을 들면, 심경호, 〈서정적 자아의 근대적 변모와 한계〉, 《한국학보》25(일지사, 1981) ; 김영숙, 〈산유화가의 양상과 변모〉, 《민족문화논총》2·3(영남대학교 민족문화연구소, 1982) ; 이원철, 〈낙하생(洛下生) 이학규의 생애와 문학〉, 《한국한문학연구》6(한국한문학연구회, 1982) ; 김균태, 〈산유화가연구〉, 《새터강한영교수고희기념 한국판소리·고전문학연구》(아세아문화사, 1983) ; 김영숙, 〈영남악부연구〉, 《영남어문학》10(영남어문학회, 1984) ; 송재소, 《다산시 연구》(창작과비평사, 1986) ; 이용욱, 〈산운(山雲) 이양연과 그의 시 세계〉, 《창곡김세한교수정년퇴임기념논총 : 한국한문학과 유교문화》(아세아문화사, 1991) ; 백원철, 〈낙하생(洛下生) 이학규의 시

세계》(성균관대학교 박사논문, 1992) ; 진재교, 《이계(耳溪) 홍양호 문
학 연구》(성균관대학교출판부, 1999) ; 황수연, 〈두기(杜機) 최성대의
민요풍 한시 연구〉(연세대학교 박사논문, 2000) 등이 있다.

9.7.4. 국문시가의 한역

시조, 가사 등의 국문시가를 한문으로 번역하는 작업은 국문시가는
온전하지 못하거나 격이 낮다는 생각에서 비롯되었다. 국문시가를 역
사 기록에 올리려면 국문이 아닌 한문으로 적어야 자료가 분명해진다
고 여기기도 했다. 국문시가를 짓고 즐기는 데 남다른 열의를 보인 사
람이라도 한역시를 따로 마련해 문집에 수록하도록 하는 경우가 이따
금 있었다. 아주 훌륭한 작품이 한문이 아닌 국문인 점을 애석하게 여
겨 후대인이 한역을 하기도 했다.

이념의 지표가 된 작품은 한문으로 옮겨야 했다. 이이(李珥)의 시조
를 송시열(宋時烈, 1607~1689)을 비롯한 몇 사람이 번역해 가치를 더
높이려고 했다. 효종이 대군 시절에 청나라에 잡혀가는 처절한 심정을
읊은 시조는 뜻있는 선비의 심금을 울렸으므로 다투어 한역하면서 거
듭 음미해야 했다.

정철의 가사는 작품 자체의 가치 때문에 여러 사람이 번역했다. 〈관
동별곡〉은 김상헌(金尙憲, 1570~1652), 김만중(金萬重, 1637~1692),
이양열(李揚烈, 생몰년 미상) 등이, 〈사미인곡〉은 정도(鄭棹, 1708~
1787), 김상숙(金相肅, 1717~1792), 성해응(成海應, 1760~1839) 등이,
〈성산별곡〉은 송달수(宋達洙, ?~1858)가 번역했다. 우리말 노래를 평
가하는 근거를 제공하는 작품을 한문만 상대로 하려고 하는 독자에게
전달해, 어떤 점이 뛰어난지 살피도록 했다.

선조가 남긴 가사를 더욱 빛내기 위해 후손이 한역을 하는 경우도 있
었다. 정훈(鄭勳)의 〈성주중흥가〉(聖主中興歌), 〈우희국사가〉(憂喜國事
歌)를 후손인 정희진(鄭熙鎭)이 한역했다. 당대의 국사를 다룬 뒤의 작

품은 국문 원문이 없어지고 한역가만 남아 있다.

교훈으로 삼을 만한 가사도 한역했다. 〈농가월령가〉를 김형수(金逈洙, 1810년경~1870년경)가 한역하고, 집안 아이들이 농민의 고통을 알게 해 교만한 마음이 없어지도록 하려고 한다고 했다. 한문으로 옮겨야 가치가 분명해진다고 여겼다.

가사는 특별한 작품만 한역되었지만, 시조는 그렇지 않다. 유래가 확실하지 않은 무명씨의 시조라도 번역할 만한 흥취가 있다고 여겨지는 것이면 즐겨 받아들였다. 원작의 가치보다 역시의 됨됨이에 더욱 관심을 가졌다. 시조 전체의 약 4분의 1에 해당하는 5백여 수가 한시 7백여 수로 한역되었다. 시조 한역을 소중한 일거리로 삼아 번역시집이라고 할 것을 마련한 사람들도 있었다.

이민성(李民宬, 1570~1629)의 한역시조 12수에는 아직 특별한 제목이 없었는데, 남구만(南九萬, 1629~1711)의 〈번방곡〉(飜方曲) 11수에서부터 새로운 관례가 생겨났다. 이형상(李衡祥, 1653~1733)은 시조 한역에 대단한 관심을 보여, 〈금속행용가곡〉(今俗行用歌曲) 55수와 〈호파구〉(皓皤謳) 16수를 마련했다. 홍양호(洪良浩, 1724~1802)의 〈청구단곡〉(靑邱短曲) 40수, 황윤석(黃胤錫, 1729~1791)의 〈고가신번〉(古歌新翻) 29수와 속편 14수, 신위(申緯, 1769~1845)의 〈소악부〉(小樂府) 40수, 권용정(權用正, 1801~?)의 〈동구〉(東謳) 30수가 그 뒤를 이었다.

시조를 한역할 때 어떤 형식을 사용하는가가 문제였다. 시조를 산문으로 옮기면 시가 되지 않았다. 번역한 것이 한시가 되게 하면, 시조의 형식과 한시의 형식이 달라서 생기는 차질을 해결하기 어려웠다. 앞의 방법을 사용한 사람은 드물고, 대부분의 역자는 뒤의 방법을 적절하게 마련하기 위해 고민했다.

황윤석은 〈고가신번〉 서문에서, 시조가 말로만 전해지다가 사라지지 않을까 염려해 한문으로 기록한다고 했다. "要隨本語 而少加潤色而已"(본래의 노랫말을 따르는 것을 요긴하게 여기고 조금 윤색을 보탰을 따름이다)라고 말했다. 시조의 내용을 한문으로 옮기기만 하고, 번역 또한 시가 되어 시조의 형식을 짐작할 수 있게 하려고 하지 않았다.

이형상은 시조를 한시로 옮기면서 한시 고유의 형식에 구애되지 않았다. 번역시로 시조에 대한 이해를 돕고 시조의 평가를 높이는 데 기여하는 것이 마땅하다고 여기고, 번역시가 그 자체로서 독자적인 의의를 가진 작품일 수 있게 하자는 목표는 설정하지 않았다. 〈호파구〉의 하나인 〈초자대〉(樵子對)를 보자.

초산의 나무 베는 아이	鵲山樵子輩
나무 벨 제 행여 대 벨세라.	刈薪悠傷竹
그 대 자라거든	待其苗且長
베어 휘우리라 낚싯대를.	將以爲釣木
우리도 그런 것 아오매	我曹亦知此
나무만 베나이다.	只欲取樸楸

시조를 두 토막씩 여섯 줄로 이해하고, 한 줄씩 한문으로 옮겨 한시도 여섯 줄이 되게 했다. 원문에 있는 말은 다 살리고 다른 말을 더 보태지 않으면서, 시조 두 토막이 한시 다섯 자가 되게 했다. 적절한 선택이다. 제목을 붙이고, 한 줄이 다섯 자가 되게 한 것은 한시답지만, 여섯 줄 형식은 본디 없었으므로 평측이나 압운은 돌보지 않았다. 원작의 모습을 충실하게 전하는 것이 번역시의 임무라고 생각했다.

홍양호는 번역시가 작품이 되게 하려고 했다. 시조에 상응하는 한시의 형식은 칠언절구라고 판단했는데, 정보량을 보아서는 적절한 선택이다. 그러나 시조는 세 줄이고, 칠언절구는 네 줄인 불일치를 해소하는 것은 쉬운 일이 아니었다. 〈청구단곡〉의 〈파수〉(罷睡)를 한 본보기로 들어보자.

송단에 선잠 깨어 취안을 들어보니	睡罷松壇擡醉眸
석양포구에 나드나니 백구로다.	夕陽浦口下雙鷗

아마도 이 강산 임자는   問此江山誰是主
나뿐인가 하노라.   白鷗與我共分留

앞의 두 줄에서는 시조와 한시가 대등한 길이와 내용을 갖추게 했다.
그러다가 마지막 한 줄을 한시에서는 두 줄로 늘리고, 내용이 모자라니까
보충했다. 강산 임자가 누군지 묻는다고 한 것은 적절한 보충이다. 시조에서
는 강산의 임자는 자기뿐이라고 했는데, 한시에서는 자기와 백구가 강산주
인 노릇을 함께 한다고 한 데서는 번역이 원시보다 더 좋게 했다.

신위는 시조를 한시로 옮겨놓는 방법을 두고 많이 고심했다. 번역시
이름을 〈소악부〉라고 해서 고려 때 이제현이 사용한 용어를 재현한 것
부터 상당한 고려의 결과이다. '소'는 짧은 형식이라는 뜻이다. '악부'는
우리말 노래를 옮겨놓은 한시이다. 이제현이 민요를 한역할 때 사용한
칠언절구의 짧은 형식을 시조 한역의 고정된 형식으로 사용하는 것을
명시한 말이 '소악부'이다.

〈소악부〉 서문에서 시조를 한시로 바꾸는 의의와 방법을 두고 생각
한 바를 제시했다. 우리말로 된 노래는 평측에 맞지 않고 운자를 맞출
수 없으므로 격조를 높이기 위해 소악부를 짓는다 했다. 한시로 번역해
서 결격사유를 보완한다는 말이다. 그러나 실제 작업의 방법에서는 시
조의 특성과 묘미를 최대한 살리려고 했다.

시조를 한시로 옮기는 방법에는 "장단기구"(長短其句)와 "산압기운"
(散押其韻)이라는 두 가지 원리가 있다고 구체적으로 지적해 말했다.
"장단기구"는 시조를 늘리기도 하고 줄이기도 해서 칠언절구라는 완결
된 형식에 맞도록 고쳐야 한다는 뜻이다. "산압기운"은 시조의 가락이
나 운치를 시조 형식에 구속되지 않고 자연스럽게 옮겨다놓는다는 것
으로 이해된다.

자규야 울지 마라.   寄語子規休且哭
울어도 속절없다.   哭之無益到如今

울거든 너만 울지 나를 어이 울리는가?　　　　云何只管渠心事

아마도 네 소리 들을 제면 가슴 아파 하노라.　　我淚飜敎又不禁

〈자규제후강〉(子規啼後腔)이라고 제목 붙인 한 편을 들면 이와 같다. 신위가 택한 시조는 사랑·이별·늙음을 하소연하는 사연이 진솔해서 널리 공감을 얻고 있던 것들이 대부분이다. 그 좋은 본보기인 이 작품은 작자가 이유(李濡, 1654~1721)인데, 누가 지었는지 구태어 기억하지 않아도 좋을 보편적인 정서를 지녔다.

한시로 옮기면서 시조의 첫줄을 한시에서는 두 줄로 나누어 서두를 강조했다. 한시의 관례에 따라 자규가 울고 있는 모습을 묘사하지 않고, 자규에게 하는 말로 노래하는 이의 심정을 토로하는 시조 특유의 표현법을 그대로 받아들였다. 한시에서는 피해야 할 허사 "且"·"之"·"云"을 넣은 것은 서술어를 다양하게 쓰는 시조의 특성을 가능한 대로 살리고자 했기 때문이라고 생각된다.

신위가 〈소악부〉에서 시조를 선택하고 한역한 방식에는 이념적 긴장을 풀어버리고 다양한 형태의 예술을 그 자체로 존중하는 소론 특유의 성향이 나타나 있다. 신위와 개인적인 관계를 가지고 직접 영향을 받은 이유원(李裕元, 1814~1888)과 이유승(李裕承, 1835~?)이 그 뒤를 이어 시조 한역에 힘쓰면서 문화의식 개방을 위한 소론의 기여를 확대했다. 이유원은 정감을 자유롭게 발산하는 기풍을 지닌 시조를 찾아 〈소악부〉 45수를 마련했다. 이유승은 〈속소악부〉(續小樂府) 10수의 서문에서 각계각층 사람들이 득의하고 실의한 바를 마음으로 느껴 소상하게 나타낸 시조를 버려둘 수 없다고 했다.

정현석(鄭顯奭, 1817~1899)이 당시 유행하던 노래와 춤에 관한 자료를 집대성해 1872년(고종 9)에 편찬한 〈교방가요〉(敎坊歌謠)에 가장 많은 시조가 한역되어 있다. 서두에는 가곡으로 불리던 시조 97수를 골라 한역시를 내세우고 원래의 시를 곁들였다. 곡조에 따라 분류하고, 남창인지 여창인지 밝혔다. 그 다음 대목에는 가창가사를 소개하는 자리를 마련하고 〈춘면곡〉(春眠曲)과 〈처사가〉(處士歌) 등 당시에 유행하던 노래를 일부만 한역형태로 기록했다.

그 경우에는 국문시를 한역해 가치를 높이자는 것만은 아니었다. 한역을 국문시가 원문의 어구 이해를 위한 주석으로 삼고자 한 것이 더욱 중요한 의도였다고 할 수 있다. 국문시가가 많아지고 인기를 더해가면서, 다양한 형태의 한역이 나타났다.

새롭게 등장한 인기공연물인 판소리의 한역을 그 가운데 특히 주목할 만하다. 유진한(柳振漢, 1711~1791)이 소리를 듣고 옮긴 〈춘향가〉(春香歌)는 이른 시기 판소리의 모습을 알려주는 소중한 자료이다. 암행어사 이도령이 정체를 감추고 옥중의 춘향을 만난 대목을 보자. 원문이 별도로 전하지 않아 한역을 다시 번역하므로 한시를 먼저 쓴다.

凄凉身世爾何故	"처량해진 신세 어쩐 까닭인가요?"
落魄行裝吾亦恥	"낙척한 행색 나도 부끄러워하네."
嫣婷弱質只存殼	아리땁고 약한 몸에 살갗만 남았고,
玉膚花貌如彼毁	꽃다운 모습 저리도 수척하네.
千悲萬恨臆先塞	시름과 한이 겹쳐 가슴 메어지는데,
夫復何言時運否	시운이 글렀다는 말 어찌 다시 하나요.
搖搖病體依三木	쓰러질 듯 병약한 몸 큰칼에 의지하고,
泣說中間事終始	중간에 있던 일 눈물 섞어 하소연한다.

광대가 들려주는 사설을 그대로 옮기는 것은 가능하지 않아 개요를 재정리해 한시를 만들었다. 판소리 사설은 율격이나 길이에서 많은 변화가 있는데, 한시는 그럴 수 없어 일곱 자 한 줄을 되풀이했다. 생동하는 느낌을 살리지는 못했지만, 한시를 새롭게 하는 의의를 가진 장편서사시를 이룩한 공적은 평가해 마땅하다.

판소리는 한문으로 옮겨서는 감당하기 어려운 다채로운 특징이 있다. 윤달선(尹達善, 1822~?)의 〈광한루악부〉(廣寒樓樂府), 일명 〈호남악부〉(湖南樂府)라고 하는 것에서 〈춘향가〉를 또 한 차례 한시로 옮겼는데, 유진한의 전례를 능가하는 작품이라고 하기 어렵다. 서문에서 당시 판소리의 모습을 보고한 대목이 오히려 더욱 가치 있다고 평가된다. 〈수산광한루기〉(水山廣寒樓記)를 비롯한 이하 한문소설은 더 자세한 내용을 갖추었으나, 국문본 〈춘향전〉을 대신할 만한 의의를 가질 수 없었다.

국문시가를 한문으로 번역하는 것은 따지고 보면 공연한 일이다. 한시의 형식과 격조를 평가의 척도로 삼아 무어라고 말하든, 국문시가는 그 자체로 결함이 없었다. 누구나 쉽게 이해하고 감명을 받을 수 있어 번역이 필요하지 않았다. 한문만 알고 국문은 모르는 독자가 국내에는 없었다. 한역시를 외국에 내보낸 것은 아니다.

그런데도 구태여 번역을 한 이유는 무엇인지 다시 생각해보지 않을 수 없다. 국문시가의 격조를 높이겠다고 한 것은 표면에 내세운 이유에 지나지 않는다. 한시가 국문시가에 다가가 필요한 자양분을 얻어 민족문학으로 다시 태어나려고 한 것이 이면의 이유였다. 표면에서는 학생에 지나지 않는 국문시가가 이면에서는 스승이었다. 표리 불일치가 중세에서 근대로의 이행기문학의 한 특징이었다.

가사 한역은 김문기, 〈가사 한역의 목적과 한역 기법〉, 《국어교육연구》 29(국어교육연구회, 1997) ; 〈가사 한역가의 현황과 한역 양상〉, 《모산학보》 10(모산학술연구소, 1998) ; 김명순, 〈김형수의 '월여농가'(月餘農歌) 연구〉, 《동방한문학》 15(동방한문학회, 1998)에서 ; 시조는 박노춘, 〈시조한역총람〉, 《국어국문학》 62 · 63(국어국문학회, 1973) ; 성범중, 〈시조 한역과 그 형상화 문제〉, 《울산어문논집》 6(울산대학교 국어국문학과, 1990) ; 김명순, 〈조선후기 시조 한역의 양상과 의미〉, 《한국한문학연구》 22(한국한문학회, 1998) ; 조해숙, 〈이민성의 시조 한역의 성격과 의미〉, 《관악어문연구》 13(서울대학교 국어국문학과, 1988) ; 손찬식, 〈이재(頤齋) 황윤석의 시조한역의 성격과

의미〉,《어문연구》30(충남대학교 어문연구학회, 1998) ; 손팔주,《신위연구》(태학사, 1993) ; 황위주,〈조선후기 소악부연구〉(한국정신문화연구원 한국학대학원 석사논문, 1983)에서 ; 판소리는 이수봉,《만화본춘향가와 용담록(龍潭錄)》(경인문화사, 1994) ; 류준경,〈만화본춘향가 연구〉,《관악어문연구》27(서울대학교 국어국문학과, 2002)에서 고찰했다. 성무경 역주,《교방가요》(보고사, 2002)에서 주석과 함께 자료를 제시하고 그 성격도 논했다.

9.7.5. 악부시의 성격과 양상

악부시(樂府詩)는 오랜 명칭을 새롭게 사용한 용어이다. 유래와 의미에 관해 논란이 많으므로 한 차례 정리할 필요가 있다. '악부'(樂府)는 원래 옛적 중국에서 음악을 관장하는 관청 이름인데, 그 기관에서 수집한 민간의 노래를 지칭하는 데 전용되었다. 후대에는 민간의 노래를 본떠서 창작한 시도 '악부'라고 일컫다가, 노래 부를 수 있는 시를 '악부'라고 통칭하게 되었다. 한국을 비롯한 동아시아 다른 나라에서도 중국의 전례에 따라 '악부'를 창작했지만 언어 조건의 차이 때문에 노래 부르지는 못했다. '악부'가 민족어 노래인 '가'(歌)가 아니고 한문을 사용하는 '시'(詩)로 창작된 점을 명시하기 위해서 오늘날의 논자들은 '악부시'라는 용어를 사용한다.

'악부'와 '야담'(野談)은 명칭이 전혀 다르지만 상통하는 성격을 지니고 있다. 민간전승을 한문 창작에서 받아들여 노래 작품을 만든 것이 '악부'이고, 이야기를 한 것이 '야담'이다. 그 둘 다 중세에서 근대로의 이행기에 대거 나타나 실체가 뚜렷해졌으므로 명칭이 필요했다. '악부'는 중국에서 가져온 용어이고, '야담'이라는 말은 우리 쪽에서 만들어냈다. 용어의 소종래는 그렇게까지 달라도 지칭하는 대상은 짝을 이룬다. 민간전승을 대폭 수용해 한문학이 민족문학으로 적극적인 구실을 하도록 하는 과업을 함께 수행하면서 노래와 이야기인 점이 서로 다를 따름이다. 정약용과 박지원의 작품이 각기 어느 한쪽의 정상을 이루었다고 인정되어 나란히 평가된다.

우리도 중국에서처럼 노래 부를 수 있는 악부를 마련하려고 하는 시도가 있었으나 뜻을 이룰 수 없었다. 의고악부(擬古樂府)라고 부를 수 있는 그런 작품 창작에 남다른 열의를 가진 신흠(申欽)은 중국 악부의 음률을 갖추지 못하는 것이 안타깝다고 했다. 그러다가 음률은 우리 것으로 바꿀 수 있다고 생각하게 되면서 지향하는 바가 달라졌다. 전환의 논리를 마련한 이형상은 우리 음률에 맞추어 우리 악부를 짓자고 하고, 문학·학문·음악 세 가지 면에서 "우리 왕조의 문물이 중국에 비해서 더욱 빼어나다"고 했다.

그러나 우리말 노래의 음률을 직접 옮겨놓을 수는 없어 대안을 생각해야 했다. 음률 자체는 아니지만 음률과 관련되어 있는 표현이나 정서의 재현은 가능하고, 독자적인 삶을 이룩해온 내력이나 전통을 노래하는 더욱 광범위한 작업을 하는 길은 넓게 열려 있었다. 그래서 몇 가지 형태의 악부시를 마련했다.

우리말 노래를 한시로 번역한 것을 먼저 들 수 있다. 전래된 명칭에 따라 그런 것을 '소악부'라고 하면 지칭하는 범위가 너무 좁기 때문에 '번역악부'(飜譯樂府)라는 말을 사용할 필요가 있다. 역사를 다룬 것은 '영사악부'(詠史樂府)이고, 풍속을 노래했으면 '기속악부'(紀俗樂府)라고 할 수 있다. 한시를 장난삼아 본떠서 엉뚱하게 만든 '희작악부'(戲作樂府)도 있었다. 그 가운데 '번역악부'는 앞에서 다루었고, '희작악부'는 다음 항목에서 취급할 사항이다.

〈해동악부〉(海東樂府)라는 이름으로 역사의 시초부터 자기 시대까지를 통괄해서 노래하는 작업을 심광세(沈光世, 1577~1624)와 이익(李瀷, 1681~1763)이 해서 영사악부의 기본형을 마련했다. 그 뒤에 이복휴(李福休, 1729~1800), 이학규(李學逵, 1770~1835), 이유원(李裕元, 1814~1888)도 〈해동악부〉를 지었다. 그렇게 하는 작업이 김수민(金壽民, 1734~1811)의 〈기동악부〉(箕東樂府)에서 최장편을 이루고, 고성겸

(高聖謙, 1810~1886)의 〈동국시사〉(東國詩史)까지 계속되어 다음 시대와 맞닿았다.

영사악부가 모두 통사인 것은 아니다. 임창택(林昌澤, 1682~1723)과 오광운(吳光運, 1689~1745), 강준흠(姜浚欽, 1768~1833)의 〈해동악부〉에서는 취급 범위를 고려말까지로 한정했다. 이광사(李匡師, 1705~1777)와 이영익(李令翊, 1740~1780)의 〈동국악부〉(東國樂府) 또한 같은 방침을 택했다. 잘잘못을 시비하는 비판적인 관점에서 역사를 다루고자 하면 자기 당대의 일은 피하는 것이 좋다고 여겨 그렇게 했다고 생각된다.

지방사에 해당하는 작품의 본보기는 조선전기에 김종직이 경주의 사적을 회고한 〈동도악부〉(東都樂府)에서 마련했다. 그것을 본받아 이형상(李衡祥, 1653~1733)은 〈차점필재동도악부〉(次佔畢齋東都樂府)에서 같은 노래를 다시 짓고, 남극관(南克寬, 1689~1714)은 〈속동도악부〉(續東都樂府)에서 다른 노래를 보탰다. 조현범(趙顯範, 1716~1790)의 〈강남악부〉(江南樂府)에서는 순천지방의 내력을 다루고, 이학규의 〈영남악부〉(嶺南樂府)에서는 고려시대까지 있었던 영남지방의 옛일을 살폈다.

그 가운데 임창택과 이익의 작품을 살펴보자. 둘 다 재야선비로 머물면서 우리 역사를 한시로 다루는 데 깊은 관심을 가졌으면서, 임창택은 흥미로운 일화를 서사시적인 수법을 잘 갖추어 나타내려고 하고, 이익은 역사와 사회의 문제를 두고 깊이 고심했다. 설씨녀(薛氏女)와 가실(嘉實)의 사랑을 다룬 신라 때의 설화를 소재로 한 임창택의 〈가랑가〉(嘉郎歌)와 이익의 〈파경사〉(破鏡詞)에서 한 대목씩 들어보자.

嘉郎一去無生死	가실 낭군 한번 떠나고 생사를 모르는데,
父欲嫁妾妾爲愁	아버지는 시집가라고 해서 수심이었어요.
今夕何夕郎歸來	오늘 저녁 무슨 저녁이길래 낭군님 돌아왔나요.
喜欲迎郎還自疑	낭군님 기쁘게 맞으면서 아직 의심스러워요.

阿翁一何痴	아비는 어찌 그리 어리석은지
不解女兒悲	딸의 슬픔은 알지도 못하는구나.
南隣競來說	남쪽 이웃들이 다투어 와서 말하기를,
北富衒財資	북쪽 부자가 재산을 자랑한다네.

원래의 자료에 없던 사건을 지어 보태면서 말하고자 하는 바가 서로 달랐다. 임창택은 사랑하는 이가 돌아와서 반기는 장면에서 심리 묘사의 장기를 보여주었다. 이익은 이별의 고통이 더 심해지게 하는 몰인정한 세태를 그리는 데 힘썼다.

조현범은 〈강남악부〉에서 한 지방의 역사를 다룬 작품의 좋은 본보기를 보여주었다. 자기 고장 순천의 내력을 캐면서 역사서에 오르지 않은 인물들의 행적을 많이 찾아내 널리 알리고자 했다. 사회적 처지가 서로 다른 많은 사람이 각기 자기 나름대로 삶을 누린 모습을 인상 깊게 그린 것이 특히 평가할 점이다. 한 대목을 들어보자.

賞春堂	상춘당이여,
堂高春日長	당은 높고 봄날은 길도다.
春日長	봄날은 길도다.
主人長在堂中央	주인이 당 한가운데 오래 있네.
堂中何所有	당 가운데 무엇이 있나.
酒暖玉缸春茫茫	술이 따뜻한 옥항아리에 봄이 가득하네.

상춘당(賞春堂)을 짓고 봄을 즐기는 사람들의 거동을 그린 〈상춘당〉 전반부이다. 조륜(趙倫)과 조신(趙信)이라는 선비 형제가 출세를 바라지 않고 조용히 지내는 거동이 아름답다고 했다. 특별히 자랑할 것은 아니지만, 자기 고장이 살 만한 곳임을 알려주는 데 소중한 기여를 한다.

이학규의 〈해동악부〉는 다룬 내용이 다양하다. 여러 시대의 자료를 널리 이용하면서 이면의 역사를 찾는 데 힘썼다. 〈양수척〉(楊水尺)의

처지를 다룬 대목을 보자. 한시에는 없는 자유로운 형식을 사용해, 하
고 싶은 말을 거리낌 없이 했다.

楊水尺	양수척이여
汝亦人之子	너도 사람의 자식인데,
胡爲乎生男爲人奴	어째서 남자는 나면 종이 되고,
生女爲人婢	여자는 나서 종년이 되는가?
楊水尺	양수척이여,
汝亦天之民	너도 하늘의 백성인데,
胡爲乎男不爲詩禮	어째서 남자는 시와 예를 배우지 못하고,
女不爲組	여자는 옷하고 베짜기를 못하는가?
屠牛織柳自生理	소 잡고 고리 짜는 것을 생리로 삼아,
不齒人誰其使	사람 축에 끼이지 못하니 누구 탓인가?
君不聞	그대는 듣지 못했는가?
東丹鐵騎東津	거란의 철기가 동쪽 나루로 침범했던 일을.
又不聞	또 듣지 못했는가?
假倭燈市行掠人	왜구로 꾸며 연등놀이 저자에서 행패를 부린 일을.
楊水尺	양수척이여,
苟亦天之民人之子	진실로 하늘의 백성 사람의 자식이
中藏怨毒固其理	속에 원한의 독을 품은 것이 당연하구나.

　양수척이 천민이라는 이유에서 겪는 차별을 문제 삼았다. 양수척도
사람의 자식이고 하늘이 낸 백성인데, 차별하는 것이 부당하다고 했다.
앞에서는 양수척에게 말하다가, "그대는 듣지 못했는가?"라고 한 데서는
차별하는 사람들에게로 말머리를 돌렸다. 양수척이 천대에 견디다 못해
거란의 침입에 가담하고 왜구 흉내를 내며 관등놀이 때에 행패를 부린
일은 고려 때에 있었다. 천대를 하니 그럴 수밖에 없다고 했다.
　김수민의 〈기동악부〉는 영사악부 가운데 가장 많은 분량이다. 훌륭

한 인물의 행실을 알려주어 교훈이 되도록 하려고 한 것은 새삼스러운 의의가 없지만, 다루는 폭을 넓히고 표현을 자유롭게 한 것은 주목할 만하다. 한 줄을 이루는 글자 수가 3자부터 13자까지이다. 장단구라고 해오던 것의 범위를 많이 넘어서서 한시를 자유시처럼 썼다. 임진왜란 때의 일을 다룬 〈호남창의가〉(湖南倡義歌)의 한 대목을 들어본다.

會礪山	여산에서 모여
進淸州	청주로 진격해
一交鋒多殺胡酋	한 번 싸워 많은 오랑캐 죽이니,
胡云湖南義兵不可當	오랑캐들 호남 의병은 당할 수 없다 했다.

영사악부의 마지막을 장식한 고성겸의 〈동국시사〉(東國詩史)에서는, 단군시대 이래의 역사를 총괄하면서 자기 시대에 겪은 사건을 마지막 순서로 다루었다. 병인양요가 일어나 예의의 나라를 도적이 유린했다고 개탄했다. 그렇게 해서 영사악부의 역사의식이 외세에 항거하는 민족의식과 연결될 수 있게 했다.

기속악부는 영사악부만큼은 뚜렷한 흐름을 이루지 않았다. 표제, 소재, 편차 등이 일정하지 않아, 어느 작품이 그 범위 안에 드는지 판가름하기 어렵다. '악부'라는 표제를 내건 것들만 해당된다고 볼 수는 없다. 풍속이나 세태를 자세하게 다루어 한시의 기존 격식을 벗어난 작품은 모두 기속악부라는 광의의 개념을 택하는 것이 마땅하다.

그런 기준에서 기속악부를 살핀다면, 김만중(金萬重, 1637~1692)의 〈단천절부시〉(端川節婦詩) 같은 것을 우선 주목할 필요가 있다. 이름이 일선(逸仙)이라고 하는 함경도 기생이 잠시 사랑을 나누다가 서울로 간 낭군을 잊지 못해 자기 처지를 넘어서고자 한 이야기를 길게 다루어 〈춘향전〉을 연상하게 하는 작품이다. 안찰사의 수청을 들라는 태수의 명령을 거역하고 몰래 도망쳐 서울로 찾아가니 낭군은 이미 죽고 없었다고 했다. 그 대목을 들어보자.

京洛百萬戶	서울 백만 호 가운데,
何處是君家	어느 곳이 낭군님 집인가요?
路從相識問	길에서 아는 사람더러 물어,
君家誠易知	낭군님 집은 쉽게 찾았으나,
外庭設柳車	바깥마당에 상여가 서 있고,
內庭設素帷	안마당에는 빈소를 차렸어요.
遠行已有日	멀리 간 지 며칠 되었고,
親賓紛雜沓	친척과 손님들만 분잡해요.
上堂拜尊姑	마루에 올라 시어머니 뵈오니,
慈顔忽不怡	얼굴이 갑자기 언짢아지시더니,
咄汝何用見	"쯧쯧, 네가 어찌 와서 보나?
兒病爾爲祟	아이의 병이 너 때문인데."
入閨拜女君	방에 들어가 마님께 절하니,
妖狐禍人家	"요망한 여우 집에 화를 끼치더니,
爾來更誰媚	누구를 또다시 호리러 왔나?"

말은 간략하지만 장면묘사가 정확하고 생생하다. 시어머니와 본부인이 각기 말 한 마디씩만 했으나 성격이 뚜렷하게 나타나 있다. 세상일이 주인공 혼자 생각하고 상상한 것과 얼마나 다른지 분명하게 알려준다. 김만중의 작품세계가 폭이 넓고 다채롭다는 것을 새삼스럽게 깨닫게 하는 문제작이다.

이광정(李光庭, 1674~1756)이 관심을 가지고 다룬 여인은 역경에 맞서서 싸운 사람들이다. 노비를 추쇄(推刷)하러 갔다가 피살된 사람의 딸이 원수를 갚은 이야기로 시를 지어 〈강상여자가〉(江上女子歌)라고 했다. 산소 소송 때문에 죽은 아버지의 원수를 갚으려고 권력에 맞서 싸우던 딸마저 희생된 사건을 옛적 중국에 있었던 일인 듯이 지은 것이 〈석유소불위행〉(昔有蘇不韋行)이다.

신광수(申光洙, 1712~1775)는 기속악부라고 할 것을 여럿 지었다.

〈관서악부〉(關西樂府)는 악부시라고 표방하고 지은 작품이다. 평양감사 채제공(蔡濟恭)의 치적을 다룬다고 하면서, 풍속을 묘사하고 역사를 회고한 작품이다. 민요풍의 연작시 〈금마별가〉(金馬別歌)나 제주도 기행시집 〈탐라록〉(耽羅錄)은 악부시라고는 하지 않았지만, 풍속을 문제 삼자는 뜻이 분명하게 나타나 있다.

〈탐라록〉에서 멀리 가서 겪고 본 신기한 체험을 진지하게 다루었다. 그곳 사람들의 생활에서 무엇이 문제인가 예리하게 관찰한 내용을 특히 주목할 만하다. 해녀를 두고 지은 〈잠녀가〉(潛女歌)의 한 대목을 들어본다.

忽學雛沒無處	갑자기 물오리 따오기처럼 들어가 보이지 않고
但見匏子輕輕水上浮	다만 뒤웅박은 가벼워 물 위에 둥둥 떠 있네.
斯須湧出碧波中	조금 있다 푸른 물결 속에서 솟구쳐 올라와
急引匏繩以腹留	얼른 뒤웅박 끈을 끌어다 배 밑으로 가져오네.
一時長嘯吐氣息	일시에 휘파람 길게 불면서 숨을 토해내니
其聲悲動水宮幽	그 소리 슬퍼서 멀리 수궁까지 흔들어놓네.

잠녀들이 물질을 잘 한다고 말로만 들어 믿지 않았다가 제주도에 가서 눈여겨보고서는 이렇게 감탄했다. 감탄이 연민의 정으로 바뀌어 어째서 하필이면 목숨 거는 일을 하고 있는가 하고 안타까워했다. 하루에도 몇 짐씩 서울로 올라가는 전복을 얼마나 힘들여 땄는지 받아먹기만 하는 팔자 좋은 사람들은 알지도 못한다고 탄식했다.

유경종(柳慶種, 1714~1784)은 이익의 문하에서 공부하고 이용휴와 교류하면서 서울 근처 안산 시골에 묻혀 지내면서 다양한 형태의 시작을 일삼았다. 촌부회담체(村夫會談體)라고 일컬은 잡영(雜詠) 연작을 1천 수를 넘게 써서 생활 주변에서 얻는 다양한 소재를 자유롭게 다루었다. 49세가 되던 해부터 시작해서 일기를 시로 쓴 것은 2천 수가 더 된다. 악부시를 쓰겠다고 표방하지 않았지만, 풍속이 바뀌고 세태가 달라지는 양상을 자세하게 알려주는 것이 적지 않다.

賣油自水原	기름 장수가 수원에서 와서
自稱兩班是	자칭 양반이라고 하네.
去年賣油來	작년에도 기름 팔러 들리고,
今又負油至	올해 다시 기름 통 지고 왔다네.
勸我書室中	내게 권하기를, 서실에야
不可闕燈油	등유가 없을 수 없다 하지만,
貧家無可售	집이 가난해 살 수 없으니,
慚愧遠來求	멀리서 팔러 왔는데 미안하구려.

〈우술 입사일〉(偶述 卄四日)의 〈우〉(又)라고 한 것 일부이다. 50세 되던 해 12월 24일에 우연히 읊은 시가 한 편 더 있다고 붙인 제목이다. 기름 팔러 온 장수를 만나 주고받은 말을 적기만 했는데 세상 돌아가는 모습이 아주 잘 나타나 있다. 양반이 장사를 하러 나섰다는 것이나, 독서를 해야 할 사람이 기름 살 돈이 없는 것이나 예삿일이 아니다.

위백규(魏伯珪, 1727~1798)는 민요풍으로 지은 연시조 〈농가구장〉(農歌九章)의 작품세계를 한시에서 더욱 확대했다. 전라도 시골에서 어렵게 살아가면서 농민의 고난을 가까이서 이해하고 민요에 근접한 작품세계를 풍성하게 마련했다. 자기 스스로 악부시라고 일컫지는 않았으나 기속악부의 좋은 본보기이며, 한시로 지은 농민시의 대표적인 성과이다. 〈연년행〉(年年行) 두 편에서는 선후창 형식을 사용해 재해와 수탈에 시달리면서 살아가는 농민생활을 자세하게 나타냈다. 보리를 두고 지은 〈죄맥〉(罪麥)·〈대맥〉(對麥)·〈청맥행〉(靑麥行) 같은 것들이 장편 연작시를 이루어 농민이 하는 말을 많이도 담았다.

號穀數爲百	곡식이라 하는 것 몇 백 가지인데
可憎者惟麥	보리라는 놈이 가장 밉살스럽다.

謬以重惡質   몇 겹이나 악질인 녀석이 잘못 되어,
承乏參民食   궁핍을 틈타 백성들의 먹거리에 끼어들었다.

서두가 이렇게 시작되는 〈죄맥〉에서 농사짓기 어렵고, 먹기 거북하고, 속탈이 잘 나는 등의 죄과를 낱낱이 들어 보리를 꾸짖고, 유배형을 내려야 한다고 했다. 보리밥을 먹고 살아가야 하는 농민의 불평을 거친 말투 그대로 쏟아놓아 웃음이 나오게 했다. 다음에는 보리타작을 노래한 대목을 보자. 타작하는 사람들의 고생을 직접 말하는 듯이 전하고 있다. 한시에서 농민생활을 이처럼 실감나게 나타낸 것은 전에 없던 일이다.

正當五月炎   바로 오월 염천이 되면
必待千鞭撲   천 번 두들기는 짓 반드시 닥친다.
毒塵霢風欄   독한 티끌 흙비 오듯 난간에 날리고,
獰芒螫汗顔   모진 까끄라기 땀 밴 이마 벌 쏘듯.
鞣夫髮被蓬   도리깨질하는 사람 머리 쑥대 되고,
箕妾體生蠚   키질하는 아낙 몸에 상처 생기네.
可憎殼連膚   딱하다, 껍질이 속살에 들러붙어,
那堪舂儴脚   방아 찧기 힘든 다리 어쩌면 좋으리.

〈대맥〉에서는 보리가 항변을 하는 말을 적는다고 했다. 보리 덕분에 춘궁기를 넘기니 그 은혜가 크고, 보리밥으로 만족하며 사는 농부나 선비의 자세가 훌륭하다고 했다. 주고받으면서 응답하고 힐난하는 수작을 모두 농민의 입에서 나오는 대로 선비가 받아 적어 아무런 간격이 없는 것 같다. 민요 형식을 살려 진행이 순탄하고 흥이 난다.

김려(金鑢, 1766~1821)는 명문에서 태어났지만 권력에서 멀어져 박해를 받으면서 새로운 문학을 개척하는 것을 사명으로 삼았다. 기속악부를 짓는 데 대단한 열의를 가지면서, 풍속과 함께 인심을 그렸다. 미천한 처지에서 어렵게 살아가는 사람들이 참된 마음을 가져 깊이 사랑하지 않을 수 없다는 진실을 절실한 사연을 갖추어 나타냈다.

함경도 부령에서 귀양살이를 할 때 겪은 바를 두고 지은 〈사유악부〉(思牖樂府) 290수는 형식과 내용 양면에서 획기적인 시험작이다. '사유'란 "생각하는 창"이라는 뜻이다. 자기 생각대로 세상을 보아 느끼고 깨달은 바를 전에 없던 방식으로 나타냈다. "問汝何所思 所思北海湄"(네 생각하는 곳 어디냐? 생각하는 곳은 북쪽 바닷가)라는 말을 앞세우고 그 뒤는 7언 10행이면서 평측도 운도 고려하지 않는 새로운 시 형식을 만들어냈다.

북쪽 바닷가의 기억을 하나씩 불러내, 많은 인물이 겪고 있는 갖가지 사정을 작품화했다. 농사군, 장사군, 주막집 주인, 공장(工匠), 포수, 무사 등의 생업을 가진 사람들이 서울서 간 관원과 지방 토호의 수탈에 시달리면서도 절망하지 않고 열심히 살아가려고 분투하는 모습을 그렸다. 한 사회의 모습을 다면적으로 보여준 기속악부의 뛰어난 작품이다.

여러 곳에 연희(蓮姬)라는 여자가 등장하는데, 자기와 가까이 지내던 기생이다. 시중을 들고 의복을 해주고 부모 제삿날에 상을 차려주기도 해서 고맙다고 하고, 예술적 재능이 뛰어나고 세상사를 이해하는 식견도 상당하다고 칭송했다. 깊이 사랑하는 사이가 되었으나 헤어지지 않을 수 없었다. 두고 온 연희를 잊지 못해 그리워하는 노래를 거듭 부르면서 간절한 사연을 미묘한 표현을 갖추어 나타냈다. 최상의 경지에 이른 연애시라고 할 수 있다.

問汝何所思	네 생각하는 곳 어디냐?
所思北海湄	생각하는 곳은 북쪽 바닷가.
怪底今宵夢兆異	오늘 밤 꿈속 일 이상도 해라.
蓮姬握手橫涕泗	연희가 내 손 잡고 눈물 흘리며,
一回嗚咽一回言	한 번 흐느끼고 한 번 말하기를,
阿郞被逮出城門	"낭군님 체포되어 성문을 나서자

井上櫻桃與丹杏	우물 위의 앵두나무, 살구나무
一時竝殭虫齒根	한꺼번에 죽어 뿌리를 벌레가 먹더니,
彊到今秋忽生葉	올 가을이 되자 홀연히 잎이 돋아나,
葉葉如掌枝枝疊	잎잎 넓고 가지가지 첩첩하답니다.
願郎如樹早回還	낭군님도 나무들처럼 되돌아와
此生重逢共歡怏	이 생에서 다시 만나 함께 살아요."

〈고시위장원경처심씨작〉(古詩爲張遠卿妻沈氏作)이라는 것은 제목을 보면 대수롭지 않은 것 같으나 세태소설이라도 쉽사리 미치지 못할 만큼 현실을 핍진하게 그린 장편 서사시이다. 백정의 딸로 태어난 여주인공 방주(蚌珠)를 양반에 속하는 파총(把摠)이 며느리로 삼겠다고 한 사건을 들어, 신분에 따른 차별을 극복하고 평등을 이룩해야 한다는 주장을 설득력 있게 제시했다. 방주는 백정의 딸이지만 부지런하고 활기찬 집안에서 어여쁘고 예절 바른 처녀로 자라났다는 것이 시발점이다.

六歲識繰絲	여섯 살에 실 자을 줄 알고,
七歲通諺書	일곱 살에 언문을 깨쳤네.
八歲髮點漆	여덟 살에 윤기 흐르는 까만 머리,
學姉能自梳	언니 본떠서 혼자 빗질을 하네.
時向華燈下	밝은 호롱불 아래 앉아,
朗吟謝氏傳	사씨전을 낭랑하게 읽으면,
微風送逸響	선들바람이 귀여운 목소리 실어
琮琤破玉片	쨍그렁 구슬 깨지는 소리로다.
九歲辨晉字	아홉 살에 천자문 알고,
十歲曉歌詞	열 살이 되어서는 가사를 깨쳐
短関山有花	산유화 짧은 가락을
延嚨益凄其	목을 뽑아 애처롭게 부르네.

자라나는 과정을 이렇게 묘사했다. 해마다 있었다고 하는 일을 하나씩 차례대로 들어, 백정의 딸로 태어났다고 해서 미련하고 무식한 것은 결코 아님을 납득할 수 있게 보여주었다. 건강하고 아리따운 모습으로 자라나면서, 길쌈하고, 자기 몸단장하는 일을 일찍 익혔을 뿐만 아니라, 글공부도 하고 노래도 익혀 모자랄 것이 없다고 했다. 글공부를 한 쪽만 하지 않고 국문을 익혀 소설을 읽으면서, 천자문을 또한 깨쳐 한문도 안다고 했다. 노래를 통해서는 기층문화의 유산을 이어받아, 상하의 교양을 모두 쌓았다고 했다.

상하남녀의 지체에 따라 나누어져 있던 여러 가닥의 어문문화를 나이 어린 하층여성이 온몸으로 아울러 하나가 되게 한 것이다. 그런 대단한 일이 이루어지고 있는 줄 상층남성은 알지 못하고 인정하지 않기 때문에, 작품 속에서 구혼자로 나선 양반 관원이 놀라운 발견을 하도록 설정한 시를 한시로 써서, 한시라야 읽는 독자들을 깨우쳤다. 그렇게 하면서 한시가 우월하다는 오랜 편견을 부정했다.

파총 벼슬을 한 이가 지나다 보고 감탄해 그 집을 찾아들어가 며느리를 삼고 싶다고 하자, 방주의 아버지는 종보다도 천한 처지인데 그런 말을 하지 말라고 했다. 그런데 파총은 어려서 뜨내기로 지내며 어물장수 노릇을 하면서 살아가는 동안에 세상을 겪을 대로 겪어 사해가 모두 동포임을 절실하게 깨달아 하는 말이라고 했다. 파총과 백정 두 사람이 각기 체험한 바를 서로 연결시켜 장편 서사시를 이루면서 상하층이 함께 누리는 진실된 삶을 추구했다. 그런데 불행히도 작품 전편이 전하지 않고 중간에 끊어졌다.

작품 창작이 활발하게 이루어지면서 악부시의 개념이 확대되고 성격이 다양해졌다. 정약용의 〈탐진농가〉·〈탐진어가〉·〈탐진촌요〉를 합쳐서 〈탐진악부〉(耽津樂府)라고 일컫기도 했는데, 이 경우에는 악부가 민요시의 다른 이름이다. 이학규가 김해에서 귀양살이하면서 지은 비슷한 성향의 작품도 모두 악부시라고 할 수 있다. 그 가운데 하나인 〈금관죽지사〉(金官竹枝詞)에는 '죽지사'라는 제목이 붙어 있다. 죽지사는 원래 중국 어느 지방의 민요에서 유래한 말인데, 그 민요를 다듬은 악부시를 지칭하기 위해서 계속 쓰이다가 악부시 일반을 뜻하는 것으로 전용되었다.

조면호(趙冕鎬, 1804~1887)는 풍속을 노래하는 시를 많이 지었다. 〈타전이사〉(打錢俚詞)에서는 돈치기 놀이를 하는 모습을 그리면서 세태를 풍자했다. 돈 중한 줄 일찍 알게 되니 다행이라고 하고, 양반집 아이들은 거기 끼이면 한 푼도 따지 못할 것이라고 했다. 평안도 의주를 다녀와서 지은 〈용만죽지〉(龍灣竹枝)에서 많은 것을 살폈다.

灣州業利重通商   의주는 이익에 힘쓰고 통상을 소중하게 여겨,
年使興盛十倍常   해마다 사신 갈 때면 열 배가 더 흥성하다.
各國人來日開港   각국 사람 와서 날마다 항구를 여니,
前頭爾輩亦蒼茫   선두에 선 너희들이 다급해지는구나.

〈만상〉(灣商)이라는 제목을 붙인 제17수이다. 의주는 국경에 자리 잡고 있어 상업이 발달한 곳이다. 해마다 사신이 중국으로 갈 때에는 개항을 해서 통상을 크게 하니, 의주 상인들이 찾아오는 외국인들보다 더욱 바쁘게 움직인다고 했다.

정약용의 외손자 윤정기(尹廷琦, 1814~1879)는 〈금릉죽지사〉(金陵竹枝詞)를 지어 지방 사람들의 생활을 여러모로 다루면서 여성을 서술자로 삼았다. 소금배를 타고 떠나는 남편을 향해, 이별 뒤의 근심, 독수공방의 서러움, 베를 짜고 방아품을 팔아 살아가야 하는 고생을 친근한 말로 나타냈다. 우리말을 섞어 넣고 주를 달아 설명했다.

풍속을 다룬 시는 먼 시골에서만 제재를 구하지 않고, 대도시로 성장해 번영을 누리는 서울에서도 풍부한 소재를 찾았다. 각계각층의 사람들이 전에 볼 수 없던 생업을 개척하고 문화생활도 나날이 새로워지는 것을 인상 깊게 그렸다. 그리는 시각과 방법도 다양하게 마련했다.

서울의 거리를 멀리서도 보고 가까이서도 보고 이곳저곳 돌아다니면

서 풍속화를 그리는 것이 한 가지 방법이다. 박제가의 〈성시전도〉(城市全圖)나 국문가사 〈한양가〉(漢陽歌)가 그런 경우이다. 유득공이 〈경도잡지〉(京都雜誌)라는 풍속지를 엮어 정월부터 섣달까지 계절의 변화에 따른 생활상을 서술한 것과 같은 작업을 시에서도 하는 것이 또 한 가지 방법이었다. 유만공(柳晚恭)의 〈세시풍요〉(歲時風謠)가 그런 작품이다. 한 대목을 들어본다.

杯盤爛處夜如何	술자리 어울린 곳에 밤은 얼마나 깊었는고,
曲罷篇歌變雜歌	편가의 곡조 끝나자 잡가의 변조로 들어간다.
古調春眠今不唱	고조의 춘면곡 지금은 부르지 않고,
黃鷄鳴咽白鷗哇	황계사 흐느끼며 백구사 간드러진다.

잡가를 부르며 즐기는 광경을 묘사한 대목이다. 세태가 변해 제대로 된 노래라고 할 수 없는 잡가가 생겨나고 인기를 끈 상황에 관해 말했다. 오래된 곡조를 밀어내고 새로 생긴 것들은 과장된 느낌, 경박한 곡조를 특징으로 한다고 했다.

전반적인 양상은 심경호, 〈조선후기 한시의 자의식적 경향과 해동악부체〉, 《한국문화》 2(서울대학교 한국문화연구소, 1981) ; 이혜순, 〈한국악부연구〉, 《이화여자대학교논총》 39(1981) ; 〈한국악부연구 2〉, 《동양학》 2(단국대학교 동양학연구소, 1982) ; 장효현, 〈조선후기 죽지사연구〉, 《한국학보》 34(일지사, 1984) ; 김명순, 〈조선후기 기속시 연구〉(경북대학교 박사논문, 1996) ; 안대회, 〈한국악부시의 장르적 성격〉, 《한국시가연구》 창간호(한국시가학회, 1997) ; 김영숙, 《한국영사악부연구》(경산대학교출판부, 1998) ; 이정선, 《조선후기 조선풍한시연구》(한양대학교출판부, 2002) 등에서 다루었다. 개별 연구 가운데 특히 중요한 것을 들면 이원주, 〈서포(西浦)의 '단천절부시'에 대하여〉, 《어문학》 44·45(한국어문학회, 1984) ; 윤경수, 《석북시(石北詩) 연

구》(정법문화사, 1986) ; 이신복, 〈담정(潭庭) 김려 한시연구〉,《동양
학》18(단국대학교 동양학연구소, 1988) ; 김성진, 〈이학규의 '금관죽지
사' 연구〉,《국어국문학》26(부산대학교 국어국문학회, 1989) ; 박혜숙,
〈'사유악부' 연구〉,《고전문학연구》6(한국고전문학연구회, 1991) ; 박
혜숙 역,《부령을 그리며, '사유악부' 선집》(돌베개, 1996) ; 박준원, 〈담
정총서'(潭庭叢書) 연구〉(성균관대학교 박사논문, 1994) ; 신장섭, 〈기
동악부' 연구〉(건국대학교 박사논문, 1993) ;《명은(明隱) 김수민문학
연구 : '기동악부'를 중심으로》(국학자료원, 1996) ;《한국 '기동악부' 주
해》(국학자료원, 1997) ; 허경진 역,《낙하생(洛下生) 이학규 시선》(평
민사, 1998) ; 심경호, 〈서정자아의 근대적 변모와 그 한계 : 낙하생 이학
규의 한시를 중심으로〉,《한국한시의 이해》(태학사, 2000) ; 김동준,
〈해암(海巖) 유경종의 시문학 연구〉(서울대학교 박사논문, 2003) ; 김
석회,《존재(存齋) 위백규 문학 연구》(이회문화사, 1995) ; 김명호, 〈옥
수(玉垂) 조면호의 '서사잡절' 전후편에 대하여〉,《고전문학연구》20(한
국고전문학회, 2001) ; 김용태, 〈옥수 조면호의 기속시 연구〉,《동방한문
학》24(동방한문학회, 2003) 등이 있다.

9.7.6. 육담풍월과 언문풍월

육담풍월(肉談風月)이니 언문풍월(諺文風月)이니 하는 것들은 한시
를 본떠서 엉뚱하게 만들어놓은 희작시이다. 악부시의 하나로 포함시
켜 희작악부(戲作樂府)라고 일컬을 수 있다. 한시를 개조해 악부시를
만드는 작업이 지나쳐 시가 장난이 되게 했다.

육담풍월은 겉으로 보아서는 예사 한시인 것 같은데 우리말로 새겨
야 무엇을 말하는지 알 수 있다. 한시의 위엄을 파괴하는 상소리를 풍
월이라고 하면서 읊는다는 뜻에서 육담풍월이라고 한다. 언문풍월은
국문으로 지은 시이면서도 한시처럼 글자 수를 제한하고 운자까지 붙
인 것이다. 한시의 외형을 흉내 내서 만든 국문시가이다.

온전한 한시를 짓지 못하면 육담풍월이라도 읊을 수 있어야 하고, 그 재주마저 없을 정도로 무식하면 언문풍월로 대용물을 삼을 수 있어야 했다. 진서풍월·육담풍월·언문풍월 가운데서 어느 것을 즐기는가에 따라서 사람의 서열이 정해졌다. 그러나 그것은 어디까지나 표면상의 구분이다. 육담풍월이나 언문풍월을 구태여 짓는 이유는 한시를 야유하자는 것이었다. 한시야말로 기형적인 시임을 흉내 내기로 보여주려고 엉뚱한 장난을 했다.

〈요로원야화기〉(要路院夜話記)에 육담풍월의 쓰임새를 말해주는 소중한 자료가 있다. 서울 양반이 시골 사람의 무식을 개탄한 끝에 진서는 모를 터이니 육담풍월이나 배워서 지으라면서 자기가 먼저 한 수 내놓았다. 서술자는 풍월이 도대체 무엇인지도 모른다면서 짐짓 사양하다가 되받았다. 서울 양반이 본보기로 보인 것은 진서풍월 대용물인 육담풍월이지만, 무식하다고 가장해 상대방을 골탕 먹인 시골 사람이 거기 화답해 지은 육담풍월은 한문께나 한다고 거들먹거리는 허세를 꼬집은 것이다. 둘을 나란히 든다.

我觀鄉之睹하니	내 시골 나기를 보니,
怪底形體條로다	형상 가지기를 괴저히 하도다.
不知諺文죷하니	언문 쓸 줄을 아지 못하니,
何怪眞書沼리오	어찌 진서 못 함이 고이하리오.

我觀京之表하니	내가 서울 것을 보니,
果然擧動戎이로다	과연 거동이 되도다.
大抵人物貸하니	대저 인물을 꾸었으니,
不過衣冠夢이로다.	불과 옷과 관을 꾸몄도다.

토를 달아야 제격이다. 밑줄을 그은 글자는 우리말로 풀어야 한다. "되도다"는 오랑캐스럽다는 뜻이다. 시골 사람이 무식하다고 흉을 보

자, 오랑캐 같은 거동을 하는 서울 사람이 겉보기만 그럴 듯하게 꾸미고 다닌다고 반격했다. 표리부동을 풍자하는 데 언문풍월만한 것이 더 없다고 할 수 있다.

〈봉산탈춤〉 양반과장에도 언문풍월이 등장한다. 양반 삼형제가 가만히 있자니 갑갑하다고 하면서 운자를 내서 풍월을 짓자고 하면서 내놓은 것이 언문풍월이다. 양반 행세를 하려면 풍월을 지어야 하는데, 무식한 탓에 언문풍월로 진서풍월의 대용품을 삼을 수밖에 없었다. 하인 말뚝이가 그 거동을 보고 있더니 자기도 한 수 짓겠다고 나섰다. 양반은 기특한 일이라고 하고서 자기네는 운자를 두 자 달았지만 한 자만 부를 터이니 지어보라고 했다.

양반 :
울룩줄룩 作大山허니,
황천풍산에 東仙嶺이라.

말뚝이 :
썩정 바지 구녕엔 개대강이요,
헌 바지 구녕엔 좃대강이라.

둘을 함께 들면 이렇다. 일곱 자씩 글자를 맞추고 토를 단 형태이다. 운자에 해당하는 글자는 굵은 글자로 표시했다. 양반은 지명이나 열거하며 하나마나 한 소리를 억지로 맞추었는데, 말뚝이는 욕설을 거침없이 내놓아 양반을 욕보였다.

〈이언총림〉(俚諺叢林)이라는 책은 표제만 한자이고 전문 국문으로 된 필사본인데, 우스개소리, 일반 수수께끼, 파자(破字) 수수께끼와 함께 여러 형태의 희작시를 수록했다. 한문으로 풀면 뜻이 있는 말장난 시, 소화에 삽입된 웃기는 한시, 우리말을 개입시키면 뜻이 달라지는 육담풍월이 네 편이고, 언문풍월이 한 편이며, 그리고 무어라고 규정짓기 어려운 것도 있다. 그 가운데 세 편은 "님백호"가 지었다고 해서 작자가 임제(林悌)라고 했다.

대한한고조	한고조의 이름이 방이니 방이 너무 차단 말.
도연명불래	도연명의 이름이 잠이니 잠이 오지 않는단 말.
욕격시황자	진시황의 장자의 이름이 부쇠니 부쇠를 치고자 하되,
낭무항장군	항장군의 자는 깃 우자니 주머니에 깃이 없단 말.

임제가 술막에서 지었다는 것을, 원문을 현대표기로 바꾸어 옮기면 위와 같다. 앞의 말을 한자로 쓰면, "大寒漢高祖 陶淵明不來 欲擊始皇子 囊無項將軍"이다. 진시황의 아들 이름은 부소(扶蘇)이다. 항장군은 이름이 적(籍)이고 자가 우(羽)여서 항우라고 일컬어졌다. 국문을 읽고 이 정도는 알아야, "방이 너무 추워 잠이 오지 않아 부시를 치려고 하니 주머니에 깃이 없다"는 말임을 알 수 있다.

김삿갓 또는 김립(金笠)이라는 이름으로 널리 알려진 김병연(金炳淵, 1801~1863)은 희작시로 일생을 보낸 사람이다. 김병연은 안동김씨의 좋은 문벌에서 태어나 한문을 제대로 익혔으나 할아버지 김익순(金益淳)이 선천부사 노릇을 하다가 홍경래란이 일어났을 때 항복한 사유 때문에 세상에 나서지 못했다. 과거를 볼 때 자기 할아버지인 줄 모르고 김익순을 논죄하는 글을 지었던 뉘우침 때문에 평생토록 삿갓을 눌러쓰고 거지 신세로 전국을 방황했다고 한다.

가는 곳마다 지었다면서 남아 있는 많은 시가 과연 김병연의 작품인가 의심스럽다. 구전설화에 삽입되어 계속 창작되고 있는 현장도 확인할 수 있다. 누가 지었든 육담풍월과 언문풍월을 살피는 데 소중한 자료이다.

후대에 편찬된 〈김립시집〉(金笠詩集)에 실린 시는 네 종류이다. 첫째는 과시(科詩)이다. 까다로운 격식을 갖추어야 하는 과시는 누가 장난삼아 지어 넣었을 수 없는 것이다. 둘째는 정통적인 한시여서, 시 짓는

솜씨가 상당했음을 확인할 수 있게 한다. 셋째는 육담풍월이고, 넷째는
언문풍월이다. 육담풍월은 대단한 묘미를 갖추고 있다. 언문풍월은 몇
편 되지 않으나 그 구실을 가늠할 만한 자료이다. 이 네 가지는 당시의
시가 어떤 층위로 존재했던가를 말해주는 의의가 있다.

二十樹下三十客　　스무 나무 밑의 설운 나그네
四十家中五十食　　망할 놈의 집에서 쉰밥이다

　어디 가니 쉰밥을 주길래 서러워서 한 수 읊었다는 육담풍월부터 들
면 이와 같다. 이십에서 오십까지 차례로 열거해놓은 숫자를 우리말로
풀어 읽어야 하도록 지었으니 절묘한 솜씨이다. 자기의 처량한 거동마
저 회화화하는 여유를 보이다가 박해가 심하고 심사가 뒤틀리는 일이
누적되면 상대방을 욕보이는 재치를 발휘했다. 서당 훈장은 동정 받아
야 할 사람이다. 서당 훈장의 딱한 사정을 제대로 된 시 여러 편에서 다
루었다. 그런데 얼마나 아니꼬운 일이 있었던지, 다음과 같이 읊은 육
담풍월도 있다.

書堂乃早知　　서당내조지　　서당은 일찍 알았나니
房中皆尊物　　방중개존물　　방중의 모든 것이 존귀하도다.
生徒諸未十　　생도제미십　　생도는 모두 열도 차지 못하고,
先生來不謁　　선생내불알　　선생은 와서 뵙지 않는구나.

　한문으로 써놓은 것을 음으로 읽고 뜻을 새길 수 있다. 뜻을 새겨서
는 무슨 말인지 알지 못한다. 아주 멍청한 사람이라면 잘못 짚어 헤맨
다. 음으로 읽으면 우리말 욕설이다. 한문을 써서 점잖은 거동을 하고
있어 욕을 한 효과가 더 크다.
　어느 절에 가니 글 지을 줄 알아야 밥을 준다기에 "타"자 운에 맞추어
읊어댔다는 "사면 기둥 붉었타", "석양 행객 시장타", "이 절 인심 고약

타"라고 했다는 것은 언문풍월의 기본형이다. 그 정도로 만족하지 않고, 한문과 언문을 섞어서 무어라고 명명할 수도 없는 기발한 글귀를 만들어내기도 했다. 목동이 소를 몰고 가는 것을 보고 지어낸 문구를 보자.

腰下佩기역　　허리에 ㄱ 모습을 한 낫을 차고
牛鼻穿이응　　소코에는 ㅇ 코뚜레를 꿰었구나.
歸家修리을　　집에 돌아가서 ㄹ 모양을 한 몸 己자를 닦아라.
不然占디귿　　그렇지 않으면 ㄷ같이 생긴 망할 亡자가 되리라.

　왼쪽에 적은 원문을 보고 오른쪽에 적은 것처럼 해독할 수 있는가? 지혜를 시험하는 수수께끼이다. 말장난에 지나지 않는다고 하고 말면 생각이 모자란다. 두 문자 사이의 구분을 흔들어놓고, 목동을 보고 학동이 되라고 한 것까지 알아내야 제대로 이해한 것이다.

　육담풍월이나 언문풍월은 제대로 된 작품은 아니지만 문학사의 전환을 위해 커다란 구실을 했다. 민요시나 악부시가 한시의 내용만 달라지게 하는 것으로는 부족하다고 여겨 형식마저 파괴하는 과업을 맡았다. 한문 존중의 관습마저 조롱하고 파괴하는 대상으로 삼아 어문생활사에서 근대가 시작되게 하는 대변혁을 촉진했다.

<hr />

　《이언총림》은 조희웅의 해제와 함께 《구비문학》 5(한국정신문화연구원, 1981)에 실려 있다. 박오양 편, 《김립시집》(동진문화사, 1948)을 이용하고 ; 박혜숙, 〈김삿갓시연구〉(서울대학교 석사논문, 1984) ; 허문섭, 〈방랑시인 김립과 그의 시〉, 《조선고전작가작품연구》(연변인민출판사, 1985) ; 임형택, 〈이조말 지식인의 분화와 문학의 희작화 경향〉, 《전환기의 동아시아문학》(창작과비평사, 1985) ; 정대구, 《김삿갓시 연구》(문학아카데미, 1990) ; 진갑곤, 〈언문풍월에 관한 연구〉, 《문학과 언어》 13(문학과언어연구회, 1992)을 참고했다.

9.8. 시조의 변이와 사설시조의 출현

9.8.1. 사대부시조의 재정비

시조는 이미 조선전기에 완성되었다. 사대부문학으로 확고하게 자리를 잡고 형식이나 표현이 한시와 맞설 수 있을 만큼 정비되었으며, 쉽사리 흔들리지 않을 조화로운 세계관을 구현했다. 세상을 살아가는 마땅한 자세를 가다듬고 되돌아보는 틀을 제공해, 물러나 강호에 은거한다고 자처할 때 정신적 위안을 얻으면서 다른 한편으로는 임금을 생각하고 나라를 근심하며 윤리적 교화를 펴고자 하는 의지도 나타내도록 하는 구실을 했다. 그런 범위 안에서 작자에 따라 또는 시대 여건의 변화에 맞게 상이한 창작이 이루어지는 것이 예정된 변화였다고 할 수 있다.

조선후기에 이르면 시조가 이상으로 하는 조화를 위태롭게 하는 상황이 조성되었다. 지배질서가 안으로부터 흔들리고 있을 때 임진왜란과 병자호란이 닥쳐와 커다란 시련을 안겨주었다. 농촌이 피폐해 은거를 해도 편안하지 못했다. 정권 다툼에서 밀려나 다시 진출할 길이 막힌 사대부는 자기 위치 때문에 갈등을 느끼면서, 성현의 가르침을 돈독하게 잇는다고 표방하면서 몰락을 막으려고 하기도 하고, 위기를 인식하고 현실을 비판하는 소리를 거칠게 나타내기도 했다. 그 어느 쪽에서든지 시조 창작에 전념하다시피 해서 수십 수를 짓고 특히 일정한 주제를 가진 연시조를 마련하는 데 힘쓰는 작가가 출현했다. 문제가 심각해져서 할 말이 많아졌다.

고응척(高應陟, 1531~1605)의 〈대학곡〉(大學曲) 28수가 연시조로 논설을 삼는 움직임의 시초를 보여준다. 〈대학〉(大學)의 이치를 조목별로 풀이한 이 작품은 임진왜란 전에 지었던 것 같으나, 난 후에 벼슬을 버리고 은거를 택하면서 영남 사림의 전통을 잇는다고 자부할 때 더욱 절실한 의미를 가졌다고 할 수 있다. 질서가 흔들려 세상이 그릇되고 있는 잘못을 바로잡자면 성현의 가르침을 돈독하게 받들어야 하는데, 바른 길을 버려두고 있으니 안타깝다고 했다.

> 한 권 대학책(大學冊)이 어찌 하여 좋은 글인고.
> 나 살고 남 사니 그 아니 좋은 글인가.
> 나 속고 남 속일 글이야 읽어 무엇 하료.

서론격인 이 노래에서 나 살고 남 살리는 글을 따르지 않고 나 속고 남 속이는 이단의 학설로 기울어지는 세태를 비판했다. 세상이 온통 그릇되고 있다고 하는 위기의식에 사로잡혀 유학의 정통을 절대화했다. 무엇이 잘못되고 무엇이 올바른가 하나하나 밝혀 논하고자 해서 서론 뒤의 본론을 길게 폈다.

당쟁시대의 환로에 나갔다가 밀려나 전원생활을 노래한 작품들이 이어져 나왔다. 장경세(張經世, 1547~1615)가 〈강호연군가〉(江湖戀君歌) 12수에서 임금을 그리워하면서 "어떻다, 님 향한 시름이 곡조마다 나느니", "시시로 고개를 들어 님자 그려 우노라"라고 하면서 비탄에 잠긴 것은 다소 예외이다. 다른 사람들은 연군가를 따르지 않고 강호가도의 전통을 찾아 마음의 안정을 얻고자 했다.

이신의(李愼儀, 1551~1615)는 제비가 날며 지저귀는 것을 보고 고독을 절감한다 하고, 솔·국화·매화·대나무를 차례대로 읊은 〈사우가〉(四友歌)에서 시련에 흔들리지 않는 의연한 자세를 가지겠다고 다짐했다. 조존성(趙存性, 1553~1637)은 〈호아곡〉(呼兒曲) 4수에서 전원생활의 흥취를 되찾고자 했다. "아이야, 구렁망태 거둬 서산에 날 늦거다"라고 하면서 밤 지낸 고사리를 꺾어다가 조석(朝夕)거리로 삼겠다고 했다. 박선장(朴善長, 1555~1617)은 훈민시조의 전통을 이어 〈오륜가〉(五倫歌) 8수를 내놓았다.

청주에 살던 경주이씨 가문에서 은거하는 삶을 육가(六歌) 형식으로 노래한 것도 그 가운데 하나이다. 이정(李淨)의 〈풍계육가〉(楓溪六歌)가 그 시초이다. 이황의 〈도산육가〉에서 영향을 받았는지는 확실하지

않으나 정신은 상통하면서 도리보다 서정을 더욱 소중하게 여겼다. 청
풍명월을 즐기면서 사는 흥취를 잘 나타내는 말이 상투적인 데 머무르
지 않고 생동감을 얻었다.

> 청풍을 좋이 여겨 창을 아니 닫았노라.
> 명월을 좋이 여겨 잠을 아니 들었노라.
> 옛 사람 이 두 가지 두고 어디 혼자 갔노?

이정의 조카인 이득윤(李得胤, 1553~1630)은 〈서계육가〉(西溪六歌)
와 〈옥화육가〉(玉華六歌)를 지었다고 하는데 작품은 전하지 않는다. 그
뒤에 이홍유(李弘有, 1588~1671)가 남긴 〈산민육가〉(山民六歌)에서는
은거하는 삶을 나타내는 말이 단조로워졌지만 술회하고자 하는 바는
심각하다. 산 사람이 되어 가난하지만 즐거운 삶을 누린다고 하고, 거
문고 연주에 몰입하면서 고립감을 달랜다고도 했다.

김득연(金得研, 1555~1637)이라는 안동 선비는 시조를 짓는 데 남다른
열의를 가져 74수나 되는 작품을 남겼다. 임진왜란 때에는 의병에 가담하
고 병자호란을 겪은 후 탄식을 했을 뿐 벼슬길에 나갈 기회를 얻지 못한
채 향촌에서 지내며 자기 삶의 의미를 시조를 지으면서 되돌아보았다.
후대의 시조집에 실린 것은 하나도 없고 모두 다 필사본에만 전하니 자기
홀로 고심한 자취임을 알 수 있다. 강호가도의 즐거움을 표방하면서도
아무 것도 이루지 못하고 가난이나 씹으며 늙어만 가는 처지를 서글프게
읊조렸다. 〈산중잡곡〉(山中雜曲) 49수 가운데 넷째 것을 들어본다.

> 늙어도 막대 짚고 병들어도 눕지 않아,
> 솔 아래 두루 걸어 못 위에 앉아 쉬니,
> 묻노라, 이 어떤 할아비요? 나도 몰라 하노라.

한자말로 기존 관념을 재확인하는 것과는 거리가 먼 작품의 좋은 예

이다. 자기의 은거가 옛사람의 자취와 얼마나 부합되는지 확인하는 것만으로는 위안을 얻을 수 없어 마음을 즐겁게 가져본다. 늙어서 더욱 외롭다고 탄식하는 것이 능사가 아닌 줄 알아 생각을 돌린 끝에 눕지 않고 거닐 수 있는 힘이 자기 자신을 낯선 사람처럼 여길 만큼 집착을 버리는 데 있음을 깨달았다.

박인로(朴仁老, 1561~1642)는 임진왜란 때에 수군 무장이 되어 출전하고 왜적에 대한 적개심과 우국의 충정을 나타내고, 전란이 끝나고 귀향해서는 스스로 농사를 지어야 하는 가난한 처지에서 선비의 행실을 닦는 자세를 가다듬는 일련의 가사를 짓는 한편, 76수나 되는 시조에서 어떤 일이 있더라도 흔들리지 않는 정신을 가다듬고자 했다. 25수로 이루어진 〈오륜가〉(五倫歌)로 교화를 베풀고자 하면서 자기 자신을 다그치는 자세가 워낙 엄정해서 숙연한 느낌을 주는 작품이 적지 않다.

> 무정(無情)히 섰는 바위 유정(有情)하여 보이나다.
> 최령(最靈)한 오인(吾人)도 직립불의(直立不倚) 어렵거든
> 만고에 곧게 선 저 얼굴이 고칠 적이 없나다.

바위처럼 우뚝하고도 곧게 서서 어디 의지하지 않기를 바라는 것은 심지가 굳어야 하겠다고 다짐하는 엄숙한 발언이다. 그런데 그 바위에 유정해 보이는 얼굴이 있어 가까이 가게 한다. 숙연한 자세와 정겨운 느낌을 함께 아우르고자 했기에 관념에 떨어지지 않았다. 〈조홍시가〉(早紅柿歌) 4수에서는 탐스럽게 익은 홍시를 보고 어머니를 생각하는 마음을 절실하게 나타냈다. 유학의 도리를 거듭 내세워 경직된 것은 아니다. 무뚝뚝한 듯하면서도 인정 깊은 시골사람들의 마음을 가까이서 느끼게 한다.

인조반정 이후 서인정권의 중신이면서 이른바 한문사대가의 한 사람으로서 한문학의 높은 경지에 이른 신흠(申欽, 1566~1628)은 시조에서도 표현의 격조를 존중했다. 한시로 나타내지 못하는 심정은 시조에 담

아야 한다면서, 시조는 기존의 관념을 확인하기 위해서 소용되는 것이
아니기에 직설적인 술회에 머무를 수 없다고 생각했다. 자기 시대의 문
제를 다루는 데서는 물러나 관심을 내면으로 돌렸다. 남긴 시조는 후대
의 각 시조집에서 30수쯤 찾을 수 있다. 다음과 같은 것을 특히 주목할
만하다.

노래 삼긴 사람 시름도 많기도 많다.
일러 다 못 일러 불러나 푸돗던가?
진실로 풀릴 것이면 나도 불러보리라.

시름을 푼다고 했지만 정감 발산으로 자기 작품세계를 이끌어 나갔던
것은 아니다. 세상살이를 두고 논의를 펴는 시조에서도 진부한 문구를
떨쳐 버리고 탈속한 느낌이 깃들게 했다. 시조는 노래로서의 흥취가 살
아 있어야 한다는 점에서 한시와 달라야 하지만, 한시에 못지않을 정도
로 자연에 대한 감각적인 묘사까지 갖추어야 바람직한 수준에 이를 수
있다고 생각했다. 아래의 예에서 볼 수 있듯이, 산촌·눈·돌길·사립
문·달로 이어진 풍경을, 아무 일 없는 데서 감격을 찾는 마음으로 휘어
잡아 뛰어난 표현으로 드러내어야 신선한 느낌을 줄 수 있었다.

산촌에 눈이 오니 돌길이 묻혔어라.
시비(柴扉)를 열지 마라, 날 찾을 이 뉘 있으리.
밤중만 일편명월(一片明月)이 그 벗인가 하노라.

신계영(辛啓榮, 1577~1669)은 관직에서 물러났을 때 가사와 함께 시
조를 지었다. 시조는 〈전원사시가〉(田園四時歌) 〈춘〉·〈하〉·〈추〉·
〈동〉 각 2수와 〈제석〉 2수 등 모두 10수, 〈연군가〉(戀君歌) 3수, 〈탄로
가〉(嘆老歌) 3수이다. 전원에 은거하는 사대부의 정신세계를 보여주는
기본 종목을 갖추었다. 마음이 편안하다고 하지는 않았다. 노년의 탄식

이 〈전원사시가〉에도 나타나 있다. 〈제석〉 첫 수에서 이렇게 노래했다.

　　이바 아해들아 새해 온다 즐겨 마라.
　　헌사한 세월이 소년 앗아 가느니라.
　　우리도 새해 즐겨하다가 백발이 되었노라.

　〈탄로가〉에서는 여유를 가졌다. "아해야 웃지 마라 나도 웃던 아해로다"
라고 했다. "사람이 늙은 후에 거울이 원수로다"라고 하는 말은 한층 묘미
가 있다. 93세에 세상을 떠났으니 늙음을 노래할 자격이 충분했다.
　지방 관원을 역임하다가 은퇴하고 고향인 전라도 나주로 돌아간 나
위소(羅緯素, 1582~1667)는 같은 남인이며 5세 연하인 윤선도(尹善道)
와 가까이 지내면서 서로 상통하는 시조 창작을 했다. 〈강호구가〉(江湖
九歌)에서 강호시조의 전통을 재현하고자 했다. 제3수까지에서는 임금
의 은혜를 말하고, 제4수부터는 시골에서 소박하게 살면서 뱃놀이를 하
고 낚시를 즐기는 거동을 그렸다.
　윤선도(尹善道, 1587~1671)는 강호에서 노니는 흥취를 자랑하는 사
대부시조의 가장 세련된 경지에 이르렀다. 노론과 맞선 남인 강경파여
서 귀양을 다니는 수난을 겪고, 청나라에 잡혀간 두 대군의 스승 노릇
을 한 인연이 있어 병자호란 때문에 누구보다도 큰 충격을 받았으나,
모두 75수나 되는 시조를 지으면서 현실에서 강호로 관심을 돌렸다. 전
라도 해남의 자기 마을에서 풍요로운 삶을 누리는 데 그치지 않고 바다
건너 보길도에다 호화로운 정원을 꾸며 예사 사대부로서는 바랄 수 없
는 풍류를 마음껏 즐기면서 경치·흥취·이치 셋 가운데 오직 흥취를
존중해 극도로 세련되게 표현하는 작품세계를 보여주었다.

　　잔 들고 혼자 앉아 먼 뫼를 바라보니.
　　그리던 님이 오다 반가움이 이리 하랴.
　　말씀도 웃음도 아니어도 못내 좋아하노라.

〈산중신곡〉(山中新曲)의 〈만흥〉(漫興) 한 수를 들면 이렇다. 모든 시비와 분별을 넘어서서 먼 산과 일체를 이루는 경지에 이르니 무어라고 형용할 수 없는 즐거움이 거기 마련되어 있다고 했다. 경치를 그리고 이치를 찾는 데는 관심을 가지지 않으면서 흥취를 최대한 확대시킨 특징이 있다. 마음을 바르게 하는 도리를 찾는다든가 살아가는 괴로움을 토로한다든가 하는 주제의식에서 벗어나, 극도로 세련된 풍류의 세계를 미묘하게 표현하기만 해서 후대에 순수시라고 하는 것과 일치하는 경지에 이르렀다.

〈어부사시사〉(漁父四時詞) 40수를 지어 시조와 별도의 내력을 가진 어부가(漁父歌)를 서정적 흥취가 두드러지게 재창조했다. 강호에서 노닌다는 사대부가 어부의 노래를 흉내 내는 것을 흥취로 삼는 어부가는 고려말부터 있었는데, 장가 12장과 단가 10장으로 전하던 것을 이현보(李賢輔, 1467~1555)가 장가 9장과 단가 5장으로 가다듬어 세상에 널리 알려졌다. 장가 9장을 황일호(黃一皓, 1588~1641)가 개작해 〈백마강가〉(白馬江歌)라고 한 것은 흥을 돋우는 데 쓰는 반복구는 줄이고 노랫말을 가다듬어 시 작품이 될 수 있게 했다. 제7장을 들어본다.

> 인생이 얼마치리 물 위의 부초(萍草)로다.
> 박주(薄酒)를 얻을망정 살았을 제 노자꾸나.
> 전계(前溪)의 살찐 고기, 깊이 들어가 건져내어,
> 황계(黃鷄) 백주(白酒)를 야로(野老)와 나눠 먹세.
> 어와 아이들아, 배 모두 저어서라.

시조와 견주면 시조의 첫줄이 처음 두 줄로, 시조의 둘째 줄이 그 다음의 두 줄로 늘어나고 시조의 마지막 줄에 해당하는 것은 그대로 있다. 사뇌가라고 일컫던 다섯 줄 향가를 재현한 것처럼 보인다. 윤선도의 〈어부사시사〉 또한 다섯 줄이어서 이와 같다고 할 수 있지만, 둘째 줄과 넷째 줄은 반복구여서 나머지 세 줄만 보면 시조라고 할 수 있을 것 같다. 봄 노래 가운데 넷째 것을 본보기로 든다.

> 우는 것이 뻐꾸긴가 푸른 것이 버들숲인가?
> 이어라 이어라.
> 어촌 두어 집이 내 속에 나락들락,
> 지국총 지국총 어사와
> 맑고 깊은 소에 온갖 고기 뛰노나다.

〈백마강가〉처럼 〈어부사시사〉도 마지막 줄의 짜임새가 특별하지 않다. 첫 토막은 평균 음절수에 미달하고, 둘째 토막은 평균 음절수를 초과해야 사뇌가나 시조와 같다고 해야 할 것인데, 여러 작품을 모두 보아도 예사 네 토막일 따름이다. 윤선도가 사용한 세 줄 형식은 백제 노래라고 하는 〈정읍사〉(井邑詞)에서부터 보이는 것이고, 광의의 시조라고 할 수 있는 것이다. 오랜 내력이 있으나 문학사의 표면에 나타나지 않던 저층의 형식을 가져와 협의의 시조 못지않게 다듬었다.

이런 노래를 봄·여름·가을·겨울로 나누어서 각기 10수씩 지었다. 노래가 서로 연결되어 있다고 보면 계절별로 10장이 하나를 이루는 장가이고, 하나씩 독립되어 있다고 보면 단가가 40수이다. 그 점에서도 어부가가 독자적인 갈래임을 재확인한다. 탈속한 사대부가 어부로 자처하면서 배를 타고 즐기면서 얻을 수 있는 갖가지 심상을 다채롭게 갖추었다. 진부한 고사나 설명은 배제하고 신선한 표현을 개척했다.

윤선도에게서 정점을 보인 강호시조의 흥취는 그 뒤에 생기를 잃고 인습이 된 느낌이다. 겉보기가 비슷하기 때문에 내실이 부족한 경우가 적지 않았다. 표현이나 내용에서 복고주의가 성행해서 창조력이 고갈된 증후를 나타내는 작품이 이어져 나왔다. 윤선도 이전으로 돌아가 심성을 바르게 하고 세상을 교화하려는 시조를 짓고자 하는 풍조도 나타났다.

장복겸(張復謙, 1617~1703)은 증조부 장경세의 작품세계를 잇고자 하면서, 연군가는 버리고 강호에서 노는 즐거움을 노래했다. 향리 남원에 정자를 세워 놀이의 터전으로 삼고, 〈고산별곡〉(孤山別曲) 10수를 지어, 번거로운 세상에서 벗어나 풍류를 즐기며 노는 거동을 노래했다. 술을 즐기는 것을 자랑하고, 마음껏 노는 것이 즐겁다고 했다. 달 밝은 밤이나 꽃 피는 날 잔치를 벌이고 동자로 하여금 노래하게 했다.

충남 태안에서 은거한 곽시징(郭始徵, 1644~1713)은 송시열의 제자이다. 송시열의 천거로 참봉이 되었다가 물러나 마음을 가다듬는 노래를 짓는다고 했다. 그런 뜻을 밝힌 서문이 붙은 〈낙촌경한정감흥가〉(樂村景寒亭感興歌) 24수를 남겼다. 〈아유경한암〉(我有景寒菴)·〈안빈의자한〉(安貧意自閒)·〈종로낙임천〉(終老樂林泉)이라고 했듯이, 한자 다섯 자로 노래마다 제목을 붙이고, 산수를 즐기면서 유학의 정통을 지키겠다고 다짐했다.

영남 선비 권구(權榘, 1672~1749)와 신지(申墀, 1706~1780)는 이황을 흠모하면서 〈도산십이곡〉을 본뜬 〈병산육곡〉(屛山六曲)과 〈영언십이장〉(永言十二章)을 지었다. 명리를 버리고 산수를 벗삼아 살아가는 삶의 자세를 관습화된 문구를 열거하면서 나타내는 데 그쳐 절실한 느낌은 주지 않는다. 강호시가를 재현하는 것이 불가능한 시대가 되었음을 확인할 수 있게 한다. 지덕붕(池德鵬, 1804~1872)은 은일을 노래하면서 성현의 도리를 찾는 시조 13수를 지어 시대 변화를 인정하지 않는 자세를 보였다.

호남 선비들은 풍류를 즐기는 삶을 보여주었을 것 같은데 그렇지 않고, 경직된 사고를 정형화된 언사로 나타내는 풍조가 이어졌다. 안창후(安昌後, 1687~1771) 또한 향리에서 일생을 보내면서 인륜도덕을 노래하는 시조 24수를 남겼다. 남극엽(南極曄, 1736~1804)이 지은 월령체 연시조 〈애경당십이월가〉(愛景堂十二月歌)도 비슷한 경향이지만 전원생활의 구체적인 모습을 그리려고 한 점은 주목할 만하다. 황윤석(黃胤錫, 1729~1791)은 충청도 목천(木川)현감으로 나아가 지은 〈목주잡가〉(木州雜歌) 28수에서 마땅한 도리를 실행하고자 하는 엄정한 자세를 보여주었다.

어부가에서도 유사한 현상이 나타났다. 윤선도의 작품을 이었다고 할 수 있는 작품이 몇 나타났는데, 생기를 잃고 상투적인 형태로 되돌아갔다. 이형상(李衡祥, 1653~1733)의 〈창부사〉(倡父詞) 또는 〈성고구곡〉(城皐九曲)은 이현보의 〈어부가〉 9장을 차작(次作)하면서 한시에 현토를 한 정도에 그쳤다. 이한진(李漢鎭, 1732~?)이 지은 〈속어부사〉(續漁父詞) 또한 복고풍에서 벗어나지 못했다.

사대부의 어부가가 그렇게 쇠퇴하는 동안, 잡가인 〈어부가〉 또는 〈배따라기〉는 인기를 얻어 유행했다. 모든 어부가류의 원조이고 원천인 어부들 자신이 고기잡이를 하면서 부르는 노래는 변함없이 전승되고 흥망성쇠를 겪지 않았다. 지체의 높낮이가 작품의 진위와는 역비례하는 관계임을 확인할 수 있는 사례이다.

시조의 자료는 심재완, 《역대시조전서》(세종문화사, 1972) ; 《시조의 문헌적 연구》(세종문화사, 1972) ; 정명세, 〈고시조문헌연구〉(영남대학교 석사논문, 1976)에서 정리했다. 진동혁, 《고시조문학론》(형설출판사, 1976) ; 신연우, 《조선조사대부 시조문학 연구》(박이정, 1997) ; 이상원, 《17세기 시조사의 구도》(월인, 2000) ; 권순회, 〈전가시조의 미적 특질과 사적 전개 양상〉(고려대학교 박사논문, 2000) ; 이상원, 《17세기 시조사의 구도》(월인, 2000) ; 정흥모, 《조선후기 사대부시조의 세계인식》(월인, 2001)에서 본문에서 다룬 시조에 대한 광범위한 논의를 폈다. 개별적인 작가를 다룬 논문을 들면, 고응척은 성호경, 〈두곡 고응척 시가 변증〉, 《한국학보》 53(일지사, 1988)에서 ; 이신의는 권영철, 〈석탄(石灘) 시조에 대하여〉, 《하성이선근박사고희기념논문집》(형설출판사, 1974)에서 ; 박선장은 이상보, 〈박선장의 '오륜가' 연구〉, 《시조문학연구》(정음사, 1980)에서 ; 이정 이후 경주이씨 가문의 육가는 임형택, 《한국문학사의 논리와 체계》(창작과비평사, 2002)에서 ; 김득연은 이상원, 〈16세기말~17세기초 사회동향과 김득연의 시

조〉,《어문논집》31(고려대학교 국어국문학회, 1992)에서 ; 박인로는 이상보,《박노계(朴盧溪) 연구》(일지사, 1962)에서 ; 신흠은 성기옥, 〈신흠 시조의 해석 기반〉,《진단학보》81(진단학회, 1996) ; 김주백, 〈상촌(象村) 신흠의 시문학 연구〉(단국대학교 박사논문, 1997)에서 ; 신계영은 윤덕진,《선석(仙石) 신계영 연구》(국학자료원, 2002)에서 ; 윤선도는 원용문,《윤선도 문학연구》(국학자료원, 1989) ; 홍재휴,《윤고산연구》(새문사, 1991)에서 ; 어부가는 최동원,〈어부가고〉,《부산대학교 인문논총》24(1983) ; 황일호는 이상보,〈황일호의 생애와 '백마강가' 연구〉,《어문학》4(국민대학교 어문학연구소, 1984)에서 ; 곽시징은 진동혁,《고시가연구》(도서출판 하우, 2000)에서 ; 권구와 신지는 정혜원, 《한국 고전시가의 내면미학》(신구문화사, 2001)에서 ; 지덕붕은 권영철,〈상산(商山) 시조 연구〉,《국문학연구》3(효성여자대학교 국문학과, 1970)에서 고찰했다. 정운채,〈윤선도의 시조와 한시의 대비적 연구〉(서울대학교 박사논문, 1993) ; 고정희,《고전시가와 문체의 시학》 (월인, 2004)에서 새로운 시도를 했다.

9.8.2. 사대부시조의 변이

시조는 앞에서 살핀 것들과 다르게 지을 수 있었다. 이미 평가된 작품을 고정된 격식을 따르면서 재현해 행세 거리로 삼겠다는 생각을 버리고, 하고 싶은 말을 진솔하게 토로할 수 있었다. 구속과 긴장에서 벗어나 파탈하는 자유를 누리도록 하는 길을 시조가 열어두고 있는 줄 알면, 인습에서 벗어나서 새로운 창조를 할 수 있었다.

시조는 공들여 완성하는 예술품이기 이전에 어느 때든지 쉽게 지을 수 있어 인기가 있었다. 생활현장에서 문득 떠오르는 감회를 즉흥적으로 주고받은 시조가 많았겠는데, 구태여 기록해 보존하지 않아 남은 자료를 찾기 어렵다. 일기를 쓴다든가 하는 경우라야 대단치 않은 작품이라도 거두어 두었다. 명편의 그늘에 가려져 있는 이면의 역사를 이해해야 고답적인 작풍을 뒤집어엎은 변화의 진원지를 알 수 있다.

강복중(姜復中, 1563~1639)은 시골에 묻혀 일생을 보낸 선비이면서
도 시국의 움직임에 대한 직접적인 관심을 시조를 써서 나타냈다. 인조
반정이 일어나자 〈계해반정가〉(癸亥反正歌) 6수를 지어 거사를 찬양했
다. 전원에 은거하면서 산다고 한 〈수월정청흥가〉(水月亭淸興歌) 21수
를 포함해 남긴 시조가 모두 70수나 되는데, 깊이 고심하면서 표현을
응결시키고자 한 자취는 찾기 어렵다.

정훈(鄭勳, 1563~1640) 또한 꾸밈새나 격조를 갖추지는 않고 나라에
대한 근심에서 자기 신변의 사소한 일까지를 소재로 삼은 시조 20수를
지었다. 광해군 때의 실정과 인조반정을 다루었으며 병자호란을 겪고
분개하는 마음을 격렬하게 나타냈다. 시조가 표현보다는 내용을 중요
시하는 경향을 보여주었다.

박계숙(朴繼叔, 1569~1646)이라는 무장이 나라의 명을 받고 함경도
에 갔다 온 경과를 기록한 〈부북일기〉(赴北日記)에 들어 있는 시조 7수
는 기녀와 정을 맺으면서 주고받은 수작을 다듬지 않고 나타냈다. 시골
선비 김계(金啓, 1575~1657)가 1638년(인조 16)부터 세상을 떠난 해까
지의 일을 기록한 일기에 전하는 시조 30여 수는 집안이나 자기 주위에
서 일어난 크고 작은 일을 다룬 내용이다. 표현이 단순하며 형식은 산
만해 작품으로서 평가하기는 어렵다.

격식에서 벗어나는 시조가 모두 그런 수준에 머무는 것은 아니었다.
잡다한 사연을 장난스럽게 다루지 않고 새로운 경험의 의미를 진지하
게 물으면 평가할 만한 혁신이 가능했다. 전원생활을 하면서 자기 나름
대로 마음의 안정을 찾는다는 명분을 세우려고 하지 않고, 세태를 있는
그대로 인식하거나 농민의 처지를 어느 정도나마 경험하는 경우에는
말하고자 하는 바가 달라졌다. 집약된 표현을 유지하면서 시조가 달라
지는 모습이 거기서부터 보이기 시작했다.

전라도 선비 김응정(金應鼎, 1527~1620)은 세태를 바로잡는 도리를
찾으려는 각오로 시조를 지었다. 명종이 세상을 떠나자 서산에 해진다

니 서럽다고 한 시조는 조식(曺植)이 아닌 김응정의 작품으로 밝혀졌다. 감흥이 떠오를 때마다 지어 읊었다는 수많은 시조 가운데 문집에 수록된 것은 8수에 지나지 않는다. 그런 가운데 임진왜란 때에는 의병으로 나섰다가 전란이 끝난 것을 기뻐한 것도 있고, 광해군 때의 집권당을 규탄한 사연도 보인다. 다음과 같은 작품은 시조의 새로운 경지를 개척했다.

가난을 팔려고 세류영(細柳營) 돌아드니
연소 호걸들이 살 이야 많다마는,
이 내 풍월(風月) 겸(兼)하여 달라기로 팔지 말지.

〈감회〉(感懷)라고 한 것이다. 가난을 팔고 싶지만 풍월은 끼워 팔지 않겠다고 한 것이다. 시정에 나가 호걸이라고 자처하는 잡배들과 어울려 살아가면 살아갈 대책이 있지만 풍월을 읊으면서 사대부의 자부심을 나타내는 시문을 버릴 수 없다고 했다. 격식을 벗어난 기발한 표현으로 그런 사연을 나타내 시조가 달라지게 했다.

인조 때의 서인정권에서 우참찬의 지위에까지 오른 김광욱(金光煜, 1580~1656)은 〈율리유곡〉(栗里遺曲) 17수에서 전원시조의 새로운 경지를 보여주었다. 헝클어지고 시끄러운 문서를 다 뿌리치고 매인 새 놓이듯이 벗어나고자 한다 하고, 그 이상의 자기 합리화를 하지 않았다. 농촌생활은 명분과 격식을 떨쳐 버릴 때 참으로 즐겁다고 하면서 다음과 같이 노래했다. 산림처사의 상투어를 버리고 농민의 입심을 본받아 생기를 얻었다.

뒷집의 술쌀 꾸니 거친 보리 말 못 찬다.
진 것 마구 찧어 쥐어 빚어내니,
여러 날 주렸던 입이니 다나 쓰나 어이리.

시골에 묻혀 지낸 영남의 남인 이휘일(李徽逸, 1619~1672)의 〈전가팔곡〉(田家八曲) 또한 전원시조라고 할 수 있다. 그러나 자기의 처지를 말하지 않고 관심을 농민에게로 돌렸다. 은거하는 명분을 찾거나 교화를 베풀고자 하는 의도는 멀리 하고, 농사일을 하는 수고와 보람을 실상대로 나타내고자 했다. 첫 수는 〈원풍〉(願豊)이라고 하고, 그 다음에는 봄, 여름, 가을, 겨울, 그리고 새벽, 낮, 저녁의 노래를 한 수씩 지어, 모두 8수의 연작을 마련했다.

　　　새벽 빛 나자, 나서 백설(百舌)이 소리한다.
　　　일거라 아이들아 밭 보러 가자스라.
　　　밤사이 이슬 기운에 얼마나 길었는고 하노라.

여섯 번째 순서로 새벽을 노래한 〈신〉(晨)을 들면 이와 같다. 새벽빛이 비치자 백 가지 혀를 가진 뭇 새가 지저귄다고 했다. 일하는 아이들보고 어서 일어나 곡식이 얼마나 자랐는지 보러 가자고 했다. 자기 자신이 선비의 거동을 버리고 농사꾼이 되어, 훈민시를 농민시로 바꾸어 놓고자 했다. 아직 전환 과정에 있어 말이 어색하지만 뜻한 바는 평가할 수 있다. 다음 것과 견주어 보면 특징이 잘 드러난다.

　　　동창(東窓)이 밝았느냐, 노고지리 우지진다.
　　　소치는 아니 놈은 상기 아니 일었느냐?
　　　재 너머 사래 긴 밭을 언제 갈려 하나니?

소론 정승 남구만(南九萬, 1629~1711)이 지었다고 하는 이 작품은 비슷한 소재를 훨씬 능숙한 솜씨로 다루었다. 새벽이 되자 잠에서 깨어나, 처음의 "동창"에서 마지막의 "사래 긴 밭"까지 인식이 확대되는 과정을 한 단계씩 아주 생동하게 보여주었다. 그러나 몸이 아닌 생각이 움직인다. 자기는 일하러 가지 않고 소 치고 밭 가는 아이를 독려하는 훈민시라고 할 수 있는데 언어 표현이 생동해 깊은 인상을 준다. 농촌 생활을 한층 절실하게 경험한 것은 아니고 시조 짓는 수법을 더 잘 구사해 절창을 마련했다.

　농민이 지은 시조는 없다. 승려도 양가집 부녀도 시조를 짓지 않았다. 시조는 사대부의 풍류스러운 놀이에서 한몫 하는 노래이다. 사대부의 풍류를 보조하거나 흉내 내는 기녀, 가객, 그리고 시정인이라야 사대부시조를 본뜨다가 자기네 것들을 만들었다. 그런데 농민에게 다가간 사대부는 농민의 말을 담아 시조를 농민시로 만들려고 했다. 그렇게 하는 데 이휘일의 〈전가팔곡〉보다 한 걸음 더 나아간 작품이 위백규(魏伯珪, 1727~1798)의 〈농가구장〉(農歌九章)이다.

　호남 선비 위백규는 잘못되어 가는 세태를 비판하고 백성을 살리는 방도를 제시하는 것을 사명으로 삼아 많은 저술을 했다. 농민이 어렵게 살면서 힘들여 농사짓는 생활을 가까이서 보고 농민을 대신해 어려움을 하소연한 한시를 풍성하게 지었다. 스스로 농사를 지은 것은 아니지만, 농촌에서 일생을 보내면서 농민과 거의 같은 처지에서 살아가야 했던 사대부의 절실한 경험을 나타냈다. 농민의 노래를 시조에다 담고자 한 것도 그런 노력의 하나이다. 작품 전편에서 유식한 한자어는 전혀 사용하지 않고 농민이 실제로 주고받는 말을 방언 그대로 살려서 민요다운 표현을 했다. 설명이나 묘사는 제거하고, 일하는 사람의 노래를 그대로 옮겨놓았다.

　　땀은 듣는 대로 듣고 볕은 쬘 대로 쬔다.
　　청풍에 옷깃 열고 긴 파람 흘려 불 제,
　　어디서 길 가는 손님네 아는 듯이 머무는고?

　땀 흘려 일하는 농민과 길 가다가 아는 듯이 머물러 바라보는 손님은 다른 세계 사람이다. 사대부시인은 농민의 처지를 노래한다고 했지만, 손님의 자리에서 동정도 하고 간섭도 했을 따름이었는데, 여기서는 시인의 위치를 완전히 바꾸어놓아 손님의 관심이 우습다고 했다. 〈농가구장〉을 지을 무렵에 민요야말로 진정한 가치를 가진 노래임을 인식하고 민요를 한시로 옮겨놓고자 하는 시도가 여러 가지로 나타났는데, 한시가 아닌 시조를 택해 민요시를 이룩하는 데 더욱 결정적인 기여를 했다.

사대부시조 혁신의 또 한 가지 방향은 마음의 규제를 허물어뜨리려는 것이었다. 사대부라면 세속의 잡다한 사정 때문에 흔들리지 않는 군자여야 한다고 하고, 그런 마음가짐을 단아한 어조로 읊조리는 것을 시조의 이상으로 삼았다. 그런데 세상이 달라지면서 점잖은 거동을 하고 있어야 어울릴 사람들이 마치 소인배처럼 희로애락을 마구 표출하는 파격적인 작품이 나타났다.

이담명(李耼命, 1646~1701)의 〈사노친곡〉(思老親曲) 12수는 귀양 가서 노모를 생각한 노래이니 도리에 어긋나지는 않았지만, 정감의 노출이 과도하다. "인정이 간절하니 귀신인들 아니 울까"라고 했으니, 인정을 너무 내세웠다. 안서우(安瑞羽, 1664~1735)의 〈유원십이곡〉(楡院十二曲)은 전원에 은거하면서 지은 시조이니 예사롭게 볼 수도 있지만, 귀먹고 눈먼 데다 벙어리 노릇까지 해야 하는 탓에 견딜 수 없다고 외치며 절제를 거부했다.

> 먹거든 멀지 마나 멀거든 먹지 마나.
> 멀고 먹거든 말이나 하련마는,
> 입조차 벙어리 되니 말 못하여 하노라.

시조 창작에 전념하다시피 한 작가들이 나타나서, 사대부시조의 새로운 경향을 더욱 다채롭게 보여주었다. 권섭(權燮, 1671~1759)을 그 선구자로 들 수 있다. 노론 명문 출신이지만 관직을 외면하고 파격적인 생활을 하면서 시조 창작에 힘쓴 권섭이 남긴 75수는 윤선도의 시조와 분량이 같으면서 지향하는 바는 많이 다르다. 한 세기 가까운 기간이 지나 17세기에서 18세기로 넘어오는 동안에 커다란 변화가 일어난 것을 바로 알려준다.

전원시조를 이은 것도 여러 편 있지만, 윤리적인 주제를 곁들이지 않았다. 임금의 부름을 기다리거나 하는 뜻을 나타내려고 하지 않았다. 실제 상황에서 숙종이 여러 차례 불렀으나 나아가지 않았다. 당쟁을 보고 환멸을 느꼈기 때문이다. 〈소의〉(笑矣)라고 한 작품에서 비꼬는 말을 들어보자.

하하 허허 한들 내 웃음이 정 웃음인가?
하 어척 없어서 느끼다가 그리 되지.
벗님네 웃지들 말구려, 아귀 찢어지리라.

무엇이 어떻게 되었는지 설명하려고 하지 않고, 상스럽지만 절실한 말을 갖다놓았을 따름이다. 자기는 어처구니없어 속마음과는 달리 웃기나 한다 하고서, 벗님네더러는 웃다가 아귀가 찢어질 터이니 웃지 말라고 했다. 이런 심정, 이런 표현으로 사대부시조의 규범을 스스로 무너뜨리는 충격을 주었다.

시조를 자기 확인의 방법으로 삼는 데 그치지 않고, 관심을 밖으로 돌려 풍속을 묘사하기도 해서 더욱 주목할 만한 혁신을 했다. 〈육영〉(六咏)이라고 한 작품 6수에서는 당시에 유행하던 갖가지 음악을 연주자의 거동과 함께 다룬 풍속화를 그렸다. 무당굿을 소재로 한 〈무악요〉(巫樂謠)를 보자.

몽도리에 붉은 갓 쓰고 칼 들고 더펄대면서,
잡소리 지저귀고 제석군흥(帝釋軍興) 청하느라
새도록 장고 북 던던던 하며 그칠 줄을 모른다.

이정보(李鼎輔, 1693~1766)는 사대부시조의 변모를 다른 측면에서 확인할 수 있게 한다. 노론 명문 출신이며, 권섭과는 다르게 벼슬길에 순조롭게 올랐다. 사헌부 지평으로 있으면서 영조의 탕평책을 강경하게 반대하다가 얼마 동안 물러나기는 했으나, 다시 발탁되어 이조판서·대제학에 이른 인물이 시조를 짓는 데 열의를 가지고 많은 작품을 남겼으니 예사롭지 않다. 그 때문에 고민하지는 않았으며, 특권층의 기득권을 누리며 풍류를 즐기는 데 시조가 소용되었다.

시조 작가로 자처하거나 자작을 모으거나 하지 않았는데, 99수나 되는 작품이 여러 가집에 실려 지금까지 전한다. 아마도 위항의 가객들과 가까이하면서 시조를 함께 즐겼기에 그럴 수 있었으리라고 생각된다. 작품을 보면 근엄한 격조와는 거리가 멀고, 당시에 유행하던 경향을 따랐다. 작자 표기가 가집에 따라 달라지는 것도 적지 않고, 너무 상스러워 이정보가 지었다고 하기 어려운 것들도 있다. 무명씨가 이정보 노릇을 해도 막을 수 없어 그랬을 것 같다.

역사상의 뛰어난 인물을 들어 회고와 추모의 느낌을 나타낸 것들 20여 수는 자기 나름대로의 착상을 갖추었다. 탈속한 경지를 동경하고, 삶이 무상하니 흥겹게 놀자 하며, 늙어서 서럽다고 한 데서는 통속적인 취향을 따랐다고 할 수 있다. 말을 다듬지 않고, 형식이 산만한 것이 예사이고, 사설시조도 이따금씩 있다. 그런 가운데 특히 주목할 작품군이 애정시조이다. 기녀시조이거나 무명씨의 작품이라고 해야 어울릴 애정시조를 10여 편 지었다. 묘미 있는 구상을 갖춘 것도 있어 사대부시조와는 상이한 가치를 창조한 명편으로 평가할 수 있다. 한 예를 들어보자.

꿈으로 차사(差使)를 삼아 먼 데 님 오게 하면
비록 천리라도 순식(瞬息)에 오련마는,
그 님도 님 둔 님이니 올동말동 하여라.

송계연월옹(松桂煙月翁)이라는 호를 쓴 사람은 중국의 노래, 국내의 가사와 함께 시조 305수를 베낀 책을 남겼는데, 그 가운데 자기가 지은 시조 14수가 들어 있다. 표지가 없어져 알 수 없게 된 책 이름을, 창작한 작품에 있는 문구를 따서 〈고금가곡〉(古今歌曲)이라 하는 것이 관례이다. 책을 엮은 해는 갑신(甲申)이라 했는데, 1764년(영조 40)이 아닌가 한다. 어찌 보면 전문가객 같으나, 삼십 년 풍진 속에서 동서남북으로 다니면서 나라 은혜를 갚고자 했다 하고 노래한 작품이 있어 벼슬한 사람인 줄 알겠으며 무반인 듯하다.

"저 건너 큰 기와집 위태히도 기울었네"라는 말로 시작되는 작품에서는 나라 형편을 크게 근심했다. 사랑의 노래나 이별의 노래도 지어 시조 창작의 멋을 여러모로 갖추고, 바람이 불어 거문고가 저절로 소리 낸다고 한 데서는 전문가객을 능가하는 풍류를 자랑했다. 산수를 노래하면서 경치를 그리고 흥취를 나타낸 것이 둘 다 비범해 충격을 주는 다음 작품이 널리 알려져 있다.

마천령(摩天嶺) 올라앉아 동해를 굽어보니,
물 밖에 구름이요 구름 밖에 하늘이라.
아마도 평생장관(平生壯觀)은 이것인가 하노라.

김이익(金履翼, 1743~1830)은 안동김씨 명문 출신으로 강원도 관찰사·대사간 등의 관직을 역임하다가 순조가 즉위하자 정계에서 밀려나 전라도 완도에 딸린 금갑도(金甲島)로 귀양 갔다. 거기서 1802년(순조 2)에 〈금강중용도가〉(金剛中庸圖歌)라는 가사를 짓고, 8·9월 두 달 동안에 시조를 56수 지었다. 친필로 남긴 〈금강영언록〉(金剛永言錄)에 전하는 것이 50수이다.

귀양 갔어도 임금을 생각하는 마음이 변함없고, 행실을 바르게 하면서 유학 공부에 힘쓰고 지낸다는 내용이라 새삼스러울 것이 없고, 표현 기교도 범속한 편이어서 사대부시조의 수준이 떨어진 증거가 된다. 그러면서도 고적하고 갑갑한 심정을 떨칠 수 없어 시조를 지어 위안을 삼았다. 작품을 다섯 줄이 되게 줄을 바꾸어 적었는데, 가곡(歌曲)으로 부르기 알맞게 구획한 것이다. 한 수를 원문대로 줄을 바꾸어 들어본다. 한자

위에 국문을 적은 이중표기를 했는데, 그것은 그대로 옮기지 못했다.

> 사야(四野)에 황운(黃運) 흥(興)하고
> 중천(中天)에 백일(白日) 명(明)한데,
> 크나큰 바다 위에 풍파 한 점 없더구나.
> 어즈버,
> 이 광경 그렸다가 우리 님께 드리올까 하노라.

사대부시조가 창의력을 잃고 수준이 저하된 사정을 다른 몇 사람에게서도 확인할 수 있다. 벼슬이 강원감사에 이른 신헌조(申獻朝, 1752~1809)가 〈봉래악부〉(蓬萊樂府)에 남긴 시조 25수를 보면, 표현의 격조는 찾을 수 없으며 사설시조가 커다란 비중을 차지한다. 김민순(金敏淳, 1776~1859)은 안동김씨 세도가문의 일원이어서 음직으로 현감을 한 인물인데, 시정의 풍류를 즐긴 시조 15수를 남긴 가운데 2수가 사설시조이다. 둘 다 사대부시조가 가객들과 가까워진 양상을 보여준다.

조황(趙榥, 1803~?)이라는 사람도 〈삼죽사류〉(三竹詞流)라는 개인 시조집을 마련했다. 거기 수록한 자기 작품이 111수나 되고, 별도로 전하는 30수까지 합치면 모두 141수여서 대단한 분량이지만, 질이 양을 따르지 못한다. 몰락한 처지에서 충청도 제천 시골에서 어렵게 살아가면서 느낀 시대 변화의 위기의식을 서투르고 경직된 형태로 나타냈다. 유학의 교훈을 늘어놓고 중세적인 질서를 지키고자 하면서, 한문으로 생각한 바를 시조로 옮겨놓은 것들이 대부분이다.

> 조정(朝廷)의 붕당론(朋黨論)이 인재 없을 장본(張本)이요.
> 과장(科場)의 말류폐(末流弊)는 선비 없고 말리로다.
> 후생이 지우학(志于學)한들 눌을 조차 들으리오.

조정에서 붕당론이나 벌이는 것은 인재가 없게 할 장본이고, 과장의 말폐 때문에 선비가 없어진다고 개탄한 것은 어느 정도 적절한 지적이다. 그래서 세상이 크게 잘못된다고 하지 않고, 후생이 배우는 데 뜻을 두어도 좋아 배울 스승이 남아 있지 않을 것을 염려하기나 했다. 정통 유학의 가치를 절대시하고 시대를 근심하니 생각이 그 정도에 머물렀다. 새삼스럽게 다시 지은 〈훈민가〉(訓民歌) 10수에서도 공감을 얻을 만한 내용을 갖추지 못했다. 이미 기울어진 사태를 무리하게 되돌려놓으려고 하니 언성이 높아질수록 창의력이 고갈되게 마련이었다.

그런데 이세보(李世輔, 1832~1895)의 시조가 발견되어 사대부시조가 종말을 고하지 않았음을 알려주었다. 이세보는 왕족이고 철종과 6촌 사이였으나, 영화를 누릴 처지는 전혀 아니었다. 안동김씨 세도정권의 미움을 사서 수난을 겪었다. 고종이 즉위하는 1863년까지 3년 동안은 귀양살이를 하다가, 벼슬길에 올라 공조판서·형조판서를 역임했다. 근래에 개인 시조집 〈풍아〉(風雅) 및 그 초고와 이본이 발견되어, 남긴 작품이 무려 459수임이 판명되었다.

이세보의 시조는 작품 수에서 누구도 따를 수 없는 우뚝한 위치를 차지할 뿐만 아니라, 경향이 다양해서 더욱 주목된다. 말을 다듬지 않고 쉽게 써서 다작할 수 있었다. 형식을 제대로 갖춘 경우에는 으레 맨 마지막 토막은 생략하는 것을 보면 시조창을 전제로 해서 창작을 했다. 젊은 시절에 시조창을 하는 사람들과 어울려 놀면서 익힌 수법을 다채롭게 활용했다 하겠다.

중국 역대 인물을 회고한 시조 같은 것이야 유행에 따라서 지었을 듯하다. 애정시조는 기녀들과 가까이 하면서 서로 주고받던 사연이라고 할 수 있다. 청나라에 다녀오고 국내 여행도 해서 소재를 얻은 기행시조는 새로운 영역을 개척했다고 평가할 만하다. 그 정도에 머물렀더라면 풍류남아 소리나 듣는 범속한 작가로 기록되었을 것이다. 그런데 귀양살이를 해야 하는 수난이 닥쳐왔다.

한 바다도 어려운데 세 바다가 막혔으니,

물소리도 흉흉하고 바람도 요란하다.
언제나 평지를 만나 오락가락.

남해 고도에서 귀양살이를 하는 쓰라림을 〈신도일록〉(薪島日錄)에다
기록하면서 이런 시조를 섞어놓았다. 시달리며 번민을 하다가 세상을
새롭게 인식하는 시조를 짓게 되었다. 세도정권이 나라의 기강을 마구
무너뜨려 지방 수령은 수탈만 일삼고 백성은 목숨을 부지하기 어렵게
된 사정을 자기 일인 양 여기는 전환을 겪고, 전에 볼 수 없던 작품세계
를 이룩했다.

한시에서는 이미 적지 않은 파문을 일으켰던 현실비판의 시를, 처음
이자 마지막으로 시조를 통해서 구현했는데 그 성과가 대단하다 하겠
다. 한시가 아니니 존중할 만한 선례를 찾을 필요가 없고, 쉬운 말을 어
렵게 바꾸어놓아야 하는 수고를 하지 않아도 그만이었다. 제도관계 용
어를 대폭 채택해서 시조에서 사용하는 어휘의 폭을 크게 넓혔다. 형식
이 산만해지는 것도 개의하지 않았으며, 여러 편을 연결시켜 보아야 사
태의 국면을 하나씩 구체적으로 다룬 내용이 드러날 수 있게 했다.

저 백성 거동 보소. 지고 싣고 들어와서,
한 섬 쌀을 바치려면 두 섬 쌀이 부족이라.
약간 농사 지었은들 그 무엇을 먹자 하리.

우리 생애 들어보소. 산에 올라 산전 파고,
들에 내려 수답 갈아 풍한서습 지은 농사
지금의 동증리증 무슨 일고.

이른바 삼정(三政)의 문란으로, 법제적인 한계를 넘어선 가혹한 수
탈이 이루어져 농민이 견딜 수 없게 된 상황을 노래한 작품 가운데 이
런 것들이 있다. 첫째 작품에서는 환곡(還穀)에 따르는 부정을 다루었

다. 약간 지은 농사로 환곡을 한 섬 바치려 하니, 어떻게 된 계산인지 두 섬이 부족하다고 했다.

둘째 작품에서는 전정(田政)의 횡포를 고발했다. 산에 올라 산전(山田)을 파고, 들에 내려와 수답(水畓)을 갈아 바람·추위·더위·습기를 다 견디어내며 농사를 지었다는 데서는 씩씩한 기상이 나타나 있다. 풍한서습(風寒暑濕)이라는 한자어가 그런 효과를 내기 위해서 적절하게 사용되었다. 그런데 농사를 다 지어놓고 나니 동징(洞徵)이니 이징(里徵)이니 하면서 마을 단위로 모조리 거두어가겠다고 하니 그럴 수 있겠느냐고 한 항변이다.

강복중은 강전섭, 〈'청계가사'(淸溪歌詞) 중 단가에 대하여〉, 《어문학》 19(한국어문학회, 1968) ; 정훈은 박요순, 〈정훈과 그의 시가고〉, 《숭전어문학》 2(숭전대학교 국어국문학과, 1973) ; 최광원, 〈수남방옹(水南放翁) 정훈론〉, 《한남어문학》 7·8(한남대학 국어국문학회, 1982) ; 박계숙은 이수봉, 《구운몽후'(九雲夢後)와 '부북일기'》(경인문화사, 1994)에서 ; 김응정은 진동혁, 〈김응정 시조연구〉, 《국어국문학》 90(국어국문학회, 1983)에서 소개하고 고찰했다. 임주탁, 〈위백규의 '농가'에 관한 연구〉, 《관악어문연구》 15(서울대학교 국어국문학과, 1990) ; 김석회, 《존재(存齋) 위백규 문학 연구》(이회문화사, 1995)에서 이휘일과 위백규의 시조를 고찰했다. 권섭의 시조는 박요순, 〈옥소(玉所) 연구〉, 《한국언어문학》 14(한국언어문학회, 1976) ; 《옥소 권섭의 시가연구》(탐구당, 1987)를 통해서 ; 이담명의 시조는 심재완, 〈사노친곡십이장'고〉, 《도남조윤제박사고희기념논총》(형설출판사, 1976)에서 알려졌다. 이정보에 관한 이해는 진동혁, 〈이정보론〉, 《한국문학작가론》(형설출판사, 1977)을 통해서 할 수 있다. 김이익의 시조는 이상보, 〈유와(牖窩) 김이익의 시가 연구〉, 《어문학논문총》 6(국민대학교 어문학연구소, 1968) ; 강전섭, 〈'금강영언록' 연구서설〉, 《동방학지》 53(연세대학교 국학연구원, 1986)에서 소개했다.

신헌조에 관한 연구로는 황순구, 〈'봉래악부' 소고〉, 《국어국문학》85 (국어국문학회, 1981)가 있다. 김민순은 김의숙, 〈김민순론〉, 《속 고 시조작가연구》(백산출판사, 1990)에서 고찰했다. 정명세, 〈조삼죽 시 조의 연구〉, 《국어국문학》 48(한국어문학회 1986) ; 조규익, 〈삼죽 조 황의 시조 연구〉, 《숭실어문》 5(숭실대학교 숭실어문연구회, 1988) ; 정흥모, 〈삼죽 조황 시조 연구〉, 《19세기 시가문학의 탐구》(집문당, 1995)에서 조황을 연구했다. 진동혁, 《이세보시조연구》(집문당, 1983) ; 《주석 이세보 시조집》(정음사, 1985) ; 오종각, 〈이세보시조연구〉(단 국대학교 박사논문, 1998)에서 이세보를 연구했다. 이동연, 《19세기 시조예술론》(월인, 2000)에서 조황·안민영·이세보를 비교해 고찰 했다.

9.8.3. 작자층의 확대에 따른 변모

시조는 원래 사대부의 문학이었는데 조선전기에 이미 기녀가 시조 작 가로 참여했다. 사대부가 풍류를 즐기는 데 동석해 흥을 돋우어야 하니 시조를 부르고 짓는 재주를 갖추어야만 했다. 사대부가 지은 시조나 가 사를 곡조에 올려 부르는 데 그치지 않고 스스로 창작도 할 줄 아는 기 녀는 더욱 인기가 있었다. 사대부와 기녀가 주고받는 수작, 정분이 나 서 사랑을 하다가 헤어지기도 하는 데서 빚어지는 사연을 시조에다 올 리곤 했다. 애정시조라고 할 수 있는 것들은 기녀가 시조 작자로 참여하 면서 생겨나고 기녀를 찾는 풍류객이 거들어서 작품 수가 많아졌다.

옥(玉)이 옥이라커늘 번옥(燔玉)만 여겼더니,
이제야 보아하니 진옥(眞玉)일시 적실하다.
내게 살송곳 있으니 뚫어 볼까 하노라.

철(鐵)을 철이라커늘 섭철만 여겼더니,

이제야 보아하니 정철(正鐵)일시 분명하다.
내게 골풀무 있으니 녹여 볼까 하노라.

정철(鄭澈)이 기녀 진옥(眞玉)과 이런 수작을 주고받았다고 하는 시
조가 전한다. 뚫고 녹인다는 말은 바로 성행위를 뜻하는데, 옥을 뚫고
쇠를 녹인다니 이름에 빗대서 만들어 낸 수작이 절묘하다. 정철이 지은
시조에 이런 작품도 있었다는 것은 납득하기 어렵다. 신빙성 없는 문헌
에만 올라 있어서 의심해 보는 것이 당연하다.

후대인의 위작이라고 해서 작품의 가치가 부인되지는 않는다. 정철
과 진옥이 아니라도 좋다. 점잖다는 사람이라면 기녀를 상대로 음란한
행실을 즐기지 말아야 하는 것은 아니었다. 입에 담기 어려운 말로 시
조를 지어 부르는 장난을 한다 해서 길게 나무랄 필요는 없었다. 그런
시조가 얼마 동안 구전되다가 사라지지 않고 가집을 엮을 때 끼어 든
것이 오히려 별난 일이다. "鄭澈"을 "正鐵"이라고 한 말장난이 절묘해 잊
혀지지 않았을 것이다.

사람이 살아 나가는 방식에는 긴장된 표면과 이완된 이면이 있게 마
련이다. 조선전기에서 조선후기로 넘어오자 표면의 긴장이 흔들리지
않게 더욱 다그쳤지만 이면의 이완이 한층 확대되는 것이 전반적인 추
세였다. 그 두 측면에 걸쳐 있으면서 경우에 따라 모습을 바꿀 수 있는
시조도 커다란 변화를 겪었다. 이완된 이면에서 생겨난 기녀시조가 절
창이라고 인정되어 널리 관심을 모으고, 지체 높은 사대부들마저 본뜨
고 싶어 하는 본보기로 등장했다.

사랑(思郞)이 어떻더냐? 둥글더냐 모지더냐?
길더냐 짜르더냐? 발일러냐 자일러냐?
각별히 긴 줄은 모르되 끝 간 데를 몰라라.

이 작품은 20종이나 되는 시조집에 올라 있어 대단한 인기를 얻었음

을 알 수 있다. 작자는 이명한(李明漢, 1595~1645)이라고 하기도 하고, 기녀 송이(松伊)라고 하기도 했다. 이명한은 이런 시조를 몇 편 지었다고 가집에 이름이 올라 있는데, 병자호란 때 척화에 앞장서서 청나라에 잡혀가 시련을 겪은 고결한 인물이다. 이정보의 경우와도 차이가 있어, 더욱 음란한 사연을 갖춘 사랑노래를 지었다고 인정하기 어렵다. 그러나 기록의 착오라고 고증하면 할 일을 다 하는 것은 아니다. 명예훼손을 했다고 분개하는 것은 더욱 부당하다.

작자를 가릴 수 있는 결정적인 증거는 작품에 있다. 남자의 작품이라면 사랑의 길이가 아닌 깊이를 말했을 것이다. 사랑이 둥글더냐 모지더냐, 그 길이를 발로 재겠더냐 자로 재겠더냐 하는 물음에 답을 한 것은 여자의 말이다. 사랑을 "낭군 생각"이라는 뜻의 "思郞"이라고 한 것도 여성의 말이다. 송이와 같은 기녀가 지은 시조의 작자를 이명한이라고 해서 충의를 신조로 삼는 명분론자를 조롱하는 시대에 이른 것을 주목하고 평가해야 한다.

송이는 어느 때의 인물인지 알 수 없으나, 누구인지 작품이 말해준다. 송이의 작품이라면서 전하는 시조가 10여 수나 된다. 끝 간 데를 모른다는 사랑 때문에 괴로움과 아픔을 맛본 사연이 되풀이된다. 그러면서 다음과 같은 작품에서는 자기를 쉽게 허락하지 않으려는 단호한 자세를 나타냈다. 한자어 "천심절벽"과 "낙락장송"의 무게로 허튼 수작을 누르는 언사가 대단해 감탄을 자아낸다.

솔이 솔이라 하니 무슨 솔만 여기는가?
천심절벽(千尋絶壁)에 낙락장송(落落長松) 내 그것이로다.
길 아래 초동(樵童)의 접낫이야 걸어 볼 줄 있으랴.

기녀의 사랑은 오래 지속되지 못하고 일방적인 착각으로 끝나기 일쑤이다. 풍류객이라고 자처하는 위인이 갖은 좋은 말로 기녀의 환심을 사고자 하지만 사실 쾌락을 탐내는 오입쟁이 노릇을 하다가 곧 떠나버

리고 다시는 소식도 없는데, 자기도 모르게 정분을 깊이 준 기녀만 애
타게 그리워하는 심정을 시조에다 하소연하곤 했다. 사리를 분별해 보
면 어리석다고 하겠지만, 삶의 역설이 그런 데 있다. 시련을 겪으면서
새삼스럽게 깨달은 역설을 표현하는 관점이나 수법이 놀라운 경지에
이른 작품이 계속 나타나, 인생살이의 열세를 시조 창작의 우세로 바꾸
어놓았다.

> 매화 옛 등걸에 춘절(春節)이 돌아오니,
> 옛 피던 가지에 피염직 하다마는,
> 춘설(春雪)이 난분분(亂紛紛)하니 필동말동 하여라.

 평양 기생 매화(梅花)가 지었다고 하면서 널리 알려진 작품이다. 자
기 이름이 매화인 데다 빗대서 봄이 와도 꽃이 피지 못하고 있는 안타
까움을 나타냈는데, 유래 설명을 들어보면 한층 묘미가 있다. 유춘색
(柳春色)이라는 사람이 평안감사로 부임해 매화를 가까이 해놓고서 다
시 와서는 춘설(春雪)이라는 기생을 택하자 매화가 원망을 해서 이 노
래를 지었다는 그럴 듯한 유래가 몇 가지 문헌에 전해온다. 세 사람의
이름을 따서 말을 이으면서 조금도 어색하지 않게 한 솜씨가 놀랍다.
매화를 그린 문인화의 필치까지 느끼게 한다.

> 살뜰한 내 마음과 알뜰한 님의 정을
> 일시상봉(一時相逢) 그리워도 단장심회(斷腸心懷) 어렵거든,
> 하물며 몇몇 날을 이대도록.

 진주에도 매화라는 기생이 있어 이런 시조를 지었다 한다. 자기 마음
과 님의 정이 알뜰하고 살뜰하니 사랑이 오붓하다고 해놓고서, 다음의
말은 제대로 이어지지 않을 만큼 갑갑하다. 일시상봉한 다음에 그리워
도 다시 만나지 못하니 단장심회를 견디기 어렵다고 한 것 같은데, 연

결하고 서술하는 언사가 생략되어 있다. 너무나도 많은 사연이라 다 늘어놓을 수 없었다. 마지막 대목에서는 몇몇 날을 "이대도록 보내는고"라고 마무리를 지으려고 했는데 시조창의 관례에 따라서 끝마디를 떼어 냈다. 언제까지나 계속될 이별을 나날이 괴롭게 여기는 심정을 두고 갖가지 추측을 자아내게 한다.

> 꿈에 뵈는 님이 인연 없다 하건마는.
> 탐탐이 그리울 제 꿈 아니면 어이 하리.
> 꿈이야 꿈이건마는 자주 자주 보여라.

이 노래의 작자는 몇몇 가집에서 매화 또는 명옥(明玉)이라고 했다. 사랑하는 님과의 이별이 완전한 파탄에 이르지 않도록 하려고 여기서는 꿈으로 희망을 삼았다. 평양 기생 매화는 꽃이 피지 못한다고 단언하지 않았고. 진주기생 매화는 자기 마음과 님의 정이 알뜰살뜰하다는 말을 앞세워 절망에 빠지지 않으려고 했던 것 같이, 이 노래의 작자 명옥이 꿈에서는 님을 만난다고 한 것 또한 좋은 착상이다. 그런데 꿈이야 꿈인 줄 알지만 자주자주 보이라고 했을 따름이고, 그 이상의 헛된 기대는 걸지 않아. 희망과 절망의 역설적인 공존을 말하는 데 머물렀다.

> 산촌에 밤이 드니 먼 데 개 짖어 온다.
> 시비(柴扉)를 열고 보니 하늘이 차고 달이로다.
> 저 개야 공산(空山) 잠든 달을 짖어 무엇 하리오.

천금(千錦)이 지었다고 하는 이 작품은 기녀시조의 또 다른 면모를 보여준다. 사랑이나 이별은 버려두고 산촌의 풍경을 묘사했으며, "山村에 눈이 오니……"로 시작되는 신흠의 시조와 흡사한 표현을 갖추었으면서, 자세하게 살피면 주목할 만한 차이점이 있다. 여기서는 사립문을 닫지 않고 열었으며, 개 짖는 소리가 있어서 적막을 깼다. 차가운 눈길이라 나서지 않고 텅 빈 마음으로 달을 벗 삼으려고 하지 않고 달을 보고 짖는 개를 나무랐다. 사무치는 원망을 하소연하고 싶은 심정을 가까스로 누르며 바라보는 달은 님의 모습일 수 있다. 차갑게 잠들었다는 것이 님과의 관계를 암시하기까지 한다고 보면 더욱 묘미가 있다.

시조 작품과 함께 이름을 남긴 기녀는 얼마 되지 않는다. 이름은 한동안 기억되다가 서로 엇갈리기도 하는 단계를 거쳐 차차 잊혀져도, 작품은 계속 구전될 수 있어서 여러 가집에서 무명씨의 것이라고 한 게 적지 않게 남아 있을 듯하다. 무명씨는 기녀만이 아니다. 작품은 남겼어도 이름이 잊혀진 사람은 사대부까지 포함해서 누구나 무명씨이다. 같은 작품을 두고 작자가 유명씨라고도 하고 무명씨라고도 하며 서로 다르게 표기한 양상을 검토하면 무명씨가 생겨나는 과정을 알 수 있다.

지체가 낮은데다가 특별한 행적마저 없는 사람이라면 시조를 짓자 바로 무명씨로 편입되게 마련이다. 이름을 남기지 않는다는 것은 미천한 백성에 속하는 증거이기도 하다. 시조집 편찬자들이 누군지 모를 작가에게 씨(氏)자를 붙인 데는 지체 낮은 사람들을 높이자는 뜻도 들어 있다고 볼 수 있다. 아마도 중인 이하의 신분이면서 직업적인 가객은 아닌 사람들이 무명씨의 대다수를 차지하지 않았던가 싶다. 도시적인 분위기에서 시조를 즐길 만한 여유와 교양은 갖추어야 거기 끼어들 수 있었다. 시조의 작자층이 시골의 농민으로까지 확대되지는 않았다.

> 달 뜨자 배 떠나니 이제 가면 언제 오리.
> 만경창파(萬頃蒼波)에 가는 듯 돌아옴세.
> 밤중만 지국총 소리에 애 긋는 듯하여라.

무명씨의 작품은 워낙 많아 전체적인 특징이나 두드러진 경향을 말하기 어려우나, 사랑과 이별에 관한 것이 적지 않은 비중을 차지한다. 그 가운데 기녀시조에서 볼 수 있는 바와 같이 일방적인 이별을 당한 사연을 하소연하기도 하고, 서로 대등한 관계의 사랑을 말하기도 했다.

뒤의 것의 한 예로 이런 노래를 들 수 있다. 노래한 사람은 여자이겠지만, 님이 자기를 버리는 것은 아니다. 배를 타야 하는 볼 일이 있어 떠날 따름이고, 다시 돌아온다는 기약이 있다.

노 젓는 소리만 들어도 애끓는 듯하다는 대목은 기녀시조를 연상하게 하기도 하지만, 누구나 경험할 수 있는 이별의 정서를 격조를 갖추어 나타냈다. 만경창파니 지국총 소리니 하는 말은 사대부시조에서도 흔히 사용했다. "달 뜨자⋯⋯"로 시작되는 시조를 외국으로 나가는 사신들의 송별연에서 부른 관례가 있었다. 상하공유의 풍류를 확인할 수 있게 하는 작품이다.

> 마음이 지척(咫尺)이면 천리(千里)라도 지척이요,
> 마음이 천리면 지척도 천리로다.
> 우리는 각재천리(各在千里)오나 지척인가 하노라.

이 작품도 이별을 노래했다 하겠지만, 어둔한 것 같은 말을 되풀이하는 가운데 주목할 만한 이치를 내보이고 있다. 천 리라는 먼 거리와 지척이라는 가까운 거리를 마음먹기에 따라서 바꾸어놓을 수 있다고 했다. 이별을 했더라도 마음으로 가까우면 천 리가 지척이고, 마음으로 멀다면 지척이 천 리라고 한 것은 너무나도 당연한 말 같으나, 자연과 심성의 합치를 거부하고 삶의 주어진 조건을 넘어서려는 의지를 나타냈다고 보면 단순한 작품이 아니다.

> 까마귀 검으나따나 해오리 희나따나,
> 황새 다리 기나따나 오리 다리 짧으나따나,
> 평생에 흑백장단(黑白長短)은 나는 몰라 하노라.

진정한 시비는 덮어두고 헛된 시비에 휘말리고 마는 불만을 이렇게 나타냈다. 까마귀가 검고, 해오라비가 희고, 황새 다리가 길고, 오리 다리는 짧은 것은 당연한 일이다. 사람도 각기 생긴 대로 살게 마련이다. 그런데 흑백장단에 관한 헛된 시비가 평생토록 벌어지니 자기 자신은 그런 것을 모른다고 할 수밖에 없다는 말이다.

> 가만히 웃자 하니 소인의 행실이요,
> 허허쳐 웃자 하니 요란히 여길세라.
> 웃음도 시비 많으니 잠깐 참아 보리라.

세상은 어처구니없이 그릇되고 있으니 웃긴다고 해야 하겠는데, 웃음을 시빗거리로 삼으니 함부로 웃지도 못한다고 했다. 혼자 가만히 웃고 마는 소인의 비겁한 행실은 삼가야 되겠고, 허허 하고 소리쳐 웃어 남들이 요란하게 여기도록 하는 것도 마땅하지 않아 우선 참고 견디어 보겠다고 했다. 인식과 행동, 자기와 남과의 복합적인 관계를 이렇게까지 문제 삼은 것은 놀라운 일이다. 세태풍자의 시조가 거기서 한 걸음 더 나아가면 다음과 같이 바뀔 수도 있다.

> 칠산(七山) 바다 깊은 물에 둥덩실 배 띄워라.
> 만고흉적(萬古凶賊) 악한 당(黨)을 가득 실어 던지고자.
> 알거라, 수중의 저 어룡(魚龍)도 받지 않아.

용서할 수 없는 악행을 하는 무리를 단호하게 처단해야 한다고 했다. 수중의 어룡도 받아 주지 않을 것이라고 했다. 어렵고 복잡하게 따지고만 있을 것이 아니라 나서서 행동을 해야 결판을 낼 수 있다고 단호하게 선언한 작품도 있다. 그러나 미래에 가능한 행동을 제시했을 따름이고 아직 움직이지는 않는다. 민란이 일어날 때면 많은 노래를 불렀겠지만, 시조가 그 구실을 했던 것 같지는 않다.

> 벽상(壁上)에 칼이 울고 흉중(胸中)에 피가 뛴다.

살 오른 두 팔뚝이 밤낮에 들먹인다.

시절아, 너 돌아오거든 "왔소" 말을 하여라.

시조가 여기까지 이르렀다. 중세 지배질서로 다져진 표면문화를 거부하는 시조는 성행위를 노출하고, 사랑과 이별의 애절한 사연을 절실하게 다루고, 삶의 지혜를 바꾸어놓으면서 세태를 비판하다가 민란을 선동하는 듯한 외침을 들려주었다. 극도로 집약된 형식을 따라 셋째 줄로 마무리를 하고 더 보탤 것이 없도록 하려니 할 말을 다 하지 못했다. 사회의 저층에서 분출해 올라오는 힘을 온통 감당하기 어려워 이런 시조는 많지 않다.

정철과 진옥이 주고받았다는 시조는 윤영옥, 〈기녀의 수작 시조〉, 《태야최동원선생화갑기념 국문학논총》(삼영사, 1983)에서 다루었다. 기녀시조 연구는 성현경, 〈사대부시조와 기녀시조〉, 《조선전기의 언어와 문학》(형설출판사, 1976) ; 윤영옥, 〈송이의 시조〉, 《여성문제연구》 10(효성여자대학교 여성문제연구소, 1981) ; 〈기녀 매화의 시조〉, 《여성문제연구》 11(1982) ; 허미자, 〈기녀시조의 멋〉, 《새터강한영교수고희기념 한국판소리 · 고전문학연구》(아세아문화사, 1983) 등이 있다. "달 뜨자······"로 시작되는 작품의 유래와 용도에 관해 김석회, 〈시조와 한시의 갈래교섭 양상에 관한 연구사적 검토〉, 《고전문학과 교육》 2(청관고전문학회, 2000) ; 성무경, 〈'교방가요'를 통해 본 19세기 중 · 후반 지방의 관변 풍류〉, 《시조학논총》 17(한국시조학회, 2001)에서 고찰했다. "마음이 지척이면······"으로 시작되는 작품은 〈시조의 이론, 그 가능성과 방향 설정〉, 《우리문학과의 만남》(홍성사, 1978)에서 기질지성을 긍정하는 시조의 좋은 본보기로 분석한 바 있다.

9.8.4. 전문가객의 작품

시조는 처음 생겨났을 때부터 음악이면서 문학이기도 하기에 인기를 끌었다. 노래는 작자 자신이 부르기보다는 전문적인 능력을 갖춘 사람에게 맡겨서 부르도록 하는 경우가 더 흔했다. 한동안 주로 기녀들이 그 일을 맡았다가, 차차 가객(歌客) 또는 가자(歌者)라고 하는 기능인이 큰 몫을 하게 되었다.

전문가객은 언제부터 있었는지 알기 어려우나, 18세기가 시작될 무렵에는 뚜렷한 모습을 보이고 대단한 활동을 벌였다. 출신 신분은 대체로 중인보다 한 등급 낮은 서리(胥吏) 정도인 사람들이 특히 서울에서 시조 애호의 열의가 날로 더해지는 데 착안해, 시조를 가곡(歌曲)의 곡조에 얹어서 부르는 방식을 확립하고, 나다니며 공연을 하는 것을 업으로 삼았다. 가곡과는 다른 방식으로 시조창(時調唱)을 하는 사람들도 나타나 좀더 낮게 평가되는 활동을 했다.

그렇게 하려면 작품이 많아야 하겠기에, 역대 시조를 모아 가집을 편찬하는 일에 힘을 기울였다. 시조야말로 위로는 공경대부(公卿大夫)에서 아래로 위항천류(委巷賤流)에 이르기까지 누구나 짓고 즐기는 우리 노래이기에 한시에 못지않은 가치를 인정해야 한다고 서문이나 발문을 써서 주장했다. 그런 일을 거듭 해서 많은 작품이 전해지고, 시조가 민족문학으로서 핵심적인 위치를 차지한다는 인식이 확대되었다.

가객들은 친분 관계를 가지고 함께 공연하고 창작했다. 그 모임을 일컫기 위해 가단(歌壇)이라는 말을 사용한다. 가객들의 가단 활동은 위항시인들이 시사(詩社)를 결성해서 한시를 짓는 데 열을 올린 것과 함께, 지체 낮은 사람들의 문화운동으로서 커다란 의의가 있다. 그러나 가객들은 시인들과 달라 음악을 전문 영역으로 삼았기에, 이름과 행적이 알려진 사람은 60인에 가깝지만, 그 가운데서 시조 창작에도 상당한 기여를 한 이들은 흔하지 않다.

말하면 잡류(雜類)라 하고 말 않으면 어리다 하네.
빈한(貧寒)을 남이 웃고 부귀를 샘하나니,
아마도 하늘 아래 살 일이 어려워라.

가객들 가운데서 선배격인 주의식(朱義植)의 작품이라고 하는 것에
이런 예가 있다. 중인 출신으로 보이고, 무과에 급제해서 현감 벼슬까
지 한 주의식이 가객 노릇을 하면서, 시조 작품을 14수 남겼다. 살기 어
렵다고 한 것은 자기 처지 때문에 더욱 절감했던 사연일 수 있다. 과거
를 하고 벼슬을 했어도 사대부로 올라서지는 못하고, 그렇다고 해서 빈
천한 무리로 자처하면서 쟁이 노릇만 하고 말기는 아까웠을 것이다. 주
의식의 사위 김삼현(金三賢) 또한 정3품 무관직 절충장군까지 올라갔
으면서 가객으로 활동했다.

그 두 사람과 함께 어울린 김천택(金天澤)은 숙종 때 포교를 했다니
더 낮은 신분인데, 가객으로서의 활동에 전념해서 가단의 중심인물이
되었다. 1728년(영조 4)에 〈청구영언〉(靑丘永言)을 처음으로 편찬해서
시조 집성의 획기적인 업적을 이룩하는 한편, 시조 창작에도 계속 힘써
73수쯤 되는 작품을 남겼다. 〈청구영언〉의 서문과 발문을 통해서도 드
러나는 바와 같이, 김천택은 한시에서 마련된 규범이 문학의 척도라고
믿고 그만 못한 시조도 같은 위치에 올려놓고자 했으며, 사대부의 풍류
를 가객들의 시조에서도 재현할 수 있다는 것을 보여주어 인정을 받고
자 했다.

자기와 가까운 관계에 있는 가객들의 시조를 〈청구영언〉에 수록하면
서 전원에 은거한 선비의 고결한 자취가 거기 깃들어 있는 듯이 말해서
칭송의 근거로 삼고, 자기네들도 그렇게 평가될 수 있기를 바랐다. 그
러나 본뜬 작품이 제대로 될 리 없어, 범속한 문구를 나열하는 데 그쳤
다. 이따금씩 마음 깊이 맺혀 있는 말을 털어놓을 때에만 사대부시조에
서는 찾을 수 없는 내용을 갖추었다.

주문(朱門)의 벗님네야 고거사마(高車駟馬) 좋다 마소,
토끼 죽은 후면 개마저 삶기나니.
우리는 영욕을 모르니 두려운 일 없어라.

스스로 발산하고 싶은 심정을 이렇게 토로했다. 부귀를 누리는 사대
부더러 이용당한 다음에는 희생될 수 있으니 너무 거들먹거리지 말라
하고, 자기와 같은 무리는 아예 벼슬할 수 없는 처지이니 두려운 일이
없다고 했다. 그러나 자기네가 하는 일은 부귀를 누리는 집에서 부르면
가서 노래를 부르는 것이었다. 김천택이 노래를 맡고 김성기(金聖器)
가 거문고를 타면 대단한 인기를 얻었다고 한다. 김천택은 김성기가 강
호에 깊이 숨어 모든 근심을 잊고 노니는 사람인 듯이 소개했지만, 김
성기가 남긴 8수쯤 되는 시조는 그런 경지를 흉내 냈기에 소중하다 할
수 없다. 다음과 같이 외친 데서 진실성을 보인다.

굴레 벗은 천리마를 뉘라서 잡아다가
조죽 삶은 콩을 살찌게 먹여 둔들,
본성이 외양하거니 있을 줄이 있으랴.

굴레를 벗고 자유롭게 뛰놀아야 할 천리마가 잡혀 있는 고난을 겪는
다고 했다. 자기 처지가 그렇다고 하면서 사대부처럼 벼슬하면서 겪는
제약을 말한 것은 아니다. 가객으로 알려져 대우를 잘 받아도 속이 차
지 않는 불만을 말했다. 외양하다는 것은 거칠고 억세다는 뜻이다. 지
금 자기가 하고 있는 일로는 거칠고 억센 본성을 발현하지 못하니 탈출
하고 싶다고 했다.
　　다음 세대 가단의 중심인물 김수장(金壽長, 1690~?)은 가객 노릇을
부끄럽게 여기지 않고, 사대부의 풍류와는 다른 하층의 풍류를 고양시
키는 것을 자기 사명으로 여겼다. 원래 병조 서리(書吏)였다고 하니 김
천택과 같은 신분이다. 김천택이 하던 일을 이어받아 더 잘 하는 것을

자랑삼았다. 1763년(영조 39)에 〈해동가요〉(海東歌謠)를 편찬했다. 노가재(老歌齋)라는 집을 지어 거기 모이는 사람들과 함께 노가재가단을 이루어 질탕하게 놀고 부지런히 활동했다.

지은 작품은 125수쯤 된다. 가객 노릇을 자랑스럽게 노래한 것이 많다. 김천택에게서는 찾을 수 없던 사설시조도 적지 않게 포함되어 있다. 두 사람 사이에는 개성의 차이도 있었지만, 몇 십 년 사이에 세상이 달라진 탓에 가객들이 사대부보다 중인 이하 층의 부호를 더욱 소중한 고객으로 삼을 수 있게 되어 상당한 변화가 이루어진 것 같다.

> 남가여창(男歌女唱)으로 종일토록 노닐다가,
> 부왕사(扶旺寺) 긴 동구에 군악으로 들어가니,
> 좌우에 섰는 장승 분명히 반기는 듯.
> 왕래 유객들은 못내 부러워하더라.
> 아마도 수성춘대(壽城春臺)의 태평한민(太平閒民)은 우리런가 하노라.

노래 부르며 노는 것이 즐겁다고 사설시조에서 거듭 자랑했다. 그런 것들 가운데 하나에서, 패거리를 지어 사방 돌아다니는 거동을 위와 같이 나타냈다. 노래가 스스로 즐기기 위해 필요한 것만은 아니다. 다른 사람들에게 들려주어 모두 함께 즐겁도록 한다고 자부했다. 고객 유치에 힘쓰는 것이 당연한 일이었다.

> 장안갑제(長安甲第) 벗님네야 이 말씀 들으시소.
> 몸치레 하려니와 마음치레 하여보소.
> 솔 직령(直領) 장도리 풍류란 부디 즐겨 말으시.

서울의 명문거족들더러 몸치레만 할 것이 아니라 마음치레도 하라고 권하고, 마음치레란 다름이 아니라 자기네가 제공해주는 노래를 즐기는 것이라고 했다. 마지막 줄은 무엇을 말하는지 분명하지 않으나 저질의 풍류를 버리라고 한 것 같다. "솔 직령"은 "살 직령"의 오기일 수 있다. 맨몸을 하고 성기를 장도리처럼 쓰는 짓이나 하지 말고 자기네가 제공하는 풍류를 받아들여 격조 높게 살라고 한 말일 수 있다.

김수장은 작품을 다듬어서 짓지 않아, 그 많은 작품 가운데서 절창이라고 할 만한 것은 찾기 어렵다. 시조 창작의 기풍을 바꾸기만 하는 데 그치고, 새롭게 응축된 표현을 마련하지는 못했다. 김수장 주위의 가객들 가운데 남긴 작품이 비교적 많은 사람을 든다면 김진태(金振泰)가 있다. 김진태의 시조 26수에는 세상살이의 불평을 나타낸 것이 보인다. 썩은 쥐를 노리는 솔개를 나무라기도 하고, 시비를 가리거나 예측하기 어렵다는 것을 다음과 같이 비유하기도 해서, 무명씨 작품에서 찾을 수 있는 바와 상통하는 사회의식을 보여주었다.

　　　지저귀는 저 까마귀 암수를 어이 알며,
　　　지나는 저 구름에 비 올동말동 어이 알리.
　　　아마도 세사인정(世事人情)도 다 이런가 하노라.

김수장 시대가 지난 다음 시조집 편찬은 한층 활기를 띠고 계속되었다. 〈청구영언〉이 거듭 개편되고, 가장 많은 작품을 수록한 이른바 〈병와가곡집〉(甁窩歌曲集)이 이루어졌다. 〈동국가사〉(東國歌辭)·〈근화악부〉(槿花樂府)·〈남훈태평가〉(南薰太平歌)를 위시해서 여러 표제의 작품집이 뒤를 이어 나와 가곡창 또는 시조창의 대본 노릇을 했다. 가객들만 그렇지 않고 사대부 작가들도 이미 살핀 바 있는 〈봉래악부〉·〈삼죽사류〉같은 개인 작품집을 만들었다. 그 결과 시조에 대한 관심은 크게 일어났지만, 작품 창작에서는 주목할 만한 진전이 없었다. 전문가객들이 공연자 노릇이나 힘써 하고 시인의 임무에는 소홀했기 때문이다.

공연에서는 가곡창과 시조창의 대립이 있었다. 쉽게 익히고 부를 수 있는 시조창이 인기를 얻어 격식이 까다로운 가곡창이 위태롭게 되었다. 박효관(朴孝寬, 1800~?)은 제자인 안민영(安玟英, 1818~?)과 함께 그것은 그릇된 풍조이므로 바로잡아야 한다고 했다. 판소리가 성행하고 잡스러운 놀이가 인기를 모으는 세태에 편승해 시조창이 성행하는 것을 못마땅하게 여기고, 가곡창의 정도를 확립하는 대본인 〈가곡원류〉(歌曲源流)를 1876년(고종 13)에 그 두 사람의 합작으로 편찬했다.

이와 함께, 시조 창작에도 힘을 썼으나, 두 사람 다 작품 창작에서는 크게 기여하지 못했다. 박효관은 10여 수 남겼을 따름이다. 안민영의 시조는 개인 가집 〈금옥총부〉(金玉叢部) 또는 〈주옹만영〉(周翁漫詠)에 수록한 것이 180수나 된다. 그러나 규범적인 가치를 지향하는 복고적인 성향 탓에 독창성이나 문제의식을 인정하기 어려운 것들이 대부분이다.

가객들의 활동에 대해서 최동원, 《고시조론》(삼영사, 1980) ; 권두환, 〈조선후기 시조가단연구〉(서울대학교 박사논문, 1985) ; 박노준, 〈'청구영언' 여항육인의 현실인식과 그 극복양상 연구 : 주의식 등 4인의 작품을 중심으로〉, 《고전시가의 이념과 표상》(임하최진원박사정년기념논총간행위원회, 1991) ; 〈김천택의 시조와 위항인적 삶의 갈등〉, 《연민학지》 1(연민학회, 1991) ; 황충기, 《해동가요에 관한 연구》(국학자료원, 1996) ; 《한국여항시조연구》(국학자료원, 1998) ; 양희찬, 〈시조집의 편찬계열 연구〉(고려대학교 박사논문, 1993) ; 김용찬, 《18세기 시조문학의 예술사적 위상》(월인, 1999)에서 고찰했다. 박을수, 〈안민영론〉, 《한국문학작가론》(형설출판사, 1977) ; 강전섭, 〈금옥총부에 대하여〉, 《한국고전문학연구》(대왕사, 1982)에서 연구했다.

9.8.5. 사설시조의 유래와 특성

시조는 평시조·엇시조·사설시조 셋으로 나누어졌다. 평시조의 형식에서 조금 벗어나 둘째 줄이 네 토막에서 여섯 토막으로 늘어나면 엇시조라고 했다. 변형의 정도가 더욱 심해서, 두 줄 이상이 여섯 토막으로, 어느 한 줄이 여덟 토막으로 늘어난 것부터는 사설시조(辭說時調)

로 친다. 엇시조는 흔하지 않아 따로 다룰 만한 의의가 없다고 하는 경우에는 시조는 평시조와 사설시조 둘로 나누어진다고 했다.

평시조와 사설시조는 많이 다르다. 사설시조는 길이가 길기에 장시조(長時調)라고도 하고, 평시조의 형식을 파괴했다 해서 파형시조(破型時調)라고도 한다. 사설을 장황하게 늘어놓으면서 극도로 집약된 표현을 흩어버리는 엉뚱한 짓을 해서 주목되며, 작품 수가 만만치 않다.

평시조와 사설시조의 관계를 음악적인 각도에서 살피면, 가곡창이나 시조창을 하면서 말 한마디를 길게 빼던 곳에다 말을 여러 마디 촘촘히 박아 넣은 것이 사설시조이다. '사설'이란 말은 촘촘히 박아 넣는다는 뜻의 '엮음'을 다르게 일컬은 용어이다. 평시조가 사설시조로 바뀌어도 곡의 장단은 달라지지 않았으나, 곡과 말의 관계가 달라졌다. 말이 적은가 많은가 하는 것은 음악이 아닌 문학의 관점에서 살펴야 한다. 말을 많이 하는 사설시조의 문학 형식 및 표현방법이 어디서 유래했으며, 왜 생겼는가 하는 문제는 문학사에서 해결해야 한다.

평시조는 우리 시가 율격에서 있을 수 있는 형태를 특이한 방향으로 가다듬어 만들어 낸 것이다. 한 줄이 네 토막인 것은 두 토막을 두 번 되풀이했기 때문이다. 석 줄로 끝나고, 셋째 줄은 특이한 짜임새를 갖도록 한 것도 의도적인 선택의 결과였다. 그런데 민요에는 사설시조처럼 두 토막이 여러 번 되풀이되고, 몇 줄로 구분해야 할지 모호해서 산만하다고 할 수 있는 형식이 흔히 있다. 사설시조가 생겨난 것은 오랜 유래를 가진 산만한 형식이 치밀어 올라온 결과라고 할 수 있다.

사설시조도 평시조처럼 이른바 초장·중장·종장의 세 부분으로 이루어져 있지만, 세 부분이 세 줄이라고 하기는 어렵다. 한 줄이 네 토막인 평시조를 기준으로 줄을 나누면, 열 줄 이상이 되는 것도 드물지 않다. 세 부분은 세 연(聯)이라고 하는 편이 적합하다. 두 연이거나 네 연일 수 없는 것은 평시조를 의식하고 따른 결과이다. 둘째 연이 길어지는 경우가 많고, 셋째 연의 서두는 평시조에서 볼 수 있는 바와 같은 마무리 방식을 택하고 있는 것도 민요에서는 볼 수 없는 특징이다.

사설시조가 언제 처음으로 생겨났다고 잘라 말하기는 어렵다. 네 토막이고 7·8행 내외인 형식은 어느 때든지 있을 수 있어 언제 생겨났다고 말하는 것은 무리이다. 정철의 〈장진주사〉(將進酒辭)나, 그와 비슷한 형식을 사용한 고응척이나 강복중의 작품 몇 가지는 단형가사라고도 할 수도 있고 사설시조라고 할 수도 있다. 그런 형식을 사용하면서 상투적인 문구를 들어 고사를 풀이하고 경치를 설명하고 소개하는 작품도 모두 사설시조라고 하면 사설시조는 새삼스러운 의의가 없고 진부하기까지 하다.

사설시조가 무엇인가 명확하게 규정하려면 필요조건인 형식에 머무르지 말고 충분조건인 내용을 더욱 중요시해야 한다. 외형상의 요건만 갖춘 것은 광의의 사설시조라고 하고, 내질에 해당하는 요건까지 갖춘 것은 협의의 사설시조라는 용어 구분이 필요하다. 의고적인 어법을 버리고, 일상생활에서 경험한 바를 구체적으로 열거하면서 비속한 언사를 즐겨 사용한 것이 내질의 요건이다. 문학사에 등장한 새로운 갈래는 협의의 사설시조이다. 광의의 사설시조까지 거론할 때에는 사설시조 형식이라는 말을 사용하고, 협의의 사설시조만 사설시조라고 하는 것이 마땅하다.

광의의 사설시조와 협의의 사설시조가 둘 다 〈청구영언〉에 실려 있다. 광의의 사설시조는 그전에 다른 문헌에도 올랐고, 협의의 사설시조는 거기 처음 수록되어 출생 신고를 했다. 편자 김천택은 사설시조를 '만횡청류'(蔓橫淸類)라고 하고, 〈만횡청류서〉(蔓橫淸類序)를 써서 "만횡청류는 말씨가 음란하고 뜻하는 바가 옹색해서 본받을 바는 아니지만, 예로부터 전해 오니 일시에 없애기 어려워 특별히 수록한다"고 했다.

"말씨가 음란하고 뜻하는 바가 옹색"하다고 지적한 협의의 사설시조를 수록하는 이유가 "예로부터 전해 오니 일시에 없애기 어려"운 데 있다고 변명한 말은 사실과 부합되지 않는다고 생각된다. 실상이 그렇다면 변명이 필요 없었을 것이다. 광의의 사설시조에 해당하는 말을 협의의 사설시조에다 적용해 얼핏 들으면 타당한 것 같은 변명을 했다고 보는 것이 마땅하다.

마악노초(磨嶽老樵)라는 필명을 사용한 이정섭(李廷燮)의 〈청구영언후발〉(青丘永言後跋)에서는 사설시조 긍정론을 폈다. 음란한 노래인 만횡청류를 〈청구영언〉에 실어도 좋은가 하고 김천택이 물은 데 대해 대답한다면서, "함부로 기뻐하고 원망하며 탄식하고, 미친 듯 날뛰고 조급하게 서두는 정상과 색태를 나타낸 노래가 각기 자연의 진기(眞機)에서 나왔으므로 소중하게 여겨야 마땅하다"고 했다. 사설시조는 유래가 오래되었다고 하지 않고, 규제의 대상이 될 수 없는 진실된 마음을 나타내는 것이 사설시조의 존재 의의라고 했다.

김천택 자신은 사설시조를 지었는지 확실하지 않고, 〈청구영언〉에 수록된 김천택의 사설시조는 한 수도 없다. 비속하고 음란한 사설시조까지 모으는 용단을 내려야만 〈청구영언〉이 제대로 된 자료집일 수 있다고 판단했으면서, 자기는 작자로 나서지 않았다. 김수장은 사설시조로 상스러운 소리를 늘어놓는 것을 꺼리지 않고 작품을 더 많이 모았을 뿐만 아니라 창작도 즐겨 했다. 위항천류다운 짓을 하는 것이 당연하다고 여겼다.

> 내 비록 늙었으나 노래(하고) 춤을 추고,
> 남북한(南北漢) 놀이 갈 제 떨어진 적 없고,
> 장안화류(長安花柳) 풍류처(風流處)에 아니 간 곳이 없는 나를.

> 각씨네 그다지 숫보아도 하룻밤 겪어 보면
> 수다한 애부(愛夫)들의 장수 될 줄 알리라.

김수장은 이런 노래를 지어 〈해동가요〉에 수록했다. 초장은 생략하고 중장 이하만 전문 인용하면서 평시조에 상응하는 길이에 따라 줄을 바꾸어 적었다. 앞으로도 사설시조를 들 때에는 장을 연으로 옮기고, 한 연을 몇 줄로 나눈다. 현대시의 연과 줄 구분에 맞게 적어 이해하기 쉽게 한다.

작품에서 한 말을 보자. 노래하며 노는 데는 떨어진 적 없고, 놀이판이라면 가지 않은 곳 없다는 말로 가객으로서의 자부심을 나타내더니, 자기가 오입쟁이의 우두머리이기도 하다고 너스레를 떨었다. 성행위를 감추려고 하지 않고 드러내 그리면서 자랑스럽게 여기도록 했다. 그런 이유에서 박문욱(朴文郁)이 남녀 승려가 성행위를 하는 거동을 그린 사설시조에다 "승니교각지가(僧尼交脚之歌) 천고일담(千古一談)"이라는 평을 달기도 했다.

비속한 사설시조는 작자가 밝혀져 있지 않은 무명씨의 작품이다. 무명씨의 정체를 밝히기에 앞서, 무명씨가 대거 등장한 이유부터 생각하는 것이 적절한 순서이다. 양반 좌상객을 밀어내고 등장한 새로운 고객층, 위항천류(委巷賤流)라고 지칭되던 서울 장터거리의 시민이 원하는 비속한 풍류는 격식을 버리고 위신을 던져야 하므로 익명을 필요조건으로 삼았다고 보는 것이 타당하다. 이름을 내걸지 않으면 아주 대담한 장난을 할 수 있다.

김수장·박문욱 같은 전문가객들이 이름을 밝히지 않고 비속한 사설시조를 창작했는지, 무명씨라고 자처한 사람들은 별도로 있었는지 하는 의문은 만족스럽게 해결할 길이 없다. 김수장과 견주어보면 무명씨들이 한층 뛰어난 창작 능력을 갖추었으므로 동일 집단을 이루었다고 하기 어려운 점이 있다. 가창도 하고 창작도 하는 가객들 가운데 어느 쪽에 더 능한가 하는 상대적인 구분은 있었고, 가창을 더 잘하는 가객들은 이름을 남기고, 창작을 장기로 삼은 쪽은 뒤에 숨어 무명씨가 되었다고 하는 추정이 가능하다.

무명씨는 가짜 이름을 사용할 수 있었다. 자기 이름은 숨기고 다른 누구를 갖다 붙이면서 이름의 주인과 작품이 전혀 어울리지 않게 하면 장난치는 효과가 더 커진다. 최상의 지체를 자랑하는 사대부이면서 시조 창작에 관여한 몇몇 사람이 비속한 사설시조의 작자라고 기록해 둔 것이 이따금 있어 문제가 되는데, 사실로 받아들이는 것보다 가짜 이름

사용의 증거로 보는 편이 더욱 합당하다. 지체가 높아도 파탈을 하고 음란하게 놀 수 있지만, 이름을 내걸지 않고 무명씨가 되는 즐거움을 누리는 것이 마땅하다.

"간밤에 자고 간 그놈 아마도 못 잊어라"라고 시작하여, 전에도 무던히 겪어 보았다는 여자가, 찌르고 뒤지는 솜씨가 놀라운 녀석 때문에 감탄했다는 노래의 작자를 이정보라고 표기한 문헌이 둘이나 있다. 이정보가 파탈을 하고 노는 풍류객 노릇을 하더라도 자기를 여자로 바꾸어놓고 그 정도로 심한 수작을 했을 수는 없다. 아주 파격적인 작품을 이정보에게 갖다 붙여놓아 더욱 흥미롭게 만들었다.

"각씨네 더위들 사시오"라고 서두를 꺼내놓고, 님을 만나서 "두 몸이 한 몸 되어 그리 저리 하니 수족(手足)이 답답하고 목구멍이 타"는 더위를 팔러 다닌다는 노래가 〈봉래악부〉에 실려 있다고 해서 편자 신헌조의 작품이라고 하기는 어렵다. 신헌조가 위항천류의 사설시조를 그렇게까지 흉내 냈다기보다 〈봉래악부〉에 손을 대는 사람이 내용 일부를 변조해 엉뚱한 장난을 했다고 보는 편이 더 자연스럽다. 저작권이라는 개념조차 없던 시절에 출판되지 않고 필사본으로 돌아다니는 책을 저자가 아닌 사람이 임의로 고치는 것을 막을 수 없었다.

이정보나 신헌조가 음란한 사설시조를 지었다고 하는 것은 날조에 의한 명예훼손이지만 본인이나 후손이 관가에 고소해 바로잡을 수는 없는 일이다. 사실 여부를 가리지 못해 오늘날의 연구자들마저 헷갈리게 만든 것이, 박지원이 〈호질〉(虎叱)을 자기가 짓지 않고 중국에서 베껴 왔다고 한 데나 견줄 수 있는 고도의 작전이다. 세상을 우롱하면서 뜻하는 바를 달성한 사설시조 작자층은 뛰어난 예술가이다.

전문가객이라는 사람들이 자기네 나름대로 특별한 수련을 해서 그럴 수 있었던 것은 아니다. 세상이 달라지고 있는 현장과 더욱 밀착되어 있어, 이치를 다시 따지는 작업을 하지 않고서도 지배이념을 과감하게 무너뜨릴 수 있었다. 사회 저변에서 전승되다가 상승하는 여러 형태의 노래에서 요구하는 바를 받아들여 활력을 얻는 고도의 작전을 짰다. 당

대에 이루어지고 있는 비속한 삶이 비약적인 창조를 가능하게 한다는
원리를 깨닫고 실현한 것이 혁신의 비결이다.

자기가 좋아서 놀아나는 여자와 점잖은 거동일랑 아예 버린 풍류객
이 어울려 무슨 짓이든지 거리낌 없이 할 때의 입담과 재치를 모아서,
납득할 수 없는 규범으로 위장된 질서를 부수어놓았다. 남녀 관계에서
여자가 오히려 적극적이고 능동적이어서 벌어지는 파격적인 사태를 즐
겨 다루어, 기존질서에 대한 반발이 여러 겹으로 얽혀 있다. 농사꾼·
장사꾼의 사설도 한몫을 하도록 해서 사회 저층에서의 항변을 갖가지
로 나타냈다. 사대부시조의 고매한 품격과 반대가 되는 잡소리라면 무
엇이든지 등장시켰는데, 작자층이 다변화되어 그런 소재가 풍부하게
마련되었다 하겠다.

농사꾼의 소리가 끼어든 양상은 무척 흥미롭다. 사랑하는 님에게 무
엇을 전해 달라고 하니 어떤 구실을 내세워 전할동 말동 하다고 대답하
는 것은 애정시조의 상투적 전개방식의 하나인데, 남의 집에 머슴살이
하는 처지임을 내세워 그런 전개방식에 반발을 한 작품이 있다. "식전
이면 쇠물을 하고 낮이면 농사를 짓고 정밤중이면 언문자나 뜯어보고"
하는 사람더러 엉뚱한 심부름을 시키지 말라는 것이다. "논밭 갈아 기
음매고 베잠방이 대님 쳐 신들 매고" 만첩청산에 들어가 나무를 하다가
석양이 재 넘어갈 때 "어깨를 추스르며 긴 소리 짜른 소리"를 한다고 한
것도 있다. 그런 나무꾼 노래는 경상도에서 〈어사용〉이라고 하는 것이
며, 사설시조와 거의 같은 형식이다.

장사꾼의 말은 더욱 다채롭게 들어가 있다. "댁(宅)들에"라고 부른
다음에 무슨 물건을 사라고 외치는 것이 행상인의 상투적인 언사인데,
그 틀에다 맞추어서 땔나무·젓갈·연지·분 따위를 흥정한다면서 수
선을 떠는 노래가 여러 편 있다. 행상인으로서는 어울리지 않는 유식한
문구를 늘어놓는다고 핀잔을 주며 풍자를 곁들일 수도 있고, 님 만나는
더위를 사라면서 육담을 집어넣을 수도 있다. 농사꾼의 생활은 사대부
시조에서 즐겨 흉내를 낼 만큼 겉보기로는 멋이 있지만, 장사꾼이 하는

짓이야 너무 천박하다고 여겨 무명씨의 평시조에도 등장시키지 않은 관례를 사설시조에서 어기는 것을 흥미로 삼았다.

장사꾼은 여럿이다. 남편을 닥치는 대로 얻었다는 여자의 사설에는 "밑남편 그놈 광주(廣州) 광덕산(廣德山) 싸리비 장사"라고 한 데서 시작해서 홍두깨 장수, 물레 장수, 두레박 꼭지 장수 등이 죽 열거되어 있다. 각 도의 장사배가 한강과 임진강이 합류된 데로 올라가 야단스러운 광경이 벌어지는 것을 다룬 노래도 있다. 북경을 왕래하는 무역상을 등장시킨 사설은 전문을 인용해볼 만하다.

> 개성부(開城府) 장사 북경(北京) 갈 제 걸고 간 퉁노구 자리
> 올 제 보니 맹세치 통분히도 반가워라.
>
> 저 퉁노구 자리가 저리 반갑거든
> 돌쇠어미 말이야 일러 무삼 하리.
>
> 들어가 돌쇠어미 보옵거든
> 퉁노구 자리 보고 반긴 말씀 하시소.

퉁노구는 솥이다. 솥을 걸고 밥을 해먹은 자리가 돌아오면서 보니 참으로 반가운데 자기 아내 돌쇠어미를 만나면 어떻겠는가는 다시 이를 필요가 없다고 했다. 이문을 좇아 국경을 넘나드는 장사꾼에게도 이처럼 애틋한 정감이 있다. 농업을 숭상하지 않고 상업에 힘쓰느라고 세태가 글러만 가고, 사람들 사이의 마땅한 정리가 흔들린다고 개탄하는 데 대한 멋진 반론일 수 있는 노래이다.

"떳떳 상(常) 평할 평(平) 통할 통(通) 보배 보(寶) 자(字)"라는 말을 앞세워서, 그런 좋은 이름을 가진 상평통보가 구멍은 네모지고 사면은 둥글어서 "맥때굴 굴러간 곳마다" 반긴다고 하는 노래도 있다. 조그만 쇠붙이를 두고 두 창이 다툰다는 말까지 해서 돈을 뜻하는 '전'(錢)의

모습을 그리면서, 돈 때문에 벌어지는 싸움을 말해 더욱 묘미가 있다. 그런 사설시조는 장사꾼이 중심이 되어 이루어지는 시정 생활을 핍진하게 그리면서 근대 사실주의문학을 향해 성큼 다가섰다.

사설시조는 고정옥, 《고장시조선주》(정음사, 1994) ; 최동원, 〈장시조의 생성과 그 시대적 전개〉, 〈장시조의 전성기 재론〉, 《고시조론》(삼영사, 1980) ; 김학성, 〈사설시조의 장르 형성 재론〉, 《국문학의 탐구》(성균관대학교출판부, 1987) ; 강등학, 〈사설시조와 엮음아라리의 비교 연구〉, 《인문학보》 7(강릉대학교 인문과학연구소, 1989) ; 신경숙, 〈사설시조 연행의 양상〉, 《홍익어문》 10 · 11(홍익대학교 홍익어문연구회, 1992) ; 신은경, 《사설시조의 시학적 연구》(개문사, 1993) ; 《고전시 다시 읽기》(보고사, 1997) ; 김제현, 《사설시조문학론》(새문사, 1997) ; 황충기, 《장시조연구》(국학자료원, 2000) ; 강명혜, 《고려속요 · 사설시조의 새로운 이해》(북스힐, 2002)에서 연구했다. 김학성, 《한국고시가의 거시적 탐구》(집문당, 1997) ; 고미숙, 《18세기에서 20세기 초 한국시가사의 구도》(소명출판, 1998) ; 강명관, 《조선시대 문학예술의 생성공간》(소명출판, 1999)에서 사설시조 향유층에 관한 논란을 다시 벌였다. 형식의 유래를 《한국민요의 전통과 시가율격》(지식산업사, 1996)에서 살폈다.

9.8.6. 사설시조의 작품세계

귀또리 저 귀또리 어여쁘다 귀또리.

어인 귀또리 지는 달 새는 밤에
긴 소리 짜른 소리 절절이 슬픈 소리.
제 혼자 울어 예어

사창(紗窓) 여읜 잠을 살뜰히도 깨우는구나.

두어라 제 비록 미물(微物)이나
무인동방(無人洞房)에 내 뜻 알 이는 너뿐인가 하노라.

"어여쁘다"는 것은 불쌍하다는 뜻인데 어감을 살리기 위해 그대로 두었다. "울어 예어"는 울기를 계속한다는 말이다. 적절한 길이를 가진 세 연에 배분되어 있는 말이 이별당한 여인이 외로움을 영롱하고 아름답게 나타냈다. 비속해서 말썽거리였던 사설시조를 명시의 반열에 올려놓은 작품이다.

"사창"이니 "무인동방"이니 하는 말을 그대로 쓰는 것은 정철의 〈사미인곡〉(思美人曲)이라도 연상하게 한다. 누가 알아주지 않는 자기의 뜻을 미물에다 기탁하는 수법도 새삼스럽지 않다. 그러나 긴 소리, 짧은 소리로 절절히 슬프게 우는 귀뚜라미 소리를 형용하면서 마음속의 울림을 절실하게 나타낸 것은 새로운 표현이다. 같은 말을 조금씩 다르게 되풀이해 막힌 공간을 넘어서는 청각적인 심상을 갖추었다. 평시조의 제약을 떨쳐 버리고 자유시가 되었다. 전통적인 율격을 적절하게 변형시킨 자유시여서 낯설지 않으면서 충격을 준다.

"창 내고자 창을 내고자 이내 가슴에 창 내고자"라고 서두를 꺼내놓은 노래에서는, 갑갑한 심정을 폐쇄되어 있는 방으로 나타내고 무지막지한 목수의 우악스러운 솜씨를 연상하게 하는 말로 "고모장자 세살장자 가로닫이 여닫이에 암 돌쩌귀 숫 돌쩌귀 크나큰 장도리로 뚝딱 박아" 이따금씩 여닫을 수 있는 창을 내고 싶다고 했다. "한숨아 세한숨아 네 어느 틈으로 들어오느냐"를 말머리로 삼은 데서는 거의 같은 문구를 열거하면서 창이 아닌 벽을 만들어 한숨이 들어오지 못하게 하겠다고 했다. 마음 안팎을 트기 위해서는 창을 내야 하고, 마음 안팎을 갈라놓기 위해서는 벽을 만들어야 한다면서 서로 대조가 되는 창노래와 벽노래를 마련했다.

나무도 돌도 바히 없는 뫼에
매에게 쫓긴 불까투리 안과

대천(大川) 바다 한가운데 일천 석 실은 대중강(大中舡)이
노도 잃고 닻도 잃고 돛대도 걷고
용총도 끊고 키도 빠지고
바람 불어 물결치고 안개 뒤섞여 잦아진 날에
갈 길은 천리만리 남고 사면이 검어 어둑,
천지적막(天地寂寞) 까치노을 떴는데,
수적(水賊) 만난 도사공의 안과

엊그제 님 여읜 안이야 어디다가 가을하리오?

여기서는 '안'이라는 말로 마음을 나타내면서, 세 가지 절박하기 그지
없는 마음을 어디다 비할 데가 없다고 했다. 맨 마지막으로 엊그제 님을
여읜 자기 마음을 말하기 위해서 다른 두 가지를 가져다놓고서, 비할 데
가 없다는 것으로 그 둘이 각기 독자적인 의미를 갖도록 개방해버렸다.
이별당한 것을 하소연하는 애정시조의 하나이면서도, 거기 따르는 관례
를 넘어서서 세상살이에서의 시련을 거듭 암시하는 의미를 지닌다.
    작품에서 말한 바는 예시에 지나지 않아 더 많은 것을 생각하게 한
다. 매에 쫓긴 까투리는 〈토끼전〉에서 용궁을 벗어나 다시 시련에 부닥
친 토끼를 연상하게 한다. 대천바다에서 배가 망쳐지고, 날씨는 험악해
지는 판국에 수적까지 만난 도사공의 시련을 시련의 극치로 느껴지도
록 하려고 거듭 묘사했다.
    사설시조 우수작은 소재 선행의 설익은 시와는 아주 멀다. 앞뒤의 전
개와 언어구사가 뛰어난 명시이면서 말하고자 하는 바가 놀라워 더욱
감동을 준다. 어려운 시대에 살아 나가느라고 나날이 겪는 시련을 절실
하게 나타내고, 시련을 일거에 넘어서자는 희망을 표현하기 위해서 역

동적인 심상을 비범하게 갖추었다.

"바람도 쉬어 넘는 고개 구름이라도 쉬어 넘는 고개"를 설정한 다음, 산진이·수진이·해동청보라매 같은 매들도 쉬어 넘은 고개라고 다시 강조하고서, "그 너머 님이 왔다 하면 나는 아니 한 번도 쉬어 넘어 가리라"고 한 것을 보자. 님이 오면 반갑다고 하는 당연한 사실을 말하는 수준을 넘어서서, 님이 희망의 상징이 된다. 높디높은 고개를 넘는데 자기는 바람·구름·매보다 더 가볍고 힘찰 수 있다고 해서 희망 달성에 헌신하는 뜨거운 정열을 말해주었다.

사설시조는 그동안 관습적으로 인식되어 온 세계상을 버리고 자아에 누적된 관념도 씻어 내리려고, 서정시와는 맞지 않을 듯해서 버려두었지만 사실은 생활을 통해서 나날이 부딪치는 갖가지 사물을 가져와 의식 청소를 가능하게 하는 비유의 매체로 삼았다. 일상생활에서 흔히 하는 말이라도 예사롭지 않은 의미를 함축할 수 있다는 것을 깨닫도록 하는 충격도 아울러 전했다. 유식하고 어려운 문구 때문에 가려 있던 진실을 드러냈다.

> 개를 여남은이나 기르되 요 개같이 얄미우랴.
>
> 미운 님 오게 되면 꼬리를 회회 치며
> 치뛰락 내리뛰락 반겨서 내닫고,
> 고운 님 오게 되면 뒷발을 바둥바둥
> 물으락 나오락 캉캉 짓는 요 도리암캐.
>
> 쉰밥이 그릇 그릇 날진들 너 먹일 줄이 있으랴.

무심히 보면 개의 거동을 아주 잘 그린 그림이다. 고양이나 개 같은 집짐승의 움직이고 뛰는 모습을 실상과 꼭 같이 생동하게 그리는 것만 해도 정태적이고 장식적인 데 머물렀던 예술감각을 새롭게 하는 상당한 의의를 가졌다. 여기 그려놓은 암캐는 미운님을 반기고 고운님을 쫓는 얄미운 짓을 하고 있어서 더욱 흥미롭다. 노래하는 여인은 그 짓을 나무라면서, 내심으로 미운님과 고운님을 바꾸어놓고 싶은 심정을 암캐에게 전가시켜 자기도 모르게 드러냈다. 정해놓은 명분에 따라서 움직이는 표면적 자아를 걷어내고 삶의 역설을 직접 겪는 이면적 자아가 드러날 수 있게 한 것이다.

사설시조의 해학과 풍자는 관습적인 설명을 젖혀버리고 삶의 실상이 부조화스럽고 불합리한 대로 그냥 노출될 때 생긴다. 서술자는 순진하고 무식한 듯 가장하고서, 소견이 모자라고 이치에 어긋난 소리로 웃음이 나게 해서 표현 효과를 더 높였다. 위에서 든 작품에서 얄미운 개의 거동을 묘사한 것은 자기 자신의 모습을 그렇게 투영한 해학이라고 보면 더욱 묘미가 있다.

"저 건너 월암(月嵓) 바위 위에 밤중마다 부엉이 울면" 요괴롭고 사기로운 첩이 죽는다느니, 가옹을 박대하고 첩 시샘 심하게 하는 본처가 죽는다느니 하면서, 첩과 본처가 옛말하듯이 다투는 장면은 나타난 징조와 뜻하는 결과 사이의 연결이 거짓 논리에 의거하고 있어서 웃음을 자아낸다. 건넛집 김서방과 삼밭에 들어가 삼대를 쓰러뜨리는 짓을 해놓고, 남편에게 이르겠다고 하니 놀기가 심심해서 실삼 캐러 갔다고 한 것도 숨은 이면을 짐작하게 하는 통로가 열려 있어 재미있다. 그러면서도 이면을 발려놓는 데까지는 나아가지 않고 해학에 머물렀지만, 풍자를 택한 작품은 더 험악한 어조를 띠었다.

일신(一身)이 살자 하니 물 것 겨워 못 살리로다.

피겨 같은 가랑니, 보리알 같은 수통니.
잔 벼룩 굵은 벼룩 왜벼룩, 뛰는 놈 기는 놈에,
비파 같은 빈대 새끼, 사령 같은 등에 어미.

> 갈따귀 사마귀, 센 바퀴 누런 바퀴, 바구미, 거머리,
> 부리 뾰족한 모기, 다리 기다란 모기, 살찐 모기, 야윈 모기.

이런 말로 이어지는 노래는 이, 벼룩, 빈대, 등에, 갈따귀, 사마귀, 바퀴벌레, 바구미, 거머리, 모기 등 갖가지 물것을 들추어내며, 물 것이기지 못해서 살 수 없다고 했으니 별다른 내용이 아닌 듯하다. 그러나 풍류를 즐기자는 노래에 그렇게 비속한 것들을 등장시켜 충격을 준다. 그 종류와 거동을 예리한 관찰력으로 낱낱이 살폈다.

물것으로 사회적인 해독을 끼치는 자들을 암시했다고 보면 충격과 긴장을 구태여 조성한 효과를 알아차릴 수 있다. 노래를 부르며 듣는 사람들은 갖가지 수탈이 더욱 가혹하게 이루어져 그대로는 살 수 없는 세태를 절감하고 있었기에, 갖가지 소임을 맡고 수탈의 방도를 교묘하게 차리는 아전들의 모습을 물 것들과 하나씩 대응시켜보는 쾌감을 자연스럽게 누렸을 만하다. 독자와의 만남이 그런 수준에서 이루어지면 놀라운 풍자시가 된다.

> 두꺼비 저 두꺼비 한 눈 멀고 다리 저는 저 두꺼비.
> 한 날개 없는 파리를 물고 날랜 체하여
> 두엄 쌓은 위를 솟구치다가 발딱 나뒤쳐졌구나.

> 모처럼 몸이 날랜새망정 중인첩시(衆人僉視)에 남 웃길 뻔했도다.

두꺼비가 파리를 잡아먹는 거동을 이렇게 묘사한 노래는 풍자하는 뜻을 강하게 나타내고 있다. 한눈 멀고 다리 저는 두꺼비가 날랜 체하며 우쭐대다가 발딱 나둥그러진 모습을 그려, 파리 목숨이라고 할 만큼 무력한 사람들을 괴롭히는 자에 대한 반감을 나타내고, 그 약점을 드러냈다. 중인첩시에 남 웃길 뻔했다는 말로 그 행위를 사회적인 맥락에서 이해하라는 암시까지 갖추어 해석이 빗나가지 않도록 했다. 두꺼비 같

은 녀석이 아직 망하지는 않았지만, 어색한 거동으로 괴이한 짓을 일삼 는다는 것은 누구나 알 수 있게 되었으니, 경계를 하면서도 통쾌한 웃 음을 간직할 수 있다.

이런 작품에는 병신춤과 우화, 두 가지 요소가 복합되어 있다. 병신 춤을 추어 억압을 일삼는 무리의 비정상적인 거동을 풍자하고, 우화소 설이나 우화시를 지어 세상이 잘못되었음을 일깨워주는 것이 널리 성 행하는 수법이었다 하겠는데, 그 둘을 복합시켜 이중으로 긴장된 작품 구조를 이룩했다. 한 걸음 더 나아가, 사회적 공간 인식을 배경에다 깐 풍속도까지 보태서 더욱 교묘한 표현을 한 예도 있다.

〈맹꽁이타령〉이 그 좋은 예이다. 휘몰이잡가의 하나로 생겨나 널리 불리어진 〈맹꽁이타령〉이 여러 가집에 올라 있는데, 기본 성격은 사설 시조이면서 다른 것들도 아울렀다. 서울 장안 곳곳에서 별별 맹꽁이들 이 이상스러운 거동을 하고 있다는 말로 이어져서, 풍속도·병신춤· 우화가 한꺼번에 맞물려 돌아가도록 한 맹랑한 작품이다.

첫 대목에서는 경모궁(景慕宮) 앞 연못에서 수은장수 하는 맹꽁이, 삼청동(三淸洞)에서 소낙비에 죽은 아이 나막신 하나 얻어 타고 선유하 는 맹꽁이를 들었다. 경모궁은 고종 때에 장조(莊祖)라고 추존한 사도 세자(思悼世子)의 신위를 모시려고 지은 집이다. 하필이면 거기 있는 연못에서 맹꽁이가 물방울을 굴리는가 하는 점이 다소 미심쩍기는 하 지만, 맹꽁이가 노는 거동을 재미있게 묘사하는 데 그쳤다. 다음에 드 는 둘째 대목은 더 수상하다.

> 모화관(慕華館) 송방리(芳松里) 이주명(李周明)네 집 마당가의
> 밑의 맹꽁이 "아구 무겁다, 맹꽁" 하니,
> 윗맹꽁이는 "뭣이 무거우냐? 잠깐 참아라,
> 작갑스럽다, 군말 된다" 하고 "맹꽁".
> 그 중의 어느 놈이 상스럽고 맹랑스러운 수맹꽁이냐?

장소가 중국 사신을 영접하던 모화관이다. 그 근처에 이주명이라는
사람이 산다 했는데, 가만히 보면 성은 이씨 왕족과 같고 이름은 중국
의 주나라와 명나라를 합친 것이다. 그런데 맹꽁이가 그 집 마당에서
한다는 짓은 성행위이다. 성행위를 마치 사람이 하는 것처럼 묘사해놓
고서 어느 것이 수맹꽁이냐고 물었다.

이 이상스러운 작품이 무엇을 뜻하는가는 자세히 살펴보아야 비로소
알 수 있다. 서울의 여러 지명을, 임금의 신위를 모신 궁전에서 일반 서
민이 사는 곳까지 죽 열거하고는 거기서 별별 짓을 다하는 사람의 무리
를 맹꽁이로 바꾸어서 그린 기이한 풍속도를 한 폭 크게 펼쳐 보인 것
이다. 경모궁이니 모화관이니 하는 것이 허망하다는 느낌을 주려고 사
람 대신 맹꽁이를 그린 것이 적절한 선택이다.

별별 짓을 다하면서 위엄을 뽐내고, 무슨 짓이든지 함부로 해서 피해
를 끼치고, 어울리지 않게 기회를 노리며 용을 쓰는 무리가 서로 우열
을 다투는 것을 헐뜯자고 어느 것이 수맹꽁이냐는 말을 되풀이했다. 사
람을 맹꽁이로 바꾸어놓았으니, 예사로 보아 넘길 수 있는 짓이라도 모
두 다 우스꽝스럽다. 소견이 막힌 사람을 맹꽁이라 하지 않는가. 세상
을 보는 눈이 맹랑스러워 감히 상상하기도 어려운 장난을 했다.

사설시조・판소리・탈춤은 삶의 실상을 거침없이 있는 그대로 나타
내 웃음을 일으키면서 삶의 실상을 시비하는 점에서 서로 상통하며, 언
어구사나 표현방식에서도 공통점이 많다. 그런데 사설시조는 판소리처
럼 좌상객을 의식해야 하는 공연물이 아니었으며, 탈춤처럼 전래된 내
용을 되풀이하지도 않았다. 그 두 가지 부담이 없기 때문에, 다채롭고
기발한 표현을 더욱 적극적으로 개척할 수 있었다. 중세에서 근대로의
이행기 제1기는 사설시조의 시대라고 할 수 있다.

김학성, 〈사설시조의 미의식구조〉, 《국문학연구》 14(서울대학교
대학원 국문학연구회, 1971) ; 박노준, 〈사설시조에 나타난 에로티시
즘〉, 《시조문학연구》(정음사, 1983) ; 소재영, 〈사설시조에 나타난 님

의 변용〉, 《모산심재완박사화갑기념 시조논총》 ; 임종찬, 〈장시조의
문예학적 연구〉(부산대학교 박사논문, 1983) ; 이수형, 〈사설시조의
구조적 연구〉(숭전대학교 석사논문, 1980) 등에서 사설시조를 고찰했
다. 김흥규, 〈사설시조의 시적 시선 유형과 그 변모〉, 《한국학보》 68
(일지사, 1992) ; 〈사설시조의 애욕과 성적 모티프에 대한 재조명〉,
《한국시가연구》 13(한국시가학회, 2003) ; 이강옥, 〈사설시조 '일신이
사자 하니'에 대한 고찰〉, 《한국고전시가작품론》(집문당, 1992) ; 서
인석, 〈'나모도 바히 돌도'와 사설시조의 미학〉(같은 책)에서 작품론을
했다. 〈사설시조의 두 가지 노래〉, 《국문학연구의 방향과 과제》(새문
사, 1983)에서 창노래와 벽노래를 견주어 살폈다.

9.9. 가사의 다양한 모습

9.9.1. 사대부가사의 재정착

전란이 거듭 닥쳐와 태평성대의 환상이 흔들리는 충격에 대응하기 위해 사대부는 문학의 기존 갈래 가운데 가사를 적극 활용하고자 했다. 그런 형편은 한시나 시조로 집약하기보다는 실제로 겪은 대로 말해야 했다. 산문으로 적고 말 수 없는 사연을 탄식을 곁들인 노래로 자세하게 나타내야 했다. 가사가 그런 요건을 두루 갖추었다. 가사는 공식적인 책임을 질 필요가 없어, 사태는 심각한데 생각이 따르지 못하는 것도 감추지 않고 드러낼 수 있었다.

임진왜란과 병자호란을 직접 겪으면서 지은 전란가사는 위에서 이미 고찰했으므로 재론하지 않는다. 난후의 생활을 다룬 가사부터 여기서 다룰 것이다. 고응척(高應陟, 1531~1605)의 〈도산가〉(陶山歌)를 그런 예로 들 수 있는데, 전반부와 후반부가 다른 내용이어서 시련이 일단 사라지자 사고방식이 달라진 추세를 확인할 수 있다.

전반부에서 비린내 나는 먼지가 하루 저녁에 홀연히 일어나니 노인을 부축하고 어린아이를 이끌고 방황하다가 심산궁곡을 찾았다고 한 점에서는 전란가사이다. 후반부에서는 어조가 아주 바뀌어서, 도화유수(桃花流水) 떠오는 별세계에서 은거한다고 자처하고, "고침송근(高枕松根) 잠이 드니 세사망연(萬事茫然) 내 몰래라" 하면서 딴전을 피웠다. 도학자의 고압적인 자세를 가지고 세상을 교화한다는 시조를 28수나 지은 사람이 가사에서는 자기의 허점을 이렇게 드러냈다.

전후의 복구를 힘써 하자고 다짐하는 가사에 〈고공가〉(雇工歌)와 〈고공답주인가〉(雇工答主人歌)가 있다. 고공은 머슴이다. 도적을 만나 불타버리고 망한 집을 다시 일으키려면 머슴들이 분발해야 한다는 주인의 말이 먼저이고, 머슴이 주인에게 대답하는 노래가 그 뒤를 이었다. 〈고공가〉의 한 대목을 들어보자.

엊그제 화강도(火强盜)에 가산이 탕진하니
집 하나 불타버리고 먹을 것이 전혀 없다.
크나큰 세사를 어찌 하여 이루려뇨?
김가 이가 고공들아, 새 마음 먹어스라.

나라를 위해서 분발해야 할 일꾼은 조정 신하만이 아니다. 일반 백성
까지 다 떨쳐 일어나야 한다고 생각했기에 머슴노래를 짓고, 머슴을 가
장 흔한 성인 김가·이가로 불렀다. 작자는 선조 임금이라고도 하고 다
른 누구라고도 하는데 확실하지 않다. 작자가 누구이든 임금이 지을 가
사를 대작을 했다고 보아야 한다. 〈고공답주인가〉는 재상 이원익(李元
翼, 1547~1634)이 머슴을 대표해서 지었다고 한다. 열심히 일하자고
다짐하자고 하면서, 서로 책임을 미루고 다투고 하는 풍토를 개탄했다.
다음과 같은 대목에서는 국방에 대한 우려를 나타냈다.

비 새어 썩은 집 뉘라서 고치며,
옷 벗어 무너진 담 뉘라서 고쳐 쌓을꼬?
불한당 구모도적 아니 멀리 다니거든
화살 찬 수하상직(誰何上直) 뉘라서 힘써 할꼬?

전란을 겪으면서 처참했던 일을 회고하는 한편 나라가 안정되어가는
데 기대를 건 노래에 강복중(姜復中, 1563~1639)의 〈위군위친통곡가〉
(爲君爲親痛哭歌)가 있다. 고립무원한 상태에서 노래를 짓는다고 하면
서 자기 자신을 자주 내세우면서 당론에 관한 발언을 했다. 전란을 겪
는 동안 서인들은 나라를 위해 진력을 했으나 반대당은 그렇지 않았다
는 말을 거듭했다. 벼슬을 하지 않고 초야에 묻혀 지낸 선비도 당파의
식이 그렇게까지 뚜렷했으니, 모두 합심해 국력을 회복하고 새로운 상
황에 대처하는 것은 기대하기 어려운 일이었다.
전란 이전 상태로의 복구는 사대부의 보수적인 의식을 되찾는 방향에

서 이루어졌다. 전원에 은거하면서도 성현의 도리를 돈독하게 따라야 한다는 풍조가 시조에서처럼 가사에서도 다시 등장했다. 차천로(車天輅, 1556~1615)의 〈강촌별곡〉(江村別曲), 김득연(金得研, 1555~1637)의 〈지수정가〉(止水亭歌) 같은 은일가사가 사대부가사를 원래의 상태로 되돌려놓는 구실을 했다. 그렇게 하는 데 한 걸음 더 나아간 사람은 조우인(曺友仁, 1561~1625)이다.

조우인은 전후에 급제하고 진출한 영남 선비이다. 함경도 경성 판관으로 부임했을 때 지은 〈출새곡〉(出塞曲)에서는 백두산에서 뻗어 내린 산맥의 장엄한 모습을 바라보며 변방 백성들의 고혈이 마른 것을 조정에서 육식을 하는 사람들이 알기나 하는가 하고 묻는 기백을 보였다. 만년에 은거할 때에는 보수적인 성향을 띤 가사를 지어 마음의 안정을 찾고자 했다. 정철을 흠모해 〈성산별곡〉을 〈매호별곡〉(梅湖別曲)으로, 〈사미인곡〉을 〈자도사〉(自悼詞)로, 〈관동별곡〉을 〈속관동별곡〉(續關東別曲)으로 재현했다. 그런데 본뜬 작품은 으레 그렇듯이 표현의 묘미를 다시 살리지 못하고 수준이 떨어졌다.

박인로(朴仁老, 1561~1642)는 당위와 현실 사이의 거리를 두고 깊이 고심해 전에 볼 수 없던 작품세계를 이룩했다. 임진왜란 때에는 이미 살핀 바 있는 〈태평사〉와 〈선상탄〉을 지어 나라를 근심하고 군사들의 용기를 북돋우고자 하는 마음을 뜨겁게 나타냈다. 전란이 끝난 다음에는 자기 고향 경상도 영천의 시골 선비로 되돌아가 성현의 도리를 따르며 안정을 얻고자 했는데, 실제 생활은 그렇지 못해서 고민이었다.

가사 짓는 능력을 발휘해 인정받고자 해서, 남긴 작품이 많다. 〈사제곡〉(莎堤曲)은 이덕형(李德馨)을 위해 대작한 작품이다. 〈독락당〉(獨樂堂)·〈입암별곡〉(立巖別曲)·〈소유정가〉(小有亭歌)는 명승지를 찾아 경치를 찬양한 작품이다. 〈영남가〉(嶺南歌)에서는 민심을 돌보러 온 관원을 찬양하면서 하고자 하는 말을 했다. 전란에서 살아남은 백성이 조석을 잇지 못하면서 부역에 시달리는 사정이 자기 처지와 상통한다고 했다. 자기 처지를 바로 다룬 〈노계가〉(蘆溪歌)와 〈누항사〉(陋巷詞)는 더욱 주목할 만하다.

〈노계가〉 말미에서 "어천만년(於千萬年)에 병혁(兵革)을 쉬우소서/ 경전착정(耕田鑿井)에 격양가를 불리소서"라고 한 것이 이상세계이다. 밭 갈고 우물 파서 생활의 기본을 해결하면 더 바랄 것이 없으니 만족 스럽다는 노래를 부르겠다고 했다. 전란이 다시 일어나지 않아도 그런 이상은 실현되지 않았다.

〈누항사〉에서는 누추한 거처에서 어렵게 살아가는 생활을 하소연하 면서 당면한 현실이 어떤지 잘 나타냈다. 자기 처지를 되돌아보니 사대 부가 아니고 농민도 아니었다. 사대부로서의 지위가 보장되어 있지 않 고, 농민으로 살아갈 여건도 마련되어 있지 않아 양쪽에서 소외된 괴로 움을 절실하게 그렸다. 여유 있는 사대부와의 거리는 관념적인 문구를 빌려 나타내고, 농민들에게 끼어들지 못하는 형편은 구체적인 경험을 통해서 절실하게 묘사했다.

> 달 없는 황혼에 허위허위 달아가서……
> 큰 기침 에헴이를 양구(良久)토록 하온 후에,
> "어화 그 뉘신고?" "염치없는 내옵노라."
> "초경(初更)도 거읜데 그 어찌 와 계신고?"
> "연년(年年)에 이러하기 구차한 줄 알건마는,
> 소 없는 궁가(窮家)에 헤아림 많아 왔삽노라." ……
> 헌 멍덕 숙여 쓰고 축 없는 짚신에 설피설피 물러오니,
> 풍채 적은 형용에 개 짖을 뿐이로다.
> 와실(蝸室)에 들어간들 잠이 와서 누었으랴.
> 북창(北窓)을 비껴 앉아 새벽을 기다리니,
> 무정한 대승(戴勝)은 이 내 한을 돋우도다.
> 종조(終朝) 추창(惆悵)하며 먼 들을 바라보니,
> 즐기는 농가(農歌)도 흥 없이 들리나다.

스스로 농사를 지으려고 이웃 농가에 소를 빌리러 간 광경을 이렇게 그렸다. 소를 빌려주지 않아 초라한 행색으로 되돌아와서는 잠을 이루지 못하고, 들을 멀리서만 바라보는 신세가 되어 농가를 들어도 흥을 느끼지 못한다고 한 말을 아주 실감나게 했다. 문자 쓰는 버릇에서 유래한 한자어가 이따금씩 보이기는 하지만, 지금까지 가사에 등장하지 않았던 일상생활의 언사를 대폭 받아들여 자기 고민을 이렇게까지 절실하게 묘사한 것은 획기적인 일이다. 정철에 이르러서 절정을 이룩한 미화된 표현을 버리는 대신에 현실인식의 실감을 확보하는 길을 열어 사대부가사의 한계를 탈피했다.

벼슬길이 막힌 사대부가 농촌에서 살아가면서 자기 생활을 가사로 나타내는 데는 두 길이 있었다. 산림처사로 자처하며 은일가사를 지어 이미 공인된 규범을 되풀이하는 것이 지체를 유지하는 데 유리했다. 그렇게 하는 것이 자기에게 어울리지 않는 가식이라고 생각되면 소외당한 처지에서 겪는 어려움을 바로 나타내야만 했다. 박인로는 앞의 것을 희망했으나 이루지 못하고, 뒤의 것으로 후대의 평가를 얻었다고 할 수 있다.

전라도 남원 선비 정훈(鄭勳, 1563~1640) 또한 많은 가사를 지으면서 두 길 사이에서 방황하는 모습을 보여주었다. 인조반정의 소식을 듣고 〈성주중흥가〉(聖主中興歌)를 지었지만 진출의 기회가 생기지 않았다. 〈수남방옹가〉(水南放翁歌)에서는 은거하는 삶이 즐겁다고 하고, 〈용추유영가〉(龍湫游詠歌)를 지어 빼어난 경치를 찾은 감회를 나타내며 근심이라고는 없는 것 같은 거동을 거듭 보여주었다.

방향을 다시 바꾸어 〈우활가〉(迂闊歌)와 〈탄궁가〉(嘆窮歌)를 내놓아 그 이면의 진실을 토로했다. 〈탄궁가〉에서 늘어놓은 가난 타령은 박인로의 경우만큼 심각하지는 않아도 가사가 달라지고 있던 양상을 보여주는 구실을 함께 했다. 한 대목 들어보자.

동린(東隣)에 따비 얻고 서사(西舍)에 호미 얻고,

집 안에 들어가 씨앗을 마련하니
올 볍씨 한 말은 반나마 쥐 먹었고,
기장 피 조 팥은 서너 되 붙었거늘,
한아(寒餓)한 식구 이리하여 어이 살리.

신계영(辛啓榮, 1577~1669)은 난후에 일본에 가는 사신의 임무를 맡고, 다시 청나라에도 가서 양쪽에서 모두 포로로 잡혀간 사람들을 데리고 왔다. 호조참판까지 이른 관직을 사임하고 1655년(효종 6)에 잠시 향리인 공주 서쪽 내포(內浦)로 물러났을 때 〈월선헌십육경가〉(月先軒十六景歌)를 지었다. 열여섯 곳의 아름다운 경치를 하나씩 들어 노래하고, "초당(草堂) 연월(煙月)에 시름없이 누워 있어/ 촌주(村酒) 강어(江魚)로 종일 취(醉)를 원하노라"는 말로 결말을 삼았다. 거기다 "이놈이 이렁굼도 역군은(亦君恩)이샷다"는 말을 덧붙였다. 전란의 참상을 아주 잊고 은일가사의 전형을 다시 보여주었다.

임유후(任有後, 1601~1673)는 관직 생활과 은거를 함께 한 사람이다. 정묘호란 때 척화를 주장하다가 물러나 강원도 울진 산속으로 들어가더니, 효종 때에 다시 관직에 나아가 경기감사가 되고 호조참판의 지위에도 올랐다. 그런데 〈목동문답가〉(牧童問答歌) 또는 〈목동가〉(牧童歌)라는 가사를 지어 벼슬하여 곤욕을 치르는 데서 벗어나 전원에서 노니는 흥취를 소 먹이는 아이와 함께 즐긴다고 했다.

윤이후(尹爾厚, 1635~1699)는 윤선도의 손자이다. 벼슬길에 나가서 좌절을 겪은 다음 고향으로 돌아가 자기 마을 및 인근 바다의 섬들에서 빼어난 경치를 찾는다고 〈일민가〉(逸民歌)를 지어 자랑했다. 강호의 임자가 되어 풍월로 늙어가는 물외청복(物外淸福)을 누린다고 노래했다. 그렇게 해서 은일가사의 전형을 마련했다.

남도진(南道振, 1650~1692)은 관직에 나아가지 않고 경기도 용문산 북쪽 낙은암(樂隱巖) 근처에서 산수와 더불어 살아가는 즐거움을 나타낸 가사를 지어 〈낙은별곡〉(樂隱別曲)이라고 했다. 산림처사의 은거를 노래한 수많은 작품에서 흔히 볼 수 있는 심상이나 표현을 거의 망라하다시피 했으면서 특이한 점이 있다. 신선과 다름없이 초탈한 경지에 노닌다고 하는 쪽만 강조하지 않고, 가난을 참고 견디는 것이 마땅하다고 자기 자신을 달래는 말도 했다.

삼공이 귀타 한들 나는 아니 바꾸리라.
값을 쳐 비기려면 만금인들 당할쏘냐.
보리밥 맛들이니 팔진미 부러워하며
헌 베옷 맞거니와 기환(綺紈)하여 무엇 할꼬.

보리밥을 먹고 헌 베옷 입고 사는 삶이 만금 이상의 가치가 있어 삼공의 귀한 생활과도 바꾸지 않겠다고 했다. 고전 명구 나열로 그 이유를 밝힐 수 없어, 일상생활에서 흔히 쓰는 말을 직접 받아들였다. "보리밥"과 "팔진미", "헌 베옷"과 "기환"이 대조되게 하고, 앞에서 든 쪽에 마음이 간다고 했다.

은일가사의 전통을 이은 작품은 18세기 이후에도 계속 나왔다. 경상도 영양 선비 조성신(趙星臣, 1765~1835)은 〈도산별곡〉(陶山別曲)에서, 이황의 자취를 찾아가 주위의 풍광을 보고 감격했다. 남긴 가르침을 따라 마음을 가다듬어, 은거자의 처지가 헛되지 않게 하는 지침으로 삼는다고 했다. 〈개암정가〉(皆巖亭歌)에서는 자기 고장에 있는 빼어난 경치를 즐기면서 옛사람의 풍류를 재현한다고 하면서 가문의 번영을 자랑했다.

청춘에 병이 들어 공산(空山)에 누웠더니
일편 잔몽(殘夢)에 호접(胡蝶)의 나래 빌어
장풍(長風)에 경마 들고 남포(南浦)로 내려가니,
초선도(招仙島)가 어디메요, 개암정(皆巖亭)이 여기로다.
어주(魚舟)를 흘리 타고 백구에 길을 물어,

굽이굽이 돌아드니 수석(水石)도 명려(明麗)하다.

서두가 이렇게 시작된다. "공산에 누웠다"는 것은 은거한다는 말이다. 청춘에 병이 들어 벼슬할 생각은 하지 않고 은거의 길을 택했다고 했다. 꿈을 꾸다가 찾아갔다고 하는 사건을 설정해, 자기가 살고 있는 곳이 선경과 같이 아름답다는 사실을 새삼스럽게 깨닫는다고 했다. 시골에 묻혀 지내는 괴로움은 최소한으로 줄여 되도록이면 잊고, 즐거움은 최대한으로 늘려 위안을 받고자 하는 심정을 나타내는 특별한 형태의 은일가사이다.

가사 일반론은 6.8.4.에서 제시했다. 이상보, 《증보 17세기가사전집》(민속원, 2001) ; 《18세기가사전집》(민속원, 1991)에 많은 자료가 수록되어 있다. 개별 작품에 관한 연구논저는 대표적인 것 한둘씩만 든다. 고응척 : 성호경, 〈두곡(杜谷) 고응척 시가 변증〉, 《한국학보》 5(일지사, 1988). 〈고공가〉, 〈고공답주인가〉, 〈목동문답가〉 : 김동욱, 〈고공가 및 고공답주인가에 대하여〉, 《한국가요의 연구(속)》(선명문화사, 1974). 강복중 : 강전섭, 〈강청계(姜淸溪)의 장가 이편에 대하여〉, 《어문학》 22(한국어문학회, 1970). 조우인 : 김영만, 〈조우인의 가사집 '이재영언'(頤齋詠言)〉, 《어문학》 10(1963). 박인로 : 신구현, 〈노계 박인로에 대하여〉, 《고전작가론》 2(조선작가동맹출판사, 1959) ; 이상보, 《노계시가연구》(이우출판사, 1978) ; 최상은, 〈노계가사의 창작기반과 문학적 지향〉, 《한국시가연구》 11(한국시가학회, 2002) ; 최현재, 〈박인로 가사의 현실적 기반과 문학적 지향 연구〉(서울대학교 박사논문, 2004). 정훈 : 나병호, 〈정훈의 시가 연구〉, 《한남어문학》 15(한남어문학회, 1989). 신계영 : 박노준, 〈선석(仙石) 신계영의 신석가사〉, 《한국문학잡고》(시인사, 1987) ; 윤덕진, 〈선석(仙石) 신계영 연구〉(국학자료원, 2002). 윤이후 : 구수영, 〈윤이후의 '일민가' 연구〉, 《동악어문논집》 7(동국대학교, 1971). 남도진 : 강전섭, 〈'낙은별곡'과 그 작가〉, 《한국고전문

학연구》(대왕사, 1981). 조성신 : 이동영, 《가사문학논고》(형설출판사,
1977) 등이다.

9.9.2. 사대부가사의 변모

사대부가 지은 가사라고 해서 반드시 은일가사·권농가사·도학가
사의 고정된 형태를 따른 것은 아니었다. 그런 유형에서 벗어나 무엇이
라고 이름 붙이기 어려운 파격적인 가사가 적지 않다. 자기 생애와는
어울리지 않게 가사 창작에 오랫동안 힘쓰면서 새로운 세계를 추구하
는 혁신을 다각도로 시도한 전문작가가 출현하기도 했다. 정철이 절정
을 보여준 중세후기의 가사를 과감하게 넘어서서, 기본원리의 재정립
을 통해 중세에서 근대로의 이행기가 요구하는 새로운 가사를 이룩한
것이 특히 주목할 만한 성과이다.

기존의 유형에서 벗어나는 새로운 발상은 가사를 대단하게 여기지
않아 희작을 하는 데서 시작되었다. 박사형(朴士亨, 1635~1706)의 〈남
초가〉(南草歌)에서는 담배를 예찬하는 말을 〈담방구타령〉과 흡사하게
늘어놓았다. 장난삼아 하는 수작이라 긴장을 풀고 들으면 된다. 민요에
서 아주 멀어진 것을 자랑으로 삼던 가사가 고답적인 자세를 버리고,
떠났던 지점으로 되돌아오자 주위 담을 말이 많아졌다.

19세에 요절한 홍계영(洪啓英, 1687~1705)이 병에 시달리면서 지은
〈희설〉(喜雪)은 눈이 많이 내린 경치를 묘사했다. 이 세상의 더러움과
괴로움에서 벗어나기를 바라는 마음을 나타내 무척 신선하다. "어와 조
화옹이 변화도 그지없지, 억만 창생을 사치케 하단 말가"라고 하고, "내
집도 찬란하니 거처는 좋다마는 선비에게 과분하니 심중에 불안하다"
고 했다.

민우룡(閔雨龍, 1732~1801)의 〈금루사〉(金縷辭)는 이색적인 작품이다.
제주도 기생과의 사랑을 다룬 내용인데, 서로 대등한 관계이다. 위신을
생각해 말을 꾸미지 않고, 둘이 만나서 벌어진 사태를 실상 그대로 전하려고

했다. "여관 한등(寒燈) 적막한데 온 가슴에 불이 난다"고 하고, "이 불을 뉘 끄리오?"라고 하면서 잊지 못할 애정을 강렬하게 나타냈다.

이운영(李運永, 1722~1794)은 다각적인 시험을 하면서 가사 혁신 작업을 줄기차게 했다. 진사가 된 다음 몇 고을 지방 관장을 지낸 사람이 〈언사〉(諺詞)라는 한 작품집에 수록한 가사가 7편인데, 모두 사대부가사의 상투적인 표현에서 벗어난 문제작이다. 민요의 형식이나 어법을 과감하게 받아들여 삶의 실상을 적실하게 다루어 충격을 준다. 아들 이희현(李羲玄)이 홍경래란을 다룬 〈정주가〉(定州歌)도 〈언사〉에 실려 있어, 가사를 새롭게 쓰는 작업이 다음 대로까지 이어졌음을 알려준다. 이에 관해서는 다시 고찰한다.

〈초혼사〉(招魂詞)라고 한 작품은 임진왜란 때 죽은 군사들의 넋을 위로한 노래인데, 무가의 표현법을 이용해서 주목된다. 〈수로조천행선곡〉(水路朝天行船曲)은 중국 가는 사신을 태우고 가는 뱃사공의 노래라면서 민요의 수법으로 지었다. 〈착정가〉(鑿井歌)는 서울 장안의 우물물을 솟아나게 하는 용이 하는 말로 진행되는 우물고사의 사설이다. 오래두고 존숭하던 고전명작으로부터 주위에서 흔히 만날 수 있는 구비문학으로 발상과 표현의 원천을 돌려 충격을 준다.

저자에서 사온 밤을 새앙쥐가 다 먹고 한 톨 남은 것을 나누어 먹자고 하면서 아이를 어르는 노래 〈세장가〉(說場歌)에다, 자기 외조부가 충청감사가 되어 면천(沔川) 군수 노릇을 하던 자기를 파직시켰다는 원망의 말을 넣었다. 〈임천별곡〉(林川別曲)은 자기 고장에서 있었던 일이라면서, 유랑의 길을 떠난 늙은 홀아비가 혼자 사는 노파에게 사랑을 구하다가 거절당한 사연을 토속어를 풍성하게 넣으면서 그렸다. 전개방식이 특이해서 아주 흥미롭다.

〈순창가〉(淳昌歌)는 지방 관아 사또 밑에서 일하는 여러 하급자들의 처지를 그리면서 억울한 사정을 전한 내용이다. 사또 노릇을 한 경험이 있어 만든 작품이라고 하겠는데, 작중 서술자는 사또에게서 떠나 하급자들의 자리로 내려가 있다. 기생이 하는 말을 들어보자. 〈춘향전〉에서도 찾을 수 없는 사연이다.

> 기생이라 하는 것은 가련한 인생이라,
> 전답·노비가 어디 있사오며,
> 쌀 한 줌, 돈 한 푼을 뉘라서 줄런가?
> 먹삽고 입삽기를 제 벌어 하옵는데……
> 가뜩이나 설운 중에 운수가 고이하와,
> 순수도 분부 내어 벗 보기를 금하시니,
> 얼어도 죽게 되고 굶어도 죽게 되어,
> 이제는 하릴없이 죽을 줄로 아옵더니,
> 종아리를 맞사와도 만만이 원통한데,
> 연연약질이 전목(全木) 칼을 목에 메고,
> 뇌정 같은 엄위하에 정신이 아득하여.

기생은 스스로 벌어먹어야 하는 가련한 처지이다. 관가의 분부를 거행하느라고 겨를이 없으며 옷차림을 하는 것도 힘겨워 신세를 한탄하고 있는데, 사또가 명령을 내려 관가 밖의 남자와 만나는 "벗 보기"를 금하니, 얼어죽고 굶어죽게 되었다고 했다. 명령을 거역하다가 옥에 갇혀 죽을 지경에 이르렀다고 했다. 어색할 정도의 극존칭을 사또에게 바치고 있어 빈정대는 어투임을 알 수 있게 한다.

가사를 혁신한 성과가 더 큰 사람은 구강(具康, 1757~1832)이다. 생애를 보면 평범하다. 일찍 문과에 급제하고 여러 곳의 지방관장 및 암행어사를 역임하고 공조참의·대사간에까지 승진했으며, 특별한 시련이 있었던 것은 아니다. 그런데 남긴 가사 14편이 참신한 발상과 다채로운 표현을 갖추고 있어, 작가의 삶에는 표면과 이면이 따로 있다는 것을 실감하게 한다.

18세 때의 첫 작품 〈황계별곡〉에서 시작해 75세에 〈기수가〉를 지을 때까지 평생토록 가사 창작에 힘썼다. 작품 창작 시기가 모두 밝혀져

있어 삶의 중요한 고비마다 경험하고 생각한 바를 가사로 나타냈음을
알 수 있게 한다. 자기 심경을 술회하는 데 머무르지 않고 당대 사회의
갈등을 심각하게 인식하는 데까지 나아갔고 주제에 따라 서로 다른 표
현을 썼다. 36세 때에 지은 〈제석탄〉을 보면, 시간을 "자네"라고 지칭해
의인화하고서 세상일이 뜻대로 되지 않는데 시간만 흐른다는 한탄을
아주 묘미 있게 나타냈다.

57세 때의 〈북새곡〉은 함경도 암행어사가 되어 겪은 바를 다룬 장편
가사이다. 자기 행색을 나타내지 못하고 일반 백성의 차림을 한 채 누
구나 겪는 고생을 하면서 추위를 견디고 험준한 산을 넘어야 했다. 낯
선 고장의 기이한 풍속에 관심을 가지는 데 그치지 않고 백성들이 실제
로 어떻게 살아가고 무슨 이유로 어려움을 겪는지 살피면서 문제를 해
결해야 하는 책임을 통감해야 했다.

> 헌 누더기 입은 유가 남진인지 계집인지,
> 어린 자식 등에 업고 자란 자식 손에 끌고,
> 울면서 눈물 씻고 엎더지며 오는 모양
> 차마 보지 못할러라.
> 나직이 묻는 말씀,
> "어디서조차 오며 어디로 가려는고?
> 주려들 가는 인가 가게 되면 얻어먹나?"

가는 도중에 초라한 행색의 유랑민을 만난 사연을 한두 마디 말로 설
명하지 않고, 그 모습을 자세하게 살피면서 깊은 관심을 나타냈다. 어
디서 와서 어디로 가는지 묻고, 어디 가도 마찬가지이니 자기를 따라
나서면 원님에게 말해 살 도리를 차려주겠다고 했다고 그 다음 대목에
서 말했다. 조정 관원의 처지에서는 우선 그렇게 타이를 수밖에 없었
다. 그러나 그 말에 대한 유랑민의 대답이 다음과 같아 사태가 참으로
심각했다.

여러 해 흉년 들어 살 길이 없는 중에
도망한 이 신구환을 있는 자에게 물리나니,
제 것도 못 바치며 남의 곡식 어찌 할꼬?
못 바치면 매 맞으니 매 맞고 더욱 살까?
정처 없이 가게 되면 죽을 줄을 알건마는
아니 가고 어찌 하리.
굶고 맞고 죽을 지경,
차라리 구렁에나 남녀 없이 묻혔으면,
도리어 편할지라.
이런 고로 가노매라.

이렇게 하소연하는 말을 자세하게 듣고 그대로 전한 것은 높이 평가할 일이다. 암행어사가 해야 할 일을 한 가지는 했다고 할 수 있다. 그러나 문제 해결은 가능하지 않았다. 백성을 살리겠다고 다짐하면서 추위를 무릅쓰고 험준한 고개를 넘어가는 수고는 엄청났어도 얻은 성과는 별반 자랑할 것이 없었다.

작품 말미에서는 어사 노릇을 못하겠다고 한탄했다. 고생도 견디기 어렵지만 출도를 해서 어느 관원을 처벌하면 자기 자손에게 화가 미칠 수 있다고 염려하면서 주저앉고 말았다. 평생토록 가사 창작에 힘쓴 시인이 어사 노릇을 제대로 못한 것은 그리 애석한 일이 아니다. 어려운 현실을 소상하게 그린 풍속도를 남긴 공적을 평가해야 마땅하다.

64세 때 회양(淮陽) 부사로 부임해 관내의 금강산을 돌아본 풍류를 자랑하고 경치를 칭송한 가사 〈금강곡〉·〈총석사〉·〈교주별곡〉을 거듭 지었다. 그 가운데 〈교주별곡〉에서는 그 고장 백성들이 어렵게 살아가는 모습을 그리고, 자기 책임이 막중하다고 했다. 금강산 때문에 다른 데는 없는 폐단이 생겨, 지체 높은 유람객을 모시느라고 교군들은 어깨를 쉴 사이가 없고 걸핏하면 매질을 당한다고 했다.

같은 해에 지은 다른 작품 〈진희곡〉을 보면, 지난날을 회고하고 여생

을 생각하는 쓸쓸한 심정을 아내와 함께 나누며 말을 주고받았다. 남존
여비·부부유별을 표방한 조선시대 사대부의 문학에서 찾아보기 어려
운 이면의 진실을 허식 없이 전해 충격을 준다. 다음과 같은 대화에 부
부의 사랑이 특히 잘 나타나 있다.

> "어질다 우리 부인, 세상이 헛것이고,
> 눈 감고 돌아가면 그만인 줄 알건마는
> 내 소속 살리려고 노심초사하는구나." ……
> "내 시집 청한하고 내 남편 소활하니
> 내 아니 신고하면 뉘라서 염려하리. ……
> 가내가 무사하고 일생 화락하옵다가
> 알는지 모를는지 사즉동혈 하오리다.
> 혼백은 있고 없고 백골이 진토 되나,
> 백세 일실이 그 아니 무궁하냐."
> "감격타, 부인 말씀 개관 후는 의논 마오.
> 우리 인제 얼마 사오."

살림은 넉넉지 못하고 자기는 무심하게 지내 아내가 고생한 것을 위
로하면서 이제 죽음을 앞두고 노년의 적막함을 함께 겪는 동반자에 대
한 깊은 사랑과 신뢰를 말을 주고받으면서 나타냈다. 몇 가지 말은 풀
이가 필요하다. 죽어서도 같은 곳에 묻히자고 "사즉동혈"(死則同穴)이
라는 말을 했다. 백년 인생에 한 집을 이루어 같이 사는 "백세일실"(百
世一室)의 정은 무궁하다고 했다. 관 뚜껑을 덮은 뒤인 "개관 후"(蓋棺
後)에 대해서는 언급하지 말자고 했다. 그런 한자어마저 따뜻한 마음씨
를 나타내는 데 쓰고 국문으로 표기했다.

마지막 작품 〈기수가〉는 자기를 찾아온 농사꾼과의 대화로 전개했
다. 과거에 급제해 벼슬살이를 한 생애를 농사지으며 산 것과 견주어보
면 높고 낮은 구분이 있을 수 없다고 했다. 농사일을 아주 생동하게 그

려 실감을 돋우며 전원 동경의 관념과는 상당한 거리를 두었다.

　박노준, 《조선후기시가의 현실인식》(고려대학교 민족문화연구소, 1998)에서 전반적인 동향을 살폈다. 〈남초가〉는 정익섭, 〈청광자(淸狂子) 박사형의 '남초가'고〉, 《장암지헌영선생화갑기념논총》(호서문화사, 1971)에서 ; 홍계영의 가사는 정주동, 〈관수재(觀水齋) 홍계영과 그의 가사〉, 《국어국문학》 17(국어국문학회, 1957)에서 ; 민우룡의 가사는 홍재휴, 〈'금루사'고〉, 《국문학연구》 5(효성여자대학, 1976)에서 소개했다. 소재영, 《조선조문학의 탐구》(아세아문화사, 1997)에서 이운영의 가사를 ; 박요순, 《한국고전문학신자료연구》(한남대학교출판부, 1992) ; 천혜영, 〈구강의 가사문학 연구〉(서울대학교 석사논문, 2001)에서 구강의 가사를 고찰했다.

9.9.3. 유배와 여행의 체험

　은일가사와 유배가사는 대조를 이루었다. 둘 다 시골에서의 생활을 노래했지만 은일가사는 생활기반이 갖추어진 고향에서 마음의 안정을 찾는 데 소용되고, 유배가사는 낯설기만 한 곳에 강제로 추방된 고통을 하소연하기 위해서 지어야만 했다. 사대부는 벼슬하면서 부귀를 누릴 때에는 버려두었던 가사를 은일을 택하거나 유배를 당하면 찾았다.

　유배가사는 유배가 부당하다고 항의하고 복귀를 염원하는 심정을 토로하는 것을 기본 내용으로 삼아 작자의 일방적인 주장에 치우치는 경향이 있으면서도 사실을 그리는 데 힘써야 했다. 갑작스럽게 뒤바뀐 상황을 설명하고, 죄인의 초라한 행색을 하고 낯선 고장을 여행한 경험을 실감나게 전하는 것을 긴요한 과제로 삼았다. 사대부가사의 고정된 격식에서 벗어나 새로운 수법을 개척하는 작업을 은일가사에서보다 더욱 적극적으로 했다.

　유배가사는 조선전기에 이미 나타났지만, 숙종조 이후 당쟁이 격화되어 유배가 잦아지면서 작품이 많아졌다. 그 시발점을 이룬 송주석(宋疇錫, 1650~1692)의 〈북관곡〉(北關曲)은 할아버지 송시열(宋時烈)이 1675년(숙종 1)에 함경도 덕원으로 귀양 갈 때 동행하면서 당사자 대신 지은 가사이다. 유배가 부당하다고 역설하고 가는 도중에 겪은 고난을 서술했다. 주장하는 바에는 작자 나름대로의 관념이 짙게 깔려 있으나, 실제로 벌어진 사태를 핍진하게 그려 설득력을 가지고자 한 다른 일면이 있다.

김춘택(金春澤, 1670~1717)의 〈별사미인곡〉(別思美人曲)과 이진유(李眞儒, 1669~1730)의 〈속사미인곡〉(續思美人曲)도 다룬 내용이 유배가사이다. 이별당한 여인이 님을 그리워하는 노래를 정철의 전례를 따라 지어 유배당한 것이 원통하다고 한 점은 서로 같지만, 표현 방식에는 상당한 차이가 있다. 〈별사미인곡〉에서는 은유의 장막을 둘러쳐놓고, 유배의 구체적인 상황을 말하려고 하지 않았으며 체념하면서 지내자고 하는데 머물렀다. 〈속사미인곡〉은 현실로 바로 다가가, 귀양 가게 된 경위와 도중에서 겪은 고난을 직접 서술했다. 외딴 섬 추자도에서 3년 동안 거센 풍랑을 견디면서 겪어야 했던 고난을 실감나게 토로했다.

> 십장형리(十丈荊籬)를 사면에 둘러 치고,
> 북편에 구멍을 두어 물길을 겨우 내니,
> 구만리 장천(長天)을 정중(井中)에서 바라보듯,
> 주야에 들리나니 해도(海濤)와 맹풍(猛風)이요,
> 조모(朝暮)에 섞도나니 장무(瘴霧)와 만우(蠻雨)로다.

열 길이나 되는 가시 울타리가 사면에 둘러쳐 있고 북편에다 구멍을 뚫어 물 긷는 길을 겨우 내니, 구만 리 장천 먼 하늘을 우물 속에서 바라보는 듯하다고 했다. 주야에 들리는 것은 파도와 바람 소리뿐인 외로운 곳에 홀로 가 있었다. 아침저녁으로 그 고장 특유의 험한 안개와 비가 뒤섞여 돌아 견디기 더욱 힘들다고 했다.

자기가 겪고 있는 형편을 그대로 말했으면서 비유적인 뜻도 있다. 북편은 님이 있는 곳이고, 구만리장천은 님의 사랑이다. 멀리 밀려나 바다의 파도와 사나운 바람에 둘러싸여 고난을 겪어도 임금의 은혜를 잊지 않고 있다는 말을 그렇게 했다.

송주석과 김춘택은 노론이고, 이진유는 소론이다. 권력다툼에서 열세에 밀린 소론에게 한층 가혹한 수난이 닥쳤다. 벼슬에 뜻을 두지 않고 숨어살아도 편안할 수 없었다. 이광명(李匡明, 1701~1778)은 강화도에 들어가 정제두(鄭齊斗)의 양명학을 잇는 것을 보람으로 삼았는데도 백부 이진유가 유배를 당한 사건에 말려들어 함경도 갑산으로 가야 하는 신세가 되었다. 그때 지은 가사는 제목이 없는데 〈북찬가〉(北竄歌)라고 일컫는 것이 관례이다.

유배가사의 새로운 모습을 보여준 작품이다. 잘못이 없다고 해명을 하거나 복귀를 염원하는 말을 늘어놓는 것마저 거부하고, 두고 온 어머니를 생각하며 자기의 고통을 되씹었다. "앉은 곳에서 해 지우고, 누운 자리 밤을 새워, 잠든 밖에 한숨이고, 한숨 끝에 눈물일세"라고 하는 데서 볼 수 있듯이 관념이 제거된 쉬운 말을 적절하게 구사했다.

김이익(金履翼, 1743~1830)은 노론 명문 출신이라 강원도관찰사·대사간 등의 지위에 올랐다가, 귀양살이를 하는 신세가 되어 〈금강중용도가〉(金剛中庸圖歌)를 지었다. 정조의 총애를 받다가 순조가 즉위하자 귀양살이를 하게 되어 원통하다는 말은 사정을 이해할 수 있을 만큼만 늘어놓고, 〈중용〉을 공부하며 그 이치를 그림으로 그려 익힌다고 했다. 임금을 속였다는 모함이 부당한 줄 도학에 전념하는 자세를 보면 알 수 있다고 했다. 구결이 달린 한문과 국문 두 가지로 작품을 표기한 점이 특이하다.

유배라는 형벌은 누구나 당할 수 있어 유배가사의 작자층이 문반 사대부로 한정되지는 않았다. 정조 때 무반 하위직에 있던 이방익(李邦翊)이 외딴 섬 귀자도로 귀양 가서 지은 〈홍리가〉(鴻罹歌)도 유배가사의 좋은 예이다. 귀양의 경과를 서술하면서 원망하는 말을 늘어놓는 데 그친 작품은 아니다. 외딴 섬의 생활상과 풍속을 말한 내용이 값지다. 어머니를 그리워한 사연이 섬사람들에게 감명을 주어 많이 읽혔다고 한다.

같은 시기에 대전별감 노릇을 하던 내시 안조환(安肇煥, 일명 안조원, 1765~?)이 추자도에 유배되어 지은 〈만언사〉(萬言詞)는 고난에 찬 기록을 길게 늘인 장편이고 유배가사의 격식을 더욱 과감하게 넘어섰다. 관념적인 언설이 없는 것은 아니고, 이웃 사람이 위로하는 형식으로 된 〈만언사답〉(萬言詞答)에서는 그런 성향을 한층 뚜렷하게 해서 품위를 지키려고 애썼지만, 귀양살이를 하면서 겪는 모멸을 숨기지 않고 표출했다. 각설이타령 비슷한 말을 하면서 자학과 해학을 섞기도 했다.

> 가난한 집 제쳐내고 넉넉한 집 몇 집인고?
> 사립문을 들자 할까, 마당에를 섰자 하랴.
> 철없는 어린 아이 소 같은 젊은 계집
> 손가락질 가르치며 귀향다리 온다 하니……
> 어화 고이하다, 다리 지칭 고이하다.
> 구름다리 징검다리 돌다리 토(土)다리라.
> 아마도 이 다리는 실족하여 병든 다리.
> 두 손길 느려 치면 다리에 가까우니,
> 손과 다리 멀다 한들 그 사이 얼마치리.
> 한 층을 조금 높여 손이라고나 하여주렴.
> 부끄럼이 먼저 나니 동냥 말이 나오더냐.

동냥을 나갔다가 아녀자들이 손가락질을 하며 자기를 귀양다리라고 놀려대는 것을 보고 다리타령을 이렇게 늘어놓았다. 다리라는 말에 여러 가지 뜻이 있는 것을 이용해 능란한 입심을 부렸다. 다리와 손은 멀지 않으니 "손이라고나 하여주렴"이라고 한 말은 손이 손님을 뜻하기도 하는데 착안해 귀양다리를 귀양손님이라고 높여주었으면 좋겠다고 한 것이다. 이 작품은 당대에 서울로 전해져서 궁녀들 사이에서 널리 읽혔다고 하며, 필사본이 여럿 있는 것으로 보아 대단한 평가를 받았음을 알 수 있다. 〈청년회심곡〉(靑年悔心曲)이라는 소설에 삽입되기도 했다.

김진형(金鎭衡, 1801~1865)은 영남의 남인인데 과거에 급제해, 홍문관 교리가 되었다가 함경도 명천으로 귀양 갔다. 그때 겪은 일을 길게 적은 〈북천가〉(北遷歌)는 유배가사의 전형을 많이 파괴했으며, 〈만언사〉와도 많이 다르다. 귀양 가게 된 사유에 대해서 해명을 하지 않고 근신하거나 뉘우치는 말은 체면치레로 몇 마디 했을 따름이고, 좋은 구경을 하다가 이름난 기생을 만나 마음껏 즐기며 놀았던 행적을 방탕하다고 할 정도로 늘어놓았다. 자기 고장 안동 일대의 규방가사로 수용되어 애정소설을 대신하는 구실을 맡았다.

농업사회가 지속되는 동안에는 여행을 하는 기회가 흔하지 않았다. 모처럼 여행을 해서 견문을 넓히면 대단한 일이라고 여겨 시문을 남기는 것이 관례였다. 기행문학이 가사로 나타났던 자취는 조선전기에서도 찾을 수 있었으나, 조선후기에 이르러서는 사회의 동요와 함께 여행의 기회가 확대되어 견문가사 또는 기행가사라고 할 것들이 많아지고 내용이 다양해졌다.

특히 호남지방에서는 향촌 사대부들이 자기 고장 근처의 명승지를 찾아보고 가사를 짓는 것이 유행이어서 많은 작품이 이루어졌다. 노명선(盧明善, 1647~1715)의 〈천풍가〉(天風歌), 위세직(魏世稷, 1655~1721)의 〈금당별곡〉(金塘別曲), 황전(黃㙷, 1704~1771)의 〈피역가〉(避疫歌)를 그 본보기로 들 수 있다. 그런 여행은 은거의 연장이라 할 수 있고 작품의 내용과 표현 또한 은일가사와 그리 다르지 않다. 작자가 이미 지니고 있던 정신세계를 바꾸어놓을 만한 내용을 지니지 않았다.

기행가사 가운데 가장 큰 비중을 차지한 것은 이름난 산수를 찾아 지은 작품이고 그 가운데서도 금강산 기행이다. 금강산 유람은 많은 사람의 꿈이었다. 금강산의 아름다움에 감탄하면서 국토를 예찬하고 세속에서 혼탁해진 정신을 맑게 했다고 자랑하는 유명·무명작가의 가사가 계속 이루어졌다.

박순우(朴淳愚, 1686~1759)는 과거에 실패하고 그 길로 금강산 구경에 나서서 〈금강별곡〉(金剛別曲)을 지었다. 박희현(朴熺鉉, 1814~1880)이라는 시골 선비의 〈금강산유록〉(金剛山遊錄)은 사원 연기설화를 많이 수록하고 지방 풍속과 생활상에 관해 견문한 바를 충실하게 전한 특징이 있다. 이상수(李象秀, 1820~1882)의 작품으로 판명된 〈금강별곡〉(金剛別曲)은 서술이 자세해 작품이 길어졌다.

작자 미상인 금강산 기행가사는 훨씬 더 많아, 〈금강산가〉(金剛山歌), 〈금강산완경록〉(金剛山玩景錄), 〈금강산유산록〉(金剛山遊山錄) 등이 흔히 보인다. 〈동유가〉(東游歌)라고 한 것도 그 가운데 하나인데, 유람을 한 행로, 일정, 경치 등에 관해서 자세하게 보고하고, 도중에 만난 하층민이 살아가는 모습에 대해서 적극적인 관심을 보였다. 정철의 〈관동별곡〉을 인용하고 있으면서 관점이 달라진 것을 분명하게 보여주었다.

누구든지 금강산에 가보기를 원하는 시대가 되어, 가사를 안내서로 삼고자 했다. 직접 찾아가겠다는 뜻을 이루지 못하면 가사라도 보고 즐기고자 했다. 정선(鄭敾)을 위시한 여러 화가의 금강산 그림이 대단한 인기를 얻었듯이, 금강산 가사도 찾는 이가 많았다. 그림은 구하기 어려웠으나, 가사는 베껴 쓰면 되어 쉽사리 보급되었다.

기행가사에는 특별한 명승지가 아닌 곳을 여행하고 지은 것들도 있었다. 어느 곳을 여행하고 지은 것이든 멀리 떠나가고자 하는 욕구를 독자 대신 나타내고 상상을 넓힐 수 있어 인기가 있었다. 그런 작업을 하는 데 특별한 관심을 가진 사람이 권섭(權燮, 1671~1759)이었다. 명문 출신이면서도 정치에 환멸을 느껴 세상을 돌아보면서 문학을 하는 데만 힘을 쓴 별난 사람이 시조로 세태를 묘사하고, 가사 창작에서도 새로운 경지를 열었다.

권섭은 여행에 대한 자기 소견을 별난 방법으로 나타냈다. 꿈에 가본 곳의 경치를 〈몽기〉(夢記)라고 이름 지은 한문 산문으로 쓰고, 한 장면을 그림으로 그린 〈몽화〉(夢畵)를 곁들였다. 여행한 체험에다 상상을 보태서 생각해본 모습을 글만으로는 부족해 그림으로 나타내 시각적인 표현을 최대한 확대하고자 했다.

기행가사 작품에는 〈영삼별곡〉(寧三別曲)이 있다. 산사의 승려가 봄 구경을 하고 가라고 하는 초청을 받고 길을 떠나 강원도 영월과 삼척 일대를 돌아보고서 지은 가사이니 특별한 사연이 있는 것은 아니다. 그런데 보고 겪은 바를 핍진하게 그려 실경산수와 상통하는 경지에 이르고, 풍속도를 이따금 곁들였다. 산촌마을에서 하룻밤 머물었을 때 있었던 일을 다음과 같이 전했다.

> 운리촌(雲離村) 뫼 밑 마을 이름도 좋을시고.
> 산가(山家)에 손이 없어 개와 닭뿐이로다.
> 귀리 데친 밥에 풋나물 삶아 내니,
> 포단 펴 앉혀놓고 싫도록 권한다. ……
> 밤중만 사립 밖에 긴 바람 일어나며,
> 새끼 곰, 큰 호랑이 목 갈아 우는 소리
> 산골에 울리어서 기염도 좋을시고.

많은 것을 보여주는 그림이라고 할 수 있다. 조용한 산촌의 풍경, 손님을 정성껏 대접하는 주인의 태도, 귀리와 풋나물로 이루어진 소박한 저녁밥, 밤중에 들리는 바람 소리, 짐승의 울음이 차례대로 펼쳐진다. 그 모든 것을 아무 선입견 없이 받아들이고 아무 설명도 하지 않았다.

국경 가까운 북쪽지방은 우람찬 산세가 국토방위를 위한 긴장과 어우러져 장엄한 분위기가 감도는 곳이다. 그곳에 부임했던 무장들이 한시나 시조를 남기는 관례를 이어 창작된 가사도 있다. 표현이 뛰어난 것은 아니지만 다룬 내용이 특이해서 관심을 가지게 한다.

강응환(姜膺煥, 1735~1795)은 고령진 첨사로 있을 때 백성들이 〈선정가〉(善政歌)를 지을 정도로 자기 임무에 진력했던 사람인데, 국경을 지키는 임무를 맡은 것이 무엇보다도 자랑스럽다고 〈무호가〉(武豪歌)

에서는 말했다. 왕족인 이용(李溶, 생몰연대 미상)은 〈북정가〉(北征歌)를 지어, 함경도 여러 고장에서 수령 노릇을 한 경력을 열거하면서 태조의 영웅적인 자취를 찾고자 했다. 그런데 두 작품 다 변경 백성들의 생활을 살피지는 않았다.

바다 건너 멀리 있는 섬 제주도를 여행하는 흔하지 않은 경험을 하면 견문한 바를 한시뿐만 아니라 가사로도 전할 만했다. 정언유(鄭彦儒, 1687~1764)의 〈탐라별곡〉(耽羅別曲)이 바로 그런 작품이다. 1749년(영조 25)부터 이태 동안 제주목사 노릇을 하면서 살핀 백성들의 궁핍한 생활을 다루면서, 해결책을 마련해주지 못하고 고락을 함께 할 처지가 아니라고 하면서 경치 구경을 곁들였다.

바다에서 표류해 외국에까지 밀려가 가까스로 살아나고 갖은 고난 끝에 고국으로 돌아온 경험은 예사롭지 않아 널리 알릴 필요가 있었다. 그런 내용으로 된 한문본 〈표해록〉(漂海錄)뿐만 아니라 국문가사 〈표해가〉(漂海歌)도 있는데, 제주 사람이 국문문학 작품을 창작한 유일한 증거라는 점에서도 소중한 의의가 있는 작품이다. 작품의 서두에서 무과에 급제한 제주 사람 이방익(李邦翼, 1757~?)이 작자라고 했다. 〈홍리가〉를 지은 이방익과는 다른 사람이다.

제주에서 배를 타고 본토로 향하다가 풍랑을 만나 보름쯤 표류한 끝에 중국에 이르러서 여러 곳을 거친 다음 만주를 지나 귀국을 한 내력을 다루었다. 표류를 하면서 돛대 안고 우러르며 낙수를 머금어 목숨을 겨우 보전하다가, 중국에 이르러서 장강 상하에 무수한 상선이 있어 놀랐다. 마지막 대목을 들어보자.

어와, 이내 몸이 하향(遐鄕)의 일천부(一賤夫)로
해도중(海島中)에서 죽을 목숨 천행으로 다시 살아,
천하대관 고금유적 역력히 다 보고서,
고국에 생환하여 부모처자 상대하고,
또 이날 천은(天恩) 입어 비분지직(非分之職)하였으니,

운수도 기이할사, 전화위복 되었구나.

이 벼슬 과만(瓜滿)하고 고토로 돌아가서,

부모께 효양하고 지낸 사실 글 만들어,

장쾌한 표해 광경 후진에게 이르고자.

천하에 위험한 일 지내놓으니 쾌하도다.

자기는 먼 시골의 천한 사람이라고 자처했다. 제주도민의 처지를 겸양해서 한 말이다. 살아 돌아와서 임금을 만나고, 분에 넘치는 벼슬을 얻었다고 좋아했다. 어떤 벼슬인지는 밝혀지지 않았다. 벼슬의 임기를 마치고 고향으로 돌아가 부모를 봉양하면서 그동안 있었던 일을 글로 써서 후진에게 이르겠다고 다짐했다.

제주도 사람이 표준어를 정확하게 구사하고 표현이 뛰어나다. 가사의 요건을 잘 갖추고 겪은 바를 술회하는 내용을 풍부하게 갖추었다. 벼슬을 하면서 본토에 머무르는 동안에 그런 능력을 키웠을 수 있다. 그런데 벼슬하는 영광을 연장시켜 본토에 머무르려고 하지 않고, 제주도로 돌아가는 것이 당연하다고 했다.

그 시대에 공식적으로 허용된 외국여행은 사신이 되거나 그 일행에 끼어 국경을 넘고 바다를 건너 중국이나 일본에 가는 것뿐이었다. 그래서 얻은 견문을 전하는 연행록(燕行錄) 또는 해사록(海槎錄)이라는 장편 기행문이 아주 많다. 사행가사(使行歌辭)라고 하는 가사 작품은 얼마 되지 않으나, 표현이 생생하고 흥미로우며 독자층이 넓은 특징이 있다.

가장 먼저 이루어진 사행가사는 1694년(숙종 20)에 그 전 해 중국을 다녀온 내력을 적은 〈연행별곡〉(燕行別曲)이다. 정사의 소임을 맡았던 유명천(柳命天, 1633~1705)이 작자로 추정된다. 내용이 너무 간략하고, 묘사가 자세하지 않다. 청나라 수도 연경(燕京)의 모습을 보고, "장함도 장할시고, 그 그릇이 정 크도다" 하고 감탄했다.

한 해가 지나 박권(朴權, 1685~1717)이 서장관으로 청나라를 다녀와 1695년(숙종 21)에 지은 〈서정별곡〉(西征別曲)은 행로에서 얻은 견문을 좀더 자세하게 다루고 연경에 이르러서는 "인공이 극진하니 민력이 견딜쏘냐", "궁사극치하고 장구한 이 뉘 있던고?"라고 해서, 민력을 희생시켜가면서 지나친 사치의 극치를 보여준다고 나무라는 말을 했다.

김지수(金芝叟)가 1828년(순조 28)에 지은 〈무자서행록〉(戊子西行錄)에서는 시대변화를 인식해야 했다. 만주족 오랑캐의 통치를 받는 중국이 계속 번영하고 있는 것을 나무랄 수 없어 조선의 형편을 되돌아보아야만 했다. 우연히 만난 러시아인에 대해서 호기심을 가지고, 서양 전래의 문물인 자명종 같은 것을 세밀하게 관찰했다.

일본에 다녀와 쓴 가사는 김인겸(金仁謙, 1707~1772)의 〈일동장유가〉(日東壯遊歌) 한 편뿐이지만, 내용이 자세하고 표현이 적절해 사행가사 가운데 으뜸이라고 할 만하다. 김인겸은 글재주는 높이 평가되었으면서 벼슬길에 나아가지 못하고 있다가 1763년(영조 39)에 일본으로 가는 통신사 일행에 참가했다. 일본 문사들을 상대로 한시를 지어주는 소임을 맡아 뛰어난 역량을 발휘했다.

여행기는 가사로 썼다. 도중에서 일어난 일을 자세하게 전하고 공식적인 외교 이면에서 벌어지는 갈등을 세심하게 다루어 장편을 이루었다. 민대가리 벌건 다리로 칼이나 차고 나서는 풍속이라 염치가 전혀 없다고 한 것은 이미 알고 있던 바와 같은데, 도시가 번성하고 집이 화려한 것은 상상 이상이라 충격을 받았다.

> 발도 걷고 문도 열고 난간도 의지하여
> 마루에 앉았나니 집안이 가득하고……
> 어린아이 혹 울면 손으로 입을 막아
> 못 울게 하는 거동 법령도 엄하도다.

구경하는 사람들을 이렇게까지 자세하게 살폈다. 관념에서 실상으로, 설명에서 묘사로 관심과 수법을 바꾸지 않을 수 없어 지금까지 어디서도 볼 수 없던 세밀화를 그렸다. 다음에 드는 대목은 음식에 관심을 보인 것이다. 처음 보는 음식을 눈으로 보고 입에 넣어, 살피고 안 바를 정밀하게 기술했다.

> 음식을 들이는데 무비기괴 궤휼하다.
> 전복 문어 온갖 것을 한데 무쳐 아로새겨
> 과줄 괴듯 둥그렇게 자나 괴어내니,
> 오색으로 어리고 모양이 한과 같다.
> 떠서 먹어보려 하니 떨어지지 아니 하네.
> 물가의 도요새를 죽은 것을 가져다가
> 두 날개에 금을 올려 벌어 집어 놓았으니
> 잡힌 지 오랜 지라 구린내 참혹하다.

시각적인 효과를 돋우려고 온갖 장식을 하고 금빛 찬란하게 꾸민 음식이 구린내가 나서 도무지 먹을 수 없었다고 했다. 비할 데 없이 기괴하고 궤휼하다고 하고 말을 끝내지 않고, 그렇게 판단한 근거를 자세하게 댔다. 미세한 구석까지 치밀하게 관찰하고 최대한 자세하게 묘사했다.

최강현, 《한국기행문학연구》(일지사, 1982) ; 유해춘, 《장편서사가사의 연구》(국학자료원, 1995) ; 정한기, 〈기행가사의 진술방식 연구〉(서울대학교 박사논문, 2000) ; 정기철, 《한국 기행가사의 새로운 조명》(역락, 2001)에서 총론을 전개했다. 개별적 연구의 중요업적이 박요순, 《옥소(玉所) 권섭 시가 연구》(탐구당, 1987) ; 이창주 역주, 《옥소 권섭의 꿈세계 : 내 사는 곳이 마치 그림 같은데》(다운샘, 2003) ; 정재호, 〈이방익의 '표해가'〉, 《한국 가사문학의 이해》(고려대학교출판부, 1998) ; 김기영, 《금강산기행가사연구》(아세아문화사, 1999) ; 임기중, 《연행가사연구》(아세아문화사, 2001) ; 조규익, 〈금강산 기행가사의 존재양상과 의미〉, 《한국시가연구》 12(한국시가학회, 2002) 등에 있다.

9.9.4. 역사와 지리를 다룬 작품

새로운 가사에 역사가사라고 할 것들이 있었다. 한시인 영사시나 영사악부에 상응하는 국문가사를 역사가사라고 이름 지을 수 있다. 역사는 한문 사서를 읽어 알고 영사시나 영사악부에서 의미를 되새기기나 하는 관례를 깨고 국문 작품이 나타난 것이 전에 없던 일이다. 그 가운데 작자를 알 수 있는 것은 소수이고 대부분은 모두 작자 미상이다.

기억될 수 없는 사람이 지은 작품이라도 작자에는 관심을 가지지 않는 독자들 사이에서 유통될 때 작자 미상이 된다. 한문에는 익숙하지 않고 국문이라야 읽을 수 있는 하층민이나 부녀자들까지 역사에 관심을 가져 가사에까지 작자 미상이 확대되었다고 할 수 있다. 가사 향유층이 밑으로 내려간 증거를 역사가사에서 찾을 수 있다.

작가가 명시되어 있는 역사가사는 사대부의 역사의식을 나타냈다. 전라도 영암 사람 박이화(朴履和, 1739~1783)가 자기 고장의 경치와 풍속을 자랑한 〈낭호신사〉(朗湖新詞)와 함께 남긴 〈만고가〉(萬古歌)가 그런 작품이다. 중국 역사에 등장한 명말까지의 인물 60인에 관한 고사를 가사로 옮겨 지식을 과시하면서 오랑캐에게 굴하지 않고 충절을 지킨 행실을 칭송했다. 명나라가 망한 것을 통분하게 여겨 말하고자 하는 바를 분명하게 했다. 시골로 물러나 은거하면서 존명대의(尊明大義)를 밝히는 것이 선비의 도리라고 여겨 그런 작품을 지었다.

영남 선비 조우각(趙友慤, 1765~1839)의 〈대명복수가〉(大明復讐歌)와 〈천군복위가〉(天君復位歌)는 창작의 의도나 표명한 역사의식이 상통해 함께 다룰 만하다. 병자호란 때 있었던 사실을 재론하면서 청나라와의 화의를 주장한 사람들을 극구 비난했다. 명나라가 망하자 질서의 근본이 흔들리는 커다란 불행이 시작되었다고 하고, 명나라를 위해 복수를 하고 질서의 상징인 천군을 다시 세워야 한다고 역설했다.

〈역대가〉라고 한 것에서는 중국사를 개관했다. 명나라까지만 취급한 것은 위에서 든 〈만고가〉와 같지만, 관점은 많이 다르다. 명나라가 망한 것을 통분하게 여긴다고 하지 않고 역사의 전개를 개관했다. 청나라를 뺀 이유는 반감을 나타내려고 한 데 있지 않고, 당대사는 다루기 어렵기 때문이었다. 국문만 아는 독자에게 중국사에 대한 기본지식을 제공하는 입문서이다.

한국사를 시초에서 조선왕조 숙종 때까지 다룬 〈동국역대가〉는 역사 이해를 도우면서 작자의 주장을 폈다. 홍만종(洪萬宗, 1643~1725)의 작품으로 보는 견해가 있으나 확실하지 않다. "계사"(癸巳)년에 필사했다는 한 이본의 부록에 "주상전하"라고 한 순조까지의 조선왕조 국왕의 계보가 적혀 있는 것을 보아 1833년(순조 33) 이전에 이루어졌다.

임진왜란 때 입은 명나라의 은혜를 잊지 말아야 한다고 하고, 숙종 때의 정치 상황을 많은 비중을 두고 다루면서 노론을 지지하는 견해를 폈다. 송시열(宋時烈)의 의리 사상을 극찬했다. 그런 주장을 국문 독자에게까지 펴려고 쓴 작품이라고 생각된다.

〈해동만고가〉는 1천 행이 넘는 분량으로 조선왕조 건국에까지 이른 한국사를 서술했다. 국토가 수려해 중국 못지않고, 삼신산(三神山)이 있는 자랑스러운 역사가 당당하게 전개되었다고 했다. 국문을 읽어 지식을 얻고자 하는 독자가 우리 역사를 소상하게 알고 긍지를 갖도록 하려고 한 국사개설서라고 할 수 있다. 단군의 개국에 관해 노래한 대목을 보자.

> 신인을 천강하니 단목하에 나단말가.
> 평양궁 무진세에 여요로 병립하니,
> 평양에 도읍할새 지명도 같을시고,
> 조일이 선명하니 국호도 빛나거다.
> 백악에 이도하니 한수런가 서해런가?
> 일천 사십팔은 성수런가 역년인가?
> 아사달 깊은 뫼에 백운이 멀었으니
> 문헌이 무미하니 누구더러 물을손가?

신인(神人)이 하늘에서 내려와 단목(檀木) 아래에서 태어나고, 무진(戊辰)년에 평양에 도읍해 중국의 요(堯) 임금과 나란히 섰다고 했다. 요 임금이 도읍한 곳도 평양이라고 하는 특별한 견해를 폈다. 아침 해가 선명해 조선이라는 국호가 생겼다고 했다. 문헌이 제대로 전하지 않아 자세한 역사를 알 수 없다고 하고, 도읍을 옮겼다는 곳이 어디인가, 1048년이 단군의 수명인가 역사가 전개된 기간인가 하는 의문을 남겼다. 기록에 남아 있는 말을 적절하게 풀이해 무엇을 말하는지 알 수 있게 했다.

그 뒤의 역사를 서술한 내용을 보면, 유교의 역사관도 함께 지녔다. 역사의 출발이 훌륭했다고 하는 데 그치지 않고, 신라가 고려로, 고려가 다시 조선왕조로 바뀌면서 유교 이상의 실현에서 진전된 성과가 있어 더욱 바람직한 시대에 들어섰다고 했다. 조선왕조 건국 이후의 일을 다루지 않은 점이 〈동국역대가〉와 다르다. 그 이유는 불필요한 시비를 피하고 어느 당파를 지지할 의사가 없었기 때문이라고 할 수 있다.

역사와 함께 지리에 관한 지식도 필요했다. 김정호(金正浩)의 〈대동여지도〉(大東輿地圖)에 이르기까지 여러 형태의 팔도전도를 민간에서 만든 시대 상황이 지리가사를 또한 요구했다. 가사의 변천은 지도와 밀접하게 관련되어 있다. 조선전기에서부터 만든 국가의 지도는 지방행정을 맡은 관원에게 임지의 위치를 알려주면 그만이었지만, 조선후기에는 장사하러 다니는 민간인이 행로를 잡는 데 필요한 방향과 거리에 관한 정보를 되도록 자세하게 제공해야 했다. 유람가사 또는 기행가사와 많이 다른 지리가사가 나타난 것도 그런 사정 때문이었다.

국사 개설과 함께 국토지리 총론도 필요해 〈팔역가〉(八域歌)가 나타났다. 나내석(羅乃石)이라는 사람이 1834년(순조 34)에서 1850년(철종 1) 사이에 지은 것으로 추정된다. 국한혼용문을 사용해 한자어 표기를 정확하게 했다. 전국의 지리를 백두산에서 시작해 함경도, 평안도, 강원도, 경상도, 전라도, 충청도, 경기도 순으로 일주하면서 각 고을에 관해 서술했다. 이중환(李重煥)의 〈택리지〉(擇里志)에서 받아들인 내용이 많다.

지역 특성, 명승, 산물, 인심, 역사, 설화 등에 널리 관심을 가져 종합지리서의 성격을 지녔다.

〈팔역가〉와 비슷한 지리가사에 〈팔도가〉나 〈팔도읍지가〉라고 하는 것들도 있다. 각론에 해당하는 〈호남가〉·〈호서가〉·〈영남가〉도 이루어졌다. 고을 이름을 외고, 특징과 산물에 관해 알도록 하는 것이 기본 내용이다. 말장난이라고 할 수 있는 대목도 적지 않아 장타령과도 상통한다. 풍수에 관해 서술한 것들은 성격이 달라 도교문학을 다룰 때 고찰하기로 한다.

박이화의 가사는 정익섭, 〈구계(龜溪) 박이화의 가사고〉, 《한국언어문학》2(한국언어문학회, 1964)에서 ; 조우각의 가사는 홍재휴, 〈창헌(蒼軒) 조우각의 '대명복수가'·'천군복위가'고〉, 《행정이상헌선생회갑기념논문집》(형설출판사, 1968) ; 김광순, 〈'대명복수가'고〉, 《동양문화》3(경북대학교 동양문화연구소, 1976)에서 ; 작가 미상 역사가사 몇 편은 유해춘, 《장편서사가사의 연구》에서 고찰했다. 〈팔역가〉는 노규호, 《역주 '팔역가'》(민속원, 1996)에 자료가, 노규호, 〈조선후기 교본성 가사 연구〉(홍익대학교 박사논문, 1997)에 연구가 있다.

9.9.5. 교훈가사의 모습

사람이 지켜야 할 행실을 가르치는 교훈가사가 적지 않게 있다. 이황·조식·이이가 지었다고 하는 것들인데 과연 그런지 의심스럽다. 작자에 관한 말은 믿을 것이 못 된다. 출처가 불분명한 작품이 필사본으로 돌아다니기만 하고, 나타낸 사상을 보아도 그 세 사람이 말한 것보다 격이 많이 떨어진다.

교훈가사는 상투적인 설명을 길게 늘어놓고 〈도산십이곡〉이나 〈고산구곡가〉에서 볼 수 있는 함축된 표현이 없는 것을 시조와 가사의 차이를 들어 설명할 수는 없다. 모두 18세기 이후에 이루어진 후대인의 위작이라고 보아 잘못이 없다. 세상이 나날이 글러간다고 개탄하는 사람들이 자기는 숨기고 도학자를 작자로 내세운 작품을 써서 훈계의 효과를 높이고자 했다고 보아 마땅하다.

교훈가사의 독자는 한문은 모르고 국문이나 해득하는 하층민이다. 하층민에게 유교윤리를 가르치기 위해 국문가사가 필요했다. 한문 교훈서를 언해하고, 국왕이 윤음을 반포해 하층민을 교화하려고 하는 오랜 노력이 기대하는 성과를 거두지 못하고, 하층민이 스스로 주체가 되어 전개하는 문학활동이 활발해지는 사태를 감당하는 새로운 대책을 국가가 아닌 사대부 개개인이 찾아 교훈가사를 만들어냈다.

고려말의 승려들이 깨달음의 표현인 선시와는 별도로 일반대중이 이해할 수 있는 가사를 만들어 포교에 쓴 것과 같은 일을 해야 한다고 조선시대 사대부는 뒤늦게 알아차렸다. 시간이 많이 경과했다는 사실을 감추고 교훈하는 말의 권위를 높이기 위해 널리 알려진 위대한 스승을 내세워야 했다. 혜근이나 휴정은 불교가사의 실제 작자로 인정되지만, 이황·조식·이이가 유교가사를 지었다는 것은 허구라고 보아 마땅하다.

유교 윤리를 가르치는 교훈가사는 그냥 외기만 하면 복을 받는다고 할 수는 없고 이치를 따져 이해하도록 해야 교화하고자 하는 목적을 달성할 수 있었는데, 그럴 만한 요건을 갖추었다고 하기 어렵다. 유교에 대한 초보적인 이해를 추상적인 언사로 늘어놓아 설득력이 모자라고, 유식한 문구를 가지고 권위주의적 자세를 나타내 반감을 사기에 알맞았다. 이황·조식·이이는 그럴 사람들이 아니었다.

이황이 지었다는 가사가 특히 많아, 〈퇴계가〉(退溪歌), 〈금보가〉(琴譜歌), 〈상저가〉(相杵歌), 〈도덕가〉(道德歌), 〈효우가〉(孝友歌) 등이 있다. 이본에 따라서 〈퇴계가〉는 〈환산별곡〉(還山別曲), 〈금보가〉는 〈금부가〉(琴賦歌), 〈상저가〉는 〈용저가〉(舂杵歌), 〈도덕가〉는 〈궐리가〉(闕里歌)라고 하기도 한다. 그 밖에도 이름이 다양하다. 이황의 이름을 내세워 가사를 짓고 개작하는 것이 특히 유리하다고 판단해 그런 결과가 나타났다고 생각된다.

〈퇴계가〉는 〈청구영언〉에다 이황의 작품이라 하고 실어놓았지만, 취해서 즐기자고 했으니 그럴 수 없다. 다른 것들도 흔히 들을 수 있는 덕목을 제시하고 실행하라고 설득하는 내용이다. 사용한 문구가 진부하고 비유가 단순하다. 말은 헤프고 내실은 적다. 이황이 지녔던 자기 성찰의 엄격한 자세와는 거리가 멀다.

〈금보가〉는 음악의 이치를 말하면서, 세상을 바르게 할 올바른 소리를 내야 한다는 것으로 도학을 설명하는 비유로 삼았다. 〈상저가〉는 방아노래 형식을 택해서 사회적 위치가 다른 사람들이 각기 실행해야 할 도리를 열거했다. 〈도덕가〉는 공자의 집을 찾아가 구경하자고 하면서 유교의 이치를 설명했다. 〈효우가〉는 효성과 우애를 범속한 말로 권장했다.

〈권선지로가〉(勸善指路歌)도 이황이 지었다고 하는 작품의 하나인데, 홍만종의 〈순오지〉(旬五志)에서는 작자가 조식이라고 하면서, 성리의 근원을 살피고 도학의 길을 지시해 유학의 지침이 된다고 했다. 그것은 지나친 평가라고 할 수 있다. 도학의 문자를 많이 써서 장황한 서술을 한 데 특별히 볼 만한 내용이 없다. "이천(伊川)에 배를 띄워 염계(濂溪)를 건너가서 명도(明道)에 길을 물어"라는 대목 같은 것은 말장난으로 기울어졌다.

이이의 이름을 내세운 가사는 〈낙빈가〉(樂貧歌), 〈낙지가〉(樂志歌), 〈자경별곡〉(自警別曲) 등이다. 〈낙빈가〉는 벼슬에서 물러나 산수에 묻혀 가난하게 지내더라도 원망을 말고 풍월이나 즐기며 늙어가자고 한 것이다. 〈낙지가〉에서는 전원의 사시 풍경을 묘사했다. 둘 다 그런 가사에서 흔히 볼 수 있는 상투적인 표현을 갖추고 있을 따름이다. 〈자경별곡〉은 번호를 붙여 내용을 분단한 장편이고, 각 항목마다 하나씩 덕목을 내세워 열심히 실행하라고 권유했다.

통분(痛憤)하다 통분하다 불학무식(不學無識) 통분하다.
천성(天性)으로 생긴 심성 물욕으로 변탄 말가.

이루(離婁)같이 밝은 눈에 보는 것이 전곡(錢穀)이요,
사광(師曠)같이 총(聰)한 귀에 듣는 것이 주색(酒色)이요.

서두가 이렇게 시작되어 불학무식을 통렬하게 나무라면서 도학으로
심성을 닦으라고 다그쳤다. 말이 지나치고 생각이 극단화되어 반감을 일
으킬 수 있고, 기대하는 효과를 거두었다고 보기 어렵다. 불학무식을 나
무라면서 구태여 중국 옛적의 궁벽한 인명을 들어 눈 밝은 사람과 귀 밝
은 사람의 본보기로 삼아 작자가 유식을 자랑했다. 사람 차별을 전제로
한 교훈을 늘어놓으면서 가르침을 받아야 할 쪽이 위축되게 했다.

심성이 물욕으로 변한다고 개탄하고, 전곡에 눈이 가는 것이 잘못이
라고 한 극단적인 이원론이 이이의 사상이라고 할 수 없다. 본론에 들
어가서는 부자, 군신, 형제, 남녀, 장유, 사제, 붕우, 친족 등에 걸친 인
간관계의 마땅한 도리를 설명하고, 장례, 제사, 혼인, 접빈객, 사람 사
귐 등의 절차를 자세하게 가르치기까지 했다. 그런 세부사항은 유교에
대한 불신이 심각해진 시대에 이르러 새삼스럽게 규범화되었다.

교훈가사는 불특정 다수를 대상으로 한 것만은 아니었다. 자기 자식이
나 후손을 훈계하려고 지어 집안에서 전하도록 한 가사도 있었다. 몰락해
시련을 겪는 처지에 있는 사대부가 그런 가사를 흔히 지으면서 유교도덕
을 잃지 않고 정성껏 받들어야 지위 회복이 가능하다고 가르쳤다.

정치업(丁致業, 1692~1768)이 〈경몽가〉(警蒙歌)에서 천지만물의 근
본 이치, 유학의 도통, 인륜을 올바르게 하는 행실 등에 관해서 자세하
게 일러준 것은 예사 교훈가사와 같다. 그 모든 말을 자손을 상대로 하
면서, 무식해서 글자를 몰라도 주색을 삼가 세상에서 버림받은 사람이
되지는 말아야 한다고 당부했다. 전라도 시골에서 향반 노릇을 하는 처
지에서 더 몰락하지 않기를 바라고 가사를 지었다.

자기도 하지 못하는 일을 가르치니 가소롭지만, 후생이 알게 하려고
노래 지어 이른다고 했다. 자손이 한문을 모르게 되더라도 국문가사라
도 읽어 유학의 가르침을 따를 수 있게 하기 위해 필요한 교본을 마련

했다. 해야 할 말을 국문으로 풀어 설명하려 하지 않고, 반드시 외고 익혀야 할 한자어를 열거해 무식을 면하는 데 도움이 되게 했다.

사대부 가문에서 태어나 서리로 떨어진 경우에는 심한 몰락을 겪었다. 배이도(裵爾度, 1706~1768)가 바로 그런 사람이어서 몰락을 통분하게 여기고 회복을 염원했다. 도학을 온전하게 실행해 지위 회복을 꾀하라고 후손에게 가르치는 〈훈가이담〉(訓家俚談)을 지었다.

김상직(金商稷, 1750~1815)은 산속에 들어가서 살 방도를 차려야만 했다. 고향인 전라도 장성에서 안정된 생활을 누리던 시절을 그리워하는 노래 〈사향가〉(思鄕歌)를 짓고, 유학과 문장에 힘써 가문을 다시 일으켜야 한다고 자손에게 당부하는 말을 〈계자사〉(戒子詞)에서 전했다. 이상계(李商啓, 1758~1822)의 〈초당곡〉(草堂曲)과 〈인일가〉(人日歌), 이관빈(李寬彬, 1759~?)의 〈황남별곡〉(黃南別曲) 등도 그와 비슷한 성향을 지닌 작품이다.

유교도덕에 대한 예찬을 나타낸 것도 교훈가사라고 하면, 작품의 예가 많이 있다. 정방(鄭枋, 1707~1789)은 〈효자가〉(孝子歌)에서, 대대로 가난하게 살면서 관가의 횡포 때문에 시달리는 사대부의 처지를 다루고 효성을 칭송의 이유로 들었다. 한석지(韓錫地, 1709~1791)는 함경도에서 태어나 병고와 가난 속에서 불우한 생애를 보낸 사람인데, 꿈속에서 본 사연을 담았다는 〈길몽가〉(吉夢歌)에서 성현의 가르침을 받들면서 희망을 찾는다고 했다. 장섭(蔣鏶, 1804~1876)의 〈오소별곡〉(烏笑別曲)에서는 지켜야 할 인륜도덕을 조목별로 열거했다.

교훈가사는 권농가사(勸農歌辭)와 밀접한 관계를 가졌다. 다른 생각을 하지 말고 농사를 열심히 지으라고 권고하고 훈계하는 가사를 권농가사라고 일컫기로 한다. 농촌에서 살아가는 사대부는 농사일을 한다고 자처하는 경우에도 생계 해결의 방도를 스스로 마련하지는 않았으며, 지주 노릇을 하고 살아가면서 권농가사를 지었다.

소작인이 열심히 일을 해서 소출을 늘려야 견딜 수 있으므로, 농사일을 열심히 하라고 권농가사를 지어 독려해야 했다. 소출 증대뿐만 아니라 마음의 안정도 소중하게 여겼다. 농사가 제일이니 다른 생각은 하지 말라고 하는 이상론을 펴서 농민이 불만을 가지지 않고 농촌을 평안하게 하는 것도 간절하게 바라는 바여서 권농가사의 주제를 이루었다.

김기홍(金起弘, 1637~1701)은 은일가사 〈채미가〉(採薇歌)와 함께 〈농부사〉(農夫詞)를 지어 권농가사의 좋은 본보기를 보여주었다. 세상의 중한 일이 농사밖에 더 없다고 하고, 금전이 귀하다 해도 사람 목숨을 살리지는 못하니 다른 일을 할 생각 말고 농사에 힘쓰라고 권고했다. 김익(金熤, 1749~1809)의 〈권농가〉(勸農歌)에서도 농사가 소중하니 버리지 말라고 역설했다. 작자 미상의 권농가사도 여러 편 있는데, 대부분 상투적인 문구를 열거했다.

〈농가월령가〉(農家月令歌)는 그런 범속한 수준을 넘어서 권농가사가 대단한 작품일 수 있다는 것을 보여주었다. 작자로 추정되는 정학유(丁學游, 1786~1855)는 정약용의 아들이어서 아버지의 학문을 이었다고 생각된다. 농민을 상대로 해서 부지런히 일해 농사를 잘 짓고 생활을 안정시키는 방도를 일러주는 가사를 지으면서, 정월에서 섣달까지 진행되는 작업을 자세하게 그렸다. 농사일을 가르치는 교본을 만들고, 풍속가사가 될 만한 내용도 충실하게 갖추었다.

밀대 베어 더운갈이 모맥을 추경할새,
끝끝이 못 익어도 급한 대로 걷고 가소.
인공만 그리 한가 천시도 이러 하지.
반각도 쉴 때 없이 마치며 시작느니.

물색은 좋거니와 추수가 시급하다.
들마당 집마당에 개상의 태돌이라,
무논은 베어 깔고 건답은 베 두드려
오늘은 점근벼요 내일은 사발벼라.

8월령과 9월령에서 한 대목씩 가져왔다. 추수를 하고 다음 농사를 시작해야 할 때라 할 일이 아주 많다. 농사에 관한 용어가 많이 나온다. "밀대"·"모맥"(麰麥)·"점금벼"·"사발벼"는 농작물이다. "더운갈이"와 "추경"(秋耕)은 농사법이다. 그런 말을 열거하면서 때를 놓치지 말고 부지런히 일하자고 독려한다. "마치며 시작느니"라는 말로 농사일의 성격을 아주 잘 나타냈다.

계속 농사일만 말하다가 추수가 끝나 농민이 시간 여유를 얻은 10월령 이후에서나 교훈을 폈다. 주색잡기를 일삼는 것을 경계하고 착실하게 살 것을 권유하다가 도지도 되어 내고, 품삯도 갚고, 곗돈이며 장리벼를 갚으면 남는 것이 없다고 해도 양식은 이을 수 있지 않는가 하면서 농민이 동요하지 않도록 권유했다. 장사는 위험하니 "천만 가지 생각 말고 농업을 전심하소"라고 하는 말로 결말을 삼았다. 어떤 일이 있더라도 농업을 근본으로 하는 기존의 질서가 흔들리지 않기를 바랐다.

이기원(李基遠, 1809~1890)의 〈농가월령〉(農家月令) 또한 일년 동안 해야 하는 농사일을 순서대로 서술한 권농가사이다. 한문으로 짓고 다시 국문으로 번역해놓은 서문에서 창작 의도를 밝힌 점이 특이하다. 무식한 상사람이라도 알 수 있는 "상말과 속담으로 가사를 지어 농부와 직녀의 수고하는 일을 위로"하고자 한다고 했다. 그러나 위로가 아닌 교훈이 더욱 중요한 의도이다.

〈시경〉 빈풍(豳風) 편의 〈칠월〉(七月)에 의거해 열두 달 동안의 농사일을 가르쳐 태만함이 없도록 하려고 한다고 했다. 그런데 "문자 출처가 깊어" 무식한 농부와 어리석은 직녀가 알지 못하므로 주를 달고 풀이해 누구든지 "귀 기울여 듣고 머리 숙여 옳다"고 하도록 했다고 했다. 농민에게 가까이 다가가지 않고 위에서 내려다보는 자세를 버리지 않았다.

농민뿐만 아니라 모든 사람을 상대로 한 교훈가사도 많이 나왔다. 그런 것들을 한데 모아놓은 책에 〈초당문답가〉(草堂問答歌)라는 것이 있다. 작자와 창작연대 미상이다. 모두 15편으로 이루어져 있는데, 각기 독립된 작품이다. 기존 작품을 모으고, 꼭 필요한 것을 보태 어느 정도 체계가 서는 행실규범 종합편람 같은 것을 만들려고 했다. 모두 교훈가 사이지만 교훈하는 내용이 이황·조식·이이를 작자로 내세우는 가사 보다 구체적이며 생활의 실상을 흥미롭게 그렸다.

〈백발편〉(白髮篇)에서는 서술자인 주인이 초당에서 졸다가 구걸하러 온 노인을 보고 충격을 받아 삶을 헛되게 하지 않아야 한다고 깨닫는다. 〈역대편〉(歷代篇)에서는 중국과 한국의 고금사를 되돌아보고, 〈지기편〉 (知己篇)에서는 자기 분수를 알아 집안이나 잘 다스려야 한다고 했다. 〈오륜편〉(五倫篇)·〈사군편〉(事君篇)·〈부부편〉(夫婦篇)·〈부인편〉(婦 人篇)·〈장유편〉(長幼篇)·〈총론편〉(摠論篇)에서는 마땅한 처신의 여러 국면에 관해서 논했다.

〈개몽편〉(開夢篇)에서는 앞에서 한 말에 대한 소년의 항변에 대답하 면서 논란을 벌였다. 〈우부편〉(愚夫篇)과 〈용부편〉(慵婦篇)에서는 그릇 된 행실을 해서 생을 망친 사람들의 사례를 들어 교훈을 삼았다. 〈경신 편〉(敬身篇)에서는 마땅한 처신의 도리를, 〈치산편〉(治産篇)에서는 가 산을 일으키는 방법을 말했다. 끝으로 〈낙지편〉(樂志篇)에서는 즐거운 마음을 퉁소 소리에 실어 나타낸다고 했다.

주인공이면서 서술자인 노인이 작품을 이끌어나갔다. 말하는 것을 들어보면 상당한 학식과 교양을 갖춘 하층의 인물이다. 고전에서 얻은 교양과 시정생활의 체험을 함께 활용해서 말을 이어나갔다. 사람의 도 리를 지키는 자세, 절약하고 노력해서 가산을 늘리는 방도를 함께 제시 했다. 노인의 말을 선뜻 따르지 않는 소년과 토론이 벌어져, 근신하는 삶도 있고, 즐기는 삶도 있다고 했다. 중세에서 근대로의 이행기에 상 하, 신구, 노소, 고락, 빈부 등이 어긋나는 제반 갈등을 끌어들여 다루 면서 조화를 얻으려고 했다.

어와 세상 사람들아, 이 내 말씀 들어보소.
천지지간 만물 중에 인생세간(人生世間) 더욱 귀하다.

인의예지 성품(性品) 타서 사람마다 가졌건만,
물욕이 교폐(交弊)하여 제 성품이 몇몇이며.

〈오륜편〉에서 사람의 바른 도리를 지켜야 한다고 할 때에는 이처럼 한문투를 그대로 사용했다. 식자층이라야 이해할 수 있는 고사를 주저 없이 사용했다. 고금사를 헤아리는 사대부의 교양을 갖추지 못해서 물러나 살면서 농사에 힘쓰는 것은 아니라고 했다. 명분은 명분대로 살려 놓고 자기 분수에 맞는 실리를 취하는 것이 마땅한 도리라고 했다.

여보시오 아낙네야 세간살이 들어보소.
나는 데는 한 군데요 쓰는 데는 무궁하니.
식구 보고 세월 보아 양식 낼 때 생각하여
가을 손이 저리 크면 봄 배를 어이 할꼬?
쥐 먹고 새 먹으니 자주 덮고 치워놓소.
늦게 자고 일찍 일어나면 도적도 못 오리라.
불 켜놓고 자지 말게, 등잔 밑에 귀신 보네.
쓸데없는 사설 말고 길쌈이나 위업하소.

〈치산편〉에서 부녀자들에게 이렇게 일렀다. 쉬운 표현을 써서, 다정하고 세심하게 말을 이어나갔다. 한자로 표기한 한자어가 더러 있으나 모두 구어화해 누구든지 알 수 있는 것들이다. 압축하고 생략한 대목이라도 조금도 난해하지 않다. "가을 손이 저리 크면 봄 배를 어이 할꼬"라고 한 것은 가을에 손이 커서 낭비를 하면, 봄에 고픈 배를 어떻게 할 것인가 하는 말이다.

손님은 채객(債客)이요 논의는 재리(財利)로다.
전답 팔아 화리(貨利)돈에, 종 팔아서 월수(月收)쟁이,
이(利) 구멍이 제일이라 돈 날 일을 하여보세.

구목(丘木) 베어 장사하기, 책 팔아 빚 주기며.

〈우부편〉은 〈우부가〉라고 하는 독립된 작품으로도 유통된다. 어리석은 사람의 행실을 탈잡아 나무라는 어투가 이와 같아 흥미를 끈다. 무엇이든지 닥치는 대로 팔아서 돈놀이를 한다고 하면서 열거하는 것들이 가관이다. "구목"은 조상의 무덤에 있는 나무이다. 함부로 손댈 수 없는 것인데도 팔아치운다고 했다. "책"도 신분과 학식을 보증해주는 소중한 자산인데, 아깝지 않게 여겨 처분한다고 했다. 그런 행실을 나무라는 서술자가 돈놀이에 대해서 잘 알고 있다. 돈놀이에 관해서 추상적으로 언급하지 않고, "재리", "화리", "월수" 같은 말을 써서 하나하나 구분했다.

〈초당문답가〉는 인용한 대목 셋만 보아도 처지와 사고방식이 다른 여러 사람의 다양한 삶을 그것대로의 특색을 각기 나타내는 서로 다른 문체로 그려낸 특징이 드러난다. 사대부의 말, 농민의 말, 돈놀이하는 사람의 말에 모두 정통해 필요한 대로 사용했다. 유식한 문구를 인용하기도 하고, 대상을 자세하게 묘사하기도 하고, 과장하면서 풍자하기도 했다. 그렇게 해서 한 시대의 다면적인 모습을 총체적으로 그리는 거작을 마련했다.

이황·조식·이이가 지었다는 가사를 이상보, 《한국고시가의 연구》(형설출판사, 1975) ; 강전섭, 《한국고전문학연구》 ; 이동영, 〈금보가의 작자에 대하여〉, 《한국문학논총》 4(한국문학회, 1981) 등에서 고찰하면서 작가를 의심했다. 권농가사는 강전섭, 《한국시가문학연구》(대왕사, 1986) ; 길진숙, 〈조선후기 농부가류 가사 연구〉(이화여자대학교 석사논문, 1990) ; 조해숙, 〈'농부가'에 나타난 후기 가사의 창작 의식과 장르적 성격 변화〉(서울대학교 석사논문, 1991) ; 임치균, 〈'농가월령가' 일고찰〉, 《한국고전시가작품론》(집문당, 1992)에서 고찰했다. 박성의 주해, 《농가월령가, 한양가》(민중서관, 1974)에 자료가 있

다. 〈초당문답가〉는 정재호 주해, 《초당문답가》(박이정, 1996)에 자료와 해설이 있고, 김유경, 〈연작형 가사의 형성과 변이 연구 : '초당문답가'를 중심으로〉(연세대학교 박사논문, 1996)에서 연구가 이루어졌다. 박연호, 《교훈가사연구》(다운샘, 2004)에서 총괄적인 고찰을 했다.

9.9.6. 달라지는 사회상

시정의 풍속을 그리는 것이 또한 가사의 임무였다. 그림에서 풍속화가 등장하는 시기에 풍속가사 또는 세태가사라고 할 수 있는 것이 나타났다. 상층에서 하층으로 전해지는 교훈가사에 맞서서 하층의 반격을 보여준 가사가 세태가사이다. 관념적인 전제 없이 세태를 있는 그대로 그리면서 새로운 시대의 활력을 보여주고, 아랫사람의 관점에서 사회문제를 제기하는 문학을 가사에서도 마련해 사설시조나 판소리와 협동 작전을 폈다.

세태가사의 대표작은 〈한양가〉(漢陽歌)이다. 한산거사(漢山居士)라고 한 작자는 누군지 알 수 없으나 창작연대는 1844년(헌종 10)으로 확인된다. 조선왕조의 왕도가 장사꾼의 도시로 바뀌어 전에 없던 활기를 띠게 된 변화를 선명하게 나타낸 내용이어서, 조선초기 건국공신들이 왕조의 번영을 기원하면서 한양을 칭송한 일련의 노래와 좋은 대조를 이룬다. 15세기의 〈화산별곡〉(華山別曲)과 19세기의 〈한양가〉를 비교해 보면, 조선왕조사의 서두와 결말에 자리 잡은 사대부문학과 시민문학의 차이가 선명하게 드러난다.

서두에서는 "삼각산 기봉(起峰)할 제 천년을 경영인가 만년을 경영인가"라고 하고, 결말에서는 "이런 국도 이런 세상 자고급금(自古及今) 또 있으랴"라고 했다. 조선왕조가 천년, 만년의 번영을 누릴 도읍을 마련했다고 하고, 다른 어느 나라에도 유사한 예가 없다고 했다. 서두와 결말 사이의 본론에서 한양의 지리·풍속·산업을 소개하는 안내서를 꾸몄다 하겠는데, 무엇을 내세웠는가 보자.

무엇이든지 다양한 가운데 조화를 이루고 생동하면서 질서가 있다는 것이 전체적인 내용이다. 조화와 질서는 왕조를 다스리는 쪽에서 관장하고, 다양하고 생동한 것들은 시정에서 살아가는 사람들이 만들어냈다. 왕조의 질서에 관해서는 새삼스럽게 말하지 않고, 시정의 삶을 그리는 데 힘을 기울였다. 당대 화가들이 즐겨 그리는 풍속화를 한데 모아놓은 것 같은 가사를 지었다.

여러 생업에 종사하는 사람들이 갖가지 물건을 거래하고, 별별 놀이를 하면서 즐거워하는 모습을 구석구석 핍진하게 그려 국문가사의 장점을 유감없이 발휘했다. 풍속을 그리는 데 관심을 가진 한시도 할 수 있는 일이지만, 번역의 절차를 거치지 않아 막힘이 없을 뿐만 아니라 다루는 범위가 훨씬 넓다. 자기네가 하고 있는 일을 두고 신명 나게 떠들어대니 구경꾼의 목격담에서는 찾을 수 없는 다채로움이 있다. 두 대목을 골라 들어보자.

> 큰 광통교 넘어서니 육주비전 여기로다.
> 일 아는 여리꾼과 물화 맡은 전시정은
> 큰 창옷에 갓을 쓰고 소창옷에 한삼 달고,
> 사람 불러 흥정할 제 경박하기 측량없다.

> 금객 가객 모였구나 거문고 임종철이
> 노래의 양사길이 계면의 공득이며,
> 오동복판 거문고는 줄 골라 세워놓고,
> 치장 차린 새 양금은 떠는 나비 앉혔구나.

여리꾼은 손님을 불러서 흥정을 붙이는 사람이다. 전시정은 가게를 내고 물건을 파는 일을 한다. 임종철·양사길·공득이는 이름난 음악인이다. 책을 읽어 아는 문구를 버리고 생활하면서 들어 익힌 말을 적극 받아들여 사실적인 표현을 하게 된 전환이 아주 뚜렷하게 나타나 있다. 있는 그대로의 현상을 무엇이나 긍정하고, 사회적 갈등을 드러내거나 비판을 하는 말은 하지 않았다. 시정에서의 생기에 힘입어 왕조의 질서가 유지되고 시민문화가 사대부문화와 조화롭게 공존하기를 바랐다. 그것이 부유한 시민의 소망이었다.

지방으로 가면 그런 번영을 찾을 수 없었다. 시민이 있어도 활동이 크지 않았다. 중앙에서 파견한 수령이 그 고장 사대부와 연관을 가지고, 아전의 도움을 받아 농민을 다스리는 임무를 맡아 선치를 한다고 표방하지만 충돌이 일어나는 것이 기본적인 사회상이었다. 누가 어떤 관점에서 보는가에 따라서 세태를 파악하는 내용이 달라졌다. 먼저 아전, 사대부, 농민이 지은 노래를 하나씩 들어 편차를 살피기로 한다.

수령은 이름을 구체적으로 들먹이면 누구나 선치수령이라고 하는 것이 관례이다. 그래서 수많은 송덕비가 섰다. 가사에도 그런 것이 있다. 김해부사 권복(權馥)의 선치를 칭송하고 이별을 애석하게 여긴다는 〈금릉별곡〉(金陵別曲)을 문도갑(文道甲)이라는 아전이 지었다.

수령을 칭송하지 않고 비판하면서 지방민의 참상을 고발하는 가사를 짓는 것은 쉬운 일이 아니었다. 이운영과 구강은 이미 살펴보았듯이 자기 자신이 수령 또는 어사의 위치에 서서, 보호의 책임이 있는 하층민의 어려운 처지를 대변했다. 예사 사대부는 그럴 수 없었다. 농민의 편에 서서 항거를 하면서 피해가 닥칠 것을 염려해 이름을 숨겼다. 한시로 나타내면 문제될 것 없는 발언이라도 국문가사에 옮기면 농민이 읽고 행동의 지침으로 삼을 수 있어 바로 탄압의 대상이 되므로 남모르게 지어 전파해야 했다.

그런 작품의 하나인 〈향산별곡〉은 표제에서부터 위장술을 썼다. 묘향산 기행가사처럼 보이게 하고는 농민의 처지를 그대로 살펴 근심하고 개탄했다. 취급하는 범위가 넓고, 관찰과 묘사가 자세하다. 환곡(還穀) 때문에 겪는 피해를 그리면서 "자루 망태 옆에 차고 허위허위 들어가서, 너 말 타면 서 말 되고 서 말 타면 두 말 되니"라고 했다. 군정이나 신역(身役)에 따르는 고통도 여러 가지 양상을 인상 깊게 들추어낼

여유를 가졌다. 살 길 없는 백성들이 자기 고장을 떠나 유리걸식하는
광경을 다음과 같이 그렸다.

> 늙은 놈은 거사 되고 젊은 놈은 중이 되고,
> 그도 저도 못된 놈은 헌 누더기 짊어지고
> 계집자식 앞세우고 유리사방 개걸타가
> 늙은이와 어린 것은 구학 송장 절로 되고,
> 장정들은 살아나서 목숨 도모 하려 하고
> 당 적으면 서절구투, 당 많으면 명화적에.
> 이 일은 뉘 탓이랴, 제 죄 뿐도 아니로다.

거사, 중, 거지가 되어 목숨을 이어가려고 하다가 늙은이와 어린 것
이 먼저 송장이 되어 구학(溝壑)에 들어간다고 했다. 장정들은 살아나
서 도적이 된다고 했다. "서절구투"(鼠竊狗偸)는 좀도둑이고, "명화적"
(明火賊)은 무리 지어 다니는 큰 도적이다. 도적이 사방에서 일어나는
데까지 이른 사태를 보다 못해 이 노래의 작자는 시골 유생이 나라 일
에 참여하는 것이 부당한 줄 알지마는 해결책을 촉구한다고 했다.

농민이 직접 지었다고 인정되는 가사는 찾기 어려우나, 〈기음노래〉
라고 한 것은 그럴 가능성이 있다. 김을 매면서 부르는 것인데, 민요에
서 볼 수 있는 표현을 갖추고 길게 이어졌다. 하층민이 국문을 익히고
어느 정도 알아서 가사를 지을 수 있게 된 것은 획기적인 변화라 할 수
있다. 한 대목을 들면 다음과 같다.

> 환자 배자 부세 전령 응당 구실 말라 할까.
> 향청 분부 작청 구실 원님인들 어찌 알리.
> 한 집에 세네 군포 제 구실도 못하거든
> 사돈일지 권당일지 일족 무리 더욱 설워
> 재 너머 십여 호가 어제 밤에 닫단 말가.

아전, 사대부, 농민 가운데 농촌의 문제를 다루는 세태가사를 가장 많이 지은 사람은 사대부이다. 농민의 처지에서 고통을 함께 나누면서 수령의 횡포나 국가의 실책을 바로잡기 위해 진력하는 사대부들이 여기저기 있어 많은 문제작을 남겼다. 항변을 맡아 나서기도 하고, 민란을 선동하기도 했다.

〈합강정가〉(合江亭歌)가 그런 작품의 좋은 본보기이다. 1792년(정조 16)에 전라감사 정민시(鄭民始)가 민심을 살핀다고 여러 고을을 돌던 길에 합강정이라는 정자 앞 적성강에 배를 띄워 호화롭기 이를 데 없는 선유를 할 때 겪은 백성들의 고초를 낱낱이 들고 신랄하게 비판했다.

한자어가 많이 섞인 유식한 문투라 하층민이 스스로 지은 것 같지는 않고, 민란을 선동할 마음을 품은 인물이 의도적으로 써서 통문을 돌리듯이 퍼뜨렸을 듯하다. 위백규(魏伯珪)가 지었다고 한 데도 있으나 확실하지 않다. 작자는 이름을 아주 숨겨 드러나지 않게 했을 것이다. 그러나 널리 알려져 커다란 효과를 거두었다. 이 가사를 커다랗게 써서 서울 남대문에 내다붙이자 감사가 파직되었다는 말이 전한다.

〈거창가〉(居昌歌)라는 것은 1837년(헌종 3)부터 5년 동안 거창부사였던 실존인물 이재가(李在稼)의 학정을 비판한 가사이다. 작자는 알려지지 않았으나, 수령의 횡포 때문에 수난을 당한 사대부의 작품이라는 사실이 주변의 자료와 작품에 나타나 있는 사연에서 확인된다. 자세한 연구가 이루어져 소중한 사례로 삼을 만하다.

거창부사의 잘못을 한문으로 써서 고발한 〈폐장〉(弊狀)과 가사가 서로 관련되어 있다. 윤치광(尹致光)이라는 사람이 〈폐장〉을 썼다가 발각되어 고초를 당한 내력이 〈거창가〉에 나타나 있다. 지방을 시찰하는 순찰사에게 〈폐장〉을 제출해 학정을 바로잡으려고 하는 시도는 성공하지 못했으나, 작자 미상의 국문 가사 〈거창가〉는 거듭 필사되어 널리 전파되었으며, 유사한 작품이 다른 지방에서 생겨나도록 하는 구실을 했다.

작품을 보면 구체적인 사실이 관련 인물의 이름과 함께 많이 언급되어 있다. 사실을 그대로 기록한 증거이다. 또한 수령의 학정이 각계각

층에 미쳐 모두 살아갈 수 없게 된 사정을 자세하게 그렸다. 그 점에서
는 문학적 형상화가 많이 이루어졌다.

>   가장 생각 설운 중에 죽은 가장 가포 났네.
>   흉악할사 저 주인 놈이 과부손목 끌어내니,
>   가포 돈 던져두고 차사 전례 먼저 찾아,
>   필필이 짜는 베를 탈취하여 간단 말가.
>   흉악하고 분한 일 또다시 들어보소.
>   정유년 시월 달에 적화면에 변이 났네.
>   우거양반 김일광이 선무포가 당한 말가.
>   김일광 나간 후에 해면 임장 수포할새,
>   양반내정 돌입하여 청춘과부 끌어내니
>   반상명분 중한 중에 남녀유별 지엄커든
>   광언패설 하감으로 두발부예 하단 말가.

 세금 때문에 욕을 보는 두 가지 사례를 말했다. 앞에서는 하층 백성
이, 뒤에서는 양반이 당했다. 남편이 죽어 서러워하고 있는데, 남편이
내야 할 세금의 가산세를 받아 가겠다고 면주인(面主人)이 들이닥쳐 손
목을 잡고 과부를 끌어내리더니, 차사(差使)들이 하는 전례(前例)에 따
라 베를 짜는 대로 앗아갔다고 했다. 그런 일은 항상 있으니 때와 장소
를 구태여 밝힐 필요가 없었다.
 그러나 그 다음에 든 양반의 수난은 특기할 만한 사실이어서 1837년
(헌종 3)의 정유년에 적화면(赤火面)에서 있었던 일이라고 명시했다.
양반인 김일광(金日光)은 비록 우거하고 있는 처지라도 선무포(選武
布) 면제의 특권이 있는데, 그 면의 임장(任掌)이 수포(收布)하면서 반
상명분과 남녀유별을 무시하고 청춘과부가 된 며느리를 끌어내 "광언
패설(狂言悖說) 하감(何敢)으로 두발부예(頭髮扶曳) 하단 말가" 하는
사태가 벌어졌다. 욕을 당한 며느리는 자결하고 말았다고 그 다음 대목

에서 말했다.

비슷한 시기 전라도 정읍에서 민란이 일어났을 때 유포된 노래도 있다. 〈정읍군민란시여항청요〉(井邑郡民亂時閭巷聽謠)라는 표제로 필사되어 있는 것인데, 항거의 목소리가 더욱 높다. 학정에 항거하다가 죽은 사람들의 이름을 들어 이렇게 외쳤다.

> 학정도 하거니와 남살인명(濫殺人命) 어인 일고?
> 한일택 정치익과 김부담 강일선아,
> 너희 등 무슨 죄로 장하(杖下)에 죽단 말가?
> 한 달 만에 죽은 사람, 보름 만에 죽은 백성.
> 오륙인이 되었으니 그 적원(積冤)이 어떠한고?
> 불쌍하다 저 귀신아, 가련하다 저 귀신아.

하층민이 스스로 지은 가사를 더 찾으면 〈난리가〉라고 하는 것이 있다. 이인좌(李麟佐)가 반란을 일으켰을 때 진압군으로 동원된 어느 마군 병졸이 스스로 겪은 바를 1728년(영조 4)에 술회한 것이다. 일상생활의 구어를 그대로 사용하면서, 파렴치한 지휘관 때문에 병졸들이 시달리고 무고한 백성이 희생되는 것을 보고 안타까워 한 사연을 절실하게 나타냈다. 천리 길에 출정 나간 삼백 마군에게 양식을 주지 않고 얻어먹으라는 판국이니 분통이 터진다고 했다.

난리가 나면 군사로 징발을 하고 평시에는 그 대신에 군포(軍布)라는 포목을 거두는 것이 백성들에게 군역(軍役)을 부과하는 방식이었다. 평시라도 형편이 나을 수 없었다. 1792년(정조 16)에 이루어진 것으로 짐작되는 〈갑민가〉(甲民歌)에서는 군역 때문에 시달리는 사정을 자세하게 토로했다. 초라한 행색으로 도망가는 군사를 보고 사유를 물으니 대답 삼아 하소연하는 말이 절통하다. 당한 사람이 스스로 지었다고 인정할 만큼 생생하다.

이웃과 친척의 것들까지 13인분을 물어야 하는 군포를 마련하느라고 전답을 다 팔아 넣었더니 1인분에 돈피(獤皮) 두 장씩 바치는 것이 그 고장의 법이라면서 성화같이 독촉하더라는 것이다. 돈을 빌려 보태 돈피 26장을 구하느라고 20여 일 돌아다니는 동안에 옥에 갇힌 아내는 죽고, 홀어머니는 인사불성이 되었다. 관가에서 요구하는 대로 다 해내고서 도망친다면서 다음과 같이 말했다.

> 여러 신역 바친 후에 시체 찾아 장사하고,
> 사묘 모서 땅에 묻고 애끓도록 통곡하니,
> 무지미물 뭇 조작이 저도 또한 섧게 운다.
> 막중 변지 우리 인생 나라 백성 되어 나서
> 군사 싫다 도망하면 화외민이 되려니와,
> 한 몸에 여러 신역 물다가 할 새 없어
> 또 금년이 돌아오니 유리무정 하노매라.

홍경래란(洪景來亂) 같은 큰 민란이 일어날 때에는 으레 거사를 한 쪽에서 지어 부른 가사가 있었을 듯하지만 남아 있지 않다. 패전해 거사가 실패로 돌아간 것을 통탄한 가사는 삼엄한 탄압 탓에 짓기 어려웠으리라고 생각한다. 관군 쪽에서 쓴 가사는 〈정주승전곡〉(定州勝戰曲)이니 〈정주가〉(定州歌)니 하는 것들로 남아 있다.

〈정주승전곡〉은 작자 미상이며 내용이 간략하다. 〈정주가〉는 이운영의 아들 이희현(李羲玄)이 작자이다. 홍경래란이 끝난 지 12년 되던 해인 1823년(순조 23)에 황주목사로 부임해 현지에서 얻은 자료를 보태 가사를 지었다. 홍경래의 거사를 규탄하고 비겁하거나 무능한 행동을 한 지방 수령을 나무라는 데 주안점을 두었는데, 그 나름대로의 객관성과 흥미를 갖추었다. 민심 수습에 도움이 되도록 하는 것이 창작의 목적이어서 어느 일방의 주장만 받아들일 수는 없었다.

〈한양가〉는 이우성, 〈18세기 서울의 도시적 양상〉, 《한국의 역사상》(창작과 비평사, 1982)에서 ; 〈향산별곡〉은 정재호, 《한국가사문학론》에서 고찰했다. 이종출, 〈'합강정선유가'고〉, 《어문학논총》 7(조선대학교, 1966) ; 윤성근, 〈'합강정가' 연구〉, 《어문학》 18(한국어문학회, 1968) ; 조규익, 《봉건시대 민중의 저항과 고발문학 거창가》(월인, 2000) ; 김준영, 〈정읍군민란시여항청요〉, 《국어국문학》 29(국어국문학회, 1965) ; 유탁일, 〈미발표 작품 '난리가'에 대하여〉, 《국어국문학》 61(1973)에서 소중한 작업을 했다. 〈정주가〉는 소재영, 《국문학논고》(숭실대학교출판부, 1989)에서 알렸다.

9.9.7. 규방가사의 전형과 변형

규방가사 또는 내방가사는 부녀자들의 가사이다. 사대부 부녀자들이 가사를 짓고 베끼고 읽고 하는 데 대단한 열의를 가지는 풍조가 18세기 이후에 영남지방을 중심으로 해서 형성되었다. 창작되고 유통된 작품이 이본까지 합쳐서 수천 편에 이르러 가사의 유산에서 커다란 비중을 차지한다. 연구 또한 활발하게 이루어졌다.

규방가사는 작자가 반드시 여자인 것은 아니다. 남자가 지은 작품도 작자가 잊혀진 채 규방가사로 편입될 수 있어, 규방가사는 수용자를 기준으로 해서 이해하는 것이 더 적합하다. 규방가사는 부녀자들이 국문을 익히고 교양을 쌓고 심정을 토로할 수 있게 하는 구실을 맡았으며, 소설보다는 격이 높다고 인정되어 보수적인 지역에서 더욱 인기가 있었다. 그러면서 다른 한편으로는 욕구와 불만을 표현하는 방식이기도 해서 성격이 단순하지 않다.

시조가 풍류라면, 가사는 교양이다. 시조를 지어 풍류를 즐기는 것은 승려들에게 어울리지 않았듯이 사대부 부녀자들도 할 일이 아니었다. 여성 작가의 시조는 기녀시조뿐이고, 사대부 부녀자들은 시조를 짓지 않은 이유를 그렇게 이해할 수 있다. 그러나 가사는 승려의 가사도 있고 사대부 부녀자들의 가사도 있다. 승려가사는 불교가사이고, 사대부 부녀자들의 가사는 유교가사의 한 영역이다.

사대부 부녀자들은 가사에서 마땅한 행실에 대한 교양을 얻으면서 국문을 익히고 문장력을 가다듬었다. 그런 공식적인 기능이 있어 금지의 대상이 되지 않는 것을 다행으로 여기면서, 가사를 내심의 불만을 나타내고 번민을 호소하는 여성 자신의 문학으로 가꾸어 독자적인 작품세계를 이룩했다. 하층 부녀자들이 민요에서 얻는 것을 상층은 규방가사에서 찾았다.

규방가사가 정확하게 언제 어떻게 해서 형성되었는지 추적하는 것은 쉬운 일이 아니다. 허초희(許楚姬, 1563~1589)가 지었다는 〈규원가〉(閨怨歌)와 〈봉선화가〉(鳳仙花歌)를 선구적인 작품이라고 인정할 수 있으나, 후대의 것들과 연결되지 않는다. 17세기 무렵에는 어떤 작품이 있었는지 알 수 없다. 18세기 이후에 이루어진 많은 작품 가운데 작가와 연대를 알 수 있는 것은 얼마 되지 않는다.

1746년(영조 22)에 전의이씨(全義李氏)라는 여인이 남편 곽내용(郭乃鎔)을 여읜 비탄 때문에 자결하면서 국문 제문과 함께 남긴 가사 〈절명사〉(絶命詞)가 있다. 한진구(韓鎭求)의 아내 남원윤씨(南原尹氏, 1768~1801)의 〈명도자탄사〉(命道自嘆辭)도 그 비슷한 내용이다. 둘 다 창작의 계기로 보아 예외적인 작품이고, 널리 읽히기는 어려운 것이었다.

더욱 중요한 자료는 이중실(李重實)의 아내 안동권씨(安東權氏, 1718~1789)의 친필 〈잡록〉(雜錄)이라는 책에서 찾을 수 있다. 경상도 북부지방 봉화에서 자라나 안동으로 출가한 여인이 친정과 시집을 왕래하면서 읽고 짓고 주고받은 글을 여럿 그 책에 모아놓았다. 거기 수록한 〈조화전가〉(嘲花煎歌)와 〈반조화전가〉(反嘲花煎歌)에서 규방가사의 유래를 알 수 있다.

〈조화전가〉는 안동권씨의 친정 쪽 육촌인 남자가 여자들이 화전놀이를 하는 것을 빈정거린 가사이다. 거기 응답해 반박을 한 작품이 안동권씨의 〈반조화전가〉이다. 가사를 주고받은 해는 1746년(영조 22)이다. 화전놀이를 하고 가사를 짓는 풍속이 그때 이미 정착되어 있어 흥미로운 시비가 일어났다. 자못 길게 이어지면서 묘미 있는 표현을 갖추고 있어 〈반조화전가〉가 화전놀이와 관련된 규방가사의 초기 작품이라고 하기는 어렵다. 한 대목을 들어본다.

> 하늘이 무지하여 여신으로 마련하니,
> 아무리 애달픈들 고쳐 다시 될손가.
> 심규에 들어앉아 옥매로 붕우가 되어,
> 여행을 맑게 닦고 방적을 힘쓰더니,
> 동군이 유정하여 삼사월을 몰아오니,
> 원근 암애에는 홍금장이 둘러 있고,
> 촌변의 도리화는 가지마다 색을 띠어,
> 사창 안 부녀 흥을 제 혼자 돋우는데.

한자어를 자주 쓰고, 뜻을 알기 어려운 것들도 있다. "옥매로(玉梅爐) 붕우(朋友)가 되어"란 것은 옥매 무늬가 있는 화로를 벗 삼아 바느질을 한다는 말로 생각된다. "여행"(女行)은 흔히 쓰던 말이다. "암애"(巖崖)에 "홍금장"(紅錦帳)을 둘렀다는 것은 바위 벼랑을 붉은 꽃 진달래가 둘렀다는 뜻이다. 줄이 바뀌어도 문장이 끝나지 않고 길게 이어지는 것이 사대부 부녀 특유의 문체이다. 필요한 지식을 두루 갖추고 읽으면 묘미가 있다. 규중에 갇혀 지내는 여성의 처지를 한탄하다가 봄이 흥을 돋우니 꽃구경을 나가지 않을 수 없다는 사연을 잘 나타냈다.

유사춘(柳師春)의 아내 연안이씨(延安李氏, 1737~1815)는 규방가사 작가 노릇을 한 자취를 뚜렷하게 남겼다. 위에서 든 안동권씨의 시집은 이황의 방손이고, 연안이씨의 시집은 유성룡의 후예여서, 안동지방 명문 사대부 가문에서 규방가사가 발전했음을 확인할 수 있게 한다. 연안이씨의 작품은 〈쌍벽가〉(雙璧歌)와 〈부여노정기〉(扶餘路程記)이다.

〈쌍벽가〉는 1794년(정조 18)에 아들과 조카가 나란히 과거에 급제한 것을 보고 감격을 술회하며 두 사람의 전도와 가문의 번영을 축원한 노래이다. 경축가의 성격을 지닌 규방가사의 좋은 예이다. 1800년(정조 24)에 부여현감인 아들을 찾아보려고 자기 마을 하회(河回)를 떠나 부여까지 간 여행기를 흥겹게 서술한 〈부여노정기〉는 여성 작가 기행가사의 대표적인 작품이다. 이본이 많은 것을 보면 널리 읽혔음을 알 수 있다.

그 비슷한 성격의 기행가사가 충청도에서 이루어졌다. 대덕에서 나서 논산으로 출가한 은진송씨(恩津宋氏, 1803~1860)가 공주 판관으로 부임한 시숙의 초청을 받고 1845년(헌종 11)에 공주를 다녀와서 장편가사 〈금행일기〉(錦行日記)를 지었다. 출발에서 귀환까지의 일정에 따라 견문한 바를 짜임새 있고 능숙하게 다루었다. 기생점고를 엿본 소감이 흥미롭고, 금강에서 뱃놀이를 한 감흥을 자랑한 대목이 야단스럽다.

여성이 여행을 하는 것은 흔한 일이 아니므로 가사를 지어 자랑할 만했다. 간접체험이라도 바라는 독자가 많아 그런 가사를 열심히 구해다 읽었다. 작자 미상의 〈호남기행가〉(湖南紀行歌)도 그런 것의 하나이다. 충청도 서천에서 출발해서 멀리 전라도 영암까지 여행하는 도중에 보고 느낀 소감을 평소의 구속에서 벗어난 신선한 감각으로 서술해 더욱 장편을 이루었다.

경상도의 경우와 마찬가지로 충청도나 전라도에서도 18세기 이후에 규방가사가 정착되었던 것으로 보인다. 그러나 절대연대를 밝힐 수 있는 이른 시기의 작품을 찾지 못했으며, 자료 조사가 미진해 자세한 사정을 알기 어렵다. 그런 사정을 감안하더라도 규방가사가 가장 발달된 곳은 경상도 북부지방이고 전형적인 형태가 거기서 마련되었다는 견해가 설득력이 있다.

그곳 사대부 가문 부녀자들은 처녀시절에 국문을 익히고 글씨 연습을 하는 것을 겸해 가사를 몇 편씩 베껴 시집 갈 때 가져가서 다른 동류들과 서로 주고받으면서 읽었다. 집안일에서 어느 정도 물러나도 좋을 시기가 되면 가사를 읽고 베껴서 나누어 가지는 것으로 소일거리를 삼았다. 능력이 있으면 창작에도 참여해 새로운 작품을 산출했다.

작품은 수천 종이지만 비슷비슷한 것이 많아 몇 가지 유형으로 나눌 수 있다. 시집가서 해야 할 행실을 가르치는 계녀가(戒女歌), 집안에 경사스러운 일이 있으면 짓는 경축가, 놀이를 즐기는 감회를 나타낸 풍류가(風流歌), 신세타령을 늘어놓은 자탄가(自嘆歌)를 흔히 볼 수 있다. 유형의 특징이 다룬 내용뿐만 아니라 전개방식이나 상투어에서도 확인된다.

계녀가사는 계녀서에서 유래했다. 소혜왕후(昭惠王后)의 〈내훈〉(內訓)에서부터 송시열(宋時烈)의 〈계녀서〉(戒女書)에 이르기까지 산문으로 서술하던 시집살이하는 여성의 도리를, 알기 쉽고 외기 좋도록 가사로 옮긴 것이 계녀가사이다. 시부모를 섬기고 남편 받드는 데서 시작해 몸가짐을 잘하라고 하는 데까지 이르는 순서와 내용이 틀에 박혀 있다. 그렇지만 어머니가 딸에게 당부하는 말을 은근하면서도 살뜰하게 한 것은 음미해볼 만하다. 경상도 안동지방 〈계녀가〉에서 시부모 섬기는 도리를 이렇게 일렀다.

> 문 밖에서 절을 하고 가까이 나와 앉아,
> 방이나 덥사온가, 잠이나 편하신가
> 살뜰히 물을 적에, 저근듯 앉았다가
> 그만 해 돌아나와 진지를 차릴 적에,
> 식성을 물어가며 반찬을 맞게 하고,
> 꿇어앉아 진지하고 식상을 물린 후에,
> 할 일을 사뢰어보아 다른 일 없다 하면,
> 내 방에 돌아와서 일손을 바삐 들어,
> 흥돈흥돈 하지 말고 자주자주 하여라.

지나치게 많은 것을 요구하면서도 반발을 사지 않으려고 어조를 부드럽게 했다. 모든 절차를 세밀하게 일러주느라고 말이 많다. 나날이

하는 일을 구체적으로 지적해 말하려고 하니 한자어를 동원할 수 없어 구어를 그대로 썼다. 하나씩 토막을 내지 않고 문장이 길게 이어지는 것은 이미 살핀 바와 같다.

경축가는 경축할 일이 무엇인가에 따라서 내용이 달라졌다. 이미 살핀 〈쌍벽가〉에서처럼 부모가 자식의 과거 급제를 경축한 것은 아주 드물고, 부모의 회갑이나 조부모의 회혼(回婚)을 경축한 노래가 흔하다. 사는 동안에 고생만 하고 뚜렷하게 이룬 것이 없어도 장수를 누리고 자손이 번창한 것을 큰 경사로 여겼다. 영덕지방에서 나온 〈수경가〉(壽慶歌)에서는 부모 회갑을 맞이해 수하들이 어리광을 부리며 노느라고 가장행렬까지 하는 거동을 웃음이 터지게 그려냈다.

동류들끼리 모여 노는 즐거움을 노래한 풍류가 가운데 화전가가 가장 큰 비중을 차지했다. 규중에 갇혀 지내던 부녀자들이 봄이 오면 진달래 핀 인근 산천을 찾아 화전놀이를 벌이고 가사를 짓는 것이 오랜 관례였다. 놀이를 거듭하고 화전가를 여러 차례 짓다 보니 같은 말을 되풀이하지 않을 수 없지만, 다시 짓고 읽으면 즐거웠다. 경상도 영양지방에서 지은 〈평남산화전가〉에서는 놀이에 참여한 동류들의 모습을 하나씩 익살스럽게 그려내기까지 했다.

> 광대같은 대구댁은
> 사냥개를 닮았는가? 어이 그리 시끄러운가?
> 부덕 좋은 교동댁은
> 말소리를 볼작시면 기생 사촌 닮았는가?
> 춤 잘 추는 방전댁은
> 하는 이력 볼작시면 거만하기 그지없다.
> 토곡댁을 볼작시면
> 수나비를 닮았는가? 하는 짓도 분별없다.

놀이는 명절놀이일 수도 있고 뱃놀이일 수도 있어서 풍류가는 종류가 다양하다. 여럿이 함께 멀리까지 가서 즐기고 논 내력을 자랑한 가사는 기행가사이면서 또한 풍류가이다. 부녀자들까지도 명승지를 찾아 유람을 하고 가사를 짓는 풍조가 점차 확대되었다. 경상도 쪽의 자료 가운데 〈유람기록가〉는 칠곡에서 시작해 대구·통도사·경주·보경사·영덕을 거쳐 안동까지 돌아다닌 내력을 자랑했다. 〈순행가〉라고 한 것에서는 경주에서 안동을 거쳐 삼척까지 가면서 본 경치를 노래했다.

신세 한탄을 하는 사설은 어떤 종류의 규방가사에도 끼어들 수 있는데, 계녀가에서는 윤리로, 경축가나 풍류가에서는 즐거움으로 눌러두었다. 그런 제어장치가 제거되어 마음속에 누적되어 있는 불만을 쏟아놓는 자탄가가 또한 적지 않다. 여성이기에 겪는 고난이 많아 사설이 다양하다. 부모·형제와 헤어져 시집살이에 시달려야 하는 것도 괴롭지만, 청춘과부의 고독은 더욱 참기 어렵다고 했다.

이미 있는 문구에 작자의 심정을 기탁한 작품이 대부분이지만, 격하거나 처절한 표현으로 치닫는 것도 있다. 경상도 금릉지방의 〈여자탄식가〉에서는 여자의 신세가 가련하다고 "다 같은 사람으로 무슨 죄가 지중하여 고양이 앞의 쥐가 되고, 매에게 쫓긴 꿩이 되어"라고 하면서 탄식했다. 남자가 언제나 고양이나 매인 것은 아니다. 남편을 따라 죽으면서 지은 노래도 있고, 청춘과부의 탄식은 아주 흔한 편이다. 대구에서 수집한 〈과부청산가〉의 한 대목을 들어보자.

　　독수공방 어이 할꼬, 애고 답답 내 신세야.
　　유정하던 님의 소리, 눈에 삼삼 귀에 쟁쟁.
　　데려가오 님의 소리, 이내 일신 데려가오.
　　황천이 좋다더니 한 번 가고 아니 오네.

민요에서도 흔히 들을 수 있는 사연을 한층 절실하게 나타냈다. 님을 소리로 생각해내면서 서정적 표현의 묘미를 갖추었다. 일생 동안 겪은 기구한 운명을 자세하게 술회한 가사는 그렇지 않아 서사적인 수법을 사용했다.

안동지방에 널리 알려져 있는 〈복선화음가〉(福善禍淫歌)는 가난한 집에 시집가서 온갖 노력을 해 가문을 일으킨 사연을 딸에게 들려주고 교훈을 삼도록 한 내용이다. 계녀가의 변형이라고 할 수 있으면서 중간 대목은 자탄가라고 할 수 있다. 고난을 이겨내고 극복한 훌륭한 행실을, 함부로 굴다가 부잣집을 떨어 먹는 괴똥어미의 몰락상과 대조시켜 서술해 더욱 흥미롭다.

제목이 소설 같은 〈신가전〉(申哥傳)도 자탄가 계열의 규방가사라고 할 수 있지만, 수법이나 내용이 특이하다. 과부의 외딸이 고자 신랑을 만나 파멸한 내력을 삼인칭으로 서술했다. 고자 신랑이 첫날밤에 헛고 생을 하는 거동을 이렇게 묘사했다.

속속들이 껴입은 것 차례로 벗겨놓고,
못 생긴 것 잘 생긴 체, 무정한 것 유정한 체,
사냥개 되었던지 휘뚜루 바라본다.
시앗이 되었던지 이 신을 꼬집는다.
달밭을 갈았던지 헐떡임도 헐떡인다.
저 혼자 애를 쓴들 종쇠 없는 맷돌이요,
꼬부라진 방아로다.
밤새도록 애만 쓰고.

한 문장이 길게 이어져 여러 줄에 걸쳐 있는 규방가사의 문체에서 벗어나 한 마디 한 마디 따로 떨어진다. 거듭 애를 써도 허사가 되고 마는 것이 상대방의 고난만은 아니다. 그 지경에 이르러야 하는 것이 외롭고 가난한 사람이 겪어야 하는 수난이다.

〈화전가〉라는 제목을 붙여놓고 덴동어미라는 여자가 험난한 일생을 회고하는 사연을 적었다는 작품은 예사 화전가와 구별해 〈덴동어미화전가〉라고 부르는 것이 마땅하다. 겨우 이어질 정도로 무식한 말투로 하층민의 처절한 수난을 그렸다.

뗀동어미는 이방의 딸이며 이방집에 시집을 갔는데, 남편이 그네 뛰다가 떨어져 죽어 17세에 과부가 되었다. 개가를 했더니 둘째 남편은 군포 때문에 빈털터리가 되어, 타관에 가서 드난살이를 하며 월수를 놓아 돈을 늘렸지만, 괴질이 돌아 돈 쓴 사람들과 함께 죽었다. 지나가는 등짐장수를 얻어 살다가 다시 과부가 되고 말았다.

엿장수를 만나 아들을 낳고, 별신굿을 할 때 한몫 보려고 엿을 고다가 불이 나서, 남편은 타죽고 자식은 데어서 이름을 뗀동이라 하게 되었다. 살아나갈 길이 없어 뗀동이를 업고 고향인 경상도 순흥으로 돌아갔다. 남들은 화전놀이를 하며 즐기는 자리에서 그동안 겪은 일을 길게 이야기해서 받아 적은 사연이라는 이유에서 작품 이름을 화전가라고 했다. 셋째 남편과 함께 도부를 할 때의 일을 이렇게 말했다.

남촌 북촌에 다니면서 부지런히 도부하니
돈 백이나 될 만하면 둘 중 하나 병이 난다.
병 구려 약 시세 하다 보면 남의 신세 지고 나고,
다시 다니면 근사 모아 또 돈 백 될 만하면
또 하나이 탈이 나서 한 푼 없이 다 쓰고 나니.
도부 장수 한 십년 하니 장바구니 털이 없고,
모가지가 자라 목 되고 발가락이 무지러진다.

고난이 닥쳐오는 양상을 잘도 그렸다. 그래도 좌절하지 않았다. 거듭된 개가로 운명을 개척하려는 의지를 나타내고 사회적인 제약을 무릅쓰고 살기 위해서 갖가지로 애쓰는 모습을 아주 실감 있게 보여주었다. 사대부 부녀자들의 규방가사를 본떠서 변형시키는 수법을 써서 하층민의 반발을 나타냈다. 화전가를 짓는다 하고서 모두들 즐기는 광경을 서술하다가, 거기 모인 사람들은 전혀 겪어보지 못한 경험을 내놓았다. 반역의 작품이 나타나 규방가사의 의의가 더욱 확대되었다고 할 수 있다.

규방가사에 대한 새로운 연구가 서영숙, 《한국여성가사연구》(국학
자료원, 1996) ; 이정옥, 《내방가사의 향유자 연구》(박이정, 1999) ;
나정순, 《한국 고전시가 문학의 분석과 탐색》(역락, 2000) ; 나정순
외, 《규방가사의 작품세계와 미학》(역락, 2002)에서 이루어졌다. 박경
주, 〈18세기 절명가사에 나타난 사대부 여성의 순절의식〉, 《국어국문
학》 128(국어국문학회, 2001) ; 박요순, 〈가사 '신가전'고〉, 《숭전어문
학》 6(숭전대학교, 1977) ; 박혜숙, 〈여성문학의 시각에서 본 '덴동어
미화전가'〉, 《인제논총》 8(인제대학교, 1992) 등의 작품론도 있다.

9.9.8. 애정가사의 양상

애정가사라고 할 것들은 언제 생겨났는지 알기 어렵다. 작가를 알 수
있는 것이 하나도 없고, 연대를 고증할 만한 자료가 발견되지 않는다.
그러나 작품의 성격과 내용을 들어 살피면, 시대적인 위치를 알 수 있
다. 사랑의 감정은 어느 때든지 있었고 문학작품에서 표현된 내력도 오
래되었지만, 인간관계의 질서가 흔들려 고독이 표면화되는 시대에 이
르자 심각한 문제를 일으켜 애정가사를 만들어냈다. 애정소설이나 사
설시조와 상통한 내용을 지닌 애정가사도 생겨나 인기를 끌었다.

애정가사의 전형적인 모습을 〈상사별곡〉(相思別曲)에서 찾을 수 있
다. 〈상사별곡〉은 표제를 〈단장이별곡〉이나 〈상사진정몽가〉라고도 하
고 문구의 출입이 심해, 작품 이름이기도 하고 갈래 이름이기도 하다.
'상사'는 서로 생각한다는 원래의 뜻을 벗어나, 이루어지지 못하는 일방
적인 사랑, 상사병이 들 만큼 심각한 사랑을 일컫는 말이다. 그런 상사
때문에 견딜 수 없는 괴로움을 하소연하는 것이 공통적인 내용이다.

상사가 어떻게 해서 생겼는지 연유는 밝히지 않았다. 사랑하는 님이
누구인지, 살아 있는지 죽었는지 알 필요도 없게 했다. 대상은 젖혀놓
고 자기 자신에 대해서만 말하면서, 고독과 번민을 천지만물에 견주었

다. 천지는 광활하고 만물은 번성한데 자기 홀로 님을 그리며 외로움을 참을 수 없다고 하는 것이 예사이다.

　　천지 인간 이별 중에 날 같은 이 또 있는가?
　　해는 돋아 저문 날에 꽃은 피어 절로 지니
　　이슬 같은 이 인생이 무슨 일로 생겼는고?

　상사의 원인은 고독이다. 고독하기 때문에 누구라도 그리워하고 사랑하지 않을 수 없고, 사랑이 이루어지지 않는 탓에 비탄이 심해져 인생이 온통 허망하다고 했다. 작품외적 세계에 대해서 알려주려고 하지 않고 작품내적 자아를 확대해 서정적 성향이 두드러진 가사가 되었다. 가사를 해체하는 길로 나아갔다고 할 수도 있다.

　그것은 사회변화를 크게 살펴야 이해 가능한 사태였다. 도시경제의 발달과 함께 이해관계에 따라 재구성되는 조선후기 사회에서 전통적 유대관계에서 단절된 개인이 출현해 새 시대의 목소리를 들려준 것이 사태의 본질이다. 지금까지 통제되던 정서를 마구 분출하는 낭만적 감상주의의 첫 징후를 보여주었다고 말할 수도 있다. 그 전통이 1920년대까지 이어져 시민문학의 한 주류를 이루었다.

　〈상사별곡〉의 기본 설정에서 벗어나 누구를 사랑한다고 말할 때에는 정상적으로 결합될 수 없는 상대를 택했다. 사랑의 대상을 여승으로 한 것도 있고, 기혼자로 한 것은 더 많아 유행이 되다시피 했다. 막연한 사랑을 불가능한 사랑으로 바꾸어놓아 고독과 번민을 키웠다. 〈단장사〉(斷腸詞)에서는 기혼 남성이 기혼 여성이리라고 생각되는 님을 그리다가 죽을 지경에 이르렀다고 했다. 장가들지 않은 총각이 기혼 여성을 짝사랑해서 애태우는 사연이 〈규수상사곡〉에 나타나 있다. 한 대목을 들어보자.

　당초에 약한 몸이 가슴 막혀 어려워라.

> 서찰한 저 여자야 무심하기 끝이 없다.
>
> 상사로 죽게 되니 그 아니 네 탓인가?
>
> 누웠은들 잠이 오며, 앉았은들 님이 오랴?
>
> 답답이 자심하여 잠 못 들어 원수로다.
>
> 애매한 이 내 몸이 너로 하여 병이 되니,
>
> 혈맥이 줄어들고, 수족이 서늘하다.
>
> 오를 숨만 남아 있고, 내릴 숨은 전혀 없다.

"서찰한 저 여자야"는 "내가 서찰을 보낸 여자"라는 말로 이해된다. 거절하는 답장을 받았다고 보기는 어렵다. 상대가 유부녀이니 반응을 보이지 않는 것이 당연하다고 인정하지 않고, 자기 사정만 늘어놓으며 원망을 하고 있다. 심리 묘사를 자세하게 하는 것은 전에 없던 일이다. 도리는 전혀 갖추지 않았지만 표현은 절실해서 독자의 마음도 움직이게 한다.

〈상사회답가〉는 사랑을 하소연하는 사람에게 유부녀가 긍정적인 해답을 한 사연을 다루었다. 두 남녀는 한 마을에서 같이 살았었는데 사랑을 나눌 기회를 갖지 못한 채 헤어졌다고 했다. 남자가 여자를 잊지 못해 편지를 보내자, 여자는 도리와 사랑 사이에서 고민하다가 마침내 지난날의 잘못을 후회하고 만날 약속을 하기에 이르렀다고 했다. 대담한 결단을 내린 대목을 들어보자.

> 그런 마음 가졌으면 어찌하여 잠잠한고?
>
> 다른 곳 가기 전에 무심히 있지 말고,
>
> 우리 서로 어렸을 적 한가지로 놀았으니,
>
> 나와 언약한 길 없이 혼자 마음 무슨 일고?
>
> 섭섭한 이 내 마음 생각하니 후회로다.

이런 노래에서 말하는 사랑은 정신적인 것만이 아니었다. 서로 그리위하며 마음을 주고받는 관계가 이상적으로 고양된 사랑이라고 하는 정신주의는 나타나지 않았다. 규방가사와 연결되어 있는 여성주의 취향보다 애정소설이나 사설시조에서 남성의 관심을 나타낸 방식에 더 많이 이끌렸다. 남성 독자도 정신적 사랑을 찬미하기까지 시간이 필요했다.

남녀가 함께 등장하는 애정가사는 서사적인 수법을 갖추었다. 교술문학의 기본특징이 흐려지고 한편으로는 서정적인, 다른 한편으로는 서사적인 가사가 나타나는 것이 갈래 해체의 조짐임을 다시 확인할 수 있다. 애정가사의 두 가지 형태가 그런 작용을 양쪽에서 했다.

〈양신화답가〉(良辰和答歌)라는 것을 보자. 장래를 약속한 남녀가 사랑하는 모습을 핍진하게 그렸다. 원앙이 쌍으로 놀고 봉황이 서로 앉아 천도를 희롱하듯 한다고 비유를 하는 데 그치지 않고, 새벽닭이 울자 여자가 깜짝 놀라 이부자리에서 일어나는 광경까지 그렸다. 〈이별곡〉이라고 해서 제목을 보면 평범하기만 한 작품에서는, 처녀가 남자에게 봉욕당한 경험을 멋진 말을 동원해 농도 짙게 나타내고, 그 다음 대목에서는 충격이나 상처를 말하는 대신에 〈사랑가〉로 넘어갔다. 문제의 대목은 다음과 같다.

> 나를 조차 오는 거동 위풍이 늠름하며,
> 구름 좇는 청룡 같고 바람 좇는 백호로다.
> 은신할 곳 바이 없네, 방황하는 거동 보소.
> 대천바다 한가운데 풍파 만난 사공같이,
> 나무들도 없는 곳에 매에 쫓긴 꿩이로다.
> 잔약한 아녀자로 제 어데로 피신할까?
> 세류같이 가는 허리 후리쳐 덥석 안고,
> 운우지정(雲雨之情) 이룰 제 원앙비취 쌍유로다.

〈노처녀가〉라는 것들도 애정을 희구하는 뜻을 흥미롭게 나타냈다.

신체가 온전하지 못해 시집가지 못하고 나이 쉰이 넘은 노처녀가 "음양의 배합법을 낸들 아니 모를손가?"라고 푸념을 하더니, 홍두깨에다 옷을 입혀 신랑이라면서 혼례 지내는 거동까지 그려내 웃음이 들어가고 가슴을 뭉클하게 한다. 단편소설집 〈삼설기〉(三說記)에 수록되어 있고, 〈꼭독각시전〉이라는 소설로 개작되기도 한 작품이다.

가난한 좀양반이 체면에 맞는 혼처를 고르다가 마흔 살이나 되는 딸을 노처녀로 남겨두었다는 〈노처녀가〉도 있다. 아버지는 "혼인 사설 전폐하고 가난 사설뿐"이니 딸은 애가 타고, 오는 손님이 행여나 중매장이인가 하고 기다려보면 환자 재촉하는 풍헌·약정이라고 했다. 가문의 체면을 지키는 것은 불가능한데 딸만 희생시키니 우스꽝스러운 노릇이 아닐 수 없다.

가난을 면하고 사위의 덕을 보기 위해서 어린 딸을 늙은이의 후처로 보내는 사람들이 있었다. 자기를 희생한 딸을 효녀라고 칭찬했다. 그런데 〈원한가〉라고 해서 제목에서부터 반감을 나타낸 가사는 열일곱의 나이로 백발노인을 남편으로 맞이해야만 한 처지를 심하게 원망했다. 젊은 부부를 보면 질투가 나서 남편이 원수처럼 생각된다고 하고, 은금도 싫고 부귀도 싫다고 외쳤다. 늙은 신랑이 "능충하고 수상하고 징그럽고 어이없다", "얼음 같은 두 손결은 백골인들 더 찰손가"라고 했다.

시조에서는 기녀시조가 한 하위갈래를 이루지만 가사는 그렇지 않아, 기녀가사라고 할 것이 드물게 발견된다. 기녀들의 가사, 서간, 시조 등을 모아놓은 국문 필사본 〈소수록〉 서두에 실려 있는 〈해영(海營) 명기 명선이라〉라고 한 것이 한 본보기이다. '해영'은 해주이다. 해주 기생 명선이 자기 삶을 되돌아본 자술가이다.

열두 살 때 남자를 상대하기 시작해서 열여섯이 되었을 때에는 사또 아들 김진사의 자식을 임신했다. 부친의 임기가 다 된 탓에 김진사와 이별하지 않을 수 없어 죽으려고 하다가 뜻을 이루지 못했다. 다행히 한양으로 오라는 김진사의 전갈이 있어 한양둥이라고 지은 아들을 안고 길을 가면서 지나는 곳마다 새삼스럽게 느껴지는 감회를 절실하게 나타내면서 작품을 이었다.

이름 모를 기녀가 지은 〈녹의자탄가〉도 있다. 집이 가난한 탓에 기녀가 되어 많은 남성의 사랑을 받는 동안에는 교태를 자랑하며 방자하게 굴었는데 이제 늙어서 아무도 찾는 이 없이 처량한 신세가 되었다고 한탄했다. 초년에 마음잡아 착실한 낭군에게 몸을 맡겨 부부의 즐거움을 누리지 않은 것이 크게 후회된다고 했다.

윤영옥, 〈상사계 가사 연구〉, 《어문학》 46(한국어문학회, 1985) ; 정재호, 〈상사화답가류가사고〉, 《낙은강전섭선생화갑기념논총 고전문학연구》(창학사, 1992) ; 정병설, 〈해주기생 명선의 인생독백〉, 《문헌과 해석》 15(문헌과해석사, 2001) 등의 연구가 있다.

9.9.9. 잡가의 출현

가사는 사설이 길게 이어지므로 음악적인 변이는 줄여야 제대로 전달될 수 있는 점에서 시조와 달랐다. 노래부른다기보다는 읊기만 하는 이른바 음영가사(吟詠歌辭)에 머무른 것이 그 때문이다. 고저나 장단의 변화가 일정한 범위 안에서 제한되어 있고 같은 방식으로 되풀이되었다.

그런데 조선후기에는 전문적인 소리패가 많아져 영업종목을 다채롭게 하려고 가사도 곡조를 붙여 노래했다. 그런 것은 가사(歌辭)라 하지 않고 가사(歌詞)라고 했는데, 오늘날의 용어에서는 음영가사와 구별해서 가창가사라고 일컫는다. 가창가사는 음악이 다채로워야 하는 탓에 사설이 단순하지 않을 수 없었지만 더러는 주목할 만한 작품이 있다.

가창가사의 기본 형태는 십이가사(十二歌詞)라고 하는 것들이다. 서울지방의 전문적인 소리패가 개발해서 전승한 십이가사는 민속악인 판소리보다는 격이 높은 정악에 속한다고 했지만, 정악과 민속악 중간쯤 되는 격조를 지녔다고 보는 편이 타당하다. 허두가보다 한자어를 더 많이 쓴 것들도 있으면서 시정인의 삶을 다룬 사설 또한 적지 않다. 많은 소재를 모아 공연을 다채롭게 하려고 했으므로 문학적인 성격은 일정하지 않다.

〈양양가〉(襄陽歌)는 한시에 토만 단 형태이고, 〈어부사〉(漁父詞)는 이현보의 작품에서 유래했다. 〈수양산가〉(首陽山歌)와 〈처사가〉(處士歌)는 은일가사의 기풍을 따랐다. 〈권주가〉(勸酒歌)는 술을 권하면서 부르는 상투적인 노래이다. 〈백구사〉(白鷗詞)와 〈매화타령〉(梅花打令)은 시조를 앞세우고 그 비슷한 사설을 이것저것 모아 만든 것이어서, 연이 나누어지고 중간에 여음이 들어가는 〈죽지사〉(竹枝詞)·〈길군악〉과 함께 가사 형식에서 벗어났다.

애정가사의 대표작이라고 든 〈상사별곡〉도 십이가사에 포함되었다. 〈황계사〉(黃鷄詞)와 〈춘면곡〉(春眠曲)도 이별을 탄식한 애정가사이다. 〈황계사〉는 "병풍에 그린 황계(黃鷄) 두 나래를 두덩 치며" 울어야 이별한 낭군이 오려는가 하는 사설에서 제목을 따왔으며, 앞뒤 전개가 일관성을 갖추지 않았다. 〈춘면곡〉에서는 봄잠에서 깨어난 남자가 녹의홍상의 미인을 만나 육감적인 사랑을 나눈 것을 잊지 못해 애태운다고 했다.

판소리를 부르기에 앞서서 먼저 부르는 허두가(虛頭歌) 또는 단가(短歌)라고 하는 것도 문학적인 성격을 규정한다면 가창가사의 일종이다. 기본 장단인 중모리로 부르고, 길지 않아야 하는 것은 공연상의 요건이다. 사설의 내용은 한자어를 많이 넣어서 유식한 척하며 인생이 무상하다는 것들이 많다. 양반 좌상객의 취향을 따르면서, 판소리의 광대가 무식하지 않다는 것을 보여주기 위해 그렇게 했다고 생각된다.

잡가(雜歌)라고 하는 것은 가창가사와 밀접한 관련을 가지고 있다. 잡가 또한 직업적인 소리패가 부르며 흥행을 하던 공연종목인데, 소리패의 지체가 한 등급 낮고 음악이 민속악이라고 해서 따로 구분했다. 잡가라는 말에 천하게 여기는 뜻이 나타나 있다. 잡가는 가창가사와 함께 가사의 변형에 속하기도 하고 가사를 해체하면서 등장한 독자적인 갈래이기도 한 양면성을 지녔다. 서정적 성향이 애정가사나 가창가사에서보다 더욱 두드러진 것이 문학적인 특징이다.

　가사에 십이가사가 있듯이 잡가에도 십이잡가가 있었다. 이것 또한 서울지방에서 생겨나고 전승되었다. 그 둘을 문학의 관점에서 견주어 보면 십이잡가가 더 비속하다고 하기 어려워 음악의 구분이 문학의 구분과 어긋난다. 십이잡가라고 하는 것들은 대부분 판소리에서 가져왔다. 〈소춘향가〉(小春香歌)와 〈십장가〉(十杖歌)는 〈춘향가〉의 한 대목이고, 〈적벽가〉(赤壁歌)는 같은 이름의 판소리에서, 〈제비가〉는 〈흥부가〉에서 따왔다.

　판소리와 관련을 가지지 않고 독자적으로 이루어진 잡가도 있음은 물론이다. 그 좋은 본보기가 〈유산가〉(遊山歌)이다. 한 대목을 들어본다.

> 이 골 물이 주루룩 저 골 물이 솰솰,
> 열의 열 골 물이 한 데 합수(合水)하여,
> 천방져 지방져 소코라지고
> 펑 퍼져 넌출지고 방울져,
> 저 건너 병풍석(屏風石)으로 으르렁 콸콸,
> 흐르는 물결이 은옥(銀玉)같이 흩어지니.

　산천을 찾아가서 구경하자는 사설을 사대부가사에서 흔히 쓰던 문구로 구성하다가 시늉말을 적절하게 구사해 아주 생동하는 느낌을 나타낸 점이 새롭다. 한 줄에 몇 토막이 들어 있는지 분간하기 어려울 정도로 형식이 산만해진 점도 주목할 만하다.

　잡가에 휘몰이잡가라는 것이 있다. 십이잡가와 함께 서울지방에서 발달한 휘몰이잡가는 빠른 율동에 맞추어 비슷한 말을 계속 열거하는 것을 특징으로 삼는다. 긴잡가라고도 하는 십이잡가를 부르는 소리판에서 끝 순서를 휘몰이잡가로 장식해 흥을 고조하고, 익살스러운 느낌으로 청중을 사로잡았다. 휘몰이잡가는 수법을 보면 사설시조와 아주 비슷하다. 〈맹꽁이타령〉은 사설시조라고도 하기에 사설시조를 다룰 때 자세하게 살핀 바 있는데, 어느 쪽이 먼저인지 분간하기 어렵다.

그것과 버금갈 정도의 인기를 모은 휘몰이잡가에 〈곰보타령〉·〈바위타령〉이 있다. 〈곰보타령〉은 탈춤에서 노장을 욕보이듯이 얼굴이 얽은 승려를 놀리는 사연인데, 얽은 모습을 여기저기 견주어 거침없이 열거하는 수작이 걸작이다. 〈바위타령〉은 배고파 지은 밥에 돌도 많고 뉘도 많다고 하는 서두를 내놓고서 돌을 바위로 키워, 서울 여러 곳에 있는 온갖 바위를 열거했다.

> 그 밥에 어떤 돌이 들었더냐?
> 초벌로 새문안 거지바위 문턱바위 문바위,
> 동구 집에 곱바위 안바위 밖바위,
> 누루각골로 나려 필운대 삿갓바위,
> 남산 끼끼리바위 애고개 걸바위,
> 쌍룡 적에 좃바위 봉학정 벼락바위,
> 모화관 선바위 홍제원 치마바위.

어처구니없는 과장에 묘한 뜻이 있다. 밥이 험하다고 해서 고생이 많다는 것을 암시하고, 곳곳에 바위가 솟아 있어 살아가기 어렵게 한다고 익살맞게 말했다. 민화 가운데도 가관인 바위그림을 그려놓고서 거기다 빗대서 자기 처지와 세상 형편을 말했다.

잡가는 범위가 아주 넓다. 서울의 선소리패들이 부르는 〈산타령〉도 잡가의 하나인데 서정적인 감흥을 돋우는 사설로 이루어져 있다. 몇이 서서 일렁이면서 앞뒤로 오가고 춤도 섞으며 장구 장단에 소리를 하는 광경이 흥미롭다. 〈산타령〉은 황해도까지 분포되어 있으며 〈놀량가〉라는 것과 연관된다.

황해도에서부터 평안도까지 부르는 서도잡가는 〈수심가〉, 〈영변가〉 등 여러 가지이고, 전라도의 〈새타령〉·〈육자배기〉 같은 것들은 남도잡가라 한다. 각 지방의 민요 가운데 직업적인 소리패가 흥행 종목으로 삼느라고 장단과 가락을 가다듬은 것은 모두 잡가라고 할 수 있다. 이런 규정은 잡가와 민요를 구별하는 데 유용하게 쓰인다.

김학성, 〈가사의 실현화 과정과 근대적 지향〉, 《근대문학의 형성과 정》(문학과지성사, 1983) ; 〈잡가의 사설 특성에 나타난 구비성과 기록성〉, 한국고전문학회 편, 《국문학의 구비성과 기록성》(태학사, 1996) ; 이노형, 〈잡가 '유산가'에 대하여〉, 《한국고전시가작품론》(집 문당, 1992) ; 서인석, 〈가사와 소설의 갈래 교섭에 대한 연구〉(서울대 학교 박사논문, 1995) ; 정재호, 〈잡가고〉, 《한국가사문학연구》(태학 사, 1996) ; 정재호, 〈잡가집의 특성과 문학사적 의의〉, 《한국시가연 구》 8(한국시가학회, 2000) ; 김은희, 〈십이가사의 문화적 기반과 양 식적 특성〉(성균관대학교 박사논문, 2002) ; 이형대, 〈휘모리잡가의 사설 짜임과 웃음 창출 방식〉, 《한국시가연구》 13(한국시가학회, 2003) 등에서 잡가와 관련된 문제를 다루었다.

9.10. 불교·도교·천주교문학

9.10.1. 불교한시의 맥락

임진왜란 때 승려들이 의병을 일으키자 불교 중흥의 계기가 마련되는 것 같았다. 세상에 기여하는 바라고는 도무지 없다고 지탄을 받고 억눌려 있던 승려들이 나라를 위해서 적극 기여했으니 평가가 달라질 수 있었다. 휴정(休靜)과 유정(惟政)을 따라 의병에 가담한 세대는 열등의식에 사로잡혀 안이한 도피를 하던 자세를 청산하려고 했다.

그러나 과제는 벅차고 힘이 모자랐다. 공적이 어느 정도 인정을 받았다고 해서 불교에 대한 억압을 누그러뜨릴 수 있었던 것은 아니다. 호국불교를 표방하는 것이 사상 혁신의 적절한 방안일 수는 없었다. 내실이 더욱 문제였다. 산중에 들어앉아 도를 닦는 고고한 자세를 다시 강조하다보면 시대변화에서 더욱 뒤떨어지지 않을 수 없었다. 이래저래 고민이었다.

유학을 이념으로 한 지배체제가 불신을 받고 흔들리고 있어 불교가 반격을 시도할 만했는데 타협을 기대하는 데 머물렀다. 선종(禪宗)만 숭상한 탓에 이론 저술을 할 능력이 감퇴되었다. 유학과 불교는 다를 바 없다고 하는 논의를 다시 펴기나 했다. 기존의 불교가 약화되자 교단 밖에서 새로운 신앙운동이 일어났다. 미륵신앙을 내세우는 불만세력이 민심을 장악하고 민란에 가담했다. 다른 종교의 등장은 더욱 주목할 만하다. 도교가 새삼스럽게 관심을 끌었다. 서학이라고 일컬어지는 천주교가 들어와 파문을 일으켰다.

불교 승려들이 자기 나름대로 고민하고 모색한 바를 표현한 작품이 없었던 것은 아니다. 한시를 짓는 데 계속 열의를 가져, 남긴 작품이 적지 않다. 예기하지 않던 역설로 깨달음을 나타내려고 하는 선시(禪詩)를 되풀이해 짓는 동안에 충격효과가 줄어들자, 자기 각성과 인식의 새로운 방향을 찾으면서 가야 할 길과 실제의 형편이 어긋나는 데서 생기는 갈등을 다루었다. 사대부 문인과의 교류는 더욱 제한되고 한시를 지어 행세거리로 삼거나 교화를 베풀고자 한 것도 아니었으므로, 누가 알아주지 않아도 그만인 진실 발견의 문학을 하고자 했다.

호를 정관(靜觀)이라고 한 일선(一禪, 1533~1608)은 승려들이 의병으로 나선 결과 불교가 타락하게 되었다고 근심했다. 융복(戎服)을 벗고 납의(衲衣)를 걸치고 깊은 산에 들어가 종적을 끊고는, 시냇물을 움켜 마시고 비름을 삶아먹으면서 도를 닦는 자세를 가다듬어야 한다고 했다. 휴정의 법맥을 이어 불교를 중흥하려고 했다. 그러나 뜻대로 되지 않아 좌절을 겪는 승려의 고민과 수난을 절실하면서도 격조 높게 나타내는 작품을 남겼다. 〈행로난〉(行路難)이라고 한 것을 보자.

早脫紅塵出故關	일찍이 홍진을 벗어나 고향을 떠나서
芒鞋踏破遍名山	짚신 신은 채 명산을 두루 둘러보았노라.
昔年秋月隨雲去	지난해 가을에는 구름을 따라 가고,
今日春風渡水還	오늘 봄바람에 물 건너 돌아왔다.
肉味那知蔬味苦	고기 맛으로야 나물 맛이 쓴 줄을 어찌 알며,
錦衣誰識衲衣寒	비단옷 입고서야 장삼이 찬 줄 누가 알리.
欲歸故園煙霞裡	고향의 안개 노을 속으로 돌아가고 싶어도,
萬里悠悠行路難	만 리나 아득해서 길 가기가 어렵구나.

승려가 되어 고향을 떠나고 세속을 작별했으면 그만일 터인데, 명산을 찾아서 돌아다니는 것도 쉬운 일이 아니며, 겹치는 고난을 벗어날 수 없어서 고향으로 돌아가고자 해도 길 가기가 어렵다고 했다. 고향은 출발점이자 도달점이어서 뜻하는 바가 단순하지 않다. 길 가기가 어렵다는 말에도 정신적인 의미가 내포되어 있다. 초탈한 경지에서 노닐어야 할 승려의 시가 어찌 이럴 수 있는가 반문할지 모르나, 고난과 바로 맞서야 어벌쩡한 상태에서 자기기만을 하지 않을 수 있다.

호를 부휴(浮休)라고 한 선수(善修, 1543~1615)는 일선보다 연하이

지만 일찍 출가해서 휴정과 법통으로 형제가 되는 사이였고 조카뻘 되
는 유정과 아주 가깝게 지냈다. 한때 의병으로 나가기도 했으나, 은둔
하면서 수행으로 일생을 보냈다. 유정이 세상을 떠나자 지은 〈만송운
장〉(輓松雲章)이라는 시에서 너그러운 마음으로 중생을 사랑하고 나라
를 위해 몸을 잊었던 공적을 찬양했다.

전란이 끝나자 참선의 원리를 밝히고 방법을 가다듬는 데 힘쓰고, 많
은 제자를 길러 교단을 이끌어나가는 인재가 되게 했다. 시작에서도 높
은 경지에 이르렀다. 〈차송계당운〉(次松溪堂韻)이라고 한 칠언율시의
서두와 결말을 들어보자.

> 早罷風塵西復東　　일찍이 풍진 속에서 동서로 다니다가
> 新開幽室碧山中　　푸른 산 속에다 그윽한 집 새로 지었네.
> 　　　　……
> 林泉終老有餘樂　　임천에서 노년을 보내니 즐거움이 넉넉한데,
> 何用狂猖哭路窮　　어째서 미친 듯 울면서 길이 막혔다 하겠는가.

풍진 속에서 동서로 다녔다는 것은 전란 때 있었던 일이다. 이제 힘
든 시련이 끝났으니 세상에 대한 근심 때문에 울부짖지 말고 산으로 돌
아가자고 했다. 인용하지 않은 중간 대목에서는 대·솔·국화를 심어
옛사람의 자취를 잇고 달 아래서 영롱한 시를 읊는다고 했다. 그런 정
취를 내세워 노년의 즐거움이 넉넉하다고 자랑하려고 하지만, 세상을
잊고 은거하면 해결책이 생긴다고 믿기에는 문제가 너무 심각했다.

사명당(泗冥堂)이라는 호로 더 잘 알려진 유정(1544~1610)은 임진
왜란 때에 크게 활약하고, 그 뒤에도 계속 어려운 과제를 맡아 일본을
왕래했다. 그 과정에서 경험한 바를 시문으로 나타냈다. 시는 막힐 것
이 없는 기상을 나타내는 것을 특징으로 삼았다. 〈숙불정암〉(宿佛頂庵)
이라고 한 것을 보자.

海雨夜宴宴	바다 비가 밤에 줄곧 내리더니
朝晴出白日	아침에 날 개자 밝은 해가 떠올랐네.
高臺坐望遙	높다란 집에 앉아 멀리 바라보니
蕩蕩滄溟滴	바닷물이 끝없이 출렁이는구나.
何處是扶桑	어느 곳이 바로 해뜨는 곳이더냐
鵬度長天濶	붕새는 넓은 하늘을 길게 날아가네.

　부처 이마라는 암자에서 자고 일어났다. 밤 동안 줄곧 바다에 비가 내렸다고 한 데서는 시련이 암시되어 있지만, 그 다음 대목에서는 모든 문제가 해결되고 탁 트인 공간을 빛과 율동이 가득 채운다. 그것은 번민하고 고난을 겪은 끝에 마침내 깨달은 사람만 한 아름 안을 수 있는 부처 이마의 빛이라고 해도 좋다. 가능성과 희망만 넘치니 세상에 나가 크나큰 과업을 아무 구김살 없이 이룩할 수 있었다.

　추붕(秋鵬, 1651~1706)은 가장 방대한 문집을 남긴 승려이다. 세상에 나가서 활동하지 않고 유가 문인들의 평가도 구하지 않으면서, 계율을 엄격하게 지키고 불교 수행에만 힘썼다. 〈오도시〉(悟道詩)에서 하늘과 땅이 분명치 않아 오래 고민했더니 한 줄기 미친바람이 불어 온 세상이 맑아진다고 했다. 그렇다고 해서 초탈한 것은 아니다. 흥(興)이라고 한 기쁨과 회(懷)라고 한 슬픔이 엇갈린 시를 썼다. 시로써 마음의 위안을 삼아 늙고 병든 처지를 위안하다가 시가 도(道)보다 앞설 수는 없다고 했다.

　태능(太能, 1562~1649)은 13세의 나이에 스스로 결단을 내려 출가하고 불법의 바른 길을 찾으려고 일생 동안 노력했다. 어디 한 곳에 머물러 고요함을 즐긴 것은 아니다. 호를 소요(逍遙)라고 하면서 스스로 표방한 바와 같이, 쉽사리 안주하지 않으려는 자세를 보였다. 주체의 자유를 획득해 객체의 구속으로부터도 벗어나는 절대적인 자유를 추구하고자 하면서 좌절을 느끼기도 하고 보람을 찾기도 했다. 그 과정을 호방한 기풍의 시로 나타내는 독자적인 경지를 보여주어 크게 주목된다.

〈차한장로운〉(次閑長老韻)에서는 나그네의 시름 때문에 잠을 이루지 못하고 밤을 지샌 끝에 새벽을 알리는 종소리가 싸늘하게 들린다고 했다. 〈새의현법사〉(賽義玄法師)의 한 대목에서 "虛空不是藏身處 看取風前帶雨松"(허공은 몸 감출 곳이 되지 못하나니 바람 앞에서 비를 맞고 있는 소나무를 보게나)이라고 한 데서는 은거의 내막을 여지없이 드러냈다. 숨는다고 될 일이 아니며, 모든 것이 텅 비었다느니 본래 아무것도 없다느니 하는 말로 위안을 삼으려고 하면 번뇌만 더 커질 수도 있었다. 움츠러들지 말고 크게 뻗어나 무엇이든지 아우를 수 있는 깨달음을 얻어야 하는데, 그 길을 버려두고 어리석은 짓만 하고들 있다고 나무랐다.

大地山河是我家	대지며 산하가 바로 내 집인데,
更於何處覓鄉家	어디에서 다시 고향집을 찾으려는가?
見山忘道狂迷客	산을 보다 길 잃은 미친 나그네
終日行行不到家	종일토록 가고 가도 집에는 못 가네.

제목을 〈무제〉(無題)라고만 해서 무엇을 나타내며 왜 지었는지 밝히지 않았다. 집을 찾는다는 것은 생각하기에 따라서 여러 가지 뜻이 있다. 집은 머무를 곳이고, 나그네로서의 방황을 끝낼 수 있는 종착점이고, 되찾아야 할 진실이기도 하다. 그러나 그 어느 집도 집이 아니어야 집이다.

어디 머무르고자 하고, 방황을 끝내고자 하고, 진실을 구태여 가리려고 하는 탓에 모든 가능성을 스스로 차단해버린다. 집이니 고향이니 하는 관념을 쉬우면서도 날카로운 말로 타파했다. 선종의 시가 한때는 신기했으나 되풀이하다보니 진부해지고 사대부가 전원을 찾을 때 즐겨 쓰는 표현을 물려받거나 하는 판국에, 새롭게 길을 찾아 섬뜩한 충격을 주었다.

인습화된 사고를 깨려고 파격적인 언사를 사용하는 선종의 방법을 되풀이해서 쓰다가 진부하게 되었다. 토끼 뿔이니 거북이 털이니 하는 파격이 정격으로 바뀌고, 옛날 조사(祖師)들의 기발한 언행을 들먹이는 관행이 인습으로 굳어졌다. 그런 형편을 타개하려면 말만 다시 하지 않고 행동을 해야 했다.

모든 관념에서 벗어나 파격적이고 자유로운 삶을 보여주는 데 원효보다도 앞선 사람이 자기 시대에 있다는 것을 보여주어야 했다. 어느 법맥에도 속하지 않고 자기 나름대로 수행을 했다는 진묵대사(震默大師) 일옥(一玉, 1562~1633)은 그런 사람이었다. 승려 가운데도 방외인이어서 장난삼아 도술을 부렸다는 익살맞은 이야기를 작품 대신에 남겼다.

중관(中觀) 해안(海眼, 1567~?)은 휴정의 법맥을 이었으면서도 파격의 노선을 개척했다. 〈대은암설〉(大隱庵說)에서 청산을 버리고 세속에 섞여서 오가는 것이 크게 숨는 길이라 했다. 선종의 사상을 새롭게 한 데다 도가의 발상을 섞어 자유를 누리는 방외인이라야 진실을 보여준다고 했다.

유학에서 인심 · 도심을 논하는 것을 조롱한 〈조인심설〉(嘲人心說)에서 "屋漏無愧眞是樂 勿令平地起干戈"(새는 집을 부끄러워하지 않는 것이 참된 즐거움이니, 평화로운 땅에서 전쟁이 일어나지 않도록 하라)라고 했다. 사람은 잘못하는 것이 있게 마련인 줄 알고 지내면 근심할 것이 없는데, 실현 불가능한 훈계를 하느라고 언성을 높이고 인상을 쓰는 것이 가소롭다는 말을 그렇게 했다. 〈취두산청량대영모양태수〉(鷲頭山清凉臺迎牟陽太守)라고 한 것을 보자.

一衲浮遊漢	누더기 하나로 떠돌아다니는 녀석
乾坤自在身	천지 사이의 자유로운 몸이다.
白雲堪作室	흰 구름으로 방을 만들고,
紅樹好爲隣	붉은 나무로 좋은 이웃을 삼네.
虧滿觀天道	차고 기우는 것에서 천도를 보고,

猶謙聽鬼神　　겸양 삼아 귀신의 말을 듣는다.
從今歸有路　　지금부터 돌아갈 길이 있으니,
何必問行人　　무엇 때문에 행인에게 물으랴.

제목을 보면 별것 아닌 듯한 시가 엉뚱한 내용이다. 집착도 없이 기대하는 바도 버리고 누더기 하나 걸치고 떠돌아다니면 자유롭다고 했다. 천지만물의 이치를 새삼스럽게 캘 것도 없고, 길을 묻는 것이 어리석다고 했다. 있는 그대로 사는 것이 깨달은 경지라고 한 말이다.

양치기로 자처해 호를 편양(鞭羊)이라고 한 언기(彦機, 1581~1664)는 깊은 산속에서 수도하는 것이 마땅치 않다면서 숯장수나 물장수까지 했다고 하지만, 민중불교에 가까워지려는 노력이 시를 통해서 표현된 자취는 찾기 어렵다. 고요하고 아름다운 작품을 쓰는 데 머무르다가, 〈청충성〉(聽蟲聲) 같은 데서는 벌레소리를 들으니 늙고 병든 처지가 더욱 서럽다고 했다. 취미(翠微) 수초(守初, 1590~1661)는 시가 상당한 경지에 이르렀다고 하지만 문제의식은 오히려 흐려졌다고 할 수 있다.

전란을 겪고서 분발하고자 했던 세대가 물러나자 고민하고 모색하기보다는 불만스러운 조건에서라도 안주를 하고 어느 정도나마 인정을 받으려는 것이 새로운 풍조로 등장했다. 백곡(白谷) 처능(處能, ?~1680)은 〈간폐석교소〉(諫廢釋敎疏)를 제출해 불교에 대한 억압을 시정해 달라고 요구했던 일로 널리 알려졌다. 그러나 불교가 당면하고 있는 곤경을 구체적으로 지적해 말하는 대신 유학의 고전을 널리 인용하고 유식한 고사를 두루 동원한 명문을 써서 설득력을 얻고자 했다.

처능은 시문을 짓는 솜씨가 대단하다고 인정되어 사대부 문인들과 사귈 수 있었다. 세상을 떠나자 곧 나온 〈백곡집〉(白谷集)에 실려 있는 김석주(金錫冑)와 정두경(鄭斗卿)의 서문에서 처능의 시는 옛사람의 격조를 갖추었다고 칭찬했다. 작품은 한시의 오랜 규범을 따르면서 공허하고 쓸쓸한 느낌을 감각적으로 표현한 것들이다. 사대부 문인들이

색다른 맛에 이끌릴 만했다. 〈추일기정인존숙〉(秋日寄呈忍尊宿)이라고 이름붙인 한 수를 들어본다.

霜着楓林藥盡紅　　단풍 숲에 서리 내리고 붉은 작약 시들려는데,
隔簾輕靄小溪風　　발 너머 가벼운 안개 작은 시내로 날린다.
多情最愛黃昏月　　정겹고 사랑스럽기 으뜸인 황혼녘의 달이
來照幽人寂寞中　　그윽하게 지내는 이 적막한 마음에 와서 비친다.

　연담(蓮潭) 유일(有一, 1720~1799)은 불교문학이 유가의 평가를 받아야 하는가를 두고 이중의 태도를 보였다. 나라에 경사가 있으면 임금의 덕을 칭송하는 시를 지었다. 채제공(蔡濟恭)의 문집 발간을 치하하는 시에서는, 임금이 거룩하니 경술(經術)과 공명으로 나라의 역사를 빛내는 신하가 있다고 했다. 유가처럼 행세하면서도 내심으로는 불교의 독자적인 노선을 굳게 지키고 화엄학의 이치를 시로 나타내려고 힘썼다. 이룬 것이 없다고 자책하면서 성실하게 도를 찾는 자세를 다졌다.

　인악(仁岳) 의첨(義沾, 1746~1796)은 유학에 가까이 다가갔다. 홍직필(洪直弼)이 〈인악집서〉(仁岳集序)에서 유생인지 승려인지 구별하기 어렵다고 했을 정도로 유학을 받아들이고, '만법일심'(萬法一心)이라는 명제를 내세워 모든 이치를 하나로 아우르고자 했다. 그러나 불교가 필요한 것은 내세를 위한 기원을 담당하기 때문이었다. 정조가 아버지 사도세자의 명복을 빌기 위해서 수원에다 용주사(龍珠寺)를 세우는 일을 맡아 명문으로 평가되는 〈불복장문〉(佛腹藏文)과 〈제신장문〉(祭神將文)을 지었다.

　초의(草衣) 의순(意恂, 1786~1866)은 정약용과 가까이 지냈으며, 차를 가꾸고 마시는 데 힘써 널리 알려졌다. 차에 관해 알아두어야 할 사항을 정리해 적고 〈다신전〉(茶神傳)이라고 했다. 차를 기리는 노래 〈동다송〉(東茶頌)은 더욱 널리 알려졌다. 차의 내력과 종류를 자세하게 밝히고, 끝으로 차를 마신 느낌을 다음과 같이 노래했다.

明月爲燭兼爲友	명월은 촛불이 되고 벗이 되며,
白雲鋪席因作屛	백운이 자리 펴고 병풍 두른다.

竹籟松濤俱蕭凉	대 젓대 솔 파도 맑기도 하구나.
淸寒瑩骨心肝惺	청한이 뼛속까지 밝혀 마음을 깨워주네.

밝은 달과 흰 구름이 아늑하게 감싸준다고 했다. 대나무와 소나무에
서 일어나는 바람이 맑은 기운을 전해준다고 했다. 청한한 느낌이 심신
을 정화하고 각성시켜준다고 했다. 차를 마시는 것을 불교의 깨달음을
얻는 것과 동일시해서 그렇게 말했다.

〈도암십영〉(道庵十詠) 같은 선시를 지으면서 선의 경지를 따로 분리
시키지 않고 일반 문인들의 탈속한 취향과 부합되는 표현을 얻으려 했
다. 〈진묵선사유적고〉(震默禪師遺蹟攷)를 지어, 파격적인 기행을 일삼
았던 진묵대사 일옥에 관한 민간전승을 수록하고 민중불교로의 전환을
꾀한 것 같은 말을 서문과 발문에다 남겼지만 자각이 투철했다고 하기
는 어렵다.

이종찬,《한국불가시문학사론》(불광출판사, 1993) ; 이진오,《한국
불교문학의 연구》(민족사, 1997)에서 총론을 ; 양희철,〈소요 태능 선시
의 개오(開悟) 체험〉,《동양학》18(단국대학교 동양학연구소, 1988) ;
변동빈,〈편양당 언기의 시세계〉,《동악한문학논집》6(동악한문학회,
1992) ; 이동재,〈초의 선사의 시문학고〉,《동악한문학논집》3(1987)
에서 각론을 전개했다.

9.10.2. 불교가사의 기능 확대
불교는 위로 지혜를 구하고 아래로 중생을 교화한다고 표방한다. 지
혜를 구하기 위해서는 스스로 수행해서 얻은 바를 이론적인 저술로 나

타내거나 한시로 읊었다. 중생을 교화하기 위해서는 의식을 거행하는 데 쓰고 신도들이 널리 부를 수 있는 노래가 필요했다.

의식에 소용되는 노래는 일찍부터 있었으며 〈범음집〉(梵音集)을 시대마다 다시 엮어 정리했다. 그런데 그것들은 한문을 사용했으므로 일반신도가 쉽게 부를 수 있는 우리말 노래가 따로 필요했다. 고려말에 출현한 불교가사가 최초의 가사였는데, 유학자들의 가사에 밀렸으므로 분발이 요망되었다. 유학에 입각한 교훈을 가사를 통해 널리 펴는 데 맞서서 불교가사의 중흥을 꾀해야 했다.

1704년(숙종 30)에 처음 판각한 〈보권염불문〉(普勸念佛文)에 〈서왕가〉(西往歌)·〈낙도가〉(樂道歌)·〈회심곡〉(回心曲)을 수록한 것이 가장 오래된 불교가사 자료이다. 고려 때 혜근(惠勤)이 지었다고 하는 〈서왕가〉와 〈낙도가〉는 오랜 구전을 정착시켰다고 인정된다. 〈회심곡〉은 휴정(休靜, 1520~1604)이 작자라고 하는 새로운 작품이다. 질서가 무너지고 도리가 어긋나 살기 어려운 시대에 이르렀으니 불교의 가르침에 따라 염불을 하면서 마음을 고쳐야 한다고 했다.

> 인심이 대변하여 천신이 발노하여
> 대호악귀 몰아내어 비명악귀 수없으며,
> 한지풍파 자주 들어, 천문만호 기근하여,
> 김가 박가 사람마다 부모처자 분리하여,
> 농상 천변 남의 땅에 여기저기 기사하니
> 참혹하다 주검이여, 다만 조객 까마귀라.

이런 대목에서 임진왜란의 참상을 서술했다고 생각된다. 대호악귀(大虎惡鬼)가 몰려나와 비명악사(非命惡死)가 수없고, 자연의 재해마저 자주 들어 굶어죽는 사람의 참혹한 주검이 널려 있는 것은 예삿일이 아니다. 난세의 고통에서 벗어나려면 불교에 귀의해야 한다고 하려고 그렇게 말했다.

〈회심곡〉이라는 것은 여럿 더 있어, 〈별회심곡〉(別回心曲), 〈특별회심곡〉(特別回心曲), 〈속회심곡〉(續回心曲) 등으로 지칭된다. 그런데 원래의 〈회심곡〉과는 딴판이고 그것들끼리는 서로 비슷한 내용이다. 한 번 죽어서 이 세상을 떠나는 것이 허망하고 지옥 가기가 두려우니, 살았을 때 불교를 믿으라고 했다. 상두꾼의 노래에 올라 널리 유행하고 있는 〈회심곡〉도 있다.

침굉(枕肱)이라고 한 현변(懸辯, 1616~1684)은 소요 태능의 법통을 이은 선승인데, 유학의 교양도 아울러 지니고 윤선도(尹善道)를 따르며 영향을 받았다. 문집 〈침굉집〉(枕肱集)에 〈귀산곡〉(歸山曲)·〈태평곡〉(太平曲)·〈청학동가〉(靑鶴洞歌)라는 가사를 시조 한 수와 함께 남겼다. 작자와 출처가 분명한 불교가사이지만 작품의 성격에서는 예외라고 해야 할 것들이다.

승려가 시조를 창작한 것은 아주 드문 일인데, 짜임새가 제대로 갖추어져 있지 않다. 가사는 사대부의 은일가사와 상통하는 수법으로 자기 생활을 되돌아보면서 불교계의 현실을 개탄한 내용이며, 일반 신도를 향해서 불교를 믿으라고 포교하는 데 쓴 것은 아니다. 형식이 산만하고 한자어가 많이 들어가 있어 읽고 외기 어렵다.

〈귀산곡〉에서는 세간의 욕망을 버리고 산중에 들어가 도를 닦으니 즐겁다고 했다. 〈태평곡〉은 잡스러운 승려들이 불법을 망치는 것을 나무라고 올바른 수행을 하자고 다짐한 내용이다. 불법에 관해서는 무지하면서 함부로 지껄이는 줄 모르고 다른 승려와 남녀 신도들이 합장하고 손을 비비니 가관이라고 했다. 〈청학동가〉는 예로부터 은둔처라고 한 지리산 청학동을 찾아가 경치를 노래한 작품이다.

지형(智瑩)이라는 승려가 한 해 전에 지었다고 하는 것을 1795년(정조 19)에 간행한 〈전설인과곡〉(奠說因果曲)은 방대한 규모의 불교가사집이다. 지형은 어떤 인물인지 밝혀지지 않지만 작품이 불교가사를 대표할 수 있는 짜임새와 내용을 갖추고 있으니 교단에서 상당한 위치를 차지했으리라고 짐작된다. 수록된 노래를 하나씩 살펴보자.

먼저 제목을 따로 붙이지 않은 서곡에서는 삼라만상 만물 가운데 사람이 으뜸이라 하고서 선행을 하면 천당 가고 악행을 하면 지옥 간다고 했다. 〈지옥도송〉(地獄道頌)에서는 지옥에 떨어져 형벌을 받아야 할 악행을 열거하고 고통에서 벗어나라고 권고했다. 지옥을 묘사한 대목을 몇 줄 들어보자.

> 우치음욕 즐겨 하면 열상지옥 떨어져서,
> 쇠 이 돋은 제악귀신 몸으로써 불을 내매
> 다함없이 핍박하고,
> 철까마귀 철악수는 뒤좇으며 뜯어내어,
> 칼수풀의 고통성이 원근처에 악악 하고,
> 아당시비 망언하면 철환옥에 떨어져서,
> 철환동즙 자주 먹여 고통성을 길게 하고.

악업을 지은 바에 따라서 각기 다른 지옥에 떨어진다고 했다. 지옥에 떨어져서 받아야 하는 형벌이 얼마나 고통스러운가 알려주려고 이렇게 말했다. 지옥탱화에 그림으로 그려놓은 광경을 말로 옮겼다. 그 둘이 합쳐져서 강렬한 인상을 주어, 악업을 짓지 않도록 했다. 지옥을 다룬 대목이 작품 전편에서 가장 생생하다. 그 다음부터는 묘사가 아닌 설명으로 말을 이었다.

〈방생도송〉(傍生道頌)과 〈아귀도송〉(餓鬼道頌)이 그 다음 과정이다. 방생이란 짐승이고, 아귀는 배고픈 귀신이다. 어떤 종류의 악행을 하면 그런 지경에 이르는가 말했다. 〈인도송〉(人道頌)과 〈천도송〉(天道頌)이 이어져 나왔다. 어느 정도의 선행을 하면 사람으로 다시 태어나고, 불법을 잘 닦으면 천당에 갈 수 있다고 했다. 끝 대목 〈별창권락곡〉(別唱勸樂曲)에서 사람이 되기 어려우니 착한 일을 하라고 거듭 권유했다.

지형이 지었다는 가사는 이밖에 〈참선곡〉(參禪曲), 〈수선곡〉(修善曲), 〈권선곡〉(勸善曲) 등이 더 있다. 어느 것이든 불교를 믿고 선업을 지으라고 권고한 내용이다. 자기는 모든 이치를 다 알고 있어 미욱한 중생을 깨우치느라고 가사를 짓는다는 자세이다.

그 가운데 〈권선곡〉은 〈선중권곡〉(禪衆勸曲)·〈재가권곡〉(在家勸曲)·〈빈인권곡〉(貧人勸曲)으로 나누어, 승려와 일반 신도 그리고 빈민이 각기 해야 할 일을 열거했다. 빈민을 대상으로 한 노래를 따로 둔 것이 흥미롭다. 다음과 같은 대목에서 빈민생활의 실상을 드러냈다.

> 날로 심한 고생살이 병고액난 당하니,
> 전량 전돈 남의 사채 자연 모여 전관 되니,
> 일신이 농란토록 주야 없이 벌어본들,
> 갚을 형세 할 수 없고, 우마축생 넋일런가?

병고에 시달리고 액운을 만나, 남의 사채를 낸 것이 늘어나 일신이 허물어지도록 벌어도 갚지 못할 지경에 이르렀다. 그러면 어떻게 해야 하는가? 현세에서는 해결책이 없다. 부귀와 빈천은 전생에 지은 업에 따라 결정된 줄 알아 다음 생에서는 빈천을 면하려거든 원망하지 말고 시기하지도 않는 착한 마음을 가지라고 했다. 신앙을 내세워 갈등을 무마시켰다.

〈장안걸식가〉(長安乞食歌)라고 한 가사는 그렇지 않고, 사회 문제를 진지하게 다루었다. 누군지 모를 작자가 자기는 서울 장안 여러 곳으로 걸식을 하며 다니는 승려라고 했다. 지나는 곳마다 만나는 사람들을 하나씩 자세하게 관찰하고 의문을 제기하면서 작품을 이끌어나갔으며, 설득하고 권유하는 말을 앞세우지 않았다. 내세를 위해 선업을 지으라고 하지 않고 지금 살고 있는 방식을 되돌아보자고 했다.

서울 장안에서 볼 수 있는 여러 사람의 서로 다른 삶을 자세하게 살펴 거대한 규모의 풍속화를 그렸다. 조정 관원에서 시작해서 늙은이, 오입쟁이, 공인, 기생, 거름장수, 시전 상인, 걸인, 죄수, 불구자, 술 마시는 사람, 담배 피는 사람 등을 등장시켰다. 각기 자기 나름대로 구속

되어 있는 상태에서 서로 다투면서 사는 것이 본래의 모습은 아니라고
했다. 고통 받는 사람들에게 특히 관심을 가지고 본래 청정하고 자유로
운 자아를 상실한 것을 안타깝게 여겼다.

> 밤눈 어두운 저 사람아,
> 지혜광명 어디다 두고 대명천지 못 보느냐?
> 벗고 굶은 저 걸인아,
> 법회식을 어디다 두고 기갈핍신 주렸느냐?
> 오라 수갑 저 죄인아,
> 신엄백옥 어디다 두고 항쇄족쇄 무슨 일이냐?

지혜광명을 지니고, 굶주림에서 벗어나고, 고귀한 신체를 정결하게
가지는 본래의 자아가 상실된 고통을 이렇게 말했다. 고통을 자기 스스
로 만들었으므로 마음을 바르게 하면 바로 벗어던질 수 있는가? 그렇
다고 대답하는 불교의 이치가 무력해지는 데까지 이르러 불교로는 해
결하지 못할 문제를 제기했다.

〈승가타령〉(僧歌打令)에 〈송여승가〉(送女僧歌)·〈승답가〉(僧答歌)·
〈재송여승가〉(再送女僧歌)·〈여승재답가〉(女僧再答歌)가 이어져 있는
일련의 작품은 불교가사이면서 또한 애정가사이다. 〈승가타령〉 서두에
서 사랑을 말한 대목을 들어보자. 사랑하는 님을 멀리 두고 괴로워하는
심정을 나타냈다.

> 어와 벗님네야, 이 내 말씀 들어보소.
> 세상에 나온 인생 임의로 못할 일은
> 마음에 드는 님을 내 맘대로 못 하오면
> 병이 들어 죽을 터이매 기록하노라. ……
> 천만 금 잃은 듯이 정신이 아득하여
> 두 눈이 희미하다 길이 점점 멀어가니

춘교(春郊)에 우는 새는 이 내 간장 베는 듯
별로(別路)에 구름 끼고 이정(離程)에 안개로다.

누구나 부를 수 있는 보편적인 사연을 갖춘 사랑 노래라고 할 수 있는데, 창작 경위에 관한 기록이 있어 주목된다. 조수삼(趙秀三)의 〈기재기이〉(秋齋記異) 〈삼첩승가〉(三疊僧歌) 대목에서, 이름은 기록하지 않기로 했다는 남참판(南參判)이 젊어서 두미(斗彌)라는 곳에서 만난 여승을 잊지 못해 사랑을 간절하게 하소연하자, 여승이 환속해서 그 사람의 첩이 되었다는 내력을 말하고, 칠언절구 한 수로 노래 내용을 옮겨놓았다. "삼첩"이란 총론격인 제1첩 〈승가타령〉에 이어, 문답한 노래 두 편씩이 제2첩과 제3첩을 이룬다고 보아 사용한 말이라고 생각된다.

필사본 자료에는 작자가 "남철"이라고 한 것이 있다. "계묘"(癸卯) 3월 29일 "망월사"(望月寺)의 "옥선"(玉禪)이 노래를 지어 보낸다고 한 것도 있다. "계묘"는 1723년(경종 3)이 아닌가 한다. "두미"는 지금의 서울 월계동으로 추정된다. 망월사는 도봉산에 있는 절이다. 〈송여승가〉에서 "월하(月下)의 연분인지 삼생(三生)의 원수런지/ 두미(斗尾) 월계(月溪) 좁은 길에 남 없이 둘이 만나"라고 한 것이 기록되어 있는 사실과 부합된다.

이상보, 《한국불교가사전집》(집문당, 1980) ; 김주곤, 《한국불교가사연구》(집문당, 1994) ; 김종진, 《불교가사의 연행과 전승》(이회문화사, 2002) 등을 참고할 수 있다. 박요순, 〈여승가사고〉, 《한남어문학》 16(한남대학교 국어국문학회, 1990) ; 김필남, 〈연정가사 '승가' 실상 고찰〉, 《어문학》 81(한국어문학회, 2003)에서 문제의 작품을 고찰했다.

9.10.3. 도교문학의 가능성

유불도(儒佛道) 삼교는 대등한 위치에서 서로 보완하기도 하고 경쟁하기도 하는 관계에 있다는 것이 오랜 통념이었다. 그런데 도교는 지배적인 사상으로 등장한 적이 없고, 종교로서 뚜렷한 조직과 교리를 갖추지도 못했다. 도가 또는 노장(老莊) 사상을 얼마쯤 지닌 문학이야 어느 때든지 있었다고 하겠지만, 도교라는 종교에 기반을 둔 도교문학은 한번도 뚜렷한 모습을 나타내지 않았다. 그러나 조선후기에 이르러서는 도교와 관련된 문학이 만만치 않은 흐름을 보여 한 차례 거론할 필요가 있다.

유가에서 요구하는 공부를 했으면서도 방외인으로 밀려나지 않을 수 없게 된 사람들이 도가적인 취향을 지니고 체제에 반발했던 양상은 조선전기에도 찾을 수 있었는데, 조선후기에는 좀더 주목할 만한 사태가 벌어졌다. 두 차례 전란을 겪고 지배체제의 허점이 한층 심각하게 노출되자, 유학을 비판하고 사상의 전환을 이룩하기 위해서는 도가사상 또는 도교를 그 방책으로 삼아야 한다는 움직임이 가시적인 형태로 나타났다.

그런 인물 가운데 먼저 권극중(權極中, 1585~1659)을 주목할 필요가 있다. 김장생(金長生)의 문하에서 성리학을 공부하고 벼슬길에 나아가기도 한 사람이 유불도 삼교는 근원이 같다는 논리를 내세워 도교를 옹호하고 깊이 탐구한 점이 예사롭지 않다. 그래서 얻은 생각을 시로 나타낸 것들 가운데 〈태극〉(太極)이라고 한 것을 들면 다음과 같다.

有箇沒頭尾	저 머리도 꼬리도 없는 것을
三家共此宗	삼가에서 모두 으뜸으로 삼네.
思之大是錯	생각하면 크게 어긋나고,
畵乃强形容	그림 그리면 억지 형용이라.
往往無心得	이따금 무심히 얻고,
時時罔象逢	때때로 형체 없는 데서 만나네.
雖然未離物	그러나 물에서 떨어지지 않아,

翠竹與寒松   푸른 대 찬 소나무와 같네.

태극의 이치는 논의의 대상이 아니고 마음에서 체득해 자기 변혁을 이루는 데 써야 한다고 했다. 그래서 세상을 잊고자 한 것은 아니다. 사회 비판의 입각점을 도가 사상에서 마련했다. 〈신악부풍자시〉(新樂府諷刺詩) 20수를 지어 위정자의 잘못을 풍자해 백성의 어려움을 알고 고치도록 했다. 〈동린자〉(東隣子)라는 시에서는 큰 뜻을 지니고 실현하지 못하는 인재가 가련하다 하고, 권필(權韠)이 풍자시 때문에 희생된 것을 원통하게 여겼다.

김현(金晛, 1606~1683) 또한 유가의 선비가 되고자 하다가 도가로 방향을 돌린 사람이다. 일찍이 진사가 되는 데 그치고 초야에 은거해 살면서 가식이 아닌 진정한 안분자족(安分自足)의 길이 도가에 있다는 것을 발견했다. "기쁨과 성냄, 슬픔과 즐거움이 생겨나지 않고, 옳음과 그름, 사랑과 미움 때문에 어지러워지지 않는" 것이 마땅하다고 〈조어설〉(釣魚說)에서 말했다. 유가에서 슬기로운 사람은 물을 좋아하고, 어진 사람은 산을 좋아한다고 해온 데 대해서 다음과 같은 말로 반론을 제기하는 〈산수〉(山水)라는 시를 지었다.

觀水初無智   물을 보아도 애초부터 슬기가 없고
樂山亦不仁   산을 즐겨도 또한 어질지 않네.
智仁非我事   슬기롭고 어진 것은 내 일이 아니라도,
幸得養心神   다행히도 마음은 기를 수 있네.

유가와 도가를 아우르려고 하는 정도에 머무르지 않고 더 나아간 사람들도 있었다. 비밀리에 전해지는 신선술을 익혀 세속의 구속에서 벗어나면서, 유학에 밀려나 망각된 역사의 맥락을 찾는 과업을 해동선파(海東仙派)에서 수행했다고 한다. 그런데 믿을 만한 자료를 찾지 못해 실상을 고찰하기는 어렵다. 많은 비기(秘記)가 전하고 있으며, 〈청학

집〉(靑鶴集)이나 〈규원사화〉(揆園史話)가 특히 주목할 만한 내용을 지 녔다고 한다. 그런데 미래에 대한 예언이라면서 수록한 내용을 보면, 일제의 침략을 받은 뒤에 이루어졌다고 보는 편이 타당하다.

〈해동전도록〉(海東傳道錄) 또한 의문의 책이다. 인조 때 관가에서 어 느 승려의 바랑을 수색하다가 나온 책을, 고을 원이 1647년(인조 25)에 이식(李植)에게 보내 세상에 전해졌다는 말을 아주 부정하기는 어렵 다. 저자는 한무외(韓無畏)이고, 저작 연대는 1610년(광해군 2)이라고 했다. 저자가 누군지 모를 인물 곽치허(郭致虛)에게서 도맥을 이어받 고 책을 썼다고 했다.

서두에서 신라 때의 김가기(金可紀), 최승우(崔承佑), 그리고 승려 자혜(慈惠)가 당나라 도사 종리(鍾離)를 만나 도교의 비법을 전수받은 것이 해동 도맥의 시발이라고 했다. 종리는 앞으로 8백 년이 지나면 해 동에서 도교가 크게 일어나리라고 예언했다 했다. 최승우와 자혜가 귀 국해서 전한 비법이 최치원(崔致遠), 조운흘(趙云仡), 김시습(金時習), 정희량(鄭希良) 등을 통해서 이어지고, 이름이 알려지지 않은 인물들 도 깊이 관여했다. 비밀의 일단은 드러나고 일단은 드러나지 않았다고 하는 이중의 구조가 갖추어지게 했다. 나타난 양상을 이해하고, 잠재적 인 역량에 더 큰 기대를 걸게 했다.

홍만종(洪萬宗, 1643~1725)이 짓고 뒤의 사람이 증보한 〈해동이적〉 (海東異蹟)은 〈해동전도록〉과 비슷한 내용이면서 성격이 다르다. 도교 가 아닌 유학을 입각점으로 한다고 표방한 저자가 송시열(宋時烈)의 발 문을 얻어 의심을 사지 않도록 하고, 역대 문헌에 올라 있는 도가 취향 인물들의 행적을 모아 도가열전(道家列傳)을 편찬했다. 유가열전과 불 가열전은 예로부터 있었으니 도가열전도 갖추는 것이 당연하므로 막거 나 나무랄 일이 아니었다.

도가열전은 비기류와 달라 행적이 드러나 있는 인물만 인정하고, 비 밀의 영역을 남기지 않았다. 〈해동전도록〉에 등장한 유명인물은 거의 겹친다. 곽치허나 한무외는 없다. 그렇지만 해동의 도맥이 중국의 신선이 아닌 단군에서 시작되어 혁거세와 동명왕으로 이어졌다고 했다. 해동선파 또는 오늘날의 용어로는 주체적 도가사상이라고 하는 것을 내심으로 지지했다.

〈해동이적〉서두에서 한 말을 보자. "우리 동방은 산수가 천하의 으뜸이고, 세상에서 일컫는 삼신산(三神山)이 모두 나라 안에 있다"고 하고, 그 정기를 타고난 인물들이 뜻을 펴지 못했다는 것을 암시했다. 세상을 버리고 자취를 감춘 이들이 선문(禪門)에 몸을 의탁하기도 하고, 산림에 숨기도 하고, 성시(城市)에 섞여들기도 한 자취를 찾아내야 한다고 했다. 여러 인물을 다루다가 끝으로 곽재우(郭再祐)에 이르러, 홍의장군(紅衣將軍)이 되어 나서서 왜적을 크게 무찌르고는 벼슬을 마다하고 방술(方術)을 배우러 입산한 까닭이 쥐를 잡은 다음에는 고양이가 필요 없게 된 데 있다고 했다.

유학에 매달려 지배체제가 편협하고 무력하게 된 탓에 민족의 역량이 마멸되었다는 생각을 〈순오지〉(旬五志)에서도 여러 차례 암시했다. 안팎의 군사들은 대부분 헛된 장부에만 올라 있고, 크고 작은 병기는 문서로만 갖추어놓았으니 외적의 침입을 받자 패망하지 않을 수 없게 되었다고 개탄했다. 고구려 시대의 웅건한 기상을 못내 그리워했다.

이의백(李宜白, 1711~?)은 과거에 낙방하고 실의에 빠졌다가 자기 집안에서 전해지는 도가 수련에 힘쓴 인물이다. 도가의 인물들과 어울려 산수 사이에서 노닐면서 견문한 바를 〈오계일지집〉(梧溪日誌集)에서 기록했다. 자기 생애에 대한 술회도 있고, 단군 이래 자기 시대에 이르기까지의 역대 선인(仙人)의 내력에 관한 자료도 수록되어 있으며, 스승이나 벗들과 함께 노닐면서 보고 듣고 느낀 바도 취급해 내용이 다양하다.

도가 이인들에 관한 신이하고 흥미로운 설화가 이따금 있다. 자기 스승 한휴휴(韓休休)는 하늘에서 내려온 선녀가 얼마 동안 가난한 총각의 배필이 되어 태어났으며, 산 속 바위 밑 돌궤에다 단군시대에 써놓은 비결을 알고 있다고 했다. 세상에 알려지지 않은 놀라운 가능성의 숨은 역사가 있다고 했다.

자료 사정 때문에 자세히 논증하기는 어려우나, 도교문학의 기본 방향은 정리해 말할 수 있다. 유학을 이념으로 한 중세보편주의의 지배체제가 흔들리자 고대자기중심주의를 재인식하면서 비판과 각성을 다시 촉구하는 과업을 도교문학이 맡아 나섰다. 그렇게 해서 근대민족주의를 준비하는 작업의 일단을 맡았다고 할 수 있지만, 도맥을 은밀하게 찾는 폐쇄적이고 비의적인 태도를 청산하지 못하고, 광범위한 민중의 호응을 얻을 수 있는 강령은 없었다. 민란과 깊이 연결된 진인(眞人) 출현설 같은 것을 받아들여서 현실 타개의 예언으로 삼지 않았다. 국문문학의 새로운 영역을 개척해 민심을 장악하는 데까지 나아가지 못했다.

도교가사라고 할 수 있는 것들이 없지는 않다. 〈답산가〉(踏山歌), 〈금낭비결〉(金囊秘訣), 〈만산진결〉(萬山眞訣) 등의 제목을 내세우고 풍수에 관한 지식을 전문적인 용어를 사용해서 풀이한 가사는, 풍수가 도교사상의 한 갈래라고 한다면 도교가사라고 할 수 있다. 신라말에 도선(道詵)이 내놓은 비결을 은밀하게 전한다면서, 백두산에서 시작해서 국토의 맥락을 살피고, 나라가 흥하고 망하는 조짐이 산천 형세에 나타나 있다고 하는 가사가 〈최씨유산록〉(崔氏遊山錄)에서는 거편을 이루었다.

이종은, 《한국시가상의 도교사상연구》(보성문화사, 1978) ; 《한국의 도교문학》(태학사, 1999) ; 김현룡, 《신선과 국문학》(평민사, 1978) ; 최삼룡, 《한국문학과 도교사상》(새문사, 1990) ; 윤미길, 〈권극중연구〉(고려대학교 박사논문, 1989) ; 김낙필, 〈권극중의 내단(內丹) 사상〉(서울대학교 박사논문, 1990) ; 손찬식, 《조선조 도가의 시문학 연구》(국학자료원, 1995) ; 최창록, 《한국도교문학사》(국학자료원, 1997) ; 이기현, 〈낭옹(浪翁) 문학상의 도가사상 연구〉, 한국고전문학회 편, 《국문학과 도교》(태학사, 1998) ; 김문기, 〈풍수가사연구〉, 《국어교육연구》 30(국어교육연구회, 1998) ; 박삼서, 《한국문학과 도교사상》(국학자료원, 1998) ; 한국도교문학회 편, 《도교문학연구》(푸른사상, 2001) 등의 연구가 있다.

9.10.4. 천주교문학의 출현

서학(西學) 또는 천학(天學)이라고도 일컬어지던 천주교는 임진왜란 이후 중국을 왕래하던 일부 지식인들 사이에서 먼저 알려졌다. 유학에 대해 반감을 품고 불교, 도교 등의 이단에 두루 관심을 가졌던 허균(許筠)은 중국에 갔다가 서학 관계 서적 몇 가지와 〈게십이장〉(偈十二章)이라는 기도문을 가져왔다. 그 때문에 사학(邪學)의 원류를 마련했다는 혹평을 들었으며, 최초의 신자가 아니었던가 하는 추측을 자아내기도 한다. 유몽인의 〈어우야담〉(於于野談)이나 이수광의 〈지봉유설〉(芝峰類說)에 서학에 관한 언급이 있어서 관심의 확대를 확인할 수 있다.

이익(李瀷)은 천주교 서적을 자세하게 읽고 비판하는 글 〈천주실의발〉(天主實義跋)을 썼다. 백성의 지혜가 밝아진 세상에 아직도 천당이니 지옥이니 하니 당치 않은 말이며, 서양의 선비는 아직도 어둠 속을 벗어나지 못하니 안타깝다고 했다. 이익의 학통을 이은 남인 실학자들 사이에서 천주교에 관한 찬반양론이 치열하게 일어났다. 한쪽에서는 혼란만 일으키는 이단 가운데 이단이니 배격해야 마땅하다고 하고, 다른 쪽에서는 유학의 폐단을 극복하는 길이 거기 있다고 했다.

신후담(愼後聃, 1702~1761)의 〈서학변〉(西學辨)과 안정복(安鼎福, 1712~1791)의 〈천학문답〉(天學問答)에서는 배격론을 폈다. 신후담은 〈천주실의〉를 조목에 따라 검토하고, 불교의 찌꺼기를 모아 불교를 배척하는 데 그치니 허망하다고 했다. 안정복은 현세를 부정하는 말을 특히 불만스럽게 여겨 인류는 모두 멸망해야 마땅한가 하고 반문했다. 그런데 권철신(權哲身), 이가환(李家煥), 이벽(李檗) 등은 상당한 호감을 가지고 접근했다. 이벽은 한때 천주교 신앙을 일으키는 주동자 노릇을 했다.

천주교 배격은 정조 이후의 정치적 상황과 밀접한 관련이 있다. 정조가 이가환을 위시한 남인 소장학자들을 가까이하자 반대파에서는 천주교를 공격하면서 반격을 했다. 천주교는 충효를 부정하며 조상의 제사도 지내지 않는 이단이므로 가담한 무리를 그냥 둘 수 없다고 했다. 정조는 소극적인 탄압을 하는 데 그쳤으며, 천주교가 성행하는 까닭은 오로지 유학이 허해졌기 때이라고 했다.

정조가 가고 순조가 즉위하자 노론 쪽에서 남인을 몰아내는 데 천주교를 이용했다. 1801년(순조 1)에 천주교도라는 죄목으로 권철신 · 이가환 · 정약종(丁若鍾)을 죽이고, 정약전(丁若銓)과 정약용(丁若鏞)을 귀양 보냈다. 그 뒤에 1839년(헌종 5), 1846년(헌종 12), 1866년(고종 3) 세 차례에 걸쳐 적발된 신도가 대거 처형되었지만 교세는 날로 확장되었다.

그런 과정에서 천주교 반대론과 옹호론이 치열하게 전개되면서 글쓰기 방법을 다양하게 했다. 일반 대중을 설득하는 데 가사가 필요하다고 여겨 양쪽에서 다 이용했다. 불교가사의 전례가 적지 않은 참고가 되었다. 천주교를 반대하는 가사는 벽위가사(闢衛歌辭), 천주교를 전도하는 가사는 천주가사(天主歌辭) 또는 천주교가사라고 하는 것이 관례이다.

벽위가사를 먼저 들어보자. 이가환(1742~1801)은 나중에 천주교 신도라는 죄목으로 처형되었지만, 비판자였던 시기에 〈경세가〉(警世歌)를 지어 천주교가 성행하는 것을 경계하고, 천주를 공경하지 않으면 죄가 많아 지옥 간다는데 천만 년 동방 땅에 죽은 사람 억조창생이 모두 다 지옥 갔던가 하고 물었다. 이기경(李基慶, 1756~1819)은 〈벽위가〉(闢衛歌)에서, 유학 입장에서 천주교를 통렬하게 비판했다. 한 대목을 들어보자.

신선도 허탄하고 부처도 괴망하다.
그중의 괴이할사 천주는 무슨 것고?
천도가 지공하여 품물을 생겨내니
내 도리 내 하거든 어느 하늘 죄를 줄까?

천주가사는 이벽(1754~1786)이 1779년(정조 3)에 지은 〈천주공경가〉(天主恭敬歌)에서 시작되었다. 이벽은 천주교 신앙을 위해 적극적으로 나서서 이승훈(李承薰)으로 하여금 북경에 가서 세례를 받게 하고, 이가환과 토론을 해서 승복하게 했다고 한다. 천주교의 원리를 4언 장편 한시로 읊은 〈성교요지〉(聖教要旨)와 함께 국문가사 〈천주공경가〉를 지었다. 〈성교요지〉에서는 천지창조에서 인간의 타락과 구원에 이르기까지를 자기 나름대로의 구상과 표현을 갖추어 나타내면서 동아시아 재래의 상징어들이 기독교적인 의미를 갖도록 하려고 했다. 〈천주공경가〉에서는 천주를 공경해야 할 이유를 누구나 알기 쉽게 설명하려고 했다. 서두의 몇 구절을 들어본다.

> 어와 세상 벗님네야 이내 말씀 들어보소.
> 집안에는 어른 있고, 나라에는 임금 있네.
> 내 몸에는 영혼 있고, 하늘에는 천주 있네.
> 부모에게 효도하고, 임금에는 충성하네.
> 삼강오륜 지켜가자 천주 공경 으뜸이네.

천주를 공경해야 할 이유를 설명하면서 유학에 의한 기존 질서는 침해하지 않으려고 했다. 집안에는 어른 있고, 나라에는 임금 있고, 몸에는 영혼이 있듯이, 하늘에는 천주가 있다는 것으로 천주의 존재를 증명했다. 같은 논리에 의해 부모에게 효도하고, 임금에게 충성하며, 천주를 공경하자고 했다. 그렇게 말해도 여전히 반론이 있기에, 뒷부분에서는 "천당 지옥 가보았나, 세상사람 시비 마소"라고 하고, "시비 마소"라는 말을 되풀이했다.

정약전(1758~1816)의 〈십계명가〉(十誡銘歌) 또한 이벽의 〈천주공경가〉와 같은 해에 이루어졌다고 하는데, 교리를 풀이하는 내용이 좀더 자세하게 갖추어져 있다. 천주교를 옹호하는 데 그치지 않고, 한문을 모르는 일반 신도도 교리에 관해 알도록 하기 위해서 지은 가사이다. 십계명을 하나씩 순서대로 풀이하면서 인생살이를 개탄한 말을 이따금 삽입했다.

국운이 기울어져 흥망성쇠 뚜렷하네.
간신소부 까막까치 헐뜯어서 싸움일세.
자고로 터싸움에 죽고 살고 얼마더냐?
예나 제나 터싸움은 군신서민 일반일세.
우부 되고, 초부같이 어질게 살려더냐?
한 맘 넓게 눈 떠 천주 큰 뜻 알고 나면,
벌레 같은 인간 세사 군 뜻이 전혀 없네.

"거짓 증거하지 말라"는 계명을 풀이하면서 이렇게 말했다. 나라를 근심해서 당쟁을 개탄하는 듯한 서두를 내놓아 공감을 확보하고 일반 서민이 생존을 위해 싸우는 것까지 한데 몰아 벌레 같은 인간이 하는 일은 무의미할 따름이라고 했다. 우부 되고 초부같이 어질게 사는 것도 마땅하지 않으니 천주의 큰 뜻을 알고 받들어야 한다고 했다.

민극가(閔克可, 1788~1840)의 〈삼세대의〉(三世大義), 이문우(李文祐, 1809~1840)의 〈옥중제성〉(獄中提醒)도 천주가사이다. "삼세"는 천당·지옥·현세이다. 그 셋의 관계를 잘 알아 천당에 가고, 지옥에 가지 않을 신앙생활을 현세에서 하자고 했다. 〈옥중제성〉은 체포되어 옥중에서 지은 노래인데, 개인적인 심정을 술회하지 않고 천주교의 교리와 신앙의 자세를 말했다.

국문 교리서도 필요했다. 〈천주실의〉를 위시한 중국판 교리서가 여럿 번역되었지만, 국내 독자들이 쉽게 이해하고 공감할 수 있는 구상과 표현을 갖춘 저술이 있어야 했다. 정약종(1760~1801)이 그 일을 맡아 〈주교요지〉(主敎要旨)를 지으면서, 천주교 자체의 체계나 개념을 앞세우면 반감이 더 커지게 마련이므로 전통적인 사고방식을 출발점으로 삼아 논증을 해나갔다. 유·불·도에서 각기 정립해놓은 용어는 되도록이면 배제하고, 일상생활에서 하는 말을 그대로 살려서 썼다.

천주의 존재를 증명하기 위해 "번개와 우뢰를 만나면 자기 죄악을 생각하고 마음이 놀랍고 송구하니, 만일 천상에 임자 아니 계시면 어찌 사람마다 마음이 이러하리오"라고 했다. 누구나 느끼는 바를 쉽게 이야기한다면서 '죄악'이라는 용어를 집어넣고, 자연의 재앙에 대한 두려움을 천주에 대한 두려움으로 바꾸어놓았다. 사람이 한번 죽으면 입에 꿀을 넣어도 모르고 칼로 몸을 찔러도 모른다는 것으로 육신과 분리된 영혼을 입증하려고 한 대목도 있다.

정하상(丁夏祥, 1795~1839)은 〈상재상서〉(上宰相書)를 한문으로 써서 천주교 탄압이 부당하다고 조정을 상대로 적극 항변했는데, 기본 내용만 알기 쉽게 의역한 국문본도 있다. 점차 하층민이나 부녀자가 더 큰 비중을 가지게 된 신도들 사이에서 통용되는 글은 국문으로 쓰는 경향이 많아졌고 기존의 격식을 따를 필요가 없었다. 그 가운데 〈자책〉이라는 수상록과 〈기해일기〉라는 이름의 순교자 전기집이 특히 주목할 만하다.

〈유한당언행실록〉이라는 것은 이벽의 부인 안동권씨(安東權氏)가 1795년(정조 19)에 썼는데, 천주교 부녀자용 규범서이다. 사대부 부녀들을 대상으로 한 유교 규범서와는 달리 일반 서민 부녀들이 무질서한 생활을 하지 않도록 하고 바로잡는 규범을 제시했다. 문장을 잘 써서 문학 작품으로 평가할 수 있다.

〈이벽전〉은 일명 〈이벽선생몽회록〉이라고도 했듯이 몽유록 형식으로 전개된다. 정학술이라고 한 몽유자가 보니, 이벽이 천상선인의 모습으로 하강하더라고 해서 신비스러운 분위기를 조성했다. 이벽이 몽유자에게 한 말로 비밀스러운 교리를 밝히면서 그런 내용이 자세하게 적힌 〈천주밀험기〉(天主密驗記)가 어디 숨겨져 있다고 전하고, 1846년(헌종 12)의 수난을 예언했다고 했다. 비기에 관심을 가지는 도교적인 요소를 적지 않게 받아들여 천주교를 옹호하는 데 썼다. 1777년(정조 1)에 정약종이 지었다고 작품에 밝혀놓았으나, 이벽을 숭앙하던 후대의 신도가 창작했다고 보아 마땅하다.

〈자책〉은 1801년(순조 1)의 박해를 겪은 사람이 자기 홀로 순교하지 못하고 옥중에서 잔명을 붙여 살아남은 것을 스스로 나무라는 내용이다.

자기의 생활을 성찰하고 잘못을 참회하는 사연이 절실하다. 작자는 최해두로 밝혀졌다. 〈기해일기〉에는 1839년(헌종 5) 박해 때 순교한 신도 78인을 포함한 총원 91인의 전기가 사실 위주로 간략하게 서술되어 있다. 작자로 참여한 현석문(玄錫文, 1779~1846)도 7년 뒤에 순교했다.

박해의 내력을 다룬 회고록 또는 개인별 전기는 이밖에도 몇 가지 더 이루어져 거듭 필사되고 널리 읽혔다. 그렇지만 표현이 소재를 따르지 못했다고 할 수 있다. 지체나 경력으로 보아 하층 백성에 지나지 않는 사람들이 서슴지 않고 죽음을 택한 것은 결코 예사로운 일이 아니므로 새로운 표현양식을 마련해야 감당할 수 있었겠는데, 그럴 만한 겨를도 없었거니와 신앙을 앞세우다보니 문학적 형상화에 관심을 가지기 어려웠다.

천주교문학의 본령은 역시 천주교가사이다. 김대건(金大建)에 이어 두 번째로 신부가 된 최양업(崔良業, 1821~1861)이 천주교가사를 짓는 일을 맡아 1850년경에서 1860년 사이에 모두 22편을 이룩했다. 박해가 멈칫한 동안에 국내 신도를 상대로 교리를 풀이하고, 믿음을 정비하는 방책으로는 가사만한 것이 없다고 판단하고 그동안 몇 차례 시도했던 천주가사 전례를 이어서 교리상 필요로 하는 내용을 모두 갖춘 가사를 한 벌 갖추었다.

50년쯤 전에 불교계에서 지형이 했던 것과 상통하는 과업을 담당했다. 국문만 깨친 일반 신도를 상대하는 데는 가사가 으뜸임을 재확인하고, 종교 논쟁을 가사를 통해 전개했다. 최양업은 자기 교단에서 지형의 경우보다 월등하게 중요한 위치를 차지하고, 가사가 절대적인 권위가 있는 교리를 담은 표준교본이게 했다.

> 부귀영화 얻은들 몇 해까지 즐기오며,
> 빈궁재화 많다 한들 몇 해까지 근심하리?
> 이렇듯 한 풍진세계 안거할 곳 아니로다.
> 인간영복 다 얻어도 죽어지면 허사 되고,

세상고난 다 받아도 죽어지면 그만이라.

총론격인 〈사향가〉(思鄕歌)의 한 대목에서 이렇게 말했다. 세상에 돌아다니는 〈회심곡〉과 비슷하게 서두를 꺼내놓고, 이 세상의 삶에 기대를 걸지 말고 천주가 있는 천당이 영원한 고향인 줄 알고 그리로 가자고 했다. 그런데 가는 길에는 여러 도적이 매복하고 있어서 싸워야 하고, 잘못하다가는 천당이 아닌 지옥으로 향할 수도 있다고 했다. 교리를 설명하는 용어는 달라도 즐거움과 괴로움을 감각적으로 구체화하는 방식은 불교가사와 크게 다르지 않다.

천주교에서 하는 중요한 의식마다 그 의의를 설명하고, 죽은 다음에 심판을 받는 과정은 교리에 따라 〈사심판가〉(私審判歌)와 〈공심판가〉(公審判歌)로 나누어 지었다. 사심판은 죽는 시기에 개인적으로 받는 심판이고, 공심판은 종말에 이르렀을 때 육신이 부활해서 받는 최후의 심판이다. 〈공심판가〉의 한 대목을 들어보자.

오주 예수 법사 되어 문서를 정하시고,
지옥문을 크게 열어 죄인을 들이겠네.
뭇 마귀는 원고 되어 각색 죄악 다 고하고,
호수천신 원척 되어 양심 속인 문서 되니,
대답할 말 아주 없고 도망할 길 전혀 없네.

염라대왕과 최판관이 정좌하고 죄인을 잡아들인 광경을 불교 탱화에 그려놓고 불교가사에서 묘사한 것과 많이 다르지는 않다. 불교와 천주교는 교리가 아주 달라도 불교에서 말하던 천당과 지옥을 천주교에서 받아들여 발상이 비슷해지고, 신도들이 이해하기 쉽게 가사를 지어야 하므로 이미 익숙해져 있는 어법을 이용해야 했다.

최양업은 천주교가 현실적인 문제와 얽혀 있는 양상을 다루거나 박해받은 체험을 끌어들이려 하지 않고 교리 해설에 충실했다. 천주교의

입장에서는 그 점이 현명했다 할지 모르나 천주교문학이 가질 수 있는
의의는 스스로 한정하고 말았다. 천주교문학은 천주교가 일으킨 파문
에 비해 아주 좁은 영역에 머물렀다. 잠시 동안 가사를 이용하다가 포
교의 자유를 완전히 얻은 다음에는 버렸다.

김동욱, 〈서교 전래후의 천주찬가〉,《한국가요의 연구 (속)》(선명
문화사, 1977) ; 김진소, 〈천주가사의 연구〉,《교회사연구》3(한국교
회사연구소, 1981) ; 김옥희, 〈유한당 권씨의 '언행실록'에 관한 연구〉,
《한국학보》27(일지사, 1982) ; 하성래, 〈천주가사의 사적 연구〉(고려
대학교 박사논문, 1984) ; 김신연, 〈'류한당언행실록' 연구〉,《조선시
대의 규범서》(민속원, 2000) ; 김영수 편, 하성래 역,《천주가사 자료
집 (상)》(가톨릭대학교출판부, 2000) ; 김인섭,《한국문학과 천주교》
(보고사, 2002) ; 차기진, 〈조선후기 천주가사 작자와 저작 편수에 대
한 연구〉,《조선시대 사상과 문화》4(집문당, 2003) 등을 참고할 수
있다.

9.11. 한문과 국문, 기록과 표현

9.11.1. 이해의 시각

한문학에서는 시와 구별되는 문을 쓰는 목적과 다루는 내용에 따라 여러 갈래로 다시 나누었다. 〈동문선〉(東文選)에서 본보기를 제시해 흔들림이 없게 하고자 했다. 그러나 한문을 사용했어도 규범을 존중하지 않은 글이 많아지고, 국문으로 쓰는 글이 나날이 늘어나 걷잡을 수 없을 듯한 사태가 벌어졌다.

그런 글을 무엇이라고 통칭할 것인가? 문이라는 개념은 계속 유효하지만, 규범을 갖추고 있는 정통의 글을 지칭하는 편향성이 있어 새롭게 등장한 것들을 논의의 대상으로 삼기 어렵도록 한다. 규범에서 벗어난 자유롭게 쓰는 비정통의 문은 잡기, 잡록, 만록 등으로 일컫던 용어를 사용하는 것이 대안일 수 있으나 지칭하는 범위가 너무 좁다. 다양한 형태의 글을 널리 포괄해서 논하기에는 적합하지 않다.

수필이라는 말을 사용하는 연구자가 적지 않는데, 적절한 용어인지 따져보아야 한다. 수필이라는 말은 전부터 있었다. 정동유(鄭東愈, 1744~1808)는 〈주영편〉(晝永編) 서문에 "수필잡기무전차"(隨筆雜記無詮次)라고 해서, 수필이나 잡기는 순서가 없다고 했다. 〈도재수필〉(陶齋隨筆), 〈한거수필〉(閑居隨筆), 〈일신수필〉(馹迅隨筆) 등의 책 이름도 있다. 그런 데서 쓴 수필이라는 말을 붓 가는 대로 쓰는 글이라고 규정하고 말면 실체가 불분명해진다. 수필이란 잡기, 잡록, 만록 등과 상통하며, 규범에서 벗어난 자유로운 글을 지칭한다. 잡기·잡록·만록·수필 가운데 수필을 대표 용어로 사용하는 것은 적합하지 않고, 그렇게 한다 해도 이득이 없다.

오늘날 수필이라고 하는 것은 가벼운 필치로 신변잡담을 늘어놓으면서 문장을 가다듬는 데 힘쓰는 특징을 지닌 근대문학의 한 갈래이다. 서정시·소설·희곡으로 이루어진 문학의 세계에 그 셋보다 격이 떨어진 준회원이 하나 있다고 인정하는 것이 수필이다. 수필의 개념을 이렇게 이해하고 과거의 문학을 다루는 데 소급해 적용하면 실상이 파악되지 않는다.

문제가 되는 글을 통괄해서 지칭하는 데 문, 잡기, 수필 등보다 교술산문이 더욱 적합하다. 서정・서사・희곡이 아닌 교술을 산문으로 나타내는 작품군이 대폭 늘어나고 크게 변한 것이 사태의 본질이다. 갈래 개념과 시대의 특징을 연결시켜 그 점을 이해해야 한다.

중세문학의 주영역인 교술산문에서 자유롭고 개성 있는 글을 쓰고자 하는 근대인과 상통하는 요구를 실현하고자 했다. 중세의 글인 한문과 근대의 글인 국문을 함께 사용하면서, 기록도 하고 표현도 하는 방식을 다양하게 마련했다. 교술시인 가사가 활발하게 창작되어 큰 구실을 한 것에 상응하는 움직임이 산문에서는 더욱 복잡하게 나타났다. 그것이 중세에서 근대로의 이행기문학의 한 특징이었다.

교술산문은 기록과 표현의 복합체이다. 기록이기에 사실에 관해 알려주면서, 글을 읽는 즐거움을 주는 표현을 갖추었다. 그 둘이 어떤 관계를 가지는가는 언어 사용, 갈래 선택, 작품의 취향에 따라 달랐다. 그 양상이 무척 복잡해 개별적인 고찰을 세심하게 해야 하지만, 어느 정도의 예비적인 논의는 미리 할 수 있다.

한문을 사용할 때에는 작문법의 규범 혁신을 의식하면서 진행하고, 국문 글쓰기는 전례로 삼을 만한 것이 없어 본보기를 만들어나가야 했다. 한문에서 이룩한 갈래 개념을 뒤늦게 받아들인 탓으로도 뒤떨어진 국문이, 생동하는 구어를 받아들여 열세를 만회할 수 있었다. 새롭게 경험한 바를 손상시키지 않고 기록하고자 할 때 한문은 문장 수식을 힘써 해야 하지만, 국문은 말하는 대로 쓰는 것이 뛰어난 표현이다.

번역에 관한 고찰이 또한 긴요한 과제이다. 시에서는 국문 작품의 한역이 그 반대의 것보다 많지만, 산문에서는 한문으로 쓴 것을 국문으로 옮겨 독자를 확대하고자 했다. 주는 쪽이 자랑스럽다고 할 것은 아니다. 새로운 자양분을 받아 한시가 혁신된 데 상응하는 이득을 국문산문이 얻었다. 한문에 들어 있는 정보를 국문으로 다 옮길 수 없어 상당 부분 빼야 하는 대신에 국문에서 만들어 보충해야 하는 적이 적지 않아 글로 쓰는 문학의 총량을 늘려나갔다.

최승범,《한국수필문학연구》(정음사, 1980) ; 국어국문학회 편,《수필문학연구》(정음사, 1980) ; 최강현,《한국고전수필강독》(고려원, 1983) ; 장덕순,《한국수필문학사》(박이정, 1995)에서 수필에 관한 전반적인 논의를 폈다. 유기룡,《한국기록문학연구》(형설출판사, 1978)에서는 국문 교술문학을 기록문학으로 고찰했다.

9.11.2. 대외 관계의 경험 보고

조선왕조는 중국 및 일본과 사신이 오고가는 외교관계를 유지했다. 사신으로 가는 사람들은 외국여행을 하는 드문 기회를 가졌으므로, 보고들은 바를 신기하게 여겨 기록으로 남기는 것을 관례로 삼았다. 그 나라의 사정에 대한 공식적인 보고를 해야 하고 다음 사람을 위한 참고자료도 제공해야 했지만, 일기 형식의 글을 써서 개인적인 감회를 서술하는데 더욱 힘썼다. 산문 기록은 같은 소재를 다룬 사행가사(使行歌辭)보다더 자세한 내용을 갖추어야 했으며, 사실 전달과 의미 부여의 방법이 한층 복잡했다. 새로운 시험을 적극적으로 할 필요가 있었다.

동아시아 각국은 통문(通文)과 통어(通語) 두 가지 방식으로 의사소통을 했다. 통문은 한문으로 쓴 글을 주고받는 방식이다. 공식문서인 국서(國書)를 써 가지고 가고, 사사로이 만나 필담(筆談)을 하거나 한시를 주고받는 것이 통문의 기본형태이다. 상대방과 말을 주고받는 것은 통어이다. 통어를 하는 행위를 통변(通辯)이라고 했다. 통문 담당자가 말을 하고자 하면 역관의 통변 신세를 져야 했다.

외교사절은 통문 담당자와 통어 담당자로 이루어졌다. 통문 담당자는 사대부이다. 높은 지위에 있거나 시문에 능한 문인이 선발되어 정사, 부사, 제술관 등의 직책을 맡았다. 통어 담당자는 역관이었다. 역관의 임무는 같은 사람이 계속해서 맡으면서 전문지식을 간직하고만 있었다. 사대부는 어쩌다가 한 번 사신의 임무를 맡아 외국에 가는 신기한 체험을 했으므로 기행문을 썼다. 통문의 글인 한문을 쓰는 것도 사대부라야 할 수 있었다. 그러나 기행문에 역관을 통해 알게 된 사실이 많이 들어 있으므로, 내용에서는 합작품이라고 할 수 있다.

중국으로는 사신이 한 해에 몇 번 이상 가서, 많은 기행문을 썼다. '조천록'(朝天錄)을 대표적인 명칭으로 한 명나라 기행이 140여 종, 흔히 '연행록'(燕行錄)이라고 한 청나라 기행은 290여 종이 전하는 것으로 확인된다. 일본행 사신은 임진왜란 이후 12회 파견되었으며, '해사록'(海槎錄)이라는 명칭을 자주 사용한 기행문이 20여 종 남아 있으며, 〈해행총재〉(海行摠載)에 집성되었다. 그 가운데 대표적인 예 몇 가지를 들어 고찰하기로 한다.

김육(金堉, 1580~1658)의 〈조경일록〉(朝京日錄)은 병자호란이 일어나던 해인 1636년(인조 14)에 명나라에 마지막으로 파견된 사신의 기록이어서 흥미롭다. 육로가 막힌 탓에 해로로 가서, 상륙하자 마을마다 귀신을 모셔놓고 요행을 바라는 광경을 보았다. 관원들은 나라의 위기는 아랑곳하지 않고 돈만 탐냈다. 거대한 제국이 무너지고 있는 모습을 치밀하게 묘사하면서 역사의 전환을 알아차릴 수 있게 했다.

김창업(金昌業, 1658~1721)의 〈연행일기〉(燕行日記)는 청나라가 중국대륙을 차지하고 안정과 번영을 누리던 1712년(숙종 38)의 기록이다. 병자호란 때 척화파였던 김상헌(金尙憲)의 후손이며 당대 명문 문장가 집안의 일원인 작자가 자기 형 김창집(金昌集)이 사신으로 가는 데 동행해 어떤 변화가 있었는지 살폈다. 서두에서는 한인(漢人)이 호인(胡人)과 뒤섞인 것이 애석한 일이라 하고, 본문에서는 명분론의 사고를 버리고 생활의 실상을 구체적으로 파악하는 데 힘썼다. 기강이 없고 모든 일을 뇌물로 해결한다는 소문은 사실이 아니라고 했으며, 새로운 활력을 인정해야 한다고 했다.

홍대용(洪大容, 1731~1783)이 1765년(영조 41)에 청나라에 갔던 견문을 기록한 〈담헌연기〉(湛軒燕記)는 사항별로 구분해서 작성한 사실 보고서이다. 청나라가 새로운 기술을 사용해 물질적으로 번영하고 있는 모습을 세밀하게 관찰해 북벌(北伐)에 대한 북학(北學)의 반론이 타당하다는 것을 입증했다. 자기가 이룩한 지전설(地轉說)과 비교하려고 서양 전래의 과학에 대해서 깊은 관심을 가지고, 출입이 금지된 천문대에 들어가 천체관측기구를 조사하기까지 했다.

그런 내용을 갖춘 〈담헌연기〉는 사실 보고에 치중해 여행기다운 흥미를 갖추지 못했다. 그런 결함을 시정하려고 기행문을 하나 더 내놓았다. 〈을병연행록〉(乙丙燕行錄)이라는 것을 국문으로 쓰고, 일기체를 택했다. 신변에서 일어난 일이나 개인적인 감회를 정감 어린 필치로 나타내, 국문을 즐겨 읽는 독자들이 관심을 가지게 했다.

박지원(朴趾源, 1737~1805)이 1780년(정조 4)에 청나라에 갔던 견문을 기록한 〈열하일기〉(熱河日記)는 북학파의 사상을 홍대용의 경우와 좋은 대조가 되는 방법으로 나타냈다. 기발하기 이를 데 없는 표현을 개척해서, 명분론에 사로잡혀 있는 경색된 사고방식의 허점을 풍자했다. 견문한 바를 적은 일기라고 하면서, 겉 다르고 속 다른 문장을 쓰고, 사실과 허구를 섞어놓고, 문학갈래 구분의 상식을 넘어서서 전에 볼 수 없던 기이한 작품을 만들어냈다.

전하는 내용 못지않게 글 쓰는 방법에 관심을 가지고, 기존의 통념을 뒤집어놓는 작전을 폈다. 같은 소재를 관점을 바꾸어 다시 다루면서 관점이 다양하다는 것을 보여주었다. 견문한 것을 말하면서 과거를 회고하고, 이야기 속에 이야기가 들어가게 했다. 〈허생전〉(許生傳)이나 〈호질〉(虎叱)같은 독립된 작품을 삽입하기도 했다. 문장 작법의 규범을 흔들어놓는 충격을 준 것이 문제가 되어, 정조가 문체반정을 일으키도록 했다.

그렇게 되자 연행록을 쓰는 방식 자체가 관심거리로 등장했다. 1832년(순조 32)에 청나라에 갔던 김경선(金景善, 1788~1853)은 〈연원직지〉

(燕轅直指)의 서문에서 기존 연행록에 관한 비교론을 전개했다. 김창업이 본보기를 보인 날짜별 기록, 홍대용처럼 사항에 따라 본말을 갖춘 서술, 박지원이 하듯이 자기 의견을 나타낸 방식이 각기 그것대로의 장점을 가졌다고 하고, 자기는 그 셋을 절충하겠다고 했다.

그래서 새로운 방법을 마련한 것은 아니며, 다룬 내용에서 청나라가 서세동점 때문에 시달리고 있는 상황을 보고한 것을 주목할 만하다. 서양에서 아편이 들어와 몇 해 후에 아편전쟁이 일어나게 될 위기를 감지했다. 그런 사태가 세계사에서 어떤 의미를 가지는지 이해할 수는 없었다.

연행록은 한문으로 쓰는 것이 관례였으며, 조정과 관계를 가지고 한문에 능숙한 소수를 상대로 한 다소 비밀스러운 저술이었다. 그런데 내용이 흥미롭기 때문에 그 범위를 벗어난 독자들도 읽고자 하는 요구를 막을 수 없었으며, 국문으로 된 것까지 나타났다. 중국에서는 알지 못하도록 하기 위해서는 국문으로 쓰는 것이 도리어 유리했다.

이덕형(李德泂, 1566~1645)이 1624년(인조 2)에 쓴 〈조천록〉(朝天錄)을 국문으로 옮겨 〈조천론〉 또는 〈수로조천록〉이라고 한 것이 이른 시기에 이루어진 예이다. 〈갑자수로조천록〉은 국문 이본이 셋이나 전하는데, 작자 미상이고 원본을 확인하기 어렵다. 김창업의 〈연행일기〉도 국문본이 있다. 홍대용이 〈을병연행록〉을 국문으로 다시 쓴 것은 이미 말한 바와 같다. 〈열하일기〉 국역본도 일부 발견되었다. 그 밖의 다른 연행록도 국문으로 옮긴 것들이 있다.

한문본은 없고 국문으로만 쓴 연행록도 있다. 1798년(정조 22)에 서장관의 임무를 맡아 청나라에 갔던 서유문(徐有聞, 1762~1822)의 〈무오연행록〉(戊午燕行錄)이 바로 그런 것이다. 나타낸 생각도 특이해, 원래 우리 땅이었던 요하(遼河) 이동을 오랑캐에게 내주고 해동 일우에 국척해 있는 처지를 한탄하는 말을 자주 했다.

일본 기행문은 남용익(南龍翼, 1628~1692)이 1655년(효종 6)의 경험을 다룬 〈부상록〉(扶桑錄)을 먼저 고찰할 만하다. 남용익은 〈호곡시화〉(壺谷詩話)를 남긴 이름난 시인이어서, 사신 일행에 참여하는 종사관으로 선발되어 그 해에 일본에 가서 친선을 도모하는 일을 맡았다. 시를 얻기 위해 몰려드는 인파를 상대한 전말을 서술하고, 일본인들은 성질이 가볍고 잔꾀가 많으며 재치 있고 간사해서 남의 뜻을 잘 맞춘다고 했다.

신유한(申維翰, 1681~1752)이 1719년(숙종 45)에 일본에 갔다 와서 지은 〈해유록〉(海游錄)은 더욱 자세한 내용을 갖추었다. 신유한은 시재가 뛰어나도 서자로 태어난 탓에 진출하지 못하고 있다가 제술관으로 뽑혀 남용익이 한 것과 같은 임무를 맡았다. 시를 지어서 일본 문인들을 압도한 사실을 보고하는 한편, 일본의 사회와 문화를 깊이 있게 관찰하고 서술하고자 했다.

도시가 번성하며 경제적으로 풍족한 것을 보고 깊은 인상을 받았다. 무사가 지배하는 사회여서 유학과 한문학을 하는 문인이 하급 기술자 취급을 받고 있는 것을 안타깝게 여겼다. 일본의 이름난 문인·학자이면서 조선어 통역이기도 한 우삼동(雨森東)과 교류할 기회가 많아 문화 비교론을 다각도로 전개했다.

조엄(趙曮, 1719~1777)이 1764년(영조 40)에 정사를 맡아 일본에 갔던 내력을 보고한 〈해사일기〉(海槎日記)는 공식적인 기록의 대표적인 예이다. 서기로 따라간 김인겸(金仁謙)이 지은 가사 〈일동장유가〉(日東壯遊歌)와 좋은 대조를 이룬다. 조엄은 김인겸이 자세하고 흥미롭게 묘사한 광경은 간략하게 처리하고, 외교의 절차에 대해서 특히 많은 관심을 기울였다. 일본에서 주는 국서의 한문 문장이 잘못되었다고 시비한 대목이 큰 비중을 차지한다. 일본은 군신의 분별이 부절하고 풍속을 이해하기 어렵다고 하거나 했으며, 새 시대를 향해 나아가고 있는 동향에 대해서는 관심을 가지지 않았다.

중국과 일본 이외의 외국과는 통상적인 왕래가 없고 어쩌다가 접촉할 수 있을 따름이었다. 러시아인이 동쪽으로 진출해 만주로 넘어오는 것을 청나라 군사와 함께 물리치는 사건이 1658년(효종 9)에 있었다. 지휘관 신유(申瀏, 1619~1689)가 〈북정일기〉(北征日記)를 써서 경과를 보고했다. 전투 상황은 자세하게 알리면서 상대방의 정체는 파악하지 못했다. 북쪽 바닷가 어느 곳에서 온 도둑의 무리가 얼굴과 머리털은 남만인과 닮았으면서 더욱 영악하다고 하기만 했다.

거기서 오랑캐를 무찌른 용맹스러운 전투 이야기를 발견하고 좋아하던 독자 가운데 어느 호사가가 더욱 흥미로운 개작본을 만들었다. 가공인물 배시황(裵是愰)이 신유의 부장으로 따라가 큰 활약을 하고 지었다는 〈북행일기〉(北行日記)를 꾸며냈다. 그것을 옮긴 국문본 〈배시황전〉도 출현해 인기를 얻었는데, 개작의 원리를 영웅소설에서 가져왔다. 중원의 천자가 주변 오랑캐의 침입을 받는 위기를 영웅이 나서서 해결하고 태평성대가 재현되게 했다고 해서 국제정세의 바른 인식에서 더욱 멀어졌다.

바다에서 폭풍을 만나 배가 표류하면 미지의 나라에 이를 수 있었다. 이지항(李志恒)이라는 군관이 그런 경험을 한 기록을 남겼다. 1756년(영조 32)에 부산에서 영해로 가다가 폭풍을 만나 멀리 북해도(北海島)까지 밀려갔다. 거기서 아이누인의 구조를 받는 놀라운 경험을 하고 일본 여러 곳을 거쳐 다음해에 돌아온 경위를 〈표주록〉(漂舟錄)을 써서 알렸다.

제주도 선비 장한철(張漢喆, 1744~?)은 1770년(영조 46)에 과거 길에 올랐다가 배가 남쪽으로 표류해서 유구(琉球)까지 갔다. 그 내력을 다룬 〈표해록〉(漂海錄)은 더욱 복잡한 모험담의 연속이다. 목숨을 겨우 건지자 왜구의 내습을 받았으며, 안남(安南) 상인들에게 구출되어 제주도 근처까지 이르렀을 때, 과거에 안남 세자가 제주도에서 피살되었던 일 때문에 죽을 곤욕을 치러야만 했다. 그런 사건을 박진감 있게 다루면서 제주도 남쪽의 대해가 국제간의 교역과 쟁패가 벌어지는 안마당이라는 사실을 발견하는 충격을 전했다.

《연행록선집》과 《해행총재》가 고전국역총서로 간행되었다. 임기중, 《연행록연구》(일지사, 2002) ; 김아리, 〈노가재(老稼齋) '연행일기'

연구〉(서울대학교 석사논문, 1999) ; 김태준, 《홍대용과 그 시대》(일지
사, 1982) ; 소재영 외, 《주해 '을병연행록'》(태학사, 1997) ; 강동엽,
《'열하일기' 연구》(일지사, 1988) ; 김명호, 《'열하일기' 연구》(창작과
비평사, 1990) ; 김태준, 〈'열하일기' 한글본 출현의 뜻〉, 《민족문학사
연구》 19(민족문학사학회, 2001) ; 장경남, 〈서유문의 '무오연행록' 연
구〉, 《국어국문학》 130(국어국문학회, 2002) ; 이혜순, 《조선통신사의
문학》(이화여자대학교출판부, 1996) ; 윤치부, 〈한국해양문학연구〉(건
국대학교 박사논문, 1992) ; 김태준, 《한국문학의 동아시아적 시각 1 :
18세기 연행의 비교문학》(집문당, 1999) 등의 연구가 있다.

9.11.3. 국내 문제의 증언 술회

당시의 생각으로는 역사를 서술한 사서(史書)도 문학의 범위 안에
들었으므로 고찰의 대상으로 삼을 필요가 있다. 왕조가 지속되었기에
〈고려사〉(高麗史)나 〈동국통감〉(東國通鑑) 같은 공식적인 사서를 국가
적인 사업으로 다시 편찬하는 일이 조선후기에는 없었다. 그 대신 이념
이 흔들리고 시대가 달라지는 데 어떻게 대처해야 하는가 하는 문제의
식을 안고 역사서술을 새롭게 하려고 고민하는 개인 저술은 많이 나타
났다.

위기가 닥칠수록 성리학의 지배이념을 한층 강화해야 한다는 생각을
구현한 역사서도 있었다. 노론 쪽 유계(兪棨, 1607~1664)의 〈여사제
강〉(麗史提綱)이 그 좋은 예이며, 소론 임상덕(林象德, 1683~1719)의
〈동사회강〉(東史會綱)도 그리 다르지 않다. 남인 학자들 사이에서는 어
느 정도 새로운 움직임이 있어, 홍여하(洪汝河, 1621~1678)의 〈휘찬여
사〉(彙纂麗史)와 〈동국통감제강〉(東國通鑑提綱)에서는 신유학의 명분
론을 지니고 있으면서 우리 역사의 주체성을 인식하려는 노력을 보여
주었다.

실학의 학풍을 역사 서술에 적용한 안정복(安鼎福, 1712~1791)의

〈동사강목〉(東史綱目)은 공허한 논의에서 많이 벗어났으며 실학파다운 고증작업을 갖추고자 했다. 우리 역사의 판도와 맥락을 새롭게 규명하고자 하는 노력이 유득공(柳得恭, 1749~?)의 〈발해고〉(渤海考)와 정약용(丁若鏞, 1762~1836)의 〈아방강역고〉(我邦疆域考)에서 나타났다. 그러나 실학의 역사학은 문제 중심의 고찰에 그치고 통사를 구성하는 데 이르지는 못했다.

이종휘(李鍾徽, 1731~1797)는 소론에 속하면서 양명학을 탐구한 것 외에 생애에 관한 다른 사항이 거의 확인되지 않는 무명인사인데, 〈동사〉(東史)를 써서 역사관의 획기적인 전환을 보여주었다. 언어·지역·풍속·사고방식이 같은 공동체의 역사를 함께 다룬다는 관점을 제시한 것을 특히 주목할 만하다. 단군조선에서 시작된 역사를 고구려에서 크게 발전시켰다고 하고, 고구려를 이은 발해를 소중하게 다루었다. 민족사관 수립의 선구자로 평가할 만하다.

한치윤(韓致奫, 1765~1814)은 남인계 몰락양반으로 태어나 과거 보기를 포기하고 학문에 몰두했다. 조카인 한진서(韓鎭書)와 함께 많은 국내외의 자료를 동원해 우리 역사를 총괄하는 〈해동역사〉(海東繹史)를 저술했다. 총 85권 가운데 통사인 세기(世紀)는 16권이고, 영역별 문화사인 지(志)는 43권이어서 역사 이해의 폭을 크게 확대했다. 단군조선 앞에 〈동이총기〉(東夷總記)를 두어 우리 민족이 범동이족의 한 갈래라는 인식을 나타냈다. 삼국의 이해에서는 고구려를 앞세웠으나 정통이라고 내세운 것은 아니다. 역사를 다원체로 파악해, 발해·가라·임라·탐라 등에 관해서도 적극적인 관심을 보였다.

그런데 기존의 관념을 타파한 사서라도 조선왕조 창건 이후 당대까지의 역사에 대한 의문을 풀어주지는 못했다. 조선왕조의 역사는 실록에다 기록해 엄중하게 보관해두고 먼 후대에나 이용할 수 있게 했다. 그래도 무슨 일이 어떻게 진행되어 왔는지 알아야 하겠기에 자료를 연대순으로 열거하는 〈국조보감〉(國朝寶鑑), 〈조야회통〉(朝野會通), 〈조야집요〉(朝野輯要) 등의 이름을 붙인 비슷비슷한 책이 적지 않게 이루어졌다. 이긍익(李肯翊, 1736∼1806)의 〈연려실기술〉(燃藜室記述)도 같은 종류이지만, 자료의 선택과 배열을 책임 있게 한 점이 돋보여 기본 참고서적으로 널리 이용되었다.

알고 싶은 것은 역사의 개략만이 아니었다. 내막에 관한 의문을 풀고자 했다. 정치는 궁중에서 하고 벼슬한 사람의 소관이라, 그렇지 못한 처지에 있으면 몰라도 그만이라고 하는 데 동의하지 않는 사람이 점점 늘어났다. 세상 돌아가는 형편을 다각도로 이해하고자 하는 요구도 확대되었다. 그래서 역사를 사사로이 서술하는 야사에 대한 요구가 커지고, 개인의 기록인 잡록이 인기를 모으고, 이야기를 만들어 하는 야담이 나타났다.

그런 추세를 타고 〈대동야승〉(大東野乘)이 이루어져, 조선초기에서 인조 때까지의 일을 다룬 야사와 잡록 59종을 집성했다. 숙종 때까지의 기사를 추가로 기록한 대목이 있어서 편찬시기는 숙종말이나 영조초쯤이 아닌가 추정된다. 편찬자는 밝혀지지 않았다. 기묘사화, 임진왜란, 광해군의 실정에서 인조반정까지의 경과를 다룬 것들이 두드러진 비중을 차지해 역사의 내막 가운데 무엇을 가장 궁금하게 여겼는지 알 수 있게 한다.

기묘사화를 다룬 기사는 사림파의 견지에서 쓴 것들이다. 후대의 사건에 관해 북인이나 남인이 기록했으리라고 생각되는 자료도 포함시켜, 승리자가 역사를 일방적으로 서술하는 것을 막고, 당파를 초월한 관점을 찾으려 했다. 당파가 완전히 나누어진 시기에 그런 관점을 택할 수 있었던 편찬자는 현저한 위치에 있는 사대부이기 어렵고, 중인 정도의 식자층일 가능성이 크다.

〈광해군일기〉(光海君日記)에서 〈계해정사록〉(癸亥靖社錄)까지 이어지는 광해군·인조 때의 기사가 가장 큰 비중을 차지한다. 실록 비슷한 체제를 갖춘 〈광해군일기〉는 거듭 일어난 역모사건과 궁중 음모의 내막을 알 수 있게 하는 기본 자료이다. 황유첨(黃有詹)의 〈정무록〉(丁戊錄)에서 대북과 소북의 다툼을 다루면서 대북을 크게 나무랐다. 서익성

(徐翊聖, 1588~1644)의 〈청백일기〉(靑白日記)와 〈연평일기〉(延平日記)
는 인조반정에서 승리한 서인의 입장을 옹호했다.

누군지 확인되지 않는 사람이 쓴 〈응천일기〉(凝川日記)는 광해군을
나무라고 인조를 칭송하는 관점을 벗어나려고 했다. 논평은 삼가고 사
실 자체만 기록했지만 인목대비(仁穆大妃)를 유폐한 처사 같은 것은 광
해군으로서도 부득이한 일이었음을 알려주려고 했다. 인조반정에 관한
기사는 아예 싣지 않고, 인조반정 후에도 올바른 도리가 시행되지 않고
있다고 개탄한 상소문을 여러 편 길게 인용했다.

역사적 사건 대신에 개인에 관한 일화를 기록한 글은 야사가 아닌 잡
록이고 야담과 가까운 관계에 있다 하겠는데, 〈대동야승〉에 그런 것들
도 다수 수록해 흥미 본위의 읽을거리를 제공했다. 이덕형(李德泂,
1566~1645)과 김시양(金時讓, 1581~1643)의 저술이 그 좋은 예이다.
두 사람은 인조반정 후의 서인정권에서 중요한 위치를 차지했지만 이
념적인 긴장을 풀고 잡록 기술의 다양한 방식을 개척했다.

그 비슷한 것들이 더 있다. 이덕형은 〈죽창한화〉(竹窓閑話)에서 명인
일화집의 전형을 마련하고, 〈송도기이〉(松都記異)에서 송도의 숨은 인
물들을 찾았다. 김시양은 〈자해필담〉(紫海筆談)에다 별난 일화를 모으
고, 〈하담파적록〉(荷潭破寂錄)을 써서 역사의 이면을 들추고, 〈부계기
문〉(涪溪記聞)을 인물평론집이 되게 했다.

〈대동야승〉과 비슷한 성격의 총서가 여러 차례 다시 편찬되었다. 〈청
구패설〉(靑丘稗說)에서는 조선초부터 순조조까지의 자료 124종을 수록
했다. 내용이 잡다하고 편차도 일정하지 않지만, 강항(姜沆)의 〈간양
록〉(看羊錄), 작자 미상의 〈심양일기〉(瀋陽日記) 등 임진왜란·병자호
란 관계 실기를 보완하고, 신유한의 〈해유록〉을 비롯한 일본 관계 기록
을 다수 수록하려고 애쓴 점이 특이하다. 〈패림〉(稗林)에서는 조선초부
터 철종 때까지의 자료 96종을 모았다. 그때까지의 야사를 총정리하려
고 애쓰면서 노론 중진들의 저술을 다수 채택했다.

역사적 사건에 관한 기록은 한문으로 남기는 것이 관례였지만, 당사

자가 누구이고 독자를 어떻게 설정하는가에 따라서 그렇지 않을 수도 있었다. 엄청난 일을 당한 궁중의 여인은 도저히 덮어두지 못할 사연을 국문으로 서술해야 했다. 〈인목대비술회문〉(仁穆大妃述懷文)이라고 한 것이 그런 예이다. 인목대비는 광해군을 몰아내려고 했다는 혐의를 쓰고 유폐되었으며, 친정아버지 김제남(金悌男)과 아들 영창대군(永昌大君)은 피살되었다. 그런 원통한 사정을 두 차례에 걸쳐 국한 혼용문으로 술회한 글이 궁중 밖으로 나와 세상에 전해졌다.

같은 사건을 〈서궁일기〉(西宮日記) 또는 〈계축일기〉(癸丑日記)에서 더 자세하게 다루었다. 서궁은 인목대비가 유폐된 곳이다. 계축년은 옥사가 일어난 해인 1613년(광해군 5)이다. 작자는 인목대비 측근의 궁녀인가 아니면 제3의 인물인가를 두고 논란이 있다. 인조반정 후에 지난 일을 회상하면서, 광해군이 포악하고 무도한 짓을 일삼으면서 인목대비를 박해했던 내력을 과장과 허구를 섞어 서술했다. 모든 일을 실제로 보고 들은 듯이 적고, 상당 부분을 차지하는 대화를 아주 실감나게 꾸몄다. 숨은 내막에 대한 의문을 풀어주는 읽을거리로 환영을 받을 수 있게 지었다.

〈계축일기〉의 속편이라고 할 수 있는 〈계해반정록〉(癸亥反正錄)이 또한 국문으로 기록되어 있어, 광해군에서 인조로 정권이 교체된 사건에 국문본 독자들의 관심이 집중되어 있었음을 알 수 있게 한다. 인목대비 친정 쪽의 후손이 짓고 부녀자들 사이에서 읽히지 않았던가 싶은 이 기록은 사실 자체의 기록에서는 더 멀어진 대신에 짜임새를 더 잘 갖추었다. 서두에는 선조가 영창대군을 사랑하고 광해군을 경계했던 일부터 들어 장차 일어날 사건을 예고했다. 인조반정을 일으킬 때 거사 일정과 추대할 사람을 정한 대목에는 꿈과 점을 삽입했다. 왕위에서 쫓겨난 광해군의 거동을 아주 실감 있게 묘사한 점도 흥미롭다. 소설에 익숙해진 독자를 끌어들이려고 그렇게 했다고 할 수 있다.

병자호란을 다룬 수많은 실기류 가운데 이미 고찰한 바 있는 〈산성일기〉도 있어 정권 담당자들의 한계를 국문 독자들에게 알리는 구실을 했다. 광해군은 쫓겨나고 인조는 오랑캐 앞에서 무릎을 꿇었으니 존귀하기 이를 데 없는 국왕의 모습이 훼손되었다. 그 뒤에 오랜 기간 동안 통치를 하면서 왕권의 체통을 찾은 숙종과 영조 또한 군주의 이상과는 거리가 멀었다. 범부도 저질러서는 안 될 어처구니없는 짓이 벌어진 것을 〈인현왕후전〉(仁顯王后傳)과 〈한중만록〉(閑中漫錄)에서 뛰어난 표현력을 갖추어 알려주었다.

〈인현왕후전〉은 1689년(숙종 15)에 숙종비 인현왕후 민씨(閔氏)가 장희빈(張禧嬪) 때문에 쫓겨났다가 5년 뒤 사태가 역전되기에 이르렀던 사건을 인현왕후의 전기 형식으로 다루었다. 이 사건 또한 야사나 잡록에서 거듭 취급하면서 관심을 확대하고 있어 국문본 독자를 위한 읽을거리도 마련해야 했다. 이본이 많은 것으로 보아 인기를 입증할 수 있는데, 그럴 만한 이유가 작품 자체에서도 확인된다. 누군지 모를 작자가 인현왕후의 덕행을 칭송한다고 해놓고서 궁중비화를 소설에 가까운 수법으로 아주 흥미롭게 풀어놓았다.

숙종을 가운데 두고 인현왕후와 장희빈이 사랑싸움을 하는 것은 처첩 사이의 갈등을 다룬 소설과 기본적으로 같은 설정이다. 현숙하기 이를 데 없는 인현왕후는 모든 고난을 원망 없이 받아들이는데, 사악한 장희빈은 뜻하는 바를 이루기 위해선 무슨 짓이든지 서슴지 않는다고 한 것이 널리 알려져 있는 공식과 부합된다. 예상한 바와 같이 악이 망하고 선이 이기는 결말에 이르러 문제가 다 해결된 것은 아니다. 임금이자 지아비인 숙종이 사리판단을 그릇되게 해서 싸움을 만들고 자기 잘못을 남에게 전가하는 태도에서는 어떤 반전도 일어나지 않았다. 드러내놓고 말하지 않는 가운데 그 점을 비판했다고 할 수 있다.

〈한중만록〉은 당사자의 기록이므로 비판을 위한 거리를 둘 수 없었다. 영조가 아들 사도세자(思悼世子)를 죽인 참혹한 일을 사도세자의 아내 혜경궁홍씨(惠慶宮洪氏)가 기록했다. 처음에는 제목이 없었으나, 내용을 보아 〈읍혈록〉(泣血錄)이라고 한 것이 적절한 명명이다. 〈한중록〉(恨中錄)이라고 하는 경우에도 말하고자 하는 바가 어느 정도 드러난다. 그런데 겉으로는 한가하게 적은 만록인 것처럼 보이게 하려고 〈한중만록〉이라 하고, 줄여서 〈한중록〉(閑中錄)이라고 하는 표제가 지금 널리 통용된다.

혜경궁홍씨는 참변을 당한 직후에는 글을 쓸 엄두조차 내지 못하다가 만년에 이르러서야 비로소 붓을 들었다. 계속 써 보태 장편이 되도록 한 직접적인 동기는 사도세자 사건 때문에 비난받는 친정아버지 홍봉한(洪鳳漢)의 결백을 입증하는 내용을 손자인 순조에게 읽히기 위해서였으며, 일반 독자가 널리 관심을 갖도록 하자는 것은 아니었다. 자기가 겪은 어처구니없는 시련의 경과를 밝히는 것은 쉬운 일이 아니고, 궁중비사를 공개하자니 더욱 주저되어, 최대한 자제력을 발휘해서 법도에 맞는 우아하고 품위 있는 문장으로 글을 이끌어나갔다.

사도세자의 참사는 걸출한 임금으로 알려진 영조가 사실은 편벽되고 조급하며 경솔한 성격을 가져 빚어졌으며, 당쟁이 작용해 사태가 더욱 악화되었다. 만백성의 어버이이어서 온당한 가르침만 베푼다고 칭송되는 임금이, 자기가 핍박한 탓에 정신질환을 일으킨 아들을 불효하다는 죄를 물어 죽인 것이 사태의 본질이다. 그것은 윤리의 칼로 심리의 문제를 재단해버리는 횡포의 두드러진 본보기이다.

작자는 시아버지 영조에 대해서 한마디 비난도 하지 않고, 남편을 향한 애련의 정을 드러내놓고 표현할 자유도 누리지 못했지만, 슬기롭고 강인하게 처신하면서 고난을 참고 글을 썼다. 시련을 참고 견디어낸 자세로 지난 일을 끈기 있게 파헤쳐 진실을 말하는 증인이 되고자 했다. 작품의 문면에 직접 나타나 있지는 않은 영조와 작자의 대결에 명분론적 가치관을 무너뜨리는 심층적 주제가 감추어져 있는 것을 알아차리는 독자는 긴장하지 않을 수 없다.

궁중의 일을 다룬 국문본 기록은 몇 가지 더 있는데, 심각한 내용은 아니다. 〈숙창궁입궐일기〉(淑昌宮入闕日記)라는 것에서는 1788년(정조12)에 홍국영(洪國榮)의 누이가 후궁으로 입궐한 내력을 다루면서 당시의 정치 정세와 관련되어 있는 복잡한 인간관계를 그렸다. 〈화성일기〉(華城日記)는 1795년(정조 19)에 정조가 사도세자의 무덤이 있는 수원에 가서 혜경궁홍씨의 회갑잔치를 했다는 내용이다. 〈한중만록〉과는 참사 뒤의 진혼곡 격이라고 할 관계이지만, 이희평(李羲平)이라는 사람이 맡아서 사실 기록에 충실했을 따름이어서 그런 의미가 부각되지 않았다.

철종이 왕위에 오르게 된 경위를 적어놓은 것들이 몇 가지 있다. 〈당저등극시연설〉(當苧登極時筵說)에서는 대왕대비의 전교를 수록했는데 한문으로 번역되기 전의 원본이다. 〈기유기사〉(己酉記事)라는 것은 철종을 맞이하러 강화도에 갔던 사건의 경과를 참가자 가운데 하나가 기록한 내용이다. 강화도령이 왕이 되는 변신에 관심이 많은 독자가 그런 것들을 열심히 구해 읽었으리라고 생각된다.

국문본 야사나 잡록은 한문본만큼 많이 나오지 않았으며 〈대동야승〉 이하 몇 가지 총서의 국역본은 발견되지 않는다. 국문본 독자들은 야담을 더 좋아해 〈청구야담〉(靑丘野談)의 번역을 원했으며, 계속 늘어나고 있는 국문소설을 탐독하는 즐거움을 누렸다. 〈계축일기〉와 〈인현왕후전〉이 소설에 접근하는 표현 방법을 갖추게 된 이유가 바로 그런 데 있다.

그러나 국문본 독자들을 위해서도 역사의 개략을 알려주는 책이 있어야만 했다. 〈동국사기〉(東國史記)가 그런 것이다. 조선왕조의 역사를 영조 때까지 서술한 이 책은 이따금씩 한자와 구결을 섞어서 썼으며 사실에다 설화적인 과장을 보태서 국문만 아는 독자에게 흥미를 제공할 수 있게 꾸며놓았다.

조동걸 외 공편, 《한국의 역사가와 역사상 (상)》(창작과비평사, 1994) ; 이강옥, 《조선시대 일화 연구》(태학사, 1998) ; 김용숙, 《한중록연구》(한국연구원, 1993) ; 《개정증보 조선조 여류문학》(혜진서관, 1990) ; 정은임, 《궁정문학연구》(솔터, 1992) ; 김신연, 〈인현왕후전 연구〉(숙명여자대학교 박사논문, 1994) 등의 연구가 있다.

9.11.4. 기행문의 다양한 모습

빼어난 산천을 찾은 기행문은 오래 전부터 있었으며, 한시문을 짓는 사람이라면 으레 문집에 남기게 마련이어서 목록을 작성하기 어려울 정도로 많다. 기존 명문의 문구를 적절하게 재조립한 것들은 특별히 관심을 가질 필요는 없다. 뜻하지 않던 연유로 고난에 찬 길을 떠나거나, 그렇지는 않고 스스로 계획한 여행에서도 충격적인 경험을 하며 산천의 경치만이 아닌 생활의 실상에도 관심을 가지는 경우에는 기행문의 모습이 달라졌다. 세상을 다시 인식한 경험을 전하자면 사실을 기록하는 쪽으로 방향을 돌려야만 하고 문체도 바꾸어야 했다. 국문 기행문이 출현한 것도 주목할 만한 변화였다.

관원이 공식 임무를 띠고 먼 곳에 출장하면서 견문한 바를 기록한 글이 기행문으로서 주요한 구실을 했다. 무관 박계숙(朴繼叔, 1569~1646)이 1605년(선조 38) 10월부터 1607년 1월까지 함경도 회령지방에 파견되어 있는 동안 보고 겪은 바를 〈부북일기〉(赴北日記)에 기록했다. 관원의 여행 풍속이 잘 나타나 있고 기녀와의 사귐도 흥미롭게 서술되어 있다. 아들 박취문(朴就文, 1617~1690)도 공무로 함경도 종성을 다녀와 〈부방일기〉(赴防日記)를 썼다. 사실 보고에 치중하면서, 길이 험해 가기 어렵고 인가를 만나지 못해 굶주려야 했던 사정을 실감나게 전했다.

다른 특별한 이유 없이 산천 구경을 하러 나서서 지은 유람기행 가운데 특별한 것을 정시한(丁時翰, 1625~1707)이 남겼다. 벼슬길에 나아가지 않고 성리학을 탐구하던 선비가 회갑이 넘은 나이에 이태가 넘도록 국토를 순례하는 여정에 올라, 산중으로 다니며 절간에 머무는 일이 많았기에 〈산중일기〉(山中日記)라고 한 일기를 썼다. 하루치는 얼마 되지 않지만 끊임없이 이어져 예사롭지 않은 기백을 보여주었다. 계절을 가리지 않고 길을 재촉해 적설, 폭우, 굶주림 등의 수난을 견뎌내며, 금강산에서 구례까지 범위 안에 드는 이름난 유적을 거의 다 찾은 자취여서 내용을 연구할 만한 자료로도 소중하다.

　과거를 보러 서울을 왕래하는 것도 여행을 하는 흔한 계기였다. 옛이야기에서는 주인공이 길을 떠나면 으레 과거를 보러 간다고 해놓고 세상 경험이나 하고 오는데, 그런 구전에 상응하는 기록도 있어 과거기행이라고 부를 수 있다. 박두세(朴斗世, 1650~1733)가 지은 것으로 알려진 〈요로원야화기〉(要路院夜話記)는 논란이 많은 문제작인데, 기본 성격은 과거기행이라고 할 수 있다.

　한문본과 국문본이 다 있으며, 번역일 듯한 국문본에서도 묘미 있는 문장과 번득이는 재치가 나타나 있다. 1708년(숙종 34)에 서술자가 과거에 낙방하고 시골로 돌아가는 길에 요로원이라는 데 이르러 하룻밤을 지낸 일을 집중적으로 다루면서, 낙방 거자(擧子)의 탄식을 늘어놓는 대신에 동숙하게 된 서울 양반의 거동을 풍자하면서 그릇된 세태를 나무랐다. 두 사람 사이의 우열이 작품 전개와 더불어 역전되는 과정을 묘미 있게 서술한 수법이 뛰어나다.

　유람기행을 쓴 사람들이 흔히 찾는 명산은 금강산이고, 명승지는 경주·부여·송도 등의 고도였다. 그래서 지은 글은 내용이 거의 같으니 수법에 따라 평가하는 것이 마땅하다. 김창협(金昌協, 1651~1708)의 금강산 기행 〈동유기〉(東游記)와 송도에서 유람한 내력을 적은 〈송경유기〉(松京游記)는 문장가의 명성이 헛되지 않음을 보여주었다. 박제가(朴齊家, 1750~1805)의 〈묘향산소기〉(妙香山小記)는 역사의 유적, 민간의 전설, 특이한 풍속에 관심을 가져 산수기행의 단조로움을 벗어난 특징이 있다.

　백두산은 멀고 험한 산이어서 가기 어려웠다. 멀리서 바라보면서 글을 짓는 것이 예사였다. 신광하(申光河, 1729~1796)의 〈백두록〉(白頭錄)처럼 산에 올라 지은 기행시도 있었다. 백두산에 올라갔다 와서 지은 기행문은 시만큼 많지 않다. 1712년(숙종 38)에 청나라와의 경계비를 세우는 일에 참가한 박권(朴權, 1658~1715)은 〈북정일기〉(北征日記)에서 둘러본 소견을 적었다. 백두산에 오른 유람 기행문은 서명응(徐命膺, 1716~1787)의 〈유백두산기〉(遊白頭山記)에서 비롯했다.

박종(朴淙, 1735~1793)의 〈백두산유록〉(白頭山游錄)이 백두산 기행문 가운데 특히 풍부한 내용을 갖추었다. 함경도 선비의 처지라 변방에 밀려나 있어 진출이 막힌 울울한 소회를 여행으로 풀고자 했다. 1764년(영조 40)에 백두산에 열두 번이나 올랐다는 사람의 안내를 받고, 험준한 길을 개척하는 벅찬 모험을 되풀이한 끝에 마침내 정상에 올라 천지(天池)를 굽어보는 기백을 자랑했다. 백두산 일대에 사는 주민의 생활상을 파악한 것이 또한 특기할 사실이다.

지체 높은 유람객이 찾아오면 시달리기만 하는 탓에 산중 백성들은 삶을 개척하는 비경을 공개하지 않으려고 했는데, 작자는 쉽게 물러나지 않는 성미여서 깊숙이 들어갔다. 산 밑 곳곳에서 농사짓고 사냥하며 장사도 하는 백성들이 관가의 수탈에 찌들지 않고 꿋꿋한 자세로 오지를 개척하는 모습을 보았다. 원시림을 헤치고 길을 내며 장사꾼들은 강 건너 오랑캐 땅까지 왕래하는 것을 알았다.

박종은 여행을 하고 기행문을 쓰는 일에 정열을 쏟아 대단한 업적을 남겼다. 백두산에 오른 3년 뒤에 칠보산을 찾아 〈칠보산유록〉(七寶山遊錄)을 지었다. 그 다음해에는 경주를 찾아간 내력을 〈동경유록〉(東京遊錄)에다 기록했다. 그 뒤에 다시 74일 동안 영남지방 각 고을을 순방하고, 〈청량산유록〉(淸凉山遊錄)을 짓기도 했다.

〈동경유록〉의 몇 대목을 보자. 함경도에서 동해안을 거쳐 경주까지 39일 동안 걸어가면서 곳곳의 명승지를 소개했다. 경주에 이르러서 고적에 따라 항목을 나누어 관찰하고 고증한 바를 서술하면서, 국토를 사랑하는 마음에다 역사의 자취를 찾는 깊은 회고의 정을 보탰다. 귀로에는 조령을 넘으면서 임진왜란 때의 패전을 탄식하고, 충주 충렬사(忠烈祠)에 이르러 임경업(林慶業)을 간절하게 사모하는 뜻을 나타냈다.

이동항(李東沆, 1736~1804)은 경상도 칠곡 선비이다. 과거에 여러 번 실패한 다음, 산천 유람을 하고 기행문 쓰는 것을 일삼다시피 했다. 1787년(정조 11)에는 〈유속리산기〉(遊俗離山記)를, 1790년(정조 14)에는 〈방장유록〉(方丈遊錄)을 지었다. 방장산이라고 일컬은 지리산을 한 달 이상의 기간 동안 오르면서 많은 것을 견문했다. 도원(道元)이라는 승려와 함께 유불 사상의 관계에 대해서 길게 논의한 내용을 길게 적었다.

1791년(정조 15)에는 금강산을 유람한 경과를 〈해산록〉(海山錄)에다 기록하고, 그 말미의 〈풍악총론〉(楓嶽總論)을 두고 이름·경치·사찰·시문 등에 관한 총괄적인 고찰을 했다. 금강산의 모습은 시로 옮기에는 너무 아름다워, 시를 짓지 않거나 아니면 짓다가 그만둔 사람들이 많았다고 하면서, 52수나 되는 시를 지었다.

한진호(韓鎭戽, 1792~?)라는 선비가 1823년(순조 23)에 과거에 낙방한 벗들과 함께 서울에서 단양 도담까지 배를 타고 한강을 오르내린 내력을 기록한 〈도담행정기〉(島潭行程記)는 특이한 내용의 유람기행이다. 주위의 경치를 구경하면서 시흥을 돋우어 기분 전환을 하기만 한 것은 아니다. 역사를 회고하고, 인물을 만나고, 생활 풍속을 살피는 등의 다양한 관심을 나타냈다. 남한산성에서는 굴욕을 되새기고, 마현(馬峴)을 지나는 길에 유배가 풀려 돌아온 정약용(丁若鏞)을 찾아보았다. 배에 땔나무나 농작물을 싣고 서울 가서 팔고 소금과 젓갈을 구해 돌아가는 사람들을 자세하게 살피고, 다른 여러 가지 풍속도 곁들여 풍물지를 만들었다.

유배를 당하면, 스스로 원하지 않았지만 특이한 여행을 하게 되는 점은 오히려 다행이었다. 유배가사와 함께 유배기행이 여럿 이루어져, 기행문 가운데 큰 비중을 차지했다. 가장 먼 곳 제주도 유배기행은 조선 전기에 이미 김정(金淨)의 〈제주풍토록〉(濟州風土錄)이 있었는데, 이건(李健, 1614~1662)이 〈제주풍토기〉(濟州風土記)를 다시 썼다. 이건은 왕족인데 광해군 복위 모의에 연루되어 15세에 제주도로 귀양 가 8년 동안 있었기에 할 말이 많았다.

자기 소회는 마지막 순서로 곁들였을 따름이고, 제주도라는 신기한 고장의 생활과 풍속을 다각도로 소개하는 데 힘썼다. 뱀을 신앙하는 풍속을 나무라려고 하지 않고 있는 그대로 보고하고, 어렵게 사는 주민들의 모습을 동정 어린 눈으로 살폈다. 여인네들이 많은 일을 맡아 물 긷

느라 고생이라고 하고, 절구질하고 방아 찧으면서 처량한 노래를 부르는 광경을 인상 깊게 그렸다

제주도에 관한 기록으로는 제주목사로 재직하는 동안 얻은 소상한 자료를 정리한 이형상(李衡祥, 1653~1733)의 〈남환박물〉(南宦博物)도 있다. 몽매한 풍속을 타파한다면서 신당을 쳐부순 관장이 다방면의 자료를 수집해 제주도의 실상을 알렸다. 그 가운데 언어와 문학에 관한 대목이 흥미롭다. 사투리를 알아듣기 어렵다 하고, 관아에 근무하는 아전들은 서울말 비슷한 것을 할 줄 알아 통역을 담당한다고 했다. 수준이 낮기는 하지만 한문학을 하는 선비들도 있다고 하면서 구체적인 사정을 보고했다.

조정철(趙貞喆, 1751~1831)의 〈정헌영해처감록〉(靜軒瀛海處坎錄)도 유배기행이라고 할 수 있다. 정조를 시해하려고 했다는 역모에 연루되어 조정철은 33년 귀양살이를 하는 동안 제주도에서 28년이나 머물렀다. 원통한 심정을 술회하는 데 치중하는 시를 지어 시집을 만들면서, 서문이나 발문에 해당하는 산문 기록을 곁들여 제주도민의 생활에 관한 관찰을 남겼다.

김약행(金若行, 1718~1788)은 안동김씨 세도가문 노론의 선두에 서서 소론을 규탄하고 정조의 정책을 반대하다가 1781년(정조 5)에 다시 귀양 갔다가 1788년(정조 12)에 진도 적소에서 세상을 떠났다. 〈적소일기〉를 남겨 고생한 것을 집안사람들에게 알리려 했다고 했다. 공인의 모습, 정치적 주장은 나타나지 않고, 지내기 어려운 형편을 말하고 괴로워한다고 했다. 아내가 죽었다는 소식을 듣고 탄식한 대목이 특히 절실하다.

유의양(柳義養, 1718~1788)은 현감을 거쳐 홍문관 및 사헌부에 재직하는 동안에 1771년(영조 47)에는 경상도 남해도로, 1773년(영조 49)에는 함경도 종성으로 두 차례 귀양을 갔던 일을 국문으로 기록해 〈남해문견록〉(南海聞見錄)과 〈북관노정록〉(北關路程錄)을 남겼다. 좀처럼 가 보기 어려운 곳의 생활상을 실감나게 묘사하는 데 국문의 장점을 발휘

했다. 남북 두 곳의 사투리가 서울말과 다른 점의 실례를 여럿 들고 풀이해 특기할 만한 자료를 남겼다.

길을 가면서 보는 경치에 따른 감회를 읊조리느라고 이미 있는 한시를 인용하기도 하고 자기가 지어 보태기도 했다. 한시를 독음으로 표기하고 풀이를 단 것을 국문만 깨친 독자는 제대로 이해하기 어렵고, 거기 붙인 설명도 생소하다 하지 않을 수 없다. 그러나 남북 두 고장 사람들의 생활상을 다루는 대목에 이르면 사정이 반대가 되었다. 국문으로 쓰는 덕분에 번역하는 수고를 거치지 않고 견문한 바를 직접 나타낼 수 있었다.

〈남해문견록〉에서는 유교의 교화가 미치지 않은 곳의 기층문화에 대한 진지한 관심을 보였다. 발인을 할 때 무당이 앞서가며 굿을 하고, 혼인날 신랑 얼굴에 황칠을 하는 것이 기이하다고 했다. 여거사(女居士)라고 한 사당패의 놀이가 끊일 새 없이 이어지는 것도 자세하게 관찰하고 치밀하게 묘사했다.

〈북관노정록〉 또한 생활 풍속이 다른 점을 세밀하게 살핀 보고서이다. 남자들은 개가죽 옷을 입고 여자들은 삼베로 몸을 가린다고 했다. 부엌을 넓게 만든 집을 지어 추위를 견디며 꿋꿋하게 살아가는 모습을 인상 깊게 살폈다. 생활 터전이 더 북쪽까지 뻗어 잃은 국토를 되찾을 것을 염원했다.

국문으로 창작한 유배기행은 몇 가지 더 있다. 1775년(영조 51)에 대사간 박성원(朴盛源)이 귀양 갈 때 손자 박조수(朴祖壽)가 배행해서 이듬해 돌아올 때까지의 경과를 기록한 〈남정일기〉(南征日記)도 있다. 당사자가 아닌 배행자가 기록을 맡아 일기를 쓴 점이 특이하고, 귀양지 흑산도에 관한 견문이 소중한 자료이다.

이세보(李世輔, 1832~1895)는 1860년(철종 11)부터 4년 동안 남해의 고도에서 귀양살이를 한 쓰라림을 〈신도일록〉(薪島日錄)을 써서 술회했다. 시조를 다룰 때 이미 말한 바와 같이, 이세보는 왕족인데 안동김씨 세도정권의 박해를 받아 멀리서 귀양살이를 한 쓰라린 사연을 〈신도

일록〉에다 적었다. 산문으로 서술하기 어려운 사연은 시조를 지어 삽입했다. 산문과 시조가 한데 어울려 안팎 · 심신의 어려움을 입체적으로 나타내는 표현방법을 썼다.

유람기행을 국문으로 쓰는 것은 누구나 쉽게 할 수 있어 작품이 많을 것 같지만 사실은 그렇지 않다. 경치를 묘사하고 감회를 서술하는 데 가사가 더 적합해, 유람가사는 헤아리기 어려울 정도로 많지만 국문 유람기행은 몇 편 되지 않는다. 그러나 문장을 다채롭게 하고 표현을 풍부하게 하는 데서는 가사보다 산문이 큰 기여를 했다고 할 수 있다.

신대손(申大孫)의 아내 의령남씨(宜寧南氏)가 작자라고 밝혀진 〈의유당관북유람일기〉(意幽堂關北遊覽日記), 약칭 〈의유당일기〉는 주목할 만하다. 남편 신대손(申大孫)이 함흥 판관으로 부임할 때 따라가 1772년(영조 48)에 쓴 기행문이다. 그 가운데 동해안의 일출을 구경한 소감을 적은 〈동명일기〉(東溟日記)라는 대목이 특히 뛰어나다. 늦지 않으려고 서두르는 일행의 부산한 움직임, 해가 떠오르는 놀라운 광경을 잘 그렸다. 풀이하고, 꾸미고, 시늉하는 말을 적절하게 구사해 실감을 돋우는 국문 묘사문의 좋은 본보기를 보여주었다.

〈자경지함흥일기〉(慈慶志咸興日記)라는 함경도 기행문은 김원근(金元根, 1786~1832)이 자기 누이인 순조비를 위해 지었다. 현장에 가보지 못하는 대신 글을 보고 즐기라고, 말치장을 많이 했다. 털이 밖으로 나 있는 개가죽 옷을 입은 사람들이 감사 도임행차를 구경하느라고 모인 광경이 흥미롭다고 했다. 어느 고을에 이르자 하처에 온 기생이 생김새가 괴이하다면서 야단스러운 비유를 늘어놓았다. 그 근처 옥녀봉이 있지만 옥녀가 늙어서 영험이 없다는 말까지 보태며 익살을 떨었다.

금강산을 구경하고 쓴 〈금강산유산일기〉(金剛山遊山日記), 〈동유기〉(東遊記) 등이 있어 국문 유람기행에서도 역시 금강산에 대한 관심이 대단했음을 입증한다. 〈금강산유산일기〉는 작자는 알 수 없고, 1778년(정조 2)으로 추정되는 무술년에 필사한 것인데, 천연스러운 문장으로 경치를 묘사하면서 정철의 〈관동별곡〉(關東別曲)을 자주 인용했다. 성명은 미상이나 상당한 지위에 있었을 사람이 1853년(철종 4)에 금강산 구경을 하고 지은 〈동유기〉에는 산사의 노승이 들려준 구수한 이야기를 길게 삽입했다.

최철, 《동국산수기》(덕문출판사, 1977) ; 최강현, 《한국기행문학연구》(일지사, 1982) ; 《북관노정록》(일지사, 1976) ; 《한국고전수필강독》(고려원, 1983) ; 《지암(遲庵)의 '해산록'》(국학자료원, 1995) ; 《지암 이동항의 기행록》(국학자료원, 1996) ; 이수봉, 《요로원야화기연구》(태학사, 1985) ; 양순필, 《제주유배문학연구》(제주문화, 1992) ; 이민수, 《도담행정기》(일조각, 1993) ; 이승복, 〈'적소일기'의 문학적 성격과 가치〉, 《고전문학과 교육》 5(한국고전문학교육학회, 2003) 등을 참고할 수 있다.

9.11.5. 묘지명·전·행장의 변모

비·지·전·장(碑·誌·傳·狀)이라고 총칭되는 비문·묘지·전·행장을 쓰는 한문학의 규범은 시간이 경과해도 달라질 수 있는 것이 아니었지만, 파격이나 변형이 나타나는 것을 막을 수는 없었다. 구태의연한 것이 대다수인 가운데 특별히 주목할 만한 작품이 적지 않다. 한문의 영역에 머물던 것이 국문으로도 넘어가기도 한 변화 또한 관심을 가지고 고찰할 만하다.

비문은 전과 다름없이 격식을 고수했지만, 묘지는 새로운 시험의 영역이 되었다. 돌에다 새겨 무덤에 넣으려고 하지 않고 묘지라는 명목의 작품을 써서 기발한 착상과 뛰어난 표현을 자랑하는 것이 새로운 풍조가 되었다. 그 가운데 산문 작품의 명편으로 평가할 것들이 있다.

김창협(金昌協, 1651~1708)은 젊어서 죽은 딸을 애도한 〈망녀오씨부인묘지명〉(亡女吳氏婦人墓誌銘) 같은 것들에서 슬픔에 매몰되지 않고 망자의 삶을 되돌아보면서 한 가지 소중한 의미를 찾아 오래 기억해야 할 근거를 마련했다. 남공철(南公轍, 1760~1840)은 묘지를 전처럼 써서 특징이 있는 생애를 흥미롭게 그리는 것을 즐겨 했다. 〈동지중추부사안군묘지〉(同知中樞府事安君墓地)라는 것을 보면, 개인적인 관계가 없는 사람에 관해서 부탁을 받지도 않고 자기 마음대로 글을 써서 광산 개발, 저수지 축조 같은 사업을 하다가 꾐에 빠져 망한 것을 교훈으로 삼아야 한다고 했다.

박지원(朴趾源, 1737~1805)은 묘지를 새롭게 써서 놀라운 작품을 만들었다. 〈백자증정부인박씨묘지명〉(伯姊贈貞夫人朴氏墓誌銘)은 죽은 누나에 대한 절실한 기억을 뛰어난 묘사력으로 나타낸 명문이다. 〈홍덕보묘지명〉(洪德保墓誌銘)을 써서 홍대용(洪大容)에 관해 알릴 때에는, 기발한 구성과 절실한 언사를 갖추어 거듭 찬탄하면서 읽고 깊이 생각하도록 했다.

부고를 중국에 보냈다는 것을 말머리로 삼아, 밖에서 시작해서 안으로 들어가는 방식을 택했다. 핵심은 생략해 독자가 스스로 찾게 했다. "세상에 살았을 때에는 다른 사람과 너무 동떨어져 옛날의 기적과 같았다"고 했다. 그런 인상과 온 세계에 널리 알려져야 할 명성 사이의 불균형을 독자가 스스로 메울 수 있으면, 묘지를 쓰는 사람이 구구한 말을 할 필요가 없다고 했다.

전도 묘지명처럼 고도로 응축된 명문으로 쓸 수 있었지만, 더욱 개방적인 영역이어서 잡다한 관심사를 다양하게 나타냈다. 충신, 열녀, 효자 등의 숨은 행적을 알려준다는 것은 기본형이라고 할 수 있고, 그 밖의 다른 인물도 얼마든지 등장시킬 수 있었다. 서술의 시각과 방법을 새롭게 하는 경쟁이 벌어져, 전이 문학 창작의 중심 영역이 되다시피 했다.

충신의 본보기는 임경업(林慶業)이어서, 전의 주인공으로 거듭 등장했다. 청나라에 맞서 나라를 지키려고 애쓰다가 정쟁에 말려들어 처형된 뛰어난 용장의 삶을 누구나 애석하게 여기면서, 무엇이 문제였던가에 관해서는 의견이 달랐다. 공식적인 평가에서는 명나라에 대한 충의를 기리고, 소설에서는 간신의 모해 때문에 희생된 것을 가장 애통하게 여기고, 민간전승에서는 패배한 민중영웅의 전형으로 받들고 무속의 신으로 삼았다. 전은 그 전폭을 보여주지는 않았지만 관점이 단순할 수 없었다.

송시열(宋時烈, 1607~1689)이 본보기 삼아 쓴 전에서 공식적인 평가의 지침을 마련하고, 이선(李選, 1632~1692)이 그 내용을 보충했다. 이형상은 명분보다 사실을 중요시하면서 임경업의 생애를 긴박감이 돌게 서술하고 하층의 관심도 의식했다. 그 뒤에 다시 쓴 황경원(黃景源, 1709~1787)의 작품은 민간전승을 수용해서 흥미를 가중시켰다.

열녀 가운데는 향랑을 앞세워, 여러 사람이 다투어 전을 지었다. 1702년(숙종 28)에 선산부사 조구상(趙龜祥)이 쓴 〈향랑전〉(香娘傳)은 사실의 기록이다. 자기 고을 백성 향랑이 계모의 학대를 받고 자라나 시집을 갔다가 남편에게 소박맞은 후 외숙의 개가 권유를 거부하고 자살했다는 보고를 받고 갸륵하다고 생각해 사건의 전말을 알렸다. 사실 기록 자체도 읽혔지만 구전이 더 많은 자극을 주어 여러 사람이 향랑의 생애에 관심을 가지고 전을 지었다.

이광정(李光庭, 1674~1756)은 〈향랑요〉(薌娘謠)와 함께 〈임열부향랑전〉(林烈婦薌娘傳)을 지어, 주인공의 생애를 더욱 자세하게 살피면서 정절의 의미에 관해 도학자다운 관심을 보였다. 이안중(李安中)이 지은 〈향랑전〉에서는 운명을 개척하려는 의지와 노력을 부각시키고자 했다. 이옥(李鈺, 1760~1812)의 〈상랑전〉(尙娘傳)은 주인공이 죽은 뒤에 남편을 위시한 주위 사람들이 놀라고 뉘우쳤다는 데 중점을 두었다.

충신전과 열녀전 다음에는 효자전이 많았다. 효자전이라고 해서 효성에 대한 평면적인 서술을 하고 말 수는 없었다. 이광정의 〈정효자전〉(鄭孝子傳)을 보자. 노비에게 피살된 아버지의 원수를 갚으려다가 관원을 비롯한 여러 적대세력의 박해를 당하는 복잡한 사건을 다루면서 세상 형편이 만만치 않다는 것을 보여주었다.

윤리 규범을 앞세우지 않고 사람의 생애를 그 자체로 문제 삼는 전의 좋은 본보기가 일사전(逸士傳)이다. 빼어난 능력을 지니고 있으나 세상에 쓰이지 못한 인물에 대한 관심이 커져서 작품이 계속 늘어났다. 이익(李瀷, 1681~1763)은 〈빈소선생전〉(嚬笑先生傳)에서, 세상을 등지려 거짓으로 미쳤다고 하고 벙어리로 행세한 정체불명의 인물이 식견 있는 재상에게 영향을 주어 정치의 이면에서 큰 구실을 했다고 했다. 거기다 논평을 달아 높은 재주와 고매한 뜻을 지닌 인재가 초야에 묻혀 이름을 드러내지 않는 것을 슬퍼한다고 했다.

일사가 하층민으로 살아간 자취를 확인할 수 있는 경우가 많다. 이만부(李萬敷, 1664~1732)가 〈송충의전〉(宋忠義傳)의 주인공으로 등장시킨 나무꾼은 두 끼 먹을 것 이상 바라지 않고, 빈천을 수치로 여기는 자와는 절연한다고 했다. 이용휴(李用休, 1708~1782)의 〈해서개자〉(海西丐者)에서는 비렁뱅이가 순진하고 거짓이 없는 마음씨를 가졌다 하고, 거친 들판이나 오래 된 산협에 숨은 선비 또는 농촌에서 파묻혀 일이나 하는 이들 가운데 참된 인재가 적지 않게 있으리라고 했다.

선도의 술법을 얻었으면서도 세상에 범속하게 살았다는 일사의 삶을 다룬 전이 유본학(柳本學)의 〈김광택전〉(金光澤傳)과 〈이정해전〉(李廷楷傳)에서 다시 나타났다. 김광택은 왜인의 검술을 아버지에게서 물려받고 신선술까지 터득했지만 제대로 쓰이지 못하고 불우하게 지냈다고 한탄했다. 이정해는 벼슬하는 집안에서 태어났으나 패랭이를 쓰고 다녔으며 신선의 경지에 올랐다는 것을 감추고 술이나 마시고 내기 바둑이나 두며 사방으로 돌아다니다 말았으니 애석하다고 했다. 정약용(丁若鏞, 1762~1836)은 〈조신선전〉(曹神仙傳)에서 선도를 깨쳤다는 이가 책 거간꾼 노릇을 하며 이익을 거두니 말세가 되자 풍속이 변해 신선도 속태를 면하지 못한다고 했다.

도시 시정에서 살아가면서 법을 어기고 함부로 놀다가도 가련한 사람을 도울 일이 있으면 서슴지 않고 나서는 의리의 인물인 협객(俠客) 또는 유협(遊俠)을 숭상해 그 행적을 글로 남기는 풍조도 생겨났다. 채제공(蔡濟恭, 1720~1799)이 지은 〈이충백전〉(李忠伯傳)이 그런 것이

다. 평양 협객 이충백이 감사의 애첩과 관계하고 도망쳤다가 아버지가
곤욕을 치른다는 말을 듣고 용기 있게 자수를 하자, 감사가 감동해서
죽이지 않고 등용했다고 했다. 그 내력을 서술하고 용기를 기렸다.

미천한 백성 가운데 열녀나 효자가 아니라도 평가할 만한 행실이 있
으면 널리 알리는 관례를 이은 작품도 적지 않다. 채제공이 지은 〈만덕
전〉(萬德傳)에서는 제주도 기생이었던 주인공이 장사를 해서 큰 재물을
모아 흉년이 들었을 때 기민을 구제한 행실을 칭송하고 조정에서 표창
한 뜻을 밝혔다. 이덕무(李德懋, 1741~1793)의 〈은애전〉(銀愛傳)을 보
면, 양가의 처녀가 자기를 모함한 노파를 죽인 것을 나라에서 죄로 다
스리지 않고 도리어 갸륵하게 여긴 사실이 서술되어 있다.

중인을 위시한 위항인들의 예술 활동이 활발해지면서, 그 주역의 행
적을 찾아 정리하는 작업이 이루어져 일사전의 새로운 영역을 마련했
다. 정내교(鄭來僑, 1681~1757)가 〈화사김명국전〉(畵師金鳴國傳), 〈김
성기전〉(金聖基傳) 등을 지어 본보기를 보여주었다. 김명국은 인조 때
의 화가인데 행적이 기록에는 오르지 못한 탓에, 구전자료를 모아 술과
해학으로 세상을 희롱하며 그림 솜씨를 자랑하던 내력을 다루어야만
했다. 김성기는 자기가 잘 아는 당대의 인물이어서 살아가는 모습을 생
생하게 그려낼 수 있었다.

김성기는 남의 좌석에 나아가 비파를 뜯어야 먹고 살 수 있는 처지인
데, 늙어서 쇠진할 때까지 놀라운 솜씨가 줄어들지 않았다. 옳지 못한
짓을 해서 위세를 떨치는 자의 초청은 단호하게 거절하는 용기를 가졌
다. 생계를 위해 예술 활동을 하면서 창조의 보람과 자유를 최대한 누
리려고 한 점이 독자에게 깊은 감명을 줄 수 있게 글을 썼다.

예술인의 삶에는 고민과 즐거움이 병존했다. 유득공(柳得恭, 1749
~?)은 〈유우춘전〉(柳遇春傳)에서, 재주를 팔러 나서면 돈을 벌 수 있
는 것을 마다하고 자기 예술을 지키려고 고민하는 해금 명인의 모습을
그렸다. 이옥의 〈가자송실솔전〉(歌者宋蟋蟀傳)에서는 노랫소리가 귀뚜
라미 울음 같아 실솔이라는 별명이 붙은 가객이 종실 양반에게 초청되

어 가서, 거문고로 반주를 하겠다고 나선 주인과 격의 없는 농담을 주고받은 광경을 재치 있게 묘사했다.

위항인들이 사회적 제약 때문에 좌절하지 않고 다방면에 걸쳐 적극적인 활동을 한 자취를 정리하는 작업을 조희룡(趙熙龍, 1789~1866)이 맡아, 1844년(헌종 10)에 이룩한 〈호산외기〉(壺山外記)에 직접 사귀며 알았던 42인의 전을 수록했다. 시인 천수경(千壽慶), 장혼(張混), 조수삼(趙秀三) 등을 소중하게 다루고, 최북(崔北), 김홍도(金弘道) 등의 화가, 임희지(林熙之)를 위시한 음악인들도 포함시켰으며, 의원·승려·선사(仙士)·유협 등에까지 관심을 넓혔다. 1862년(철종 13)에 유재건(劉在建, 1793~1880)은 〈이향견문록〉(里鄕見聞錄)에서 선행 작업을 확대해, 280인의 전을 집성하고 성격에 따라 분류해놓았다.

사람의 일생을 다룬 글을 국문으로 쓴 것을 찾아보면 행장은 흔히 있다. 행장은 한문이어야 하지만, 대상인물을 여성으로 하거나 여성 독자들에게 읽힐 필요가 있는 경우에는 국문으로 번역되는 일이 더러 있었다. 국문으로 지은 행장도 나타났다.

먼저 들 것이 〈선조행장〉이다. 이경석(李景奭)이 지은 인조의 행장을 효종이 국문으로 번역하고 그렇게 일컬었다. 여자들도 읽게 하려는 것이 번역 의도였다. 병자호란 때 남한산성에 들어갔던 김경여(金慶餘)의 행장을 아들 김진수(金震粹)가 한문으로 짓고 김경여의 팔십 노모가 국문으로 번역한 것이 〈증고조가장초〉라는 이름으로 남아 있다. "훗 자손 계집아이들이나 알게" 하려고 번역했다고 밝혀놓았다. 나만갑(羅萬甲)의 부인 초계정씨(草溪鄭氏)의 행장은 앞부분이 없어서 제목은 알 수 없는데, 남편이 병자호란 때에 절의를 지켜 죽지 못한 것이 원통하다고 했다고 했다.

〈서포가문행장〉(西浦家門行狀)이라는 이름으로 정리된 일건의 자료에서 가장 많은 국문 행장이 발견된다. 김만중(金萬重, 1637~1692)이 자기 어머니를 추모한 〈정경부인해평윤씨행장〉이 서두에 실려 있다. 병자호란 때에 아버지가 순사하고 어머니 홀로 자기네 형제를 훌륭하게 키우느라고 고생도 많았는데, 귀양살이를 하고 있는 몸이라 임종을 보지 못해서 원통하기 이를 데 없다는 사연을 유려한 필치로 절실하게 나타냈다. 원래 한문이었던 것을 국문으로 옮겨놓았지만 국문문장의 발전에 한몫을 했다.

김만중의 아들 대에 쓴 행장 한 편, 손자 대에 쓴 행장 두 편이 함께 수록되어 있다. 〈태부인행장습유록〉은 김만중이 쓴 것을 조카 김진규(金鎭圭, 1658~1716)가 보완한 것이다. 〈서원부부인행록〉에서는 김진규의 아들 김양택(金陽澤, 1712~1777)이, 김만중의 형수이고 자기 할머니인 청주한씨(淸州韓氏)의 행적을 적었다. 〈정경부인한산이씨행록〉은 김양택의 종형 김춘택(金春澤, 1670~1717)이 자기 어머니의 부덕을 추념한 글이다. 그런 글이 계속 이어져 나와 가문의 위신을 높이고 행동의 규범을 다졌다.

국문으로 된 행장 또는 행록은 그 밖에도 몇 가지를 더 찾을 수 있다. 이익의 형인 이서(李漵, 1662~1723)의 생애를 서술한 〈옥동이선생행록〉(玉洞李先生行錄)은 절조 높은 선비의 모습을 인상 깊게 그렸다. 한문본이 따로 있었던 것 같은데 소루한 점을 보완하려고 집안 부녀 가운데 누가 다시 지었다.

〈상덕총록〉(相德總錄)이라는 것은 남자의 덕행을 여자 쪽에서 다룬 행장의 또 하나의 예인데, 내용이나 수법이 더욱 주목할 만하다. 정약용의 서매인 나주정씨(羅州丁氏)가 채제공의 서자에게 시집가서, 시아버지가 정승으로 활약하면서 사도세자와 정조 편에 서서 애쓴 내력을 정리했다. 둘째 권만 전해서 전모는 알 수 없으나, 신분이 서출이지만 친정에서 익힌 견식과 시집에서 쌓은 수련이 상당한 경지에 이르러, 조정에서 일어난 일을 소상하게 이해하고 거침없이 서술할 수 있었다.

전은 사실 전달을 목적으로 하지 않으니 국문으로 번역해 읽힐 필요가 없고, 번역하면 원작의 가치를 잃었다. 국문 전은 열녀전 따위가 있을 따름이고 새롭게 창작되지 않았다. 전을 짓는 데서 국문이 한문보다 많이 뒤떨어졌다.

의령남씨의 〈의유당관북유람일기〉에서 한 시도는 예외라고 할 수 있다. 〈춘일소흥〉(春日消興)이라는 제목을 붙이고, 열 사람의 전을 국문으로 써놓았다. 한문 전을 옮기면서 자기 나름대로 재창작했다고 생각된다. 알려져 있는 인물을 택해서 성격과 생애를 결정짓다시피 한 특징적인 사건을 하나씩 간결하면서 묘미 있게 서술했다. 김득신(金得臣)이 잊어버리기 잘 하고 흐리멍텅하게 살아가는 모습을 익살스럽게 그린 것이 좋은 예이다.

이동근,《조선후기전문학연구》(태학사, 1991) ; 박희병,《한국고전인물전연구》(한길사, 1992) ;《조선후기 전의 소설적 성격 연구》(성균관대학교 대동문화연구원, 1993) ; 노태조,《국문전기연구》(정훈출판사, 1992) ; 최준하,《한국 실학파의 사전(私傳) 연구》(이회문화사, 2001) ; 정병호, 〈조선후기 중인층 전 연구〉(경북대학교 박사논문, 2001)에서 전반적 고찰을 했다. 강혜선, 〈농암(農巖) 김창협의 묘지명 연구〉,《한국 고문의 이론과 전개》(태학사, 1998) ; 안순태, 〈남공철의 전장비지문(傳狀碑誌文) 연구〉(서울대학교 석사논문, 2002) ; 이동환, 〈박연암의 '홍덕보묘지명'에 대하여〉,《이조후기 한문학의 재조명》(창작과비평사, 1983) ; 황의열, 〈박연암의 비지류문에 대하여〉,《태동고전연구》7(1991) ; 강혜선,《박지원 산문의 고문 변용 양상》(태학사, 1999) ; 이복규,《'임경업전' 연구》(집문당, 1993) ; 박옥빈, 〈향랑 고사의 문학적 연변〉,《성균한문학연구》5(성균관대학교 한문학교실, 1982) ; 김영, 〈눌은(訥隱) 이광정 문학 연구〉(연세대학교 박사논문, 1987) ; 송백헌,《서포가문행장》(형설출판사, 1977) ; 이연성, 〈'춘일소흥' 연구〉,《이화어문논집》2(이화어문학회, 1978) 등에서 개별적인 연구를 진척시켰다.

9.11.6. 몽유록과 가전체의 모습

사실을 그 자체로 전달하지 않고 꿈속에서 겪은 바를 보고한다는 허구적인 수법을 사용해서 설득 효과를 높이는 몽유록은 흔히 볼 수 있던 우언의 하나이다. 임진왜란과 병자호란에 관해 말할 때 적절하게 이용되어, 이미 고찰한 바와 같이 윤계선(尹繼善)의 〈달천몽유록〉(達川夢遊錄), 황중윤(黃中允)의 〈달천몽유록〉(㺚川夢遊錄), 작자 미상인 〈피생몽유록〉(皮生夢遊錄)과 〈강도몽유록〉(江都夢遊錄) 등이 이어져 나왔다. 그런 작품에서 통분하는 심정으로 전란의 참상을 문제 삼고, 책임을 묻는 작업을 설득력 있게 전개했다.

그러다가 전후의 안정이 이루어지자 몽유록의 쓰임새가 줄어들었다. 몽유록을 통해 말하지 않을 수 없는 주제가 새롭게 마련되지 않아 긴장을 상실했다. 독자적인 갈래의 위엄을 버리고 소설에 근접하려고 해도 소설이 될 수는 없었다. 사건 전개는 소설처럼 해도 인물이나 배경 설정이 많은 지식을 가져야 이해될 수 있는 특성을 버릴 수는 없었다. 국문본으로 남아 있는 작품은 국문소설처럼 읽히기를 바라고 번역한 것이라고 생각되는데, 일반 독자에게는 너무 난해하다.

이위보(李渭輔, 1694~?)의 〈하생몽유록〉(何生夢遊錄)은 병자호란과 관련된 주제를 다시 다루었다. 하생이라는 선비가 꿈에 선계에 가서 임경업(林慶業)과 삼학사(三學士), 그리고 중국 남송의 충신들을 만나 시를 주고받으며 원한을 함께 토론한 내용이다. 구체적인 사건 설정 일부가 〈임경업전〉과 같아 소설을 보고 지은 것으로 보인다. 역사 지식을 많이 활용하고 유불선 삼교를 모두 동원해 배경을 설정한 것이 특징이지만 그 때문에 소설에 상응하는 흥미를 일으켰다고 하기는 어렵다.

김수민(金壽民, 1734~1811)의 〈내성지〉(柰城誌)는 기존 작품을 개작한 것이다. 영월지방을 여행하다가 단종과 그 신하들의 모임에 참여하는 꿈을 꾸었다는 사연을, 같은 구상을 갖춘 선행 작품 〈원생몽유록〉(元生夢遊錄)보다 한층 길고 복잡하게 펼쳐 보였다. 중국의 인물들까지 등장시켜 논의를 확장하고 충절의 의의를 재평가하는 데 힘을 기울였으나, 새로운 시대의 의식을 가지고 문제를 다시 다루었다고 평가하기는 어렵다.

김면운(金冕運, 1775~1839)의 〈금산몽유록〉(錦山夢遊錄)은 늙어서 여행을 하지 못하게 된 서술자가 꿈에 남해도 금산(錦山)에 가서 그곳 산신과 남해도 입구 노량(露梁)의 수신이 유람객 제한 여부를 놓고 다투는 것을 보았다고 한 내용이다. 윤치방(尹致邦, 1794~1877)의 〈만옹몽유록〉(謾翁夢遊錄)도 같은 배경을 택했다. 몽유자가 꿈에 금산의 정상에 올라 금산과 노량의 신령이 주고받는 편지를 보고, 중용의 도를 취하는 것이 마땅하다는 깨우침을 받았다고 했다.

〈금화사몽유록〉(金華寺夢遊錄)은 한문 및 국문으로 된 여러 이본이 전하고 제목이 조금씩 다르기도 한 것을 보면 많이 읽혔음을 알 수 있는데, 중국 역대 왕조를 창업한 제왕이 각기 자기네 개국공신들을 대동한 모임을 꿈에서 구경했다는 내용이다. 국문본으로 남아 있는 〈사수몽유록〉(泗水夢遊錄)은 공자가 제왕 노릇을 하는 왕국에 가서 여러 이단 사상의 군사가 침입해 들어오는 것을 역대 유가의 인재들이 나서서 물리치는 것을 구경했다는 내용이다. 〈몽유성회록〉(夢遊盛會錄) 또한 국문본이며 비슷한 구상을 펼쳐 보였다. 세 작품 모두 많은 지식을 동원하고 사건 전개를 소설처럼 해서 관심을 끌고자 한 것이다.

몽유록은 그 밖에도 몇 가지 더 있지만, 특별히 고찰할 만한 것이 아니다. 한문본 〈부벽몽유록〉(浮碧夢遊錄)이나 국문본 〈황릉몽환기〉(黃陵蒙還記)는 꿈에 역사상 이름난 미인들을 만났다는 내용이다. 바로 말하지 못하는 절통한 사연을 나타내던 몽유록이 희필이 되고 마는 말로를 보여주었다.

특정 사물을 의인화해서 사람의 일생처럼 다루는 가전은 또한 기본형에 해당하는 우언의 하나인데, 이미 확립된 관례가 있어 쉽게 지을 수 있는 반면에 새롭게 개척될 여지는 얼마 없었다. 권필(權韠, 1569~1612)의 〈곽삭전〉(郭索傳)에서는 갈대숲에 사는 게를 의인화해서 세상을 피해 은거하는 선비의 모습을 그렸다. 이덕무(李德懋, 1741~1793)는 〈관자허전〉(管子虛傳)에서 대나무를 의인화해 절개의 상징으로 삼았다. 유본학의 〈오원전〉(烏圓傳)은 고양이를 등장시켜 약삭빠른 인물의 지혜와 처세를 문제 삼으면서 다소 새로운 방향을 개척했다.

이옥이 지은 많은 전 가운데 가전은 긴요한 것이 아니었다. 〈남령전〉(南靈傳)은 담배로 근심을 없앤다 하고, 〈각로선생전〉(却老先生傳)은 집게로 머리의 흰 털을 뽑아내 늙음을 물리친다고 해서, 사소한 것들에 대한 장난스러운 관심을 보여주었다. 그처럼 특정 사물을 하나만 의인화한 작품은 한문이 아니고서는 묘미를 유지하기가 어렵고, 누구나 흥미롭게 생각할 만한 내용도 아니었으므로, 국문으로 옮겨보려는 시도가 없었다.

사물이나 심성을 의인화해서 사람의 일생 또는 국가의 흥망에다 견주어 서술하는 가전체 또한 이미 이룩된 관례를 받아들였지만 위에서 든 작품군보다는 한층 적극적인 구실을 했다. 기존의 지식을 정리하면서 명분론적 사고를 다진 점에서는 보수적인 성향을 지닌 교술문학이지만, 의인화에 따른 서사적 수법으로 흥미를 자아낼 수 있는 진폭이 더 컸기 때문이다. 소설의 인기에 편승해 소설처럼 읽히고자 하는 작품이 늘어나는 데 한 몫 끼었다.

심성을 의인화한 가전체 작품은 김우옹(金宇顒, 1540~1604)의 〈천군전〉(天君傳)에서 비롯했다. 황윤중(黃允中, 1577~1648)은 〈천군기〉(天君記) · 〈사대기〉(四代記) · 〈옥황기〉(玉皇記) 연작, 일명 〈삼황연의〉(三皇演義)를 지으면서 소설의 수법을 차용해 흥미로운 읽을거리를 만들고자 했다. 규모나 내용에서 본격적인 성장을 보인 작품은 정태제(鄭泰齊, 1612~1669)의 〈천군연의〉(天君演義)이다.

〈천군연의〉는 심성의 본체인 천군(天君)이 다스리는 나라가 타락의 위기를 겪다가 올바른 질서를 되찾는 과정을 그려 사건 설정을 구체화한 점이 새롭다. 타락의 위기를 그린 대목은 남녀관계의 노골적 묘사를 갖추어 흥미를 끌었다. 서문에서 허황한 소설이 풍속을 타락시킨다고 나무란 다음, 주색을 멀리하고 마음을 바르게 가져야 한다는 표면적인 주제와 어긋나는 수법을 사용해, 연의로 알고 읽다가 감화를 받게 하려고 했다.

후속작품이 계속 나와 같은 목표를 달성하려고 했다. 임영(林泳, 1649～1696)은 〈의승기〉(義勝記)에서 도적이 침범해서 나라가 곤경에 처하고 천군이 도망쳐 황야에서 헤매는 사태를 그렸다. 정기화(鄭琦和, 1786～1840)는 사서(史書) 본기의 체제를 충실하게 본뜬 〈천군본기〉(天君本紀)를 지어 일명 〈심사〉(心史)라고 하고, 충신은 천군을 바르게 보좌하고 간신은 천군을 타락시키려 하기에 벌어지는 당쟁을 연도별로 서술하면서 논평을 달았다.

그런 일련의 작품이 흥미 본위의 서술로 기울어지는 것을 스스로 경계하고 정론을 세워야 한다면서 유치구(柳致球, 1793～1854)는 〈천군실록〉(天君實錄)을 지었다. 그러나 이룬 성과가 의도한 바를 따르지 못했다. 사소한 이익을 추구하고 여자나 술에 탐닉하도록 하는 것이 간신의 짓이라고 나무라기나 했다. 마음의 바른 도리를 흥미로운 이야기를 사용해 나타내는 우언 창작의 방법 자체가 쇄신이 가능하지 않은 한계를 드러냈다.

꽃을 의인화하고 화왕(花王)이 다스리는 나라에서 대립과 분란이 일어난 역사를 다루는 것이 또 하나의 유행 방식이다. 그런 작품은 일찍이 설총(薛聰)의 〈화왕계〉(花王戒)에서 보이더니, 오랜 기간이 지나 〈화사〉(花史), 〈화왕전〉(花王傳) 등에서 다시 나타났다. 사건 설정을 복잡하고 흥미롭게 해서 우언을 더욱 다양하게 하는 구실을 했다.

꽃을 의인화하는 설정은 심성을 의인화한 경우와는 달라서 불변의 원리를 내세워 마음가짐을 경계하자는 것이 아니고, 가변적인 상황에 더욱 관심을 가지면서 정치의 득실을 논란하는 데 쓰였다. 천군의 나라에서 벌어지는 쟁패는 국문으로는 옮길 수 없는 난삽한 용어로 엮을 수밖에 없고 성리학의 심성론에 대한 상당한 이해를 가진 독자라야 이해가 가능하지만, 꽃나라의 기사는 인용한 고사를 자세하게 몰라도 어느 정도는 이해하고 즐길 수 있어 국문본도 있었다.

그 가운데 중심을 이룬 작품 〈화사〉를 먼저 들어보면, 이본이 많아 널리 읽혔음을 알 수 있고, 작자에 관한 정보는 흐려졌다. 이본에 따라서 임제(林悌), 남성중(南聖重), 노긍(盧兢) 등을 작자라고 한다. 임제의 작품이라 하기에는 〈수성지〉(愁城誌)와의 차이가 너무 크다. 무명인사 노긍을 작자라로 드는 논거는 희박하다. 남용익의 서자 남성중이 다른 방법으로는 펼 수 없는 재능을 쏟은 작품이라는 견해를 일단 수긍할 수 있다.

꽃은 사람에 비한다면 재주가 다양하고 칭찬할 점이 많아 꽃나라의 역사를 다룬다 하고, 한 해 동안 봄부터 가을까지 꽃들이 피고 지는 과정을 왕조교체로 나타내서 네 왕조의 흥망을 다루었다. 중국 역사의 고사를 많이 가져와 치란과 득실을 서술하고, 요긴한 대목마다 사신의 평을 달았다. 정치가 잘못되어 나라가 망하게 되는 유형을 정리해 말하고 경계해야 한다고 했다. 특히 홍·백·황으로 당파가 나누어져서 당쟁을 하는 것을 크게 개탄한 대목에서 자기 시대를 간접적으로 비판했다.

김수항(金壽恒, 1629~1689)의 〈화왕전〉은 〈화사〉와 비슷한 구상을 가볍게 펼친 작품이다. 모란이 왕위에 올라 주위의 모든 꽃을 자질에 따라 대우하며 온당한 정치를 펴다가 계절이 바뀌자 시들어버린 것을 안타까워하기만 했다. 남하정(南夏正, 1681~1763)이 지은 것으로 확인되는 〈사대춘추〉(四代春秋)는 사계절을 각기 한 왕조로 삼아 왕조의 흥망성쇠를 그리면서 정치의 득실을 엄정하게 논하려고 했다. 이이순(李頤淳, 1754~1832)이 지은 또 한 편의 〈화왕전〉은 모란왕이 중년까지는 정치를 잘하더니 그 뒤에 사치를 좋아하고 미인에게 빠져 망하고 말았다고 했다. 가을이 와서 모든 꽃이 시들 때에도 국화는 초연하게 지내 홀로 화를 면했다 하고서 선비의 처세가 제왕의 영화보다 낫다고 했다.

국문본인 〈백화국전〉(百花國傳)은 주제가 더욱 분명하다. 모든 꽃이 피어 있는 백화국에서 모란이 임금 노릇을 하다가 가을바람이 일어나자 망하고 말았다는 줄거리는 〈화왕전〉 두 편과 같지만, 바람이 일어난 것을 국세가 쇄미하자 풍국(風國)이 내침했다고 표현해 처절한 대결을 그렸다. 모란 임금은 그런 사태가 벌어지기 전에 대나무, 소나무, 잣나무 등의 고결한 은자를 애써 초빙하려고 했으나 뜻을 이루지 못했다. 문약에만 빠져 무력을 기르지 않은 것도 잘못이었다.

풍국이 내침하자 문신이 무장이 되어 나서서 싸우다가 장렬하게 죽었다. 충성을 온전하게 했어도 전세를 회복할 수는 없어서 마침내 임금마저 난군 속에서 죽고 나라가 망했다. 임진왜란·병자호란 때의 일을 연상하게 하고, 임금의 최후는 명나라의 경우와 닮았다. 그러고 말 수 없다고 여겨, 봄이 오자 나라를 다시 일으켰다고 하는 〈백화국재설중흥록〉(百花國再設中興錄)을 지어서 속편으로 삼았다.

몽유록과 가전체를 한데 아울렀다고 할 수 있는 작품에 〈유여매쟁춘〉(柳與梅爭春)이라는 것이 있다. 한문본이 여럿 전하고, 번역이라고 생각되는 국문본도 있다. 봄을 찾는 탐춘자(探春子)가 꿈에 하늘에 올라가니, 여인으로 설정된 버드나무와 매화가 각기 자기 생애를 길게 소개하면서 상대방의 비방이 부당하다고 다투더라고 했다. 옥황상제가 판결하면서, 버드나무는 처신이 바르지 못하고 이별의 서러움을 더 보태기나 하니 나무라야 하고, 매화는 산중에 숨어 고결한 이름을 지키니 가상하다고 했다는 것이다.

화장도구들을 의인화한 〈여용국평란기〉(女容國平亂記)는 국문으로 지은 작품인데, 안정복(安鼎福)으로 추정되는 사람이 한문으로 옮겼다. 임금은 여자의 얼굴이고, 신하는 거울·연지·분에서 수건이나 비누에 이르기까지 화장을 하는 데 소용되는 물건들이며, 얼굴을 더럽게 하는 것들은 침노하는 적군이라고 설정했다. 얼굴을 깨끗이 하고 화장을 하는 아주 사소한 일을 야단스럽게 과장하면서 왕국의 흥망을 힘주어 논하는 명분론적 사고를 빈정댔다.

〈규중칠우쟁론기〉(閨中七友爭論記)는 그 비슷한 구상을 갖추고 흥미롭게 전개되면서 뜻이 깊다. 바느질을 할 때 사용하는 도구인 자, 골무, 바늘, 인두 등이 사람의 모습을 하고 나타나서 자기 공이 가장 높다고 서로 다툰다고 했다. 못마땅한 세태를 그런 것들에 빗대서 풍자하는 뜻을 능청스럽게 숨겨놓았다.

〈사성록〉(四誠錄)은 같은 계열 작품의 확대판이라고 할 수 있다. 바느질하는 데 소용되는 도구 일곱 가지와 문방사우라고 하는 종이·붓·벼루·먹에게 벼슬을 배정한다는 내용이다. 〈만신주봉공신록〉이라는 것에서는 사람의 몸 여러 부분을 의인화해서 사건을 만들어냈다.

문학에 대한 논의를 우언의 형태로 나타내기도 했다. 국문본 〈여왜전〉(女媧傳) 및 그것과 관련된 다른 제목의 한문본 및 국문본 몇 가지 연작이 그런 것이다. 소설을 읽은 독서 경험을 내세우는 사람들이 여성왕국에서 서열을 다투는 내용이다. 소설에 관한 지식과 식견을 자랑하는 사람들이 고치고 다시 쓰고 해서 이본이 늘어났다.

〈담낭전〉(談囊傳), 일명 〈동자문답〉(童子問答)은 이야기에 관한 이야기이다. 한자로 '담낭'이라고 한 '이야기 주머니'가 뛰어난 아이라는 의인화 수법을 사용했다. 담낭은 누구와 문답해도 막히지 않는 지혜를 가졌는데 세상에서 널리 쓰이지 않는다고 한탄했다. 이야기의 효용을 말하고, 뛰어난 인재가 무시되는 세태를 나무라는 두 가지 주제를 지녔다.

몽유록은 차용주, 《몽유록계 구조의 분석적 연구》(창학사, 1981) ; 유종국, 《몽유록소설연구》(아세아문화사, 1987) ; 신재홍, 《한국몽유소설연구》(계명문화사, 1994) ; 김정녀, 〈조선후기 몽유록의 전개 양상과 소설사적 위치〉(고려대학교 박사논문, 2002)에서 ; 가전은 김광순, 《천군소설연구》(형설출판사, 1980) ; 《한국의인소설연구》(새문사, 1987) ; 김창룡, 《한중가전문학의 연구》(개문사, 1985) ; 조수학, 《한국의 탁전과 가전》(영남대학교출판부, 1987)에서 광범위한 고찰을 했다. 정병설, 〈몸의 정치학 : '만신주봉공신록'〉, 《문헌과 해석》 13(태학사, 2000) ; 윤주필, 〈신자료 '매류쟁춘'류 우언의 원전비평 연구〉, 《단국어문논집》 1(단국어문학회, 1995) ; 지연숙, 〈'여왜전' 연작의 소설비평 연구〉(고려대학교 박사논문, 2001) 등에서 개별적인 연구를 새롭게 했다.

9.11.7. 여성생활과 국문 사용

국문이 한문과 함께 쓰이고 지난날에는 한문으로만 쓰던 글의 국문본도 나타나게 되는 것이 점차 뚜렷해지는 새로운 추세였다. 남성의 문자생활에서는 아무래도 한문이 주가 되고 국문은 보조적인 구실을 했지만, 여성은 지체와 학식을 자랑하는 집안 출신이라도 국문으로 일상생활에 필요한 글을 썼으며 한문 사용은 오히려 예외였다. 그런 관례가 어떻게 해서 이루어졌는지 이해하려면 국문이 원래 훈민을 위한 문자였음을 다시 상기할 필요가 있다. 여성은 지체가 높더라도 훈민의 대상이었으므로 국문을 익히도록 해서 필요한 교훈을 베풀고자 하는 것이 국문 창제 이래 일관된 방침이었다.

여성이 자기 생애를 되돌아보는 글을 국문으로 쓰는 것은 흔히 있는 일이었다. 병자호란 때 피란한 내력을 다룬 〈병자일기〉, 궁중에서 일어난 일을 회고한 〈인목대비술회문〉이나 〈한중만록〉 같은 것들을 그런 본보기로 들 수 있다. 그처럼 특정 사실을 보고하는 데 치중하지 않고 관심을 자기 삶 전반으로 돌려 일생을 회고한 자서전도 이따금 발견된다.

한문으로 쓰는 전(傳)은 원래 역사서의 열전에 올리던 것이어서 객관적인 서술과 평가를 필수요건으로 하므로 자서전이 있을 수 없었는데, 국문을 사용할 때에는 그렇지 않았다. 여성의 삶은 공식적인 평가가 필요하지 않으므로 자유롭게 회고할 수 있었다. 여성문학이 독자적인 관습을 가진 것도 차이점이 생긴 이유이다. 민요의 자탄가를 규방가사에서 받아들여 서술자가 자기 자신에 관해 서술하고, 노년에 이르러서 일생을 길게 회고하는 방식을 산문에서도 활용했다.

자서전을 써서 일생을 회고하면서, 남들이 부러워하는 위치에서 잘 지낸 듯해도 실제로는 거듭되는 고난을 겪고 내심의 번민이 계속되었다고 했다. 고난을 나타내는 말을 표제로 삼는 것이 예사였다. 그것이 여성의 삶이고, 여성의 관점에서 되돌아본 내심의 영역이다. 사실 자체에 관한 서술보다 심리 묘사가 더욱 큰 관심거리가 된다.

숙종 때의 남인 재상 유명천(柳命天)의 부인인 한산이씨(韓山李氏,

1659~1727)가 자기 생애를 회고하는 글을 국문으로 써서 〈고행록〉이라고 한 것이 그 좋은 본보기인데, 친필본이 남아 있다. 6대손이 한문으로 설명을 달고 그 아내가 1925년에 베껴 쓴 것도 있어 언어 변화를 확인하는 자료로도 소중하다. 명문에서 태어나 재상의 부인이 된 여성의 삶이 고행의 연속이라고 했다.

거듭되는 정변 때문에 고난을 겪고, 남편과 동행해 적소에 갔다가 그곳에서 회임해 출산한 자식을 없애는 등의 시련을 자세하게 다루고, 노년의 고독을 하소연했다. 남편을 따라 귀양살이를 시작할 때의 심정을 "흉지로 드신 후에 소식도 들을 길 없고, 주야로 가슴을 두드리고 만 길 구렁에 들었는 듯, 일만 칼을 꽂았는 듯, 천지 망망하더니"라고 했다. 아이를 없앴을 때는 "애 미어지고 밤이면 밤마다 누웠던 자리를 만지며, 먹던 젖을 짜며, 간장이 촌촌이 녹는 듯"하다고 했다.

풍양조씨(豐壤趙氏, 1772~1815)가 쓴 〈자기록〉은 15세에 시집가서 20세에 남편을 잃고 자식도 없이 살아가게 된 자기 처지를 되돌아본 글이다. 종손이고 독자인 남편이 과거 보러 갔다가 사람들에게 짓밟힌 탓에 병을 얻어 정성을 다해서 간호했으나 세상을 떠났다. 남편과 함께 가지 못해 원통하다고 하면서 어릴 때부터 있었던 일을 회고했다. 친정 어머니를 일찍 여읜 설움을 새삼스럽게 되살렸다. 격한 감정을 누르면서 갖가지 고통스러운 사연을 차분하게 되돌아보았다.

윤선도(尹善道) 대종손의 부인 광주이씨(廣州李氏, 1804~1863)가 쓴 〈규한록〉(閨恨錄)도 자기 생애를 되돌아본 회고록이다. 시집간 지 50일 만에 남편을 여의고 어려운 살림을 맡아 친척들 사이의 갈등을 견디며 멀리서 양자를 얻어다가 후사를 삼은 내력을 소상하게 적었다. 남성은 없어지고 여성이 홀로 남아 명문대가를 지켜나가는 것이 얼마나 어려운가를 알려주었다.

여성에게 행실을 가르치는 글을 국문으로 펴내 그런 방침을 구체적으로 실행했다. 성종비 소혜왕후(昭惠王后)의 〈내훈〉(內訓) 이래로 수많은 규범서를 국문으로 써서 부녀자들에게 주었다. 그 가운데 하나인 송시열의 〈계녀서〉(戒女書)는 특별히 고찰할 만하다.

송시열은 성리학의 태두이지만 상대가 딸이므로 한문이 아닌 국문을 사용했다. 성현의 말을 거듭 인용해 권위를 세우는 고답적인 자세를 버리고, 온화하며 평탄한 문체로 일상생활에서 주의할 점을 자상하게 일러주었다. 부모·지아비·시부모를 섬기는 도리부터 시작해 모두 20항목에 걸쳐 세심한 주의를 기울인 내용이 모두 마주앉아 타이르는 듯한 어조로 서술되어 있다.

영남 선비 김종수(金宗壽, 1761~1813)가 지은 〈여자초학〉(女子初學)이라는 것도 딸에게 준 것인데, 다룬 내용이 더욱 넓다. 전국의 지리, 백관의 품계, 과거의 절목 등과 함께 집안 족보를 일러주었다. 여자라도 알아야 할 지식의 백과사전적인 편람이 되게 정리했다.

작자가 확인되지 않은 〈설씨내범〉(薛氏內範)은 서술 방법이 특이하다. 부녀자들이 소설로 소일을 하면서, 갖가지 싸움, 요괴스러운 일, 남녀관계에나 관심을 갖는 풍조를 개탄하고, 주인공의 일대기를 서술하는 방식으로 부녀자들이 지켜야 할 도리를 열거했다. 소설처럼 읽힐 수 있는 장편을 이룩했다.

국문은 여성을 위한 교훈서뿐만 아니라 여성 생활에 필요한 여러 형태의 글에서 널리 사용되었다. 그 가운데 하나가 제문(祭文)이다. 산천이나 신령을 제사지낼 때에도 필요하고, 가족이나 가까운 관계에 있는 사람이 죽었을 때 애통한 심정을 나타내기 위해서도 지어 읽어야 했다. 원래 한문으로 써야 하지만, 이언적(李彦迪)의 〈제선비손부인문〉(祭先妣孫夫人文) 같은 것은 국문으로 옮겨서 널리 읽혔다. 조선후기에 이르면 아내를 위한 제문을 국문으로 쓴 것들이 나타났다.

윤숙(尹塾, 1733~1779)의 〈정경부인이씨제문〉(貞敬夫人李氏祭文)이 그 좋은 예이다. 사도세자를 변호하다가 제주도로 귀양 가서 아내가 죽은 줄도 모르고 있었다면서 슬프고 원통한 심정을 가사 비슷한 귀글로 길게 늘어놓았다. 아내가 자기 학업을 독려하고 가난한 살림을 꾸리면서 여러 아이를 기르느라고 고생하던 일을 두서를 차리지 못하고 회고

했다. 애통해 하는 말이 길어져 쉽사리 마무리할 수 없었다.

국문 제문은 죽은 사람이 여자일 때뿐만 아니라, 글 쓰는 사람이 여자일 때도 쓸 수 있었다. 전의이씨(全義李氏, 1723~1748)가 혼인한 다음해인 1747년(영조 23)에 세상을 떠난 남편 곽내용(郭乃鎔)에게 제문을 지어 바친 것이 그런 경우이다. "오호통재라"라는 말을 되풀이하고 한문을 이따금 삽입해 한문 제문과 가까운 문체를 사용했으나, 이별을 견딜 수 없어 함께 가기를 바라는 심정을 간절하게 나타냈다.

한 대목을 들어보자. "흐르는 눈물은 흔적이 자자하고 붕성지통과 만단회포 흉장을 막으니, 붓을 들어 쓰이는 바를 아지 못하여 만분의 일도 못 베푸니" 안타깝다고 했다. "어진 신령아 알음이 있거든 한 잔 술을 흠향하시고 첩의 원을 다시금 잊지 마소서"라는 말로 끝을 맺었다. 제문을 지은 다음해에 〈절명사〉라는 가사를 남기고 자결했다.

이 밖에 여러 가지 국문제문이 전하는데, 누가 언제 쓴 것인지 알기 어려우나 다룬 사연이 절실해 깊은 감명을 준다. "기유"(己酉)라고 한 해에, 누군지 모를 연안이씨(延安李氏)가 시아버지의 죽음을 애도한 제문에서는, 남편이 죽고 하늘같이 믿었던 시아버지마저 별세해 집안에 남자가 하나도 없다고 탄식했다. 계축 8월에 딸이 어머니 벽정이씨의 죽음을 애도해서 지었다는 제문은 서두가 산문이고, 본문은 가사체의 율문이다. 어머니의 죽음에 대한 강렬한 한탄으로 일관되어 있으며, 추운 방에 혼자 누워 고생하는데 가까이서 봉양하지 못해 한탄스럽다고 했다.

〈조침문〉(弔針文)은 여성이 제문을 쓰는 실력을 살려서, 바늘이 부러져 못쓰게 된 것을 애도한 글이다. 홀로 살아가면서 바느질에 정성을 쏟던 부녀자가 다감한 마음씨를 유감없이 그려낸 명문이다. 글의 내용으로 보아 작자는 유씨(俞氏)인 줄 알 수 있을 따름이고 언제 이루어졌는지 짐작하기 어려운데, 널리 읽히고 많이 필사되었다.

일상생활에서 필요한 글로서 가장 흔한 것은 두말할 나위도 없이 편지이다. 한문 편지가 서(書)라고 일컬어지면서 문집의 한 자리를 당당하게 차지한 것과 달리, 언간(諺簡)이라고 하던 국문 편지는 대단하게 여기는 사람이 없었으나 널리 이용되고 커다란 구실을 맡았다. 지체와 학식이 우뚝한 집안에서도 쓰는 사람과 받는 사람 가운데서 어느 한쪽이 여자이면 국문으로 편지를 하는 것이 일찍부터 확립된 관례이다. 그래서 언간이라면 국문 편지를 뜻해 내간(內簡)과 동의어가 되었다.

국문 편지는 왕실에서도 즐겨 썼다. 선조(宣祖, 1552~1608) 임금은 20여 통 되는 국문 편지를 써서 딸의 편지에 대한 답장으로 삼았으며, 더러는 자기가 먼저 쓴 것도 있다. 사연은 간단지만 안부를 궁금하게 여기며 정을 나타내는 은근한 마음이 나타나 있고, 임진왜란을 겪고 있는 사정에 관해서도 이따금 말했다. "엇디 인눈다? 나는 무사히 잇노라"(어찌 있느냐? 나는 무사히 있노라)라고만 하기도 했다. "도적은 물러가니 깃거ㅎ노라"(도적은 물러가니 기뻐하노라)로 용건을 삼기도 했다.

왕실의 국문 편지는 사사로운 정을 주고받는 데만 쓰이지 않았으며 때로는 정치에서 아주 긴요한 구실을 했다. 왕대비나 왕비가 어린 임금을 대신해 정무를 수행할 때 신하에게 전하는 말을 국문 편지로 썼다. 숙종의 어머니 명성대비(明聖大妃, 1642~1683)가 송시열에게 보낸 것이 그 좋은 예이다. 송시열은 숙종이 출사하라고 해도 사양하기만 하다가 명성대비의 국문 편지를 보고 마침내 뜻을 굽혔다고 한다.

혜경궁홍씨가 사도세자의 무덤을 수원으로 옮길 때 당시의 영의정 채제공에게 보낸 편지도 있다. 아들 정조가 몸이 편치 않은데도 몸소 나가 보려고 하니 거둥하기 전에 준비를 마치라는 내용이다. 임금을 대리해서 신하에게 내린 조서(詔書) 또는 전교(傳敎)를 국문으로 쓴 예는 정순대비(貞純大妃)가 순조 때에, 순원왕대비(純元王大妃)가 헌종 때에 각기 암행어사에게 임무수행을 성실하게 하라고 당부한 것들이 있다.

왕실의 국문 편지에 정치와 직접 관련되지 않은 것들이 더 많았음은 물론이다. 그 가운데 더러 관심을 가져야 할 것도 있다. 인목대비가 인조반정 직후에 선조의 후궁이었던 인빈(仁嬪)에게 보낸 장문의 편지는 〈인목대비술회문〉과 상통하는 내용이다. 명온공주(明溫公主)가 오라버니 익종과 편지를 주고받으면서 자기가 지은 시를 평해 달라고 한 것도 흥미로운 자료이다.

궁중에서 임금이나 왕비가 바깥으로 보낸 편지로는 받은 쪽에서 소중하게 보관하고 가보로 삼는 것이 관례였다. 효종의 딸 숙휘옹주(淑徽翁主)의 후손이 엮은 〈신한첩〉(宸翰帖)이 그런 것이다. 숙휘옹주는 남편과 아들을 여의고 평생을 병과 시름으로 보냈기에 아버지 효종, 어머니 인선왕후(仁宣王后), 오빠 현종, 올케 명성왕후(明聖王后), 조카 숙종, 질부 인현왕후가 모두 편지를 보내 위로했다. 모두 38통이나 되는 것을 모아 책자를 만들었다.

사대부 집안에서 주고받은 국문 편지는 너무 많아 쉽사리 정리할 수 없으나, 특기할 만한 것은 언급의 대상으로 삼아 마땅하다. 송시열이 귀양살이를 하면서 제자의 미망인에게 보낸 것을 주목할 만하다. 친척이 아니라도 친한 부인에게는 편지를 하는 전례를 성현이 보여주었기에 따른다고 서두를 내놓고서, 도타운 정의를 나타내는 간곡한 어법으로 몇 가지 용건을 전했다.

집안 부녀들이 쓴 국문 편지야 구태여 모아놓지 않으니 자료를 얻기 어렵지만, 근래 무덤에서 출토된 일건의 자료가 있어 주목된다. 조선전기의 것은 이미 고찰한 바 있고, 조선후기의 것은 여기서 정리한다.

경상북도 고령군 현풍에서 곽주(郭澍, 1569~1617)의 처 진주하씨(晉州河氏)의 무덤을 이장할 때 발견된 언간은 149통이나 된다. 1602년(선조 35)에 곽주가 장모에게 써보낸 편지에서 시작해서, 1646년(인조 24)에 넷째 아들 형창(亨昌)이 어머니 하씨에게 보낸 편지에 이르기까지 40여 년 동안 그 집안에서 오고간 편지를 고스란히 간직하고 있다가 무덤에 넣었다. 발신자와 수신자의 관계가 다양하고, 편지 종류가 문안지, 평신(平信), 사돈지, 위장(慰狀), 하장(賀狀) 등으로 다양하게 갖추어져 언간 연구의 좋은 자료가 된다.

곽주가 1612년(광해군 4)에 장모에게 보낸 문안지를 하나 보자. 심부름 시킬 종이 없어 편지 보내지 못한 사연을 말하고, 자식들이 갔으니 언문을 가르쳐달라고 하기도 하고, 자기도 모심기고 타작하면 가서 뵙겠다고 했다. 장모와 사위가 아주 가깝게 지낸 것을 확인할 수 있으며, 편지하고, 아이들에게 글 가르치고, 농사짓고 하는 생활방식이 드러난다.

그 밖에도 소중한 언간 자료가 적지 않다. 〈선세언적〉(先世諺蹟)이라는 것은 박장원(朴長遠, 1612~1671)이 강원감사로 재직할 때 병석의 어머니가 보낸 것을 서두에 얹고, 7대에 2백 년 동안의 집안 편지 21통을 후손이 모아서 정리한 책이다. 1747년(영조 23)부터 이듬해까지 이봉환(李鳳煥)이 통신사를 수행해 일본을 다녀오는 동안 집에 남아 걱정을 하고 있는 어머니와 아내에게 보낸 것들 25통이 전하는데, 도중의 견문까지 곁들였기에 더욱 흥미롭다. 김정희(金正喜)가 제주도에 귀양가서 아내에게 보낸 편지 일건은 이미 살핀 바와 같이 애절한 사랑을 잘 나타냈다.

국문 편지는 부녀자들의 생활에서 필수적인 구실을 하고, 남자라도 한문에 익숙하지 않으면 이용해야 했다. 하고 싶은 말만 간단하게 적으면 그만인 편지도 있지만, 시부모를 비롯한 여러 손위 사람들에게 올리는 것은 격식을 제대로 갖추어야만 했다. 사돈지라고 해서 새 사돈에게 보내는 편지는 문장력을 자랑하는 수식이 가득해야만 체면을 살릴 수 있었다.

편지를 잘 쓰려면 교본이 필요했다. 실제의 편지를 모아서 격식과 용건에 따라 모범을 삼을 수 있도록 편집한 것도 충남 부여의 남원윤씨(南原尹氏) 집안에서 발견되었다. 편지 쓰는 법을 가르치는 것이 한글을 깨친 다음 바로 이어서 하는 기본 교육이어서 그런 교본이 필요했다.

흔히 〈언간독〉(諺簡牘)이라고 하는 편지투는 방각본으로 간행되어 널리 이용되었다. 〈증보언간독〉이라는 것을 보면, 예문은 아들, 아비, 장인, 사돈, 존장 등의 받는 사람, "답고 날 청하는", "새해 인사", "문병" "조장"(弔狀) 등의 내용에 따라 나누어 수록하고, "신부 문안" 이하의 여성 편지를 뒤에 첨부했다. 남성 독자들이 큰 비중을 차지하게 되었음을 알려준다.

　자서전류는 박요순, 〈신발견 '규한록' 연구〉, 《국어국문학》 49・50(국어국문학회, 1970) ; 김영배 외, 《한산이씨 '고행록'의 어문학적 연구》(태학사, 1999) ; 박혜숙, 〈여성적 정체성과 자기서사〉, 《고전문학연구》 20(한국고전문학회, 2001) ; 박혜숙・최경희・박희병, 〈한국여성의 자기서사〉, 《여성문학연구》 7~9(한국여성문학학회, 2002~2003)에서 고찰했다. 제문은 이병혁, 〈축제문고〉, 《우헌정중환박사환력기념논문집》(발간위원회, 1974) ; 김일근, 〈정경부인이씨제문〉, 《인문과학논총》 9(건국대학교, 1976) ; 홍재휴, 〈전의이씨 유문고〉, 《국어교육논지》 1(대구교육대학 국어교육과, 1973) ; 강전섭, 〈연안이씨의 제문에 대하여〉, 《어문학》 39(한국어문학회, 1980) ; 유경숙, 〈조선조 여성제문 연구〉(충남대학교 박사논문, 1996)에서 연구했다. 일기는 서종남, 《조선조의 국문일기》(삼영, 1997) ; 윤원호, 《근세일기문의 성격》(국학자료원, 2001)에서 고찰했다. 언간은 김완진, 〈'선세언적'에 대하여〉, 《국어국문학》 55~57(국어국문학회, 1972) ; 김일근, 《언간의 연구》(건국대학교출판부, 1986) ; 《진주하씨묘출토 문헌과 복식조사보고서》(건들바우박물관, 1991) ; 김향금, 〈언간의 문체론적 연구〉(서울대학교 석사논문, 1994) ; 홍은진, 〈방각본 언간독에 대하여〉, 《문헌과 해석》 1(태학사, 1997) ; 김남경, 〈'언간독'과 '증보언간독' 비교 연구〉, 《민족문화논총》 24(영남대학교 민족문화연구소, 2001) ; 백두현, 《현풍곽씨 언간 주해》(태학사, 2003)에서 고찰했다.

9.12. 설화 · 야담 · 한문단편

9.12.1. 구전설화의 변모

설화는 구전을 통해 형성되고 변모되어오면서 그 모습의 일부를 문헌에다 남기고 소설로 개작되기도 했다. 기록된 시기가 밝혀진 문헌설화를 자료로 삼아 설화의 역사를 이해하는 것은 가능하지만, 그 저층 노릇을 한 구전설화를 찾아야 설화의 전모가 드러난다. 최근에 채록한 구전설화는 유래를 찾아 문학사의 첫 단계까지 올려 다룰 수도 있고, 이야기한 사람이 작자이기도 하다는 점에서는 오늘날의 작품이라고 할 수도 있으나, 그 중간 어느 때에 중요한 개작이 이루어진 결과가 전해진다고 보는 편이 타당하다. 시대상황, 문헌에 남은 증거, 구전설화 자체의 구조와 의미를 서로 연결시켜 살피면, 개작의 양상을 추정하는 길이 열린다.

이미 논의한 바를 근거로 설화가 문학의 전체적인 판도에서 어떤 위치를 차지해 왔는가 정리해 말해보자. 건국신화의 시대라 할 수 있는 고대에는 설화가 문학의 주류를 이루었다. 중세전기에는 한문학과 맞서서 독자적인 전통의 다양한 변모를 보여주는 설화가 사상 전달과 역사 이해까지 관장하는 긴요한 구실을 했다. 중세후기에는 정통 한문학의 판도가 크게 넓어져 설화는 저류에 머무르고, 그 일부만 상층의 관심에 따라 선택되어 잡록이나 골계전에 수록되었다. 그러다가 중세에서 근대로의 이행기에 들어오자 설화가 재흥했다. 민중의식의 성장이 설화에서 다채롭게 표출되고 야담이나 소설에 적극 수용되었다.

임진왜란과 병자호란의 충격에 설화로 대응했던 자취는 문헌과 구전 양쪽에 잘 나타나 있다. 전란을 미리 아는 이인이 있었고 정탐하러 온 자를 물리치기도 했는데, 조정에서는 대비책을 강구하지 않은 것을 힐난했다. 나라를 구할 수 있는 영웅이 싸움터에 나섰지만 내부의 적 때문에 뜻을 이루지 못하고 원통하게 죽은 내력을 민중적 영웅의 일생에 맞추어 이야기했다. 산천에 혈을 찔러 장수가 나지 못하게 하는 것을 산신령이 제지했다고 하면서 잠재적인 역량의 발휘 가능성에 관한 논란을 폈다.

아기장수가 태어나자 역적이 될까 염려한 부모나 이웃 사람들이 날개를 떼어내고 죽였다는 전설이 전국 도처에 전해지면서 많은 것을 말했다. 모든 상황이 절망적이라 민중적 영웅은 패배하지 않을 수 없다고 하면서 극도에 이른 반감을 보여주었다. 인재가 나면 역적으로 몰고, 항거에 대해서 무서운 보복을 일삼는 통치방식에 대한 분노를 나타냈다.

민중운동이 고조될 때에는 아기장수 이야기에서 인정한 패배를 부정하는 진인 출현설이 퍼졌다. 어디선가 태어난 아이가 일찍 집을 나가 박해를 피하고 신이한 술법을 익혔다 하고, 먼 곳에 자취를 숨긴 채 많은 군사를 거느리고 있으며, 장차 진군해서 나라를 차지하고 세상을 구한다는 이야기가 바로 진인 출현설이다. 그런 진인이 나타나 모든 기대가 일거에 성취되리라고 하면서 민란을 선동하는 사건이 계속 일어났다. 아기장수 어쩌고 하는 것이야 덮어두어도 그만이지만 진인 출현설은 수사해 진위를 가려야 할 사안이므로 공식기록에 올렸다.

숙종 때인 17세기말부터 그런 일이 있더니, 1811년(순조 11)에 민란을 일으키는 홍경래(洪景來)는 진인이 철기 십만을 거느리고 진군해오게 되어 있어 먼저 기병해 선봉에 선다고 선언하면서 민심을 모았다. 평란 후의 수사기록 〈관서평란록〉(關西平亂錄)에 그 전말을 자세하게 파헤쳐놓았다. 진인은 성이 정(鄭)씨라고 했다. 이씨왕조는 운명을 다해 다음 차례로 정씨가 계룡산에 도읍을 한다는 말이 〈정감록〉(鄭鑑錄)에 근거를 두고 널리 퍼져 정진인 출현설의 배경을 이루었다.

진인은 어쩌다가 있고 이인은 흔했다. 잘못된 현실과의 대결을 의식하면서 대단한 능력을 숨기고 있는 사람이 이인이다. 예사 사람으로서의 일상생활을 계속하면서 이따금씩 필요할 때 숨겨두었던 능력을 발휘할 따름이어서 이인은 알아보는 사람이 많지 않다. 이인은 도술을 지녀 도가에서 말하는 지상선(地上仙)이라 할 수 있으나, 구전설화에서는 도술을 터득한 경위나 방법 같은 것은 전혀 관심 밖에 두고 잠재적인 역량을 암시하는 데 도술을 이용한다.

의원, 풍수, 점쟁이 등이 이인일 수 있다. 유재건(劉在健)의 〈이향견문록〉(里鄕見聞錄)을 보면 미천한 처지에서 의원 노릇을 하는 인물 가운데 놀라운 명의가 있다는 사례를 여럿 들었는데, 더 많은 상상과 의미를 보탠 것이 구전되는 명의 이야기이다. 유의태라는 의원을 그 좋은 본보기로 들어 말하면서, 놀라운 의술을 터득해 허준에게 물려주었다고 했다.

고통을 받고 있는 민중에게는 명의보다 구원자가 더욱 필요했다. 숙종대왕과 박문수를 그런 인물로 내세웠다. 숙종대왕이 평복을 입어 임금인지 모르게 하고 밤에 미행을 하다가 억울한 사정이 있는 사람을 만나 그 연유를 알아보고 문제를 해결해주었다 한다. 박문수가 암행어사노릇을 하며 전국을 돌아다니다가 도움이 필요한 사람이 있으면 어디든지 나타났다고 한다.

숙종(재위 1674~1720)과 박문수(朴文秀, 1691~1756)의 실제 행적이 그랬던 것은 아니다. 임금은 구중궁궐에 세상모르고 들어앉아 있지 말고 백성의 어려움을 알고 해결해야 한다는 요구가 팽배해, 화제에 자주 오른 숙종을 그 주역으로 등장시켰다. 박문수는 몇 차례 어사 노릇을 하면서 알려진 인물이기에 주인공 이름이 뚜렷하지 않아서는 재미가 없을 암행어사 이야기를 두루 끌어들이는 흡인력을 발휘하도록 했다.

숙종대왕 미행담은 구전을 통해서 전해지는 동안에 다양한 변모를 겪었다. 박문수이야기는 야담집에 더러 오르기는 했지만, 구전이 더욱 풍부하다. 숙종은 불우한 선비의 사정을 알아 과거에 급제하게 해주고 풍수 능력까지 가져 명당자리를 잡아주었다. 박문수가 살인한 자를 잡아 처단하고, 가여운 젊은이의 혼처를 정해준 것도 훌륭한 일이다. 이야기가 이렇게 전개되기만 한 것은 아니다.

숙종이 정체를 숨기고 백성들의 형편을 몰래 살피러 다니는 줄 아는 사람이 미천한 무리 가운데 있어서 당황하지 않을 수 없었다. 박문수는 어쩌다 보니 헛된 이름을 얻었다고도 하고 정작 중요한 고비에 이르면 벌거벗고 다니는 어린아이만한 지혜도 없다고 하며, 미천한 부자의 지위상승에 이용되기도 했다. 숙종과 박문수를 그렇게 끌어내려 구원자에 대한 환상을 버리고 민중의 자각을 바로 나타낸 변형도 적지 않다.

박문수가 미천한 부자의 지위상승에 이용된 이야기를 들어보자. 어느 백정이 돈을 모아서 좌수 자리를 사고 다시 멀리 이사를 가서는 양반 행세를 하면서 박문수를 자기 조카라고 했다. 마침 박문수가 어사 노릇을 하고 다니다가 그 말을 듣고 몰래 가서 살펴보니 소행은 괘씸하나 인품이 당당해 도와주고 싶은 마음이 생겼다. 고을 원님과 함께 그 사람을 찾아갔더니 아저씨 행세를 조금도 어색하지 않게 했다.

한편 집에 있던 박문수 동생이 보니, 청렴하기로 이름났다는 자기 형이 나가고 없는 사이에 쌀이며 돈이며 자꾸 들어오는 것이었다. 그동안 있었던 일을 형에게 들어서 알고, 박문수 동생은 그 사람을 찾아가 동구에서부터 고함을 질렀다. 사태를 예상하고 있던 그 사람은 미친 조카가 있어서 늘 말썽이라면서 가두고 굶겨 고치는 수밖에 없다고 떠벌였다. 박문수 동생은 그 사람을 아저씨라고 부르며 잘못했다고 빌었다. 세상이 달라지고 있는 것을 인정하지 않으려는 동생은 그런 곤욕을 치렀다.

상하 · 귀천의 관계를 역전시키는 이야기는 오래 전부터 있었다. 하인이 상전을, 상좌가 노장을 속여서 골탕 먹이는 것을 조선전기의 잡록이나 골계전에서 흔히 볼 수 있었다. 그런 전례를 크게 발전시켜 멍청한 것처럼 행세하는 하인이 과거 보러 가는 상전과 함께 서울에 가서 상전을 마음껏 우롱한 일련의 사건을 만들어냈다. 팥죽은 코가 빠졌다면서 자기가 먹고, 말을 팔아서 돈을 가로채고, 돌아가서 상전의 딸을 차지하고 그 집안이 온통 망하게 했다고 했다.

유식하다고 행세하는 자의 오금을 박는 유형도 여러 가지 있어서 이와 서로 호응된다. 양반이 소금장수더러 양반이 없는 고을에서는 어떻게 제사를 지내느냐고 물었더니, 소금을 주고 양반을 사오면 된다고 했다. 상층은 어리석고 하층은 똑똑하기 때문에 상하의 질서가 유지될 수 없게 되는 양상을 익살맞게 다룬 이야기가 계속 늘어나, 그 시대 새로운 문학의 광범위한 저층 노릇을 했다.

건달 사기꾼을 주인공으로 한 연쇄적인 일화는 그런 것 가운데 특히 인기가 있었다. 백문선(白文先)의 경우를 먼저 들어보자. 18세기말의 야담집에 이미 그 행적이 수록되어 있는데, 기발한 착상으로 장난을 꾸미며 나졸, 장사꾼, 승려 등을 닥치는 대로 골탕 먹였다는 내용이다. 서울에서 살았으며 훈련도감 포수 노릇을 했다는 인물이 그런 짓을 일삼았다고 했다.

서울에서 또 한 사람 그런 위인이 났으니 정수동(鄭壽銅)이라는 이름으로 더 잘 알려진 위항시인 정지윤(鄭芝潤)이다. 가난한 처지에 살림살이는 돌보지 않고 돌아다니기만 하며, 권위를 자랑하거나 인색하게 구는 무리를 우스꽝스럽게 만드는 데 열중했다. 실제 인물도 그런 편이었지만 이야기는 하고 보태는 동안에 더욱 흥미롭게 윤색되었다. 동전을 삼킨 아이를 보고 아무개 대감은 남의 돈 만 냥을 삼키고도 무사한데 자기 돈 한 닢이야 무슨 탈이 있겠느냐고 했다는 것 따위가 장지연(張志淵)의 〈일사유사〉(逸士遺事)에 뒤늦게 실려 더욱 풍부한 구전의 일단을 보여주었다.

그런 인물은 여러 지방에 있었다. 평양의 김선달, 경주의 정만서, 영덕의 방학중, 남원의 태학중 등이 각기 재주를 자랑한 이야기가 서로 교류되어 경쟁을 벌였다. 정만서와 방학중은 18세기 사람으로 확인되고, 김선달이나 태학중의 생존시기도 비슷했으리라고 생각된다. 행적이 문헌에는 전혀 올라 있지 않고, 모두 구전역사 속의 인물이고 이야기의 주인공일 따름이다.

지역이 다르고 각기 딴 사람이지만, 했다는 짓은 거의 같고 서로 겹치기도 한다. 지체는 낮고 살림은 가난하지만 들어앉아서 무슨 생업을 영위할 생각은 하지 않으면서 사방 나다니고, 공연히 과거 본다고 서울을 오르내리며 엉뚱한 짓을 지어내 얄미운 녀석들을 속여서 골탕 먹이고 장난삼아 욕보이는 것을 자랑으로 삼았다. 그런데도 지탄의 대상이 되지 않고 도리어 호감을 주는 것은 그릇되게 굳어진 질서를 파괴하고 싶은 욕구를 미처 생각해내기 어려웠던 방식으로 나타냈기 때문이다.

어느 양반이 정만서더러 거짓말을 잘한다니 하나 해보라 했더니, 환자 타러 가는 길이라 그럴 겨를이 없다고 했다. 양반은 자기도 환자를 타야겠다면서 부리나케 달려가니 그런 일이 없다는 것이었다. 양반이 정만서를 잡아 호령을 하니, 거짓말을 하라 하고서 거짓말을 한 것이 무슨 잘못이냐 하고 항변했다.

불효자라는 죄목으로 잡혀가는 사람을 보고서 돈 만 냥만 내면 무사하게 해준다고 했다. 그 돈을 받아 나졸과 나누어 가지고서 자기가 대신 잡혀갔다. 원님이 계하에 무릎을 꿇리고 불효죄를 엄히 다스리려고 하자, 자식을 보고 자식이 아니라고 하는 모친이라 어쩔 도리가 없다고 했다. 원님이 사실을 확인하려고 모친을 데려오니 과연 자기 자식이 아니라고 하는 것이 아닌가. 원님도 어쩔 도리가 없었다. 그 때문에 손해를 본 사람은 불효죄를 만들어 돈푼이나 긁으려 했던 원님뿐이다.

지배자가 백성를 괴롭히는 것을 말한 설화는 오랜 내력을 가지고 있다. 그 가운데 하나가 도미(都彌)의 아내에 관한 이야기에서 보이기 시작한 관탈민녀형(官奪民女型)이다. 떠꺼머리총각이 우렁이 속에서 나온 색시를 아내로 맞이했는데 원님이 지나다가 이를 보고 데려가버렸다는 비극이 그 유형에 끼어들었다. 〈춘향전〉의 근간을 이루는 이야기도 같은 성격을 지닌다. 그 어느 경우나 중반까지의 곤경을 이겨내고 상하의 역전에 이른다.

상하의 역전이 대외관계와 결부되어 나타나기도 한다. 중국 사신이 오는데 무식한 떡보가 마중 나가 상대방을 놀라게 했다는 것은 간단한 내용이면서 중국을 숭앙하는 태도를 우습게 만들었다. 중국 천자가 무슨 고약한 문제를 내서 조선 조정에서는 쩔쩔매고들 있는데 도무지 모르기만 할 것 같은 사람이나 어린아이가 쉽사리 해답을 얻어 중국 천자를 당황하게 했다는 것에서는 같은 설정을 더욱 흥미롭게 했다. 중국을 중심에다 둔 화이론(華夷論)은 대단하게 여기지 않는다면 바로 무너질 수 있는데 무얼 걱정하느냐는 빈정거림이 거기 나타나 있다.

그런 양상으로 변모되고 재창조된 설화는 서사문학이 활기를 띠고 발전할 수 있게 하는 저변에서의 동력 노릇을 하면서, 야담·판소리·소설 등의 성장을 부추기고 소재를 제공했다. 그런데 국문서사문학보다 한문서사문학에서 설화를 한층 적극적으로 이용해, 야담이니 한문단편이니 하는 것들을 만들어냈다. 그 양상을 구체적으로 살피는 것이 다음에 할 일이다.

《인물전설의 의미와 기능》(영남대학교출판부, 1979) ; 《한국설화와 민중의식》(정음사, 1985)에서 고찰한 성과를 옮겼다. 정현숙, 〈박문수 설화연구〉(영남대학교 석사논문, 1980) ; 《장덕순선생회갑기념 한국 고전산문연구》(동화문화사, 1981)에 실린 최내옥, 〈관탈민녀형 설화의 연구〉와 조희웅, 〈떡보와 사신 설화(AT 1924)〉 ; 신동흔, 〈아기장수 설화와 진인출현설의 관계〉, 《고전문학연구》5(한국고전문학연구회, 1990) ; 《역사인물이야기 연구》(집문당, 2002) ; 강현모, 〈비극적 장수 설화의 연구〉(한양대학교 박사논문, 1994) ; 김수업, 《아기장수이야기 연구》(경북대학교 박사논문, 1994) 등의 연구가 이루어졌다.

9.12.2. 야담 집성의 양상

정사로 인정되지 않는 역사를 '야사'(野史)라고 하고, 다른 말로 '야승'(野乘)이라고 하는 것은 중국에서 전래된 동아시아 공통의 용어이다. '야담'(野談)도 그 비슷한 말이지만, 두 가지 점에서 중요한 차이가 있다. 첫째, '야담'은 역사라고 표방하지 않고 흥미롭기 때문에 하는 이야기이고, 인물과 사건이 가공적일 수 있다. 둘째, 그런 것을 지칭하기 위해 우리 선인들이 다른 나라에는 없는 '야담'이라는 말을 만들어냈다.

야담의 원천은 구전설화이다. 구전설화를 야사나 야승처럼 기록해

야담이 이루어졌다. 구전설화는 어느 때든지 있었고, 야사나 야승도 생겨난 지 오래 되었다. 그런데 야담은 중세에서 근대로의 이행기에 새로운 문학갈래로 등장해, 한문으로 쓰는 산문의 영역이 확대되면서 서사문학이 큰 구실을 하도록 했다.

야담은 동시대의 악부시와 상통하는 성격을 지녔다. 한문학이 중세 보편주의를 구현하는 규범에 머무르지 않고, 중세에서 근대로의 이행기가 요구하는 민족과 민중의 발견에 동참한 성과를 산문과 시 양면에서 보여주었다. 새로운 문학운동의 산물을 지칭하기 위해서 없던 용어를 만들기도 하고, 중국 고래의 용어를 이용하기도 한 것은 표면상의 차이에 지나지 않는다. 사회 저변에서 치밀어 오르는 시대정신 각성을 각기 표면화한 공통점이 더 큰 의의를 가진다.

그러면서 악부시와 야담은 지체의 차이가 있었다. 시는 존귀하고 산문은 미천한 중세문학의 위계질서가 그대로 이어졌다. 악부시는 시를 새롭게 한 의의가 있다고 인정되었지만, 야담은 문의 영역에서 제외되어 있는 이단자였다. 한문학에서 서사문학의 규범은 마련하지 않아, 야담은 이야기 전달에 그치고 글쓰기가 제대로 되지 않는 것들도 있었다.

악부시는 한시 애호자들만 독자로 하는 폐쇄적인 문학이었지만, 야담은 한문을 겨우 아는 사람들까지 즐겨 읽어 대단한 인기를 누리면서 국문소설과 경쟁했으며, 국문으로 번역되기도 했다. 사대부와 시민의 경쟁적 합작품으로 성장하고 있던 소설의 특징이 야담에도 나타나, 내용이 풍부하고 표현이 다채롭게 되었다. 시민 또는 시정인 독자라도 남성으로 이루어지고 여성 독자를 확보하지 못한 것은 야담이 국문소설과 다른 점이었지만, 여성이 적극적으로 살아가는 모습을 그리는 데서는 오히려 앞서 나갔다.

야담은 문헌설화라고 할 수 있다. 구전을 바탕으로 하고, 다시 구전되는 이야기이다. 처음에는 알려진 인물에 관한 일화가 적지 않았다. 하층의 인물을 주인공으로 삼아 길고 복잡한 사건을 전개하는 작품군이 등장한 것이 주목할 만한 변화이다. 그런 것들은 전설과 민담을 복합시키고, 유기적인 구성을 갖추었다. 새로운 세태, 신분제의 동요, 화폐경제의 발달, 민중 기질의 고양 등으로 빚어진 자아와 세계의 대결을 적극적으로 반영하는 작품들도 있어 소설의 영역에 들어섰다. 그 가운데 문장 표현까지 잘 가다듬은 명편은 한문단편소설이라고 일컬어지고 한문단편이라고 약칭된다. 야담의 성격이 그렇게 달라진 데서 중세에서 근대로의 이행기문학의 유동성을 확인할 수 있다.

유몽인(柳夢寅, 1559~1623)의 〈어우야담〉(於于野談)은 처음 이루어진 야담집이며, 관심의 방향을 돌린 점에서 획기적인 의의를 가진다. '어우'는 자기 호이고, '야담'은 책의 성격을 명시한 말이다. 임진왜란을 겪은 뒤에 어사가 되어 지방을 돌아다닐 때 들은 말에다. 정계에서 배척받아 불우하게 지내는 동안에 얻은 자료를 보태서, 세상에 전하는 이야기는 진위를 구태여 가릴 것 없이 그 자체로서 의미가 있음을 알리고자 했다.

광해군 때 박해를 받고 다시 인조반정 이후 서인정권에 의해서 처형되기에까지 이른 유몽인이 질서를 어지럽힌 죄과에 〈어우야담〉을 지은 것도 포함되었다고 할 수 있다. 장유(張維)는 〈어우야담〉이 항간의 비루한 일을 많이 기록해 사실과 어긋난 내용이 많고, 문장이 속되다고 나무랐다. 유몽인과 가까운 관계에 있던 성여학(成汝學)은 거기 들어 있는 내용에 놀랍고 기이한 것이 적지 않다 하고, 큰일을 한 유몽인의 이름이 언제까지나 사라지지 않으리라고 해서 상반된 평가를 했다.

〈어우야담〉은 온전하게 남아 있다. 문집에 수록할 수 없었음은 물론이고, 〈대동야승〉이나 〈패림〉 같은 데 넣어주지도 않았다. 저작 당시에는 야담을 원하는 독자층이 형성되지 않아서 가까스로 전해졌으며, 후대에는 여기저기서 베끼느라고 편차와 내용이 아주 달라진 이본이 허다하며, 국문본도 있다.

수록된 이야기 수는 대체로 2백여 편이고, 5백여 편을 넘는 것도 있다. 수록한 자료는 종래의 잡록과 그리 다르지 않지만, 구전을 충실하게 받아들이면서 기이한 상상을 배제하지 않았다. 이단적인 사상을 가진 방외인들의 행적을 애써 캐고, 이름 없는 하층민을 주인공으로 한 이야기까지 수용한 데 야담의 진로를 예고하는 조짐이 나타나 있다. 야담이 성행하는 시대에 이르러 〈어우야담〉은 야담집의 모범적인 전례로 인정되고, 〈계서야담〉(溪西野談)이나 〈청구야담〉(靑邱野談) 같은 후속 작업을 위한 교본 노릇을 했다.

〈천예록〉(天倪錄)은 표제에 야담이라는 말이 없으나, 내용을 검토해 보면 그 다음 순서로 이루어진 야담집이라고 인정할 수 있다. "천예"는 "천진스러운 아이"라는 말이다. 구비전승은 천진스러운 아이의 마음을 보여주면서 하늘의 뜻을 전한다고 하는 생각을 나타냈다. 세상에 전하는 이야기 62여 편을 수록하고 이따금 평을 붙였다.

송시열의 제자이며 관직이 좌참찬에까지 이른 임방(任埅, 1640~1724)이 지었으며, 귀신 이야기가 많은 것이 특징이어서, 야담 형성 과정에서 긴요한 구실을 했다고 보기는 어렵다. 그러면서 남녀관계를 다룬 것이 10편이나 된다. 여성 주인공이 주위에서 조성되는 난관을 슬기롭게 이겨내면서 뜻한 바를 성취하는 과정을 보여준 것은 야담의 새로운 발전을 예고했다고 할 수 있다.

홍만종(洪萬宗, 1643~1725)이 우스운 이야기를 모은 〈명엽지해〉(蓂葉志諧)는 성격이 특이해 야담의 방계라고 할 수 있다. 무식하고 어리석은 인물이 자기 능력에 맞지 않는 직책이나 명예를 누리려 하다가 망신한 사연을 많이 수록했다. 성현들이 쓰던 물건이라는 말을 듣고 표주박, 돗자리, 막대기 따위를 고가를 주고 사다가 파산한 선비, 중국의 사서에 통달했다고 자부하면서 낙화암의 유래조차 모르는 벼슬아치의 우스꽝스러운 거동이 흥미롭다. 옛것, 중국 것만 숭상하는 지식인의 허위를 풍자한 줄 알면 한층 묘미가 있다.

그런 골계전은 조선전기에 이미 자리를 잡았는데, 조선후기에 이르자 더 많아지고 내용도 다양해졌으며 서술 방법이 새로워졌다. 누군지 모를 부묵자(副墨子)가 지었다고 하며 1742년(영조 18)에 이루어진 것으로 보이는 〈파수록〉(破睡錄)은 표제에서부터 〈어면순〉(禦眠楯)을 연상하게 한다. 낙척한 선비의 일화를 많이 수록했으며 문장의 격조를 잃지 않으려고 했다.

화원(畵員) 출신 장한종(張漢宗, 1768~1815)이 저자인 〈어수록〉(禦睡綠) 일명 〈어수신화〉(禦睡新話)도 그런 것이다. 잠을 쫓을 만한 이야기를 모아 세상을 경계한다고 하고, 바보이야기나 음담패설을 많이 수록했다. 앞에서 다룬 백문선 이야기도 보인다. 작품마다 제목을 달아놓았으며 시정의 세태를 반영하느라고 서술이 길어지는 경향을 보인 점이 새롭다.

그 밖에도 〈진담록〉(陳談錄), 〈성수패설〉(醒睡稗說), 〈기문〉(奇聞), 〈교수잡사〉(攪睡襍史) 같은 것들이 있어, 골계전의 인기가 대단했음을 입증한다. 이름을 밝히지 않은 작자가 들은 이야기를 전해 독자를 즐겁게 하는 데 그치지 않고 세태를 풍자하고자 했다. 한문 해득 능력을 갖춘 하층민이 즐겨 읽었을 만한 것들이다. 〈성수패설〉이나 〈교수잡사〉에는 양반·관료의 횡포와 어리석음을 꼬집어낸 이야기가 적지 않다. 〈기문〉에는 동물우화가 많다.

야담집의 본류에 해당하는 것도 계속 나타났다. 누군지 모를 사람인 신돈복(申敦復)이 지은 〈학산한언〉(鶴山閑言)은 잡록처럼 보이는 표제를 내걸고, 100편의 이야기를 수록했다. 그 가운데 30편이 〈청구야담〉에 보인다. 어디 가서 들은 말을 옮길 따름이어서 스스로 겪은 일이 아니며 동조하는 바도 아니라고 하고서, 하층민의 생활이 충실하게 나타난 사건을 적절한 짜임새를 갖추어 전개한 것들이 있다. 야담이 소설로 발전하는 데 한 걸음 더 나아간 성과를 보여주었다.

안석경(安錫儆, 1718~1774)의 〈삽교만록〉(霅橋漫錄) 또한 그런 성향을 보여준다. 벼슬살이를 하는 아버지를 따라다니며 도시생활을 경험하다가 불우한 처지가 되어 강원도 두메 삽교라는 곳에 들어가 저술로 보람을 삼는 사람이 남긴 잡록의 일부가 야담집이다. 그 가운데 유능한 이야기꾼들이 제공해주었다고 하면서 상인의 성장이나 하층민의 항거로 특징 지워지는 세태를 생동하게 그린 작품이 수록되어 있다.

〈동패낙송〉(東稗洛誦)은 작자는 알 수 없으나 이가환(李家煥)과 무슨 관련이 있지 않을까 추정할 만한 단서가 있는 책이다. 부의 축적, 신분 변동, 과거제의 문란 등으로 특징 지워지는 세태를 적극 반영하고 구성과 표현이 뛰어난 한문단편을 수록하고 있다. 야담의 성장을 평가할 수 있는 또 하나의 중요한 자료이다.

〈기문총화〉(記聞叢話)는 〈계서야담〉의 서문에 언급되어 있으니 선행 업적이다. 지금 전하는 것들을 보면 이본이 다양하고, 전혀 다른 내용을 지닌 별개의 책도 있다. 〈계서야담〉과 거의 중복된 것도 있다. '기문총화'라는 말이 야담 집성이라는 뜻으로 쓰였다고 할 수 있다.

야담집이 계속 늘어나고 수록 내용이 많이 혼란되자, 한 차례 정리할 필요가 있어 〈계서야담〉의 출현을 보게 되었다. 저자는 이희평(李羲平, 1772~1839)이라는 사대부로, 벼슬이 황주목사에 이르렀으며, 〈화성일기〉(華城日記)를 국문으로 지었다. 야담을 모으는 데 깊은 관심을 가져 〈과정록〉(過庭錄)이라는 것을 먼저 엮었으며, 〈계서잡록〉(溪西雜錄)을 보완해 〈계서야담〉이라 하고 수집 가능한 야담을 총정리했다. 이본이 여럿 있는데 많은 쪽을 들면 6책에 수록된 이야기가 모두 3백여 편이나 된다.

저자를 알 수 없는 〈청구야담〉(靑丘野談)은 그 뒤 19세기 중엽쯤 이루어졌으리라고 생각된다. 이본이 많고, 국문본도 있으며, 편차와 수록된 작품이 서로 다른 것을 보면, 널리 읽히면서 거듭 전사되었음을 알 수 있다. 6책에 260편 정도를 수록한 것이 한문본 가운데 가장 방대한 분량이다. 〈계서야담〉보다 편수가 줄었지만, 사연이 복잡하고 묘사가 자세해서 길이가 늘어났다. 한 책은 없어지고 19책만 전하는 국문본에 수록된 야담이 또한 260편 정도이다.

수록 작품마다 칠언 또는 팔언의 한시구 제목을 붙였으며, 문장은 서투르지만 사실 서술에 역점을 두어 생활 경험을 구체적으로 전달하려고 했다. 〈계서야담〉에서는 상당한 비중을 차지하고 있던 사대부들의 간단한 일화는 채택하지 않고, 사대부를 주인공으로 한 이야기라도 행동 양상과 사건 설정이 하층민의 생활을 다룬 것과 그리 다르지 않게 엮어내서 관심의 방향을 바꾸었다. 하층민이 겪는 사회적 갈등에 깊은 관심을 보이고 세태 묘사에 힘썼다. 그런 이유에서 가장 발전된 야담집이고, 한문단편으로 평가되는 것들을 다수 지녔다.

〈계서야담〉과 〈청구야담〉이 이루어지자 그 가운데 일부를 따로 뽑아 모으거나 비슷한 작업을 다시 한 것들이 계속 나왔는데 선후관계는 알기 어렵다. 〈해동야서〉(海東野書), 〈선언편〉(選諺篇), 〈파수편〉(破睡篇) 등은 〈계서야담〉 또는 〈청구야담〉의 발췌본이라고 할 수 있다. 〈청구야담〉이라는 표제를 내걸고 아주 하층의 전승이라고 생각되는 난잡한 이야기를 겨우 연결되는 한문에다 국문을 섞어서 적은 것도 있다.

그렇게 해서 야담집이 계속 잡스러워지는 데 불만을 가지고, 이조판서까지 승진한 관료학자 이원명(李源命, 1807~1887)이 1869년(고종 6)에 〈동야휘집〉(東野彙集)을 지어 야담집의 규범 같은 것을 마련하고자 했다. 역대의 야담집에서 자료를 간추리고 자기가 들은 이야기를 보태서 새로운 야담집을 이룩해, 서문에서 밝힌 바와 같이, 인정과 세태를 보이면서 풍속을 경계하고자 했다. 이본이 많지 않은 것이 당연한 일이다. 8권에다 260편을 수록한 것이 완결된 분량이다.

사실과 멀어진 것을 바로잡는다고 하면서 떠돌아다니는 이야기를 이름난 인물에다 붙이고 시대를 올려잡았다. 각편 말미에 도덕적인 논평을 단 것도 복고적인 방식이다. 내용에 따라 편차를 짜고 유사한 인물에 관한 이야기를 한데 모으는 체제를 마련해 형식을 가다듬은 대신에 작품 내용의 생기와 계속 개작될 수 있는 개방성을 희생시켰다. 하층민의 취향에 맞게 발전해서 한문단편소설의 명편을 이룩하기에 이른 야담을 원래의 상태라고 생각되는 쪽으로 되돌려놓고자 했다.

야담집 편찬은 거기서 끝나지 않고, 몇 가지가 더 나왔다. 서유영(徐有英, 1801~1874?)이 1873년(고종 10)에 완성한 〈금계필담〉(錦溪筆談)에는 절의와 선행을 중요시하는 윤리관이 적극 표출되어 있다. 그 뒤에 이루어진 저자 미상의 〈계압만록〉(鷄鴨漫錄)에서 새로 수집한 이야기는 사회상을 산만하게 열거하는 데 그쳤다. 배전(裵婰, 1843~1899)의 〈차산필담〉(此山筆談)에는 대원군 집정기의 세태를 반영하는 이야기까지 실려 있으나, 작품으로 평가할 의의는 인정되지 않는다.

야담의 시대는 중세에서 근대로의 이행기 제1기에서 끝났다. 1860년대 이후에는 볼 만한 발전이 없었다. 근대에도 단행본으로 출판되고 잡지에 실리고 해서 읽혔으나, 야사나 잡록과 다시 결합되어 과거를 회고하는 데 구실을 했을 따름이고, 문학사의 전개에 긍정적인 기여를 하지는 못했다. 역사소설의 소재로 이용되어 생명을 이어가고 있지만, 창의력을 저해하는 구실을 하는 경우가 많다.

이우성·임형택 편역,《이조한문단편선》1~3(일조각, 1973~1978) ; 조희웅,《조선후기문헌설화의 연구》(형설출판사, 1980) ; 서대석,《조선조문헌설화집요》(집문당, 1992) ; 이신성,〈'천예록' 연구〉(동아대학교 박사논문, 1993) ; 성기동,《조선조 야담의 문학적 특성》(민속원, 1994) ; 정명기,《한국야담문학 연구》(보고사, 1996) ; 이경우,《한국야담의 문학성 연구》(국학자료원, 1997) ; 임완혁,〈문헌전승에 의한 야담의 변모 양상〉(성균관대학교 박사논문, 1997) ; 이강옥,《조선시대 일화 연구》(태학사, 1998) ;〈'천예록'의 야담적 성격〉,《구비문학연구》14 (한국구비문학회, 2002) ; 이성혜,《차산(此山) 배전 연구》(보고사, 2002) 등의 연구가 있다.

9.12.3. 야담의 변모 과정

야담은 있었던 일을 전한다고 하지만 무언가 기이한 점이 있어야 했다.〈어우야담〉에서 한 예를 들어보자. 이원익(李元翼)이 어려서 어느 절에 갔다가 괴이한 거동을 하고 있는 노승을 따라 신선들이 노는 곳에 접근한 적이 있었다는 사연을 소개했다. 과연 그런 일이 있었던가 하는 의문을 자아낸다. 같은 사건이 다른 사람을 두고 하는 이야기에도 나타나, 전설임을 확인할 수 있게 한다. 세계의 전설적 경이에 부딪혀 그런 의문이 생기는 것이 전설의 특징이다. 알려진 인물을 주인공으로 삼은 실화 같은 전설이 야담에서 커다란 비중을 차지한다.

〈천예록〉에 수록된 선천좌수(宣川座首)의 딸 이야기는 한명회(韓明澮)를 공격의 대상으로 삼았다. 세조 등극의 공신 한명회는 평안감사가 되어 불법을 마음대로 행하고 사람을 쉽게 죽여 모두 두려워했다. 선천좌수의 딸이 절색이라는 말을 듣고 첩을 삼으려고 그 집에 가니, 좌수의 딸은 비수를 좌우에 들고 자기를 원하면 정실로 맞이하라고 했다. 한명회는 요구대로 한다고 했지만, 한명회의 부인이나 다른 집안사람들이 좌수의 딸을 첩으로 대접했다. 세조가 한명회의 집에 왔을 때 정실을 첩으로 대접하는 것이 부당하다고 항변해, 세조의 명으로 정실로 인정되었다. 낳은 아들들이 과거에 급제해 요직에 올랐다고 했다.

모든 것이 잘 되었다는 결말은 민담에서 흔히 보이는 것이고, 자아의 민담적 가능성을 구현한다. 거기다 한명회를 갖다 붙이는 엉뚱한 짓을 해서 현실과 연결되는 통로를 마련하고, 부당한 권력의 횡포를 비판하는 주제를 갖추었다. 민담을 전설화해서 야담을 만들었다고 할 수 있다. 전설을 민담처럼 만든 야담도 있다. 그 어느 쪽이든지 사건이 고정된 결말을 향해 나아가지 않고 예상과는 다르게 뒤틀리도록 해서 현실과 연결되는 통로를 마련했다.

구비전승 자체에서도 그런 변형이 있다. 유능한 이야기꾼이라면 들은 이야기를 그대로 전하지 않는다. 전설과 민담을 뒤섞고, 고정된 유형 구조가 이지러지게 하면서 세태 묘사를 두드러지게 하는 데 힘쓰기도 한다. 그래서 이루어진 흥미롭고 복잡한 이야기를 기록에 올리는 사람이 다시 다듬어 현실을 반영하고 비판하는 내용을 보탠 작품이 야담이다. 구비문학에서도 가능한 재창작이 기록문학의 영역에서 더욱 확대되었다.

〈어수신화〉에 있는 이야기를 하나 들어보자. 모든 일에 불민하면서 오민하기만 한 어느 원님이 부체를 뒤통수에서 흔드는 버릇이 있어 노소 이속배의 조소거리가 되었다. 젊은 아전이 그 부채를 턱 밑으로 내려오게 하겠다면서 내기를 걸었다. 안으로 들어가 좌우를 물리치고 암행어사 같아 보이는 사람이 나타났다고 하자, 원님 얼굴이 흙빛으로 변하고 부채가 턱 밑에서 움직였다. 나가서 동태를 살피라는 명령을 받은 젊은 아전이 동료들에게 성공했음을 뽐내자, 이번에는 부채를 원래의 자리로 돌려놓으면 술을 곱빼기로 내겠다고들 했다. 들어가서 행적이 수상한 사람이 없어졌다고 하자, 원님의 부채는 다시 뒤통수에서 흔들렸다. 엿보고 있던 이속들이 허리를 잡았다.

아랫사람이 윗사람을 우롱하는 유형이다. 아랫사람인 이속은 발랄하고 윗사람인 원님은 어리석게 설정하는 것도 흔히 볼 수 있는 바이다. 그런데 채신머리없이 부채를 흔드는 버릇에다 초점을 맞추어 원님의 거동을 그린 수법이 구전설화에서는 찾기 어려운 묘미를 갖추었다. 구전되는 소화(笑話)를 교묘하게 개작한 것들이 골계전 계통의 야담집에 아주 많다.

〈성수패설〉에는 어느 샌님이 한 동네에 사는 포수의 처를 범하려다가 망신당한 내력이 있다. 포수의 처는 탈바가지를 쓰면 요구를 들어주겠다고 하고서 끈으로 묶어버리고, 숨어 있던 포수가 나타나 도망치는 샌님을 따라가며 몽둥이로 두들겼다는 것이다. 궤짝에 들어가라고 해놓고서 욕을 보였다는 유형에서 흔히 볼 수 있는 것보다 공세가 한층 치열하다.

민중의 항거를 보여주는 인물을 야담에서는 여럿 들지 않고 도적으로만 설정했다. 도적은 종적을 드러내지 않은 채 의로운 짓을 한다고 하고, 출생에서 최후까지의 일대기는 문제 삼지 않았다. 선비와 도적의 관계를 다룬 이야기는 구전설화에 없고, 〈삽교만록〉, 〈계서야담〉, 〈청구야담〉, 〈동야휘집〉 등에 두루 나타나 있다.

함께 글을 읽던 선비들 가운데 누구는 도적이 되고, 누구는 낙방해서 곤궁한 처지가 되고, 누구는 현달했다고 하는 것이 그 가운데 하나이다. 출발은 같았으나 살다보니 처지가 달라졌다는 것이 새로운 현실이다. 현달한 고관이 도적을 토벌해도 뜻을 이룰 수 없었다고 하면서 양자 사이의 대립이 단순하지 않다는 것을 말했다.

여러 야담집에 선천 김진사 이야기가 있다. 하루는 어떤 소년이 오더니 말을 타보라고 했다. 말이 쏜살같이 달려 깊은 산중으로 들어갔다. 거기 소굴을 정하고 있던 도적들이 김진사를 두목으로 추대했다. 김진사는 3년 동안 돈을 모아 도적들에게 나누어주고 모두 흩어지게 했다. 도적의 두목이 되어 반역의 길을 택하지 않고 도적들이 정상적인 생활로 되돌아가게 한 것을 주목할 만하다. 그럴 수 있었던 비결은 돈을 모은 데 있다. 반역이 능사가 아니고 생업을 개척하는 경영 능력을 갖추는 것이 더욱 긴요하다는 생각을 그렇게 나타냈다.

구전설화에 있기 어려운 이야기를 만들어내, 현실의 얽힘을 새로운 각도에서 타개하자는 생각을 나타냈다. 뜻밖에 닥친 일을 아주 쉽게 풀었다는 점에서는 설화의 특성을 그대로 간직하고 있지만, 김진사가 슬기로운 것은 도적들의 용맹보다 돈의 위력이 한 차원 높다는 것을 입증한 데 있다. 무엇을 해야 하는지 납득할 수 있게 말하지는 않았으나, 축재 능력을 가진 사람이 새 시대를 휘어잡을 수 있다는 것을 알려주었다.

정승집 종이 도망을 쳐서 우연히 횡재한 돈을 밑천으로 북경무역을 해서 거부가 된 다음 방황하는 무리를 모아 의적 노릇을 하고 있다가, 정승이 망한 것을 알고 도와주었다고 했다. 그런 이야기가 〈동야휘집〉에 있어, 사회관계가 역전된 모습을 다각도로 나타냈다. 〈삽교만록〉에서는 영남의 한미한 선비가 자기 신분을 감추고 평양감사의 비부쟁이 노릇을 자청하고서는 무역하는 일을 맡아 거금의 이익을 얻었다고 했다. 〈계서야담〉에서는 벼슬길이 막힌 선비가 농업을 자영하고 이익을 남기도록 하는 경영방식을 택해서 부자가 되었다고 했다.

그런 이야기에서 모두 신분의 차별에 따른 인습을 타파하고 누구나 화폐경제시대의 생산적인 활동에 종사할 것을 역설했다. 시민의 경제활동을 정면에서 그리고 긍정적으로 평가하는 데서 당대문학의 다른 어떤 영역보다 앞섰다. 놀부 심술을 나무라면서 탐욕을 경계하는 것 같은 말은 하지 않았다. 야담을 애호하고 발전시킨 주역이 시민임을 입증하는 증거이다.

노력해서 돈을 모은 사람이 나중에 벼슬까지 얻었으나 아내가 죽자 벼슬을 그만두었다는 이야기가 여러 야담집에 실려 있다. 돈을 모으는 것에 만족하지 않고 그 힘으로 벼슬을 얻었다 했으니 지위의 위력은 아직 그대로 인정되었다고 하겠지만, 벼슬은 아내를 기쁘게 하기 위해서 소용되었으므로 아내가 죽자 아낌없이 버렸다고 했다. 아내와의 애정이 벼슬보다 소중하다는 것은 전혀 새로운 가치관이다.

애정의 근거가 되는 정상적인 남녀관계의 의의를 거듭 역설했다. 젊은 시절부터 수절한 노부인이 임종을 맞이해서 과부의 개가를 권유한 유언을 했다고 했다. 시부모의 뜻에 따라 외간 남자와 관계를 가졌던 며느리가 시부모를 여의자 자살을 했다는 내용으로 〈해동야서〉에 실려 있는 작품은 사고방식의 전환에 따른 진통을 심각하게 나타냈다. 오빠의 계략을 받아들여 자기 일신을 맡길 남자를 찾은 과부 이야기가 여러 야담집에 보이며, 관련 인물 모두가 선행을 한 미담이라고 했다.

집안에 청상과부가 있으면 어떤 방법을 쓰든지 남자를 데려다가 배필로 삼으려는 것은 있을 법한 일이고, 구전설화에서도 흔히 설정하는 사건이다. 〈청구야담〉의 〈결방연이팔낭자〉(結芳緣二八娘子)에서는 그 유형을 흥미롭게 윤색하면서 사회관계의 복잡한 양상을 함께 그렸다. 몰락양반의 아들이 잡혀가 신흥부자 딸의 배필이 되었다고 하고서 그 둘 사이의 대립을 문제 삼았다.

가난하면서도 엄격한 선비 채노인의 아들이 어느 집 하인들에게 납치되었다. 김령이라는 역관 집에 당도해 청상과부가 된 딸과 동침하게 되었다. 집에 돌아가자 그 일이 드러나 아버지가 준엄하게 꾸짖고, 김령을 불러오도록 했다. 두 사람이 만나보니, 지식이나 식견에 결정적인 역전이 일어난 것이 확인되었다. 신흥부자의 담론이 풍부하고 활달한 것을 듣고, 가난타령이나 하고 지내던 몰락양반은 크게 놀랐다.

퇴락한 집에서 끼니도 거르는 날이 많은 판에 돈을 보내고 집과 전답

을 마련해주니 받아들이지 않을 수 없었다. 재산이 이긴 것만은 아니
다. 몰락양반은 자식을 엄하게 다루어 도리에서 벗어난 짓은 절대로 하
지 못하도록 매질을 서슴지 않았는데, 신흥부자는 모든 허식을 버리고
과부가 된 자식이 새로운 삶을 개척하도록 도와주었다. 무리한 규제는
무너지고 타고난 기질을 긍정하려는 쪽의 개방적인 태도가 승리를 거
두게 마련이었다.

〈동패낙송〉, 〈선언편〉 등 여러 야담집에 수록되어 있는 우하형(禹夏
亨)이라는 무관과 수급비(水汲婢) 출신의 여자에 관한 이야기도 걸작
이다. 우하형은 평안도 어느 곳에서 고을살이를 할 때 물 긷는 일을 맡
은 관비와 관계했다. 있을 수 있는 일이고, 그러고 마는 것이 상례였다.
그런데 임기가 만료되어 떠날 때 그 여자는 평생토록 애써 모은 돈을
벼슬을 구하는 데 쓰라고 했다. 자기는 다른 사람을 택해 살다가 우하
형이 귀하게 된 줄 알면 찾아가겠다고 했다.

끼니도 잇지 못할 뻔한 우하형이 그 여자의 도움으로 더 좋은 고을의
수령이 되었다. 그 여자는 한동안 동거하던 장교에게 재산을 늘려주는
소임을 다했으니 떠나게 해달라고 하고서 우하형을 찾아갔다. 우하형
은 예전의 수급비를 정실로 맞이했다. 아내는 살림살이를 잘해 모든 것
이 불편하지 않게 하고, 남편이 계속 승진할 수 있게 했다. 남편이 죽자
아내는 그 뒤를 따랐다.

천하디 천하고 정조 같은 것은 지킬 수 없는 처지인 여자가 그렇게
살았다고 했다. 돈을 모을 줄 알고, 남자를 가려 정성을 쏟을 줄 알았
다. 벼슬자리에 일단 오르기는 했어도 무력하기만 한 양반을 조종해서
뜻하는 바를 다 이루었다. 일체 행운은 배제되어 있고, 세상의 움직임
을 정확하게 파악하면서 억척스럽게 노력해 바람직한 결과를 얻었다.
한동안 동거하던 장교에게도 인습적인 윤리와는 전혀 다른 원칙에서
해야 할 도리를 다했다. 우하형의 처지를 아주 바꾸어놓은 것은 새로운
가치관의 결정적인 승리이다. 양반이 천한 여자를 정실로 맞이한 것이
당연한 보답이어서 반론의 여지가 없다. 그런데 남편의 뒤를 따라 자결

했다는 결말에서는 여자로서의 한계를 감수하도록 해서 한 걸음 물러섰다.

위에서 든 두 가지 예와 같은 수준의 작품이 여러 야담집에서 발견되어, 야담이 어디까지 나아갔는가를 말해준다. 자아와 세계의 대결이 사회적인 긴장관계 속에서 전개되며 자세하고 생동감 있는 서술을 갖추고 있어 소설로 보아 손색이 없는 작품세계를 이룩했다. 전(傳)임을 빙자하고 나타난 한문소설이, 발전된 형태의 야담을 받아들여 내용이 풍부하게 되었다.

국문소설이든 한문소설이든 어느 것이나 설화와 깊은 관련을 가졌다. 설화를 받아들여 개작하면서 사회적인 의미가 강조된 대결구조를 만들어내는 작업을 두 소설이 서로 다른 방향에서 했다. 국문소설은 광범위한 독자의 공상적인 읽을거리로 발전하고 기존 윤리에 의한 지탄을 면하기 위해 충신 · 효자 · 열녀의 이야기로 자처하면서 기반을 다졌지만, 전(傳)을 빙자하거나 야담으로서 성장한 한문소설은 애초에 있는 사실을 알린다는 것으로 존재 이유를 삼았으므로 그럴 필요가 없었다. 국문소설이 중국을 무대로 설정해서 상층 가문에서 벌어지는 일을 길게 늘어놓는 관습을 마련할 때, 한문소설은 국내에서 실제로 있음직한 사건을 집약해서 다루는 작업을 더욱 수준 높게 발전시켰다.

한문소설에서 장편이 없었던 것은 아니다. 국문본과 한문본이 공존하는 한문소설은 국문소설과 같은 장편일 수 있었다. 국문본과 뒤섞이지 않고 문집이나 야담집에 수록되어 있는 한문소설은 단편이다. 국문장편 소설과 한문단편이 여러모로 대조되는 특성을 지니면서 소설 발전에서 각기 그 나름대로 소중한 기여를 했다. 소설의 문체와 수법을 발전시키는 작업은 국문장편이 맡아서 하고, 현실인식의 주제를 가다듬는 데서는 한문단편이 앞서 나갔다.

임형택, 〈한문단편 형성과정에서의 강담사(講談師)〉, 《창작과 비

평》49(창작과비평사, 1978) ;《한국한문학연구》3·4(한국한문학연
구회, 1979) 에 실린 이신성, 〈한문단편 '김령'의 연구〉와 서경희, 〈한문
단편에 나타난 이조후기의 여성상〉; 박희병, 〈조선후기 야담계 한문단
편소설 양식의 성립〉,《한국학보》22(일지사, 1981) 등의 연구가 있다.

9.12.4. 박지원의 작품

흔히 연암소설(燕巖小說)이라고 일컫는 박지원(朴趾源, 1737~1805)
의 작품은 야담집 속의 단편들과 함께 다루기 어려운 점이 있다. 박지
원은 야담집을 엮지 않았고, 작품이 야담집에 실려 있는 것도 아니다.
해당 작품 9편 가운데 7편은 〈연암집〉(燕巖集)의 〈방경각외전〉(放璚閣
外傳)이라는 곳에 모아놓은 전(傳)이고, 2편은 〈열하일기〉(熱河日記)에
넣었다.

박지원은 과거를 보아 쉽사리 진출할 수 있는 위치에서 이탈해, 세상
에 대한 불만 때문에 불우하게 지내면서 장난삼아 글을 쓴다고 했으나,
문학에서 이루고자 하는 목표를 낮춘 것은 아니다. 〈사기〉(史記) 열전
에 비견할 명문을 이룩하고자 했다. 한문학의 최고봉에 이르러 현실을
새롭게 인식하는 방법을 두고 다채롭게 구현하느라고 전을 짓고 이야
기를 수용했을 따름이지, 저급한 문학인 야담이나 소설을 쓰고자 한 것
은 아니었다.

정사에 오를 수 없는 인물들을 다루므로 외전(外傳)을 쓴다고 했다.
〈방경각외전〉의 서문에서 말한 바와 같이, 인륜을 통괄하는 도리인 우
도(友道)를 밝히는 것을 과제로 삼았다. 벗을 사귀는 도리가 권세와 이
익에 좌우되는 것을 그대로 두고 볼 수 없어서 선비라는 자들의 타락을
문제 삼고, 미천하다고 하는 시정인들 사이에서 오히려 진실을 찾을 수
있다는 것을 보여주고자 했다. 그러나 작품의 실상은 전이라고만 할 수
없고, 서문에서 말하는 의미를 가지는 것도 아니다.

〈우상전〉(虞裳傳)은 자를 우상이라 한 역관 이언진(李彦瑱)이 시를

짓는 재주가 뛰어나고 일본에 가서 큰 활약을 했지만, 사대부가 아니라는 것 때문에 인정받지 못하고 불우하게 살다 간 내력을 다루었다. 시를 여러 편 소개해 증거로 삼았으며, 애통하게 여기는 자기 심정을 직접 나타냈다. 제목에서 말한 그대로 전이고, 소설과는 거리가 멀다.

〈김신선전〉(金神仙傳) 또한 불우한 인물의 전인데, 좀 다른 면모를 지닌다. 김홍기(金弘基)라는 사람이 신선이라 해서 사방 찾아다녀도 만날 수 없었다고 하고, 주인공은 등장시키지 않았다. 만나지 못한 사람을 찾는 과정에서 정체불명의 신선이 사실은 세상에서 뜻을 얻지 못한 사람임을 깨달을 수 있게 한다. 신선전을 뒤집어놓은 기이한 설정을 해서 소설로 풀이하지 않을 수 없는 의미를 지닌다.

〈민옹전〉(閔翁傳)도 실존인물의 행적을 예사롭지 않은 방식으로 다루었다. 민옹은 내란이 났을 때 출전해서 무관직을 얻고는 계속 불우하게 지냈다. 그 점에서 이언진이나 김홍기와 상통하는 바 있다. 이언진이 시를 지어 재능을 발휘하고, 김홍기는 신선의 도를 익혔다고 했듯이, 민옹은 익살맞은 이야기를 장기로 삼았다. 익살맞은 이야기란 누가 알아주지 않을 것이지만, 서술자가 나서서 자기가 17·18세 때 우울증에 걸려 세상에서 좋다는 것들을 다 찾아도 소용이 없었는데 민옹을 만나자 마음이 상쾌해졌다고 했다.

민옹에게 신선을 보았느냐고 물으니, 신선은 가난한 사람이라고 했다. 부자는 세상에 연연하지만 가난한 사람은 세상을 싫어한다 하고, 세상을 싫어하는 사람이 바로 신선이라고 했다. 다시 불사약에 관해 물으니, 매일 먹고 잘 지내는 밥이 불사약이라고 했다. 종로 거리에 곡식이나 축내는 황충(蝗蟲)이 가득하다는 말로 지위나 재산을 뽐내는 무리를 나무랐다.

"기이하고 놀랍고, 반갑고 얄미운" 민옹이 풍자와 골계에 가탁해서 세상을 불공스럽게 희롱하는 이야기가 사회의 병폐를 고치는 데서 과거의 다른 어떤 문학보다 뛰어난 효과를 가진다고 말하고자 했다. 신분과 나이의 차이를 넘어서서 이루어진 민옹과 서술자의 우정은 이야기꾼과 이야기를 듣는 사람, 소설가와 독자의 관계를 암시한다고 할 수 있다. 그리고 보면 소설론을 소설로 쓴 작품이다.

〈마장전〉(馬駔傳)은 제목부터 엉뚱하다. 마장이란 말거간꾼이다. 말거간꾼의 전을 지었는가 하면, 그런 것은 아니다. 거리를 떠돌아다니며 걸식을 하고 노래나 부르는 위인 셋이서 다리 밑에 모여앉아 벗을 사귀는 도리를 논한다면서 하는 수작이 가관이다. 양반이라는 자들이 내세우는 군자의 사귐이란 말거간꾼의 술수와 다름이 없으니 벗이 없으면 없었지 그런 짓은 하지 않겠다고 했다. 거지 셋을 세상의 이치에 통달한 이인인 것 같은 느낌을 주도록 그려놓았다.

이익을 추구하는 데 급급하면서 세속을 초탈한 듯이 위장하는 무리를 공격하는 것이 목표이다. 정공법은 쓰지 않고 측공 또는 역공의 전술을 강구해 작품의 제목, 인물, 배경, 대화 등을 모두 엉뚱하게 만들어 놓았다. 뚜렷한 줄거리가 없기 때문에 세계와의 대결이 더욱 뚜렷하게 전개된다. 사건소설과는 다른 상황소설을 개척했다고 할 수 있다.

〈광문자전〉(廣文者傳)은 광문이라는 녀석의 전이다. 광문은 거지 출신인데, 약국의 점원 노릇도 하고, 자기 신용을 밑천으로 거간꾼 일을 맡아보기도 했다고 했다. 널리 알려진 터수라 몇 가지 야담집에 행적이 실려 있는데, 자기 집 청지기에게서 들은 말이 있어서 글 한 편을 짓고 다시 〈서광문전후〉(書廣文傳後)를 덧붙였다.

이번에는 광문의 분방한 거동과 맞아 들어가는 다채로운 사건을 연속시켜 고정관념을 깨는 수법을 개척했다. 가장 미천한 위치에 있는 인물이 활달하고 융통성이 있다고 했다. 세상의 움직임과 맞는 도리를 실행해 칭송을 모으면서 아무 데도 매이지 않고 살아간다고 했다. 허위와 가식이 없는 진실한 삶이 어떤 것인지 납득할 수 있게 말했다.

〈예덕선생전〉(穢德先生傳)은 성이 엄가이고 일꾼의 우두머리 노릇을 하기에 엄행수(嚴行首)라고 한 이의 전이다. 하는 일은 다름이 아니라 똥을 퍼다가 농사에 쓰이도록 나르는 것이니 천하기 이를 데 없는데, 더럽다는 뜻의 예(穢) 자에다 거룩하다고 하는 덕(德) 자를 붙여서 예덕선생이라는 존칭을 사용했다. 선귤자(蟬橘子)라는 사람에게 그 제자가 예덕선생을 스승처럼 대하는 까닭이 무엇인가 물은 데 대한 대답으로 작품이 전개된다.

둘러서 한 말을 직설법으로 바꾸고 오늘날의 문장으로 적으면 쉽게 이해할 수 있다. 엄행수는 성실하게 사는 사람의 표본이다. 하는 일이 천하다고 얕보는 것은 잘못이다. 엄행수가 져다 나르는 거름을 써서 서울 근교 여러 곳에서 농사지어 파는 영업이 크게 번성할 수 있었으니 대단한 일이 아닐 수 없다. 생산에 기여하는 행위가 가치 있는 줄 알아 사고방식을 바꾸어야 한다. 엄행수는 그렇게 해서 상당한 돈을 벌지만 거들먹거리는 기색이라고는 조금도 없이 검소한 생활로 만족한다. 선비라는 자들이 헛된 도리나 따지는 위선보다는 엄행수의 행실이 월등히 훌륭하다.

〈양반전〉(兩班傳)은 소설다운 짜임새를 가장 선명하게 갖추고 있다. 강원도 정선 고을의 어느 양반이 가난해 환곡을 꾸어 먹은 것이 천 석이나 된 것을 감사가 알고 다그치자 울기만 했다는 말로 서두를 삼았다. 아내가 "양반이란 한 푼어치도 못되는 걸" 하고 빈정댄 데서 딱한 처지가 더 잘 나타났다. 그러자 이웃에 사는 천한 부자가 천 석을 내고 양반을 사기로 했다. 군수가 천부를 칭송하고, 양반 매매문서를 정식으로 작성했다. 첫 번째 문서에서는 양반의 허식을 조목조목 적으니, 부자는 그래서는 아무런 이문이 없으니 고쳐달라고 했다. 두 번째 문서에서 양반의 횡포를 열거하자 부자는 "나를 도둑놈으로 만들 작정인가" 하며 머리를 흔들고 가버렸다는 것이 결말이다.

양반이 도리를 저버린 데 잘못이 있다고 〈방경각외전〉 서문에서 말했지만, 작품에서 문제 삼은 것은 도리가 아니고 실상이다. 양반은 아무런 생업도 없어 무능하기만 하면서 헛된 체면이나 차리고, 권력을 잡으면 무슨 짓이든지 해서 횡포를 자행한다고 말했다. 세 가지 모습은 서로 어긋나면서 한데 얽혀 있고, 어느 쪽이든지 사람이 사는 바른 길은 아니다. 신분은 천하지만 성실하게 노력해서 재산을 모은 신흥세력의 등장으로 양반이 수세에 몰리지 않을 수 없게 된 것이 당연한 일이다. 나라 전체에서 진행되는 변화가 두메산골까지 미쳤다고 말하려고 강원도 정선을 무대로 삼았다.

양반을 직접 매매했다는 것은 과장이지만, 지체만 남은 양반과 천한 부자의 관계가 역전되고 있다는 사실을 아주 선명하게 나타내주는 의미를 지녔다. 허식이나 위장을 버리고 이해관계에 따라 행동하고자 하는 부자는 양반의 허위를 되풀이하지 않아야 한다고 깨달았다. 재산의 힘을 이용해서 양반이 되고자 한 것은 한때의 실수였다. 그런 속물근성은 비난받아 마땅했다. 양반이 도적임을 알아차려야만 천한 부자가 열등의식에 사로잡히지 않고 자부심을 가지고 당당하게 살아가는 시민일 수 있다.

〈방경각외전〉에 수록된 작품은 원래 모두 9편이었는데, 〈역학대도전〉(易學大盜傳)과 〈봉산학자전〉(鳳山學者傳)은 서문에 언급되어 있을 뿐 작품이 전하지 않아, 서문에서 한 말을 근거로 내용을 짐작해볼 수 있을 따름이다. 〈역학대도전〉은 스스로 없애라고 한 작품인데, 거짓된 시와 당치도 않은 덕으로 행세를 하는 선비야말로 가장 큰 도적이라고 질타한 내용인 듯하다. 〈봉산학자전〉은 들에 나가 일하는 농부가 글은 몰라도 마땅한 도리는 누구보다도 잘 지키니 학자라 칭송해야 마땅하다고 한 것으로 보인다.

〈열하일기〉의 〈옥갑야화〉(玉匣夜話)라는 대목에 허생(許生)에 관한 이야기가 있다. 작자가 북경에서 돌아오면서 옥갑이라는 곳에 머물 때 동행한 비장(裨將)들과 밤새 주고받은 수작을 적고 〈옥갑야화〉라는 이름을 붙였다. 역관의 돈벌이가 그날의 화제였고 변승업(卞承業)의 경우에 관한 논란이 이어졌다. 그런 경과를 서술한 다음 자기가 윤영(尹映)이라는 이야기꾼에게서 들은 허생의 내력을 좌중에 털어놓았다고 했다. 그 대목이 바로 〈허생전〉(許生傳)이라 하는 작품이다. 그 뒤에 다시 윤영에 관한 말을 보태, "그 사람은 세상에 불만을 품고 자취를 감춘 부류가 아닌가 하는 생각이 든다"고 했다.

〈옥갑야화〉 전편의 주요 등장인물은 변승업, 허생, 이완(李浣), 그리고 윤영이다. 네 사람의 관계로 그 시대의 움직임을 축약했다고 할 수 있다. 이완 대장이 앞장서 북벌론을 실행하려고 하는데, 변승업 같은 사람은 국경을 드나들면서 무역을 해 돈을 모았다. 윤영은 민옹과 같이 세상을 꿰뚫어보는 이야기꾼이면서, 김신선처럼 자취를 감추어 잘못된 세상과 맞섰다. 남산골 샌님인 허생은 글 읽는 선비가 무엇을 해야 할 것인가 하는 문제를 제기한 인물이다. 윤영이 허생 이야기를 하고, 허생은 변승업에게서 돈을 꾸었으며 이완이 자기를 찾아오자 면박을 주었다. 그 네 사람이 허생을 중심으로 해서 다각적인 관계를 맺었다.

허생이 독서만 하고 있으니 아내가 주리다 못해 남편에게 나가서 장사를 하든지 그렇지 못하면 도적질이라도 하라고 했다. 〈양반전〉의 양반보다는 곤경이 덜 심하다고 할 수 있는데, 허생은 자기 문제 해결의 범위를 넘어서는 적극적인 대책을 마련했다. 변승업의 돈을 꾸어 전국의 재화를 독점해 큰 이문을 남기고, 도적의 무리를 해도로 데려가 농사를 짓게 하더니, 거둔 곡식을 외국에 내다팔아 더 많은 돈을 거두어 들였다. 독점으로 나라의 경제를 병들게 하는 것은 잘못이라면서 변승업에게 갚을 돈만 남기고 나머지는 모두 물 속에 빠뜨렸다. 변승업의 소개로 이완이 찾아오자, 북벌론의 허위를 공박해서 도망치게 했다. 그 다음에는 자취를 감추었다고 했다.

허생은 박지원이 생각한 실학하는 선비이다. 선비로서의 자세를 잃지 않으면서 무엇이든지 해낼 수 있지만 결국 이룬 것이 없었다. 세상을 구할 방책을 내놓을 수는 없었으며, 문제가 심각하다는 것을 확인하는 데 그쳤다. 앞으로 세상이 어떻게 되고, 어떻게 되어야 할 것인가에 대해서 박지원은 많은 생각을 하기만 하고 결론을 내리지는 못했음을 알려준다.

〈열하일기〉의 〈관내정사〉(關內程史)라는 대목에 들어 있는 〈호질〉(虎叱)은 박지원의 작품인가 하는 점부터 논란거리이다. 어디를 가다 보니 벽에 걸어놓은 글이 있어 베꼈다고 한 말을 따르면 아무리 첨삭을 했다

하더라도 중국사람 누구의 작품이다. 그러나 그렇게 말한 데서 작품이 시작되었다고 볼 수 있다. 자기가 썼다고 밝히고 내놓으면 견디기 어려운 시비가 일어나고 박해를 받을 작품의 출처를 엉뚱하게 대는 것은 동서 양쪽의 작가들이 흔히 쓰던 술책이다. 우세한 적과 싸워서 이기기 위해서는 정공법을 피하고 유격전을 하는 것이 마땅하다고 한 박지원이 자기 작품에서 본보기를 보인 것이 당연하다.

〈호질〉에서 말한 바를 제대로 이해하려면 인물성(人物性)의 동이(同異)를 둘러싼 논쟁의 추이를 알 필요가 있다. 사람과 동물이 타고난 본성이 하나이기만 한 이(理)로 말미암아 같다는 인리동론(因理同論)과, 여럿으로 나누어져 있는 기(氣) 때문에 다르다고 한 인기이론(因氣異論)이 팽팽하게 대립되어 논쟁을 하면서 각기 다른 방향에서 이기이원론의 파산을 보였다. 그러자 임성주(任聖周)에 이어서 홍대용(洪大容)이 사람과 동물은 기로 이루어져 있는 점이 서로 같다는 인기동론(因氣同論)을 대안으로 제시하면서 기일원론을 새롭게 정립했다.

피아나 내외의 구분이 상대적임을 밝히고, 피아선악의 구분이 완전히 달라지게 했다. 사람이든 동물이든, 치자이든 피치자이든 삶을 누리는 것이 선이고, 삶을 침해하는 것이 악이라고 했다. 그렇게 말하는 효과적인 방법을 찾아 홍대용이 〈의산문답〉(醫山問答)에서 전개한 허자(虛子)와 실옹(實翁)의 문답을 박지원은 북곽(北郭)과 호랑이의 대결로 바꾸어놓았다. 서사적인 교술을 교술적 서사로 고친 솜씨가 무척 기발해 전환 과정을 선뜻 이해하지 못하는 사람들이 작품해석을 둘러싸고 갖가지 추측을 하는 것을 미리 막을 수 없었다.

북곽은 유학의 경전을 풀이한 저술이 만여 권이나 되고, 성현의 가르침을 돈독하게 따르고 천지간의 이치를 두루 알아 존경받는 유학자인데, 열녀정문이 선 과부와 사통하다가 들켜서 오물이 가득한 구덩이에 빠졌다. 마침 그곳을 지나가던 호랑이가 더럽다고 나무라면서 북곽을 심하게 꾸짖었으며, 북곽은 잘못을 빌었다. 꾸짖으면서 했다는 말을 새겨 들어보자. 명분과 행동이 어긋나는 것이 잘못이라고 하는 데 그치지 않고, 사람의 행실을 문제 삼았다.

> 무릇 천하의 이치는 하나이다. 호랑이가 참으로 악하면 인성(人
> 性)도 또한 악하며, 인성이 선하면 호성(虎性)도 또한 선하다. ……
> 그런데 서울에든 읍내에든 코 없고, 발꿈치 없고, 얼굴에 글자가 박
> 힌 채 다니는 자들은 모두 다섯 가지 도리를 지키지 않은 죄인이다.
> …… 호랑이의 집안에는 본래 이런 형벌이 없으니, 이로 미루어 살
> 피건대 호랑이의 성(性)이 사람보다 어질지 않은가.

호랑이가 이렇게 말했다. 삶을 누리는 것이 선이라는 점에서는 사람
이든 호랑이든 마찬가지이다. 사람은 호랑이가 사납다고 하지만 삶을
유린하는 악을 사람이 더 많이 저질러 갖가지 형벌이 필요하다. 사람은
도의를 실현해 동물보다 우월하고, 유학자는 사람의 스승이라고 하는
주장은 허위이다. 피해를 끼치지 않고 각자 자기 삶을 누리는 것이 마
땅하다.

이상에서 살핀 박지원의 작품은 고도로 계산해서 만든 창조물이다.
갈래를 만들고 부수는 것이 창조의 작전이었다. 전과 야담을 기반으로
해서 한문소설이 발전된 성과를 적절하게 활용하고, 그 어느 쪽에서도
찾을 수 없는 기발한 구상을 작품마다 특이하게 갖추었다. 앞뒤의 설명
과 본문, 작자의 개입과 사건 자체를 예기치 않은 방법으로 섞어놓아
충격을 주고 소설의 격식마저 깨서, 소설이면서 소설이 아니다.

독자의 흥미와 상상력을 자극하기보다는 농축되어 있는 표현의 숨은
뜻을 캐도록 유도하는 한문소설 특유의 성향을 최대한 발전시켰다. 소설
이 아닌 측면을 소설 이전 문학에서 물려받아 소설에 몰입하려는 독자를
깨우치는 데 쓰는 작전을 폈다. 연구하려는 사람들도 계속 당황하게 만들
어 기존 관념에 안주하지 말고 새로운 탐구를 하라고 내몬다.

차용주 편, 《연암연구》(계명대학교출판부, 1984) ; 김하명, 《연암바지

원》(국립출판사, 1955) ; 이가원, 《연암소설연구》(을유문화사, 1965) ; 박기석, 《박지원문학연구》(삼지원, 1984) ; 오상태, 《박지원 소설작품의 풍자성 연구》(형설출판사, 1988) ; 김영동, 《박지원소설연구》(태학사, 1988) ; 문영오, 《연암소설의 도교철학적 조명》(태학사, 1993) ; 이종주, 《북학파의 인식과 문학》(태학사, 2001) 등이 나왔다. 《한국문학사상사시론》(지식산업사, 제2판 1998) ; 《한국의 문학사와 철학사》(지식산업사, 1997) ; 《철학사와 문학사 둘인가 하나인가》(지식산업사, 2000)에서 박지원의 철학과 문학을 논했다.

9.12.5. 김려와 이옥의 기여

글쓰는 방식이 작전과 같아야 한다고 다짐한 박지원은 숨은 의도를 좀처럼 드러내지 않는 유격적 수법을 개척했지만, 당시의 임금 정조는 통찰력을 가졌다. 시정의 잡다한 이야기를 장난기 어린 문체로 모아들여 정통 한문학을 흔들어놓는 것을 보고, 문체반정을 일으켜 문풍을 바로잡고자 했다.

박지원을 따르던 이덕무(李德懋) 이하 몇몇 제자는 타고난 신분 때문에도 소심할 수밖에 없었으며, 그런 사태가 벌어지기조차 하니 소설따위는 아예 멀리하고 시에서 다소 새로운 시도를 했을 따름이다. 전을 더러 짓기도 했지만, 사실 기술에 힘쓰고 궤도를 이탈하지 않았다.

그런데 박지원의 제자 세대이면서 박지원과는 직접적인 관련을 갖지 않은 김려(金鑢)나 이옥(李鈺)은 금지된 노선에 접근했다. 두 사람은 악부시의 새로운 경지 개척에서 커다란 성과를 보여주고, 박지원이 한 작업에 동참해 한문단편의 영역을 확대하고 주제나 표현을 한층 다양하게 했다. 그래서 얻은 성과를 남들은 알아주지 않아 스스로 간직하고 돌보았다. 김려는 자기 작품을 〈담정유고〉(潭庭遺藁)의 〈단량패사〉(丹良稗史) 대목에다 수록했다. 〈담정총서〉(潭庭叢書)를 별도로 엮어 주위 문인들의 글을 모은 데에 다행스럽게도 가까이 지내던 이옥의 작품을 포함시켰다.

김려(1766~1822)는 명문에서 태어났으나 민심을 교란시키는 데 가담했다는 죄목으로 귀양살이를 하는 동안에 다시 필화를 입었다. 수난의 과정에서 세상이 어떤가 알고 자기가 해야 할 문학의 방향을 잡았다. 한문단편에서는 허균의 전례를 이어 일사소설(逸士小說)이라고 할 수 있는 것들을 짓는 데 힘썼다. 노래 잘 부르는 비렁뱅이가 사실은 변란을 꾀하고 있는 도적의 두목이라는 내용의 〈장생전〉(蔣生傳)을 재창작했다. 허균이 간략하게 압축해서 쓴 작품을 확대해 좀더 자세한 사정을 곁들이고, 기이한 재주가 쓰이지 못한 점을 아쉬워하는 마음을 강조해서 나타냈다.

〈가수재전〉(賈秀才傳)과 〈삭낭자전〉(索囊子傳)에서는 누군지 모를 시정잡배가 알고 보니 세상에서 뜻을 펼 수 없어서 자기를 위장하며 숨긴 인재라고 했다. 미천한 처지에서 태어났다고 하지 않고 집안이 화를 만나 그렇게 되었다고 했으며, 기괴하고 우스꽝스러운 짓을 일삼지만 얼굴은 준수하다고 했다. 처참하게 몰락한 사대부의 모습을 그렸다고 할 수 있다.

이옥(1760~1812)은 정도에서 벗어난 문체를 사용한다 해서 규탄을 받고 벼슬 진출이 막혔다. 계속 불우하게 지내면서 이단적인 문학을 시와 산문 두 방향에서 소신 있게 밀고 나갔다. 한문단편은 23편이나 되어 박지원의 경우보다 많으며, 등장인물과 사건이 한층 다양하다.

작품의 특징에도 차이가 있다. 흔히 있는 이야기를 어떤 것이거나 받아들여 구전설화와의 관계를 밀접하게 하고 야담에서 그리 멀어지지 않았다. 수법보다는 내용이 앞서는 작품을 내놓으면서 많은 것을 말했다. 세상 보는 눈을 활짝 열어놓고, 서로 어긋나는 관점도 함께 채택했다. 작품이 그대로의 사실이 들어와 각축을 벌이는 장소이게 했다. 문인이 아닌 이야기꾼으로 자처하면서 어처구니없는 사연을 제시했다.

〈신병사전〉(申兵使傳)이나 〈최생원전〉(崔生員傳)은 민간에 떠도는 귀신이야기에 바탕을 두었다. 비명에 죽은 신병사가 귀신이 되어 나타났

다고 사건을 꾸몄다. 무당이 귀신을 섬기는 짓이 허망하다는 것을 보여
주기도 했다. 그 정도니 야담에 머물렀다고 하는 편이 적당하고, 소설로
재창작하는 작업을 적극 시도한 것은 아니라고 보아 마땅하다.

〈협효부전〉(峽孝婦傳)과 〈포호처전〉(捕虎妻傳)에서는 호랑이가 등장
하는 민담을 받아들여 개조했다. 〈협효부전〉을 보면, 호랑이가 효부를
잡아먹지 않고, 효부가 호랑이를 구해주었다. 〈포호처전〉은 남편이 출
타한 사이에 해산을 한 숯장수의 아내가 지혜로써 호랑이를 죽이고 위
기를 모면한 이야기이다. 민담에서 호랑이가 지닌 두 가지 모습을 함께
나타내면서, 하층의 부녀가 어려운 조건에서도 강인하게 살아가는 자
세를 호랑이와의 관계에서 보여주었다.

일사소설을 이은 작품을 또 한 계열로 잡을 수 있다. 〈부목한전〉(浮
穆漢傳)이 우선 그런 예이다. 부목한이란 절에서 불 때고 밥 짓는 일을
맡은 위인이니 우둔할 것 같은 인상이 앞서는데 다른 사람의 정해진 수
명까지 알고 있는 이인이라고 했다. 〈신아전〉(申啞傳)에서는 벙어리이
면서 칼을 잘 만들고 물건을 감식하는 능력까지 갖춘 장인을 등장시켜,
겉보기로 사람됨을 평가할 수 없다고 했다.

〈장복선전〉(張福先傳)은 평양감영 고지기를 주인공으로 삼았다. 돈
천 냥 포흠을 지고 죽게 되었는데, 알고 보니 가난하고 위급한 사람들
을 도와주었다. 그래도 사형을 시키려 하니 모여든 군중이 구명을 청하
는 노래를 합창하고 즉석에서 천 냥을 모아 목숨을 구했다는 이야기이
다. 의로움을 칭송하고, 공금을 축낸 것은 나무라지 않았다.

그런가 하면 아름답고 애처로운 사랑이야기 〈심생전〉(沈生傳)도 있
다. 사대부집 아들 심생은 길에서 어떤 처녀를 보고 눈이 맞았다. 수소
문을 해보니 중인 집 딸이었다. 매일 밤 처녀가 거처하는 방 앞에 가서
지새다가 마침내 인연을 맺었으나, 병이 들어 죽는다는 편지를 보내왔
다고 했다. 신분의 격차나 사회적인 관습을 무시하고 성취한 사랑이 죽
음 때문에 파탄에 이른 비극을 그렸다.

현실의 모습을 다각도로 그린 일련의 작품도 있다. 〈장봉사전〉(蔣奉

事傳)의 비렁뱅이는 득세한 사람들의 집을 찾아다니며 걸식을 하는데 음식 맛으로 그 집의 흥망성쇠를 짐작하고 세상 돌아가는 형편을 안다고 했다. 음식이 날로 사치스러워지는 것을 보고서 천지 사이의 재물은 한정이 있는데 함부로 탕진하니 많은 사람이 굶주린다고 한탄했다. 〈성진사전〉(成進士傳)에서는 빈민이 부잣집에서 밥을 얻어먹는 참상을 그렸다. 자기 자식의 시체를 메고 와서 떠밀려서 죽었다고 트집을 잡을 정도로 세태가 험악하게 되었다고 했다.

〈이홍전〉(李泓傳)은 사기꾼의 이야기이다. 서두에서 세상에 속임수가 가득 차서 위조품을 파는 저자가 번성하고 있는 광경을 비꼬는 어투로 그리더니, 이홍의 사기 솜씨를 소개했다. 무역을 하는 거상으로 알도록 꾸미고서, 평안감사 수청을 드느라고 다른 사람은 거들떠보지도 않는 기생을 차지했다. 시골 아전이나 스님도 속여 돈을 갈취한 수법 또한 기발했다.

하는 짓을 보면, 이홍이 김선달형의 인물임을 알 수 있다. 이홍을 나무라는 투로 작품을 전개해놓고는 외사씨(外史氏)의 말로 논평을 달아, 그런 사기야 하찮은 짓이니 족히 말할 수 없다면서 놀라운 발언을 했다. "천하를 속이는 자는 천하의 임금 노릇을 하고, 그 다음은 제 몸을 영화롭게 하고, 그 다음은 자기 집을 윤택하게 한다"고 했다. 엄청난 반발을 나타내면서 지배질서를 매도했다.

온 세상을 법석대며 오가는 사람들이 모두 이익을 취하고 서울 장안에서는 사고팔지 않은 것이 없다는 말로 서두를 삼은 〈유광억전〉(柳光億傳)은 더욱 놀랍다. 그 시절에 과시(科詩)를 팔아서 먹고사는 이가 많았는데 유광억이 으뜸이라고 했다. 자기는 과거에 급제할 생각을 하지 않고 그 영업만 해서 이름이 널리 알려졌다.

시관(試官)들이 기어코 유광억의 글을 뽑아 급제를 시키겠다고 별렀지만, 뽑은 글은 모두 유광억이 돈을 받은 액수에 따라 차등을 두고 지어준 것뿐이었다. 경위를 조사하려고 잡아오라고 했더니, 유광억은 강물에 투신해서 자살했다. 그런 어처구니없는 사태까지 벌어지니 작자도 책임을 어떻게 따져야 할지 막연했던지 유광억을 나무라는 말로 논평을 삼았다. 세태를 직시한 결과 작자가 스스로 설명할 수 있는 범위를 넘어선 문제작을 만들어냈다.

한문으로 창작된 유일한 희곡 〈동상기〉(東廂記)도 이옥의 작품으로 보인다. 이옥이 작가라고 한 이본이 있고, 서문에 쓴 말도 이옥을 작자로 보는 데 도움이 된다. 다룬 내용은 1791년(정조 15)에 있었던 일이다. 국가에서 실시한 새로운 시책 덕분에 김씨 노총각과 신씨 노처녀가 짝을 이룬 것이 경사라고 하고, 이덕무에게 그 경과를 글로 쓰라고 해서 〈김신부부전〉(金申夫婦傳)이 이루어졌다. 〈동상기〉는 같은 사건을 희곡으로 옮긴 것인데, 중국 희곡의 수법을 빌리고 특히 〈서상기〉(西廂記)에 의거한 바 크다. 백화(白話)가 섞인 한문이라 읽기 어렵고, 연극으로 공연할 수 없었음은 물론이다.

김려와 이옥의 작품은 이가원, 《이조한문소설선》(민중서관, 1961)에서 수록하고 번역해서 비로소 알려졌다. 이경수, 〈김려의 생애와 '단량패사'의 문학적 성격〉, 《국어국문학》 92(국어국문학회, 1984) ; 박준원, 〈'담정총서' 연구〉(성균관대학교 박사논문, 1995) ; 김균태, 《이옥의 문학이론과 작품세계의 연구》(창학사, 1986) ; 손찬식, 〈'동상기'고〉, 《국어교육》 51 · 52(국어교육연구회, 1985) 등의 연구가 있다. 고려대학교 민족문화연구원 편, 《동아시아문학 속에서의 한국한문소설 연구》(월인, 2002)에서 한문소설을 다각도로 고찰했다.

9.13. 소설의 성장과 변모

9.13.1. 가공적 영웅의 투지

〈홍길동전〉에서 시작된 영웅소설은 두 계열로 나누어졌다. 〈임진록〉(壬辰錄)·〈임경업전〉(林慶業傳)·〈박씨전〉(朴氏傳)이 한쪽 계열이며, 〈조웅전〉(趙雄傳)·〈유충렬전〉(劉忠烈傳)·〈장풍운전〉(張風雲傳)을 위시한 일련의 작품이 다른 쪽 계열이다. 앞의 것들은 이미 고찰한 바 있고, 뒤의 것들은 여기서 다루기로 한다.

양쪽 다 예사 사람은 따를 수 없는 능력을 지닌 영웅을 주인공으로 등장시켜 적대자와의 싸움을 군담(軍談)으로 벌이지만, 사건 설정에 차이가 있다. 한쪽은 국내의 역사적인 사건과 연결되어 있는데 다른 쪽은 중국을 무대로 한 전혀 가공적인 창작이어서, 역사군담소설과 창작군담소설이라는 말을 써서 구별할 수 있다. 주인공이 민중적 영웅인가 아니면 귀족적 영웅인가 하는 점도 서로 달라, 민중적 영웅소설과 귀족적 영웅소설이라는 용어도 쓸 수 있다.

두 계열은 각기 그 나름대로 오랜 내력을 가진 유형을 이었다. 민중적 영웅은 미천한 처지에서 태어났으면서도 스스로 탁월한 능력을 지닌 주인공이 싸움에서 패배해 끝내 뜻을 이루지 못하는 것을 공식으로 삼았다. 구전설화에서 흔히 볼 수 있는 그런 유형을 받아들여 체제 비판의 주제를 구현했다. 귀족적 영웅의 일생을 보여주는 소설에서는 고대신화에서 〈홍길동전〉까지 내려온 유형을 이으면서 영웅의 능력을 약화시켰다. 비정상적인 출생을 만득의 외아들로 바꾸고, 자기 스스로는 패배를 겪기만 하는 무력한 인물이 도승의 도움을 받아 영웅으로 변신한다고 했다.

민중적 영웅소설은 작품이 얼마 되지 않는다. 구전설화에서 이야기하고 있는 영웅의 패배를 역사적 사실과 관련시켜 소설화하는 작업은 임진왜란이나 병자호란이 일어난 것 같은 특별한 계기가 있어야 가능했다. 귀족적 영웅소설은 그렇지 않아, 당대의 구전에 의존하지 않고 역사적인 사실과도 무관해 자유롭게 창작되었다. 수십 편에 이르는 작품이 나타나 많은 독자를 얻었다. 당대의 지배적인 가치관을 받아들여 흥미로운 사건을 설정한 것이 성공의 비결이다.

귀족적 영웅소설에서는 선인과 악인의 대결을 천상과 지상 두 영역에 걸쳐 다루면서, 지상에서는 우연이기만 한 사건이 천상에서는 필연적으로 예정되어 있다고 했다. 악인이 횡포를 자아내기만 하는 경험적인 영역에서도 선인이 승리하게 하는 도덕적 당위성이 관철되는 과정을 보여주면서, 아슬아슬한 기대와 통탄스러운 흥분을 자아냈다. 그런 특징을 가진 귀족적 영웅소설을 혼동의 염려가 없는 경우에는 영웅소설이라고 일컫고, 구체적인 고찰의 대상으로 삼기로 한다.

온갖 시련을 극복하고 이미 보장되어 있던 행운을 실현하면서 지배체제의 위기도 아울러 해결하는 것으로 결말을 삼았다. 그런 전개방식은 조선후기 집권세력 서인-노론의 이념인 이원론적 주기론(主氣論)과 일치하는 구조를 가졌다고 할 수 있다. 현실의 갈등을 그 자체로 심각하게 문제 삼으면서 현실을 떠난 차원에서 원만한 해결이 가능하리라고 기대하는 사고방식이 양쪽에 함께 나타나 있다.

영웅소설이 상층의 문학이어서 보수적인 사고형태를 보여주는 것은 아니다. 몰락한 사대부가 지위 회복을 염원하는 의식을 표현한 작품이라고 하는 것도 설득력이 부족하다. 계급의식이 아직 명확하지 않은 단계의 시민이 작품의 창작·전달·수용을 주도하면서 지배이념을 받아들여 통속화하고 흥밋거리로 만들었다고 하는 편이 더욱 타당하다. 몰락한 사대부도 작가로 참여했을 수 있으나, 자기 나름대로의 주장을 펴려고 하지 않고 유형화된 전개와 표현을 그대로 따르는 직업의식을 보여주었다. 직업작가 노릇을 하면서 시민화한 사대부가 독자적인 발언을 포기하고 시민의 귀족화에 기여했다고 할 수 있다.

이덕무(李德懋, 1741~1793)는 서울 종로 담배가게에서 소설 낭독이 벌어졌는데 영웅이 가장 실의한 대목에 이르자 듣던 사람 하나가 낭독자를 칼로 찔러 죽인 일이 있었다고 했다. 조수삼(趙秀三, 1762~1849)이 직업적인 낭독자인 전기수(傳奇叟)를 소개하고 읊은 시에는 "아녀자는 상심해서 눈물을 뿌리는데, 영웅의 승패는 칼로써 가리기 어렵다"라고 한 구절이 있다. 이 두 자료는 '영웅'이라는 낱말을 원문에다 바로 내놓고 영웅소설이 어느 정도의 흥분을 자아냈는지 아주 선명하게 말해 준다.

영웅소설은 그처럼 영웅의 승패와 아녀자의 눈물로 엮어진 사건을 기복이 심하게 전개해, 낭독과 출판에서 수입을 얻는 데 유리했다. 거의 다 국문본만이고, 문장이 난삽하지 않으며 분량은 얼마 되지 않아, 누구나 쉽게 이해할 수 있었다. 난이도로 독서물의 서열을 가린다면, 그 최하위층에 자리 잡았다고 할 수 있다. 창작 자체를 보람으로 삼아 쓴 작가가 흔히 있어 작품이 많아졌다고 보기는 어렵고, 어떤 형태든지 보수를 받은 직업적 작가들이 비슷한 작품을 계속 지어내 수가 크게 늘어났다고 생각된다. 최초의 대중소설 또는 통속소설이 그런 과정을 거쳐 등장해 널리 자리를 잡았다.

비판적인 의식을 가진 상층남성의 문학으로 시작된 소설이 〈사씨남정기〉나 〈창선감의록〉 같은 작품에서 상층여성 독자와 연결되어 발전을 위한 활력을 얻더니, 이번에는 하층남성의 문학이 되어 지지기반을 더욱 넓혔다. 직업적 작가가 대량 창작한 작품을 영리 목적으로 널리 유통시켜, 소설이 문학사상 최초로 사회 전체의 문학이 되게 했다. 영웅소설은 그 점에서 획기적인 의의를 가지면서 지속적인 영향을 끼친다. 상품이 되기에 유리한 조건을 갖추기 위해 영웅소설에서 개발한 운명의 시련과 극복, 싸움의 패배와 승리의 격변 과정을 과장되게 보여주는 수법이 오늘날까지 널리 이용되고 있다.

수십 편에 이른 작품 가운데 어느 것이 앞서는지 가려내기는 무척 어렵다. 가능한 방법이 있다면 전형적인 형태에 이르기까지의 모색기, 전형적인 형태 확립기, 새로운 사회의식에 따라 변화가 일어난 전형적 형태 파괴기가 있었으리라고 가정하고, 해당 작품의 좋은 예를 찾아서 서로 견주어보는 것이다. 모든 작품을 포괄해서 말할 수는 없으나, 널리 읽힌 인기작들은 단계적인 교체를 겪었으리라고 보아도 좋다. 영웅소설의 시발점은 〈홍길동전〉이고, 귀족적 영웅소설의 전형적인 본보기는 〈유충렬전〉이라 하겠으며, 그 둘 사이의 중간적인 성격을 지닌 것은 모색기 작품일 수 있다. 현실의 갈등을 밀도 있게 다루면서 국내를 무대로 한 소설은 귀족적 영웅소설보다 후대에 발전되었을 터이므로, 그런 성향에 접근한 작품은 전형적 형태 파괴기의 것으로 보아 마땅하다.

모색기 작품의 예로서 우선 〈소대성전〉(蘇大成傳)을 들 만하다. 부모가 죽고 가산을 탕진해 품팔이와 걸식으로 연명하는 소대성이 비범한 인물임을 알아본 이승상이 데려다가 기르며 사위를 삼으려고 했다. 이승상이 세상을 떠난 다음 부인과 아들들이 자객을 보내 죽이려 하자 자객을 처치하고 집을 나섰다. 도승을 만나 수련을 쌓기 전에 그런 능력을 이미 가지고 있었다는 것은 〈홍길동전〉의 경우와 상통하고, 귀족적 영웅소설의 다른 작품과는 상이하다. 이 작품의 속편이라는 이유에서 흔히 합본되어 있는 〈용문전〉(龍文傳)에서는 귀족적 영웅소설의 전형적인 전개방식이 복잡하게 얽혀 있어, 그 사이에 변화가 있었음을 알 수 있다.

〈조웅전〉은 모색기에서 확립기로 나아가는 단계의 작품이 아닌가 하는 추측을 자아낸다. 간신의 모해 때문에 원한을 품고 아버지가 자결을 한 다음에 유복자로 태어난 조웅은 만득의 외아들로 귀엽게 자란 다른 작품의 주인공과는 처지가 달랐으며 천상인의 적강이라고 하지도 않았다. 우연히 닥쳐왔다고 하지 않고 타고난 조건 자체인 고난과 맞서 싸워야 한 점도 〈유충렬전〉에서 보이는 전형적인 형태와 다르고, 일찍 이루어진 증거로 볼 수 있다.

수난에서 승리로 나아가는 역전의 과정은 인기작일 수 있는 요건을 잘 갖추었다. 영웅의 투지를 품고 걸객 행색을 하고 다닐 때 장소저와 인연을 이룬 사건은 애정소설에서도 흔하지 않을 정도로 흥미롭게 전개되었다. 천자로 자처하며 반란을 일으킨 간신을 무찌르고, 나라를 위기에서 구출하면서 자기 자신의 고난까지 원천적으로 해결하기에 이르는 파란곡절이 광범위한 독자의 관심을 모을 만했다.

〈조웅전〉과 다음에 드는 〈유충렬전〉은 이본이 아주 많은 작품이어서 인기를 입증한다. 〈조웅전〉은 필사본 150종, 방각본 119종으로 모두 269종이다. 〈유충렬전〉은 필사본 176종, 방각본 54종, 모두 230종이다. 〈춘향전〉은 필사본 150종, 방각본 75종, 도합 225종이다. 그런데 활자본은 〈춘향전〉 110종, 〈유충렬전〉 37종, 〈조웅전〉 26종이다. 필사본과 방각본의 시대인 19세기까지는 〈조웅전〉과 〈유충렬전〉이 〈춘향전〉을 능가하는 인기를 누리다가, 활자본이 나타난 20세기에 이르러 순위가 역전되었다.

〈유충렬전〉은 귀족적 영웅소설의 전형적인 작품이다. '영웅의 일생'에서 물려받은 사건 단락을 잘 갖추고 있다. (가) 덕성이 뛰어나고 부귀를 누리는 현직 고관의 외아들인 주인공이 (나) 늦도록 자식이 없어 근심한 부모가 산천에 기도를 한 덕분에 태어났고, (다) 천상인의 하강이기에 비범한 기상을 지녔고, (라) 간신의 박해 때문에 죽을 고비에 이르렀다가, (마) 전직 고관이 구출·양육자로 나서서 그 사람의 사위가 되고, 도승을 만나 술법을 배우는 행운도 얻은 다음, (바) 간신이 외적과 합세해 난을 일으켜 나라가 위기에 이르렀을 때, (사) 전란을 평정하고 고귀한 지위에 올라 다시 아내와 함께 부귀를 누렸다.

〈소대성전〉은 (나)·(다)·(마)·(사), 〈조웅전〉은 (가)·(라)·(바)·(사)로 이루어졌는데, 〈유충렬전〉은 모든 단락을 다 갖추고 적절하게 이용했다. 흥미로운 단락을 특히 확대해 독자를 사로잡았다. (라)의 처참한 시련을 되풀이하면서 마음 조이게 했다. (바)에서 (사)로 넘어가는 전환을 흥미로운 군담을 갖추어 신명나게 보여주었다.

〈유충렬전〉에서 확립된 귀족적 영웅소설의 구조는 불만스러운 처지에 있을수록 이상화된 삶을 더욱 동경하게 하는 방식으로 널리 받아들여져, 소설이 인기를 확대해 영업이 잘 되도록 하는 데 크게 기여했다. 그것은 긍정적인 평가를 하고 말 일이 아니다. 아무런 갈등이 없는 상태에서 시작해서 모든 문제가 해소되는 것으로 결말을 삼아 민중적 영웅소설과 거리가 멀고, 현실적인 경험과의 대응이 약화되었다. 진실을 버리고 인기를 키우는 대중소설로 나아가는 조짐을 보였다. 상투적인 전개를 되풀이한 탓에 흥미가 줄어들자, 몇 단락을 지나칠 만큼 중첩시켜 사건을 더욱 극단적이고 복잡하게 꾸미는 상업주의의 폐단을 자아내기까지 했다.

〈남정팔난기〉(南征八難記)는 귀족적 영웅소설의 전형을 몇 가지 점에서 변형시킨 작품이다. 주인공 이름을 바꾸어 다시 쓰는 영웅소설이 모두 비슷한 내용이면 독자의 환영을 받지 못한다는 것을 알고 새로운 방법을 찾았다고 생각된다. 승패가 나누어지는 데는 오행(五行)의 상관관계의 원리가 있다고 했다. 주요인물 수를 늘려 흥미를 가중시키면서 주인공을 복수로 하는 장편으로 나아갈 조짐을 보였다.

그런 작전이 성공을 거두지는 못했다. 이본 수가 앞에서 든 〈조웅전〉이나 〈유충렬전〉은 물론, 다음에 다룰 〈이대봉전〉과 견주어도 현저히 열세이다. 그 이유는 전투만 너무 중요시하고 남녀관계를 소홀하게 다룬 데 있다고 할 수 있다. 여주인공은 서천에서 왔다고 한 외국인이며, 뛰어난 능력을 지니고 눈부신 활약을 할 따름이고 애정의 동반자는 아니다. 그런 방식으로 남성 취향을 강화하면, 사건을 아무리 많이 늘어놓아도 성격이 단순해져 독자를 잃게 마련이다.

혼인하기로 예정된 남녀가 파란을 겪으며 이합을 거듭하다가 마침내 뜻을 이루는 사건을 대단하게 여기면서 진지하게 전개하는 것이 인기를 얻는 데 더욱 도움이 되었다. 남녀 취향을 함께 살려 영웅소설이 애정소설이기도 하게 하면 널리 환영을 받을 수 있었다. 그 좋은 예인 〈이대봉전〉(李大鳳傳)과 〈황운전〉(黃雲傳)에서는 여주인공을 남주인공과 대등한 위치로 올려놓고 시련과 투쟁이 이어지는 영웅의 일생을 함께 보여주는 데서 한 걸음 더 나아가 여성 우위를 말하기도 했다.

여주인공이 대원수의 직책을 맡고 전투를 지휘하는데, 그런 줄 모르는 남주인공은 부원수가 되어 그 밑에서 지휘를 받으면서 헤어진 연인

을 만날 수 없어 마음속으로 애태웠다. 남녀 이합의 역설, 위치의 역전
이 함께 나타내는 놀라운 착상을 구현해 흥미를 가중시켰다. 독자를 확
대하고, 여성 독자를 적극적으로 끌어들이는 데 필요한 방책을 적절하
게 구사했다.

인물의 선악은 미리 정해져 있어 선인은 어느 경우에나 선인이고, 악
인은 행동의 동기에서 결과에 이르기까지 철저하게 악인이라고 하는
것이 영웅소설의 공식이다. 보수적인 가치관의 근간을 이루는 그런 사
고형태가 소설에 나타나 변화를 막는 구실을 했다. 그러나 모든 작품이
한결같지는 않았으며, 선악관을 바꾼 것들도 있었다.

〈최현전〉은 전형적인 영웅의 일생에 따라 전개되어, 아버지는 간신
의 모해로 귀양 가고 주인공 모자는 도적을 만나 죽을 고비에 이르는
흔히 볼 수 있는 전개를 갖추었지만, 선악이 상대적으로 구분되는 변화
를 보였다. 원래 양반이었던 늙은 도적이 가해자이면서 또는 구출자 노
릇을 하고, 주인공과 서로 구해주는 관계를 거듭 맺은 점이 특이하다.
사람은 선악이 정해져 있지 않고, 형편에 따라 선할 수도 있고 악할 수
도 있다는 새로운 윤리관을 제시한 의의가 있다.

〈장풍운전〉이나 〈장경전〉은 거기서 한 걸음 더 나아가 사람의 처지
도 정해져 있지 않다고 하면서, 하층민이 따로 있다는 선입견을 시정했
다. 둘 다 영웅의 일생을 갖추고 있기는 해도 〈유충렬전〉에서 보이는
(가)에서 (사)까지의 단락을 하나도 그대로 되풀이하지 않았다. 우선
주인공의 아버지 대에 이미 사대부의 신분을 상실할 정도로 몰락했다
고 했다. 장풍운의 아버지는 벼슬을 버리고 농업에 힘쓴다고 했으니 그
래도 나은 편이고, 장경의 아버지는 늦도록 장가들지 못할 정도로 비참
한 처지였다.

그런 아버지가 전쟁이 일어나자 출전을 하거나 적군의 군사로 잡혀
가, 주인공은 천인의 신분으로 떨어졌다. 장풍운은 광대가 되어 살아가
고, 장경은 관노에게 구출되어 방자 노릇을 하는 신세가 되었다. 그런
지경에 이른 주인공이 비범한 인물임을 알아보고 도와주며 사랑한 여자

는 양가집 규수가 아니고 기생이었다. 변모가 그 정도까지 이르렀으니 두 작품은 귀족적 영웅소설이라고 하기 어려우며, 한문단편이나 판소리계 소설과 함께 하층민의 경험을 반영한 작품이라고 할 수 있다.

그러나 결말은 딴판이다. 일시적인 몰락으로 천인 노릇을 하던 주인공이 장원급제를 하고 외적을 물리치는 공을 세운 다음 최고의 지위를 차지해 부귀를 온전하게 하는 데 이르렀다. 그 때문에 앞뒤가 맞지 않는다. 귀족적 영웅소설이 불신의 대상이 되자 기본 틀은 바꾸지 않으면서 사회 저변의 경험이나 하층 독자의 관심까지 끌어들이고자 한 특이한 변이형이 나타났다고 볼 수 있다.

〈낙천등운〉(落泉登雲)이라는 것도 귀족적 영웅소설의 유형을 갖추었다. 고귀한 가문의 만득 외아들로 태어난 주인공이 어려서 부모를 잃었다. 간신의 모해 때문에 양육자 외숙이 죽고, 숙부는 귀양 갔으며, 자기 자신은 하옥되어 긴 수난의 역사가 시작되어 온갖 고난을 겪다가 결말에 이르면 모든 시련이 해결되어 아버지 대 이상의 부귀를 누리게 되었다고 했다. 그러나 몇 가지 점에서 특이하다.

황천에 떨어졌다가 청운에 올랐다는 말을 표제로 삼고, 5책이나 되는 장회소설을 써서 많은 것을 이야기하고자 했다. 고난을 겪는 대목을 길게 늘이면서, 도덕을 저버리고 금전적인 이익을 다투는 세상이 된 것을 심각하게 그렸다. 뇌물이 횡행하고, 뼈대 있는 집 규수가 창녀로 팔려가고, 이익을 추구하기 위해서 무슨 짓이든지 하는 무리가 세상에 가득하다고 했다.

그런 사태를 부정적인 시각에서 다루지는 않았다. 뚜렷한 개성으로 세태변화를 헤쳐 나가는 인물을 적지 않게 등장시켰다. 주인공도 장사를 해서 치부했다고 하면서 돈에 대한 긍정적인 인식을 보여주었다. 사대부의 사고형태를 따르는 영웅소설에다 시민의 삶에 대한 자기 인식을 적지 않게 투영한 새로운 작품이라고 할 수 있다.

위에서 든 작품은 모두 중국을 무대로 했다. 그래야만 상상을 마음껏 펼칠 수 있었다. 거대한 규모의 국난을 그리고, 제왕이 위기에 빠진 사건을 설정하는 데 필요한 자유를 얻을 수 있었다. 그런데 국내를 무대로 한 애정소설이나 세태소설이 계속 나타나는 추세에 호응해, 변모를 시도할 필요가 있었다. 사건이 모두 국내에서만 일어났다고 하는 것은 가능하지 않았다. 조선의 인물이 중국에 가서 활약하며 외적을 물리치고 정통 왕조의 천자를 위기에서 구출한 공로로 변방의 왕이 되는 등의 영광을 차지했다고 하는 것이 마땅한 대책이었다.

〈신유복전〉(申遺腹傳)을 그 좋은 예로 들 수 있다. 조선조 명종 때의 인물인 신유복은 천상인의 하강으로 태어나 부모를 잃고 유랑하며 걸식하는 지경에 이르렀다가 호장(戶長)의 사위가 되고서 그 집에서 쫓겨났다. 도승을 만나 공부를 하고, 과거에 급제해서 병조판서가 되었다. 그 뒤에 명나라를 도와 외적을 물리치는 싸움에 나가서 커다란 전공을 세우고 부귀를 누리다가 천상으로 돌아갔다고 했다. 유사한 작품 〈이린전〉(李麟傳)에서는 주인공의 초월적인 능력을 더욱 강조했다.

〈이태경전〉(李泰景傳)에서는 주인공의 아들들이 밖으로 나가 중국을 위기에서 구출하는 공을 세운다고 했다. 〈강릉추월〉(江陵秋月) 및 관련 작품 몇 편은 중국소설의 번안에서 유래했지만, 한국의 인물이 중국에 가서 무용을 떨친 것으로 개작되기에 이르렀다. 그런데 이런 작품은 방각본으로 나온 것이 없고 필사본도 찾기 어려우며 활자본을 통해서 알려졌으니 활자본시대에 이르러서 비로소 성행하게 되었다고 보아야 할 듯하다.

한국의 인물이 중국에 가서 활약한다고 작품 전개를 고쳐놓아, 밖으로 뻗어나가 민족의 기상을 떨치자는 생각을 나타냈다고 할 것은 아니다. 중국의 정통 왕조를 옹호한 대가로 주인공이 모든 영광을 누린다고 한 것은 달라지지 않았다. 기존의 구조를 그대로 두고 새로운 발언을 하려고 하다가 파탄이 생겨 잃은 것이 더 많다. 상상을 마음껏 넓히는 데 필요한 공간이던 중국이 실제의 지역으로 이해되고, 초월적 요소로 연결되는 작품구조가 경험적 확인의 대상이 되어 불합리를 노출했다. 소설을 혁신하려면 낡은 구조를 버려야 했다.

《한국소설의 이론》(지식산업사, 1977)에 의거해 전체적인 전개를
파악하고 미진한 대목을 보충했다. 성현경, 〈'유충렬전'의 검토〉, 《한
국고소설의 구조와 실상》(영남대학교출판부, 1981) ; 서대석, 《군담
소설의 구조와 배경》(이화여자대학교출판부, 1985) ; 《한국고전소설
작품론》(집문당, 1990)에 실린 이창헌, 〈장풍운전〉 및 서인석, 〈장경
전〉 ; 조희경, 〈'남정팔난기' 연구〉(서울대학교 석사논문, 1998) ; 이상
택, 〈'낙천등운'고〉, 《한국고전소설의 탐구》(중앙출판, 1981) ; 김병
권, 《'장풍운전'과 문화관습》(세종출판사, 2001) ; 박일용, 《영웅소설
의 소설사적 변주》(월인, 2003) 등의 연구가 이루어졌다.

9.13.2. 여성 주인공의 영웅소설

영웅소설의 주인공은 남자만이 아니다. 영웅의 일생을 후대까지 이
어온 서사무가를 보면 전국에 널리 분포되어 있는 유형 〈바리공주〉의
주인공은 여자이다. 바리공주는 일곱째 딸로 태어났다는 이유로 옥함
에 넣어 버려지는 신세가 되었으나 구출·양육자를 만나 살아나고, 저
승에 가서 약수를 길어다가 병이 들어 위독하게 된 아버지를 구했다고
한다. 가련한 여성이 죽음을 삶으로 바꾸어놓는 특별한 권능이 있어 숭
앙의 대상이 되었다. 그런 전통을 바로 이으면서 더욱 고형인 요소까지
도 지닌 여성 주인공의 영웅소설이 적지 않다.

〈금방울전〉 또는 〈금령전〉(金鈴傳)은 일찍 나타난 작품의 예로 들 수
있다. 죽은 남편과 동침한 부인이 사람 모습이 아닌 금방울을 낳았다는
것부터 경험적인 세계에서는 있을 수 없는 설정이다. 금방울은 죽지 않
고 살아나 사방으로 굴러다니며 신통력을 발휘했다고 하니 놀랍다. 알
로 태어나 신통력을 스스로 지녔다는 고대신화 주인공의 전례를 이어
금방울이 생명의 상징으로 설정되었다.

그렇게만 해서는 소설이 되지 않아 남주인공 이야기를 보탰다. 장차

자기 남편이 될 해룡이라는 인물이 계모 밑에서 고생하고 있는 것을 보고 금방울이 구해주었다. 해룡이 요괴와 싸워 잡혀갔던 공주를 구출하고서 공주와 혼인했다는 삽화도 곁들였다. 그 뒤에 금방울은 미녀로 변해 해룡과 부부가 되었다. 기이한 모습을 하고 신화적인 능력을 발휘하는 금방울이라도 여자이기 때문에 그렇게 안주할 수밖에 없다는 것이 소설다운 결말이다.

〈숙향전〉(淑香傳)은 형성 시기를 추정할 수 있는 작품이다. 〈해유록〉의 저자 신유한이 일본에서 상대한 일본 지식인 우삼동(雨森東)이 1703년(숙종 29)에 동래 왜관에 와서 우리말을 공부할 때 〈숙향전〉을 교재로 했다고 했다. 임진왜란 때 일본으로 잡혀간 도공 심수관(沈壽官)의 집안에 전하는 사본이 있는데, 1709년(숙종 35) 이전에 유출된 것으로 보인다. 작품이 널리 알려져야 그렇게 될 수 있었다고 보면, 형성 시기는 17세기라고 할 수 있다. 한문본도 있으며, 여러 소설에 언급되어 있는 것으로 보아, 광범위한 독자층을 확보했다고 할 수 있다.

작품 내용을 보면, 영웅의 일생을 충실하게 이었으면서도 군담은 포함되어 있지 않으며 주인공이 영웅으로서의 능력을 발휘한 것도 아니다. 경험 영역의 일상적인 삶이 초경험 영역과 바로 연결되어 있는 줄 모른다는 것으로 긴장을 만들고 풀어나갔다. 천상신령의 화신인 여러 인물이, 죽게 되는 위기에 빠진 숙향을 계속 도와주고 구출한다고 했다. 숙향과 혼인한 남주인공 이선이 신선이 사는 곳에 가서 선약을 구해와 황태후의 병을 치료했다는 사건에서는 〈바리공주〉의 전례를 바로 이으면서, 초경험 영역에 들어간 일상인의 모습을 보여주었다.

그렇다고 해서 현실의식이 결핍되어 있는 작품이라고 할 것은 아니다. 숙향은 난리를 만나 부모를 잃고 고아가 되어 헤매는 신세임을 거듭 강조하면서, 상황이 비슷해도 〈바리공주〉나 〈금방울전〉에서는 보이지 않던 고독감을 크게 부각시켰다. 소녀가 거처를 잃으면 생기는 어려움이 소년의 경우에 비할 바 없이 심각하다는 것을 알려주었다. 의지할 데 없는 가여운 소녀의 운명을 전후 시기 다른 어느 작품보다 심각하게 다루었다.

숙향은 좌절하지 않았다. 모든 어려움을 이겨내고 자기 삶을 개척했다. 기묘한 인연으로 이선과 만나 사랑하고 혼인하는 것이 해결책이므로, 이선의 아버지가 혼인을 반대하고 옥에 가두어 죽이려고까지 해도 굽히지 않았다. 숙향과 이선의 혼인은 신분의 장벽을 넘어선 사랑의 성취이다. 어느 모로 보아도 문제작인 〈숙향전〉이 인기를 모으게 되면서 여성의 수난과 투지를 다룬 소설이 정착되었다. 여성 독자가 내심의 고민을 상담할 수 있는 독서물이 마련되었다.

여성 독자의 요구는 거기서 머무르지 않았다. 여성이기에 겪는 속박을 불만스럽게 여기며 남성처럼 세상에 나가서 뛰어난 능력을 마음껏 발휘하고 싶어 하는 독자라면 더욱 적극적인 소설을 요구할 수 있었다. 일명 〈여장군전〉(女將軍傳)이라고도 하는 〈정수정전〉(鄭秀貞傳)이 그런 작품이다. 부모가 기도를 드려서 낳은 만득의 무남독녀 정수정은, 아버지가 간신 때문에 귀양 가서 죽고 어머니마저 잃고 외톨이가 되어 숙향의 경우보다 더욱 심한 시련에 부딪혔다. 그러자 남복을 해서 여자인 줄 모르게 하고 산사에서 도승을 만나 술법을 배운 다음 예정된 순서에 따라 장원급제하고 외적의 침입이 있자 대원수로 출전해 커다란 공을 세웠다.

〈홍계월전〉(洪桂月傳)에서는 여주인공이 전개하는 영웅다운 삶을 크게 부각시키고, 남주인공은 평범한 인물로 설정했다. 여주인공은 전란을 만나 위기에 빠진 남주인공을 구출하고, 천자 앞에서 벌인 시합에서 월등한 능력을 보였다. 여주인공이 남장을 벗고 여자의 위치로 되돌아가 두 사람이 결혼한 뒤에 다시 대결이 벌어졌다. 남주인공이 억압적인 자세를 보이는 것을 여주인공은 용납하지 않고 대등한 관계를 관철시켰다.

그런 내용을 지닌 여장군전 또는 여걸소설이 여러 편 나와 유형을 이루었다. 주인공이 부모를 잃고 외톨이가 되었다가 결연한 남자와 혼인을 하기까지 다시 장애에 부딪혔지만, 도승을 만나 술법을 배웠기에 대원수로 출전해서 공을 세우고 부원수 노릇을 한 남편과 함께 부귀를 누렸다는 것을 공통적인 전개 방식으로 삼았다. 작품에 따라서 그런 단락 가운데 어느 것을 강조하거나 어디에다가 특별한 의미를 부여하는 변이를 보였다.

부모를 섬기고 남편을 도우는 데 남다른 능력을 발휘하는 것이 뛰어난 여성이 할 일이라고 하는 일군의 작품도 있다. 그 좋은 본보기 〈정비전〉(鄭妃傳)은 태자비가 된 여인의 영웅적 활약을 보여주었다. 어려서 병법을 익히고, 도승이 준 갑주·신검·용마의 위력을 발휘한 것이 그 자체로 대단하다고 하지 않았다. 대원수가 되어 출전했다가 위험에 빠진 아버지를 돕고, 간신의 반란 때문에 몰려나게 된 태자를 위기에서 구출해서 해야 할 일을 다 했다고 했다.

여주인공의 활약상을 들어 〈여중호걸〉(女中豪傑)이라고도 하고 남주인공의 이름을 따서 〈김희경전〉(金喜慶傳)이라고도 한 작품은, 표제가 암시하는 바와 같이 두 가지 내용을 함께 보여주었다. 여성 영웅의 활약을 남녀이합의 시련과 합친 작품이다. 여주인공은 뛰어난 능력을 가졌어도 거듭된 시련을 이겨내기 어려웠다. 부모를 잃고 고생하다가 자결하기까지 이르렀다가 구출되고, 남주인공과 만나고 헤어지는 파란을 계속 겪은 끝에 행복을 누리게 되었다.

〈백학선전〉(白鶴扇傳)은 여성영웅소설이기도 하고 애정소설이기도 한 이중의 성격을 더욱 명확하게 보여주었다. 길에서 만난 소년과 소녀가 백년가약을 맺고 백학이 그려져 있는 부채를 정표로 삼았다고 하고, 주인공의 이름 대신 '백학선'이라는 말로 표제를 삼았다. 그런데 남녀 주인공에게 각기 강제로 혼인을 이루려는 방해자가 나타났으며, 여주인공은 그 때문에 집안이 온통 망하는 데까지 이르렀다. 여주인공이 대원수가 되어 외적을 막으러 나갔다가, 모해를 계속하던 자의 농간으로 적진에 사로잡힌 남주인공을 구출하고 모든 문제를 한꺼번에 해결했다.

〈옥주호연〉(玉珠好緣)이라는 작품은 표제를 보면 가문소설 같지만, 여성영웅소설의 확대판이라고 할 수 있다. 한 날 한 시에 세쌍둥이로 태어난 남녀 주인공 여섯이 정해진 순서에 따라 시련을 겪고 결연을 하고

전쟁에서 공을 세운 다음에 부부가 되어 잘 살았다고 했다. 그런데 여주인공 셋이서 바느질 따위는 거들떠보지 않고 무술만 익히자 어머니는 말리고 아버지는 꾸짖다 못해 죽이려고까지 했으나 굽히지 않았으며 편지를 남기고 집을 나가 마침내 뜻을 이루었다고 한 점이 특이하다.

여성영웅소설이 인기를 얻자 많은 작품이 나왔다. 〈음양옥지환〉(陰陽玉指環)·〈화옥쌍기〉(花玉雙奇) 같은 것들을 보면, 내용이 더욱 복잡해지고 여성의 활약이 한층 확대되었다. 여주인공을 따르는 시비도 여장군이고 적장마저 여장군이라고 하는 변이를 나타냈다. 남성은 물러나고 여성이 전면에 나서서 다각적인 활약을 적극 벌이는 세상을 그려본 작품이다. 여성 독자가 원하는 바를 따르느라고 여성 편향이 더욱 심해졌다고 할 수 있다.

〈부장양문록〉이라는 것은 5책의 장편으로 발전했다. 상층소설의 사실성과 진지성을 갖추어, 여성 중심의 사고가 한때의 공상에 그치지 않고 설득력을 가지게 했다. 여장군으로 활약하던 주인공이 아흔 살의 고령이 되고, 남성적 삶의 상징인 칼을 장남에게 전해주었다. "장부의 마음으로 몸이 여자 되어 천만 한"을 풀고자 한 일생을 회고하는 말을 남기고 세상을 떠났다.

여성 주인공의 영웅소설은 대부분 여성의 작품이라고 생각되지만 분명한 증거는 없다. 그런데 〈방한림전〉(方翰林傳)은 "민한림 부인 방씨 작"이라고 작품 속에 기록되어 있다. 방관주라고 하는 여성 주인공이 남장을 하고 벼슬길에 올라 방한림이 되고, 장수의 임무를 맡고 전장에 나가 싸웠다고 하는 사건을 다른 작품에서 흔히 볼 수 있는 바와 같이 전개하고서, 다른 여성을 아내를 맞이했다고 하는 특이한 내용을 갖추었다. 아내가 된 여성은 방한림이 여성인 줄 알고서, 둘이 함께 여성 해방을 이룩하기로 했다고 했다.

전용문, 〈여성계 영웅소설의 연구〉, 《어문연구》 10(충남대학교 어문연구회, 1979) ; 《한국 여성영웅소설의 연구》(목원대학교출판부,

1996) ; 여세주, 〈여장군 등장의 고소설연구〉(영남대학교 석사논문, 1981) ; 민찬, 〈여성영웅소설의 출현과 후대적 변모〉, 《국문학연구》 78(서울대학교 대학원 국문학연구회, 1986) ; 정병헌·이유경, 《한국의 여성영웅소설》(태학사, 2000)에서 서로 관련된 연구를 했다. 이상구, 〈'숙향전'의 문헌적 계보와 현실적 성격〉(고려대학교 박사논문, 1994) ; 조희웅·松原孝俊, 〈'숙향전' 형성연대 재고〉, 《고전문학연구》 12(한국고전문학회, 1997) ; 차충환, 〈'숙향전' 연구〉(경희대학교 박사논문, 1999)에서 〈숙향전〉을 다시 고찰했다. 정병설, 〈여성영웅소설의 전개와 '장한양문록'〉, 《고전문학연구》 19(2001) ; 차옥덕, 〈'방한림전'의 여성주의적 시각 연구〉(성신여자대학교 박사논문, 1999)에서 새로운 연구를 했다.

9.13.3. 〈구운몽〉·〈사씨남정기〉계 소설의 변모

〈구운몽〉은 귀족적 영웅소설의 하나이지만 김만중이 지었으니 천하다고 하기 어려웠고, 문체가 우아하고 묘사가 세밀하며 사상적 깊이가 있어 유식한 독자층의 호감을 얻을 수 있었다. 〈사씨남정기〉 또한 소설을 배격하는 압력에 구애되지 않고 읽힐 수 있는 요건을 갖추었다. 영웅소설이 품위 없는 전책(傳冊)으로 인기를 모으고 있을 때 또 한편에서는 이 두 작품을 모형으로 삼아 전책이 아닌 녹책(錄冊)이 계속 나왔다.

단권짜리 소설은 '…전'이라 하고, 여러 권으로 늘어난 것은 '…록'이라고 하는 구분이 어느 정도 일반화되었다. 인물의 생애를 다룬 전임을 빙자하고 시작된 소설이 분량이 늘어나고 다루는 사건도 복잡해지고 주인공과 다른 여러 인물의 관련이 다각화되면서 역사 기록에 상응하는 내용을 갖추었다고 보아 '…록'이라고 하게 되었다. 그런 명명법에 근거를 두고 '전책'과 '녹책'이라는 용어를 사용할 수 있다.

그 둘은 지체가 달랐다. 전책은 하층 취향에 맞는 무식한 소설이고, 녹책은 상층이 읽어도 품위가 그리 손상되지 않는 유식한 소설이다. 앞에서 든 〈조웅전〉이나 〈여장군전〉류의 영웅소설은 전책의 대표적인 예이고, 이제부터 다룰 작품군은 녹책의 본보기로 인정되었던 것들이다.

현달한 위치에 있는 사대부 명사가 창작했다고 알려지고 한문본과 국문본이 공존하는 소설은 녹책 가운데서도 특히 지체가 높고 독자가 많은 편이었다. 상층남성은 한문본을, 상층여성은 국문본을 택해 읽으면서 다른 쪽의 관심사를 반영한 내용까지 함께 즐길 수 있어 그랬다. 〈조웅전〉류는 남성 취향에, 〈여장군전〉류는 여성 취향에 치우쳐 있는 편향성을 극복하고 남녀의 경쟁적 합작이 제대로 이루어지도록 해서 소설 발전을 가속화하는 공적을 이룩했다.

〈구운몽〉과 〈사씨남정기〉가 그런 작품의 본보기로 인정되어 따르는 작품이 많았다. 그 두 작품과 비슷한 것을 다시 쓰면 소설 배격론을 피할 수 있고, 이미 인정된 수법을 다시 사용해 독자를 안심시키면서 새로운 구상을 보탤 수 있었다. 두 작품을 각기 따로 본뜨기도 하고 둘을 합치기도 했다. 기본 구상을 뒤집어 보이면서 주제를 바꾼 것도 있다. 구운몽계 소설과 사씨남정기계 소설이라 할 수 있는 것들이 이어지고 또한 서로 얽힌 맥락을 추적하면 소설사의 한 국면이 잘 드러난다.

예외라고 할 것이 없었던 것은 아니다. 〈구운몽〉에서 전개된 사건을 그대로 두고 분량을 갑절이나 늘린 〈구운기〉(九雲記)는 한문본이 유일본이어서 널리 읽히지 않았음을 알 수 있다. 천상의 신선계를 길게 소개해 서두로 삼는 등으로 도가적인 요소를 대폭 확대시켰다. 중국소설에서 가져온 문체와 표현을 다채롭게 활용하면서, 이따금 백화를 사용하기도 한 것이 특이하다. 그 때문에 〈구운몽〉 한문본을 보고 중국인이 다시 쓴 것이 아닌가 하는 추측을 자아내기도 하지만, 중국소설을 애독하면서 한국소설이라도 중국소설 같아야 품격이 높아진다고 여긴 사람이 자기 사고방식에 맞게 다시 쓴 작품이라고 보는 편이 타당하지 않을까 한다.

〈옥선몽〉(玉仙夢)은 탕옹(宕翁) 또는 탕암(宕菴)이 지었다고 작품 속에 밝혀둔 한문소설이다. 작자의 이름은 밝힐 수 없으나, 한문에 이두를 섞어 쓴 것으로 보아 중인 출신이 아닌가 추정된다. 전라도 만경(萬頃)에 살던 허거통(許巨通)이라는 건달이 지리산 청학동의 어느 암자에서 잠이 들어 전몽옥(錢夢玉)이라는 인물로 태어나 〈구운몽〉에서 벌어진 것과 같은 사건의 주인공이 되었다고 한 내용이다. 꿈 꾼 사람은 조선인으로 하고, 전개방식은 몽유록에 더욱 가까워지게 했다.

작자는 소설에 대해 일가견을 가진 것으로 자부했다. 주인공이 과거를 볼 때 주어진 제목에 따라 지었다는 〈패설론〉(稗說論)에서 중국 작품을 여럿 거론하면서 소설을 옹호하는 논의를 길게 폈다. 창선징악(彰善懲惡)을 말한 것은 흔히 볼 수 있는 바와 같지만, 진미간진(珍味間眞)이라는 말을 써서 품격 높은 글이 무미하기 때문에 필요한 맛난 간식이 소설이라고 한 것은 독특한 견해이다. 이론을 갖추었다고 해서 작품이 좋아진 것은 아니다. 남성 취향을 확대하기나 해서 〈구운몽〉의 묘미를 훼손했다.

〈일락정기〉(一樂亭記)는 한문본 2책본 두 종이 전한다. 만와옹(晚窩翁)이라고 한 작자는 이이순(李頤淳, 1754~1832)이라고 생각된다. 현감을 역임한 경력이 있는 사대부 문인이고 〈화왕전〉(花王傳)이라는 가전도 지은 이이순이 소설을 창작하면서 한문을 사용한 것은 어울리는 일이라고 할 수 있다. 서문에서 말하기를, 〈남정기〉(南征記)나 〈감의록〉(感義錄) 같은 훌륭한 소설을 지어 집안 부녀들이 "진언독지"(眞諺讀之)하게 한다고 했다. 작품 내용을 보면 처첩의 선악을 가리는 윤리관을 재확인하자는 것이다. 그런 소설을 부녀자들에게 읽히려면 국문본이 있어야 했다. 한문으로 쓴 소설을 자기 스스로 국문으로 옮기거나 다른 사람이 번역하게 하려 했는데 뜻을 이루지 못해 국문본은 보이지 않는 것 같다.

〈옥수기〉(玉樹記)는 4책짜리 한문소설이다. 작자는 이이순처럼 현감을 지낸 사대부 문인 심능숙(沈能淑, 1782~1840)이다. 〈구운몽〉을 이어, 주인공이 세 여성과 혼사를 이루고 조정에 나아가 민란을 평정하고 외적을 물리치는 과정을 현실보다 이상을 앞세우는 관점에서 서술하고 그 주변에다 네 가문이 삼대에 걸쳐 결연을 하고 부귀를 함께하는 사건을 보탰다. 남윤원이라는 사람이 1888년(고종 25)에 국문본 9책으로 번역한 것도 함께 전한다. 여성 독자들도 환영할 만한 내용을 갖추어 그럴 필요가 있었다고 생각된다.

〈옥린몽〉(玉麟夢)은 위에서 든 몇 작품과 많이 다르다. 한문으로 창작된 작품인데 국문 이본이 더 많아진 인기작이다. 문장이 뛰어나고 벼슬이 공조참판에 이른 이정작(李廷綽, 1678~1758)이라는 사람이 〈구운몽〉과 〈사씨남정기〉 한문본을 보고서 이 작품을 한문으로 지었다는 기록이 있다. 〈영수창선기〉(永垂彰善記)라는 별도의 제목을 사용한 것들까지 포함해 한문본 이본이 20종쯤 있고 국문본 이본은 40종이 넘어, 많은 독자를 확보한 인기작이었음을 알 수 있다. 주인공 아들·손자 대의 인물을 다시 등장시켜 삼대기를 이루어, 10책 이상 15책 이내 분량의 장편으로 늘어났다. 사용 언어와 내용 양면에서 남녀 양쪽의 요구를 새롭게 받아들여 경쟁적 합작품이라고 할 것이 이루어졌다.

제1대 남주인공은 〈구운몽〉의 양소유처럼 살아가면서 시련을 겪었다. 민란을 수습해서 공을 세우고 진출한 주인공이 간신의 참소를 받은 사람을 옹호하다가 옥에 갇히는 수난을 겪은 다음 그 사람의 자결로 결백이 밝혀지자 비로소 풀려났다. 제2대 여주인공은 〈사씨남정기〉에서와 같은 고난에 부딪히는 것으로 꾸며 작품을 이어나가면서, 사건을 한층 복잡하게 설정했다. 질투 때문에 두 부인 사이에 싸움이 벌어져 선량한 쪽이 쫓겨났다가, 마침내 사건이 역전되는 과정에서, 누나의 불행을 덜어주려고 한 남동생은 악인이 보낸 자객에게 아들을 잃었다. 제3대에서는 부모를 잃은 아들이 스스로 배우자를 택하는 과제를 다루어 관심의 방향을 바꾸었다.

〈구운몽〉·〈사씨남정기〉에서 〈옥루몽〉까지 이어지는 일련의 작품은 한문본으로 사대부 남성 독자를, 국문본으로 사대부 여성 독자를 끌어들이면서 문학의 사회적인 층위에서 소설로서는 가장 높은 자리를 차지했다. 녹책이 아닌 전책을 찾는 하층의 독자라도 그 비슷한 작품에 관심을 가질 수 있어, 〈구운몽〉이나 〈사씨남정기〉에서 볼 수 있는 내용을 부연해서 확대하는 대신에 단권으로 끝나는 작품에다 압축하는 개작이 다른 한편에서 이루어졌다. 이 경우에는 한문본이 있을 수 없으며, 축소에 따르는 소략함이나 무리를 배제하기 어려웠다.

〈임호은전〉(林虎隱傳)을 축소판의 한 예로 들 수 있다. 주인공이 여섯 아내와 인연을 이루고 장수로서 공을 세워 고귀한 지위에 오르는 과정이 흡사해 〈구운몽〉의 원형이 아닌가 하는 추측을 자아내기도 한 작품인데, 선후관계가 그 반대라고 하는 편이 타당하다. 〈장국진전〉(張國振傳)도 〈구운몽〉을 본뜬 흔적이 뚜렷하다. 결연 과정에 주인공이 여복을 하고 선을 보러 가는 대목이 있다든가, 시비의 이름이 같다든가 하는 점이 그 증거이다. 전장에 나간 남편을 부인이 몰래 도우며 도술로써 구출한다는 것은 새롭게 보탠 구상이다.

〈조생원전〉(趙生員傳)은 전반에서는 결연을, 후반에서는 처첩 사이의 갈등을 다루어, 〈구운몽〉과 〈사씨남정기〉를 복합시켜 축소한 느낌을 준다. 그러면서 초경험적인 요소는 대폭 줄이고 실제로 있을 수 있는 일을 연속시킨 점이 주목할 만한 변화이다. 〈반씨전〉(潘氏傳)은 동서 사이의 갈등을 취급한 점이 특이하다.

〈정을선전〉(鄭乙善傳)은 이본이 아주 많다. 단권짜리에다 많은 것을 이야기한 것이 인기의 비결로 생각된다. 처음에는 남녀 주인공의 결연을, 중간에는 여주인공에 대한 계모의 학대를 길게 다루다가, 나중에는 처첩 사이의 갈등을 문제 삼았다. 있을 것이 다 있어, 소설을 여러 편 볼 형편이 아닌 사람이라면 이 작품 하나로 만족했을 만하다.

무대를 국내로 바꾸어놓은 것도 주목할 만한 변화이다. 먼 나라 일이라고 한 국가의 위기보다는 자기 주변에서 일어난 가정의 파탄에 더욱 관심을 가지게 했다. 상층남성의 취향을 따르지 않는 하층여성 독자를 위한 작품이 아니었나 한다.

하층 취향의 소설이 그런 형태를 띠고 성장하는 다른 한편에서, 상하층의 관심사를 상층 작가가 집약하는 격조 높고 분량이 많은 작품도 이어져 나왔다. 〈옥련몽〉(玉蓮夢)과 〈옥루몽〉(玉樓夢) 또한 사대부 문인이 한문본으로 먼저 내놓은 작품인데, 국문으로 옮긴 것이 더 많이 읽혔다. 〈구운몽〉의 설정을 받아들여 더욱 흥미롭게 만들고, 인물 성격 창조를 더욱 뛰어나게 한 것이 그 비결이다.

여러 단계를 거쳐 이루어진 창작·번역·개작 과정이 무척 흥미롭다. 과거에 거듭 낙방하고 소설에 관심을 가지게 된 선비 남영로(南永魯, 1810~1858)가, 병들어 누워 소설 보기를 원하는 소실 조씨(趙氏)를 위해서 〈옥련몽〉을 지었다고 한다. 원래는 한문본인데 소실이 병이 나아 국문으로 옮겼다는 말도 함께 구전된다. 남영로가 과거에 급제해 벼슬길에 나아가 이루려고 한 뜻을 온통 쏟아 넣은 한문본을 국문본으로 만들면서 조씨가 여성이기에 체험하고 간직한 사연을 보태는 합작을 했다. 지금 남아 있는 필사본 40종 내외가 모두 국문본이어서 한문본을 압도했음을 알 수 있다.

소설은 남녀의 경쟁적 합작품이다. 남녀의 상이한 관심사를 얽어 나타내도록 하는 양쪽 독자의 요구를 받아들였다. 창작 과정에 남녀 양쪽이 실제로 개입하면 경쟁적 합작의 성과가 더 커진다. 김만중이나 조성기가 어머니를 위해 국문소설을 지었다고 한 것도 그런 경우에 해당하지만, 남영로와 소실의 합작은 한 걸음 더 나아간 방식이다. 남영로와 소실은 상하의 차이도 있어, 소설은 상하층의 경쟁적 합작품이라는 또 하나의 특징도 구현했다.

〈옥련몽〉만 해도 인기를 누릴 만한데, 다시 개작해 더욱 뛰어난 작품 〈옥루몽〉을 만들어냈다. 〈옥루몽〉은 더 많이 알려지고 널리 애독되어, 〈구운몽〉마저 밀어내고 상당한 분량과 품격 높은 내용을 갖춘 소설의 대표작 위치에 올라섰다. 여성 등장인물을 독립시켜 〈강남홍전〉(江南紅傳)이니 〈벽성선〉(碧城仙)이니 하는 파생작품의 필사본 또는 활자본도 있는데, 이미 인정된 인기에 편승해 후대인이 만들어낸 것들이라고 생각된다.

〈옥루몽〉의 필사본도 40종 안퓌 남아 있는데 모두 국문본이어서 국문본의 승리가 지속되었음을 알 수 있다. 그런데 1910년 이후에 나온 활자본은 〈옥련몽〉 한문본은 없고 〈옥루몽〉 한문본이 15종 내외여서 국문본과 비슷한 비중을 지닌다. 필사본 독자는 여성이 압도적인 비중을 가져 국문본만 원하다가, 활자본이 출현한 시대에는 남성도 〈옥루몽〉의 가치를 새삼스럽게 인정하고 애독하게 되었다고 할 수 있다. 소설은 천하다고 배격하거나 국내의 소설은 대단치 않게 여기던 한학 식자층이 〈옥루몽〉 한문본을 즐겨 읽으면서 중국의 사대기서(四大奇書)와 동급의 작품이라고 인정하고 한문 문장이 뛰어나다는 평가를 함께 한 것이 새로운 시대의 풍조였다.

〈구운몽〉의 양소유가 양창곡으로 바뀌었다. 천상의 선관이 세상에 적강해서 양창곡으로 태어나 사대부 남성에게 요구되는 모든 이상적인 조건을 두루 갖추고 버슬해 부귀를 성취하며, 여러 여성과 사랑을 이루는데 조금도 모자람이 없었다고 해서 〈구운몽〉의 이상주의를 충실하게 이었다. 그러면서 불교의 깨달음을 내세우지 않고, 부귀와 사랑을 획득하는 과정이 치열한 대결의 연속이게 한 것이 주목할 만한 변화이다. 산촌 출신의 한미한 선비 양창곡이 조정에 진출해서 권력을 차지하고 횡포를 부리던 세력과 대결해 승리를 거두었다. 양창곡의 여러 처첩 가운데 기생 강남홍이 발랄한 개성을 자랑해 특히 높이 평가된다. 그 양쪽에서 지체보다 능력이 우선한다는 새로운 사고방식을 나타냈다.

〈청백운〉(靑白雲)은 이미 있는 사건 유형을 새롭게 설정해 이상주의가 무너지는 과정을 보여주었다. 은거의 상징인 백운을 동경하던 주인공이 원하지 않은 바였지만 청운에 올라 공명을 이룬 것은 〈구운몽〉과 상통한다. 그런데 어진 부인을 맞이해서 단란하게 살아가다가, 어느 날 창기에게 유혹당해 엄청난 파탄이 일어났다고 해서 〈사씨남정기〉 유형을 다른 방식으로 새롭게 전개했다. 창기 둘이 첩으로 들어가서는 본처를 모함해서 축출하도록 하는 데 그치지 않고 외적과 내통해서 국가적인 변란을 일으키도록 하는 짓까지 해서 결정적인 파국을 조성했다.

흔히 볼 수 있는 방법으로 질서를 되찾기는 했으나 문제가 해결된 것은 아니다. 주인공이 창기 둘을 만나자 걷잡을 수 없이 매혹되었다는 것은 예사로운 일이 아니다. 현숙한 덕을 완벽하게 갖추고 있는 부인과의 관계가 애정일 수는 없었기 때문에 그런 충격을 받았던 것이다. 악인의 악행을 규탄하고 징벌해야 한다면서 아주 생동하게 그려 관심이 그쪽으로 집중되게 했다. 10책의 분량으로 전개되는 사건이 계속 긴장되어 있다.

〈화문록〉(花門錄) 또한 처첩의 갈등을 다루는 전개를 되풀이하는 데다 보태 인간관계의 새로운 면모를 보여주었다. 주인공은 부모가 정한 바에 따라 혼인을 하기 전에 서로 사귄 소녀가 있어 정을 통했다. 그 소녀는 지체가 낮지 않았으나, 용납될 수 없는 행실 때문에 버림받은 여자가 되었다. 현숙한 부인과 혼인했는데 애정이 생기지 않았으며, 부인은 애정을 원하지도 않았다. 전날의 연인을 잊지 못해 애태우다가 첩으로 들어앉히자 처첩의 갈등이 벌어졌다. 그것은 처첩의 선악을 가리는 단순논리로 이해할 수 있는 사태가 아니다. 도덕의 규범보다 애정의 실상이 더욱 소중하다는 것을 설득력 있게 보여주었다.

〈천수석〉(泉水石)은 〈구운몽〉에서 〈옥루몽〉까지 이어진 유형구조를 받아들여 뒤집어놓은 작품이다. 주인공의 생애가 외형상 비슷하게 전개되면서, 말하고자 하는 바는 거의 반대가 된다. 거대제국 당나라가 무너지고 군웅이 할거하기 시작하던 시대를 배경으로 택하고 사실과 부합하는 내용을 이따금 삽입하기도 하면서, 역사의 전환이 어떤 의미를 가지는가 생각하게 했다. 국가 차원에서도, 주인공의 삶에서도 파탄이 수습되지 않고 작품이 끝난 것이 전에 볼 수 없던 일이다.

주인공은 모든 덕성과 능력을 갖추고 예정된 순서에 따라서 부귀를 성취하면서도 무력감과 패배감에 사로잡혀 있으며, 이 세상은 이미 성현의 도리로 구할 수 없다는 생각을 깊이 지녔다. 과거를 보아 장원급제하고, 황제의 총애를 받아 부마가 되는 것을 모두 시련으로 받아들였다. 주인공에게 음욕을 품은 여자는 지체나 윤리를 돌보지 않고 잠자리에 뛰어들기를 예사로 했다. 현숙하기 이를 데 없는 주인공의 아내를 차지하고자 하는 자도 있어 수단을 가리지 않고 덤벼들었다. 이상적인 규범을 따르는 쪽은 패배하고, 욕망의 실현을 추구하는 무리가 세상을 뒤흔드는 것을 보여주어, 근대로 들어서는 시대 변화를 선명하게 나타냈다고 할 수 있다.

심리 묘사나 장면 설정에서 또한 주목할 만한 변화를 보였다. 개념적인 사고의 틀을 깨고 속마음을 드러내는 데 힘쓰며, 뜻하지 않은 충격을 받았을 때 의식이 깨어나는 과정을 세밀하게 그렸다. 주인공의 아내를 습격한 사건 같은 것을 처음에 당한 쪽에서 다루고, 다시 습격을 한 쪽에서 경과를 정리한 다음, 끝으로 그런 일이 있을 줄 알고 추격한 군사들로 시점을 옮겨 전모를 다시 밝혔다. 그렇게 해서 세상일은 다면적인 사정과 숨은 내막을 갖추고 있음을 깨닫게 했다.

〈구운기〉는 윤영옥, 〈'구운기'고〉, 《조선후기의 언어와 문학》(형설출판사, 1978)에서 소개하고 ; 《구운기》(형설출판사, 1978)로 번역해 출간했다. 〈옥선몽〉에 수록된 소설론을 이문규, 《고전소설비평사론》(새문사, 2002)에서 고찰했다. 〈일락정기〉는 김대현, 〈'일락정기'의 인물 형상과 서사 방법〉, 《태동고전연구》 8(태동고전연구회, 1992) ; 이승복, 《고전소설과 가문의식》(월인, 2000) ; 탁원정, 〈일락정기 연구〉(이화여자대학교 석사논문, 1996) ; 이승복, 〈'일락정기'의 전대소설 수용과 작자의식〉, 《관악어문연구》 23(서울대학교 국어국문학과, 1998)에서 고찰했다. 〈옥수기〉는 김종철, 〈'옥수기' 연구〉(서울대학교 석사논문, 1985) ; 전성운, 〈'옥수기'의 작품구조와 창작동인〉(고려대학교 석사논문, 1995)에서 고찰했다. 〈옥린몽〉은 안창수, 〈'옥린몽'의 구조와 의미〉(영남대학교 석사논문, 1979) ; 이승복, 〈'옥린몽'의 구조와 성격〉, 《한국문학》 20(서울대학교 한국문화연구소, 1997) ; 최호석, 〈'옥린몽' 연구〉(고려대학교 박사논문, 2000)에서 고찰했다. 〈옥련몽〉은 성현경, 〈'옥련몽' 연구〉, (서울대학교 석사논문, 1968) ; 《한국소설의 구조와 실상》(영남대학교출판부, 1981)에서 ; 〈옥루몽〉은 차용

주, 《옥루몽연구》(형설출판사, 1981)에서 종합적인 연구를 했다. 최장섭, 〈고전소설 '옥루몽'의 작자와 창작연대 문제〉, 《조선어문》 1989년 제3호(사회과학출판사, 1989) ; 〈고전소설 '옥루몽'의 주제사상적 특성〉, 《조선어문》 1990년 제2호(1990)에서 작자가 남구만이라고 한 견해는 수긍할 수 없다. 〈청백운〉 이하의 몇 작품과 다음 순서로 다룰 대장편의 가문소설은 창경원 장서각의 낙선재문고에 있던 것을 정병욱, 〈낙선재문고 국문서적 해제〉를 통해 소개하고, 〈조선조말기 소설의 유형적 특징〉에서 한 차례 고찰한 바 있다. 둘 다 《한국고전의 재인식》(홍성사, 1979)에 수록되어 있다. 〈청백운〉은 유병환, 〈'청백운' 연구〉, 《한국문화연구》 6·7(동국대학교 한국문학연구소, 1984) ; 〈화문록〉은 이수봉, 〈'화문록' 연구〉, 《개신어문연구》 1(충북대학교 국어교육학과, 1981) ; 〈천수석〉은 박순임, 〈'천수석' 연구〉(한국정신문화연구원 석사논문, 1981) ; 강은해, 〈'천수석'의 서술구조와 묘사담론 연구〉, 《국어국문학》 113(국어국문학회, 1995)에서 연구했다. 《하나이면서 여럿인 동아시아문학》(지식산업사, 1999)에서 〈천수석〉을, 《소설의 사회사 비교론》 2(지식산업사, 2001)에서 〈보은기우록〉을 유사한 설정의 외국 작품과 비교해 고찰했다.

9.13.4. 대장편으로 나아가는 길

소설은 상층에서 하층까지 독자를 널리 확보하고 다양한 요구를 받아들였다. 그 가운데 가장 큰 비중을 차지하고 소설 발전에 적극 기여한 독자층은 서울에 거주하고 경제적 여유를 가진 부녀자들이었다. 사대부인가 시민인가를 말한다면, 그 둘은 서로 구별되면서 얽혔다. 시민화되는 사대부와 사대부화되는 시민이 생극의 관계를 가지면서 소설의 주인 노릇을 함께 하자, 소설의 발전이 새로운 단계에 들어섰다.

상품을 판매해 이익을 남기는 시장경제가 나타나면서, 사대부는 시민의 생활방식을 따르고, 시민은 경제력을 배경으로 사대부로 상승하고자 했다. 중인의 신분을 유지하면서 사대부와 대등하게 되려고 한 위항인의 문학은 한시에 머물렀지만, 신분 획득과 의식 동화를 통해 사대부가 되고자 하는 시민은 시민화되는 사대부와 소설을 공유하면서 그 내부에서 다투었다.

가정용품을 직접 만들지 않고 시장에서 구입할 수 있게 된 것이 여성 생활과 직결된 커다란 변화였다. 그 덕분에 독서를 할 수 있는 시간 여유를 얻은 부녀자들을 상대로 세책가(貰冊家)가 소설을 빌려주고 돈을 버는 영업을 했다. 영업이 잘되게 하려면 장편을 다수 확보해, 사대부가 지속시키고자 하는 지배질서와 시민이 경험한 현실적인 갈등을 함께 나타내면서 둘 사이의 관계를 적극 문제 삼도록 할 필요가 있었다.

세책가소설은 몇 가지 특징이 있다. 이본이 흔하지 않으며, 한문본은 없고 국문본만이다. 작가를 알 수 있는 단서가 없다. 10책 내외이거나 그 이상의 분량이다. 여러 인물이 등장하고, 사건 전개가 복잡하고 자세하게 서술되었다. 중국을 무대로 해서 지배질서의 위기를 현실에서 절감되는 갈등과 복합시켜 다루었다.

세책가는 서울에서만 영업을 해서, 세책가소설은 널리 퍼지지 않았다. 여성 독자는 국문소설만 읽었다. 신원 확인이 가능하지 않은 무명의 작가가 작품을 써서 세책가에 팔면서 자기가 누군지 독자가 알 수 있게 하는 단서를 남기지 않았다. 여성 독자는 작가를 알려고 하지 않고 작품만 즐겼다. 작품이 길어야 여러 날 빌려 보므로 영업에 유리했다. 여러 인물이 등장해 복잡한 사건을 벌이는 것이 흥미를 가중시키기 위해 반드시 필요한 방법이었다. 사대부의 이상주의와 시민의 현실주의를 함께 보여주면서 양쪽의 독자를 끌어들였다.

지금까지 다룬 작품 가운데 〈낙천등운〉, 〈청백운〉, 〈화문록〉, 〈천수석〉 등 몇몇은 그런 특징을 잘 갖추어 세책가소설의 대표적인 예라고 할 수 있다. 세책가에서 기존의 작품을 모아 영업을 하기만 해서는 큰 이익을 얻을 수 없어, 이미 있는 유형을 변형시켜 만든 더욱 흥미로운 작품을 작가에게 주문해 보수를 주고 사들여 영업의 종목을 늘렸을 것이다.

사건을 더욱 복잡하게 꾸며 분량을 늘리면 수익이 증대되어, 가문소설이라고 일컬어지는 것들이 생겨나고 크게 환영받았다고 생각된다.

가문소설은 한 가문 또는 두세 가문의 내력을 대체로 세 세대에 걸쳐 다룬 삼대기인 것이 예사이며, 많은 인물의 복잡한 관계를 보여준다. 분량은 20책 이상이 예사이고, 백 책이 넘는 것들도 있어 대장편을 이루었다. 중국을 무대로 해서 지배질서의 위기를 현실에서 절감되는 갈등과 복합시켜 다루었으며, 국문본만인 것은 물론이다.

일대기소설을 확장해 삼대기소설을 만든 과정은 아들과 손자 대의 이야기를 덧붙인 것만이 아니다. 두세 가문이 혼인에 의해 결합되는 관계를 다루어 등장인물의 수를 늘리고, 사건을 복합시키고, 다면적인 갈등이 형성되고 해결되게 했다. 국가·가문·개인 사이의 복합관계를 남녀이합을 통해 보여주면서 질서 회복과 이탈의 상반된 염원을 나타냈다. 외적의 침공과 간신의 책동을 물리쳐 국가의 질서가 회복되고, 거듭되는 시련을 이겨내고 가문이 더욱 번영해지기를 바라면서, 다른 한편으로는 부당한 구속에서 벗어나 자유롭게 살고, 남성의 횡포에서 벗어나 여성도 사람다울 수 있기를 바라는 마음을 나타냈다.

명문 출신의 뛰어난 인물이 거듭되는 고난을 이겨내고 부귀를 이루었다고 한 전편의 일대기는 영웅소설의 확대판이고, 그 자손들이 집안의 갈등과 나라의 시련을 이겨내고 부귀를 누렸다는 사연을 길게 펼쳐 보인 속편 삼대기소설은 가문소설이다. 전편에서는 개인의 능력 발휘에 관심을 가지다가, 속편에서는 여러 대에 걸쳐 가문의 번영을 지키는 것을 더욱 긴요하게 여겼다. 개인이 적대자와 싸우는 대신에 여러 가문이 혼인관계로 맺어지는 사건에 따라 작품을 전개하는 변화가 일어났다.

그렇게 된 이유를 찾고자 하면, 문학사와 사회사의 관련을 주목하지 않을 수 없다. 가문을 중요시하게 된 것이 사회사에서 실제로 일어난 변화였다. 중세의 지배체제가 흔들리고 양반이 늘어나자 기득권을 가진 세력은 가문의 지체와 재산을 유지해 지위 하락을 막고자 장자에게 재산을 집중해서 상속하고, 일제히 족보를 만들어 대단하게 여기고, 혼인할 집안을 엄격하게 가리는 새로운 풍조가 정착되었다. 가문소설은 그런 변화와 직결되어 출현하고 성장했다.

가문소설이 성장한 또 하나의 중요한 이유는 흥미로운 읽을거리이기 때문이다. 중국을 무대로 하고 가상의 공간에서 벌어지는 초경험적인 사건도 끌어들이지만, 남의 이야기는 아니다. 개인의 운명과 집안의 번영을 일치시키면서 계속적인 영달을 염원하는 상층 독자의 의식을 적절하게 나타내서 인기를 얻었다. 대단한 분량과 복잡하면서도 유기적인 구성을 흥미롭게 갖춘 그런 소설이 다수 산출된 것은 직업적인 작가의 활약 덕분이라고 보아 마땅하다. 세책가 경영자들이 독자의 요구를 간파하고 보수를 주고 작품창작을 의뢰했을 것이다.

세책가소설은 길수록 세책가 영업에 유리했다. 인기 있는 작품에는 속편을 붙여 독자를 계속 확보하는 것이 마땅한 영업방식이다. 전편과 속편을 같은 작가가 썼을 수도 있고, 그렇지 않을 수도 있다. 저작권 같은 것은 인정되지 않았으므로, 처음에는 계획하지 않았던 속편을 한참 뒤에 다른 작가가 맡아서 쓰는 것이 얼마든지 가능했다. 전편에 있는 속편 예고는 전편을 다시 필사하면서 집어넣었을 수 있다.

궁중 여인들의 도서실 낙선재(樂善齋)에 〈낙천등운〉, 〈청백운〉, 〈화문록〉, 〈천수석〉 등과 함께 가문소설이 다수 소장되어 있어, 낙선재소설이라고 일컬어지면서, 궁중에서 창작하지 않았는가 하는 추정을 낳기도 했으나 사실이 아니다. 전문적인 능력을 가지고 소설을 창작해 수입을 얻기도 한 작가의 작품을 궁중 여인들이 세책가에서 빌려가 두고 두고 읽기 위해 잘 베껴 깨끗하게 간직했다. 같은 작품이 별도로 전해지다가 여러 도서관에 들어간 것들도 많은데 많은 독자의 손을 거쳐 보존 상태가 좋지 못하다.

애독자들이 남긴 작품 명단이 이따금 발견되어 소중한 자료 노릇을 한다. 대장편 가문소설이 과연 국내 창작인가 하는 공연한 의문을 해결해주고, 작자를 추정할 수 있는 단서를 제공하기도 한다. 작자를 두고 한 말은 여성 작가에 관한 것뿐이다. 여성을 독자로 하는 소설을 여성이 창작하기도 한 것은 당연한데, 당시 사람들이 보기에는 특이한 일이라고 여겨 언급의 대상으로 삼았다고 생각된다.

이영순(李永淳)의 아내 온양정씨(溫陽鄭氏)가 1786년(정조 10)부터 5년에 걸쳐 필사한 〈옥원재합기연〉(玉鴛再合奇緣) 표지 안쪽에 당시 유행한 것으로 보이는 소설 명단을 적어놓은 것도 소중한 자료이다. 거기에 〈완월〉, 〈현씨양웅〉, 〈명주기봉〉, 〈임씨삼대록〉, 〈유효공〉, 〈유씨삼대록〉 등의 이름이 보인다. 그 필사본에 뒤의 사람이 써넣은 말에는 "옥원을 지은 재주는 문식과 총명이 규중에 침몰"한 것이 한탄스럽다고 하고, 같은 사람이 〈명행록〉, 〈비시명감〉, 〈신옥기린〉 등의 다른 소설도 지었다고 했다. 소설의 명단을 얻고, 여성 작가의 활약을 다시 확인할 수 있다.

홍희복(洪羲福)이 1835년(헌종 14)에서 시작해 9년 동안 중국소설을 번역한 〈제일기언〉(第一奇諺) 서문에서 "일 없는 선비와 재주 있는 여자"가 소설을 지어 작품이 아주 많아졌다고 했다. 중국소설과 국내소설 명단을 구분해 작성하고 〈명주보월빙〉, 〈완월회맹〉, 〈임화정연〉, 〈유씨삼대록〉, 〈조씨삼대록〉, 〈화산선계록〉 등이 국내소설이라고 했다. 심능숙(沈能淑)이 1835년에서 1840년 사이에 창작한 것으로 밝혀진 소설 〈옥수기〉(玉樹記) 발문에서는 〈임화정연〉과 〈명행정의〉를 예로 들어 대장편을 연작으로 짓는 풍조가 있다고 했다.

한 사람의 생애를 다룬 일대기에다 두 대의 이야기를 더 붙여 삼대기를 만드는 과정을 〈소현성록〉에서 구체적으로 확인할 수 있다. 권섭(權燮, 1671~1759)이 자기 어머니가 필사한 소설 가운데 하나라고 〈옥소집〉(玉所集)의 한 대목에서 말한 작품이다. 유복자로 태어나 어머니의 엄한 교훈을 받고 자라난 주인공이 과거에 급제해 벼슬길에 나아가 처신을 잘 하고, 1처 2첩을 두지 않을 수 없는 사정이 되었어도 분란이 일어나지 않게 했다고 하는 내용을 4책 분량으로 전개했다.

거기다 덧붙여서 16책본이나 21책본을 만들었다. 21책본을 보면 4책본까지의 내용은 제6책 중간에서 끝나고, 그 뒤는 〈소씨삼대록〉이라고 하면서 자손대에 일어난 일을 다루었다. 일대기를 삼대기로 늘려 사건을 확대하고 더욱 흥미 있게 하고자 했다.

〈옥원재합기연〉은 온양정씨가 필사했다고 위에서 말한 작품이다. 21책 분량으로, 갈등관계에 있는 두 가문의 인물을 남녀 주인공으로 설정해 시련을 극복하는 과정을 그렸다. 내면의 갈등을 중요시하고, 개인에 대한 자각이 나타난 점을 주목할 만하다. 거기 이어지는 속편 〈옥원전해〉(玉鴛箋解) 5책을 만들어 전편의 미비점을 보충한다고 했다. 그 뒤의 이야기는 〈십봉기연〉에서 다룬다고 했는데 아직 발견되지 않았다.

〈창란호연록〉(昌蘭好緣錄)은 10책에서 16책까지 이본이 있는 작품인데, 내용이 〈옥원재합기연〉과 비슷하다. 남녀 주인공의 성격과 결연 과정이 거의 같은 것이 우연의 일치라고 하기 어렵다. 어느 쪽이 먼저인지는 알기 어려우나, 인기작을 본떠 유사한 작품을 만든 것은 의심할 수 없는 사실이다. 저작권이 인정되지 않아 얼마든지 그럴 수 있었다. 〈창란호연록〉에는 7책 또는 16책 분량의 〈옥란기연〉(玉蘭奇緣)이라는 속편이 있고, 그 뒤를 이은 〈위왕별전옥원재합〉이 있다고 하는데 아직 발견되지 않았다. 〈창란호연록〉이 〈옥원재합기연〉보다 더욱 환영 받아 그럴 수 있었다고 생각된다.

〈벽허담관제언록〉(碧虛談關帝言錄) 26책과 그 속편인 〈하씨선행후대록〉(何氏善行後代錄) 33책은 동질성이 크다. 표제에서 볼 수 있는 바와 같이 도교적인 요소를 짙게 지닌 전편에서는 8남매나 되는 자녀들이 혼인하는 데 따르는 사건을 다채롭게 전개하면서 여성들의 사회활동과 성적인 문란을 적지 않게 다루어 주목된다. 속편에서는 그 다음 세대의 혼인 이야기를 펼쳐 보이면서 흩어진 윤리를 수습하는 방향으로 나아갔다. 도교적인 관점에서 초월적인 세계를 설정해놓고 거기에서 정해진 운수와 관련시켜 고난과 행복의 기복을 도출하고, 가문과 개인, 규범과 자유가 충돌하고 조화를 이루는 관계를 다루는 것이 전후편의 공통적인 전개방식이다.

〈쌍천기봉〉(雙釧奇逢)은 팔찌 한 쌍이 인연의 매개가 되어 남녀가 기이하게 만난다고 사건을 꾸며 기봉류(奇逢類)의 좋은 본보기가 된다.
중국에서 누가 남긴 일기가 있어 거기에 보태서 지었다고 본문에다 밝
혀놓았는데, 실감을 돋우기 위해서 그렇게 가탁하는 수법을 사용했다
고 보아 마땅하다. 삼대에 걸친 주인공이 지위를 획득하고 나라에 공을
세워 이상적인 정치를 폈다는 구성을 겉으로 내세우고, 남녀관계의 여
러 양상과 문제점을 다루는 데 역점을 두었다. 첩이 간부와 짜고 남편
을 살해하고, 남의 아내를 탈취하려는 녀석 때문에 소동이 벌어졌다.
소년·소녀가 부모에게 고하지 않고 스스로 인연을 이루기도 했다. 그
렇게 해서 위장된 질서의 이면을 파헤쳤다 하겠다.

〈쌍천기봉〉이 그런 내용을 갖추고 삼대기소설로 18책 분량으로 완결
되어 있는데, 후편 〈이씨세대록〉 26책을 덧붙였다. 그 둘은 동질성이
두드러져 한 작가가 연속해서 쓴 작품이라고 인정된다. 일단 내놓은 작
품이 인기를 얻는 것을 보고 연작을 만들었다고 생각된다. 〈이씨세대
록〉 작품 말미에 〈이씨후대린봉쌍계록〉 또는 〈인봉쌍계록〉이라고 하는
속편이 있다고 했는데 발견되지 않았다.

〈유효공선행록〉 12책과 〈유씨삼대록〉 20책 내외는 전편보다 후편이
더 잘 되어 전편을 무색하게 했다. 전편은 아버지가 두 아들 유현과 유
홍 가운데 둘째를 더 사랑하고 첫째를 박대해서 생긴 형제 갈등을 근간
으로 삼았다. 〈유씨삼대록〉에서는 유현의 아들 유우성, 손자 세기, 세
형, 세창 등이 혼인하고, 벼슬하고, 외적과 싸우고 하는 사건을 다채롭
게 펼쳐 독자가 더욱 확대될 수 있게 했다. 흥미의 요소를 확대한 것이
성공의 비결이라고 할 수 있다. 전편은 잊혀지고 속편만 널리 알려져
지방에서 발견되는 이본들도 있다.

박지원은 〈열하일기〉(熱河日記)에서 중국에 갔을 때 우리말을 공부
하는 중국인 역관이 몹시 낡아 알아보기 어려운 〈유씨삼대록〉을 읽고
있더라고 했다. 그 해가 1780년(정조 4)이니, 18세기 중엽 이전에 작품
이 이루어졌다고 볼 수 있다. 세책가의 단골 독자인 양반 부녀자의 관
심을 끌기 위해 지었을 작품이 독자가 확대되고, 중국에 전해지기까지

상당한 시간이 필요했을 것이다.

〈보은기우록〉(報恩奇遇錄)은 18책 분량으로 아버지와 아들 사이의 긴박한 대결을 전개했다. 아버지가 보수적이고 아들이 진보적이라 하지 않고, 그 반대인 점부터 예사롭지 않다. 아버지는 벗어부치고 일하며 장사에 힘쓰고 고리대금도 해서 돈을 모았다. 하늘의 도리니 인륜의 명분이니 하는 것들은 우습게 여기고 오직 금전의 이익만 존중했다. 놀부와 상통하는 성격이 더욱 강하게 나타나 있으며 돈벌이의 과정이 구체화되었다. 그런데 흥부보다도 더 선량한 아들은 온통 영웅소설의 주인공으로 미화되어 있으며, 성현의 가르침을 돈독하게 따르며 실현하는 데만 일신을 바치고자 했다.

> "벼슬은 내 집에 불호지사(不好之事)요 글 잘함이 한갓 스스로 괴로울 따름이요, 헛이름을 중히 여겨 평생 궁곤을 감심(甘心)함이 어리석지 않으리오. 부상・재주(財主)의 부유함과 평안함이 행락이라" 하고 스스로 글 읽지 아니하고, 오직 치산하기를 힘쓰니 …… 가문 체면을 돌아봄이 없고, 초부・목동의 소임과 시정상고(市井商賈)의 일을 아니 시험함이 없으니.

아버지가 돈벌이 길로 나선 것을 두고 이렇게 말했다. 아버지는 자기를 따르지 않는 아들을 가까스로 설득해 꾸어준 돈을 받는 일을 시켜 멀리 훈련차 보냈는데, 아들은 생각이 달랐다. 강산풍월을 찾아 여행을 하지 않고 장사꾼이나 가게주인을 만나 재물을 거두는 수전노가 되었으니 비참한 신세라고 했다. 맡은 일을 버리고 도망쳐, 자기가 하고 싶은 대로 글공부나 하고 시나 지어 인정받고 입신하는 길로 갔다.

> 나는 산계(算計)하며 취험(取斂)하기를 능사로 삼아 이곳에 옴이 강산풍월(江山風月)을 인함이 아니요, 또 재물로 인한 수전노라, 문사소객(文士騷客)의 예 아는 자는 없고 점주상고(店主商賈)의 찾음

을 보니, 이 풍신지참(風身之慘)이라.

　아버지는 이익을, 아들은 도리를 강경하게 주장하며 조금도 양보를 하지 않아 충돌이 계속되다가 아버지가 아들을 죽이려고 하는 데까지 이르렀다. 이익을 추구하는 상인과 도리를 숭상하는 선비가 현실주의냐 이상주의냐 하면서 벌이는 싸움이 현실주의가 승리하는 방향으로 진행되다가 결말에서 역전되었다. 아버지가 첩의 모해 때문에 죽을 고비를 겪고 아들의 효심에 감동해 선인으로 바뀌고, 아들이 벼슬한 덕분에 천한 일에서 벗어났다고 해서 기울어진 사태를 역전시켰다. 아버지를 상인으로, 아들을 선비로 설정한 것부터 그런 역전을 노렸기 때문이다. 그러나 성현의 도리를 돈독하게 지키면 벼슬을 해서 모든 보상을 받을 수 있다는 것은 환상이 아닐 수 없었다.

　〈보은기우록〉은 필요한 전개를 충분하게 갖추어 완결된 작품인데, 거기다 붙인 속편 〈명행정의록〉(明行貞義錄)이 무려 70책 또는 93책이나 되는 분량이다. 〈보은기우록〉에서 아들이 낳은 여러 자식이 있어 혼인하는 사연을 다룬다고 하면서 줄거리는 이었지만, 문제의식은 전혀 물려받지 못했으니 같은 작가의 작품일 수 없다. 시민의 삶을 심각하게 다루었기 때문에 거부감을 가진 사대부 부녀자들을 독자로 끌어들이려고 다른 작가가 맡아서 전편과는 아주 다른 속편을 만들었다고 보아 마땅하다.

　〈현씨양웅쌍린기〉(玄氏兩雄雙麟記) 연작에서는 성격이 서로 다른 작품이 복잡하게 얽혀 있다. 주인공 형제가 뛰어난 인물이라는 뜻에서 표제를 그렇게 붙였다. 이본에 따라서 6책에서 10책까지 분량이다. 이상적인 인물의 여자관계와 입신양명을 다루었다는 점에서는 흔히 볼 수 있는 내용이지만, 구체적인 양상에서 흥미로운 변이가 발견된다.

　남녀 주인공이 각기 중요한 구실을 하도록 하는 것과 달리 형제가 복수주인공으로 등장한 점이 특이하다. 아우는 자기를 사모하는 과부가 있어서 곤경을 치렀다. 그 과부는 주인공의 잠자리에 몰래 들어가는 방법을 마련해도 뜻을 이루지 못하자, 황제의 첩이 되었다. 형은 천한 여자에게 매혹되어 자기 말을 듣지 않자 겁탈했는데, 알고 보니 난리 통에 부모를 잃은 귀한 집 딸이었다. 재취로 맞이해서 사태를 수습하니, 그 여자는 주인공을 냉대하는 것으로 보복했다. 서로 대조가 되는 두 사건이 공식화된 남녀관계에서 벗어난 점에서 공통점을 가진다.

그 두 주인공의 자식 대를 다룬 속편 〈명주기봉〉(明珠奇逢)은 24책으로 늘려놓고, 아들 16명과 딸 6명을 모두 짝 지우느라고 아주 복잡한 사건을 전개했을 따름이고, 관습을 깨는 데 전편만큼 과감하지 않았다. 개인의 고민보다 가문의 화합을 더욱 중요시하고, 가문의 화합을 저해하는 수많은 사건을 열거하는 데 치중해 문제의식이 약화되어 있다. 전편에서는 현실에서 해결할 수 없는 갈등을 넘어서기 위해 최소한 인정된 초월계의 개입이 여기서는 더욱 확대된 것도 중요한 변화이다.

〈명주옥연기합록〉(明珠玉緣奇合錄)이라는 25책의 속편이 더 있는데, 작가의식은 더욱 보수화되고, 초월적 전제가 앞의 작품보다 더 확대되었지만, 독자의 흥미를 끄는 기법은 더욱 발전했다. 주인공과 적대자의 갈등을 뚜렷하게 하고 복잡하게 설정한 사건이 유기적으로 통일되게 하는 능숙한 솜씨를 보여주었다. 〈현씨팔룡기〉라는 속편이 더 있었던 것으로 확인되는데 아직 발견되지 않았다.

그런 차이점은 세 작품의 작가가 다르다는 증거로 보아야 한다. 기존의 인기에 편승하기 위해서 계속 지어 보태서 3부작을 만들고, 다시 4부작이 되게 했다. 연작을 만드는 데 참여한 작가들이 사회적 위치가 크게 다르지는 않았던 것 같으나, 의식이나 기법에 차이가 있어 상이한 작품을 만들어냈다.

소설을 길게 만들기 위해 한 가문의 내력을 몇 대에 걸쳐 다루기도 하고, 여러 가문을 함께 등장시켜 서로 관련된 사건을 전개하기도 했다. 그 가운데 비교적 단순한 형태인 두 가문의 이야기는 '양문록'(兩門錄)이라고 했다. 〈하진양문록〉을 한 예로 들어보면, 하·진 두 가문의 자녀가 갖가지 장애를 물리치고 혼인을 하는 과정에서 여성이 주도적인 구실을 하는 것으로 설정해 25책 분량의 흥미로운 작품을 지어냈다.

세 가문 또는 네 가문이 서로 얽힌 사건을 다루면 더욱 복잡한 구성을 갖춘 방대한 작품을 이룩할 수 있었다. 그래서 나온 거작의 대표적인 예로 일명 〈사성기봉〉(四姓奇逢)이라고도 하는 〈임화정연〉을 들 수 있다. 모두 139책이나 되는 필사본이 있었다 하는데 전하지 않고, 활자본 6책으로 간행된 것이 널리 알려져 있다.

여러 가문 많은 자녀의 혼사문제를 다루어 사건이 복잡해지고 분량이 많아졌는데 무리나 당착이 없다. 선악의 양극단에 속하지 않은 개성있는 인물이 등장하며, 계모는 반드시 악하다는 공식을 넘어서고, 직접적인 당사자는 아니면서 사건 진행에 깊숙이 개입하는 막후인물이 상당한 구실을 하도록 하는 등의 여러 방법을 써서 흥미를 자아낸다.

지금 남아 있는 작품으로는 더욱 방대한 것이 〈화산선계록〉(華山仙界錄) 80책이다. 〈천수석〉의 속편이라고 서두에서 밝혔으며, 〈잔당연의〉(殘唐演義) 및 〈남송연의〉(南宋演義)와도 연결된다고 했다. 그러나 이 네 작품은 당나라가 망하고 오대를 거쳐 송나라의 건국에 이르기까지의 과정을 다룬 점에서 공통점이 있을 따름이고, 연작이라고 하기는 어렵다. 〈천수석〉 주인공의 후손이 〈화산선계록〉에서 활동한다고 했지만, 〈천수석〉은 당나라 멸망을, 〈화산선계록〉은 송나라 건국을 다루어 말하고자 하는 바가 아주 다르다. 〈천수석〉 9책과 〈화산선계록〉 80책의 차이가 크고, 주제나 수법을 보아도 이질성이 두드러진다.

화산선계에 은거하고 있던 선비가 세상에 나와 두 왕조를 거푸 섬기며 공명을 이룩했다는 것을 기본 줄거리로 삼았다. 중간에 문제가 많았어도 모든 것이 잘 되어 원만한 결말에 이르렀다고 하는 구조를 되풀이했다. 선계와 속계 사이의 거리, 나라를 바로잡아야 하는 사명과 개인의 삶에 대한 관심, 남성과 여성의 서로 다른 태도를 보여주면서, 3대에 걸쳐 혼인을 둘러싼 문제, 여성들 사이의 질투와 음모에 따른 시련을 특히 자세하게 다루어 대장편을 이룩했다.

다양한 독자의 관심사를 중층적으로 나타냈다고 할 수 있다. 사회적인 갈등을 그 자체로 인식하려는 관점이 있고, 상황의 가변성과 윤리의 불변성 사이에서 방황하는 중간의식의 층위도 확인할 수 있고, 충효를 확고하게 실행하면 모든 어려움이 해소될 수 있다는 가장 보수적인 주장 또한 강하다. 되도록 다양한 독자를 확보하고자 하는 세책가의 배려를 작자가 다층적인 구조를 만들어 실현했으리라고 볼 수 있다.

〈명주보월빙〉(明珠寶月聘) 100책, 〈윤하정삼문취록〉 105책이 선후관계를 가져 2부작을 이루고, 〈엄씨효문청행록〉 30책 및 그 속편과도 연결되는 작품군은 가문소설이 어느 정도 복잡한 구성과 방대한 분량에 이를 수 있었던가를 아는 데 한층 긴요한 자료이다. 〈명주보월빙〉과 〈윤하정삼문취록〉은 밀접한 관련을 가졌다. 윤·하·정 세 가문의 남녀가 서로 얽혀 있는 무척 복잡하면서 흥미로운 양상을 전편에서 한 차례 다룬 다음, 속편에서 다음 세대의 사건을 취급할 때에도 같은 방식을 그대로 이었다. 〈엄씨효문청행록〉은 그 가운데 윤씨네와 사돈이 되는 또 한 가문의 내력을 서로 관련되는 맥락에서 설정해서, 이름만 알려진 그 속편과 함께 크게 보아 단일 작품군 안에 든다.

비슷한 성향을 가진 여러 작품에서 볼 수 있는 인물, 사건, 수법 등을 모아들여 다채로우면서 통일성 있는 구성을 갖추는 것이 대장편을 이루는 비결이었다. 몇 백 명에 이르는 등장인물이 벌이는 무척 복잡한 사건이, 기본 양상에서는 흔히 볼 수 있던 방식을 되풀이하도록 했다. 영웅소설의 유산을 물려받아, 고귀한 혈통과 품격을 지닌 남성 주인공이 뛰어난 재능을 발휘해 가문의 위세를 더욱 높이고 성현의 가르침을 돈독하게 실행해 지배체제를 재확립한다고 했다. 거기다 다른 형태의 여러 소설에서 개발한 사건을 있는 대로 가져다 붙여 더욱 풍부하게 만들었다.

조정에 나아가면 간신이 있어 수난을 피하기 어렵고, 천정배필을 만나 혼사를 이루기까지 장애가 있었다고 했다. 가족간의 갈등, 동성간의 질투에 의한 모함, 이성을 차지하려는 음모, 요사스러운 도술 같은 것들을 중첩시켰다. 어떻게 하기 어려운 인물들이 저지르는 별별 작태를 다 보여주면서 세상이 타락할수록 질서를 되찾는 데 더욱 힘써야 한다고 했다.

　그런 내용을 갖추어 100책 이상으로 늘어난 대장편을 읽고 즐기려면 시간 여유를 보장하는 경제력이 절대적으로 필요하고, 상당한 학식과 기억력이 있어야 했다. 부유한 사대부 또는 시민층 부녀자들 가운데 그런 독자가 있어 대장편 가문소설을 요구하고, 더러는 스스로 창작하기도 했던 것으로 보인다. 작품의 길이가 길수록 독자의 수는 줄어들고 독자 한 사람이 지불하는 대가는 많아져야 하므로 내용이 보수화의 경향을 더 지니는 것이 당연한 일이었다.

　〈완월회맹연〉(玩月會盟宴)은 분량이 180책이나 되어 단일 작품으로서 가장 방대하다. 오늘날의 단행본으로 열두 권이나 된다. 작품 본문에서 〈맹성호연〉, 〈양씨가록〉, 〈정씨후록〉 등 여덟 종이나 되는 속편이 있다고 했는데, 아직 발견되지 않았다. 그런 속편들까지 합치면 더욱 놀라운 규모의 거작이다.

　작자를 추정할 단서는 있다. "〈완월〉(翫月)은 안겸제(安兼濟)의 어머니가 지었으며, 궁중에 흘러들어가 명성의 영예가 넓어지게 하려고 했다"(翫月 安兼濟母所著也 欲流入宮禁 廣聲譽也)는 말이 조재삼(趙在三)의 〈송남잡지〉(松南雜志)에 있다. "翫"과 "玩"은 음과 뜻이 같아 통용될 수 있는 글자이다. 국문으로 〈완월〉이라고 한 것이 서울대학교 규장각본 〈옥원재합기연〉 14권 맨 앞에 적힌 필사 당시인 1790년경의 장편소설 목록에도 보인다. 〈완월회맹연〉을 줄여서 〈완월〉이라고 일컬었다고 생각된다.

　안겸제는 대사헌과 감사를 지낸 사람이다. 어머니는 이름이 확인되지 않고 성은 전주이씨(全州李氏)이다. 친정과 시집이 모두 소론이다. 대사간 이언경(李彦經)의 딸로 1694년(숙종 20)에 태어나, 1714년(숙종 40) 안개(安鍇)의 아내가 되었다가 1743년(영조 19)에 세상을 떠났다. 전주이씨는 집안을 보아 품격 높은 소설을 길게 쓸 만한 학식을 갖추었다고 생각된다. 큰 파란 없이 산 덕분에 여유도 있었다. 이 작품으로

"명성의 영예가 넓어지게 하려고 했다"고 한 것을 보면 다른 작품을 먼저 지은 것으로 생각된다.

작품 내용에 당쟁의 양상을 자기 집안 소론의 관점에서 다루면서 구체적인 사실을 작품에 끌어들인 것으로 보이는 대목이 있다. 그러면서 여성 작품의 특징이라고 할 것들을 갖추었다. 집안에서 벌어지는 일을 자세하게 묘사했다. 진행을 느리게 하면서 등장인물의 내면 심리를 섬세하게 그렸다. 여성이 기를 펴고 살지 못하는 데 대한 반감도 나타나 있다. 소론 집안의 여성이 지은 작품으로 추정된다면, 전주이씨를 작자로 보아 무리가 없다.

"일 없는 선비와 재주 있는 여자"가 소설을 짓는다고 홍희복(洪羲福)이 말했다. 일 없는 선비도 거의 다 이름을 내지 않아 작자를 알 수 없게 하는데, 재주 있는 여자의 작품이 어느 것인지 찾아내는 것은 더 어려운 일이다. 지금 들고 있는 정도의 단서라도 아주 소중하다. 증거가 충분하지 않아 확정은 할 수 없으므로 최대의 장편을 여성이 지었을 가능성이 크다고 하고 재론의 여지를 남기는 편이 현명하다. 여성이 소설 창작에서 대단한 역량을 보인 것은 납득하기 어려운 일이 아니다. 오늘날 재현되고 있는 우리 소설의 특징이다.

대명(大明) 영종(英宗) 연간 황태부(皇太傅) 수각로(首閣老) 진국 공 정한의 자는 계원이요, 호는 문청이니, 송현(宋賢) 명도(明道)선 생의 후예라. 성문(聖聞) 여풍(餘風)이 원대 후손에 이르러 출어범류 (出於凡類)하여, 호학독서(好學讀書)하며 인현효우(仁賢孝友)하여 도덕성행(道德性行)이 탁세에 드물지 않으나, 문달(聞達)을 구하지 않고 사방에 버린 티끌이 〔되어〕 스러지고 〔말 듯하더니〕, 태조황제 일통(一統)하사 …… 성조(聖朝) 문황제(文皇帝) 즉위하사 양신(良 臣)을 구하심이 …… 공의 사군지충(事君至忠)과 백행재덕(百行才 德)이 세대에 독보러니. ……

작품 서두에서 정한이라는 인물을 이렇게 소개했다. 말이 너무 번다하고 이해하기 힘들어 보충하기도 하고 줄이기도 하면서 옮겼다. 송나라 도학자 정이(程頤)의 후손이 정한이라고 했다. 도학을 이어받아 높은 경지에 이르렀으나 알려지고 등용되기를 구하지 않아 사방에 흩어져 있는 티끌같이 지냈다. 그러다가 명나라가 들어서서 천하를 통일하고, 황제가 간절하게 부르자 세상에 나와 뛰어난 덕행을 실현해 나라 전체를 편안하게 하는 임무를 맡았다.

그 다음 대목에서는 황제의 뜻을 받들어 태자의 스승이 되고, "황태부 수각로 진국공"이라고 일컬은 최고의 지위에 올랐다고 했다. 일세의 스승이 되는 도학자면 그런 영광을 차지해야 마땅하다는 사고방식을 나타냈다. 중세적 질서가 재현되어 혼란을 청산하고 안정을 이룩하고 번영을 누려야 한다는 염원을 나타내면서, 도학이 부귀를 가져와야 한다고 했다.

안정과 번영은 집안에서도 이룩되어야 했다. 달구경하는 곳인 완월루에서 정한의 생일 잔치를 할 때 태자가 와서 축하하고, 친지와 문하생들이 많이 모여 즐거움을 나누었다. 여러 집안이 서로 혼인관계를 이루어 유대를 공고하게 할 것을 다짐했다. 그것이 바로 작품의 표제로 삼은 "완월회맹연"이다. 정한의 가르침을 받들어, 집안의 경계를 넘어서서 화합하자고 맹세한 것이 아주 훌륭하다고 하겠지만, 뒤집어 생각하면 기득권을 수호하기 위해 변화를 거부하자는 결의이다. 부귀를 성리학으로 장식하면서 모든 것이 지나치게 화려해 반감을 가질 수 있다.

파란만장한 사건을 거쳐 기약한 일이 이루어지기까지의 사건을 자세하게 다루어 작품이 무척 길어졌다. 인륜도덕이 실현되어 나라가 바르게 다스려지고 가문의 번영과 개인의 행복이 보장되기를 바라는 조선후기 사대부의 염원을 구현하면서, 갖가지 도전이 만만치 않아 위기가 거듭 닥친 것을 문제 삼았다. 이상과 현실이 어긋나 작품이 긴장되게 하고, 서로 다른 목소리가 교체되어 다면적인 구조를 빚어냈다. 여러 소설에 흔히 등장하는 대립양상이나 갈등관계를 두루 모아들여 대장편을 이루었다.

나라는 편안하지 않고, 조정에서는 다툼이 일어났다. 북쪽 오랑캐가 세력을 얻어 침공했다. 간신이 득세해 황제가 친히 군사를 이끌고 가서 정벌해야 한다고 주장했다. 그럴 수 없다고 하는 충신은 황제의 진노를 사서 죽게 되었다가 간신히 목숨을 건졌다. 오랑캐에게 포위되는 고초를 겪는 황제를 충신이 구출해야 했다. 정한의 아들 정잠은 부친상을 만나 시묘살이를 하다가 황제를 대신해 볼모가 되기를 자청했다. 영웅소설에서 흔히 볼 수 있는 양상을 대폭 확대해서 복잡한 사건을 그려냈다.

정한이 기약한 집안의 화평도 실현되지 않았다. 도학에서 어떻게 가르치든 사람은 취향이 각기 다르고, 이해관계가 상충되어 계속 충돌했다. 선악을 갈라 시비를 하는 것이 선인보다 악인이 한층 적극적이고 더욱 유능해 문제를 일으키는 것을 막을 수 없었다. 정잠이 가통을 잇기 위해 양자로 삼은 동생의 아들 정인성 또한 성인 같은 성품인데, 견디기 어려운 시련을 집안에서 겪어야 했다.

정잠의 후처로 들어온 여인 소교완은 이해하기 어려울 정도로 복잡한 성격을 가졌다. 자기가 낳은 아들 인중이 종손이 되게 하려고, 장애가 되는 인성을 죽여 없애려고 했다. 인중이 어머니의 뜻을 따라 공범자 노릇을 하도록 하면서도, 훌륭한 사람이 되어 사람답게 살아야 한다고 자주 훈계했다. 인중은 가출해 떠돌아다니다가 홧김에 남의 집에 불을 지르거나 하는 패륜아 노릇을 했다.

> 마음의 기탄(忌憚)할 것이 없어, 마른 나무를 취하여 화공(火工)을 갖추어 집 사모에 지르고 돌아 나오며 치밀어보니, 화광이 연천(連天)하여 편시(片時)에 온 집이 다 불끝이 되었으니, 심하(心下)의 쟁그러움을 이기지 못하더니, 문득 백발 노옹이 나타나, 공자의 옷깃을 붙들고 발악 왈, "수자(豎子)는 어떤 사람이건대 남의 집을 무고히 소화(燒火)하고자 하느냐? ……"

앞에서 인용한 작품 서두와 견주면서 읽어보자. "수자"(豎子)는 "더벅머리"라는 말이다. 도학자로 존경받아 최고의 관직에 오른 정한의 손자가 그런 꼴을 하고 방화범이 되었다. 불길이 하늘로 치솟고 집이 다 타 들어가는 것을 보고 "쟁그러움"이라고 일컬은 느낌을 가졌다고 했다. 덕행으로 칭송받는 것과 정반대가 되는 즐거움이다. 이 비슷한 장면을 이따금 넣어, 이상과 현실, 명분과 실상, 윤리와 심리의 거리를 극명하게 나타냈다.

정인성의 동생 정인광은 영웅의 기상을 지녔으나 소인 때문에 시달려야 했다. 장현이라는 위인은 정한의 제자이고, 정한이 정해둔 바에 따라 정한의 손자 정인광을 사위로 삼게 되어 있었다. 그런데 유약한 성격이면서도 작은 이익에 집착해, 스승의 가르침을 어기고, 정씨 집안의 호의를 배신하고, 사윗감을 괴롭혔다. 장현이 첩으로 삼으려고 하는 사촌누나 정월염의 소임을 정인광이 여장을 하고 대신하는 사태까지 벌어졌다. 다른 여러 대목에서도 인간관계가 얼마나 비뚤어질 수 있는지 자주 보여주었다.

가치관의 근본이 흔들리는 그런 위기 상황에 대처하기 위해서, 충효가 무엇보다도 소중하다고 역설하는 교훈소설을 지어 세상을 바로잡으려 한 것이 창작동기일 수 있다. 그러나 어떻게 하는 것이 바른 도리인지 거듭 반문하게 한다. 황제의 실덕을 간언하면 닥칠 화를 피해야 하는가? 장인이 집안의 원수라고 부인까지 박대해야 하는가? 아버지의 명령을 받들어 정혼한 사람을 버려야 하는가? 도의의 명분을 분명하게 하는 것은 쉬운 일이지만 실제로 닥친 상황과 맞지 않는다는 것을 깨닫게 한다.

유식한 한자어를 많이 사용하고 고사와 비유가 흔해 누구나 쉽게 즐길 수 있는 작품은 아니다. 많은 인물을 등장시켜 복잡한 구성을 하는 솜씨가 뛰어나고, 다양한 언어 재료를 능숙하게 구사하는 문체의 변이를 갖추었다. 선인의 훌륭한 행실을 서술할 때에는 그런 문장을 한껏 늘려 품위를 높이고, 악인의 악행을 보여줄 때에는 착상이 기발하고 흐름이 빨라 생동감이 있다. 소설의 재미는 그쪽에 더 있다. 공연히 늘린 작품이 아니고 그 길이에 상응하는 성과를 거두었다고 평가할 수 있다.

등장인물의 내심이나 사건 전개의 구체적 양상을 자세하게 그려 작품이 아주 길어지도록 했다. 심리묘사를 섬세하게 하면서 여성이기에 겪는 수난을 안타깝게 여기는 내적 독백을 한참 동안 전개하곤 했다. 의례를 치르고, 몸치장을 하고, 살림살이를 하는 등의 사소한 일을 세밀하게 보여주었다. 국문소설의 여성 취향을 최대한 확대해 소수 애독자의 마음을 사로잡았다.

〈화산선계록〉, 〈명주보월빙〉 연작, 〈완월회맹연〉 같은 대장편은 중세에서 근대로의 이행기를 중세로 역행시키려 하는 상층의식의 표현이라고 할 수 있다. 동시대의 한문단편이나 판소리계 소설과는 달리, 중국을 무대로 하고서 상층의 이상적인 인물을 주인공으로 삼고, 보수적인 가치관으로 사회 변화를 막으려 하고, 초경험적인 세계를 끌어들이는 인습을 확대했다. 도학의 높은 경지에 이른 선조가 있으면 후대까지 가문의 번영이 보장된다고 하고, 혼인관계를 가지는 몇몇 가문이 연합해 공동전선을 펴면서 기득권을 함께 지키고자 하는 당시 집권층의 사고방식을 보여주었다고 보아 마땅하다.

그러나 그것은 작품의 표면에 지나지 않는다. 명분론적 사고의 틀에서 벗어나 인생만사를 말해준 것이 실제 내용이다. 사고나 심리가 다른 수많은 인물들이 있고, 세상 일이 되어나가는 곡절이 미리 짐작한 바와 얼마든지 달라질 수 있다는 것을 보여주면서 이면의 반론을 전개했다. 질서가 흔들리고 가치관이 달라지는 위기 상황을 실감나고 긴장되게 그려 작품이 길어지도록 했다. 독자가 지루한 줄 모르고 읽으면서 계속 흥미를 느낀 것이 그 때문이다.

많은 인물을 등장시켜 복잡하게 얽히는 사건을 유기적인 구성으로 전개한 수법을 마련한 것이 특히 높이 평가해야 할 성과이다. 유사한 분량을 갖춘 거작소설은 동시대 중국이나 일본에는 없었고, 유럽에서도 20세기에 들어서서 비로소 나타났다. 한국소설에서 먼저 이룬 성과가 널리 알려지지 않았어도 지속적인 의의를 지닌다. 오늘날 한국 소설가들이 다른 어느 나라에서도 보기 어려운 방대한 작품을 거듭 이룩해 길고 복잡한 사건을 전개하는 것은 스스로 의식하지 않은 전통이 작용하고 있기 때문이다.

소설은 남성과 여성의 경쟁적 합작품이지만, 주도권 경쟁에서 어느쪽이 우위를 차지하는가에 따라 남성소설과 여성소설로 나누어졌다. 중세에서 근대로의 이행기의 일본소설이나 독일소설은 남성소설이고, 중국소설이나 러시아소설은 남성소설이면서 여성소설의 면모도 지녔는데, 한국소설은 프랑스소설보다도 여성소설 쪽으로 더 많이 나아갔다. 그래서 이룩한 성과가 오늘날까지 이어져, 국가·가문·개인 사이의 복합관계를 남녀이합을 통해 보여주면서 세부사항을 섬세하게 그리는 작업이 재현되고 있다.

위에서 다룬 작품군에 대한 전반적 논의를 이수봉, 《가문소설연구》(형설출판사, 1978) ; 김홍균, 〈복수주인공 고전장편소설의 창작방법 연구〉(한국정신문화연구원 박사논문, 1990) ; 양혜란, 《조선조 기봉류 소설 연구》(이회문화사, 1995) ; 조용호, 〈삼대기소설 연구〉(서강대학교 박사논문, 1995) ; 박영희, 〈장편가문소설의 향유집단〉, 한국고전문학회 편, 《문학과 사회집단》(집문당, 1995) ; 임치균, 《조선조 대장편소설 연구》(태학사, 1996) ; 윤용식, 《가문소설의 인물 연구》(태학사, 1999) ; 이승복, 《고전소설과 가문의식》(월인, 2000) ; 양민정, 〈대하장편가문소설에 나타난 여성인식과 의의〉, 《연민학지》8(연민학회, 2000) ; 송성욱, 《한국 대하소설의 미학》(월인 2002) ; 전성운, 《조선후기 장편국문소설의 조망》(보고사, 2002) ; 이상택, 《한국고전소설의 이론》1~2(새문사, 2003) 등에서 전개했다. 〈옥원재합기연〉은 심경호, 《국문학연구와 문헌학》(태학사, 2002)에서 고찰했다. 주요 작품론을 들면, 조용호, 〈'유씨삼대록'의 서사론적 연구〉, 《한국고전연구》1(한국고전연구회, 1995) ; 주광국, 〈'임화정연'에 나타난 가문연대의 양

상과 의미〉,《고전문학연구》22(한국고전문학회, 2002) ; 강은해, 〈'천
수석'과 연작 '화산선계록' 연구〉,《어문학》71(한국어문학회, 2000) ;
이상택, 〈'명주보월빙' 연구〉,《한국고전소설의 탐구》; 〈창난호연연
구〉,《진단학보》75(진단학회, 1993) ; 〈'옥란기연'의 이본연구〉,《진단
학보》78(1996) ; 이지하, 〈'현씨양웅쌍린기' 연작 연구〉(서울대학교 석
사논문, 1992) ; 〈'옥원재합기연' 연작 연구〉(서울대학교 박사논문,
2001) ; 정병설,《완월회맹연' 연구》(태학사, 1998) 등이 있다. 김진세
주해,《완월회맹연》1~12(서울대학교출판부, 1987~1994)로 작품이
출간되었다.《소설의 사회사 비교론》2(지식산업사, 2001)에서 〈보은
기우록〉을 다른 나라의 유사 작품과 비교해 고찰했다.

9.13.5. 애정소설의 새로운 양상

소설이란 여성 독자를 의식하면서 남녀관계의 애정과 시련을 두드러
지게 부각시키는 점에서 문학의 다른 갈래와 뚜렷한 차이가 있다. 남녀
주인공이 사춘기의 연령에 들어섰을 때 가장 많은 이야깃거리를 마련
해, 노년의 안정을 중요시하는 문학에서는 찾을 수 없는 특징을 지닌
다. 대부분의 소설에서 취급하는 애정문제를 특별히 부각시킨 애정소
설이 소설에서 큰 비중을 차지한다.

애정소설은 〈금오신화〉에서 시작되었으며, 〈주생전〉, 〈영영전〉, 〈운
영전〉 등의 후속 작품이 적지 않았다. 남녀 주인공의 결연은 귀족적 영
웅소설에서 상당한 비중을 차지하고, 가문소설에서도 줄곧 긴요한 관
심거리였다. 그런 작품 가운데 몇 편은 애정소설이라고 할 수 있을 정
도로 애정의 문제를 긴요하게 다루었다.

소설 발전이 현저한 단계에 이르자, 애정소설이 더욱 분명한 모습을
드러내면서 주목할 만한 변모를 보였다. 가문을 유지하고 번영시키기
위한 혼인과 일부다처제의 관습에 따른 남성 주인공의 여성 편력 대신
에, 정상적인 부부가 되기 어려운 남녀가 이해타산을 떠난 애정 때문에

시련을 겪는 것을 내용으로 한 소설이 또 한편에서 대거 나타났다. 단권짜리 전책에다 애정을 집중적으로 다루면서 국내를 무대로 해서 사회적인 얽힘을 문제 삼고, 기존의 관습을 뒤집어엎는 방향으로 나아간 작품군이 판소리계 소설과 함께 소설사의 저층을 새롭게 하는 구실을 맡았다.

새로운 형태의 애정소설은 대장편 독자에서는 제외된 하층시민이 일반 민중과 함께 즐길 수 있는 더욱 개방된 소설이었다고 보아 마땅하다. 전국에 흩어져 있는 비특정 독자에게 보급하는 소설을 내는 방각본 출판은 종수와 발간 부수를 늘려야 영업이 번창할 수 있었다. 방각본 소설로는 귀족적 영웅소설이 애용되었으나, 하층 독자의 사회의식 각성으로 이원론적 구조를 가진 보수적인 사고를 불신하는 풍조가 나타나자, 현실 문제를 구체적으로 다루면서 관념적인 허위를 비판하는 소설을 받아들이고 또한 개척해야만 했다. 애정소설과 세태소설, 그리고 그 두 가지 성향을 함께 지닌 판소리계 소설이 큰 구실을 하게 되었다.

애정소설을 키우는 데 한문소설이 큰 기여를 한 점을 잊지 말아야 한다. 도덕적인 규제를 벗어나 사람이 살아가는 모습을 실상 대로 보여주는 데 한문을 사용하는 것이 더 유리했기 때문에 그럴 수 있었다. 〈유록전〉(柳綠傳), 〈최랑전〉(崔娘傳) 등 일련의 작품은 지체 높은 귀공자가, 자기 배필이 되기에는 적합하지 않은 기생이나 궁녀와 열렬하게 사랑한 사연을 공통적으로 다루었기에 한 유형으로 묶을 수 있다. 한문본이 원본이었던 것 같고 일부는 국문으로도 읽혔다. 한문단편에 못지않은 현실감각으로 쉽사리 마무리할 수 없는 심각한 사건을 전개해 단편의 범위를 벗어났다.

〈유록전〉은 국내를 무대로 하고서 임진왜란과 병자호란을 직접 언급했다. 예조좌랑을 하다가 물러난 선비가 술자리에서 유록이라는 기생을 만나 사랑하게 되었다. 유록은 양가 처녀였는데 집안이 몰락해서 기생이 되었으며, 주인공을 만나자 처음으로 몸을 허락했다. 그러자 유록에게 수난이 닥쳤다. 병자호란이 일어나서 끌려가 혹심한 수난을 겪고,

겁탈하려는 자에게 쫓기고, 자살을 하려다가 주인공에게 구출되었다. 다시 벼슬을 하고 유록과 함께 잘 살았다는 결말에 이르기까지, 주인공이 애정 성취를 가장 큰 보람으로 삼았다고 거듭 강조해서 말했다.

〈최랑전〉은 효종 때 있었던 일이라고 했다. 경주지방에 살던 최랑이 조모가 천인인 탓에 노비추쇄령에 걸려 관가에 잡혀갔다가, 이웃 고을 홍해군수 이여덕의 딸과 혼약해 위기에서 벗어날 수 있게 되었다. 그런데 곧 이별의 고통이 닥쳐왔다. 이여덕은 평안도 안주통판으로 부임했다가 아전을 잘못 다루어 곤욕을 치르고, 최랑은 도망치는 신세가 되었다가 노상에서 죽었다. 신분이 서로 다른 남녀가 사랑으로 결합했어도 세상살이의 험한 시련을 이겨내지는 못한다고 하는 비극을 보여주었다.

〈절화기담〉(折花奇談)이라는 것도 비슷한 특징을 가진 한문소설이다. 용모가 빼어나고 시문에 뛰어난 이생이 남의 집에 얹혀살고 있었다. 우물가에서 본 여인을 사모해 애태우다가 마침내 뜻을 이루었다고 했다. 그 여인은 신분이 종이고 시집 간 지 몇 해 되었다. 남편과 애정이 없어 남처럼 지내고 있어 이생을 받아들였다. 몇 해 전에 서울에서 있었던 일을 남화산인(南華山人)이라는 이가 1809년(순조 9)에 만들었다고 서문에서 밝혔다.

국문본만인 애정소설은 이미 유행하고 있는 귀족적 영웅소설의 전례를 어느 정도 받아들여 거기에 훈련된 독자의 기대에 부응하면서 관습을 바꾸어놓는 방향으로 나아갔다. 그 좋은 예가 〈윤지경전〉(尹知敬傳)이다. 선조 때의 인물을 중종 때로 올려서 등장시켜, 윤지경이 최씨네 처녀와 어렵게 사랑을 이루었는데, 모해하는 자의 책동이 있어 부마로 간택되고, 완강하게 거절하다가 하옥되었다. 정치적인 음모가 밝혀져 옹주가 벌을 받고, 주인공은 부마 노릇을 하지 않아도 되기에 이르자 비로소 두 아내를 거느리고 화목하게 살았다고 했다.

이본이 많고 방각본으로 거듭 출간되고 판소리로도 불렸다고 하는 〈숙영낭자전〉(淑英娘子傳)은 국문소설이 애정문제를 적극적으로 다룬 더욱 좋은 본보기이다. 선계에서 하강한 남녀 주인공이 예정된 인연에 따라 만나고, 시련을 견디지 못하고 죽은 여주인공이 다시 살아나 사랑을 이루다가 마침내 둘 다 선계로 돌아갔다고 한 데서는 초경험적인 요소가 두드러지게 나타난다. 그런데 현실의 차원에서는 남주인공 백선군은 경상도 안동땅 시골 선비의 아들이고 숙영은 부유한 시민의 딸로 보인다. 그 양면이 공존하는 이원론적 구조가 불가피한 선택이다.

지체가 다른 남녀가 자기네끼리 만나 사랑을 하고 부부가 된 것이 관습에 크게 어긋난 대담한 행동이므로 초경험적인 요소로 합리화되어도 시련을 겪지 않을 수 없었다. 백선군은 아내를 너무 사랑해 아버지의 명령을 받들어 과거를 보러 가다가 몰래 되돌아가야만 했다. 며느리의 방에서 남자 소리가 나는 것을 확인한 아버지는 모함하는 시비의 부추김까지 받아 억울한 누명을 씌워 며느리가 자결하는 데까지 이르도록 했다. 그런 비극을 통해서 부자 사이의 도리가 헛된 명분이고, 부부 사이의 애정이 진실이라는 참으로 파격적인 주장을 나타냈다.

선계는 사회적인 제약을 넘어서서 애정을 성취할 수 있는 곳이다. 현실에서는 불가능한 소망을 초경험적인 수단을 빌려 성취하도록 하기 위해 별세계로 옮겨가는 것은 흔히 볼 수 있는 전개방식이다. 이미 고찰한 〈숙향전〉에서 선계와의 연결 통로가 이따금 열리는 것도 같은 의미를 지녔다. 〈서해무릉기〉(西海武陵記)라는 작품은 별세계를 작품 제목에 내세웠다. 전라도 전주에 사는 주인공 남녀가 부처의 도움으로 위기를 극복하고, 서해무릉이라는 곳으로 가서 사랑을 이룰 수 있었다고 했다.

〈옥단춘전〉(玉丹春傳)은 간단한 줄거리를 갖춘 짧은 작품이지만, 기존 윤리에 대한 반격으로 해석한다면 주목할 만한 의미를 지닌다. 함께 공부하던 두 친구가 서로 돕자는 신의를 강조했었는데 평안감사가 된 동학을 걸인 행색의 주인공이 찾아갔더니 박대하고 대동강으로 끌고 가 죽이려고까지 했다. 감사의 놀이에 동원된 기생 옥단춘이 그 곤경을 알고 주인공을 구출하고 도와주어 마침내 성공할 수 있게 했다.

후반부에서는 사태가 역전되어, 암행어사가 된 주인공이 어사출도를 해서 평안감사를 끌어내리고 천벌을 받아 죽게 했다. 사대부들 사이의 신의는 허망하고, 천한 기생의 헌신적 사랑은 참으로 대견하다는 것을 서로 대조해서 나타냈다. 구전설화에서 야담으로 이어지는 뿌리가 있는 작품이며, 박지원이 사대부의 사귐을 매도했던 것과도 상통하는 주제를 더욱 실감나게 부각시켰다.

정종대, 《염정소설연구》(계명문화사, 1990) ; 임갑랑, 〈조선후기 애정소설 연구〉(계명대학교 박사논문, 1992) ; 박일용, 《조선시대의 애정소설》(집문당, 1993) ; 김경미, 〈'절화기담' 연구〉, 《한국고전연구》1(한국고전연구학회, 1995) ; 김일렬, 《'숙영낭자전' 연구》(역락, 1999) ; 김문희, 〈애정전기소설의 문체 연구〉(서강대학교 박사논문, 2002) 등이 중요한 연구이다.

9.13.6. 세태소설의 등장

소설은 세태를 다루는 것을 또한 기본 과제로 삼는다. 사람이 서로 얽혀서 살아가는 데서 생기는 자질구레하면서도 심각한 사연을 처음으로 진지하게 문제 삼으면서, 소설은 전에 볼 수 없던 새로운 작품세계를 마련했다. 세태소설이 소설의 하위갈래로서 중요한 위치를 차지하는 것이 당연한 일이다.

중세적인 사고방식의 굴레인 초경험적인 원리나 도덕적 규범에 비추어보지 않고 세태를 바로 노출시키는 것은 오랫동안 기대하기 어려운 일이었는데, 그런 전제에 대한 불신이 일어나고 경험적인 인식이 확대되면서 사정이 달라지기 시작했다. 무대를 국내로 하고, 잘난 척해도 별수 없는 인물을 등장시켜 기존의 관념을 파괴하는 사건을 벌이는 작품군이 모습을 드러냈다. 애정소설이 낭만적인 성향을 지녔다면, 그런 성향을 갖춘 세태소설은 아직 거칠고 서툴기는 하지만 사실적인 방향으로 나아가, 대장편 가문소설에 또 다른 반론이 있었음을 알려준다.

애정소설과 세태소설은 하층 독자에게 특히 환영받을 만한 내용과 문체를 갖추었다. 실력이 부족해서 상승을 하지 못한 시민, 다른 부류의 도시 거주자, 일부의 농민까지 하층 독자에 포함되었다고 할 수 있다. 국문 사용이 확대되면서 두 가지 새로운 소설이 성장했다고 생각된다. 그런데 애정소설은 남녀 공용이면서 여성이 더 좋아했다면, 세태소설은 남성소설이다.

세태소설이라고 할 수 있는 것도 한문본에서 출현하고 성장했다. 지체 높은 사람이 기생에게 혹해서 체신을 잃은 사건이 흔한 소재였다. 양녕대군(讓寧大君)이 관서 유람길에 올라 관기 정향과 인연을 맺었다는 사건을 흥미롭게 변형시킨 〈정향전〉(丁香傳)이 그런 예이다. 정향이 양가집의 청상과부로 가장해 양녕대군을 유혹하고 우롱한 사건을 흥미롭게 그렸다. 한문본과 국문본이 함께 전하는데, 국문본은 번역본이라고 생각된다.

비슷한 작품에 〈지봉전〉(芝峰傳)이라는 것도 있다. 지봉 이수광(李睟光)이 평안도에 갔다가 기생에게 유혹된 사건을 치밀한 구성과 능숙한 솜씨로 다룬 한문소설이다. 널리 알려지지 않아 국문본이 생겨나지는 않은 것 같다.

〈종옥전〉(鐘玉傳)은 목태림(睦台林, 1782~1840)이 1803년(순조 3)에 짓고 1838년(헌종 4)에 개작한 내력이 밝혀졌다. 목태림은 경남 사천에 거주하는 시골 양반인데, 보수적인 기풍을 버리고 세태를 묘사하고 풍자하는 문학에 관심을 가졌다. 〈춘향전〉의 한문 개작본 〈춘향신설〉(春香新說)을 지어 관가의 풍속을 자세하게 그렸다. 〈종옥전〉에서는 도덕군자의 행실만 본받고 여색에는 전혀 무관심한 종옥을 기생이 유혹하게 하고 기생이 죽었다고 종옥을 속여 한바탕 소동이 벌어졌다고 했다.

작자 미상의 〈오유란전〉(烏有蘭傳)도 그런 설정을 한 작품이다. 기생 오유란이 죽은 혼령이라고 자처하면서 남주인공을 이끌고 나체로 돌아다니는 장면을 더욱 비속하게 그렸다. 〈종옥전〉과 이 작품은 둘 다 지금은 전하지 않는 판소리 〈매화타령〉(梅花打令)과 밀접한 관련이 있었던 것으로 보인다.

원래 판소리로 불렀으나 소설로만 남아 있는 〈배비장전〉(裵裨將傳)도 같은 계열이라고 할 수 있다. 제주목사를 따라 비장이 되어 부임한 주인공은 여색을 멀리 하겠다고 맹세했다. 그러고서 선임자 정비장을 유혹해 이빨까지 뽑아주고 가게 한 기생 애랑의 계략에 걸려들어 온갖 망신을 했다. 애랑과 공모한 방자가 애랑의 남편이라면서 들이닥치자 벌거벗은 채로 궤짝 안에 숨었다. 방자는 그 궤짝을 바다에 빠뜨린다면서 제주목사가 좌정한 동헌에다 가져다놓고 활짝 열어젖혔다. 설화에서 가져온 설정을 기발하게 풍자를 하는 데 활용해, 상층에서 내세우는 경화된 관념을 부정하고 하층에서 지닌 발랄한 지혜를 긍정했다.

〈삼선기〉(三仙記)는 도학자로 자처하며 아내마저 거들떠보지 않던 위인의 변모를 다른 각도에서 다루었다. 이춘풍이라는 선비는 한량들에게 잡혀서 모욕을 당하고 계교에 걸려들어 기생에게 유혹되더니, 나중에는 평양에 가서 기생들을 거느리고 영업을 하는 데까지 이르렀다. 한쪽 극단에서 다른 쪽 극단으로 변모한 것이다.

이름이 같은 주인공을 건달 양반으로 설정한 〈이춘풍전〉(李春風傳)은 공연히 뽐내다가 비참한 지경에 이른 이춘풍을 아내가 구출하는 것으로 사건을 꾸몄다. 장사를 한다면서 평양에 갔다가 기생에게 돈을 다 바치고 하인 노릇을 하고 있었는데, 남복을 하고 간 아내가 문제를 해결했다. 판소리로 가창되었을 가능성이 있는 작품이다.

〈장화홍련전〉(薔花紅蓮傳)도 세태소설로 볼 수 있다. 전동흘(全東屹, 1610~1705)이 평안도 철산(鐵山) 부사 재임시에 처결한 원사(冤死) 사건을, 박인수(朴仁壽, 1765~1837)가 1818년(순조 18)에 한문으로 옮겨 적는다고 했으니 그전에 국문본이 이미 있었다. 한문본은 사실 위주로 축약되어 있고, 여러 형태의 국문본은 아랑(阿娘)형 설화나 환생 설화를 수용하고 사건의 경과를 자세하게 다루었다. 계모의 악행을 사실처럼 다루고, 장화와 홍련의 아버지 배좌수가 체면에 사로잡혀 무능한 짓만 하는 거동을 인상 깊게 그려 소설이 되게 했다.

계모형소설은 그 밖에도 몇 가지 더 있다. 〈김인향전〉은 〈장화홍련전〉과 거의 같은 내용이어서 모방작이라고 인정된다. 〈순금전〉은 계모의 모해로 견딜 수 없는 시련을 겪던 여주인공이 배필로 택한 바보가 과거에 급제하고, 계모는 악행이 밝혀져 처단된 내용이다. 〈콩쥐팥쥐전〉은 후처로 들어간 여인이 전처소생을 박대하고 자기가 낳은 딸은 위해주다가 역전되는 결과에 이른다고 한 민담을 거의 그대로 수용한 작품이다.

〈옹고집전〉(雍固執傳)은 민담을 이용해서 만든 세태소설이다. 고집불통인 옹고집이 도리에 어긋난 짓만 일삼자, 도승이 가짜 옹고집을 만들어 서로 다투게 하고, 진짜 옹고집은 집에서 쫓겨나 갖은 고생을 하게 했다는 기본 설정은 소설답지 못하다. 그러나 좌수 노릇을 하는 향반 옹고집이 풍년을 좋아하지 않고 심술이 맹랑하며, 용서할 수 없는 악덕 수전노이기에 쫓겨나서 밑바닥 인생의 비애를 느끼도록 한 것은 사회고발이다. 민담의 줄기에다 걸어서 사회소설로서 필요한 가지를 뻗은 방식이 〈흥부전〉의 경우와 상통한다.

〈정수경전〉 또한 민담을 소설화했다. 보쌈에 걸려 죽을 뻔한 인물이 예상하지 않던 행운을 얻어 잘 되었다는 흔히 있는 유형을 이용해, 여러 차례 위기가 조성되고 해결되는 과정에서 인생살이의 여러 곡절이 드러나게 했다. 엽기적인 사건을 흥미롭게 해결하는 과정에서 긴장을 느끼게 하면서, 장면 묘사를 실감나게 해서 납득할 수 있는 진실성을 확보했다. 어쩌다 보니 잘 되었다고 하는 민담의 전개와는 달리, 주인공 스스로 자기에게 주어진 운명의 시련을 극복하고자 하는 의지를 지니고 세계와 대결한다고 해서 소설다운 진실성을 갖추었다.

가치관의 혼란은 세태소설에서 다룬 더욱 심각한 주제이다. 〈진대방전〉(陳大房傳)은 필사본이나 방각본으로 널리 읽힌 작품인데 우려할 만한 사태를 다루었다. 진대방이 패륜아이고, 아내는 한수 더 떠서 시어머니를 집에서 쫓아냈다. 그 고을의 수령이 온 가족을 불러놓고 꾸짖어서 개심하도록 했다지만, 그런다고 해서 해결될 수 없는 심각한 사태가 벌어졌다. 〈김학공전〉(金鶴公傳)은 노비가 모반해서 주인의 아들을 죽을 고비에 몰아넣은 사건을 다루었다. 악인을 징벌하고 행복을 되찾았다고 하는 결말에 이르러 문제가 해결된 것은 아니다.

〈옥랑자전〉(玉娘子傳)에서는 주인공이 장가를 가는데 상민 주제에 감히 말을 탔다고 힐난하는 토호가 있어, 양쪽 하인들 사이에 싸움이 벌어졌다. 토호의 하인이 하나 죽어, 주인공이 옥에 갇혔다. 신부인 김좌수 딸이 남복을 하고 나타나 옥졸을 매수해 자기가 대신 갇히겠다고 했으며, 허락하지 않으면 자살을 하겠다고 나섰다. 전에 볼 수 없던 행동양상이어서, 어떻게 평가해야 할 것인지 선뜻 결정하기 어렵다.

〈이해룡전〉(李海龍傳)을 보자. 남산골 샌님 이해룡은 진사가 되었어도 무척 가난했다. 모친이 세상을 떠나자 장례비를 마련하기 위해서 아내가 스스로 종으로 팔려갔다. 아내의 선행을 칭송하고 말기에는 문제가 너무 심각하다. 〈양기손전〉(楊己孫傳)의 경우에는 허랑방탕한 인물 양기손이 첩을 두고 본처를 비참하게 버려두었다. 그런데 첩이 본처를 돌보아주고 자식들을 거두는 일을 맡았다. 선악의 관념이 역전된 것을 보여주었다.

〈삼설기〉(三說記)라는 이름의 방각본 단편집은 비슷한 예를 찾기 어려운 독특한 면모를 갖추고 있다. 처음 두 권에는 〈삼사횡입황천기〉(三士橫入黃泉記)·〈오호대장기〉(五虎大將記)·〈서초패왕기〉(西楚覇王記)·〈삼자원종기〉(三子願從記)·〈황주목사계자기〉(黃州牧使戒子記)라는 이름의 단편 다섯 편을 수록하고, 가사인 〈노처녀가〉를 보탰다. 간단하면서도 기이한 사건을 설정해서는 범속한 삶의 의의를 찾고자 한 것이 대체로 보아 공통적인 내용이니 세태소설과 그리 다르지 않다.

〈삼사횡입황천기〉에서는 저승에 잘못 잡혀간 세 선비 가운데 하나가 근심 걱정 없이 사는 운수를 점지해서 이 세상에 되돌아오게 해달라고 하자, 염라대왕이 그런 자리가 있으면 자기가 차지하겠다면서 화를 버럭 내더라고 했다. 다른 작품에서는 허세를 부리지 말고 분수에 맞게 살아야 하고, 신선처럼 일 없이 지내는 것이 상팔자이고, 인정에 솔직

해야 하고, 누구든지 행복을 누릴 권리가 있다고 했다. 진실은 가까운
데 있다는 주제를 다채롭게 변형시켰다고 할 수 있다.

　마지막 한 권에는 〈황새결송〉·〈녹처사연회〉(鹿處士宴會)·〈노섬상
좌기〉(老蟾上坐記)를 수록했다. 우화소설을 다룰 때 이미 살핀 것들이
다. 〈노섬상좌기〉는 〈두껍전〉이다. 우화소설은 동물을 등장시켜 전개
한 간접적인 세태소설이므로 함께 수록했다고 생각된다.

　우쾌제, 《한국가정소설연구》(고려대학교 민족문화연구소, 1988) ;
김재용, 《계모형 고소설의 시학》(집문당, 1996) ; 여세주, 《남성훼절소
설의 실상》(국학자료원, 1995) ; 김재용, 《계모형 고소설의 시학》(집문
당, 1996) ; 이헌홍, 《한국 송사(訟事)소설 연구》(삼지원, 1997) ; 이원
수, 《가정소설 작품세계의 시대적 변모》(경남대학교출판부, 1997) ; 우
창호, 〈조선후기 세태소설 연구〉(경북대학교 박사논문, 1996) ; 이성
권, 〈가정소설의 역사적 변모와 의미〉(고려대학교 박사논문, 1998) ; 신
해진, 《조선후기 세태소설선》(월인, 1999) ; 《조선후기가정소설선》(월
인, 2000) ; 유의호 편, 《'삼설기' 연구》(개마서원, 2000) ; 정선희, 〈목
태림문학연구〉(이화여자대학교 박사논문, 2001) ; 신영주, 《조선시대
송사소설 연구》(신구문화사, 2002) 등의 자료와 연구가 있다.

9.13.7. 한문소설의 변모

　김소행(金紹行, 1765~1859)의 〈삼한습유〉(三韓拾遺)와 서유영(徐有
英, 1801~1874)의 〈육미당기〉(六美堂記)는 몇 가지 공통점을 지니고
있다. 둘 다 19세기에 들어서서 사대부 명사가 쓴 장편 한문소설이다.
국문소설이 크게 발달하고 많이 읽히게 되자 상층에서 충격을 받고 시
대변화에 동참하는 길을 한문소설 창작에서 찾았다고 할 수 있다.

　국문으로 번역하면 더욱 흥미로울 법한 작품을 바라지 않고, 국문소
설에서는 기대할 수 없는 거창한 발언을 하는 거작을 이룩하고자 했다.

사건 전개의 내부적인 필연성을 떠나 주장하는 바가 겉으로 드러나 있어 교술적 소설이라고 할 수 있지만, 주장 자체는 평가할 만한 의의가 있다. 자국의 인물이 국제적으로 진출하고 천상을 오르내리기까지 하면서 큰 공을 세우는 사건을 거대한 규모로 전개해서 민족주의를 지향했다. 여성 인물의 활약을 그 중심에다 두어 여성을 존중하는 사고방식도 보여주었다.

〈삼한습유〉는 경상도 선산의 하층 여인 향랑(香娘)이 원하지 않는 사람에게 시집을 가서 남편의 박해에 견디다 못해 슬픈 노래를 부르고 자결을 했다는 사실을 기본 소재로 삼았다. 여러 문인이 시를 읊고 전을 짓고 해서 널리 알려진 내용을 새삼스럽게 다루면서 야단스러운 수식을 했다. 향랑이 자결을 한 다음에 천상에 올라 선불계의 신령 및 역대 위대한 인물들의 동정을 얻어 다시 환생해 김유신(金庾信)과 함께 활약한 장수 효렴(孝廉)의 아내가 되었다고 꾸몄으니 대단한 상상력이다. 향랑이 효렴에게 계교를 일러주어 삼국통일을 성취하고 가야산에 들어가 신선이 되었다는 결말에 이르기까지 다채로운 사건을 마련했다.

그런 성과에 대해서 작가는 대단한 자부심을 가졌다. 작품 말미의 〈지작기〉(誌作記)에서 소설은 황당하다고 나무라는 말을 사용해 만고의 기관(奇觀)을 이루고 역사를 제대로 이해하도록 하는 양사(良史) 노릇을 할 수 있다고 했다. 이 말이 헛되지 않아 당대의 여러 명사들이 〈삼한습유〉를 읽고 평가하는 글을 남겼다. 열녀의 행실을 칭송한 것이 잘한 일이라고 일제히 말하고, 소설의 가치를 인정하는 발언을 하기도 했다.

〈육미당기〉는 신라의 왕자 김소선(金簫仙)이 아버지 약을 구하러 멀리 갔다가 뜻하지 않은 불운을 겪고 장님이 되었다는 것을 서두의 사건으로 삼았다. 유구왕 백문현(白文賢)이 중국으로 가다가 김소선을 발견해 구출해주고 자기 딸 백소저와 혼약하게 했다. 김소선은 그 뒤에도 시련을 겪고 죽을 고비에 이르곤 했는데 백소저가 신이한 술법을 쓰고 남장한 장수가 되어 위기를 극복할 수 있었다.

백소저 덕분에 당나라에서 공을 세워 부마가 되고 여섯 부인을 거느리게 되었는데, 둘째 부인이 백소저였다. 나라를 지키는 일도 맡아 활약하다가 왜적이 침입하자 그 나라 수도까지 쳐들어가서 항복을 받았다. 김소선은 그 뒤에 귀국해 신라의 왕위를 잇고 나라를 잘 다스리다가 여섯 부인과 함께 선계로 돌아갔다.

장님이 된 시련은 〈적성의전〉에서 가져왔다고 할 수 있고, 신라 왕자의 활약상을 다룬 기본 줄거리는 〈김태자전〉이라고 한 작품에서 볼 수 있는 바와 같다. 백소저의 활약은 여장군전류, 여섯 부인과의 삶은 〈구운몽〉이나 〈옥루몽〉과 상통한다. 그 밖에도 많은 작품에서 가져왔다고 할 수 있는 요소를 다채롭게 활용해 종합판이라고 할 만한 것을 만들었다.

〈광한루기〉(廣寒樓記)는 〈춘향전〉을 한문으로 옮긴 작품이지만, 한문소설을 써서 소설의 위상을 높이고 가치를 입증하고자 한 점이 위의 두 작품과 같이 함께 다룰 만하다. 작자는 수산(水山)선생, 편집자는 운림객초(雲林樵客), 평비자는 소엄주인(小广主人)라고 했는데 누군지 알 수 없고, 한 사람이 여러 이름을 사용했을 가능성이 있다. 창작 시기는 〈춘향전〉에 대한 평가가 확립된 19세기일 것이다.

작품의 성격은 소설이라기보다 소설론이다. 서문, 인물과 사건에 대한 평가, 협주 등에서 많은 지식을 동원해 작품을 논하면서, 소설 부정론에 맞서 긍정론을 펴는 논거를 마련했다. 판소리나 국문소설에서는 인정되지 못하는 소설의 가치를 한문본은 입증해줄 수 있다고 믿고, 지식과 문장력을 최대한 동원해 식자층 설득에 나섰다. 소설의 문장이 저급하다는 이유로 배격하는 것이 부당하다고 하고, 쇠가 금으로 변하게 한 것이 많다고 했다.

국문소설이 성장해 이룩한 소설의 가치를 한문소설에서 보여주고자 하는 풍조가 중세에서 근대로의 이행기 제1기가 끝나갈 때 있었다. 그 덕분에 작품 창작에서 볼 만한 성과가 이룩된 것은 아니지만, 문화운동으로서는 소중한 의의가 있었다. 사회의 최상층에 속하면서 보수적인 사고방식을 가진 사람들까지도 소설을 이해하고 평가하지 않을 수 없게 했다. 여성의 문학으로는 이미 확고하게 자리를 잡은 소설에 남성도 끌어들이면서 남성 우위를 재고하도록 한 조처였다.

조혜란, 〈삼한습유연구〉(이화여자대학교 박사논문, 1994) ; 장효현, 《서유영문학의 연구》(아세아문화사, 1998) ; 정하영, 〈광한루기 비평 연구〉, 《한국고전연구》 1(한국고전연구회, 1995) ; 《'춘향전'의 탐구》(집문당, 2003) ; 성현경·조용희·허용호, 《광한루기연구》(박이정, 1997) ; 유준경, 〈한문본 '춘향전'의 작품세계와 문학사적 위상〉(서울대학교 박사논문, 2003)이 특히 중요한 연구성과이다. 이문규, 《고전소설 비평사론》(새문사, 2002)에서 〈광한루기〉를 고찰했다.

9.14. 서사무가에서 판소리계 소설까지

9.14.1. 세 가지 구비서사시

노래로 부르는 이야기인 서사시의 맥락은 쉽게 드러나지 않는다. 일찍이 건국서사시의 시대가 있었음을 인정하고 그 뒤에 〈동명왕편〉·〈용비어천가〉·〈월인천강지곡〉 같은 창작서사시가 나타났던 일을 주목한다 해도 이해가 제대로 이루어진 것은 아니다. 서사시의 주류는 구비문학이고 기록에 오를 수 없는 저층에 자리 잡고 있었다. 건국서사시는 역사와 직접 관련이 있는 내용만 일부 발췌되어 한문으로 전할 따름이고, 창작서사시는 민간의 구전을 의식하면서 지었어도 서사시 본래의 모습을 그대로 살릴 수 없었다. 문학사 서술에서 외면해온 구비서사시가 더욱 소중한 유산이다.

구비서사시는 서사무가·서사민요·판소리로 이루어져 있는데, 셋을 한 자리에 놓고 비교할 기회가 없어 서로 같고 다른 점이 잘 드러나지 않았다. 이야기를 노래로 하는 점은 서로 같아 서사시의 기본 특성을 이룬다. 그러면서 서사민요는 단형이고, 서사무가는 장형이며, 판소리는 구조가 한층 복잡한 장형이다. 농민서사시인 서사민요는 누구나 부를 수 있지만, 무당서사시인 서사무가는 특별한 자격을 얻어야, 광대서사시인 판소리는 전문적인 수련을 거쳐야 구연이 가능하다.

서사시는 곧 영웅서사시라는 선입견을 배제하고 범인서사시도 서사시임을 알아야 서사시의 역사를 제대로 이해할 수 있다. 신령서사시였다가 영웅서사시로 자라난 서사무가는 범인서사시의 특성도 지니는 변화를 겪었다. 서사민요는 오직 범인서사시이다. 판소리 또한 범인서사시이면서 서사무가에서 물려받았다고 생각되는 영웅서사시의 흔적을 지니고 있다. 서사무가는 오랜 내력이 있다고 인정되고, 서사민요는 족보를 알 수 없으며, 판소리는 18세기 무렵에 생겨났다.

세 가지 구비서사시는 문학사에서 차지하는 위치가 다르다. 서사무가는 원시서사시이고 고대서사시였는데 중세 이후의 서사시로 변모되기도 했다. 서사민요는 중세서사시로 자리 잡고 시대의 변천에 따른 개작을 겪었다. 그러나 판소리는 중세에서 근대로의 이행기서사시로 창조되었다. 판소리에서 이룩한 창조가 지니는 특징과 의의를 이해하려면 앞의 둘에서 일어난 변화를 살필 필요가 있다.

서사무가·서사민요·판소리는 한국뿐만 아니라 세계 도처에서 존재한 보편적인 갈래였지만, 지금은 없어진 곳이 많다. 전승 집단의 공동체적인 유대가 해체된 것이 상실의 이유라고 일반화해서 말할 수 있다. 투쟁에서 승리한 쪽이 다른 민족을 정복·통치할 때 불가피하게 따르는 자기 자신에 대한 손상 때문에 그렇게 된 곳이 많았다. 중국인이나 일본인은 그런 과정을 거쳐 지배민족의 지위를 획득했으므로 구비서사시의 기반을 잃어버려 〈용비어천가〉나 〈월인천강지곡〉과 견줄 수 있는 창작서사시를 만들어내지 못했다.

중국과 일본에 시달려온 민족은 구비서사시를 소중하게 가꾸었다. 서사무가에서 유래한 영웅서사시가 풍부한 점에서는 키르기스·티베트·몽골·아이누 민족 등이, 서사민요까지 잘 갖춘 점에서는 중국 운남지방 여러 민족이 한국보다 앞섰다. 그러나 서사무가와 서사민요를 기반으로 판소리를 새롭게 창조해 구비서사시의 역사를 대폭 쇄신한 성과는 한국에서 가장 두드러지게 나타났다.

남북한의 모든 기존 문학사에서 구비서사시를 외면해왔다. 판소리는 소중하게 여기는 경우에도 다른 두 가지 서사시는 관심 밖에 두었다. 《동아시아 구비서사시의 양상과 변천》(문학과지성사, 1997)에서 구비서사시에 관한 광범위한 비교연구를 하면서 한국 것의 특성과 위치를 밝혔다.

9.14.2. 서사무가의 전승과 변모

서사무가는 무당이 굿을 하면서 부르고, 무속에서 섬기는 신의 내력을 풀이한다. 신의 생애는 건국서사시의 주몽(朱蒙)이나 탈해(脫解)와 상통한다. 탁월한 능력을 지니고 불행하게 태어나 험난한 시련을 겪고 나서 영광스러운 자리를 차지했다고 하는 영웅의 일생에 따라 전개되는 것이 상례이다. 그것은 건국서사시에서 시작된 영웅서사시의 전통이 서사무가로 이어졌다는 증거이다.

건국서사시는 원래 나라 무당이라고 할 수 있는 사람이 국중대회를 거행할 때 공식적인 절차에 따라서 불렀으리라고 생각된다. 그런데 통치방식이 달라지고 유학이나 불교에 근거를 둔 중세이념이 등장하자 무당은 몰락을 겪고, 나라의 시조를 섬기던 노래가 무속의 신을 기리는 노래로 기능이나 내용이 바뀌었다고 생각된다. 새로운 이념이 위세를 떨쳐도 문화구조를 온통 바꾸어놓을 수 없고 새로운 서사시를 제공하지는 못한 탓에, 무속을 따르는 부녀자들이나 하층민은 굿을 구경하고 서사무가를 들으면서 종교적 소망 성취만이 아닌 예술적인 감흥 충족까지 기대했다.

조선왕조는 유학에 의한 통치질서를 철저하게 수립하면서 이단적인 사상과 종교를 극력 배격하는 방침을 택했다. 이단 가운데 이단인 무속이 그 표적이 되었다. 음사(淫祀)라고 일컫은 무속 행사를 근절시켜 풍속을 바로잡아야 기강이 서고 백성들이 현혹되지 않는다고 했다. 그러나 실제 상황은 반드시 그렇게 되지 않았으며 다양한 형태의 음사가 지속되었다.

유신들의 빗발치는 반대가 있었어도 이따금 국무(國巫)라고 하는 무당을 궁중으로까지 불러들였다. 궁중에서 굿을 하는 절차와 준비물을 기록한 19세기의 발기(撥記)가 몇 가지 있다. 〈무당내력〉(巫黨來歷)이라는 책자에서는 무속이 단군을 섬기는 데서 유래했다고 서론을 편 다음 굿의 절차를 정리해 설명하고 그 모습을 그림으로 그려 나타냈다.

사대부 집안에서도 여자들은 무속을 숭상하는 풍속을 버리지 않았다. 지체 낮은 사람들이 개인적인 소망을 성취하려고 벌이는 굿은 규제 대상으로 삼기 어려웠다. 농어촌 마을에서 대규모로 개최하는 별신굿 같은 것은 더욱 완강한 전승력을 가지고 각종 놀이를 풍성하게 보여주면서 많은 관중을 모았다.

굿의 기본 절차는 열두 거리라고 한다. 각 거리의 명칭은 경우에 따라 약간씩 다르지만 처음에는 굿을 한다는 것을 알리며 신을 청하고, 신을 하나씩 등장시켜 대접하며 소원을 말하고, 놀다 가게 하는 점은 공통된 절차이다. 그 모든 절차를 무당이 노래 부르고 춤을 추면서 진행한다. 세습무(世襲巫)는 대대로 이어받은 사설을 능숙하게 재현해 관중을 사로잡는다. 강신무(降神巫)는 전수받은 밑천이 적은 약점을 신통력으로 보충한다.

무가라고 통칭되는 것들이 실제로는 성격이 다양하다. 노래가 아닌 말로 된 대목도 적절하게 섞여 있고, 상황에 따라서 달라질 수 있는 즉흥적인 수작이 또한 적지 않은 비중을 차지한다. 익살맞은 말로 관중을 웃기는 재주가 더욱 환영받게 되어 무당이 예능인 노릇을 했다.

문학갈래의 특징을 들어 말하면 무가는 대부분 교술무가이다. 사람이 신에게 하는 말을 대변하고 신이 사람에게 하는 말을 전하면서 굿이 진행되기 때문이다. 신이 사람에게 하는 말은 공수라고 한다. 정성들여 굿을 하고 간절하게 기원하니 운수대통하게 해준다는 말로 공수를 준다. 신이 잘 놀다 가게 하는 절차에서는 흥겨운 놀이를 하면서 노래를 부른다. 그때 서정무가나 희곡무가가 등장한다. 시조와 깊은 관련을 가지고 민요로도 널리 퍼져나간 노랫가락은 서울지방 서정민요의 좋은 예이다. 흔히 무당굿놀이라고 하는 희곡무가는 제주도나 동해안 지방에서 뚜렷한 모습을 볼 수 있다.

제대로 된 큰굿을 할 때 특정 거리에서 신의 내력을 풀이하고 기리는 서사무가를 부른다. 신의 근본을 풀이한다는 뜻에서 제주도에서는 본풀이라고 하는 말이 서사무가의 특징을 잘 나타내준다. 신의 근본은 자세하게 풀어야 하므로 장편으로 이어지는 서사무가를 굿의 주역인 무당이 앉아서 부른다. 자기 스스로 장구나 북 장단을 치는 경우도 있다. 동해안에서는, 주역인 무당은 서서 연기를 하면서 노래하고 반주자들을 따로 두는 방식을 택하기도 한다.

어느 경우에든 서사무가는 말과 노래, 산문과 율문이 섞여 있어서 판소리가 아니리와 창으로 이루어진 것과 상통한다. 설명은 말로 하고, 장면 묘사는 노래가 맡도록 하는 것이 관례이다. 노래는 네 토막 형식을 기본으로 하는 율격을 사용하면서 많은 변이가 있다.

서사무가는 고대문학의 잔존형태라고 할 수 있지만 시대에 따라서 계속 변모를 겪었다. 초월적인 능력과 초경험적인 영역에 대한 상상을 불교에서 받아들여 이용하고, 유교 윤리에 입각해 사람의 행실을 평가하는 관점을 갖추었다. 그러면서 불교나 유교에 대해서 반론을 제기하는 무속의 세계관을 하층민의 요구와 함께 나타내는 것을 사명으로 삼았다.

조선후기에 이르면 전체적인 전개와는 어울리지 않을 정도로까지 일상적인 삶의 모습을 끌어들여 새 시대 청중의 요구를 반영했다. 가난타령을 늘어놓고 어처구니없이 억울한 사정을 하소연했다. 비속하고 익살맞은 사설까지 대담하게 삽입해 흥미 본위의 공연물로서도 손색이 없도록 하고자 했다. 그래서 신성서사시 속에 배태된 세속서사시가 판도를 넓혀나갔다.

전국에 널리 분포되어 있는 〈당금애기〉를 들어 그런 사실을 확인해 보자. 이 유형은 홀로 집을 보고 있는 당금애기라는 처녀가 탁발을 하러 간 중과 원하지 않는 관계를 해 임신한 뒤 갖은 수모를 겪고 세 아들을 낳았다 하고서, 세 아들은 아버지를 찾아가 혈육임을 확인한 다음 삼불제석(三佛帝釋)이 되었다는 줄거리를 갖추고 있다. 그래서 〈제석본풀이〉라고도 한다. 세 아들이 불행하게 태어난 시련을 겪고 무신으로 좌정하게 되었다는 점에서는 본풀이 일반의 특징을 그대로 보여주고 있으나, 서두의 결연과 잉태 과정이 특이하고, 중이니 제석이니 하는 불교적인 요소가 들어가 있다.

당금애기의 '당'은 골짜기를 뜻하던 말이고, '금'은 신이라는 의미를 지녔다고 보면 당금애기는 원래 "골짜기의 신" 또는 '지모신'이 아니었던가 하는 추론이 가능하다. 지모신을 임신시킨 남자는 천신이라야 어울릴 것 같아, 유화(柳花)와 해모수(解慕漱)의 관계를 연상하게 한다. 유화는 해모수가 떠나고 없을 때 아들 주몽을 낳고, 주몽 다음 대의 유리(瑠璃)가 아버지를 찾아가 혈육임을 확인했다는 고구려 건국서사시가 이어진다고 볼 수 있다. 원래의 의미가 잊혀진 탓에 불교적인 요소를 끌어들여 신이함을 유지하는 한편, 아비 없는 자식을 잉태하고 출산한 처녀의 수난을 심각하게 그려 하층의 공감을 확보했다.

〈바리공주〉 또는 〈바리데기〉라고 하는 유형도 전국에 널리 분포되어 있다. '버림받은 공주' 또는 '버림받은 아이'라는 말로 이름을 삼고, 내력을 설명한다. 딸을 여섯이나 두어 아들을 바라는 부모에게 일곱째 딸로 태어난 주인공이 바로 버림받았다가 구출되어 살아났다. 얼굴도 모르는 아버지가 죽을병이 들어 저승의 약수를 길어 와야 살릴 수 있다고 하자, 여섯 언니는 하나같이 거부하는 임무를 바리공주가 맡아 온갖 시련 끝에 성사했다. 그 뒤에는 무신이 되어 이승과 저승을 연결시키면서, 저승에 안착하지 못하는 혼령을 인도하고, 그런 혼령 탓에 재앙을 겪고 있는 사람들을 편안하게 해준다고 한다. 사람이 죽었을 때 하는 오구굿 또는 진오귀굿에서 이 무가를 부르는 것이 그 때문이다.

서울지방의 〈바리공주〉에서는 부녀관계를 이씨 임금과 공주로 설정하고, 충효를 아울러 받든 것이 훌륭하다고 거듭 칭송한다. 왕실복장을 하고 굿을 하고, 노랫말에 궁중용어가 많이 들어가 있다. 공주나 옹주가 죽었을 때 국무(國巫) 또는 나랏당주라고 하는 전속무당을 불러들여 굿을 하면서 부른 〈바리공주〉가 전해지고 있다고 할 수 있다. 유교서사시 〈용비어천가〉, 불교서사시 〈월인천강지곡〉과 함께 또 하나의 서사시인 무속서사시 〈바리공주〉가 조선왕조의 왕실서사시 노릇을 하면서 공존했다고 상상해볼 수 있다.

전국 각처에서 전승되는 대부분의 형태에서는 버림받은 딸이 가련한 처지에서도 효성을 다하느라고 겪는 수난과 희생이 강조되어 있다. 오랜 전승에다 바탕을 둔 여성 수난사를 절실한 공감을 자아낼 수 있게 개작해 여성 신도들을 사로잡았다. 소설에도 많은 영향을 끼쳐, 여성을 주인공으로 한 영웅소설에서 되풀이되는 사건형태를 제공했다.

서사무가가 가장 풍부한 곳은 제주도이다. 원시문학이라고 할 수 있는 신령서사시 〈서귀포본향당본풀이〉나 창세서사시 〈천지왕본풀이〉, 고대영웅서사시의 모습을 간직한 〈김녕괴내깃당본풀이〉 또는 〈송당본향당본풀이〉 같은 소중한 유산을 풍부하게 지닌 서사무가의 본고장 제주도에서 서사무가를 후대의 문학으로 재창조하는 작업도 활발하게 전개했다. 새로운 문학갈래가 등장하지 않고 국문문학을 창작하는 관습이 이루어지지 않아, 시대에 따라서 달라지는 삶의 모습과 하고자 하는 말을 서사무가의 개조를 통해 나타냈다. 서사무가를 중세에서 근대로의 이행기문학으로 만드는 데 본토보다 한 걸음 더 나아갔다.

중앙정부의 통치 때문에 시달리면서 사는 모습을 나타낸 것이 그 가운데 특히 주목할 만하다. 〈토산당본향풀이〉의 주인공인 마을의 신은 중앙정부에서 보낸 관원이 제주도의 신령을 없애려고 하자 항거하지 못하고 변형되어 도망치다가 가까스로 좌정할 곳을 얻는 가련한 신세가 되었다. 신이 짓밟혀 서사시의 전개방식이 뒤틀려진 것을 통해서 제주도민의 자부심이 손상된 상처를 나타냈다. 그렇게 당하고 있다고만 하지 않고 반론을 제기하기도 했다. 〈고대장본〉에서는 제주목사가 신당을 파괴하는 것을 고대장이라는 무당이 제어했다고 했다.

〈양이목사본〉에서는 제주도를 위해 싸운 영웅의 투쟁을 그렸다. 양이목사라는 인물은 본토에서 부임한 목사이면서 제주도 토착세력의 대표자이기도 한 이중성을 지녔다. 국왕이 제주도민에게 일년에 백마 백필을 진상하라고 명령해서 충돌이 생겼다. 양이목사는 부당한 요구를 감수하고 있을 수 없어, 서울에서 진상용 말을 팔아 제주도민에게 필요한 물품을 사가지고 돌아왔다.

조정에서 그 일을 알고 금부도사를 시켜 양이목사를 죽이라고 했다.

양이목사는 제주도민이 견딜 수 없어 그렇게 한 뜻을 임금에게 알리라고 금부도사에게 호령했다. 무릎을 꿇고 그 말을 듣던 금부도사가 기습해서 양이목사를 잡아 묶고 목을 쳤다. 그 다음에는 다음과 같은 일이 벌어졌다.

　　뱃장 아래로 떨어지는 양이목사 몸뚱이는
　　용왕국 절 고개에 떨어지니,
　　어느 새 청룡 황룡 백룡으로 몸이 변신되어,
　　깊은 물속 용왕국으로 들어갑니다.
　　양이목사 머리를 안아 붉은 피를 닦고,
　　두판 위에 머리를 놓아 흰 포를 덮고,
　　금부도사 오른 배에 이물에 놓았더니,
　　몸뚱이 없는 양이목사가
　　고씨 사공에게 마지막 소원으로 ……

　몸뚱이가 배 아래로 떨어져 용왕국으로 들어가는 것을 고향으로 돌아간다고 했다. 바다에서 표류하다가 용왕국에 이르러 용왕의 사위가 되었던 선조 영웅들의 자랑스러운 내력을 되새긴다. 그 대목에서는 양이목사가 '양이왕'이 된다. 건국서사시의 주인공 '고이왕'·'양이왕'·'부이왕'의 하나인 '양이왕'이 죽어 신령이 되어 탐라국의 정신적 수호자노릇을 한다고 했다.
　제주도 본풀이에는 당풀이가 아닌 일반본풀이도 있다. 어느 곳에서든지 부를 수 있는 일반본풀이에서는 신은 뒤로 물러나고 사람 중심의 사고방식이 확대된 변화를 나타낸다. 신앙비판서사시라고 할 수 있는 〈차사본풀이〉에서는 강임이라고 하는 인물이 아주 똑똑해 저승에 가서 염라대왕을 불러와 이승의 문제를 해결했다고 한다. 염라대왕이 저승 사자 열둘을 거느리고 항거를 해도 강임의 힘을 당하지 못하고, 굿 구경을 하고 가자고 하면서 시간을 지체했다. 이승 사람과 저승 지배자 사이의 우열관계를 그렇게까지 역전시켰다.

〈이공본풀이〉는 죽은 사람을 되살릴 수 있는 저승의 꽃을 관장하는 꽃감관 한락궁이의 내력을 설명한다고 하면서, 아버지와 이별한 뒤에 어머니가 종으로 팔려가 살해당하는 등의 수난을 그렸다. 하층민이 겪는 갖가지 어려움을 아주 실감나게 그렸다. 그것은 〈석보상절〉의 한 대목인 〈안락국태자경〉(安樂國太子經)과 흡사하고, 〈안락국태자전〉이라는 소설과도 관련된다. 〈안락국태자경〉이 구비문학에 수용되었다고 보는 것이 순리일 듯하지만, 〈안락국태자경〉은 소종래가 불분명하고, 다른 나라에는 없다. 〈이공본풀이〉의 원형에 해당하는 서사무가가 먼저 있어서 그 저본 노릇을 했을 수 있다.

〈세경본풀이〉는 농사의 신인 '세경'의 내력을 설명한다고 하면서 자청비라는 예사 처녀가 옥황상제의 아들 문도령을 사랑해서 남장을 하고서 따르다가 마침내 뜻을 이루었다는 내용이다. 자청비가 문도령을 유혹해서 부모 몰래 부부가 되는 대담한 행동을 했다. 자청비는 문도령을 데리고 자기 집에 가서 부모에게 문도령이 글공부를 함께 하는 여자아이이니 자기 방에 자고 가게 해달라고 해서 허락을 얻고서, 다음과 같이 했다.

> 자청비는 문도령 손목을 부여잡고,
> "문도령아 문도령아!
> 우리 첫잔은 인사주,
> 두 잔은 대접주, 삼 잔은 친구주.
> 술 삼 잔을 나누어 먹고
> 너와 나와 이 날 밤을
> 천정배필 만들기가 어떠하냐?"

지체 낮은 처녀가 지체 높은 총각을 유혹해서 사랑을 이루었다. 처녀가 총각을 유혹한 것은 다음 대목에서 살필 서사민요 〈이사원네 만딸애

기〉에서와 같다. 지체의 차이를 넘어선 사랑 이야기라는 점에서는 판소
리 〈춘향가〉와 상통한다. 그 둘을 함께 보여주는 작품이 제주도 서사무
가에서 이루어진 것은 놀랄 만한 일이다. 여성문학을 창조하는 데 열의
를 가지고 하층의 요구를 적극 받아들여 중세에서 근대로의 이행기문
학 창조에 적극적으로 참여한 성과가 그렇게 나타났다.

서사무가에 대한 전반적 고찰은 서대석, 《한국무가의 연구》(문학사
상사, 1980) ; 김태곤, 《한국의 무속신화》(집문당, 1985) ; 이경엽, 《무
가문학연구》(박이정, 1998) 등에서 했다. 중요한 무가 자료는 김태곤,
《한국무가집》 1∼4(집문당, 1979) ; 현용준, 《제주도무속자료사전》
(신구문화사, 1980) ; 진성기, 《제주도무가본풀이사전》(민속원, 1991)
에 집성되어 있다. 서대석, 〈무당내력'의 성격과 의의〉, 《구비문학》
4(한국구비문학회, 1997)에서 자료를 고찰했다. 무가에 관한 연구논저
가운데 특히 긴요한 것은 강정식, 〈제주무가 '이공본'의 구비서사시적
성격〉(한국정신문화연구원 석사논문, 1987) ; 〈제주도 당신본풀이의
전승과 변이 연구〉(한국정신문화연구원 박사논문, 2002) ; 이수자, 〈제
주도 무속과 신화 연구〉(이화여자대학교 박사논문, 1989) ; 김영숙, 〈제
주도 일반신본풀이의 신격화 연구〉(전북대학교 박사논문, 2002) ; 박경
신, 〈무가의 작시 원리에 대한 현장론적 연구〉(서울대학교 박사논문,
1991) ; Boudewijn Walraven, *Songs of the Shaman : the
Ritual Chants of Korean Mudang*(London : Kegan Paul,
1994) ; 김헌선, 《경기도 도당굿 무가의 현지연구》(집문당, 1995) ; 이경
엽, 〈전남무가의 연구〉(전남대학교 박사논문, 1996) ; 홍태한, 《서사무
가 '바리공주' 연구》(민속원, 1998)이다. 《동아시아구비서사시의 양상과
변천》(문학과지성사, 1997)에서 〈바리공주〉를 조선왕조의 서사시로 해
석하는 견해를 펴고, 제주도 본풀이의 변모에 관해 고찰했다.

9.14.3. 서사민요의 모습

서사민요는 누구나 부를 수 있는 노래이다. 쉽사리 유형화할 수 있는 간단한 구조를 갖추고 있으며, 전체 분량이 서사무가나 판소리에 비해서 훨씬 짧다. 민요라면 으레 그렇듯이 특별한 수련을 거치지 않아도 배울 수 있고, 청중이 따로 구분되어 있지도 않다. 부녀자들이 길쌈하기처럼 길게 이어지는 일을 하면서 부르고 악기 반주는 필요하지 않다. 읊는다는 것이 적합할 정도로 가락에 기복이 적지만, 산문이 삽입되지 않고 율문으로만 이어지는 점이 서사무가나 판소리와 다르다. 네 토막 형식이 다른 두 가지 서사시의 경우보다는 안정되어 있는 편이다.

서사민요는 언제 생겨났는지 알기 어렵다. 오랫동안 중세문학의 기본 갈래 노릇을 해왔다고 인정되지만 표면에 드러나지 않았다. 서사민요가 기록에 오른 것은 아주 드문 일이다. 구비전승의 깊숙한 층위에서 변화를 겪어, 중세에서 근대로의 이행기에 이르러 농민 부녀자들이 자기 생활의 불만을 토로하는 의식을 더욱 뚜렷이 가지고 세태를 비판하는 안목까지 갖추었다. 사대부 부녀자들의 규방가사와는 아주 다르게 유식한 문구를 빌려오지 않고 무슨 교훈을 내세우지 않으면서 생활의 실상을 흥미롭게 나타내는, 지식의 문학이 아니고 경험의 문학이다.

서사무가는 제주도 것들을 크게 주목할 만하고, 판소리는 전라도에서 생겨났으나, 서사민요는 어느 지역과 연고를 가지지는 않았다. 그러나 전국 어디에나 있는 서사민요를 경상도, 그 가운데서도 북부지방에서 특별한 관심을 가지고 돌보아 오늘날까지 전하고 있다. 서사민요를 기능요로 삼는 노동의 형태가 이어진 것도 이유지만, 서사무가를 하는 무당을 만나기 어렵고 판소리광대는 드나들지 않아 그쪽에다 맡길 만한 사연을 서사민요에다 담으려고 했다. 상층 부녀자들의 규방가사 애호에 맞서서 하층에서는 서사민요를 힘써 가꾸었다.

서사민요에는 자탄의 노래가 많아 서정시처럼 보일 수 있지만, 사건 전개에 뚜렷한 유형구조가 있어 서사문학의 요건을 잘 갖추었다. 서두는 반드시 고난이다. 그 다음 고난을 해결하기 위한 시도가 있고, 그 결과 좌절을 하는 데서 끝나거나 아니면 다시 해결을 위한 시도가 있다가 더러는 해결에 이르기도 한다.

하층민의 삶, 특히 여성에게 부과된 조건에서는 언제나 고난이 문제가 되어 사건이 벌어진다는 것을 그런 구조로 나타낸다. 해결의 시도가 정상적인 것이냐 아니면 엉뚱한 것이냐에 따라서 서사민요는 크게 두 계열로 나누어져 있다. 해결의 시도가 정상적인 경우에는 노래하는 사람이 주인공과 밀착되어 전개되며 비극적인 성향을 지닌다. 반면 해결의 시도가 엉뚱한 경우에는 노래하는 사람이 주인공에게 비판적인 거리를 유지하며 희극적인 전개를 보여준다.

비극적인 서사민요에서 흔히 다루는 문제는 시집살이의 고난이다. 시집살이를 견딜 수 없어 머리를 깎고 중이 된 새댁이 친정으로 탁발하러 갔다는 사연을 흔히 들을 수 있다. 친정어머니도 자기를 알아보지 못해서 서럽게 돌아섰다는 것으로 결말을 삼기도 하고, 사방으로 다니다가 남편을 다시 찾아서 함께 살았다고 하기도 한다.

과거를 보러 간 남편이 죽어서 돌아왔다는 이야기도 있다. 기다리던 남편이 첩을 데리고 오자 자살을 하고 말았다고 하는 유형은 〈진주낭군〉이라 일컬어진다. 첩의 집에 찾아갔다가 어쩔 수 없어 그냥 돌아왔다는 것에도 해결책은 없다. 친정어머니가 죽었다는 부고가 와도 가지 못해 애태우다가 가까스로 가니 오빠들이 어머니 얼굴도 보지 못하게 하더라고 하면서 친정 식구와의 갈등을 나타내기도 한다.

남녀관계에다 초점을 맞춘 것들도 있다. 처녀가 잃어버린 댕기를 총각이 주워 자기와 혼약을 하면 주겠다는 것은 아름다운 사연이지만, 오빠가 누이의 방에서 남자 소리가 난다고 모함하자 누이가 죽겠다고 하는 데서는 사태가 심각하다. 그 유형에 속하는 〈쌍가락지〉가 이학규(李學逵, 1770~1835)의 민요 한역시 〈앙가오장〉(秧歌五章)에서 발견되어 흥미롭다. 한역한 사설을 들고, 오늘날 흔히 들을 수 있는 구절을 오른쪽에 갖다놓기로 한다. 괄호로 묶은 대목은 오늘날의 구전에서 발견되지 않는다.

纖纖雙鑷環	쌍금쌍금 쌍가락지
摩挲五指於	호작질로 닦아내서
在遠人是月	먼 데 보니 달일레라.
至近云是渠	곁에 보니 처잘러라.
家兄好口輔	오랍 오랍 울 오빠요.
言語太輕疎	거짓 말씀 하지 마소.
謂言儂寢所	그 처자야 자는 방에
鼾息雙吹如	숨소리도 둘일레라.
儂實黃花子	(나는 본래 황화자라
生小愼興居	몸가짐을 삼갔더니)
昨夜南風惡	동지섣달 설한풍에
牕紙鳴噓噓	풍지 떠는 소릴시더.

여기까지 이어지다가 끝났는데, 구전에서는 오빠의 모함에 항변하기 위해 누이는 죽기로 작정한다고 했다. 사소한 사건이 비참한 결과에 이른 것을 납득할 수 없다고 할 수 있지만, 이면에 숨겨져 있는 사연까지 생각하면 그렇지 않다. 사랑은 파탄에 이를 수밖에 없다는 절망감을 다른 몇 유형과 함께 나타냈다. 장가를 가니 신부가 죽었거나 부정한 짓을 한 것이 드러나 되돌아왔다는 것도 있다. 아내와 작별하고 길을 떠난 사람이, 보고 싶어 되돌아가보니 아내가 죽었더라는 것은 소설 〈숙영낭자전〉과 상통한다.

여주인공의 이름을 따서 〈이사원네 맏딸애기〉라고 하는 유형은 처녀가 총각에게 적극적으로 구애한 내용이다. 처녀가 총각을 유혹했으니 나무라야 마땅하고 유혹을 거절한 총각은 갸륵하다 해야 할 것 같은데 전혀 그렇지 않다. 유혹은 일시적인 기분에서 나온 희롱이 아니고 생사를 걸만큼 심각한 사랑이 내재해 있다는 것을 충격적인 방법으로 나타낸다. 처녀의 저주 때문에 장가가는 날 총각이 죽고, 처녀 또한 시집가는 날 총각의 무덤 속으로 끌려들어갔다고 한다.

그래서 "이 세상에 못사는 것 후 세상에 살아보고/ 이 세상에 원한 진 것 훗날에 풀어내고" 하면서 다음 생에 다시 만나 사랑을 성취했다고 하는 것이 결말이다. 예법에 맞추어 거행하는 혼인은 허망하고, 지독한 증오와 표리관계를 이루는 사랑만이 절대적인 의미를 갖는다. 사건 전개가 그 자체로 납득할 수 없을수록 둘이 저승에 가서는 사랑을 성취하고 부부가 되었다는 결말이 더욱 강한 설득력을 갖는다. 길쌈하는 부녀자들이 그런 노래를 즐겨 부르면서 평소에는 나타낼 수 없는 내심의 욕구를 털어놓았다.

서사민요가 모두 비극으로 끝나지는 않고, 희극적 서사민요도 있어서 대조가 된다. 사건을 한 가닥으로 전개하니 비극이 아니면 희극이 된다. 희극적인 쪽은 내심의 욕구를 자기가 아닌 다른 사람의 일로 전가시켜 웃음거리를 만드는 것이 특징이고, 남자들이 즐겨 부른다. 주인공의 불운을 자기 일인 듯이 노래하는 자탄의 정서를 거부하고, 서술자와 이야기 속의 주인공이 분리되어 있어 진지한 자세가 필요하지 않으며 음란한 행실을 나무라는 것 같은 능청스러운 거동을 보인다.

〈영해영덕 소금장수〉 또는 〈강원도금강산 조리장수〉라고 하는 유형은 파탈을 하고 웃자는 것이다. 홀어머니를 모시고 사는 아들이 효자여서 방을 덥게 하느라고 아무리 애써도 어머니는 계속 춥다고만 했다. 어느 날 소금장수 또는 조리장수가 찾아온 것을 보고 어머니 방에서 자고 가게 했더니, 그 날은 어머니가 방이 더워 잘 잤다고 했다. 어머니는 떠나고 없는 사람이 그리워 노래를 불렀다. 아들이 그 사람을 찾아다가 어머니와 같이 살게 했다고도 하고, 그 사람이 죽었더라고 하면서 어머니의 옷을 태워 저승으로 보내주기도 했다고도 한다.

〈범벅타령〉 또는 〈훗사나타령〉이라는 것은 〈배비장전〉에도 들어 있는 널리 알려진 사건 유형을 활용하면서 한층 묘미 있는 짜임새를 갖추었다. 본남편이 출타하고 없는 사이에 간부와 놀아나는 음란한 여자의 거동을 길게 노래해 흥을 돋운다. 간부가 잘 먹는 범벅을 해다 바친다고 하면서 열두 달의 범벅을 차례대로 열거하는 대목이 있어, 〈범벅타령〉이라는 이름이 생겼다.

갑자기 본남편이 나타나자 주인공 여자는 당황한 나머지 간부를 뒤주 안에다 숨겼다. 본남편은 뒤주를 그대로 두면 재수가 없다면서 짊어지고 가서 불에 태워버리겠다고 했다. 결국 간부는 놓아주고 돌아가 자기 아내가 서방질한 죄만 다스렸다. "기집년에 하는 말이 무정하다 낭군님요/ 훗사나 하나 내 봤다고 죽자 사자 왜 때리노" 하는 데 이어서, "그만하고 용서하세이" 하는 것이 노래의 결말이다.

〈중타령〉이라는 것에서는 중이 목욕하고 있는 여자에게 매혹되어 접근하다가 마침내 소원을 성취해서 중노릇을 그만두고 살림을 차린다면서 음담패설을 늘어놓는다. 비속하게 되어 있는 〈당금애기〉의 한 대목과 상통하고, 탈춤의 파계승 과장하고도 비슷한 점이 있다. 위에서 든 다른 예들에서도 두루 나타나는 바와 같이, 희극적 서사민요는 성생활의 금기를 깨는 데에는 과감하지만 사회적인 권위에 대한 비판은 갖추지 않고 있다.

서사민요는 《서사민요연구》(계명대학출판부, 1970)에서 처음 조사·연구하고, 증보판(1979)에 희극적 서사민요에 관한 논문을 덧붙였다. 고혜경, 〈서사민요의 일 유형〉(이화여자대학교 석사논문, 1983) ; 이정아, 〈서사민요연구〉(이화여자대학교 석사논문, 1993)에서 후속 연구를 했다. 김일렬, 〈소설의 민요화〉, 《어문논총》 16(경북대학교 국어국문학과, 1982)에서 소설과 관련된 서사민요를 고찰했다.

9.14.4. 판소리의 형성과 발전

서사무가와 서사민요는 근래에 창안한 학술용어이지만, 판소리는 원래부터 있던 말이다. 판소리는 새로 나타난 갈래여서 이름을 지을 필요가 있었고, 그 이름이 오늘날까지 널리 통용되고 있다. 판소리는 놀이판을 차리고 부르는 소리라고들 하는데, 그런 뜻만은 아니다. "판을 짜는 솜씨"라는 용례에서 볼 수 있듯이, '판'은 장단 변화가 있는 악조를 지칭하기도 한다.

서사무가와 서사민요는 자연발생적인 전승물이지만, 판소리는 의도적인 창조물이라 기교가 발달되고 이론이 뒤따랐다. 서사무가와 서사민요는 앉은 자세로 부르는 구송창(口誦唱)을 하는 것이 예사이지만, 판소리는 광대가 일어서서 고수의 반주에 따라 온갖 몸짓을 하면서 부르는 연희창(演戲唱)이다. 그 때문에 판소리를 연극이라고 보는 것은 적절하지 못한 견해이다. 연극적인 동작 때문에 흥미를 끌고 인기를 얻기도 하지만, 사건 전개 방식이 서사시이다.

판소리광대는 전문적인 놀이꾼이어서 청중을 사로잡을 수 있는 다채롭고 흥미로운 재주를 보여주어야 했다. 반주하면서 추임새를 넣는 고수도 중요한 구실을 해서 "일 고수 이 명창"이라는 말이 생겨났다. '귀명창'의 경지에 이른 수준 높은 청중을 만나야 광대도 고수도 기량을 제대로 발휘할 수 있었다. 그런 관계를 규정하는 이론까지 갖추어 복잡하고 세련된 공연물로 자라난 판소리는 민속 연희의 여러 형태 가운데 가장 높은 평가를 얻었다.

판소리는 전라도에서 생겨났다. 전라도의 세습무는 시어머니에서 며느리로 계승되고 아들 또는 남편인 남자 쪽은 굿을 거들거나 하는 악공 노릇을 했다. 그 정도로는 먹고 살기 어렵고 보람도 적어 각기 자기 재주를 살려 다른 길을 개척했다. 땅재주를 하거나 줄을 타기도 하고, 판소리도 하게 되었다. 판소리광대가 다른 고장에서도 나타난 것은 전라도의 판소리가 전파된 뒤의 일이다.

판소리는 서사무가에서 유래했다. 장형서사시를 말과 창을 섞어서 부르는 방식이 서사무가에서 판소리로 이어졌다. 판소리 장단의 기원도 전라도 무가에서 찾을 수 있다. 하지만 판소리는 굿에서 분리되어 따로 공연되는 독립적인 흥행물이고, 예사 사람을 주인공으로 삼아 현실적인 문제를 다루는 점이 서사무가와 다르다. 무속 신앙이 차츰 불신되면서 서사무가 자체도 비속하고 익살스러운 표현을 삽입하는 방향으로 나아가는 추세여서, 그런 특징을 적극적으로 갖춘 갈래라면 더욱 환영을 받을 수 있어 판소리를 만들었다.

판소리는 서사민요와도 상통한다. 일상생활의 경험에서 심각한 사연을 끌어내는 작업을 서사민요와 함께 하면서, 경이로운 수준으로 진척시켰다. 서사민요를 부르던 사람들이 듣고 비교를 하면 큰 충격을 받지 않을 수 없는 다양하고 세련된 특징을 판소리가 지녔다. 판소리는 서사무가뿐만 아니라 서사민요까지 받아들여 뒤집어놓은 부정적 계승의 작업을 거쳐 제조되었다.

판소리와 비슷한 공연물을 이룩하고자 하는 움직임은 전라도가 아닌 다른 곳에서도 나타났다. 제주도 서사무가 가운데 하층민의 고난을 묘사한 〈이공본풀이〉, 애정 성취를 예찬하는 〈세경본풀이〉 같은 것들이 전라도에 알려져 자극을 주었을 수 있다. 〈훗사나타령〉 같은 것을 부르는 경상도 북부지방 명창도 인기를 모았다. 평안도의 〈배뱅이굿〉은 남도판소리와 경쟁할 만한 서도판소리였다고 할 수 있다.

〈배뱅이굿〉은 무당이 굿을 하면서 죽은 사람의 혼령을 불러내는 방식을 본뜨면서 뒤집어놓는 기발한 착상으로 전개된다. 말투나 가락을 굿과 흡사하게 해서 굿 구경을 하는 듯한 느낌이 들도록 하고, 가짜 무당이 속임수로 죽은 처녀의 부모를 우롱하는 사건을 전개해 형식과 내용의 불일치 때문에 웃지 않을 수 없게 한다. 혼자서 창을 하며 장단도 치고 장단변화가 뚜렷하지 않으며 사설도 조잡하다 할 수 있으나, 남도판소리도 처음 생겨났을 때에는 그랬으리라고 생각된다.

남도판소리는 놀라운 변모를 보였다. 광대와 고수가 기능을 나누고, 장단을 다양하게 하고, 소재를 확대하고 사설을 가다듬어 아주 달라졌다. 그 이유는 전라도는 음악의 악조가 판소리를 키우기에 적합하고, 판소리의 내용을 다채롭게 하는 데 이용할 만한 구비전승이나 민속예술의 소재가 풍부하기 때문이라고 할 수 있다. 전라도에는 탈춤이 없어 판소리가 탈춤의 구실을 해야 했던 것도 함께 고려할 사항이다. 자기 고장 사람들의 절대적 애호에 힘입어 놀라운 수준으로 성장한 덕분에 판소리는 전국에서 알아주는 최고의 예술품이 되었다.

판소리가 형성된 시기는 분명하게 알기 어려우나, 연대를 판가름하는 데 도움이 되는 자료가 있다. 충청도 목천 선비 유진한(柳振漢)이 1754년(영조 30)이라고 판명된 해에 〈춘향가〉(春香歌)를 7언 200행의 한시로 옮긴 것이 남아 있다. 〈춘향가〉가 본고장을 떠나 그곳까지 알려지고 한문을 하는 선비의 관심을 끌기까지 몇 십 년은 소요되었으리라고 보면, 처음 나타난 시기는 18세기 초기 숙종말·영조초 무렵이 아니었던가 추정할 수 있다.

송만재(宋晩載)가 1843년(헌종 9)에 지은 시 〈관우희〉(觀優戱)에서 공연의 실상을 많이 파악할 수 있다. 판소리는 그때까지도 가곡·가사 등의 노래, 줄타기, 땅재주 따위의 곡예와 함께 공연되었다. 그런 것들에 이어서 '본사가'(本事歌)라고 한 판소리가 시작되자 관중이 아연 긴장했다고 해서 판소리의 인기를 확인할 수 있게 한다. 판소리는 열두 마당인데, 〈춘향가〉를 제외한 나머지는 조잡해 들을 것이 못 된다고 했다.

판소리광대는 애초에 고기잡이 철이면 어촌으로, 추수를 할 무렵이면 농촌으로 찾아다니고, 사람이 많이 모이는 장터에 자리를 잡고 온갖 재주를 팔면서 판소리를 특히 자랑했다. 그러다가 차츰 부잣집에 초청되는 기회가 많아지고 사대부의 애호를 받게 되었으며, 나중에는 궁중에 들어가 임금 앞에 서는 영광을 누리는 일도 있게 되었다. 그러나 모든 광대가 한 길로 나아간 것은 아니다. 시장 바닥을 누비고 다니면서 하층민을 상대하는 쪽, 좌상객의 평가를 얻으려는 쪽이 구분되고, 비탄의 소리로 심금을 울리는 서편제와 우람한 기풍을 자랑하는 동편제가 서로 다른 유파를 이루었다.

완성된 형태의 판소리는 광대와 고수 두 사람이 공연하면서 최대한의 효과를 거둘 수 있게끔 조직화되어 있다. 고수는 북으로 장단을 맞출 뿐만 아니라 '추임새'라고 하는 감탄사를 이따금씩 내놓아 광대의 흥을 돋우고 청중의 반응을 대변한다. 광대는 부채를 하나 들고서 '너름새'라는 이름의 연기를 다채롭게 보이면서 특히 장면 묘사를 아주 실감

있게 한다. 아니리와 창을 섞고, 진양조에서 휘몰이까지 장단 변화가
다채로워 거기 상응하는 사설의 변화와 함께 청중을 사로잡는다. 청중
이 누구이며 어느 정도 적극적인 호응을 하는가에 따라서 사설과 연기
가 달라진다.

소리를 시작할 때면 먼저 허두가(虛頭歌) 또는 단가(短歌)라고 하는
짧은 노래를 기본 장단인 중머리로 부르면서 광대는 목을 풀고 청중을
모은다. 〈새타령〉·〈성주풀이〉·〈백구사〉(白鷗詞)처럼 민요 또는 잡가에
서 차용한 것도 있고, 〈백발가〉(白髮歌)·〈진국명산〉(鎭國名山)·〈소상
팔경〉(瀟湘八景) 같은 창작 작품도 있는데, 어느 것이든 유식한 문구를
늘어놓으면서 관념적 정서를 조성한다. 판소리의 한 대목을 따로 축약해
서 허두가로 삼는 경우도 있다. 〈수궁가〉(水宮歌)의 〈토끼화상〉이나, 〈춘
향가〉의 〈박석고개〉·〈어사상봉〉 같은 것들이 그 좋은 예이다.

허두가가 끝나고 본사설로 들어갈 때면 먼저 아니리부터 내놓는다.
상황을 설명하고 사건의 경과를 요약하는 말은 창이 아닌 아니리로 해
야 쉽게 알아들을 수 있다. 아니리에서 창으로 넘어가면서 감정이 고조
되고 갈등이 조성된다. 창만 계속해서 하면 힘이 들고, 청중도 너무 긴
장이 되기 때문에 중간 중간에 아니리를 섞는다. 창과 아니리가 서로
보완적인 작용을 하면서 긴장과 이완이 엇바뀌도록 한다.

〈심청가〉(沈淸歌)·〈흥부가〉(興夫歌)·〈춘향가〉 같은 완성형 판소리
는 전승 과정에서 개작이 계속 첨가되면서 내용이 풍부해져 장편이 되
었다. 완창을 하면 시간이 너무 많이 걸려 광대가 감당하기 어렵고 청
중도 지치게 되므로, 어느 대목만 따서 부르는 것이 관례이다. 청중이
전편의 줄거리를 잘 알고 있어 그렇게 해도 지장이 없다. 어느 대목을
어떻게 부르는가 하는 것이 청중의 관심사이다. 광대가 어느 대목을 자
기 나름대로 특별하게 개작해 자기 장기로 삼는 것을 '더늠'이라고 한
다. 평소에 남다르게 연마한 더늠을 청중의 기대에 호응해 즉흥적으로
개작하는 능력을 보여주어야 명창일 수 있다.

각기 자기 더늠을 자랑하는 명창들의 공동창작물이 되어 판소리는

통일성을 잃었다. 기본 줄거리를 구체화하는 사건이나 장면이 경우에 따라서 얼마든지 달라질 수 있고 앞뒤가 서로 어긋날 수도 있게 되었다. 그 때문에 혼란이 생긴 것은 아니며, 혼자 창작한 작품에서는 기대할 수 없는 개방성 및 부분의 독자성 덕분에 다양한 목소리를 들려줄 수 있었다. 상하층의 의식을 함께 나타내면서 그 둘이 충돌하는 양상을 문제 삼았다. 표면적 주제로 내세운 도덕률과 상반된 현실 비판의 이면적 주제를 같은 작품에서 함께 제시했다.

판소리에 관한 전반적 논의를 조동일·김흥규 편, 《판소리의 이해》(창작과비평사, 1978) ; 정병욱, 《한국의 판소리》(집문당, 1981) ; 이국자, 《판소리의 예술 미학》(도서출판 나남, 1989) ; 최동현, 《판소리란 무엇인가》(에디터, 1994) ; Marshall R. Pihl, *The Korean Singer of Tales*(Havard University Press, 1994) ; 김현주, 《판소리 담화 분석》(좋은날, 1998) ; 박영주, 《판소리사설의 특성과 미학》(보고사, 2000) ; 허원기, 《판소리의 신명풀이 미학》(박이정, 2001) ; 정양, 《판소리 더늠의 시학》(문학동네, 2001) ; 김익두, 《판소리, 그 지고의 신체 전략》(평민사, 2003) 등에서 했다. 이국자, 《판소리연구》(정음사, 1987) ; 김대행, 《우리 시대의 판소리문화》(역락, 2001)에서는 오늘날의 판소리에 관해 고찰했다. 정병헌, 《판소리문학론》(새문사, 1993) ; 서종문, 《판소리사설 연구》(형설출판사, 1984) ; 김종철, 《판소리사연구》(역사비평사, 1996) ; 《판소리의 정서와 미학》(역사비평사, 1996) ; 서대석, 〈판소리 기원론 재검토〉, 《고전문학연구》 16(한국고전문학회, 1999) ; 김현주, 《판소리와 풍속화 그 닮은 예술 세계》(효형출판, 2000) ; 정충권, 《판소리 사설의 연원과 변모》(다운샘, 2001) ; 손태도, 《광대 집단의 가창문화》(집문당, 2003)에서 판소리사의 문제점을 재론했다. 송만재의 〈관우희〉는 윤광봉, 《한국연희시연구》(이우출판사, 1985)에서 자세하게 고찰했다.

9.14.5. 판소리 열두 마당

판소리는 원래 열두 마당이었다고 하는데, 지금 가창되고 있는 것은 다섯 마당이다. '마당'이라는 말은 원래 놀이하는 장소를 뜻하다가 변해서 놀이 한 편을 일컫게 되었다. 〈심청가〉, 〈춘향가〉 등이 각기 한 마당이다. 판소리가 열두 마당이라고 한 것은 그런 작품이 꼭 열두 편이었다기보다 상당히 많았다는 뜻으로 융통성 있게 해석하는 것이 마땅하다.

송만재의 〈관우희〉에 의거해서 정리해보면, (1) 〈춘향가〉, (2) 〈심청가〉, (3) 〈흥보가〉, (4) 〈수궁가〉, (5) 〈적벽가〉, (6) 〈변강쇠가〉, (7) 〈배비장타령〉, (8) 〈강릉매화타령〉, (9) 〈옹고집타령〉, (10) 〈장끼타령〉, (11) 〈왈자타령〉, (12) 〈가짜신선타령〉이 열두 마당을 이루었다. 이 가운데 (12) 〈가짜신선타령〉에 관해서는 다른 의견이 있어 〈숙영낭자전〉으로 바꾸어 말하기도 한다. 신재효(申在孝)가 판소리 사설을 다듬을 때에는 (1)에서 (6)까지를 대상으로 삼았다. 오늘날까지 가창되고 있는 것은 (1)에서 (5)까지이다. (7)·(9)·(10)은 소설본 〈배비장전〉·〈옹고집전〉·〈장끼전〉으로 남아 있다.

(8)에 관해서 알려주는 〈매화타령〉 또한 〈매화가〉라는 이름의 필사본도 발견되었다. 서울 양반 골샌님이 강릉 사또 책방이 되어 갔다가 매화라는 기생의 유혹에 빠져 망신하고 웃음거리가 되었다는 사건이 〈오유란전〉(烏有蘭傳)과 비슷하게 전개된다. 〈강릉매화타령〉이라고 할 수 있다.

(11)에 관해 알 수 있는 자료도 나타났다. 〈게우사〉라는 필사본이 있는데, 어리석은 행실을 하는 벗을 경계하는 "계우사"(戒友辭)를 들려준다 하고서 그 본보기를 아주 생생하게 그려 흥밋거리로 삼았다. 왈자 김무숙이 기생 의양에게 혹해서 재산을 탕진한 내용이어서 일명 〈무숙이타령〉이라고 하는 〈왈자타령〉임이 판명되었다. (12) 〈가짜신선타령〉만은 아직 발견되지 않았다.

열두 마당 가운데 없어진 것들은 '타령', 전승되는 것들은 '가'라는 말이 작품명 말미에 붙었다. '타령'보다 '가'는 내용이 풍부하고 표현의 격조가 높은 차이점이 있다고 인정된다. 처음에는 '타령'이었던 판소리가 '가'로 발전하는 과정에서 동참하지 못한 작품은 경쟁에서 밀려났던 것으로 보인다. 〈가루지기타령〉이라고도 하는 〈변강쇠가〉는 '타령'에서 '가'로 이행했으나 다른 '가'와 함께 나아가기에는 역부족이어서 마지막으로 탈락한 것으로 보인다. 〈춘향가〉를 비롯한 이른바 오가(五歌)는 광대가 기량을 자랑하는 데 유리하고 흥미롭게 여길 만한 요건을 많이 갖추어 자주 가창되면서 새로운 내용이 거듭 첨가되었다. 최후의 승리자는 다섯뿐이지만 개작본을 계속 산출해 수많은 작품으로 분화되었다.

〈장끼타령〉과 〈수궁가〉는 동물우화를 이용한 작품이라는 공통점이 있다. 〈장끼타령〉은 구성이 단순해 다양한 해석의 여지가 적지만, 〈수궁가〉는 오랜 내력이 있는 설화를 관점에 따라 상반된 의미가 있도록 개작해, 사회 현실과 복합적인 대응관계를 가지게 했다. 〈흥보가〉는 〈옹고집타령〉처럼 구조가 단순한 민담을 근간으로 삼고 교훈을 주는 주제도 상통하지만, 등장인물의 성격 대립을 사회상과 관련시키는 재창조가 적극 진척되어 현실 반영의 폭을 크게 넓힌 문제작이다.

〈숙영낭자전〉은 판소리 창이 없어지고 이본이 많은 인기소설로 남아 있다. 〈배비장전〉은 구성이 기발하고 주제가 뛰어나 높이 평가된다. 둘 다 소설로 나서서 '전'이 되자 성공할 수 있었지만, '타령' 노릇을 하면서 판소리로 불려질 때에는 환영을 받지 못해 단명했다고 생각된다. 그 이유는 복잡한 구조를 갖추고 논란이 많은 문제를 제기하지는 않았기 때문이라고 할 수 있다. 어느 특정 설화의 유형을 그대로 가져오지 않고, 〈숙영낭자전〉의 비장과 〈배비장전〉의 골계를 복합시켰다고 할 수 있는 〈심청가〉나 〈춘향가〉는 그 둘과 차원이 다르다.

〈심청가〉에서 보여준 심청의 희생은 큰 뱀이라든가 하는 괴물에게 처녀를 바치는 설화 유형을 따르고 있지만, 영웅이 나타나 괴물을 죽이고 처녀를 구출하는 후반의 전개는 심청이 용궁에 갔다가 재생하는 것으로 바뀌었다. 〈춘향가〉에서 춘향이 변사또 때문에 시련을 겪는 사건은 관탈민녀(官奪民女)형 설화의 수용인데, 이몽룡이 어사가 되어 춘향을 구출해 비극을 넘어섰다. 제물로 팔려 희생되거나 옥중에서 고초 끝에 죽은 여자의 원혼을 위로하는 굿을 원천으로 삼고 원한을 풀어주는 개작을 했다고 보면 이해될 수 있는 변형을 이룩했다.

판소리는 민간전승을 그대로 받아들이지 않고, 상황을 복잡하게 하고 인물들 사이의 대립을 심각하게 하는 방향으로 개작을 해서 질적 비약을 이룩했다. 설화에서 볼 수 있는 단순 논리에 따라 예정된 방향으로 치달을 것 같은 사건을, 장애요인을 설정해 뒤집어놓고, 거기 휘말린 인물들이 자기 나름대로 일방적인 행동을 해버릴 수 없도록 했다. 자아와 세계가 상호우위에 입각해 대결하는 갈래 특징을 소설과 공유하면서 한층 다면화된 시각에서 가치관의 논란을 펼쳤다. 그래서 소설 발전에 큰 자극이 되고 획기적인 기여를 했다.

판소리 사설은 순수한 구비문학이 아니다. 연습이나 개작을 위해 대본을 글로 적는 경우가 많았다. 그런 것은 읽으면 바로 소설이어서, 판소리는 쉽사리 판소리계 소설이 될 수 있었다. 판소리계 소설은 문장체 서술이 상대적으로 늘어났다는 점에서 판소리 사설과 구별될 수 있을 따름이고 그 둘을 갈라놓는 분명한 기준은 있을 수 없다. 가창을 떠나 독서물로 유통되는 과정에서 판소리계 소설이 개작되어 이본이 늘어났다. 방각본 업자들이 판소리의 인기를 이용하고자 해서 여러 작품을 거듭 출판했다. 〈춘향가〉는 거듭 한문으로 번역되어 판소리계 소설의 영역을 확대했다.

판소리 사설 가운데 소설과 관련을 가지지 않고 판소리로만 존속한 것은 〈가루지기타령〉이라고도 하는 〈변강쇠가〉뿐이다. 이 작품은 여러 모로 특이한 위치를 차지하고 있다. 우선 전라도가 아닌 황해도 쪽에서 처음 생겨났으리라고 추정되기에 판소리 발생지역이 다원화되어 있었을 가능성을 암시한다. 옹녀와 변강쇠라고 하는 두 주인공이 살길을 찾아 돌아다니다가 만나서 부부가 되었다 하고서 음란하게 놀아나는 장면을 걸판지게 묘사했다. 〈기물타령〉이라는 대목에서는 남녀의 성기를 자세하게 그리는 데 대단한 솜씨를 발휘했다.

그러나 파격적인 웃음의 이면에 눈물겨운 사정이 있다. 옹녀는 맞이하는 서방마다 죽고 마는 팔자이다. 변강쇠는 나무를 하러 갔다가 장승을 베어 죽고 만다. 거듭되는 시련 때문에 최소한의 생존마저 유지할 수 없는 유랑민의 가련한 처지를 우스꽝스럽게 그렸다. 윤리적 교화를 표방하는 주제가 끼어들 여유도, 불운을 돌려놓는 반전도 없다. 최하층의 전승으로 머물며 그 나름대로의 폐쇄성을 가진 것이, 가창이 중단되고 소설본으로 유통되지 않은 이유라고 생각된다.

〈적벽가〉(赤壁歌)는 중국소설 〈삼국지연의〉(三國志演義)에서 절정을 이루는 대목을 따와서 개작한 것이다. 같은 대목을 소설본으로 개작한 〈화용도〉(華容道) 등 적지 않은 이본이 있어 서로 견주어볼 수 있다. 판소리는 소설 개작본보다 더욱 많은 변화를 내포하고 있으며 서술의 관점을 아주 흥미롭게 바꾸어놓았다. 침략 전쟁에 동원된 군사들을 내세워 원통한 사정을 하소연하며 간웅 조조(曹操)를 비판하도록 하고, 조조의 모사 정욱(呈昱)을 원작과는 달리 방자형의 인물로 설정했다. 장엄한 문체에다 비속하거나 익살스러운 표현을 계속 섞어 넣어 권위를 파괴하고 관념적인 사고의 틀을 깨는 방법으로 삼았다.

창이 전하지 않는 판소리에 관해 김종철, 《판소리의 정서와 미학》; 인권환, 《판소리 창자와 실전 사설 연구》(집문당, 2002)에서 다각적인 고찰을 했다. 〈적벽가〉와 〈변강쇠가〉는 서종문, 《판소리사설연구》에서 고찰했다. 박일용, 〈'변강쇠가'의 사회적 성격〉, 《고전문학연구》 6(1991) ; 김상훈, 〈적벽가의 이본과 형성과정〉(인하대학교 박사논문, 1992) ; 김헌선, 〈'강릉매화타령' 발견의 의의〉, 《국어국문학》 109(국어국문학회, 1993) ; 정천구, 〈'변강쇠가'의 갈등 양상과 의미 재해석〉, 《어문학》 79(한국어문학회, 2002)에서 개별적인 연구를 진행했다. 배뱅이굿은 최원식, 〈배뱅이굿연구〉, 《최정여박사송수기념 민속어문논총》(계명대학교출판부, 1983) ; 김상훈, 〈배뱅이굿연구〉(인하대학교 석사논문, 1987)에서 연구했다.

9.14.6. 판소리계 소설의 작품세계

　지금까지의 논란에서 구체적으로 다루지 않은 〈수궁가〉·〈심청가〉·〈춘향가〉·〈흥부가〉는 판소리 사설의 정착보다는 소설 형태로 더욱 풍부한 자료가 남아 있어 '전'이라는 이름이 붙어 있는 소설본을 고찰의 대상으로 삼는 것이 마땅하다. 이들 작품은 기존의 소설에서 커다란 비중을 차지했던 초경험적이고 관념적인 설정을 판소리가 지닌 특징에 힘입어 대폭 축소시키고 현실 경험을 생동하게 나타내는 방향으로 나아가면서, 거기에 따르는 논란을 작품에 따라 또는 이본에 따라 서로 다른 양상으로 심각하게 벌여 하나같이 문제작이다. 고전소설 가운데 특히 널리 알려지고 높이 평가된다.

　〈토끼전〉은 우화소설이라는 제약 요건을 유리하게 활용해, 권력의 횡포를 비판하고 풍자하는 작업을 과감하게 전개했다. 이본에 따라서 다소 표현의 차이가 있지만 조선왕조의 지배체제가 돌이킬 수 없는 위기에 이르렀다는 것을 병든 용왕을 통해서 나타냈다고 해석해도 좋을 만큼 심각한 주제를 지녔다. 판소리계 소설이 으레 내세우는 표면적인 주제는 별주부의 충성을 기리자는 데 있는데, 작품을 자세히 보면 전혀 설득력이 없는 공연한 수작이다.

　용왕이 자기 생명을 연장하기 위해서 어떤 희생이라도 요구하는데, 별주부는 맹목적인 충성을 하다가 한번 쓰이고는 버림받았다. 토끼의 환심을 사기 위해서 용왕이 별주부의 아내를 토끼에게 내맡기도록 명령한 것은 무엇이든지 수단화하는 권력의 생리를 아주 잘 나타낸다. 그 점을 깨닫지 못하는 별주부의 충성이야말로 어리석기 이를 데 없다. 별주부의 아내가 하룻밤 동침한 토끼를 잊지 못해 상사병이 들어 죽었다고 한 이본도 있어 별주부의 패배를 더욱 치욕스럽게 했다.

　산야에서 자유롭게 노닐던 미천한 백성 토끼는 벼슬길에 대한 헛된 기대를 걸었다가 죽을 고비에 이르렀으나 권력의 약점을 이용하는 지혜를 발휘해 자유를 되찾았다. 그것은 참으로 신나는 일이다. 서두에서 용왕이 병들었다면서 온몸에 생긴 갖은 증상을 열거한 대목은 산야로 되돌아간 토끼가 흥에 겨워 뛰노는 모습의 묘사와 좋은 대조를 이룬다. 거기 한 시대의 어둠과 밝음이 집약되어 있고 역사의 방향이 암시되어 있다. 그러나 토끼가 기분이 좋다고 해서 방심을 한 것은 잘못이다. 독수리 장군에게 잡혀 다시 죽을 뻔했다. 자기도취를 경계하지 않으면 살아남지 못하는 현실임을 일깨워주었다.

〈심청전〉은 가련한 처녀를 주인공으로 등장시켜 엄청난 희생을 겪도록 하면서 비통한 어조로 전개된다. 태어나자마자 어머니를 잃은 어린 심청이 장님 아버지를 봉양하기 위해 애쓰는 광경을 보고 동정의 눈물을 흘리게 하는 것은 공통적인 내용이다. 그러나 그 이유와 결말을 말해주는 전후의 내용에서는 커다란 차이가 있다. 단순하게 이해하고 말 수 없는 작품이어서 오늘날의 연구자들이 계속 논란을 벌이게 한다.

전생의 인연으로 고생을 하다가 예정된 바에 따라 효행을 실현하고 천상으로 복귀했다는 것으로 심청의 일생을 정리해놓은 이본은 천상계의 질서를 재확인하면서 영웅의 일생을 채택해 그 나름대로의 일관성이 있지만, 판소리광대가 그런 관습을 흔들어놓고 파괴한 이본은 전체적인 구조의 혼란을 특징으로 삼는다. 상인들에게 몸을 팔아 바다의 제물이 된 심청이 지극한 효녀라는 주장을 버리지 않고 계속 표면적 주제로 삼고 있는데, 장님인 아버지를 홀로 남겨두고 떠나간 것이 과연 효행인지 반문하지 않을 수 없다. 공양미 삼백 석 덕분에 아버지가 눈을 뜨게 된다는 말을 믿고 아버지에게 절통하기 그지없는 이별을 안겨주는 것이 과연 합당한 행동인가 따질 만하다.

눈물로 문제를 가리는 작품을 두고, 따질 것은 따지는 독자의 권리를 행사해야 한다고 하면 그릇된 판단이다. 작품 자체가 문제 제기이다. 앞뒤가 맞지 않는 파탄이 문제를 덮어두지 못하게 하는 장치이다. 심각하게 따져보아야 할 과제를 판소리 특유의 방식으로 던져주어 편안한 마음으로 작품을 읽고자 하는 독자를 당황하게 하고, 이해와 평가를 위한 논란을 그치지 않게 한다.

판소리로서의 특징이 잘 나타나 있는 완판본을 대상으로 해서 좀더 고찰해보면, 심청이가 숭고하고 비장한 결단으로 효행을 위해 자기를 희생하는 데 대해서 작품 자체가 여러모로 반론을 제기하고 있다. 심청에게는 거룩한 아버지인 심봉사가 사실은 모자라는 위인임을 줄곧 암시하다가, 심청이가 떠나는 날 아침에 반찬이 좋다고 물색 모르고 좋아하는 대목의 반어는 더할 나위 없이 잔인하다. 그 뒤에 뺑덕어미가 등장해 놀부 못지않은 심술을 부리며 심봉사를 후려서 함께 놀아나는 거동으로 진지하고 숭고한 것이라면 하나 남김없이 파괴된다.

무너져내리는 인륜도덕을 일으켜 세우느라고 불가능에 가까운 사명을 심청이 맡아 나섰다면, 그 따위는 웃음거리에 지나지 않으니 비속한 삶을 그냥 즐기자는 반론이 뺑덕어미의 거동에서 구현되었다. 심봉사를 각기 자기 쪽으로 끌고 가는 두 여자의 극단적인 작용에서 표면적 주제와 이면적 주제가 날카롭게 충돌한다. 표면적 주제의 승리로 작품이 끝난 것 같지만 이면적 주제에서 말하고자 하는 바가 취소되지는 않았다.

〈춘향전〉은 이본 수, 유포의 범위, 인기의 정도, 오늘날 이루어지는 개작 등 어느 측면에서든 고전소설 가운데 으뜸으로 평가된 작품이다. 그럴 수 있었던 이유는 우선 사건 설정이 흥미로운 데 있다. 이몽룡이 오월 단옷날 남원 광한루에 갔다가 춘향과 만나 수작을 건네더니, 바로 그날 밤에 온갖 음란한 놀음을 벌였다. 얼마 후에 애절한 이별이 있고서, 춘향은 변사또에게 걸려들어 매를 맞고 옥에 갇혀 죽을 지경에 이르렀다가, 이몽룡이 어사가 되어온 덕분에 구출되어 둘이 부부가 되어 모든 소원을 다 이루었다.

행복과 고난의 극적인 교체로 갖가지 긴장을 조성해 독자를 작품에 빠져들어가게 한다. 춘향 어미 월매와 이몽룡을 따라다니는 방자의 주책없고 익살스러운 성격 또한 커다란 구실을 해서 작품을 더욱 다채롭고 생동하게 한다. 판소리광대가 입심을 최고도로 발휘해 언어문화의 거의 모든 자산을 모아놓고 화려한 축제를 벌인다.

이본에 따라 많은 차이가 있지만 표현이 뛰어난 것도 커다란 장점이

다. 문체가 격식에 맞는가 하면 엉뚱하고 우아하다가도 비속해 판소리
계 소설의 특징을 최대한 확대한다. 기발한 더늠이 축적되고 많은 개작
자가 참여해 이룩한 성과가 아주 다채롭다. 언어 구사가 특히 풍부하고
뛰어난 이본 〈남원고사〉(南原古詞)에서, 춘향이 자기를 잡으러온 관가
의 패두(牌頭)를 맞이하는 대목을 한 예로 들어보자. 발랄한 거동을 다
채롭고 생기 있는 문장으로 서술한 솜씨가 놀랍다.

> 섬섬옥수 느직이 넣어 이패두의 손을 잡고 방 안을 들어가며 하는
> 말이,
> "하 오랜만에 만났으니 술이나 먹고 노사이다. 관령 모신 일로 왔
> 나. 심심하여 날 찾아 왔나. 무슨 바람이 불어 날 찾아 왔나. 내가
> 꿈을 꾸나. 그리던 정을 오늘이야 펴겠네. 반가울사 귀한 객이 오늘
> 왔네. 사람 그리워 못살겠네."
> 이렇듯이 사랑스러운 모습으로 사람의 간장을 농락하니, 저 패두
> 놈 거동 보소. 이전 일 생각하니 오늘 일이 의외로다. 이전에 춘향
> 보기는 도솔궁 선녀더니, 오늘날 춘향 하는 짓은 가작인 줄 정녕 알
> 건마는, 분길 같은 고운 손으로 북두갈고리 같은 저의 손을 잡은지
> 라, 고개를 빼고 내려다보니 제 두리 뼈가 시큰시큰, 돌 같은 굳은
> 마음 춘풍강상의 살얼음같이 육천 골절이 다 녹는다.

춘향이 이렇게 나오니 잡으러 갈 때에는 우악스럽기 이를 데 없던 패
두가 아주 나긋나긋하게 되었다. 빈손으로 돌아가 병이 나서 춘향을 잡
아오지 못했다고 보고했다. 춘향의 능력이 어느 정도인가 잘 보여주는
대목이다. 춘향은 어느 한 가지로 규정할 수 있는 성격이 아니다. 미인
이라든가 열녀라든가 하는 것은 한 측면에 지나지 않는다. 상황에 따라
서 변하는 행동을 천연스럽게 하면서 주위의 사람들을 각기 다른 방법
으로 휘어잡은 처신을 주목해야 한다.

기생의 딸이라는 신분에 맞게, 이몽룡을 만난 날 밤에 바로 몸을 허

락하고 성행위가 능숙했다. 춘향의 이름을 익히 듣고 변사또가 도임하자 기생 점고를 서두른 것이 잘못이 아니다. 그런데 이몽룡을 위해서 정절을 지키느라고 변사또의 수청 요구를 완강하게 거절할 때에는 양반 서녀 신분인 양가집 부녀다운 품행과 교양을 갖추었다. 변사또가 기생이 수절을 하겠다니 가소로운 일이라고 하는 데 맞서서 양가 부녀를 겁탈한다고 항변하는 말이 당당하고 조리가 있었다.

춘향은 기생이면서 기생이 아니다. 신분에서는 기생이지만 의식에서는 기생이 아니다. 그 둘 사이의 갈등에서 작품이 전개되다가 기생 아닌 춘향이 승리하는 데 이르렀다. 그렇게 해서 신분적 제약을 청산하고 인간적인 해방을 이룩했다. 기생 춘향과 기생 아닌 춘향 가운데 어느 쪽을 더 강조했느냐는 이본에 따라 다르고 이본을 나누는 데 긴요한 기준이 되지만, 어느 한쪽만 있어서는 작품이 성립되지 않는다.

기생 아닌 춘향은 잠깐 동안 재미를 보려고 접근한 이몽룡을 평생의 배필이 되도록 만들어, 변사또가 하는 요구를 당당하게 물리칠 수 있었다. 그것은 춘향 혼자만의 승리가 아니다. 춘향은 옥중에서 고초를 겪다가 죽고 말았다고 해야 현실과 밀착되고 결말의 역전은 허황하다고 할 수 있겠다. 그러나 남원 읍내 백성들이 한결같이 춘향을 지지해 변사또는 횡포한 압제자이지 않을 수 없게 되어, 암행어사의 등장이 필연적으로 요청되었다. 압제로부터 해방되자는 의지를 널리 확인하는 상징적인 의미를 확보하고 공감을 확대했다.

춘향이 열녀라고 칭송한 것이 표면적인 주제라면, 기생 춘향과 기생 아닌 춘향의 갈등을 통해서 신분적 제약에서 벗어나 인간적 해방을 이룩하고자 한 것은 이면적 주제라고 할 수 있다. 표면적 주제는 기존의 관념을 재확인하면서 작품의 품격을 높이는 구실을 하고, 설명을 하려고 하면 빠져나가는 이면적 주제가 작품이 인기를 얻고 높이 평가되는 근거가 된다. 두 주제의 싸움으로 시대 갈등의 총체적인 모습을 그리면서, 이면적 주제의 승리를 입증하고 갈등 해결의 방향을 제시했다.

〈흥부전〉은 제비가 박씨를 물어 와 형제 사이의 다른 처지를 바꾸어놓는 기적을 근간으로 해서, 마음씨 착한 흥부는 흥하고, 심술만 부리는 놀부는 망한다는 것을 보여주었으니 우애를 권장하는 주제가 명확하다. 효성이나 정절과 함께 우애 또한 널리 권장되던 기본 덕목이어서 작품이 쉽사리 인정을 받을 수 있게 했다. 그러나 판소리계 소설은 으레 그렇듯이, 천상계의 질서, 거기서 유래한 도덕적 당위, 그리고 낡은 관습에 구애되지 않는 자아와 세계의 대결 자체는 현실적인 문제의식에 근거를 두고 따로 전개된다. 이본에 따라 달라지고 얼마든지 새로 지어 보탤 수 있는 가변적인 내용이 고정적인 체계에 느슨하게 걸려 있어 사회소설일 수 있는 영역을 확보했다.

흥부와 놀부는 형제라고 했지만 사회적인 처지나 지향하고자 하는 의식이 선명하게 대조된다. 흥부는 먹고살 길이 없어 빈민의 처지로 내려가 품팔이를 하다못해 매품팔이까지 해야 하면서도, 양반이라고 자처하고 인륜도덕을 무엇보다도 존중했다. 의식에서는 양반이고 생활에서는 양반이 아니어서 생기는 갈등을 자기 자신이 인식하지 못하고, 세상이 달라지고 있다는 것을 나날이 경험하면서도 원래부터 지니고 있던 사고방식을 조금도 바꾸어놓지 않으니 어리석기만 하다.

놀부는 스스로 벗어부치고 농사를 지어 이문을 남기고 돈놀이도 해서 재산을 늘리면서 금전으로 환산할 수 없는 가치는 전혀 인정하지 않는 성미이다. 심술이 대단하다고 했는데, 심술이란 다름이 아니라 남의 손해를 곧 자기의 이익으로 삼자는 짓이어서 그 나름대로 사회적 의미를 갖추고 있다. 놀부는 화폐경제의 위력으로 중세적인 질서를 청산하는 방향을 제시하면서, 그렇게 하는 데서 생기는 부작용을 보여준 인물이다.

작품의 표면적 전개에서 놀부를 나무라고 흥부를 옹호하며, 놀부가 망하고 흥부가 흥한 결말로 권선징악을 입증했다. 그러나 놀부를 나무라는 방식이 실제로는 훈계가 아닌 풍자여서 놀부가 놀부다운 면모를 아주 잘 드러내고, 흥부를 옹호하느라고 해학적인 인물로 삼으면서 흥부가 모자라는 위인이라는 것을 계속 알려준다. 그뿐만 아니라, 양반

흥부와 하층민 놀부의 관계를 보면 놀부를 지지할 만한 이유가 있듯이, 부자 놀부와 빈민 흥부 가운데 흥부를 동정해야 할 필요가 있어서, 풍자와 해학의 얽힘이 무척 복잡하다.

사건의 결말은 명확하게 났어도 사건소설이 아닌 성격소설로서 제기한 문제는 판가름되지 않아, 관념적인 인과의 논리에 의문을 품지 않을 수 없게 한다. 결말보다는 과정을, 승패보다는 대결을 더욱 중요시하는 것으로 해서 판소리계 소설은 소설사의 새로운 지평을 열었다. 그 점에서 특히 주목하고 평가할 작품이 〈흥부전〉이다.

서사무가에서 판소리계 소설까지 이행한 과정은 문화사의 전체적인 전개를 요약한 의의가 있다. 이른 시기의 영웅이 초월적인 능력을 발휘해 혼돈을 물리치고 질서를 창조한 투쟁을 기리던 문학이, 마침내 특별히 내세울 것이라고는 없는 범인이 사회적인 장벽에 부딪혀 고민하는 모습을 동정하면서도 가소롭게 여기는 문학으로 바뀌었다. 그러는 동안에 고대가 가고, 중세도 지속되기 어렵게 되면서 새 시대로 들어섰다.

판소리는 아직 천상계와 연관이 있는 도덕적 당위성을 거부하지 못하고 사대부 취향의 수식에 이끌렸다. 그래서 형성된 표면적 주제를 뒤집어엎는 이면적 주제가 있어 작품이 긴장되고 구조가 복잡하다. 기존의 가치관이 근대를 향해 나아가는 현실의 변화 때문에 견디기 어렵게 된 상황을 심각하게 문제 삼고, 신분의 차별을 넘어서서 누구나 함께 즐길 수 있는 흥미의 공동 영역을 확보했다. 그렇게 해서 중세에서 근대로의 이행기 문학과 예술의 새로운 창조를 선도했다.

최혜진, 〈판소리계 소설의 골계적 기반과 서사적 전개〉(숙명여자대학교 박사논문, 1999)에서 전반적 고찰을 했다. 〈토끼전〉에 관한 최근의 연구는 인권환, 《토끼전·수궁가연구》(고려대학교 민족문화연구원, 2001) ; 최동현, 《'수궁가' 연구》(민속원, 2001) ; 최광석, 〈토끼전 이본 계열의 구조와 근대지향 의식〉(경북대학교 박사논문, 2001)에서 이루어졌다. 자료는 인권환 주해, 《토끼전》(고려대학교 민족문화연구

원, 2001)으로 나와 있다. 〈심청전〉은 최운식, 《심청전 연구》(집문당, 1982) ; 정하영, 〈심청전의 제재적 근원에 관한 연구〉(서울대학교 박사 논문, 1983) ; 유영대, 《심청전연구》(문학아카데미, 1989) ; 장석규, 〈심청전의 서사구조 연구〉(경북대학교 박사논문, 1993) ; 장석규, 《심청전의 구조와 의미》(박이정, 1998) ; 최동현·유영대 편, 《심청전연구》(태학사, 1999) ; 김영수, 〈필사본 심청전 연구〉(경희대학교 박사 논문, 2000)에서 연구했다. 〈춘향전〉 연구가 단행본 업적 가운데 김동욱, 《춘향전연구》(연세대학교출판부, 1965) ; 전경욱, 《춘향전의 사설 형성 원리》(고려대학교 민족문화연구소, 1990) ; 한국고소설연구회 편, 《춘향전의 종합적 고찰》(아세아문화사, 1991) ; 김병국 외 편, 《춘향전 어떻게 읽을 것인가》(신영출판사, 1993) ; 설성경, 《춘향전의 통시적 연구》(서광학술자료사, 1994) ; 《춘향전의 비밀》(서울대학교 출판부, 2001) ; 정하영, 《'춘향전'의 탐구》(집문당, 2003) ; 전영선, 《고전소설의 역사적 전개와 남북한의 '춘향전'》(문학마을사, 2003) 등이 있다. 구자균 주해, 《춘향전》(민중서관, 1961) ; 설성경 주해, 《춘향전》(고려대학교 민족문화연구원, 1995)이 있으며, 〈남원고사〉를 김동욱 외 《춘향전비교연구》(삼영사, 1979)에서 주해하고, 성현경·조용희·허호용, 《광한루 역주 연구》(박이정, 1997) ; 윤주필 주해, 《남호(南湖)거사 성춘향가》(태학사, 1999)에서 자료 작업을 했다. 〈흥부전〉 연구는 유광수, 〈흥보전연구〉(고려대학교 박사논문, 1989) ; 김창진, 〈흥부전의 이본과 구성 연구〉(경희대학교 박사논문, 1991) ; 인권환 편, 《흥부전연구》(집문당, 1991)에 있다.

9.15. 민속극의 저력과 변용

9.15.1. 민속극의 특징

민속극은 내력이 쉽사리 드러나지 않는다. 고대에는 국중대회의 일환으로 거행되던 연극이 아주 존중된 것 같았으나, 중세 지배체제가 성립되자 상층문화에서 배제된 민속극만 하층문화로 이어졌다. 나라에서 거행하는 산대희(山臺戲) 또는 나례희(儺禮戲) 같은 종합적인 연희가 있어 가무잡희(歌舞雜戲)를 두루 공연했지만 태평성대의 번영을 경축하고 장식하고자 하는 것이었으므로, 사회적인 갈등을 나타내면서 질서를 무너뜨리려는 민속극은 끼어들기 어려웠다.

소학지희(笑謔之戲) 같은 단순한 형태는 궁중에서도 공연되는 기회를 얻었으나, 규모가 큰 본격적인 민속극 무당굿놀이·꼭두각시놀음·탈춤 같은 것들은 하층의 연극으로 머물렀기 때문에 자취를 밝히려면 자료의 결핍을 절감하지 않을 수 없다. 문헌이 감당하기 벅찰 만큼 많아진 시기에 이르렀어도 민속극 자체에 관한 기록은 남겨놓지 않은 것을 보면, 상층문화와 하층문화, 기록문화와 구전문화 사이의 간격이 얼마나 컸던가를 새삼스럽게 생각하지 않을 수 없다. 문헌 자료에만 의거하는 문학사가 편벽되게 마련임을 다시금 절감하게 된다.

기록에 오르지 않은 채 전승되어온 민속극을 조사한 자료를 이용해 지난 시기의 모습을 밝히는 것이 가능한 유일한 방법이다. 구비문학이 모두 그렇듯이, 오늘날 볼 수 있는 민속극 자료를 어느 시기의 것으로 다루어야 할까 하는 문제는 논란이 필요하다. 고대 연극의 잔존형태를 알아볼 수도 있고, 조선후기에 이룩한 창조를 찾을 수도 있고, 현대적인 변모도 확인 가능하다.

세 가지 면모는 대등한 비중을 가지지는 않는다. 민속극은 오랜 전승이기 때문에 계속 공연되는 데 그치지 않고, 조선후기의 예술로서 새로운 면모를 갖추어 충격과 공감을 불러일으켰으며, 그때 이룬 성과가 오늘날까지 전해지면서 부분적인 변모를 보였다. 민중의식의 각성과 함께 예술의 거의 전 영역에 걸쳐 밑으로부터의 창조가 다채롭게 이루어질 때, 상층문화의 전례에 구애되지 않고 민중의 독자적인 창조력을 가장 뚜렷하게 구현한 것이 민속극이었다.

연극 또는 희곡은 의지할 만한 전례도, 구속이 될 만한 규범도 없어 하층의 지혜를 집약하는 방식을 경험 축적에서 마련해야만 했다. 그런 조건은 민속극이 창작극으로 전환될 수 없도록 하는 한편, 격식화된 문학에서는 기대할 수 없는 신선하고 발랄한 표현을 키워나갈 수 있게 했다. 민중이 스스로 창조하고, 민중의 창조력과 지혜를 집약해서 보이는 예술 가운데 민속극이 으뜸인 것이 그 때문이다.

민속극과 판소리는 그 점에서 두드러진 차이가 있었다. 판소리는 사대부문학에서 물려받은 수사법과 유교 윤리에 입각한 교훈적인 주제를 일단 받아들여 표면을 장식하면서, 민중예술의 독자적인 어법을 사용해 사회비판의 이면적 주제를 구현하는 작업을 별도로 진행했다. 민속극은 어느 것이든지 비속한 언사를 그대로 사용해 하층민이 절감하는 갈등을 표출하고, 판소리의 이면적 주제와 같은 주장을 거리낌 없이 내세웠다.

연극이라고 할 만한 것은 모두 민속극이고, 작가가 창작한 희곡을 공연하는 작품이 없는 것은 우리 연극사나 문학사의 결함이라고 하지 않을 수 없다. 문인이 창작한 연극이 동아시아 다른 나라 중국, 일본, 월남 등에 모두 있고 우리만 없었던 것을 알아차리면 결함이 심각하게 생각된다. 그렇기 때문에 후진이 선진이 되는 생극론의 이치를 구현했다.

무당굿놀이·꼭두각시놀음·탈춤이 출발 단계 연극의 모습을 버리지 않고 있었기에 때가 오자 크게 활약할 수 있었다. 고대나 중세에 마련된 상층 연극의 규범을 거부하고, 중세에서 근대로의 이행기에 새롭게 일어나는 민중연극의 좋은 본보기를 보여주었다. 고대의 '카타르시스', 중세의 '라사'와는 다른 연극미학의 또 하나의 원리 '신명풀이'를 구현하는 작업을 성과 있게 이룩해 높이 평가할 수 있다.

　　김재철, 《조선연극사》(조선어문학회, 1933) ; 권택무, 《조선민간극》(조선문학예술총동맹출판사, 1966) ; 한옥근, 《한국고전극연구》(국학자료원, 1996) ; 박진태, 《한국민속극연구》(새문사, 1998) ;《한국고전희곡의 역사》(민속원, 2001) ;《한국고전희곡의 역사》2(대구대학교출판부, 2002) ; 사진실, 《한국연극사연구》(태학사, 1997) ;《공연문화의 전통》(태학사, 2002) 등에서 연극사의 맥락을 찾으려고 시도했다. 《카타르시스·라사·신명풀이》(지식산업사, 1997)에서 연극미학의 세 가지 원리를 밝히고 ;《세계문학사의 전개》(지식산업사, 2002)에서 우리 민속극을 논의의 출발점으로 삼아 세계 전체의 중세에서 근대로의 이행기 연극을 논했다.

9.15.2. 무당굿놀이

　　무당굿놀이는 무당이 하는 굿에 포함되어 있는 연극이다. 굿은 오랜 내력을 가지고 전승되어오는 동안에 언제나 연극적인 성향을 얼마쯤 지니고 있었다. 무당이 신들렸다면서 굿을 청한 사람을 상대로 공수를 주고 수작을 거는 것은 어떤 인물로의 가장에 의한 대화라는 점에서 연극 성립에 필요한 요건을 일부 갖추었다. 무속 특유의 기원이나 주술과는 직접적인 관련을 가지지 않은 문제를 제기하고 현실감각을 갖춘 갈등을 나타내는 대목이라야 연극일 수 있는 충분조건까지 인정되어, 무당굿놀이 또는 무극(巫劇)이라고 따로 일컬어진다.

　　굿은 엄숙하게 거행되는 종교적이고 주술적인 행사이지만 그 자체가 구경거리일 수 있으며, 흥미로운 놀이를 갖추어 청중을 모았다. 굿을 하면 소원을 성취하고 복을 받는다는 믿음은 약화되고 놀이의 인기는 커졌다. "굿본다"는 말이 "구경한다"는 뜻을 가지게 된 세태 변화에 맞추어서 놀이하는 내용이 다채로워져, 조선후기 민속극의 하나로 뚜렷한 모습을 갖추게 되었다.

기본 절차에 이어서 또는 거기 보태서 여흥이라고 할 수 있는 놀이를 벌이는 것이 오랜 관례이다. 여러 거리로 이루어진 큰굿을 할 때면 맨 끝 순서로 굿하는 데 몰려든 잡귀들도 잘 먹이고 놀게 한다면서 뒷전 또는 거리굿이라는 놀이를 한다. 중간 순서의 어느 거리가 끝난 다음에 놀이를 곁들이기도 하고, 특별한 거리를 온통 놀이로 짜기도 한다. 놀이를 벌여서 신을 즐겁게 한다는 구실을 내세워 관중을 즐겁게 하는 효과를 노려, 신을 격하시키고 일상생활의 비속한 모습을 드러낸다.

무당굿놀이는 굿을 맡은 주무(主巫)가 거의 독판을 치면서 진행한다. 주무가 스스로 해설을 하면서 극중인물 노릇도 하니, 서사적인 연극이라고 할 수 있다. 그런 조건 안에서 가능한 수법을 다채롭게 개척해서 꼭두각시놀음이나 탈춤과는 다른 독자적인 극작술을 갖추었다.

자기가 묻고 대답하는 일인다역(一人多役)을 많이 하고, 반주를 하는 조무(助巫)를 상대역으로 삼아 말을 주고받기도 하며, 관중 가운데 아무나 즉석에서 끌어내서 잠시 동안 상대역 노릇을 하게 하기도 한다. 무당 몇이서 배역을 나누어 극을 진행하는 경우도 있다. 그 모든 수법을 필요에 따라 바꾸어가면서 쓴다.

제주도의 〈입춘굿〉·〈세경놀이〉·〈영감놀이〉 같은 것들은 굿의 한 대목이 원래부터 놀이 형태를 갖추었던 예이다. 배역이 분화되고, 탈을 쓰기도 해서 연극의 요건을 잘 갖추었다. 그러나 생산을 풍요롭게 하고 병을 낫게 한다는 굿의 기능이 아직 거의 그대로 남아 있다. 관중을 웃겨서 즐겁게 하는 내용은 두드러지게 나타나 있지 않다.

〈입춘굿〉은 제주 관아에서 주최해 거행했다고 한다. 씨를 뿌려 농사를 짓고, 농사를 해치는 새를 사냥꾼이 잡는 것으로 기본적인 설정을 삼았으니 풍년을 기원하는 행사인데, 거기다가 처첩이 싸우는 내용을 곁들였다. 〈세경놀이〉는 제주도에서 세경이라고 부르는 농사의 신을 위한 굿놀이이다. 여자가 등장해서 배가 아프다고 소동을 벌이고, 건달 총각을 만나 임신을 했다고 하면서, 해산을 하는 광경을 보여준다. 아이가 자라 농사를 짓는다면서 엄청나게 많은 곡식을 거두어들인다.

〈영감놀이〉의 영감은 병을 일으키는 도깨비이다. 허름한 영감 둘이서 탈을 쓰고 나서는 것이 가관이다. 한라산 구경을 하러 나와 사건을 일으킨다. 동생이 사람에게 붙어서 병을 일으켰다 하고, 형을 불러서 동생을 데려가게 하는 것으로 퇴치 방법을 삼는다.

굿의 한 대목이 놀이로 되어 있는 예는 다른 지방에서도 볼 수 있다. 경기도 양주의 〈소놀이굿〉은 〈제석(帝釋)거리〉에 부수되는 행사이다. 무당이 아닌 사람들이 마부들로 분장하고 나서고 몇이서 멍석을 뒤집어쓰고 소 노릇을 하면서 여러 가지 놀이를 벌이는 점이 흥미롭다.

황해도 굿에는 볼 만한 놀이가 여럿 있다. 〈도산말명거리〉라는 것에서는 서방을 아흔아홉 얻었다는 여자가 자기 자랑을 하면서 다른 짓을 해서 관습을 어긴 것들도 거침없이 열거한다. 〈사또놀이〉는 주제가 더욱 뚜렷하다. 신관사또가 부임해서 구관사또가 주색에 빠지고 뇌물을 밝히고 사돈의 팔촌까지 덕 보인 내막을 추궁한다고 한다. 구경하는 마을 사람이 농부 노릇을 하면서 신관사또로 나선 무당의 상대역이 되어 입체적인 구성을 갖춘다.

여러 거리로 이어지는 큰굿의 맨 끝 순서에 뒷전이 있다. 모여든 잡귀의 무리를 잘 먹여 보내야 한다면서 관중을 즐겁게 하는 재주를 마음껏 발휘한다. 서울지방에서 하는 뒷전은 〈지신할미거리〉·〈장님거리〉·〈출산거리〉로 이루어져 있다. 주무 혼자 지신할미·장님·출산어미 노릇을 하면서, 영감을 찾고, 병을 고쳐야 한다고 넉살을 부리다가 눈을 뜨는 시늉을 하고, 아이를 낳는 장면도 보여준다. 하는 짓이 어느 것이든 생산을 풍요롭게 하자는 주술인데, 원래의 기능은 잊혀졌고 일상생활에서 흔히 볼 수 있는 일을 과장해서 상스럽게 흉내 내어 관중을 웃긴다.

동해안에서 하는 마을굿의 뒷전은 〈거리굿〉이라고 하는데, 규모가 더 크고 한층 흥미롭다. 몇 년에 한 번씩 어촌 마을에서 별신굿을 할 때 사방에서 모여든 관중을 상대로 해서 〈거리굿〉을 맡은 무당은 재주를 마음껏 발휘해 인기를 독차지하고자 한다. 그래야만 다른 마을에도 초청되어 벌이가 늘어날 수 있다. 며칠씩 계속된 굿의 끝 순서에 이르러, 잔뜩 기대를 하며 기다리고 있는 관중을 상대로, 여남은 거리나 되는 놀이를 지칠 줄 모르고 벌인다.

〈훈장거리〉는 훈장이 글을 가르치는 광경을 다룬 내용이다. 천자문을 비속하게 바꾸어놓아 상말과 욕설이 되게 한다. 그따위 것은 가르쳐서 무엇을 하겠느냐고 하는 반발이 바로 일어나게 한다. 더 가르칠 책이 없으면, 술 먹고 지랄병 하는 것에서 시작해 온갖 종류의 놀음을 보태고, 뱃사공질도 가르친다고 한다. 서당에서 하는 글공부보다 더욱 소중한 공부가 그런 것이라고 하면서 인습화된 권위를 뒤집어엎는 것이다.

〈과거거리〉에서는 과거를 보아 벼슬을 하는 것을 우스꽝스럽게 만든다. 마누라 다섯이 별별 이상스러운 짓을 해서 마련해준 돈으로 과거를 보러가서는, 아무렇게나 휘갈겨 언문풍월을 적어냈더니 급제를 했다한다. "선달은 다리가 아파서, 좌수는 요강 좌수로 알고 지린내가 나서, 초시는 새그러워, 참봉은 갑갑해서 못하겠다"고 하고 벼슬을 팽개친다. 그 대신에 저승에 가서 벼슬을 얻어왔다고 하고, 무당의 권능이 돋보이게 한다.

〈관례거리〉에서는 관례(冠禮)를 지내는 절차를 망쳐놓으면서, 유교 예법에 대한 반감을 나타낸다. 〈어부거리〉에서는 어부가 바다에 나가서 격랑과 싸우고 고투하는 모습을 아주 실감나게 보여준다. 〈골매기할매거리〉에서는 며느리 흉을 본다면서 성행위를 재현한다.

동해안 무속에는 끝판의 〈거리굿〉까지 가지 않고 별신굿을 하는 중간 과정에 벌이는 놀이도 몇 가지 있다. 그 좋은 본보기인 〈도리강관원놀이〉와 〈탈굿〉은 배역이 분화되어 있고 내용이 뚜렷한 무당굿놀이의 좋은 본보기이다. 둘 다 독립된 연극일 수 있는 요건을 충분히 갖추고 있다.

〈도리강관원놀이〉는 천왕굿에 이어서 공연한다. 천왕굿은 원님굿이라고도 하며, 과거에 그 고을에서 원님 노릇하던 이들의 혼을 불러 위로하는 절차이다. 굿에서 온갖 귀신을 섬기니 원님귀신도 한몫 낄 만하다. 〈도리강관원놀이〉는 원님을 위해주지 않고 욕보이는 내용이다. 등장인물은 관장인 사또, 이속인 강관, 그리고 관노인 고지기 셋이다. 무당 셋이서 하나씩 맡는다. 강관을 맡은 무당은 일인다역을 해서 이방, 도사령, 수노 등으로 바뀐다. 사또가 도임해서 이방, 도사령, 수노, 그리고 황소까지도 문안을 드린다고 하면서, 사또는 강관에게, 강관은 고지기에게 조롱을 당해 서열이 역전되게 한다.

> 사또 : 이 골 도리강관 바삐 현신하렷다.
> 강관·고지기 : 에이.
> 강관 : 가자. 옳게 매가주구 가자. 보릿단 묶듯이 얼른 묶어 가자.
> 고지기 : 그렇시더.
> 강관 : 가자. 야야 좌편에 서거라. 내가 우편에 서서…… 우리가 걸음
>   을 걸어도 공손히 걸어야 한다. 양반이 걸음을 걸어도 똑 콩 숨
>   는 걸음으로.
> 강관·고직이 : 허야, 떵 닥, 떵 닥.(강관과 고직이 장단에 맞추어 춤
>   추듯이 걸어서 사또 앞에 가 선다.)
> 사또 : 도리강관은 절도 안 하고, 말도 안 하는고?
> 강관 : 예, 작년 겨울에 얼어붙었던 입이 아직 안 녹아 떨어져가.
>   ……

한 대목을 들면 이렇다. 도리강관이 원님 앞에 나아가 현신을 하려다가 떼를 매지 않은 것이 발견되어, 보릿단 묶듯이 묶고 얼른 가자는 말이 나왔다. 강관과 고지기가 콩을 심는 거동을 하면서 양반걸음을 걷는다는 것은 우스꽝스러운 거동이다. 사또 앞에 이르러서는 현신 드리는 격식을 엉망으로 만들어버린다.

〈탈굿〉 또는 〈탈놀이〉라는 것은 동해안 별신굿의 한 거리를 이루며, 탈춤과 아주 비슷한 방식으로 전개된다. 양반·할미·서울애기·싹불이 등의 인물이 모두 종이로 만든 탈을 쓰고 등장해, 탈춤의 영감과 할

미과장에서 볼 수 있는 바와 같은 소동을 벌인다. 할미가 아들 싹불이를 데리고 영감을 찾아나섰는데, 영감은 서울애기를 첩으로 들어앉히고 딴살림을 차렸다. 고생 끝에 가족이 모였으나, 할미와 서울애기가 영감을 서로 차지하려고 싸우고, 영감이 할미를 때린다. 할미가 아닌 영감이 죽더니 의원을 불러 살려낸다. 무당굿놀이 본래의 전승은 아닌 것 같고, 탈춤을 본떠서 만들어낸 놀이일 가능성이 크다.

현용준, 〈영감본풀이와 영감놀이〉, 《무속신화와 문헌신화》(집문당, 1982) ; 서연호, 〈한국무극의 원리와 유형〉, 《한국무속의 종합적 고찰》(고려대학교 민족문화연구소, 1982) ; 키스터, 다니엘 A., 《무속극과 부조리극》(서강대학교출판부, 1986) ; 황루시, 〈무당굿놀이연구〉(이화여자대학교 박사논문, 1987) ; 장정룡, 〈동해안 별신굿놀이의 연극적 고찰〉, 《연극학연구》 1(부산연극학회, 1989) ; 이균옥, 《동해안지역무극 연구》(박이정, 1998) ; 박경신·장휘주, 《동해안 별신굿》(화산문화, 2004) 등의 연구가 이루어졌다.

9.15.3. 꼭두각시놀음과 발탈

조선시대의 직업적인 놀이패는 노비가 아니면서도 천민이었다. 사(士)가 아님은 물론이고, 농(農)·공(工)·상(商) 가운데 어느 것에도 종사하지 않으니 생산에 기여하는 바 없고, 노래·춤·놀이 따위를 일삼아 난잡한 짓을 하며 건실한 기풍을 해친다는 이유에서 멸시의 대상이 되었다. 관가에 소속되거나 공적인 행사에 동원되는 악공, 재인, 기생의 무리는 존재 의의가 인정되고, 판소리광대는 노력이 헛되지 않아 상당한 평가를 얻고, 무당은 무속의 오랜 관습을 지지기반으로 삼았으며, 그 어디에도 속하지 않는 놀이패는 비참하기만 했다.

악공·재인·기생·광대·무당이 아닌 놀이패를 떠돌이놀이패라고 부르면서 논의를 계속해보자. 떠돌이놀이패는 어느 때든지 있었으며,

계속 보충되었다. 조선초기에는 불교를 억압하고 승려를 감축할 때 지위가 낮고 수행 능력이 부족한 잡승(雜僧)들이 밀려나 그 무리에 가담했던 것으로 보인다. 조선후기에는 농촌의 변화로 유랑민이 대거 생겨나 먹고사는 방법의 하나로 놀이하는 재주를 팔았다.

농업기술의 발달이 농촌을 변하게 했다. 한 사람이 직접 경작할 수 있는 경지면적이 확대되는 이른바 광작(廣作)이 가능해지자, 소작인의 일거리마저 잃은 무리는 자기 고장을 떠나 농사가 아닌 벌이를 개척해야 했다. 거기다가 사회적인 요인이 겹쳤다. 관가의 수탈을 피해 타처로 가버리는 도망꾼도 적지 않았으며, 노비가 상전의 통제가 미치지 않는 곳으로 자취를 감추는 것은 거의 일반화된 추세였다. 유랑민이 노동자로 흡수되는 것이 당연한 순서인데, 그럴 수 있는 여건이 아직 마련되지 못했다. 도적질이나 걸식을 하는 것보다 놀이하는 재주를 팔아서 먹고사는 것이 더 나은 방법이었다.

그런 사정을 이해하는 데 〈흥부전〉이 좋은 자료이다. 놀부가 토지를 다 차지하고 스스로 경작하자 흥부는 밀려나 품팔이를 하다못해 매 품팔이까지 하는 신세가 되었다. 흥부는 재주가 없어 못했지만, 품팔이보다는 놀이를 파는 것이 나았다. 놀부 박에서 꾸역꾸역 나온 무리들, 사당패, 초란이패, 풍각쟁이패 등이 모두 계속 늘어난 떠돌이놀이패들이다. 거지이면서 놀이패인 각설이꾼을 더 보탤 수 있고, 그 밖에 일정한 이름이 없는 패거리도 적지 않아서 사회적인 안정을 위협할 정도였다. 정약용은 〈목민심서〉(牧民心書)에서 횡포한 짓을 일삼는 나쁜 무리를 엄히 다스려야 한다면서 떠돌이놀이패도 넣었다.

사당패, 초란이패, 풍각쟁이패, 각설이패 등은 서로 조금씩 다르고 놀이를 하는 종목이나 방식에서도 각기 고유한 특징이 있기에 하나씩 살펴야 하겠으나, 그 가운데 가장 두드러진 활동을 하면서 놀이의 종목을 특히 다양하게 구비한 사당패에다 관심을 모으고자 한다. 사당패는 안성 청룡사(靑龍寺) 같은 절간 근처를 집결지로 삼고, 꼭두각시놀음 마지막 대목에서 절을 짓고 불교에 귀의하라고 하는 장면을 연출하는 것을 보면, 사원에서 밀려난 잡승에서 유래한 것 같다.

조선후기에 사당패가 아주 많아졌다. 놀이를 하는 것으로는 살 수 없어, 도적의 무리에 들어가기도 하고, 걸식이나 매음까지 했다. 사당이라고 부른 여자들은 물론, 남사당이라고 일컬어진 남자들까지도 남색을 팔았다. 어려운 형편에서 천대와 모멸을 견디면서 자기네들끼리 집단을 이루어 기량을 연마하고, 사방으로 돌아다니면서 아주 다채로운 놀이를 벌여 민속예술의 발전을 위해서 커다란 기여를 했다.

사당패 또는 남사당패의 놀이 종목에는 우선 노래와 춤이 들어가고, 풍물이라는 농악, 버나라는 대접돌리기, 살판이라는 땅재주, 어름이라는 줄타기, 덧뵈기라는 탈춤, 덜미라는 꼭두각시놀음, 그리고 발탈이 포함되었다. 구경꾼을 모을 만한 종목은 두루 구비했다고 할 수 있으며, 다른 집단의 놀이를 가져온 것도 적지 않다. 풍물은 농민의 놀이이고, 버나·살판·어름은 곡예를 전문으로 하는 재인들이 오래 전부터 하던 재주며, 덧뵈기는 기존의 탈춤을 받아들여 만든 것 같다. 남사당패가 맡아서 공연하는 종목은 꼭두각시놀음과 발탈인데, 민속극의 특이한 형태여서 힘써 고찰할 필요가 있다.

꼭두각시놀음은 이미 밝힌 바와 같이 고구려 때부터 있었고, 정교한 기법을 갖추어 공연되던 모습이 이규보의 시에 남아 있기도 한다. 내용이나 공연 방식이 서로 다른 여러 가지 놀이가 있었으리라고 보는 편이 타당하다. 그런데 오늘날까지 전해진 것은 사당패의 공연물 하나만이어서, 〈꼭두각시놀음〉이라는 말이 특정 작품 이름이 되었다.

이름이 하나만은 아니다. 남사당패는 덜미라고 하고, 구경꾼들은 〈꼭두각시놀음〉·〈박첨지놀음〉·〈홍동지놀음〉 등으로 부른다. 꼭두각시는 인형을 뜻하는 보통명사이면서 또한 극중인물을 지칭하는 고유명사이다. 영감을 잃고 찾아다니는 할미가 꼭두각시이다. 〈박첨지놀음〉이니 〈홍동지놀음〉이니 하는 것도 극중인물의 이름을 따온 말이다.

박첨지는 꼭두각시의 남편인 허름한 영감인데, 바가지로 만들었으므로 성이 박가라 한다. 홍동지는 박첨지의 조카라고 하는 천하장사이며,

벌거벗고 다니므로 홍(紅)과 같은 음인 홍(洪)을 성으로 삼는다. 그 밖에도 박첨지의 첩 돌머리집, 박첨지의 조카딸과 조카며느리, 뒷절 상좌 몇 사람, 포수, 꿩, 용강 이시미, 평양감사와 관속 등 등장하는 인물이나 동물이 다채롭다.

무대 위로 몸을 내민 인형을 그 밑에 숨은 사람이 놀린다. 인형 몸속에다 손을 넣어서 움직이는 방식이 기본을 이루어, 동작이 기민하다. 등장인물이 동일한 평면에서 왕래해 입체감이 부족하고, 인형들끼리의 희한한 놀이이므로 현실과 연관이 느껴지지 않을 수 있는 두 가지 염려가, 악사의 개입으로 한꺼번에 해소된다. 반주를 하는 악사는 무당굿놀이나 탈춤에서와 마찬가지로 관중의 자격으로 등장인물과 문답하는 상대역 노릇을 하는 데 그치지 않고, 인형들의 놀이에 사람이 개입해 무대 공간을 확대하고, 극중에서 벌어지는 일이 현실과 직결된다고 느끼도록 하는 데 더욱 중요한 구실까지 맡는다.

박첨지는 맨 처음부터 등장하고, 장면이 바뀔 때마다 얼굴을 내밀고 악사와 대화를 나누면서 해설자 노릇도 한다. 자기는 팔도강산 유람차 나섰다가 구경을 하러 그 자리에 왔다면서 관객으로 자처하더니, 집안에서 일어난 일을 보라면서 다음 장면을 소개하고, 나중에 평양감사가 등장하는 장면에 이르기까지 무슨 일이든지 간섭을 한다. 모두 여덟 거리라고 하는 장면이 어느 정도 있어도 모두 독립된 내용인데 박첨지가 하나로 연결되도록 한다.

박첨지가 하는 말과 실제로 벌어지는 사태는 다르다. 꼭두각시거리에서는 박첨지의 횡포가 드러난다. 박첨지를 찾아다니다가 만나서 좋아하는 꼭두각시를 박대해 죽게 한다. 이시미가 나타나 박첨지를 물어 죽이려는데 홍동지가 살려낸다. 나이 많다고 자세하며 헛장담이나 하는 박첨지를 우습게 여기고 조롱의 대상으로 삼는 홍동지는 무슨 일이든지 닥치는 대로 해치울 수 있어서 패배를 모른다. 이시미를 죽여 천하장사의 용력을 자랑하고, 평안감사와 맞섰다.

평양감사가 매사냥을 나섰다가 죽어 장례를 지내는데 "좆이나 먹어라" 하며 욕을 했다고 홍동지를 잡아 참수형을 했다는 것이 오랜 형태이다. 그런 장면은 지금 전하지 않고, 투쟁을 희화화해 바꾸어놓았다. 평양감사가 아닌 그 어미가 죽어서 상여를 메야 한다면서 상두꾼을 모았다고 했다. 홍동지도 상여를 멘다면서 벌거벗은 몸에 툭 불거져 있는 성기에다 상여채를 걸어놓아, 평양감사 어미를 욕보였다. 뒤따르는 평양감사와 다음과 같은 수작을 나누었다.

> 홍동지 : 상제님 짊어진 것이 뭐요?
> 평양감사 : 나 말이냐?
> 홍동지 : 그렇소.
> 평양감사 : 나 짊어진 것은 산에 올라가 분상제 지내려고, 잔뜩 칠푼 주고 강생이 한 마리 사 짊어졌다.
> 홍동지 : 자고로 방귀에 혹 달린 놈은 보았어도, 강생이로 분상제 지낸다는 놈은 처음일세.

강아지를 가지고 가서 제사를 지낸다고 했다. 모든 벼슬자리 가운데 제일 좋다고 하는 평양감사의 허위를 철저하게 폭로하고 희화화했다. 꼭두각시놀음은 성의 금기를 아무 부담 없이 허물어버리는 음란하고 방자한 언동으로 남녀·노소·관민의 질서를 하나 남기지 않고 모두 다 파괴했다.

사람이나 동물 형상을 불에 비추어 생기는 그림자를 보여주면서 사건을 전개하는 그림자극도 있었던 것 같다. 만석(曼碩)중 놀이라는 것을 그렇게 볼 수 있다. 그러나 지금은 없어져 구체적인 모습은 알기 어렵다. 중국에서 서아시아까지 여러 나라에서 널리 분포되어 있는 그림자극을 잃어버린 것은 애석한 일이다.

놀이하는 사람이 발에다 탈을 씌워 인형처럼 움직이게 하는 발탈은 다른 나라에 없다. 남사당패의 놀이 종목에 포함되어 공연되다가 별도로 전승되어 사라지지 않고 남아 있다. 공연방식은 간단하지만 등장인물이 셋이나 되고, 주고받는 대사에 깊이 생각해야 할 의미가 있다. 인물의 성격을 보아 '떠돌이'라고 할 수 있는 탈 쓴 인형이 '주인'이라는 사람과 말을 주고받고, '여자'가 하나 더 등장한다.

떠돌이가 놀이판에 등장해서 누가 주인인지 찾으면서 연극이 시작된다. 대답하면서 나서는 주인은 그곳에서 생선장수를 하는 사람이다. 떠돌이는 팔도강산을 다 돌아다닌 경력을 자랑하면서 춤·노래·재담을 다 잘하는 장기를 한껏 과시하지만 몸을 움직이지 못한다. 어디든지 갈 수 있는 주인은 따분하게 한 곳에서 머물러 생선장수나 한다. 주인에게는 재산이 있지만 탈은 풍류를 자랑한다. 탈처럼 부자유스러운 조건에서도 자유를 누리면서 먹을 것은 없어도 마음이 넉넉하다고 자부하는 쪽의 항변을 나타냈다고 할 수 있다.

그런데 제삼의 인물인 여자가 등장하자 사정이 달라졌다. 여자는 남편이 죽어 생계 대책이 없는 사정이어서 생선을 받아다가 행상을 하겠다고 했다. 주인은 떠돌이에게 생선을 세어 주는 일을 맡겼다. 굵은 것만 골라 주는 것을 보고 화가 나서 떠돌이를 때렸다. 떠돌이가 떠나가겠다니 남을 동정하는 좋은 사람이라고 하고 머물러 살면서 함께 일하자고 했다. 먹고살아야 하는 사정 때문에 자유가 제한된다. 사람들을 맺어주는 것은 인정이다.

결말이 잘 났어도 문제는 남는다. 떠돌이는 여자와 작별하면서 "내가 깨지거든 또 만납시다"라고 하고, 여자는 "내 그렇지 않아도 고택골 윗목에 술 한 병 갖다놓았어요"라고 했다. "고택골"은 공동묘지가 있는 곳이다. 여자의 남편처럼 떠돌이도 깨지면 둘이 만나게 될 것이라고 했다. 상반신뿐인 사람을 자유인이라고 하더니, 죽음이 만남이라고 한다. 이 무슨 기이한 말인가? 의문을 관객에게 던져주었다.

심우성, 《남사당패연구》(동화출판공사, 1974) ; 박전열, 〈풍각쟁이의 기원과 성격〉, 《한국민속학》 11(민속학회, 1979) ; 김흥규, 〈조선후기의 유랑연예인들〉, 《고대문화》 20(고려대학교, 1981) ; 전신재, 〈거

사고〉,《한국인의 생활의식과 민중예술》(성균관대학교 대동문화연구원, 1984) 등에서 놀이패를 연구했다. 꼭두각시놀음은 최상수,《한국인형극의 연구》(고려서적, 1961 : 정동출판사, 1981) ; 임재해,《꼭두각시놀음의 이해》(홍성사, 1981) ; 〈남북한 꼭두각시놀음의 전승양상과 해석의 비교연구〉,《구비문학》3(한국구비문학회, 1996) ; 서연호,《꼭두각시놀음의 역사와 원리》(연극과인간, 2001) 등에서 ; 발탈은 정병호, 〈발탈 연희에 대하여〉,《한국민속학》16(민속학회, 1983) ; 신찬균, 〈발탈의 민속학적 고찰〉,《동악어문논집》18(동악어문학회, 1983)에서 고찰했다. 〈발탈 조사보고서〉,《카타르시스·라사·신명풀이》(지식산업사, 1997)에 발탈을 다시 조사한 자료가 있다.

9.15.4. 농촌탈춤·떠돌이탈춤·도시탈춤

무당굿놀이는 무당의 연극이고, 꼭두각시놀음은 사당패의 연극이지만, 탈춤은 공연 주체에 따라서 몇 가지로 나누어 보아야 한다. 농촌마을에서 농민이 공연한 것은 농촌탈춤이라고 하자. 떠돌이탈춤이라고 부르고 싶은 것은 돌아다니며 벌이를 해야 하는 떠돌이놀이패가 공연했다. 그 둘과 다른 도시탈춤은 상업이 발달된 도시에 거주하는 이속이나 상인들이 주동이 되어 공연했다.

농촌탈춤은 다른 둘보다 유래가 오래 되고, 발전이 더딘 형태이다. 농촌마을에서 해마다 한 번씩 농악대가 주동이 되어 농사가 잘되라고 굿을 하면서 굿놀이의 일부로 공연한 탈춤이다. 농악대굿은 예사 농사꾼이 맡아서 하고, 농촌마을 자체에서 오랫동안 이어온 행사라는 점에서 무당굿과 구별된다. 풍물을 치고 춤을 추며 노래를 부르면서 거행한다는 점에서, 유교의 격식을 받아들여 절을 하고 축문을 읽는 엄숙한 절차를 갖춘 동신제(洞神祭) 또는 서낭제와도 다르다. 무당굿에서 무당굿놀이가, 농악대굿에서는 탈춤이 생겨났다.

조선왕조는 유교에 입각한 농촌 질서를 확립하고자, 음사(淫祀)라고 규정한 굿놀이는 그만두고 제사를 지내라고 압력을 넣었다. 향촌의 양반들이 그렇게 하는 데 앞장섰으나, 하층 농민은 오랜 전통을 지키고자 했다. 마을굿을 울분을 발산하고 신명풀이를 할 수 있는 기회로 삼아, 탈춤이 자라날 수 있게 했다.

마을굿의 기본 절차는 마을의 신이 평소의 거처인 신당에서 마을 안으로 내려와 한동안 놀다가 되돌아가게 하는 것이다. 신을 내리는 방식의 하나로 사람이 신의 탈을 쓰고 춤을 춘다. 신이 마을 안을 돌아다니며 놀아야 안녕과 풍요가 보장된다.

농악대의 풍물잡이들과 탈 쓴 사람들이 함께 어울려 풍물을 치고 춤을 추고 노래를 부르고 재담을 나눈다. 농사가 잘 되도록 하는 주술적인 동작에다 곁들여서 사회적인 구속에서 벗어나는 파격적인 놀이를 벌여야만, 묵은해에서 새해로, 겨울에서 여름으로, 죽음에서 삶으로 넘어오는 쇄신이 이루어질 수 있다. 신의 상징인 탈을 극중인물을 구분하는 데도 써서, 자연과의 갈등을 주술적으로 해결하자는 굿이 사람들 사이의 갈등을 예술적으로 표현하는 극이게 했다.

전국 도처에서 볼 수 있는 농악대의 잡색놀이는 농촌탈춤의 단순한 형태 또는 축소된 형태로 이해할 수 있다. 농악대의 구성원 가운데 풍물잡이들 외에 양반, 각시, 포수 등으로 꾸며 나서는 무리를 잡색이라고 한다. 신들이 하강해서 노는 모습이 그렇게 변해, 구경꾼을 상대로 말을 걸고 재담을 한다. 탈을 쓰지 않고 분장만 하는 것은 후대의 변모라고 생각된다.

신이 하나만 등장하면 양반으로 분장하는 인물이 되었다. 신의 위엄을 보이는 대신에 거들먹거리면서 놀아, 조롱의 대상이 되었다. 원래는 모의적인 성행위를 했을 남녀 신을 양반과 각시라고 일컫고, 양반이 체통 없는 짓을 하는 광경을 보여주도록 한다. 포수는 곁다리인 것 같지만 원래 재앙을 물리치는 구실을 하던 인물이다.

함경도의 〈북청사자놀음〉도 농촌탈춤의 하나라고 할 수 있다. 사용하는 악기나 연주하는 가락이 특이해 농악이라고 할 수는 없지만, 풍물

잡이들이 돌아다니면서 마을의 안녕과 풍요를 위한 굿을 하는 데 탈을
쓰고 가장한 인물이 몇이서 따르면서 놀이를 벌인다는 점에서는 흔히
볼 수 있는 형태를 따르고 있다. 사자탈을 덮어쓴 사람들, 양반, 하인
꼭쇠가 등장하고, 다른 배역도 있다. 양반의 명령에 따라 꼭쇠가 사자
를 몰고 다닌다고 해서 서로 연결되게 하고, 사자가 죽어 다시 살려낸
다고 하면서 소생의 의미를 가진 사건을 설정했다.

사자는 국내에 없어, 사자춤이 밖에서 들어왔다. 그러나 재앙을 물리
치기 위한 동물춤은 원래부터 있다가 동물이 사자로 바뀌었다고 보는
것이 순리이다. 경남지방 오광대에는 사자와 담보가 싸우는 춤이 있다.
자연의 재앙을 물리치기 위해 추는 그런 동물춤이 사회적인 갈등을 나
타내는 의미도 지니게 되자 연극이 시작되었다. 사자와 담보의 싸움은
세력 있는 자들끼리의 다툼으로 이해된다. 동물이 자연의 재앙이 아닌
인간의 악을 응징하는 구실을 하자 연극에서의 구실이 더 커졌다. 부산
지방 야류에서 뱀의 형상을 한 영노가 양반을 잡아먹겠다고 하는 것이
나, 〈봉산탈춤〉에서 사자가 파계승을 징치하겠다고 하는 것이 그런 경
우이다.

강원도 강릉에서 관노들이 공연한다고 해서 〈강릉관노희〉(江陵官奴
戲)라고 일컫는 놀이도 구성이나 전개 방식을 보면 앞에서 든 것들과
그리 다르지 않다. 강릉은 농촌마을이 아니고 지방 관장이 주재하는 큰
고을이다. 그곳에서 여느 마을굿보다 규모가 월등하게 큰 단오굿을 거
행할 때 농민이 아닌 관노가 공연하는 놀이가 도시탈춤과는 거리가 멀
고 오히려 농촌탈춤 본래의 모습을 확인하기에 알맞은 자료이다.

등장인물은 장자말·양반·소매각시·시시딱딱이뿐이다. 대사가 없
이 진행되는 무언극이다. 정체가 모호한 것처럼 보이는 장자말만은 원
래 신이 하강한 모습이었다고 생각된다. 재앙을 물리치는 구실을 하는
시시딱딱이를 보태고, 양반이 소매각시와 놀아나는 장면까지 보여주어
연극일 수 있는 요건을 갖추었다. 시시딱딱이가 양반을 물리치고 소매
각시를 차지하려 하고, 소매각시가 죽었다가 깨어나는 소동까지 벌어

져서 상황이 복잡해졌다.

고려 때에 만들었으리라고 생각되는 탈을 계속 사용하는 경북 안동의 〈하회별신굿놀이〉는 연극 내용에서 농촌탈춤이 발전된 모습을 보여준다. 평소에는 신당에 모셔놓고 섬기는 탈이 극중인물이어서 성격에 맞는 모습을 하고 있다. 강신에서 송신까지 여남은 마당에 걸쳐 거행되는 행사의 하나가 탈춤이다. 굿이 굿이면서 극이기도 한 이중의 특성을 선명하게 보여준다.

양반과 선비가 지체를 다투는 마당을 중심으로 해서 극적인 내용이 흥미로운 짜임새를 보인다. 그보다 앞서 파계승마당에서는 중이 각시에게 유혹받는 광경을 보여주더니 뒤이어 등장한 양반과 선비가 중의 행실을 못마땅하게 여기면서 부네라는 여자 때문에 다투기 시작하도록 한다. 누가 지체가 높은가에 따라서 다툼을 판가름하려고 억지를 부리는데, 양쪽 하인이 개입해 더욱 흥미로운 광경이 벌어진다.

> 양반 : 우리 할아버지는 문하시중이거던.
> 선비 : 문하시중, 그까짓 것. 우리 할아버지는 문상시대(門上侍大)인데.
> 양반 : 문상시대, 그것은 또 뭔가?
> 선비 : 문하보다 문상이 높고, 시중보다 시대가 크다.

고려 때의 최고 관직인 문하시중을 말장난거리로 만들어 지체다툼이 허망하다는 것을 스스로 폭로한다. 양반이 반격을 하느라고 자기는 사서삼경보다 더한 팔서육경(八書六經)을 읽었다고 한다. 선비가 알아차리지 못해서 당황해 하는 팔서육경을 양반의 하인 초랭이는 "팔만대장경, 중의 바래경, 봉사 안경, 약국의 질경, 처녀 월경, 머슴 새경"이라고 풀이한다. 선비의 하인 이매가 그 말이 맞다고 하면서 맞장구를 친다. 경망스러운 초랭이와 바보인 이매가 자기네 상전들이 허망하다는 것을 보여주는 구실을 한다.

떠돌이탈춤은 농촌탈춤에서 파생되었다고 할 수 있다. 농촌에서 살 수 없어 떠돌이놀이패로 나선 무리가 농촌에서 하던 탈춤을 더욱 흥미로운 구경거리로 만들어 영업을 하다가 떠돌이탈춤을 만들었다고 보아 마땅하다. 떠돌이놀이패는 여러 종목의 하나로 탈춤을 공연하면서 농촌탈춤에는 없던 요소를 추가했을 것이다. 떠돌이탈춤이 여러 고장의 농촌탈춤에 영향을 주어 공연하는 내용이 서로 비슷하게 만들었다고 생각된다.

서울 녹번(碌磻), 애오개[阿峴], 사직(社稷)골 등지에 사는 본산대(本山臺)놀이패는 탈춤을 주종목으로 삼은 떠돌이놀이패였다. 원래 나라에서 산대회 또는 나례회를 거행할 때 동원되던 신분이어서 산대놀이패라고 일컬어졌지만, 그래서 생계를 해결할 수 있었던 것은 아니어서 자기네 나름대로 민간에서 벌이는 공연을 해야 했다. 산대회 공연이 중단되어 동원의 의무가 사실상 없어진 뒤에 산대회나 나례회를 할 때에는 소용되지 않던 탈춤을 가지고 서울 근처 여러 고장을 찾아다니며 순회공연을 해서 인기를 모으면서, 산대놀이패라는 말을 자랑스럽게 쓰면서 국가 공인의 공연단인 것처럼 행세했다. 그 패거리가 공연한 탈춤은 별산대놀이와 구별해 본산대놀이라고 한다.

유득공(柳得恭)이 〈경도잡지〉(京都雜志)에서 "연극에는 산희(山戲)와 야희(野戲) 두 부류가 있는데 나례도감(儺禮都監)에 속한다"고 했다. 산희는 다락을 엮고, 사자·호랑이 따위를 만들어놓고 춤을 추는 놀이라고 했으며, 야희를 할 때에는 당녀(唐女)나 소매(小梅)로 분장하고 춤을 추며 논다고 했다. 당녀와 소매는 등장인물 이름임에 틀림없으며 〈양주별산대놀이〉에서 볼 수 있는 왜장녀와 소무의 전신이 아닌가 싶다.

국가에서 그 둘을 함께 공연하도록 했다고 볼 수는 없다. 국가에 동원되지 않게 되었을 때 야희를 해서 인기를 모으던 놀이패가 단순화된 형태의 산희도 공연종목에 포함시켰다고 보는 편이 타당하다. 법제적으로는 나례도감에 소속되는 자기네가 공연하는 산희와 야희는 사당패 등의 다른 놀이패들이 하는 공연물보다 지체가 높다고 자부하는 말을,

유득공이 자세한 사정은 생략하고 옮겨놓았다고 할 수 있다.

이름이 광문 또는 달문이라는 비렁뱅이를 주인공으로 한 박지원의 〈광문자전〉(廣文者傳)과 홍신유(洪愼猷)의 〈달문가〉(達文歌)에서, 그 위인이 만석희(曼碩戲), 철괴무(鐵拐舞), 팔풍무(八風舞) 등에 능해, 오붕좌우부(鰲棚左右部) 장안악소년(長安惡少年)들이 상석에 받들어 모신다고 했다. '오붕'은 '산대'와 같은 말이다. 산대희를 하는 놀이패가 좌우부의 조직을 이루고 있고, 장안의 악소년으로 취급되었음을 알 수 있다.

이덕무는 〈사소절〉(士小節)에서, 산대놀이패가 하는 철괴(鐵拐)와 만석(曼碩)의 음란한 놀이를 집에서 벌이고 부인들도 구경하도록 해서 웃음소리가 밖에까지 들리게 하는 것은 올바른 도리가 아니라고 했다. 산대희놀이패가 민간에서 흥행을 하면서 살아간 사정을 말해주는 자료이다. 웃음을 자아내고 풍속을 문란하게 하는 것을 공연 내용으로 삼아 지탄의 대상이 되었다.

공연 장소가 집안이었던 것을 보면, 만석이나 철괴가 소규모의 놀이였다. 산희에서 하던 놀이인데 산과 같은 다락을 만들지 않고 공연했다고 생각된다. 철괴는 무엇인지 알기 어렵다. 만석은 고려 때 있었다는 승려이고, 그 모습을 만들어 그림자놀이를 했다는 기록이 있다. 사람이 직접 공연해 탈춤의 파계승과장 비슷한 것을 보여주었다고 생각된다. 그렇다면 산희에 있던 요소를 야희에서 받아들여 이용했다고 할 수 있다.

위의 두 자료는 산대놀이패가 소규모의 놀이를 공연 종목으로 했다는 증거이다. 그렇다고 해서 탈춤 전편을 공연하지 않은 것은 아니다. 강이천(姜彝天, 1769~1801)이라는 사람이 1779년(정조 3)에 지은 시 〈남성관희자〉(南城觀戲子)에는 여러 과장으로 이루어진 탈춤 공연이 묘사되어 있다.

놀이를 한 장소가 남대문 밖이라고 했으니, 본산대놀이라고 할 수 있다. 놀이의 내용이 오늘날 볼 수 있는 별산대놀이와 흡사해 그렇게 추정하는 증거가 추가된다. 얼굴이 안반만 한 것이 나와 사람들을 겁주고, 노기를 띤 흉악한 놈이 춤을 춘다고 한 대목은 연잎·눈끔적이과장 같다. 노장과 소무가 만나 파계를 하는 장면에 이어서, 오랑캐 형상을 한 인물이 스스로 목을 벤다는 것은 지금 볼 수 없는 사건이다. 영감과 할미가 싸우다 할미가 죽어 굿을 한다는 대목은 여러 탈춤에 흔히 있는 것이다.

떠돌이탈춤을 하는 놀이패는 산대놀이패만이 아니었으며, 다른 지방 에도 있었다. 산대놀이를 할 때 동원된다고 해서 산대놀이패라고 일컬 어지는 것이 떠돌이놀이패의 특성을 이해하는 데 전혀 부차적인 사항 임을 다른 여러 곳의 떠돌이패를 보면 알 수 있다. 산대놀이와 무관한 놀이패도 자기들 나름대로 개발한 놀이 종목의 하나로 탈춤을 공연했 다. 그것들을 모두 포함시켜 탈춤은 산대놀이라고 하고, 산대도감에서 탈춤을 육성했다고 하는 것은 전혀 부당한 추론이다.

경남지방 초계(草溪) 밤마리에 본거지를 정하고 그 인근 지역을 두 루 찾아다니면서 순회공연을 한 대광대패는 공연 종목이 다채로워 온 갖 곡예와 재주를 포괄했다. 그 가운데 하나인 오광대라는 탈춤이 특히 인기가 있었다. 경남지방에는 그 밖에 의령 신반(新反)의 대광대패, 하 동의 목골사당패, 남해의 화방사(花芳寺) 매구, 진주의 솟대쟁이패 등 이 더 있어 떠돌이놀이패가 아주 많았으며, 그런 무리가 모두 탈춤을 중요한 공연 종목으로 삼았던 것 같다.

조선후기에 떠돌이놀이패가 아주 많아지고 놀이 종목도 다채롭게 마 련되었다. 서울 변두리의 본산대패나 밤마리의 대광대패는 그런 무리들 가운데 특히 성공한 예에 지나지 않는다. 본산대패는 산대회를 할 때 동 원되던 과거를 자랑으로 삼고 서울이 상업도시로 성장하는 데 힘입어 떠돌이놀이패 가운데 으뜸가는 위치를 차지했다. 밤마리의 대광대패는 낙동강을 이용해 이루어지는 상업활동의 중심지에서 자라났다.

떠돌이놀이패는 상업도시를 본거지로 삼아 발전해서 인근 지역 여러 곳을 순회하면서 공연해 수익을 더 올렸다. 다른 곳에서도 사람을 많이 모아 장사가 잘 되게 하려면 떠돌이놀이패의 탈춤을 초청해서 공연을

할 필요가 있었다. 새롭게 성장하는 상업도시는 초청 공연을 주최하는
데 큰 열의를 가지다가 전속극단이 공연하는 자기네 탈춤을 마련했다.
그래서 도시탈춤이 출현했다. 도시탈춤은 상인들의 후원으로 공연하
고, 공연을 맡은 사람들도 본산대의 경우만큼 지체가 낮지 않았다.

경기도 양주에서는 해마다 사월 초파일과 오월 단옷날에 사직골 딱딱
이패를 초청해다가 탈춤을 공연했는데, 그쪽에서 약속을 지키지 않는
일이 빈번해서 분개한 끝에 자기네가 탈춤 공연을 하게 된 것이 〈양주
별산대놀이〉이다. 지금은 서울의 일부가 된 송파(松坡)에서도 양주와
같은 이유에서 〈송파별산대놀이〉를 만들었다. 양주나 송파는 새로 일어
난 상업도시였다. 그런 곳에서 독자적인 공연물을 만들어 우세한 재력
으로 육성하자 별산대놀이는 타격을 받아 쇠퇴의 길에 들어섰다.

본산대놀이패가 어느 시기에 이르자 약속을 지키지 않았던 것은 그
때 갑자기 인성이 나빠졌기 때문이 아니다. 초청 경쟁이 벌어진 것이
그 이유이다. 상업도시가 여럿 성장해 그런 일이 생겼을 것이다. 본산
대를 초청하지 않고 독자적인 탈춤을 마련한 시기는 18세기 중엽이라
고 한다. 그때 상업의 역사에서 중대한 변화가 일어났다.

서울의 특권적인 상인에게 대항하는 이른바 사상도고(私商都賈)가 지
방의 물산이 서울로 들어가는 곳에 자리를 잡고 서울의 상권을 위협할
정도로 성장해 커다란 분쟁이 일어났다. 그 결과 마침내 1791년(정조
15) 신해통공(辛亥通共)의 조처에 의해 특권적 상인의 금난전권(禁亂廛
權)을 철폐하는 데 이르러서 상업의 발달에 획기적인 전환이 생겼다. 양
주와 송파는 바로 사상도고가 자리를 잡은 신흥 상업도시여서 축적된
역량으로 독자적인 탈춤인 별산대놀이를 키워나갔다. 본산대가 쇠퇴하
고 별산대가 흥기한 것은 상업사의 전환과 직결되는 변화였다.

봉산(鳳山)을 위시한 황해도 각 고을의 탈춤은 그쪽에서 활동하던
떠돌이놀이패의 탈춤과 구체적으로 어떤 관련을 가졌는지 확인되지 않
지만, 역시 18세기 중엽쯤 생겨났다. 황해도 각 고을은 서울에서 평양
을 거쳐 의주로 가는 길목에 자리를 잡고 상업도시로 성장했다. 경남의

해안 및 낙동강 연변에서는 일본과의 무역 및 거기 관련된 국내 교역의 요충지마다 들놀음 또는 오광대라고 하는 탈춤을 키우는 상업도시가 나타났다.

도시탈춤은 떠돌이탈춤을 본떴으나 떠돌이탈춤이 인기를 누리던 권역 안에서 일어났지만 또 한편으로는 농촌탈춤을 발전시키면서 자라났다고 할 수 있다. 마을굿과 직접적으로 관련을 가지지 않고 연극으로 독립되는 경향을 보이고 공연하는 날짜가 반드시 정해져 있지 않으며, 여러 과정으로 나누어진 복잡한 내용에다 지배체제에 대한 비판을 과감하게 나타낸 점에서는 떠돌이탈춤의 전례를 이었다. 그러나 공연 담당자가 직업적인 놀이패는 아니기에 구경꾼들과 동질적인 의식을 가지고 모두 함께 신명풀이를 하는 대동놀이를 재현했다는 점에서는 농촌탈춤의 계승자 노릇을 했다.

《탈춤의 역사와 원리》(홍성사, 1979)에서 전개한 견해를 수정하고 보충했다. 김일출, 《조선민속탈놀이연구》(과학원출판사, 1958) ; 이두현, 《한국가면극》(문화재관리국, 1969) ; 박진태, 《탈놀이의 기원과 구조》(새문사, 1990) ; 조만호, 《전통희곡의 제식적 미학》(태학사, 1995) ; 전경욱, 《한국가면극, 그 역사와 원리》(열화당, 1998)에서 전반적 양상을 고찰했다. 개별적인 연구는 최상수, 《하회가면극연구》(고려서적, 1958) ; 정상박, 《오광대와 들놀음 연구》(집문당, 1986) ; 서연호, 《산대탈놀이》(열화당, 1987) ; 《서낭굿탈놀이》(열화당, 1991) ; 《황해도 탈놀이》(열화당, 1993) ; 《야류·오광대 탈놀이》(열화당, 1994) ; 장정룡, 《강릉관노가면극연구》(집문당, 1989) ; 이영기, 《초계 대광대 탈놀이》(합천문화원, 2001) 등에서 이루어졌다. 하회탈춤의 대본은 유한상, 〈하회별신가면극대사〉, 《국어국문학》 20(국어국문학회, 1959) ; 성병희, 〈하회별신탈놀이〉, 《한국민속학》 12(민속학회, 1980)에서 다시 보고했다. 인용한 자료는 유한상 채록본이다. 강경훈, 〈중암(重菴) 강이천문학 연구〉(동국대학교 박사논문, 2002)에서 문제의 자료를 고찰했다.

9.15.5. 도시탈춤의 구조와 주제

오늘날의 부산을 이루고 있는 지역인 동래(東萊), 수영(水營), 부산진(釜山鎭) 등지의 탈춤은 들놀음이라고 일컬었다. 한자말로는 야류(野遊)라고 하는 것은 들놀음의 번역이다. '들놀음'이라는 말은 야유회에 해당하는 '들놀이'와 구별되어, 들에서 하는 농사일이 잘되라고 해서 벌이는 마을굿놀이를 뜻하던 것이다.

들놀음은 농촌탈춤에서 하는 앞뒤 절차를 도시탈춤으로 성장한 다음에도 지녔다. 정월 보름께 농악대와 함께 탈춤 공연자들이 집집마다 돌아다니며 지신밟기를 하고 마을 고사를 지내고, 공연 당일에는 구경꾼들과 어울려 놀이판으로 가면서 길놀이를 했다. 그것이 모두 마을굿의 절차이다. 놀이판에 도착해서도 누구나 구별 없이 함께 춤추고 노는 덧뵈기춤놀이를 자정까지 한 다음에 탈놀이로 들어가고, 탈놀이가 끝나면 마무리 고사를 지내고 덧뵈기춤놀이를 다시 추었다. 탈놀이가 전체의 행사 가운데 한 부분만 차지하는 것이 농촌탈춤에서 물려받은 유산이다.

동래 일대는 특히 일본과 무역을 통해서 성장한 상업도시여서 들놀음이 크게 발전될 수 있었다. 들놀음과 전후의 굿놀이를 성대하게 거행해 상업도시의 번영을 자랑하고 가속화했다. 길놀이에서 온갖 종류의 화려한 가무를 등장시켜 많은 구경꾼을 모여들게 했다. 놀이판에다 장대를 세우고 늘어뜨린 줄에다 촛불을 밝힌 등을 수없이 달아놓고, 입장하는 사람들에게 촛농이 몸에 떨어지지 않게 막는 고깔을 나누어주면서 입장료에 해당하는 기부금을 받았다.

세 곳 들놀음 가운데 〈부산진들놀음〉은 없어지고, 〈동래들놀음〉은 일부만 남고, 〈수영들놀음〉은 네 과장이 모두 전승되고 있다. 〈동래들놀음〉은 첫 과장이 문둥이춤이었다고 하는데 전하지 않고, 둘째 과장이 양반춤이다. 〈수영들놀음〉은 양반춤에서 시작된다. 양반 형제들이 어울리지 않게 놀이판에 나왔다가 하인 말뚝이에게 욕을 보는 것이다.

농촌탈춤에도 으레 있는 양반풍자를 더 키워, 양반 삼형제가 하인 말뚝이 하나를 이겨내지 못하고 불러보기도 전에 겁부터 낸다고 했다. 다음 순서로 재앙을 일으키는 무서운 동물 영노가 더 큰 재앙의 장본인인 양반을 잡아먹겠다는 과장에서 공격이 더욱 치열해진다. 영감과 할미가 다투는 과정에서 영감을 지체 높게 설정해서 반감을 고조시켰다. 상업도시에서는 힘을 키운 하층민이 양반의 지배를 용납하지 않겠다는 것을 그런 방식으로 나타냈다.

경남지방의 탈춤은 낙동강을 경계로 해서 동쪽은 들놀음이고 서쪽은 오광대이다. 오광대는 성격과 분포가 한층 다양하다. 오광대라는 말은 등장인물의 수 또는 과장의 수가 다섯인 데서 유래했다고 하지만 확실하지 않으며, 낙동강 서쪽 지역의 탈춤을 일컫는 범칭으로 사용되어 왔다.

초계 밤마리 대광대패가 하던 오광대가 전해져 여러 지방의 오광대가 되었다고 한다. 그것은 두 가지로 이해할 수 있는 사실이다. 대광대패의 오광대가 여러 지방 농촌탈춤에 영향을 주어 공연 내용이 비슷해지게 했다고 볼 수도 있다. 본산대놀이와 별산대놀이의 경우처럼, 떠돌이탈춤에서 도시탈춤이 생겨난 변화라고 할 수도 있다.

그 둘은 양자택일의 관계에 있지 않고 겹쳤다고 하는 것이 타당하다. 오광대는 들놀음에 비해서 상업도시로서의 발전은 뒤진 고장에서 자라나 마을굿과의 관계는 한층 소원한 편이어서, 떠돌이놀이패 탈춤의 영향이 직접적으로 미쳤음을 알 수 있게 한다. 모체에 해당하는 떠돌이놀이패의 탈춤은 전하지 않고, 진주(晉州), 가산(駕山), 마산(馬山), 통영(統營), 고성(固城) 등지에 오광대가 남아 있다.

들놀음과 오광대의 형성시기에 관한 자료는 문헌에 남아 있지 않고 구전에서 찾아야 하겠는데 구전이 두 가지로 갈라져 있다. 〈수영들놀음〉은 1760년대에 이루어졌다 하고, 오광대는 그 이상의 내력을 가졌다고 〈가산오광대〉를 예로 든다. 다른 한편으로는 들놀음이나 오광대가 형성된 시기는 1870년대에서 1900년대 사이라고 한다. 두 가지 연대는 각 지방의 탈춤이 독자적으로 자라난 시기와 밤마리 오광대의 영향을 받아들여 재형성된 시기를 가기 지적하고 있는 것으로 보면 함께 인정

할 수 있다. 그 두 단계를 거쳐 들놀음과 오광대는 도시탈춤으로 등장
하게 되었고, 들놀음에서는 독자적인 발전이, 오광대에서는 영향에 의
한 재형성이 더욱 두드러진 비중을 가지는 점이 서로 달랐다고 할 수
있다.

진주·가산·마산의 오광대는 오방신장(五方神將)이 나와 춤을 추는
것을 첫 과장으로 삼아 잡귀를 물리치던 의식을 탈춤 안으로 끌어들였
다고 할 수 있다. 통영과 고성의 오광대에서는 그런 서두가 없어지고,
문둥이춤을 거쳐서 양반 풍자의 과장으로 들어간다. 문둥이 또는 어딩
이라고 하는 병신이 등장해서 비정상적인 거동을 과장되게 나타내는
장면은 오광대라면 어디에서나 다 있으며, 다른 탈춤의 경우에는 〈동래
들놀음〉에만 흔적이 보이니, 오방신장춤과 함께 오광대의 특징을 이룬
다고 할 만하다.

〈가산오광대〉의 경우를 살펴보자. 처음에 오방신장이 등장해서 위협
을 느끼게 하는 춤을 춘다. 그 다음에는 다섯 문둥이가 병신스러운 동
작을 하다가 투전판을 벌이고, 어딩이와 개평 때문에 승강이를 벌이다
가 잡혀간다. 가장 높은 데서 가장 낮은 데로 급격하게 전락하는 것을
보여준다고 할 수 있다. 권위를 자랑하는 모든 것이 그렇다고 생각될
수 있다.

양반이 말뚝이 때문에 욕을 보고, 영노가 양반을 잡아먹겠다고 하고,
할미와 영감이 다투고 하는 세 과장은 들놀음과 오광대에 공통적으로
갖추어져 있으며, 전개 방식이나 내용에서도 그리 두드러진 차이점은
없다. 양반과장에서는 양반이 말뚝이를 찾고 부르고 하다가 욕을 보고,
근본 자랑을 하다가 말뚝이에게 역습을 당하곤 한다.

〈통영오광대〉에서는 주목할 만한 변이가 보인다. 양반을 문둥이로
만들어놓더니, 원양반, 다음 양반과 함께 등장한 홍백(紅白), 먹탈, 손
님, 비뚜루미, 조리중 등의 기괴한 위인들이 모두 양반이라고 한다. 하
나같이 출생의 내력에서부터 비정상이다. 홍백은 두 아비의 아들이어
서 한쪽은 붉고 한쪽은 희다. 먹탈은 어미가 부정한 짓을 하고 낳아서

온몸이 까맣다. 얼굴이 심하게 얽었기에 천연두 신의 이름을 따서 손님이라고 하는 녀석, 몸이 뒤틀려 있는 비뚜루미, 중의 자식이라는 조리중도 모두 병신인 주제에 양반이라고 우쭐대며 다닌다. 양반이야말로 비정상이라는 것을 그런 모습을 열거해 나타낸다.

황해도지방 여러 고을에 분포되어 있는 탈춤만 원래 탈춤이라고 일컬었다. 황해도의 탈춤을 해서탈춤이라 하고, 들놀음·오광대·산대놀이까지 탈춤이라고 하게 된 것은 탈춤이란 말의 외연을 확대한 결과이다. 해서탈춤은 여러 고을에 널리 분포되어 있다. 서울에서 평양으로 가는 육로와 해로의 요긴한 길목에 자리를 잡은 황주, 봉산, 재령, 해주, 강령 등 여러 고을에서 상업의 발달이 새로운 단계에 이르자 상인과 이속이 주동이 되어 탈춤을 키웠다. 탈춤이 인기를 얻자 상업도시로서의 발전이 더딘 고을이라도 자기네들의 탈춤을 마련하느라고 열을 올렸다. 그래서 해서지방은 온통 탈춤의 고장이 되다시피 했다. 해주 감영에서 각 고을의 탈춤 경연대회가 열렸다.

〈봉산탈춤〉은 전국 어느 고장의 탈춤보다도 뛰어난 짜임새를 갖추고 있다 하겠기에, 성장 배경부터 자세하게 살필 필요가 있다. 봉산은 서울서 평양으로 가는 육로 교통의 특히 요긴한 곳에 자리를 잡고 있으며, 향시가 전국에서 가장 큰 곳 가운데 하나였다. 탈춤에 열의를 가진 상인들이 공연 준비에 필요한 비용 일체를 댔다. 상인과 이속을 주축으로 한 공연자들이 자기네끼리 배타적인 단체를 결성했다.

탈춤을 공연하면 사방에서 구경꾼이 많이 모여들어 장사가 크게 번창해 투자한 비용을 회수하고 이익을 남길 수 있었다. 공연장 주변에 원형으로 둘러 다락을 만들어 세우고 거기 올라가 구경을 하려면 음식을 사먹도록 했다. 극중에서 신장수가 사방을 둘러보면서 장이 잘 섰으니 무엇이든지 팔아보겠다고 하는 것은 실제의 상황을 그대로 나타낸 말이다.

그런 조건 때문에 탈춤이 흥미 본위의 상업적인 연극으로 바뀐 것은 아니다. 장터 놀이판에 모인 군중이 동질성을 확인하면서 자기네들과 이질적이거나 적대적인 쪽의 허위를 비판하는 것을 내용으로 삼았으며, 농촌탈춤에서 기반을 다진 대방놀이를 확대해서 역사 발전의 저해세력과 크게 맞서고자 했다. 노장과장·양반과장·미얄과장을 주축으로 삼은 점에서 해서탈춤 일반은 물론이고 산대놀이 쪽과도 공통적인 구성을 갖추었지만, 그런 과장들을 통해서 나타내고자 하는 주제가 특히 선명하게 하는 기법이 뛰어나다.

노장이라는 고명한 승려가 목중들에게 끌려 어울리지 않게 놀이판에 나왔다가, 소무에게 유혹되고 취발이에게 쫓겨나는 것은 관념적인 사고가 현실과 부딪히면서 보인 파탄과 변모를 뜻한다. 양반은 호령을 일삼으면서 위엄을 세우지만, 말뚝이가 관중과 합작을 해서 공격을 하는 방식을 이해하지 못해 신분적 특권을 유지할 수 없다. 미얄할미와 영감이 다투다가 미얄할미가 죽는 데서는 남성의 횡포가 비판의 대상이 된다.

> 말뚝이 : 양반 나오신다아! 양반이라고 하니까 노론(老論)·소론(少論)·호조(戶曹)·병조(兵曹)·옥당(玉堂)을 다 지내고, 삼정승·육판서를 다 지낸 퇴로재상(退老宰相)으로 계신 양반인 줄 아지 마시오. 개잘량이라는 양자에 개다리소반이라는 반자 쓰는 양반 나오신단 말이오.
>
> 양반들 : 야아, 이놈 뭐야아!
>
> 말뚝이 : 아, 이 양반들 어찌 듣는지 모르갔소. 노론·소론·호조·병조·옥당을 다 지내고, 삼정승·육판서를 다 지내고 퇴로재상으로 계신 이생원네 삼형제분이 나오신다고 그리 하였소.
>
> 양반들 : (합창) 이생원이라네. (굿거리장단으로 춤을 춘다.)
>
> 말뚝이 : 쉬이. (반주 그친다.) 여보, 구경하시는 양반들 말씀 좀 들어보시오.

양반과장의 서두를 들면 이와 같다. 양반을 모시고 나온 하인이 양반의 행차를 알려 떠들지 못하도록 한다는 구실로 한마디 하면서 대뜸 양반을 욕보이는데, 양반은 그 말을 알아들었으니까 호령을 하고, 제대로 알아듣지는 못했으니까 말뚝이의 변명을 듣고 안심한다. 몇 번 사용한 '양반'이라는 말은 뜻의 기복이 심하다. "양반 나오신다아!"라고 할 때에는 높였다. "아, 이 양반들"은 상대방을 낮추어서 부르는 말이다. "구경하시는 양반들"이라고 한 데는 높이는 뜻도 낮추는 뜻도 없다. 말뚝이가 양반 삼형제를 잔뜩 높인다고 하면서 역임한 관직을 열거하는 데 노론·소론까지 넣어 빈정대지만 양반은 알아차리지 못한다.

〈송파별산대놀이〉는 송파가 도시화되기 전 단계에 농촌탈춤으로서의 토착적인 뿌리를 가졌던 것으로 보이고 송파의 한창 시절인 18세기 중엽 이후에는 경비를 부담하는 상인들의 후원으로 대단한 규모로 발전해 위세를 떨쳤다. 그러다가 20세기에 들어와서는 송파가 상업도시로서의 기능을 잃자 쇠퇴하게 되었다.

상인들이 탈춤 공연의 경비를 부담한 것은 장이 크게 열리도록 하고자 했기 때문이다. 공연 담당자는 주로 싸전에서 되질을 하는 되쟁이, 배에다 물건을 싣고 내리는 임방꾼, 그리고 여러 종류의 막일꾼이었다 한다. 다른 고장에서 명연기자들을 부르기도 했다 한다. 다른 고장의 도시탈춤에서처럼 일년에 여러 차례 명절을 끼고 놀면서, 칠월 백중께는 7일 내지 10일 동안 전체 순서를 되풀이해서 공연했다고 한 것은 다른 데서는 볼 수 없는 일이다.

〈양주별산대놀이〉도 비슷한 과정을 거쳐 발전했다. 양주는 양주목사가 자리를 잡은 행정중심지이고, 서울 북쪽 교통의 요로여서 상업도시로 성장했다. 이속들을 중심으로 해서 관아가 있는 동네 본바닥 사람들만 연기자로 나서서 고도의 기능을 전수해왔다. 평소에는 당집에 모셔 놓았던 탈을 내려서 쓰고 탈춤 공연자들이 놀이판으로 갈 때 길놀이를 야단스럽게 벌이고, 공연을 시작하기에 앞서서 고사를 지내는 절차가 뚜렷하게 남아 있다. 그것은 농촌탈춤의 뿌리가 있어 도시탈춤이 성장한 증거이다.

송파와 양주의 별산대놀이는 춤사위가 수십 가지로 세분화되어 있으며 과장 구성이 복잡하다. 뜻하는 바가 무엇인지 쉽사리 알기 어려운 대목이 적지 않고, 형성시기가 그리 오래 되지 않은 것들이 몇 가지 첨 가되어 있다. 전국 여러 곳의 탈춤 가운데 농촌탈춤의 단순한 형태에서 가장 멀어진 예라고 할 수 있다. 아마도 본산대놀이가 놀이 기술의 세 련화에 힘썼던 전통을 받아들여서 사회 변혁의 의지를 상징적으로 나 타내게 개조해 그런 특징을 지니게 되지 않았는가 싶다. 얼핏 보면 춤 자랑이고 말싸움 같은 장면에 기존의 가치관을 뒤집어놓고자 하는 주 장이 까다롭게 뒤틀린 형태로 나타나 있다.

〈양주별산대놀이〉 서두의 몇 과장은 무슨 뜻을 지니는지 알기 어려 운데, 하잘것없는 이익이라도 끝까지 다투는 세태를 보여준다고 이해 할 수 있다. 극중극인 침놀이 대목에서는 죽음을 극복하고 삶을 긍정하 자는 충동을 상징적인 수법을 써서 표출시켰다. 목중들이 왜장녀가 데 리고 나온 창녀 애사당과 놀아나는 대목에서는 계율에 대한 본능의 우 위를 거듭 강조했다.

노장과장과 양반과장은 다른 데서 볼 수 있는 것과 그리 다르지 않게 전개되지만, 양반과장에 포도부장놀이가 첨부되어 있다. 양반 샌님이 첩을 얻어 좋아하고 있는데 서리인 포도부장이 나타나 첩을 빼앗아가 는 것으로 설정한 포도부장놀이는 노장·소무·취발이의 관계에 비추 어보면 무엇을 말하는지 알 수 있다. 신할애비와 할미가 다투는 과장에 서는 할미가 죽고 난 다음에 아들인 도끼와 딸인 도끼 누이가 등장해 어머니에 대한 육친의 정을 깊이 확인하면서 아버지의 권위를 하나 남 김없이 부정한다.

탈춤은 18세기 이후의 새로운 상황에서 밑으로부터 대두한 혁신의 움직임이 가장 극명하게 표현된 예술 형태이다. 농민문화의 뿌리를 상 인과 이속이 가담해 키워 모두 함께 어울려 노는 대동놀이를 기반으로 해서, 등장인물들 사이의 갈등을 박진감 있게 구현하고 하층 민중의 생 활 의지와 어긋나는 지배체제의 허위를 다각도로 비판했다. 그래서 현 실의 표면적인 묘사로 흥행물을 삼지 않는 방향에서 근대극이 탄생할 수 있는 가능성을 보여주었다고 할 수 있다.

그런데 상설극장에서 전문적인 배우가 창작극을 공연하는 방식을 스스로 개척하지 못하고 있을 때 이식문화의 충격이 미쳐 신파극이라는 이름의 저질 상업주의 연극이 비집고 들어왔다. 탈춤은 존속마저 위태롭게 되는 조건에서 험난한 시련을 겪어야 했다. 신파극의 발전적 계승자인 서구 전래의 근대극이 비판의 대상이 되자, 탈춤을 위시한 민속극이 비로소 재발견·재인식되기에 이르렀다.

양희철·이강옥·김영일, 〈오광대의 지역문화성 연구〉,《가라문화》7(경남대학교 가라문화연구소, 1989)에서 오광대를 다시 고찰했다. 이훈상, 〈조선후기 향리 집단과 탈춤의 연행〉,《동아연구》17(서강대학교 동아연구소, 1989)에서 〈고성오광대〉 공연에 향리가 참여한 사실을 논했다.《민중영웅이야기》(문예출판사, 1992) 소재 〈고성오광대〉 현지 조사 보고에서 공연 주동자의 변천을 밝혔다. 작품론을 들면 한철수, 〈'양주별산대' 미얄마당의 구조연구〉,《한남어문학》12(한남대학교 국어국문학회, 1986) ; 이창헌, 〈'양주산대'에 있어서 염불놀이의 기능과 의미〉,《국어국문학》102(국어국문학회, 1989) ; 신경숙, 〈'양주별산대'의 민중의식 성장론에 대하여〉,《한성어문학》10(한성대학교 국어국문학과, 1991) 등이 있다.

조동일저서 18

세계문학사의 전개

조동일 지음/신국판/양장 540쪽/책값 23,000원

   한국문학사에서 걸출한 연구 성과를 올린 조동일 교수가 그 성과를 동아시아 문학사에, 다시 다른 여러 문명권 문학사에 적용하고 확장하여 여덟 가지 언어로 된 38종의 세계문학사를 검토하고 비판하였다. 단순한 문학사의 나열에 그치지 않고 세계사에 대한 거대한 전망을 제시하고 있는 이 책은, 전 세계의 문학사를 완전히 새롭게 구성한 진정한 의미에서 최초의 세계문학사라 할 수 있다.

조동일저서 17

소설의 사회사 비교론 1 · 2 · 3

조동일 지음/신국판/반양장 ①286쪽 ②364쪽 ③264쪽/책값 ①③15,000원 ②20,000원

   우리 시대가 낳은 빼어난 인문학자 조동일 교수가, 세계의 소설사를 문학사의 차원을 넘어 사회사 · 철학사를 원용해 비교 분석한 거작이다. 기존의 소설 이론의 쟁점을 분석하고 소설작품의 실상을 파헤치며 소설의 형성과정과 소설을 산출한 시대, 소설의 생산 · 유통 · 소비 및 소설에서 문제된 신분과 계급, 소설에 나타난 남녀관계, 소설에서 추구한 의식의 각성 등을 두루 살핀 다음, 엄밀한 고증과 치밀한 분석, 생극론의 역사철학 이론을 동원해 소설의 위기극복을 모색하고 있다.

조동일저서 16

철학사와 문학사 둘인가 하나인가

조동일 지음/신국판/양장 504쪽/책값 25,000원

   철학사와 문학사의 상관관계를 세계적인 범위에서 고찰한다는 점에서 세계문학사 이해의 이론을 새롭게 정립하기 위한 저자의 일련의 작업에 포함된다. 시대순으로 '원시의 신화에서 고대의 철학으로', '중세전기의 철학시', '중세후기철학에 대한 시인의 대응', '중세에서 근대로의 이행기 철학에서 문학으로', '근대를 넘어서는 철학과 문학의 새로운 관계'라는 제목 아래 여러 문명권의 철학사와 문학사를 다룬다.

조동일저서 12-14

중세문학의 재인식 1 하나이면서 여럿인 동아시아문학
중세문학의 재인식 2 공동어문학과 민족어문학
중세문학의 재인식 3 문명권의 동질성과 이질성

조동일 지음/신국판/양장 ①504쪽 ②476쪽 ③510쪽/책값 각권 22,000원

   중세문학에 관한 해명을 기본과제로 삼아, 문학사와 문명사를 연결하는 3부작시리즈. 1권은 공동문어문학과 민족어문학의 관계를 동아시아 범위 안에서 다루고, 2권은 다른 여러 문명권과 비교론을 전개한다. 3권은 여러 문명권의 중세문학이 어떻게 같고 다른가를 해명하고자 문학사의 범위를 넘어선 문제까지 다루고 있다.

조동일저서 8

한국의 문학사와 철학사

조동일 지음/신국판/양장 536쪽/책값 15,000원

이 책의 백미는 결론에 해당하는 맨 마지막 논문 〈생극론의 역사철학 정립을 위한 기본구상〉에 있다고 할 수 있다. 저자는 이 글에서 문학·사학·철학을 연결하려는 야심을 드러내고 있다. 이 논리의 타당성 여부는 차치하고라도, 문학사를 통해서 총괄적인 역사를 서술하고, 세계문학사의 역사철학을 정립해서 인류의 과거·현재·미래를 투시하고자 하는 이른바 거대이론의 새로운 구축을 노리는 저자의 큰 꿈이 담긴 설계도라 할 수 있다.

조동일저서 11

제2판 한국문학사상사시론

조동일 지음/신국판/양장 480쪽/책값 18,000원

우리 文學硏究史上 韓國文學의 思想을 다루어본 적이 아직 없었던 터에 새로운 구상과 그에 알맞은 방법론으로 國文學의 大體系를 세우려는 著者 특유의 一連의 著作 가운데 하나로서 이 책은 우리 역사상에 문학사상을 편 인물들을 뽑아 집중조명하여 시대별로 체계화를 시도한 力著이다.

조동일저서 1

韓國小說의 理論

조동일 지음/신국판/반양장 476쪽/책값 18,000원

이른바 한국 고전소설의 작품 구조의 사상적·사회적 의미를 종래의 西歐的 分析論理가 아닌 우리 傳統思想의 하나인 理氣哲學의 이론을 원용하여 한국문학 연구의 총체적인 관점을 개척한 이론서인 이 책은, 국문학 硏究史上 새로운 후을 열었던 저작으로 학계의 주목을 받을 뿐만 아니라 계속 논의가 진행 중인 화제의 책이다.

조동일저서 20

학문에 바친 나날 되돌아보며

조동일과 75인 제자 지음/신국판/반양장 448쪽/책값 15,000원

조동일 교수가 36년 남짓한 대학교수 생활을 되돌아보며 쓴 회고록. 필자가 가르쳤던 네 학교(계명대학, 영남대학, 정문연, 서울대학) 시절을 되돌아보고 제자들과 만난 인연, 그리고 그 시절에 공부했던 제자들이 스승과 만나서 얽힌 이야기를 회고하는 이 책은 매 시기마다 거의 같은 주제를 갖고 있음에도 양상이 각각 다른 재미와 함께 우리 대학사회의 희망과 갈 길을 뚜렷하게 보여주고 있다.